Elizabeth
Lowell

Blutiges Gold

Deutsch von Gisela Hack-Molitor

Weltbild

Originaltitel: *Running Scared*
Originalverlag: William Morrow/HarperCollins, New York

Besuchen Sie uns im Internet:
www.weltbild.de

Die Autorin

Elizabeth Lowell ist eine der vielseitigsten Bestsellerautorinnen der USA. Ihre zahlreichen Romane, von denen viele ins Deutsche übersetzt wurden, umfassen Thriller ebenso wie historische Romane. Die Gesamtauflage ihrer Bücher liegt bei mehr als 20 Millionen Exemplaren. Elizabeth Lowell lebt zusammen mit ihrem Mann, der ebenfalls Schriftsteller ist, in Seattle.

Weltbild Taschenbuch

Für Dr. Catherine M. Johns,
vormals Kuratorin des Gebietes Römisch-Britannien,
Abteilung für Vor- und Frühgeschichte und frühes Europa,
The British Museum, London

Danke, Catherine!

Die Fakten sind von Dir.
Die Fiktionen sind von mir.
Die Freundschaft ist unser.

Prolog

Sedona
Donnerstag, den 30. Oktober

Die silberne Scheibe des beinah vollen Mondes ließ Virgil O'Connor nicht einschlafen. Doch das störte ihn nicht. Er war einundachtzig und wusste längst, dass er sich besser wach den tanzenden Nachtschatten von Arizona aussetzte als schlafend dem Würgegriff der Albträume, die ihn unter Schreien aufweckten.

»Verzeiht mir, was ich getan habe«, flüsterte er in die Nacht. »Bitte, bitte, verzeiht mir, verzeiht mir …«

Aus der Dunkelheit kam keine Antwort. Noch nie war eine gekommen.

Sein Herz setzte einen Moment aus, tat einen Sprung, beruhigte sich wieder. Er atmete hörbar aus, doch das verschaffte ihm keine Erleichterung. Er wollte gerne sterben, doch das konnte er noch nicht. Nicht ehe die Toten ihm seinen Frevel an ihrem heiligen Gold verziehen hatten.

Halsbänder aus geflochtenen Goldketten, so fein und schwer und geschmeidig, wie er selbst als junger Mann gewesen war.

Armbänder von zwei Fingerspannen Umfang, aus schwerem Gold und mit so grausig-schönen Symbolen bedeckt, dass ihm die Haare zu Berge standen.

Gewandspangen so groß wie seine Hand, Tieren nachgebildet, dennoch erschreckend menschenähnlich.

Eine mehr als lebensechte Gesichtsmaske.

Figuren längst vergessener Götter oder Dämonen oder Traumbilder.

Siebenundzwanzig Stücke reinsten Goldes. Blendend schönes Gold.

Blutiges Gold.

Ein Schauer lief über seine Haut. Er griff automatisch nach seiner weichen Wolldecke, doch deren Wärme drang nicht bis an seine kältestarren Knochen.

Er war ein Toter, der laut schrie.

»Nein«, brachte er mit rauer Stimme hervor, »das wollte ich nicht! Ich habe nie etwas davon verkauft, auch wenn ich Geld brauchte. Ich habe hart gearbeitet, hatte zwei Jobs. Ich hätte auch alles einschmelzen können, oder ... oder ...«

Jetzt war nur noch ein krächzendes Flüstern zu hören. Die Geister, die ihn verfolgten, konnten ihn nicht hören, das wusste er. Er hatte keinen Zugang zu ihnen und konnte seine Peiniger nicht von seiner Unschuld überzeugen.

Es sei denn, er hielte ihre Goldstücke in beiden Händen. Diesmal ohne Handschuhe. Kein Schutz für seinen Körper. Nur seine Haut und das mächtige Gold.

Der Gedanke daran ließ ihn erschaudern. Einmal, vor langer Zeit, hatte er das Gold mit bloßen Händen berührt. Danach hatte er das nie wieder getan. Darüber wollte er nicht einmal nachdenken. Doch er konnte es nicht verhindern, ständig dachte er daran, jedes düstere Detail dieser längst vergangenen Nacht stand ihm lebhaft vor Augen. Damals war er den Anweisungen seines verstorbenen Großonkels gefolgt und hatte einen Metalldetektor aus Militärbeständen organisiert, um in Großbritannien auf die Suche zu gehen, während um ihn herum die letzten Schlachten des Zweiten Weltkriegs tobten.

Die heiligen Eichen, zu denen sich weder Römer noch Engel hinwagten. Neun Hügel. Sechs Baumgruppen. Drei Statuenmenhire gegenüber. Eine Quelle. Drei mal drei mal drei aus Gold.

Er schüttelte heftig den Kopf. Er wollte nicht daran denken. Sein Herz kam dadurch ins Stocken wie in jener Nacht, und der Schmerz zuckte durch jede Faser seines Körpers und seiner Seele.

»Halt durch«, beschwor er sich flüsternd. »Nur noch bis morgen. Bis Mitternacht. Dann werden sie endlich verstehen, warum ich das getan habe.«

Andernfalls würde er sterben.

Es war ihm beinahe egal, ob er lebte oder tot war. Ihm war nur eines wichtig: Das Gold sollte ihn nicht länger auf so quälende Weise langsam umbringen.

»Halt durch. Morgen. Um Mitternacht.«

1

Los Angeles
Freitag, den 31. Oktober
Morgens

Risa Sheridan arbeitete nur unregelmäßig als Gutachterin für die internationale Firma *Rarities Unlimited*. Doch es machte ihr nichts aus, für ein paar Stunden von Las Vegas nach Los Angeles zu fliegen, wenn sie einen Auftrag erhielt. Sie wusste nie im Voraus, welcher Art die Schätze waren, die von Sammlern zum Firmensitz von *Rarities Unlimited* gebracht wurden. »Kauf, Verkauf, Schätzen und Schützen«, lautete das Motto des Unternehmens. Sicher war dabei nur, dass alles, was ihr dort zur Begutachtung vorgelegt wurde, mindestens vierhundert Jahre alt war, meist aber noch viel älter. Alter Schmuck war nämlich ihr Spezialgebiet.

Der Blick durch die Doppelglastüren, die zum Büro von *Rarities Unlimited* führten, dämpfte Risas erwartungsfrohe Stimmung ein wenig. Auf der anderen Seite des kugelsicheren Glases hatte sie Shane Tannahill erspäht. Sie war vor ihm in Las Vegas aufgebrochen, dennoch hatte er sie auf dem Weg hierher überholt.

Eine Hand von Shane steckte in der Tasche seiner schwarzen Anzughose, die andere hielt die weiche Lederjacke fest, die er über die Schulter geworfen hatte. Ein Besucherausweis hing an einem langen Band um seinen Hals. Sein kantiges Gesicht war unbewegt, die jadegrünen Augen zusammengekniffen, der dunkle Haarschopf flott frisiert, so stand er gegen den Empfangstisch des Wachmanns gelehnt. Er wartete auf sie. Er war kein geduldiger Mann.

Verdammter Verkehr in L.A., murmelte sie im Geiste vor sich hin.

Es war nicht ihr Fehler, dass ihr Flugzeug in Las Vegas wegen irgendeiner Sicherheitsprüfung nicht hatte abheben können. In Los Angeles war dann ein Tanklaster auf dem Sepulveda-Boulevard umgekippt und hatte den direkten Weg vom Flughafen in die Stadt blockiert. Das sowieso überlastete Verkehrssystem war daraufhin sofort kollabiert.

Und jetzt kam sie zu spät.

Vielleicht schlug Risas Puls nicht nur vor Ärger ein bisschen schneller, als sie Shane erblickte. Doch ihre Schritte wurden dadurch um keinen Deut langsamer oder schneller. Auch kümmerte sie sich nicht darum, ob ihr kurzes schwarzes Haar richtig frisiert war, noch kontrollierte sie den Sitz ihrer leger geschnittenen blauen Jacke. Andere Frauen wären womöglich noch schnell mit der Zunge über ihre Lippen gefahren, um ihnen einen verführerischen Glanz zu verleihen, oder sie hätten den Bauch eingezogen und die Brust herausgestreckt, um sich vor Shane Tannahill den bestmöglichen Auftritt zu verschaffen.

Nicht so Risa.

Sie hatte hart arbeiten müssen, um die Position zu erlangen, die sie heute innehatte. Sie liebte ihre Arbeit als Kuratorin für Goldobjekte für das *Golden Fleece,* Shanes Casinounternehmen in Las Vegas. Und sie würde es keinesfalls riskieren, wegen dieses Beaus mit seinem unwiderstehlichen Grinsen alles aufs Spiel zu setzen.

Da konnte ihr Chef sich ruhig mal auf den Schlips getreten fühlen – bei ihm einschmeicheln wollte sie sich jedenfalls nicht.

Shane stellte seine Arbeit unter ein so einfaches wie unumstößliches Motto: keine Lügen, keine Betrügereien, kein Diebstahl und kein Sex. Seine weiblichen Angestellten rührte er nicht an. Basta. Wenn eine Frau das nicht akzeptieren wollte und er seinerseits einer Affäre nicht abgeneigt war, dann sorgte er dafür, dass sie einen anderen Job bekam. Das war die einzige Lösung, um alle zufriedenzustellen.

Shane mochte noch so intelligent, attraktiv, reich und hinreißend sein – für Risa hatte ihre Arbeit oberste Priorität, jedenfalls mehr als irgendwelche Männergeschichten. Auch wenn dieser hier zu den wenigen gehören mochte, die sie je ernsthaft interessiert hatten.

Das ist der Trick mit der verbotenen Frucht, sagte sie streng zu sich. *Ein Mann kann noch so sexy sein, am nächsten Morgen sieht das anders aus, wenn du neben ihm aufwachst. Wenn er dann überhaupt noch da ist.*

Der Wachmann entriegelte die automatischen Türschlösser für Risa. Die Tür öffnete sich.

Risa bedachte den Uniformierten mit einem strahlenden Lächeln. »Guten Morgen, Jersey. Wie geht's dem Daumen?«

Der bullige Zweimetermann lief rot an. »Woher wissen Sie das?«

»Hm«, war alles, was sie darauf antwortete. Sie wollte Shane nicht verraten, wie oft sie mit S. K. Niall plauderte. Shane war zwar mit den beiden Chefs von *Rarities Unlimited* befreundet, doch vermied er es, Beruf und Privates zu vermischen. Ihm würde es nicht gefallen, wenn er von den beinahe täglichen Gesprächen seiner Kuratorin mit Niall wüsste – *Niall reimt sich auf Nil und Krokodil, mein Freund, auch wenn ich mit dem verdammten Fluss und seinen Bewohnern nichts am Hut habe.* Zwischen *Rarieties* und *Golden Fleece* liefen derzeit viel zu wenig Geschäfte, um einen so regen Austausch zu rechtfertigen. Doch Risa war einsam und Niall in festen Händen mit Dana Gaynor, der zweiten Chefin von *Rarities Unlimited.*

»Mir ist schleierhaft, wie ich mir den Daumen in der Schublade einklemmen konnte«, brummte Jersey.

»Vielleicht sollte Dana immer eine Alarmglocke mitnehmen, wenn sie hier rumläuft«, sagte Risa mitfühlend und kämpfte gegen ein Lächeln an.

Shane gab sich da weniger Mühe. Sein Gesicht überzog sich mit einem breiten warmen Lächeln, das jedermann und jede Frau unweigerlich in seinen Bann zog, wie durch Magie.

Die Röte auf Jerseys Gesicht wurde tiefer.

»Sie werden sich bestimmt an Danas Gang gewöhnen«, meinte Risa. Sie warf ihre Handtasche auf ein Förderband, das aussah wie bei der Sicherheitskontrolle an Flughäfen, und lief durch die Metalldetektorschleuse, ohne einen einzigen Alarmton auszulösen. »Jeder tut das. Irgendwann.«

»Oh, klar.« Doch Jersey schüttelte dabei den Kopf und starrte zum Bildschirm, auf dem Risas durchleuchtete Tasche in all ihren Details zu sehen war. Nichts Ungewöhnliches. Der Metallalarm rührte sich nicht. Dasselbe Bild bei den Kontrollen auf chemische Stoffe. Nicht dass Jersey irgendetwas dieser Art erwartet hätte – nicht bei einer Gutachterin. Doch er wurde nicht dafür bezahlt, nach eigenem Gutdünken vorzugehen. Sein Job war es, jeden, der durch diese Tür trat, genau durchzuchecken, und das schloss auch Dana Gaynor und S. K. Niall nicht aus.

Shane griff nach der Tasche, die nun am anderen Ende des Scanners herauskam, und warf sie mit einer blitzschnellen Bewegung und ohne Vorwarnung hinüber zu Risa.

Doch die war auf der Hut. Mit einer betont lässigen Geste schnappte sie danach und nahm sie wieder an sich. Er war hier nicht der Einzige mit guten Reflexen. »Danke.« Sie wandte sich Jersey zu. »Gibt es noch etwas?«

»Nur noch das hier.« Der Wachmann hielt ihr einen Mitarbeiterausweis hin, der an einem langen Halsband baumelte. »Neue Vorschriften.«

Risa hängte sich das Band mit der bunten Plastikkarte um, die besagte, dass sie Gutachterin war. »Seit wann das?«

Shane antwortete vor Jersey. »Seit jemand halb *Rarities* bedroht hat.«

»Dana wurde bedroht?«, fragte Risa, sichtlich schockiert.

»Nein, Niall.«

»Uh«, gab Risa von sich und stieß die Luft hörbar aus. Ihr Freund Niall war nicht nur der fünfzigprozentige Eigentümer, sondern auch der Sicherheitschef von *Rarities Unlimited.* Dana besaß die andere Hälfte und kümmerte sich um die »weichen« Bereiche von *Rarities,* die mit Kunst zu tun hatten. »Wer so was macht, muss erstaunlich dumm sein.« Sie bedachte ihren Chef mit einem nachdenklichen Blick aus ihren klaren blauen Augen. »Wann war das?«

»Vor drei Tagen.« Shane lief auf einen Aufzug am Ende eines breiten, kurzen Flurs zu. »Sie warten in Reinluftraum 2.«

Risa folgte den langen Schritten ihres Chefs unverzüglich und im selben Tempo. Egal, ob die Nähte ihres knielangen engen Rocks darunter litten – von einem Mann würde sie sich so schnell nicht abhängen lassen. »Worauf hatte es der Bursche abgesehen?«

»Er hatte römische Gemmen bei sich, die er schätzen lassen wollte«, sagte Shane. »Dabei stellte sich heraus, dass die meisten davon ziemlich gut gemachte Fälschungen waren. Das hat ihm nicht gepasst, und er fing an, rumzutoben und zu fluchen. Niall tauchte dann sehr schnell auf und setzte den Mann vor die Tür. Das passte ihm aber ebenso wenig. Er hat Niall dann gedroht, er würde ihm jemand schicken, der ihm Manieren beibrächte.«

»Dumm, dümmer, am dümmsten.« Sie schüttelte den Kopf über den mangelnden Verstand des Kunden, der die Situation offenbar grundlegend falsch eingeschätzt hatte. »Niall ist zwar nicht so groß wie Jersey, aber er ist um einiges reizbarer.«

Shanes Mundwinkel verzogen sich, und in seinen Augen glimmte ein boshafter Funke. »Abgebrühter auch. Und darauf kommt es im Zweifelsfall an.«

»Seh ich auch so.« Risa wusste nur zu gut, was »abgebrüht« bedeuten konnte. Wer bettelarm aufwächst, kennt früh den Unterschied zwischen abgebrüht, reizbar und bloß bärenstark. Entweder du lernst, Menschen und Situationen schnell und richtig einzuschätzen, oder du zahlst drauf.

Shane warf einen nachdenklichen Blick auf seine Kuratorin. Sie sah sehr geschäftsmäßig aus in ihrem dunklen schmalen Rock und der weiten, leuchtend blauen Jacke. Ihre Frisur wirkte wie eine glänzend schwarze Mütze, ihr Make-up war dezent, und ihr wohlgeformter Körper verschwand fast völlig hinter der Kleidung. Ihr Mund aber war von einer Art, die einen Mann betört und ihn alle guten Vorsätze schnell vergessen lässt. Beinahe hätte er Risa wegen dieses Körpers und ihrer verführerischen Lippen nicht eingestellt. Doch dann hatte er die unbeirrbare Intelligenz in ihren Augen gesehen und an den Ehrgeiz gedacht, der aus ihrer Bewerbung deutlich abzulesen war.

Als er Niall gebeten hatte, ihm bei der Suche nach einem zuverlässigen Kurator für Gold behilflich zu sein, der bereit wäre, in Las Vegas zu leben, hatte dieser Risa zu ihm geschickt. Und sie erwies sich tatsächlich als absolut perfekt für diesen Job.

Als er sie einstellte, wusste er, dass er das wahrscheinlich bereuen würde. Und er hatte in der Folge darauf geachtet, eine möglichst große Distanz zu ihr zu wahren.

Doch es lag an der Art ihrer Tätigkeit, dass der Abstand zwischen ihm und Risa nicht groß genug war. Bei den Vorbereitungen zu seiner »Druidengold«-Ausstellung hatten sie monatelang Hand in Hand gearbeitet. Immer wieder hatte er daran gedacht, einen anderen Kurator zu suchen, um sich mit Risa näher einlassen zu können. Doch er war auf ihr Fachwissen und ihre scharfe Intelligenz angewiesen – jedenfalls mehr als auf eine neue Affäre. Daher umkreisten sich die beiden weiterhin wie zwei einander fremde Hunde, die nicht wissen, ob sie miteinander raufen oder sich belecken und beschmusen sollen.

Meist war Shane froh, dass Risa an seine Adresse ebenso viele Stoppsignale aussandte, wie er es umgekehrt auch tat.

Aber dann war er wieder irritiert, dass Risa genauso wachsam war wie er. Er fragte sich, warum sie immer noch mauerte. Sicher nicht, weil sie Angst hatte, die einzig gute Stelle weit und breit zu verlieren. Im vergangenen Jahr hatte sie Stellenangebote von einem renommierten Privatmuseum und von zwei reichen Sammlern bekommen. Er wusste davon, weil er deren Vertragsangebote mit eigenen Zusagen übertreffen musste, um sie zu halten.

Sein gesunder Menschenverstand sagte ihm, dass er sie hätte gehen lassen sollen. Mit ihr bekam er genau die Probleme, die er immer vermeiden wollte.

Risa klopfte an die Tür des Reinluftraums 2, so genannt, weil er ein sicheres, neutrales Territorium darstellte, wo Käufer und Verkäufer sich treffen konnten, ohne Angst vor Betrug oder Diebstahl. In diesem Fall war Shane als Käufer da, zumindest hoffte das der Kunde von *Rarities*.

»Entschuldigt bitte die Verspätung«, sagte Risa zu Dana und Niall, die sich über Papiere beugten, die auf dem langen Metalltisch in der Mitte des Raums ausgebreitet waren. »Die Sicherheitsbehörde ließ uns in Vegas nicht abheben, und auf der Sepulveda hat sich ein Tanklaster auf die Seite gelegt.«

»Sie beide sollten sich geschmeichelt fühlen«, meinte Shane.

»Warum?«, fragte Dana und blickte auf.

»Ich bin ihr Chef, aber bei mir hat sie sich nicht entschuldigt.«

Risa kniff ein wenig die Augen zusammen, sagte aber nichts.

Niall räusperte sich. Zwischen Shane und Risa hatte es vom ersten Tag an geknirscht, aber in letzter Zeit stoben Funken, wann immer die beiden sich in einem Raum aufhielten. Mit einem unhörbaren Seufzer beschloss Niall, sich nach einer neuen Aufgabe für Risa umzusehen; wenn sie nicht bald von selbst ging, würde Shane sie rauswerfen. Auf der Habenseite standen immerhin die großzügigen Abfindungen, die

Shane zu machen pflegte. Vielleicht war es das, worauf sie spekulierte.

»Warum sollte sie sich bei Ihnen entschuldigen?«, fragte Dana und schob die Papiere mit einer heftigen Bewegung zusammen. »Für ihre Zeit bezahlt im Augenblick *Rarities*, nicht Sie.«

»Autsch«, ließ sich Shane vernehmen.

»Eines Tages werden Sie es schon noch lernen, mein Freund«, sagte Niall und grinste. »Die Dame könnte einem Rasiermesser das Schneiden beibringen.«

Shane zog eine seiner dunkelbraunen Brauen hoch und blickte Niall schief an, der sich jetzt in seinen Sessel zurückfallen ließ, als könnte ihn nichts auf der Welt aus der Fassung bringen. Dann zog Niall seine breiten Schultern zurück und fingerte an seinen Hemdknöpfen herum. »Wollen Sie mal meine Narben sehen?«

»Ich glaube, er könnte den Anblick nicht ertragen«, bemerkte Dana trocken. »Und Risa ist viel zu jung für solch eine Männerbrust.«

»Hey, hört mal her, ich bin einunddreißig«, sagte Risa mit rauchiger Stimme in ihrem gedehnten Südstaatenakzent aus Arkansas. »Also alt genug, um zu wissen, dass mir ein Mann seine, hm, Narben besser nicht zeigen sollte.«

Danas Lachen ließ sie viel jünger aussehen, als sie nach Risas Schätzung war.

»Also gut«, meinte Niall. »Wenn du nicht an einem Männerstrip interessiert bist, dann vielleicht an ein paar Stücken alten Goldschmucks?«

Ohne auf eine Antwort zu warten, schob er den Sessel zurück und ging zu einem langen Aluminiumkasten am anderen Ende des Tisches. Der Kasten hatte eine Form, als sei er für das Lieblingsqueue eines professionellen Billardspielers gemacht. Am gegenüberliegenden Ende des Tisches lag ein ähnlicher, kleinerer Kasten.

»Aufnahme läuft?«, fragte Dana in den Raum.

»Ja, läuft«, antwortete eine Geisterstimme aus einem Gitter oben an der Decke.

»Ist das Factoid?«, fragte Shane und bewegte den Arm Richtung Gitter.

»Nein«, antwortete Niall, »unser Testlaborguru ist heute außer Haus.«

»Mit Gretchen?«, fragte Shane grinsend. Joe-Bob McCoy alias Factoid war seiner Chefin, der Leiterin des Testlabors, verfallen. Gretchen Miller war doppelt so alt wie er und wog zweieinhalbmal so viel. Eine wahre Walküre.

»Im Augenblick arbeitet sie mit Ian Lapstrake und Lawe Donovan zusammen«, erklärte Dana. »Am Rutherby-Erbe.«

»So ein Pech«, meinte Shane. »Ich hätte einen grandiosen Menütipp für Factoid für sein nächstes Date mit Gretchen, vorausgesetzt, er kann sie je zu einem weiteren Date bewegen. Nach diesem Mahl wird sie ihn anbeten.«

Niall kicherte. »Woraus besteht es denn – zwölferlei Austernspezialitäten?«

Dana rollte mit ihren dunklen Augen. In puncto leibliches Wohlbefinden waren Männer äußerst simpel gestrickt.

»Etwas raffinierter«, erwiderte Shane. »Zunächst mal sollte er Kerzen mit Achaten drum herum aufstellen.«

»Warum das?«, fragte Niall.

»Ein altbewährtes, garantiertes Aphrodisiakum.«

Dana schnaubte leise durch die Nase.

Shane fuhr fort. »Shrimpscocktail, Selleriesuppe, Endiviensalat, Heilbutt mit Paprika und Wacholder. Dazu natürlich Wein. Zum Dessert Benediktinerlikör und Schokolade – und die Nacht deiner Träume kann beginnen.«

»Dafür würde ich sogar ausnahmsweise Endiviensalat essen«, meinte Niall.

Dana warf ihm einen Blick zu, der besagte, dass sie sich seine Worte merken und gegen ihn verwenden würde. Er hasste Endiviensalat.

Ohne es selbst zu merken, entschlüpfte Risa ein leiser Seufzer beim Gedanken an Benediktinerlikör und Schokolade. »Das bringt mich um. Alles, was ich zum Lunch kriege, sind Karotten und Sellerie.«

»Warum?«, fragte Shane erstaunt.

»Das Übliche. Ich kann mir keine neuen Kleider leisten, wenn ich meine alten sprenge.«

»Soll das eine Anspielung auf den Wunsch nach einer Gehaltserhöhung sein, wo ich doch kürzlich erst gezwungen wurde, Ihnen ...«

»Ihr könnt euch ein andermal streiten«, fuhr Dana dazwischen. Dann sagte sie zu Risa: »Der Kunde bittet um eine ›kalte‹ Schätzung. Also nur Inaugenscheinnahme.«

»Kalte Schätzung heißer Ware?«, fragte Shane.

Dana warf ihm einen Blick zu, der Feuer zu Eis hätte gefrieren lassen können. »Die Herkunft dieser Ware ist einwandfrei und über jeden Zweifel erhaben. Der Sammler möchte sich nur eine aufwendige Schätzung ersparen, solange noch nicht klar ist, ob die Stücke nach einer kurzen Inspektion doch weniger wert sind, als man ihm bedeutet hat.«

Shane grinste und fuhr sich in gespielter Naivität durch die Haare.

Dana ignorierte ihn, obwohl sich ihre Lippen leicht kräuselten wie beim Anflug eines Lächelns. Sie besaß eine Schwäche für kluge und attraktive, doch als Gegner beinharte Männer.

Niall öffnete den ersten Alukasten und hob den Deckel hoch. Goldglänzende Objekte kamen zum Vorschein, die in verschiedenen vorgeformten Mulden lagen.

Schon beim ersten Blick vergaß Risa alles um sich herum. Sie trat nahe an den Kasten heran und starrte intensiv auf seinen Inhalt. Nach einer langen Pause, in der alles still war, begann sie zu sprechen.

»Erster Eindruck: Keltisch, mit Sicherheit. In Stil und Bearbeitung sind die Stücke zwischen Latènezeit und mediterraner Zivilisation anzusiedeln. Vom Alter her irgendwo zwischen fünftem Jahrhundert vor und fünftem Jahrhundert nach Christus. Wenn Angaben zu einzelnen Stücken gemacht werden sollen, wird das einige Tage in Anspruch nehmen für einen detaillierten Stilvergleich mit Museumsstücken, Fachliteratur, Auktionskatalogen, Onlineverzeichnissen – all so etwas. Die meisten meiner Unterlagen habe ich zu Hause in Las Vegas liegen lassen, da es hieß, hier ginge es nur um eine schnelle Schätzung.«

»Sollte eine umfassende Schätzung erforderlich werden, brauchst du dafür die Originale oder tun es auch Abbildungen?«

Aufmerksam, mit zusammengekniffenen Augen blickte Risa noch einmal jedes einzelne Stück genau an. »Habt ihr unter dem Mikroskop schon nach Bearbeitungsspuren aus neuerer Zeit gesucht?«

»Der Kunde versicherte mir, es gäbe keine«, entgegnete Dana. »Wir haben das natürlich überprüft und nichts gefunden.«

»Also gut.« Risa atmete tief durch. »Dann würde ich mit den Abbildungen anfangen und die Originale anfordern, wenn es sich als notwendig erweist.«

Dana nickte. »Habe ich notiert.«

»So viel kann ich noch sagen«, fuhr Risa fort. »Von den neun Objekten in diesem Kasten zeigt eines deutliche Reparaturspuren aus jüngerer Zeit – die Goldlegierung passt einfach nicht. Zwei andere Stücke weisen deutlich ältere Reparaturen auf, das ist aber nur ein vorläufiger Eindruck nach Augenschein. Einige der übrigen Stücke sind offenkundig reparaturbedürftig, doch das ist nicht verwunderlich. Aller Wahrscheinlichkeit nach sind diese Stücke um zweitausend Jahre alt.«

»Denkst du, sie sind echt?«, fragte Dana. »Ich wiederhole, dies ist eine nicht bindende, mündlich geäußerte Meinung, die ausschließlich auf einer begrenzten Augenscheinschätzung basiert.«

Risa wartete, bis Dana den ganzen rechtlichen Klimbim aufgezeichnet hatte, bevor sie antwortete: »Ich habe nichts gesehen, was mich von meiner Meinung abbringen könnte. Noch nicht.«

Sie hatte aber auch noch nie einen Kunstgegenstand inspiziert, dessen Anblick sie in völlige Begeisterung versetzt hätte. Einen »Showstopper«, wie ihr Chef sagen würde.

Nach so etwas suchte Shane für die Eröffnung seiner neuen Ausstellung an Silvester. Es war genau das, was ihm noch fehlte als Höhepunkt seiner Druidenschau. Sie staunte immer wieder, wie viel Zeit er ihr dafür gab. Und wen er noch alles dafür einspannte.

Shane hatte sein Glück zwar im Glücksspielgeschäft gemacht, aber er selbst überließ nie etwas dem Zufall.

2

Los Angeles
Freitag, den 31. Oktober
Morgens

»Ist der Kunde einverstanden, wenn ich die Objekte manuell inspiziere?«, fragte Risa und runzelte die Stirn.

Dana nickte. »Ja, aber wir haben sie schon fotografiert, Röntgenaufnahmen gemacht und sie verschiedentlich elektronisch untersucht, inklusive XRF und REM.«

Ohne die Frage von Shane abzuwarten, erklärte Risa: »Röntgenfluoreszenz, um die Zusammensetzung der Metalllegierung zu bestimmen, und Rasterelektronenmikroskop für all die winzigen Details.«

»Die Ergebnisse wurden digitalisiert«, fuhr Dana fort, »und können dreidimensional reproduziert werden. Wenn du also nicht das Risiko eingehen willst, die Objekte in die Hand …«

Risa übertönte das Ende des Satzes mit einem lauten Lachen. »Alles, wofür ich lebe, ist der Umgang mit altem Schmuck, vor allem Goldschmuck. Qualitativ hochwertiges Gold reagiert nicht auf die Säure menschlicher Haut, was bedeutet, dass ich bei einer kurzen Prüfung eines Goldobjekts keine Chirurgenhandschuhe tragen muss.«

»Was sollte dir das Anfassen von Gold denn mehr bringen als einfach nur den Spaß an der Freude?«, fragte Niall.

»Kein Foto, keine 3-D-Reproduktion, kein Hologramm, kein elektronischer Scan, keine Zeichnung und kein Bericht können für mich das direkte Anfassen und In-die-Hand-Nehmen ersetzen. Beim Menschen ist nur noch die Zunge empfindsamer als die Fingerspitzen. Ich habe schon Objekte untersucht, die so fein gearbeitet waren, dass Auge und Fingerspitzen nicht ausreichten.«

»Soll das heißen, du leckst daran?«, fragte Niall ungläubig.

Ein amüsierter Seitenblick war ihre einzige Antwort.

Shanes Augenlider senkten sich beinahe träge. Das war seine einzige sichtbare Reaktion auf die Vorstellung an eine Untersuchung von etwas, die Risa mit ihrer Zunge vornahm. Der Gedanke daran war zweifelsohne interessanter als all die Goldobjekte auf dem Tisch vor ihm. Die waren zwar historisch von einigem Wert, aber ihnen fehlte das Prickelnde.

Doch das war genau das, was er suchte. Etwas, was spürbar Wirkung ausübte auf die Menschen. Goldobjekte, die geeignet waren, sogar die breite Masse und all die Ignoranten des 21. Jahrhunderts zu ergreifen und bis ins Mark zu erschüttern. Auch wenn diese Momente immer nur ein paar Sekunden dauerten, so würden die Betrachter doch unmittelbar erkennen, dass Menschen wie sie bereits vor Tausenden von Jahren gelebt hatten – wie sie selbst hatten sie Sehnsucht gehabt und gelacht, geliebt und geweint, waren gestorben und hatten sich immer wieder schöpferisch betätigt.

Die Vorstellung, dass solch eine Ausstellung natürlich auch die Besucherströme durch die Casinos von *Tannahill Inc.* leiten würde, war natürlich reizvoll, doch das war nicht der Grund, warum Shane auf der Jagd nach hochwertigen Goldobjekten war. Sein Beweggrund war ganz einfach: Er verachtete die Räuber, Plünderer und Aasgeier von Kunstschätzen alter Kulturen. Von diesem leidenschaftlichen Antrieb wussten nur noch zwei andere Menschen: Dana und Niall. Shane tat alles, um es dabei zu belassen.

Je geringer die Leute seine Motive achteten, desto leichter entging er ihrer Aufmerksamkeit.

»Haben Sie nichts anderes, was Sie mir zeigen können?«, fragte er. »Das ist nicht das, was ich suche. Wenn ich die

Druidenausstellung eröffne, dann ist da ein Haufen Presse und andere Medien mit Tausenden von Kameras. Prominenz, Politiker, sonstige Berühmtheiten. Die ganze bunte Blase.«

»Was Shane sagen will«, versuchte Risa zu übersetzen, »ist, dass es in Las Vegas zwei Sorten Menschen gibt: die downtown ohne Geld, Geschmack und Stil und die Reichen, Überkandidelten aus den Vororten. Die Objekte hier werden keinen von denen vom Hocker reißen.«

Doch noch während sie sprach, strichen ihre Fingerspitzen bewundernd über die kühle, mit Blessuren versehene Oberfläche von etwas, was vielleicht der Halsring eines privilegierten Kindes gewesen sein mochte oder die Opfergabe für eine der vierhundert Gottheiten, die von den Kelten verehrt wurden. Ihrer Meinung nach verdiente noch das geringste Kunstobjekt Respekt allein dafür, dass es im Unterschied zu vielem anderem so lange dem Vergessen entgehen konnte.

Dana reagierte auf Risas Erklärung mit einer bloßen Handbewegung und blickte Shane an. Sie hatte mit seiner Ungeduld gerechnet. Deshalb hatte sie darauf bestanden, dass nicht er, sondern *Rarities* für Risas Zeit, Flug und Unkosten aufkam. »Nicht aufregen, bitte. Risa ist in *unserem* Auftrag hier, nicht in Ihrem.« An Niall gewandt sagte sie: »Willst du ihn nicht einfach mal mit ins Untergeschoss nehmen und dort mit ihm ein kleines Kämpfchen machen, Waffen beliebig – oder so etwas?«

Das war ein Befehl, keine Frage.

Shane lachte und hob seine Hände, als wolle er sich der schmalen Brünetten ergeben. »Ihr Angebot ist so verlockend, Dana. Ich kann kaum widerstehen.«

»Also los, fangen Sie schon an mit Ihrem Kampf«, schlug Niall vor, aber an seinen Augenfältchen war erkennbar, dass er sich insgeheim amüsierte.

Dana murmelte irgendetwas, das sich wie »Kerle« oder

»Kacke« anhörte. Keiner bat sie um eine genauere Erklärung.

Lächelnd griff Risa nach dem kleinen Halsring. »Dem Gewicht nach zu urteilen ist er hohl. Dieser Torques genannte offene Halsring ist höchstwahrscheinlich eine Grabbeilage oder ein Opfer für den Geist einer bestimmten Quelle oder eines Moores oder Flusses. Nach seiner Farbe zu urteilen ist er aus einer Gold-Silber-Legierung gemacht, ähnlich den Hortfunden in Snettisham in England, die auf die Mitte des ersten Jahrhunderts vor Christus datiert wurden. Aber auch wenn das stimmt, wäre damit nicht der Beweis für die Herkunft dieses Objektes hier erbracht, weil Grabbeilagen und Schatzfunde schon seit Menschengedenken immer wieder ausgegraben und eingeschmolzen wurden, um daraus eigene Stücke herzustellen.«

»Aber du würdest zustimmen, diesen Halsring als britisch-keltisches Stück aus dem ersten vorchristlichen Jahrhundert einzustufen?«

»Wenn das mit euren Röntgenfluoreszenzergebnissen übereinstimmt?«

»Tut es«, beeilte Dana sich zu sagen. »Keins der Stücke ist eine der modernen Neun-, Vierzehn- oder Achtzehn-Karat-Goldlegierungen.«

Risa nickte, ohne dabei den Blick von dem Halsring zu wenden.

»Die Bearbeitung hat nicht dasselbe hohe Niveau wie die Stücke aus den Snettisham-Horten des ersten vorchristlichen Jahrhunderts. Die Verbindungsstücke sind hier nicht einmal mit Gravuren verziert. Vielleicht wurde der Ring nicht vollendet, vielleicht aber doch. Wir werden es nie erfahren. Wir können nur das beurteilen, was wir in Händen halten, nicht, was gewesen sein könnte.«

»Aber der Ring ähnelt den Snettisham-Stücken?«, hakte Dana nach.

»Ganz offensichtlich wurde dieser Ring aus silberlegiertem Gold gemacht«, antwortete Risa. »Mehr will ich im Moment nicht dazu sagen.«

Risa hielt den Halsring in derselben Position und drehte ihn, damit die Kamera über ihren Köpfen ihn gut erfassen konnte. Die Schlichtheit des Objekts wurde dadurch ins beste Licht gesetzt.

»Es handelt sich hier um ein einzelnes Röhrchen aus Gold, das sehr schlicht zu einem schmalen Halsring geformt wurde«, sprach Risa. »Als goldenes Überbleibsel vergangener Jahrhunderte hat es neben dem finanziellen auch einen historischen Wert. Als Beispiel der Schmiedekunst in der Eisenzeit in Britannien dagegen ...« – fuhr Risa achselzuckend fort – »ist es schlicht. Sehr schlicht. Jedes gute Museum hütet so etwas in seinen Magazinen, bis ein Wissenschaftler sich vielleicht dafür erwärmt.«

Als Dana nickte, glitt ein heller Schimmer über ihr kurzes dunkles Haar. Der Kunde hatte sich zweifellos mehr erhofft, aber das war allein sein Problem. Danas Aufgabe waren Ankauf, Verkauf, Schätzung und Schutz des nie abreißenden Stroms von Kunstobjekten aus alten Kulturen, die den Experten von *Rarities Unlimited* vorgelegt wurden.

»Die anderen Objekte sind von ähnlicher künstlerischer Qualität.« Vorsichtig legte Risa den Halsring zurück in seine Mulde und ergriff eher zufällig eines der anderen Stücke der Sammlung. »Diese Ringfibel – so etwas wie ein Kreis, der an einer Stelle unterbrochen ist – wurde verwendet, um Gewänder, Umhänge und Ähnliches festzustecken, damit sie nicht von den Schultern rutschten. Viele solcher Fibeln wurden aus Eisen oder Bronze gemacht. Die Wikinger bevorzugten Silber, weil sie davon am meisten besaßen. Die frühere Keltenkultur hier und andernorts dagegen war reich an Gold.«

Niall betrachtete sich die Ringfibel. Es gab nichts, womit man sie an einem Kleidungsstück hätte befestigen können – noch nicht einmal eine Spitze, um sie durch den Stoff zu stoßen, bevor sie in der grob gearbeiteten Halterung einrastete.

»Mir ist nicht klar, wie diese Fibel irgendetwas hätte halten können.«

»Das kommt daher, weil der Teil mit der Spitze abgebrochen ist«, sagte Risa und legte die Fibel zurück. »Das ist vermutlich absichtlich passiert, als die Fibel ins Grab gelegt oder ins Wasser geworfen wurde.«

Niall öffnete den Mund, um zu fragen, wieso etwas entzweigebrochen worden sein sollte, bevor es ins Grab gelegt oder einem Gott geopfert worden war. Doch da fing er Danas scharfen, ungeduldigen Blick auf und schloss den Mund wieder. Es war nicht wichtig, darüber so genau Bescheid zu wissen. Nicht für ihn. Es war genug, wenn Risa Bescheid wusste.

Außerdem konnte er sie später immer noch fragen.

»Zwei der übrigen Fibeln weisen ähnliche Defekte auf.« Risa ließ ihre Finger rasch über drei andere Stücke gleiten. »Diese schmalen Armreifen sind aus einer späteren Zeit, als die Römer bereits die keltische Kultur beeinflusst hatten. Sie scheinen aus massivem Gold zu sein.« Sie nahm einen nach dem anderen heraus und wog sie in ihrer Hand. »Nicht hohl. Auch hier ziemlich grob gearbeitet. Sie besitzen nichts von der Kunst mediterraner Goldschmiede, die mit den Römern nach Britannien gekommen waren. Auch haben diese Stücke nicht die – na ja, Ausstrahlung, die die besten keltischen Goldschmiede ihren Arbeiten zu geben vermochten.«

»Definieren Sie mir Ausstrahlung«, bat Shane knapp.

Was ihr bei dieser Frage zuerst durch den Kopf ging, war, dass gerade Shane genug über Ausstrahlung wissen müsste. Er selbst hatte sicher mehr davon als üblich. »Das kann man nicht definieren. Wenn sie da ist, spürt man sie. Wenn nicht …« Sie zuckte mit den Schultern.

Er wollte mit einer zweiten Frage nachsetzen, wurde aber von seiner Angestellten unterbrochen.

»Ich werde darüber später mit Ihnen diskutieren, wenn Sie möchten«, sagte Risa. »Bis dahin – schauen Sie einfach mal in den Spiegel.« Als sie Shanes überraschten Ausdruck sah, schob sie ihr Kinn herausfordernd nach vorn. »Kerle – K...«

Danas Lachen war so sanft wie ihre Stimme. »Gibt es noch etwas, was du für das Aufnahmegerät sagen möchtest?«

Röte überflog Risas Wangen, als sie daran dachte, dass jedes Wort und jede Geste vom Aufnahmegerät festgehalten wurden. »Die Schlichtheit, grobe Bearbeitung und der reparaturbedürftige Zustand der Teile lassen mich die Gewissheit äußern, dass es sich hier nicht um Fälschungen handelt. Die Stücke sind einfach nicht gut genug, um bei Fälschern genügend Interesse und Geld aufzubringen, um ihre Geschicklichkeit, ihre Zeit und das benötigte Material hierfür einzusetzen.«

»Wärest du bereit, eine mündliche, nicht bindende Schätzung abzugeben, wie viel die Sammlung insgesamt wert sein könnte?«

»Stammen diese Stücke aus ein und demselben Fundort und derselben Zeit?«

»Nein«, antwortete Dana.

»Dann ist der Wert erheblich geringer.«

»Meinem Kunden ist dies bewusst.«

»Im Augenblick und in Anbetracht der Tatsache, dass die Herkunft gesichert ist, sehe ich nicht mehr als fünfundsiebzig- bis einhundertfünfzigtausend Dollar für die ganze Sammlung. Sie besitzt für Museen nur einen geringen Wert. Ein Schmucksammler, der sich auf Keltengold spezialisiert hat, könnte jedoch noch mehr dafür anlegen wollen.« Sie heftete ihre lebhaften dunkelblauen Augen auf Shane. »Sammler sind nicht vorhersehbar. Sie legen die Summen hin, die die Objekte ihnen wert sind.«

Shanes Lächeln offenbarte nichts als seine weiß schimmernden Zähne.

Niall räusperte sich, als er den Kasten schloss, und brachte dafür den anderen Alukasten zu der Gruppe am Tisch. Er war nur halb so groß wie der andere. Niall entriegelte den Kasten und drehte ihn zu Risa hin.

Sie spürte die Bewegungslosigkeit von Shane. Kurz blickte sie ihn an und sah keine Veränderung in seinem Ausdruck.

Doch sie begriff, dass er sich bereits entschieden hatte, die Objekte zu kaufen, bevor er die Meinung seiner Fachfrau dazu gehört hatte.

K...!

So etwas hasste sie.

Zumindest waren das Stücke, auf die sie stolz sein würde, wenn sie der Sammlung des *Golden Fleece* angehörten. Vorausgesetzt natürlich, die Objekte waren keine Fälschungen oder zusammengestückelte Raubobjekte, die förmlich nach Blut und Diebstahl rochen.

Wenn die Herkunft zweifelhaft war, standen ihr und ihrem Chef einige hitzige Debatten bevor. Ihre Vorstellung von einer einwandfreien Provenienz war nach der Meinung von Shane zu streng. Viele Auktionshäuser hätten sich seiner Meinung angeschlossen.

Doch Risas Kindheit und Jugend waren so hart und ihre Herkunft so zweifelhaft, dass sie bei Kunstwerken höchste Reinheit verlangte. Shanes Herkunft war dagegen lupenrein, und das machte ihn toleranter.

Er war nie mit etwas erwischt worden, was nicht nach Recht und Gesetz ihm gehörte.

Risa schob die Erinnerung an ihre unglückliche Kindheit als Waise in Arkansas beiseite und konzentrierte sich auf das Objekt vor ihr. Es strahlte eine Unversehrtheit und Integrität aus, die stärker waren als seine mögliche Inbesitznahme durch kriminelle oder habgierige Menschen in der Vergangenheit.

»Nur Inaugenscheinnahme, oder darf ich das Objekt auch in die Hand nehmen?«

»Gleiche Bedingungen wie bei den anderen Stücken«, antwortete Dana.

Risa schüttelte lächelnd den Kopf. »Nein, dies hier ist ganz anders als die anderen Stücke. Es besitzt Ausstrahlung.«

Shane blickte sie von der Seite an.

Sie ignorierte ihn und konzentrierte sich auf den Halsring. Zu ihrer Erleichterung fühlte sie nur die Kälte und das Gewicht des Goldes und nichts von der beunruhigenden Kraft, die sie manchmal an einem Objekt spürte. Am schlimmsten war das in Wales gewesen, als sie zwischen aufragenden Kultsteinen gestanden hatte, obwohl nicht einmal solche Kunstobjekte in der Nähe gewesen waren. Sie dachte nicht gerne an diese Begebenheit und an die manchmal aufblitzende Erkenntnis, dass sie – *anders* war.

Sie atmete tief durch und zwang sich, ihre Aufmerksamkeit ganz auf das Hier und Heute zu lenken und weg von ihrer traurigen Kindheit und einem gespenstischen Eichenwäldchen in Wales.

Der Halsring war unterteilt in drei gleiche Bogen. Auf dem äußeren Rand eines jeden Bogens befand sich als Verzierung ein Speichenrad, das jeweils genau in der Mitte des Bogens saß. Und jedes Rad war noch einmal dreigeteilt durch drei gleich große goldene Kugeln.

»Klassische Dreiteiligkeit«, sagte Risa. »Die Kelten liebten die Dreifaltigkeit lange vor der christlichen Zeit.« Vorsichtig nahm sie den Halsring aus seiner Mulde. »Seinem Gewicht nach zu urteilen, ist er massiv. Ob es pures Gold ist oder Blattgold über Eisen, lässt sich nach Augenschein nicht sagen. Wenn es ein Goldüberzug ist, ist er sehr dick. Ich kann nichts anderes als Gold erkennen.«

Dana sprach leise in das Mikrofon, das an ihrem Kragen befestigt war. »Was sagt die Recherche?«

»Eisenkern«, kam es aus dem Deckengitter. »Geprüft durch *Rarities*.«

»Fantastisch«, hauchte Risa.

»Wäre es nicht wertvoller, wenn es reines Gold wäre?«, fragte Niall.

»Für ein Metall ist Gold sehr weich«, antwortete sie abwesend. »Man kann es sehr leicht formen, wie man es wünscht, aber es verliert auch genauso schnell wieder seine Form. Schlimmer noch, ein Halsring ganz aus Gold könnte wohl kaum einen überraschenden Schwertstreich von hinten abhalten – und das entsprach wahrscheinlich der ursprünglichen Aufgabe solcher Halsringe. Die Tatsache, dass der Ring aus einem vergoldeten Eisenkern besteht, macht die Deutung wahrscheinlicher, dass es sich hier um ein Standessymbol handelt, das tatsächlich von einer Frau oder einem dünnhalsigen Mann getragen wurde. Wunderschön. Einfach wunderschön.« Mit empfindsamen Fingerspitzen glitt sie über den ganzen Bogen. »Hm. Ja. Hier ist es. Und hier.«

Shane beobachtete ihre Fingerspitzen und dachte an ihre Zunge. Gereizt zwang er sich, nur an den Goldreif zu denken statt an sein ständig wachsendes, verdammt unpassendes erotisches Verlangen nach seiner Kuratorin.

Risa blickte zu Dana. »Ich vermute eine Zapfenverbindung an beiden Enden dieses Bogens.«

»Übersetzen, bitte«, sagte Shane.

Die Schärfe in seinem Ton ließ Risas Augen schmaler werden. »Stellen Sie es sich einfach vor wie Männchen und Weibchen.«

Niall kicherte.

Risa wandte sich wieder an Dana. »Diese Art von Verbindung war in der Eisenzeit weit verbreitet. So konnte man einen der drei Bogen entfernen, sodass die beiden übrigen um den Nacken gelegt – oder gedrückt – werden konnten. Dann wurde der Bogen wieder an seine Stelle gesetzt und die Zapfen zusammengepresst, und auf diese Weise saß er bombenfest.«

»Klingt ungemütlich«, meinte Shane.

»Das hat Status oft so an sich.«

Er warf Risa einen amüsierten, bewundernden Blick zu. Die Verbindung von Pragmatik und scharfer Intelligenz interessierte ihn so wie alles andere an ihr, inklusive ihres üppigen Körpers.

Und das machte ihm Sorge. Affären entstanden nicht auf der Basis von Intelligenz und Pragmatik. Sie waren in der Regel schnell, gierig und heiß. Alles, was mit Intelligenz zu tun hatte, war eine Beziehung.

Schlechte Idee.

Beziehungen waren nicht seine Sache. Beziehungen hatte er nur zu seiner Familie, und das bedeutete im Fall seines Vaters ständigen Kampf, bei seiner Mutter Traurigkeit auf beiden Seiten – also Enttäuschung auf der ganzen Linie.

Wenn du es nur versuchen würdest, könnten dein Vater und du gut miteinander auskommen. Du musst es nur versuchen, Shane. Versuch's doch, bitte. Tu's für mich.

Diese oft wiederholte Bitte seiner Mutter geisterte wie ein trauriges Gespenst durch Shanes Erinnerungen. Er ignorierte sie mit der Leichtigkeit lebenslanger Gewohnheit und Übung. Auch nicht seiner Mutter zuliebe würde er sich mit der ätzenden Arroganz seines Vaters abfinden. Damit basta. Und basta mit jeglichem Familienleben.

Shanes wahre Erziehung hatte danach erst begonnen.

Was hätte eine bessere Schule für all die Dinge sein können, die er bei seinem erfolgreich abgeschlossenen Betriebswirtschaftsstudium in Stanford nicht lernen konnte, als die Straße – völlig abgebrannt und alleine?

»Was das Alter anbelangt«, fuhr Risa fort und strich mit ihren Fingerspitzen leicht über das kühle alte Gold: »Ich kenne zumindest einen Ring, der diesem in Bearbeitung und Stil ähnelt. Er stammt aus dem Marne-Tal in Frankreich und geht zurück auf das vierte vorchristliche Jahrhundert.«

»Vorläufige Schätzung des Werts?«, fragte Dana.

»Vorausgesetzt, er ist von einwandfreier – völlig zweifelsfreier – Herkunft, würde ich bei dreihunderttausend anfangen und hoffen, dass er beträchtlich mehr einbringt. Bis zu fünfhunderttausend. Vielleicht sogar mehr. Das hängt davon ab, ob er auf einer öffentlichen Auktion angeboten wird, wo die Preise schon wegen des Wettbewerbscharakters der Veranstaltung höher gehen, oder bei einem Privatverkauf an einen interessierten Käufer.«

»Ist er verkäuflich?«, fragte Shane direkt.

»Ja«, antwortete Dana.

»Darf ich«, fragte er und streckte bereits fordernd seine Hand aus.

Risa übergab ihm den Ring.

Einen Moment lang schloss er die Augen und nahm das Gewicht, die Bearbeitungsweise und das Gefühl, das er beim Anfassen eines antiken Stücks empfand, in sich auf. Er hätte nicht sagen können, warum er sich antiken Sammlerstücken aus Gold auf diese Weise näherte; er wusste nur, dass er es schon immer so machte. Egal, wie spektakulär ein Stück sein mochte – wenn es sich für ihn nicht richtig anfühlte, kaufte er es nicht.

Als er seine Augen öffnete, hatten sie die klare, tiefgrüne Färbung königlicher Jade. Und er schaute Risa an – in sie hinein.

Sie spürte, wie ihre Nackenhaare zu kribbeln begannen, und wandte sich abrupt von ihm ab. Beinahe wäre sie dabei gestolpert. »Sag deinem Kunden, er hätte – die Prüfung der Herkunft vorausgesetzt – ein Gebot über dreihunderttausend ...«

»Vier«, wurde sie von Shane unterbrochen.

»Vierhunderttausend Dollar«, presste sie zwischen ihren Zähnen hervor. »Wenn er Probleme damit hat, dass ich gleichzeitig als Gutachterin und Ankäuferin fungiere, wird ihm *Tannahill Inc.* ein neutrales Gutachten bezahlen.«

»In Ordnung«, sagte Dana. Im Geiste sah sie bereits die Provision zu *Rarities* wandern und lächelte. »Er wird es nicht ausschlagen. Er hat Shane als potenziellen Käufer eigens benannt.«

»Wahrscheinlich, weil er seine Aufmerksamkeit wollte«,

sagte Risa mit leichter Bitterkeit in der Stimme. Sie selbst war nicht bekannt genug, um Angebote von Kunstwerken wie diesem hier zu bekommen.

»Ganz zweifellos«, bekräftigte Dana. »Jeder, der irgendwo auf der Welt wertvollen antiken Goldschmuck verkauft, hat von Shane Tannahill und dem *Golden Fleece* gehört.«

»Das macht mein Leben ja auch so interessant«, murmelte Risa.

»All die tollen Sachen anzukaufen, meinst du?«, fragte Niall.

»Nein. Mit all den ›tollen Sachen‹ umzugehen, die immer wieder aus den dunklen Kanälen dieser Welt auftauchen, die so reich an Gold sind.«

3

Sedona
In der Nacht von Halloween

Das große Buch, das in Virgils Schoß lag, war schwer, sehr gelehrt und angefüllt mit den schönsten Zeichnungen und Farbfotos keltischer Kunstwerke. Virgil musste sich die einzelnen Seiten gar nicht mehr genau anschauen.

Er wusste längst, was dort stand. Sein Kopf war bis obenhin voll davon. Das Buch war nur eines von vielen, die er gesammelt hatte, um daraus mehr über die goldenen Kunstwerke zu erfahren, die in drei Munitionskisten aus dem Zweiten Weltkrieg unter seinem Bett lagen.

Er hatte alle seine früheren Adressen fein säuberlich außen an jede einzelne Kiste geschrieben, als feierliche Dokumentation all der Orte, aus denen er geflohen war.

Doch damit war es vorbei.

Er hatte endlich verstanden, dass er dem Undenkbaren nicht entfliehen konnte.

Zum letzten Standort hatte er den reichen Südwesten gewählt, wo es mehr Spiritualität gab als andernorts. Damals war seine Hoffnung gewesen, durch Aufstellen der Kisten zwischen die drei schräg aufragenden Menhire, die er am Fuß des nahe gelegenen Steilhangs gefunden hatte, das Gold irgendwie … zurückgeben zu können.

Um sich dadurch davon zu befreien.

Als dieser Plan fehlgeschlagen war, hatte er die Kisten unter sein Bett gepackt und in Büchern gestöbert, um herauszufinden, wie er das, was in diesem Gold lebte, kontrollieren könnte. Das war ebenfalls schiefgegangen, doch die Hoffnung darauf war geblieben und so beständig wie der Atem. Und so lebensnotwendig.

So las er immer weiter in seinen Büchern und hoffte, den Schlüssel zu finden, wie er sich vom Fluch des Druidengoldes befreien könnte.

Einmal, es war im Herbst, hatte er sogar versucht, an den Platz in Wales zurückzukehren, wo er vor mehr als einem halben Jahrhundert den Schatz ausgegraben hatte. Gold, heiliges Gold, drei mal drei mal drei Kultgegenstände, die den Kern der Druidenrituale bildeten – Rituale für Geburt und Tod, für die Zwiesprache der Druiden mit den Göttern im Beisein von Königen, die auf Antwort warteten, und Rituale zur Sicherung des Laufs von Sonne und Mond. Das Fest von Beltaine im Mai, wenn für das Land die Zeit der Wärme und Hoffnung wieder anbrach, und das Fest von Samhain im November, wenn die Zeit der Kälte und Verzweiflung zurückkehrte.

Samhain, an dem das Reale und das Irreale wieder zusammenflossen und ein geisterhaftes Ganzes bildeten.

Zu Samhain war er nach Wales zurückgekehrt, um erneut die neun Hügel zu finden, die sechs Eichen, die drei Menhire und die eine kleine Quelle. Dieses Mal hatte er keinen Metalldetektor mitgenommen. Er war nicht auf der Suche nach Gold. Alles, was er suchte, war Absolution.

Er hatte nichts davon gefunden, nicht einmal die schwarze Quelle im Zentrum der Steine. Derselbe Ort, den er in Kriegszeiten so mühelos entdeckt hatte, entzog sich ihm im Frieden.

Niedergeschlagen, immer noch verflucht, so war er zurück nach Amerika geflohen. Hier war er auch geblieben, immer älter, aber nicht klüger werdend, trotz all der Bücher, die er gelesen hatte. Nirgendwo in diesen Büchern hatte er irgendetwas entdeckt, was den siebenundzwanzig Stücken gleichkam, die er in dem Druidengrab gefunden hatte. In keiner der modernen Fantasien über weiß gekleidete Druiden hatte er etwas gefunden, was der Kraft der Alten gleichkam, in deren Geist ihre gesamte Kultur eingeschlossen war. Druiden vermochten die Kranken zu heilen und die Gesunden krank zu machen. Druiden sprachen mit den Göttern und besaßen mehr Macht als Könige. Druiden machten keinen Unterschied zwischen sich und einem Fluss oder einer Eiche oder einem Hirschen; alles war ein Ganzes, ohne Abgrenzungen, heilig.

Und all diese Kraft war in den Kultgegenständen verborgen, die er gestohlen hatte.

Er war verdammt.

Er legte das Buch zur Seite und starrte unruhig auf den schweren Goldring, dessen Bogen aus geflochtenen Goldketten kalt im Mondlicht glänzte, das durch sein geöffnetes Fenster hereinflutete. Es war hell genug, um zu lesen – mit gesunden jungen Augen –, aber nicht hell genug, um die rote Färbung der gewaltigen Felswände zum Vorschein zu bringen, die hinter seinem heruntergekommenen Häuschen aufragten.

Touristen legten sehr viel Geld hin, um in pinkfarbenen Jeeps oder staubigen offenen Pick-ups über das raue Land gefahren zu werden. Er hatte das nie verstanden. Die Sonne war andernorts genauso schön. Der Himmel war genauso blau. Doch Besucher kamen in Scharen nach Sedona, um mit all den anderen Besuchern überfüllte Kraftwirbelpfade zu begehen, über die bereits Abertausende alternder New Ager getrampelt waren.

Virgil hatte früher selbst versucht, über diese Pfade zu gehen, als er noch hoffte, das Verhängnis, das seit seiner verbotenen Zweitagestour nach Wales über ihm lastete, abwenden zu können. Aber egal, wie viele der Kraftwirbelpfade er gegangen war, egal, wie intensiv er sich darum bemüht hatte, sich für das Übersinnliche zu öffnen – immer war er von den Pfaden in dieselbe Realität zurückgekehrt, die er verlassen hatte.

Irgendwann hatte er gelernt, sich eines Channels zu bedienen. Zwar kostete eine einstündige Sitzung bei so einer Person, die als Medium arbeitete, mehr als ein Ausflug in ein schickes Bordell, doch mit siebenundsechzig hatte er keinen großen Bedarf mehr an Huren. Außerdem war es viel einfacher, mithilfe eines Channels an die entferntesten und mächtigsten Kraftorte zu gelangen – an diejenigen, die in den bunten Broschüren nicht verzeichnet waren, die man für zehn Dollar das Stück kaufen konnte, aber nicht das Papier wert waren, auf das sie gedruckt wurden. Für ihn war es viel einfacher, sich eines Channels zu bedienen, als das verdammte Gold selbst berühren und so der Hölle seiner eigenen Schreie lauschen zu müssen.

Die Zeiger zitterten und klappten übereinander wie die Enden eines Fächers.

Mitternacht. Halloween.

Samhain, wenn alle Grenzen verschwammen.

Jetzt musste es geschehen.

Nach zwei Anläufen zwang er sich, den Halsring anzufassen. Seine Haut zog sich heftig zusammen beim Versuch, vom kalten Gold wegzukommen. Er war sicher, entfernten Donner zu hören, ganz weit weg in Wales, *Blitze zuckten durch seine zur Faust verkrampfte Hand, sengend, brennend, zerstörerisch …*

Das Gellen seiner eigenen Schreie weckte Virgil aus dem Zustand, in den er gefallen war. Es war die Hölle gewesen – das war zumindest alles, was er dazu sagen konnte. Er hatte die Hölle gesehen und berührt und hatte nun allergrößte Angst, für immer und ewig darin bleiben zu müssen.

»Kann's nicht alleine«, sprach er in die Dunkelheit. »Brauche ein Channel. Brauche es *jetzt.*«

Einige Minuten blieb er so, das Gesicht in den Händen vergraben, dann strich er sich mit zitternden Fingern durchs dichte weiße Haar und sammelte Kraft, um erneut der Dunkelheit entgegenzusehen.

Dieses Mal würde ihm Lady Faulkner beistehen. Der Gedanke gab ihm genug Kraft, ihre Nummer anzuwählen, die er, im Unterschied zu vielem anderem, zuverlässig auswendig wusste. Es gab noch etwas, was er nie vergessen konnte, wie sehr er sich auch bemühte: die Hölle. Um die zu vergessen, hätte er sogar seine Seele verkauft; wenn er überhaupt noch eine Seele besaß.

Reglos, vom seit Tagen andauernden Zittern seiner Hände abgesehen, wartete er darauf, dass sein Channel den Telefonhörer abnahm und ihm die Fragen, die ihm auf der Seele brannten, deutete.

4

Camp Verde, Arizona
In der Nacht von Halloween

Das Telefon läutete unaufhörlich und riss Cherelle Faulkner endlich aus dem Tiefschlaf. Ihr nackter Oberkörper glitt aus der Decke, als sie sich aufsetzte, und durch mascaraverklebte Wimpern blinzelte sie müde in den dunklen Raum. Außerhalb des Fensters, dessen Vorhang ausschließlich aus Staub bestand, blinkte das blasse Neonlicht des Motels im rhythmischen An und Aus, An und Aus – wie ein langsam schlagendes Herz, das im Dunklen um Gäste warb für eine Nacht oder eine Woche oder einen Monat.

Das Telefon klingelte weiter.

Sie strich sich die blondierten langen Haare aus dem Gesicht und stieß den Mann neben ihr an, der ruhig schlief. »Herrje, Tim! Geh endlich an das verdammte Telefon!«

»Mist«, murmelte Tim Seton. »Geh doch selbst dran. Du sagst mir doch dauernd, dass ich das Maul halten soll bei diesen Blödmännern.«

»Der einzige Blödmann in diesem Bett bist du! Und wir wissen ja alle, dass Arschlöcher keine Ohren haben – also muss ich auch nicht mein verdammtes Maul halten!«

Tim drehte sein hübsches Gesicht von ihr weg und schlief wieder ein.

Das Telefon klingelte weiter.

Fluchend krabbelte Cherelle über Tim hinweg, bis sie auf dem Display erkennen konnte, wer anrief.

»Virgil«, murmelte sie. »Mist!«

Virgil O'Connor war einer ihrer besten Blödmänner –

Kunden, verbesserte sie sich im Stillen. Bezahlte bar. Sofort. Kein Ärger, keine ungedeckten Schecks, keine Kreditkartengeschichten. Es wäre schön, wenn sie fünfzig solcher Kunden hätte. Verdammt, fünf würden ihr auch schon reichen. Damit und mit ein bisschen Glück in den Casinos von Las Vegas könnte es ihr genauso gut gehen wie ihrer Kindheitsfreundin Risa.

Der Gedanke an Risa führte Cherelle zurück in vergangene gute Zeiten, als die beiden hübschen Waisenmädchen aus Arkansas es allen gezeigt hatten …

Das Telefon klingelte weiter.

Sie riss sich aus dem Dämmerzustand ihrer Erinnerungen, schlüpfte im Geiste in ihr unsichtbares Kraftwirbelgewand und griff nach dem Hörer. Ihre Stimme klang jetzt gedämpft und freundlich.

»Guten Morgen, Virgil. Ich nehme an, dass Sie gerade schwierige Zeiten durchmachen.«

»Wir müssen uns unbedingt treffen.«

»Dann schau ich mal in meinen …«

»Nein«, unterbrach er sie, »jetzt, Lady Faulkner. Es muss jetzt gleich sein. Solange es dunkel ist. Das Gold bringt mich um.«

Mit Mühe schluckte sie die unflätigen Ausdrücke hinunter, die ihr auf der Zunge brannten. »Aha, Gold? Sind Sie mal wieder über den Fotos in einem Ihrer Goldbücher eingeschlafen?«

»Hab was Bessres als die verdammten Bücher. Kommen Sie schnell her, dann sehen Sie's.«

»Virgil …« *Verdammt noch mal, es ist Mitternacht, du Idiot.*

Sie straffte sich, schob die Haare hinters Ohr, die ihr ins Gesicht gefallen waren, und sprach sehr überlegt: »In Ordnung, ich werde kommen, aber ich muss dann das Doppelte des normalen Honorars verlangen. Es tut mir sehr leid, aber das ist wegen …«

»Wenn Sie vor der Dämmerung hier sind, kriegen Sie vierhundert«, unterbrach er sie.

»Bar?«

»Ja.« Das war zwar alles, was er noch hatte, aber das war ihm egal. Wenn ihm dieses Treffen nicht den ersehnten Erfolg brachte, dann benötigte er auch keine weiteren Dienste mehr. »Aber Sie müssen sich beeilen.«

Cherelle schluckte. »Ich bin vor der Dämmerung bei Ihnen. Friedvolle Zeit, Virgil.«

Bevor ihr Kunde antworten konnte, knallte sie den Hörer hin und rüttelte ihren Freund so heftig, dass sein Haarschopf mit den blondierten Haarsträhnchen aufflog. »Raus mit dir, mein Hübscher. Virgil wartet mit vier fetten Scheinchen auf uns.«

Tim öffnete eines seiner wunderschönen blauen Augen. »Wen müssen wir dafür umbringen?«

»Ha, ha! Du kannst noch nicht mal 'ne Kakerlake zertreten. Schon für so was brauchst du deinen Knastkumpan.«

Das zweite blaue Auge öffnete sich und der Mund verzog sich zu einem engelgleichen Lächeln. »Aber es wird erledigt, nicht wahr?«

Mit einem empörten Schnauben ließ sie seine Schultern los und rappelte sich endgültig aus dem Bett auf. »Schaff deinen geilen Arsch aus den Federn. Wir müssen vor der Dämmerung bei Virgil sein.«

»Socks wird sauer sein, wenn wir nicht hier sind …«

»Socks kann mich mal.«

»Hey, du musst auch immer auf meinem Kumpel rumreiten!«

»Ich hab's ihm noch nie besorgt, auch nicht, als er mir einen Hunderter dafür bot.«

Kichernd streckte sich Tim. Für ihn war es das Größte, es seiner Freundin zu besorgen. Das war der gerechte Ausgleich dafür, dass er sonst meist den Kürzeren zog, weil sie viel schlauer war als er – und auch schlauer als Socks, dieser alte

Angeber. Im Vergleich zu Cherelle waren sie beide ziemlich dumm. Aber das war okay so.

Nachdenken müssen war für ihn – einfach nur lästig.

Also überließ er das Denken Cherelle, außer wenn sein Kumpel etwas ausheckte wie die gelegentliche Hehlerei mit Fernsehern oder DVD-Playern. Tim erzählte Cherelle davon nichts. Sie würde ihm die Hölle heißmachen, wenn sie erführe, das Socks einige ihrer Kunden bestahl. Nicht alle, natürlich. Verdammt, sogar ihm war sonnenklar, dass das ziemlich schwachsinnig wäre. Nur ein paar von ihnen, wenn sie im Winter hier fortgingen; nur die, die so viele Fernseher hatten, dass sie einen oder zwei gar nicht vermissten.

Außerdem war Cherelle daran schuld. Wenn sie ihn nicht so knapp halten würde, wäre er nicht auf die Nacht-und-Nebel-Aktionen mit Socks angewiesen. Aber sie hatte es sich in ihren Kopf gesetzt, so viel Geld zu sparen, dass sie sich irgendwo ein Häuschen kaufen konnten, wo sie niemand kannte und wo sie nicht dauernd auf der Hut sein mussten. So verschwand das sauer verdiente Geld und er konnte froh sein, wenn er einmal die Woche einen Fünfziger sah für ein paar Bier mit Socks ...

»Timothy Seton, heb deinen Arsch aus dem Bett!«

»Du Aas«, murmelte er so leise, dass sie ihn nicht verstehen konnte. »Bin ja schon auf, bin schon auf!« Dann blickte er an sich hinunter und lachte. »Und *wie* ich auf bin. Na, Liebste, wie sieht's aus mit uns beiden?«

Sie warf ihm einen Blick zu, der ihn auf der Stelle abtörnte.

Ziemlich wehmütig blickte er auf seine rasch entschwindende Herrlichkeit. Na ja, halb so wild. Für Nachschub war jederzeit gesorgt. Und wenn Cherelle dann dafür keinen Bedarf hatte, würden sich andere Mädchen finden.

Pfeifend lief er ins Badezimmer und stellte sich unter die Dusche, die Cherelle letzte Woche endlich mal wieder geputzt hatte. War höchste Zeit, die Dreckschicht war ihm unter den Füßen schon richtig unangenehm geworden.

5

Las Vegas
In der Nacht von Halloween

Die Lobby der *Wildest-Dream*-Anlage – gleichzeitig Hotel, Shoppingcenter, Theater und Casino – war herausgeputzt wie eine Halloween-Torte: ganz in schwarzem Samt und Neon-Orange. Die Schönsten der Las-Vegas-Casinoprominenz scharten sich um die Sektfontäne und hielten ihre schwarzen Kristallgläser unter das sprudelnde orangefarbene Getränk. Gail Silverado, Alleininhaberin von *Wildest Dream Inc.*, war berühmt für ihre jährlichen Halloween-Feiern. Sie begannen laut und fröhlich und wurden im Lauf der Nacht immer lustiger und wilder. Etwa um drei Uhr nachts hatte das schrille Spektakel einen vorläufigen Höhepunkt erreicht, um in den Stunden bis zur Morgendämmerung in wüste Orgien überzugehen, bis die sprudelnde Quelle endlich versiegte.

Doch bis dahin war noch einige Stunden Zeit. Gail strahlte mit ihrem schimmernden Kleid, das alle reizvollen Details ihres Körpers durch Perlglitterschnüre hervorhob, um die Wette. Das zehnte Glas Sekt in Händen – sie nahm immer nur ein Schlückchen aus jedem, nie mehr – ergötzte sie sich insgeheim an dem allgemeinen Aufsehen, das sie erregte. Noch ein paar Minuten blieben ihr, ehe sie sich wieder ihren Geschäften zuwenden musste.

Länger würde sie hier sowieso nicht bleiben wollen, auch wenn sie jetzt keinen Termin hätte. Ihre hochhackigen, sexy Sandaletten waren eindeutig für jüngere Frauen gemacht – nicht für eine Fünfzigerin, die ihren tipptopp erhaltenen Körper viel zu lange in teure Kleider und Schuhe gequetscht hatte, nur um gut betuchten Männern zu gefallen. Ihre Füße schmerzten höllisch.

Ihr strahlendes Lächeln allerdings klebte unverändert zwischen den exotischen, perlmuttglänzenden Federn, die ihr Gesicht umrahmten wie die Finger einer liebenden Hand. Für eine Frau über dreißig gab es in Las Vegas zu viel junge Konkurrenz, um es sich erlauben zu können, sich je auch nur ein wenig gehen zu lassen. Doch auch wenn sie gegen ein Rudel Hunde antreten müsste, würde Gail nie in ihren sorgfältigen kosmetischen und chirurgischen Bemühungen um ihren kostbaren Körper nachlassen. Sie war darauf angewiesen, fünfzehn Jahre jünger auszusehen, als sie war. Zwanzig wäre noch besser.

»Shane!«, rief sie nun. Ihr Lächeln erreichte Flutlichtstärke. »Ich hatte schon befürchtet, dass du nicht kommen würdest.«

Shane winkte ihr zu und bahnte sich einen Weg durch einen Pulk kostümierter Teufel und an einigen teuflischen Engeln vorbei, von denen man allerdings nicht genau wusste, ob sie nun kostümiert waren oder nicht – sie würden den Revuegirls im Pariser Lido die Show gestohlen haben –, um schließlich inmitten reptilienhafter Aliens zu landen, die Köpfe besaßen, vor denen Medusa selbst sich mit Grausen abgewandt hätte.

»Ich hätte Carl rufen sollen, um dich rauszuwerfen«, sagte Gail zu Shane, als er sie endlich erreicht hatte, doch ihr anerkennender Blick strafte ihre Worte Lügen.

»Wieso willst du deinen Sicherheitschef auf mich hetzen?« Shane musste beinahe schreien, um sich verständlich zu machen. Der Partylärm hatte bereits einen ziemlich hohen Pegel erreicht. Viele genossen das, doch er nicht. Er war nicht zum Vergnügen hierher gekommen, sondern des Geschäftes wegen, und all der Lärm störte ihn dabei. Es entsprach keineswegs seinen Vorstellungen von Vergnügen, wenn man schreien musste, um sich zu verständigen.

»Weil du, mein Süßer«, säuselte Gail, die Hände an ihre schmale Taille gelegt, »nicht verkleidet bist.«

Shane blickte an sich hinab, als sei er verwundert, dieselbe Lederjacke, das offene cremeweiße Hemd und die schwarzen Hosen zu sehen, die er bei seinem Termin bei *Rarities Unlimited* getragen hatte. »Aber ich bin doch verkleidet!«

»Als was?«

»Als durchschnittlicher männlicher *Homo sapiens sapiens* des einundzwanzigsten Jahrhunderts.«

Gail lachte auf. »Eins zu null für dich. Das wäre das Letzte, wofür man dich halten würde: für durchschnittlich!«

Er musterte die Menge mit geübtem Blick. Die Sicherheitskräfte hatte er schnell ausgemacht, auch wenn sie sich noch so gut verkleidet hatten: Es waren die Einzigen hier, die keinen Alkohol tranken. Über ihnen, versteckt hinter Gittern in der Decke und einseitigen Spiegeln um die Deckenleuchten, befanden sich ebenfalls viele von ihnen. Sie überwachten das Fest durch Rundumkameras, die ständig in Betrieb waren. *Wildest Dream Inc.* ließ – wie alle anderen großen Casinos auch – alles, was in seinen Räumen und Sälen passierte, aufnehmen und digital speichern. Obwohl die Aufnahmen nun von Minifestplatten abgerufen werden konnten und nur noch selten als Videobänder hergestellt wurden, nannte man sie immer noch »Bänder«.

»Eine Riesenmenge von Leuten. Wer schiebt heute Nacht Dienst?«, fragte Shane beiläufig und meinte die Sicherheitskräfte über ihnen.

»Alle, die beim Knobeln verloren haben.«

Gail musste einer Kellnerin gewunken haben, denn eine schob sich gerade durch die Menge auf sie zu, um Shane anzubieten, was immer sein Herz begehrte. Sie war langbeinig und ihre Brüste wippten in ihrem tief dekolletierten Kostüm auf und ab wie pralle Kokosnüsse.

Doch Shane warf nur einen kurzen Blick auf das Mädchen und winkte ab. Als was mochte sie wohl verkleidet sein, überlegte er; vielleicht als Nonne und silbernes Miezekätzchen?

Vielleicht auch nicht.

»Du möchtest nicht so lange bleiben, um hier zu essen und zu trinken, nehme ich an?«, fragte Gail, nachdem er die Kellnerin weggeschickt hatte.

»Ich bin gerade erst von L. A. hier gelandet und zu müde für deine große Party.«

Sie glaubte ihm kein Wort, wusste sie doch genau, wie viel Energie und Ausdauer dieser Mann hatte. Was sie vor allem interessierte, war, wie sie ihn noch einmal in ihr Bett bekommen konnte. Es war schon viel zu lange her seit dem letzten Mal.

Zuerst hatte sie gedacht, er riefe sie wegen des großen Altersunterschieds nicht mehr an. Nach und nach hatte sie begriffen, dass es viel schlimmer war. Ihm war die nette kleine Affäre, die sie gehabt hatten, völlig genug – mehr wollte er jedenfalls nicht von ihr.

Wenn sie keine andere Wahl hatte, konnte sie auch auf Bettgeschichten mit ihm verzichten. In Las Vegas gab es eine Menge knackiger Männer. Aber es wurmte sie mächtig, dass Shane nicht einsah, wie perfekt sie geschäftlich zueinander passten. Er war der einzige Mann, den sie je getroffen hatte, der ebenso gut wie sie mit Zahlen umgehen konnte und nicht auf Computer oder Taschenrechner angewiesen war. Bilanzen konnte er blitzschnell lesen, und er wusste sofort, ob sie in Ordnung waren oder irgendetwas oberfaul war. Sie konnte das auch.

Gemeinsam hätten sie ganz Las Vegas unter Kontrolle.

Und wer ganz Las Vegas kontrollierte, hätte das größte Geldwäschegeschäft der Welt in der Hand. Und damit die Chance auf das wirkliche Big Business.

Ein breitschultriger, kräftiger keltischer Krieger in voller, reichlich fantasievoller Kriegsrüstung tauchte aus der Menge auf und näherte sich Shane von hinten. Als hätte er auch dort

Augen, drehte sich Shane um und sah sich der grandiosen Erscheinung mit Helm, Lederwams, vergoldeten metallenen Armreifen, Ohrringen und Schwert gegenüber – und mit dicht behaarten Schenkeln, die einem Schafbock alle Ehre gemacht hätten.

»Hallo, Carl.« Shane hielt ihm die Hand hin. »Hübscher Helm. Haben Sie diese Hörner einem texanischen Cadillac geklaut?«

Carl Firenze ergriff grinsend Shanes Hand. »Gail hat sie für mich aufgetrieben. Sie meinte, so würde sie mich im Getümmel gleich finden.«

»Was heißt hier Getümmel! Gail würde Sie beim Weltuntergang entdecken.«

Gails Sicherheitschef lachte laut auf und ließ Shanes Hand los. Dann wandte er sich an seine Chefin: »Ein Anruf für Sie, Mrs Gail.« Er checkte kurz den Monitor des kleinen Computers, der ihn mit allen nötigen Informationen über das *Wildest Dream* versorgte. »Berlin.«

Das war zwar das Zeichen, auf das Gail gewartet hatte, doch jetzt zögerte sie. Auch wenn sie denselben Weg nie noch einmal ging, hasste sie es, alle Brücken hinter sich abzubrechen.

Andererseits war sie das bereits gewöhnt. Sie hatte auf ihrem Weg zur mächtigen Multimillionärin schon allzu viele Brücken hinter sich in die Luft gejagt.

»Danke, Carl.« Sie wandte sich an Shane. »Immer noch keine Aussichten, Geschäftspartner zu werden?«

Shane ergriff eine ihrer perfekt manikürten Hände. Er mochte Gail und hatte großen Respekt vor ihrem knallharten Geschäftssinn. Doch sein Instinkt sagte ihm, dass es kein guter Deal für ihn wäre. Und aus Fehlschlägen hatte er gelernt, niemals etwas gegen den Rat dieser Stimme in ihm zu tun.

Er hauchte einen Kuss auf ihre Schläfe und roch dabei ihr schweres Parfüm. »Du weißt, dass wir als Freunde und Konkurrenten besser miteinander auskommen, als wenn wir Partner wären.«

Ihre haselnussbraunen Augen verengten sich für einen Moment, was Widerspruch oder Bedauern bedeuten konnte. Doch was auch immer sie empfand, an den Tatsachen änderte es nichts. »Na ja, vielleicht hast du recht. Es ist nur ... Ach, was soll's. Gegen das Schicksal kann man eben nicht ankämpfen.«

Er drückte ihre Hand und lockerte seinen Griff wieder. »Wie wär's, wenn du mir deine Goldsammlung verkaufen würdest?«, fragte er. »Sie passt ja eigentlich gar nicht zum Fantasy-Thema von *Wildest Dream.*«

»Kommt nicht infrage.« Gail wusste, dass ihr Gold das Einzige an ihr war, wofür Shane sich wirklich interessierte. Doch sie mochte sich nicht eingestehen, dass sie genau deshalb mit ihm in Konkurrenz trat, wann immer ein Goldobjekt in den Handel kam. Sie wollte unbedingt seine Aufmerksamkeit – so schlicht und einfach und so bitter war das.

Sie gab ihm einen festen Kuss auf den Mund. »Wir sehen uns später, Darling«, sagte sie. »Ich muss mich noch für eine Videokonferenz zurechtmachen.«

Das war noch nicht mal – oder jedenfalls nicht ganz – gelogen. Sie musste tatsächlich ihr Make-up überprüfen, ehe sie sich wieder dem Geschäft zuwenden konnte.

Mit leichtem Bedauern blickte Shane ihr nach, bis sie in der bunten und lauten Menge verschwunden war. Sie war ein Teufelsweib, aber er wollte mehr von einer Frau, als Gail zu geben hatte; mehr jedenfalls als Sex und Big Business, und nur das konnte sie ihm bieten. Ganz genau wusste er zwar nicht, was er wollte, aber dass ihm etwas fehlen würde, wenn er mit ihr zusammen wäre, das war ihm klar.

Als er sich seiner Gedanken plötzlich bewusst wurde, verzog sich sein Mund zu einem ironischen, selbstkritischen Lächeln. Eigentlich wusste er, was fehlte. Es war etwas in ihm selbst – und auch in ihr, vermutete er.

Vielleicht passten sie doch ganz gut zusammen. Die Stimme in ihm flüsterte ihm zu, dass er es besser wusste. Doch er wollte jetzt nicht länger darüber nachdenken.

Er angelte sich einen Garnelensnack vom Tablett eines vorbeikommenden Kellners und machte sich kauend auf den Weg zum eigentlichen Casino, das kreisförmig um die Lobby herum angelegt war. Wenn ihn jemand grüßte, tat er dasselbe, egal, ob er die Person kannte oder nicht.

Aber er mochte diese öffentliche Rolle nicht: Für die Leute hier war er das Wunderkind von Las Vegas, der »König Midas«, der »Mann mit dem Vierundzwanzig-Karat-Glück«, der »Golden Boy« oder was immer die Hochglanzmagazine über ihn schrieben, wenn sie irgendwelche Sensationsnachrichten brauchten als unterhaltsame Abwechslung zwischen all ihren Werbeanzeigen.

Auch war ihm der endlose Tratsch und Klatsch über sein Liebesleben zuwider, demzufolge er schon mit sämtlichen Schönheiten zwischen Ost- und Westküste geschlafen haben sollte. Doch er wusste, dass dieses aufdringliche Interesse auf seinen Status als unverheirateter Besitzer des größten und erfolgreichsten Casinos in Las Vegas zurückzuführen war.

Immerhin verhalfen die anhaltenden Spekulationen über sein Privatleben dem *Golden Fleece* zu kostenloser Reklame.

Er spürte den diskreten Vibrationsalarm des digitalen Funkmeldeempfängers an seinem Gürtel, der ihn mit seinen engsten Mitarbeitern verband. Seine übliche Funknummer hatte er abgestellt, daher wusste er, dass dieser Anruf dringend sein musste.

Das handgroße Gerät, das er hervorgeholt hatte, dekodierte die Nachricht beim Herunterscrollen über das Display automatisch. Sie kam vom leitenden Croupier der Baccara-Tische. Einer der japanischen »Walfische« – Spieler, die eine Million Dollar setzen konnten und das auch taten – hatte eine Glückssträhne. Es ging um sechshunderttausend Dollar und mehr. Ob Shane wohl die Croupiers austauschen wollte, um das Glück des »Walfischs« zu brechen, bevor es zu spät war?

Shane sandte einen negativen Bescheid zurück. Es war schon eine Weile her, dass das *Golden Fleece* einen großen Gewinner aus Japan hatte. Langfristig entschädigte die öffentliche Aufmerksamkeit, die so ein Gewinn mit sich brachte, den finanziellen Verlust um ein Vielfaches.

Er ließ die Party um ihn herum kreischen und taumeln und sah in aller Ruhe seine Mailbox durch. Risa hatte ein paar Mal versucht, ihn zu erreichen. Sie wollte ihn sprechen, aber so dringend konnte es nicht sein, sonst hätte sie den entsprechenden Code benutzt.

Ein verdammt kluges Weibsbild. Doch das war ja nichts Neues.

Er öffnete seine E-Mails und sah, dass sich der portugiesische Küchenchef mit den Lieferanten des *Golden Fleece* um die Meeresfrüchte stritt, die täglich aus verschiedenen Häfen der Welt eingeflogen wurden. Zu viele der Penn-Cove-Muscheln hatten zerbrochene Schalen, und die grünen Muscheln aus Neuseeland sahen grau aus. Die Miesmuscheln aus Boston waren zu groß, die Kammmuscheln dagegen zu klein. Die frischen Austern schmeckten wie Rotz.

Shane kicherte. Den Eindruck hatte er bei frischen Austern immer schon gehabt. Seiner Ansicht nach gab es nur eines, was noch ekliger war als frische Austern: gekochte Austern.

Mit einem Daumenklick gelangte er zur nächsten Nachricht. Dieses Mal waren es Klagen vom Sommelier. Der Lieferant aus Frankreich war unzuverlässig, der aus Italien schickte minderwertige Weine und die Napa-Valley-Weine hatten überzogene Preise für die gebotene Qualität. Ob Shane diese durch einige der besseren Weine der südlichen Hemisphäre ersetzen wolle?

Shane unterdrückte einen Fluch. Teil des Problems, ein Unternehmen wie *Tannahill Inc.* im Allgemeinen und das *Gol-*

den Fleece im Speziellen zu leiten, war die Tatsache, dass seine Angestellten rund um die Uhr arbeiteten und dasselbe von ihm erwarteten. Doch anders als seine Angestellten hatte Shane am Tag nicht nur eine Achtstundenschicht, sondern zwei, wenn das ausreichte. Er sollte mehr Arbeit delegieren, das war ihm klar. Er war nur noch nicht dazu gekommen, diese Erkenntnis auch in die Tat umzusetzen.

Die dritte Nachricht entlockte ihm ein Lächeln. Die neue Firewall, die er neulich im Computerzentrum von *Tannahill Inc.* installieren ließ, hatte nicht nur alle vier Testläufe glänzend bestanden. Sie hatte auch seinen selbst kreierten netten kleinen Virus an die Hacker auf demselben Weg zurückgeschickt, auf dem sie versucht hatten, in das System von *Tannahill Inc.* einzudringen. Im Augenblick würden mindestens vier Hacker entsetzt auf die Schrotthaufen blicken, die einmal teure Computer gewesen waren.

Zur Hölle mit diesen Typen, dachte er belustigt. Die neue Firewall hätte schon vor Monaten installiert werden sollen, aber er hatte vorher keine Zeit dafür gefunden. Er hoffte, dass der alten nichts Ernstzunehmendes durch die Lappen gegangen war.

Seine Programmier- und Hacker-Fertigkeiten, die er von seinem Vater gelernt hatte – und später anwandte, um mit diesem Mistkerl gleichzuziehen –, hatten sich schon oft als sehr nützlich erwiesen. Würde Shane sich nicht doch mehr für Menschen als für Computer interessieren, wäre er schon lange in der Computerwelt verschwunden und nie mehr aufgetaucht. Bei der Suche nach neuen Möglichkeiten der Verknüpfung von Mensch und Computer gab es geradezu mystische Momente der Versenkung, die ihn faszinierten. Das Einzige, was seinen rastlosen Geist noch mehr reizte, waren die Launen und Ideen der Menschheit, sichtbar gemacht in den goldenen, die Zeiten überdauernden Kunstwerken und Schmuckstücken.

»Shane!«

Geistesabwesend steckte er seinen Pager weg, als er sich nach Risa umdrehte. Sie bahnte sich einen Weg durch die Menge zu ihm. Auch sie trug noch dieselben Kleider wie in L. A., also war sie seit ihrer Landung in Las Vegas genauso beschäftigt gewesen wie er. Im Geiste verfertigte er eine Notiz, um ihr zu sagen, sie solle mehr delegieren – und erkannte sich gleichzeitig belustigt darin wieder.

»Was machen Sie denn hier?«

»Ich arbeite. Sie haben nicht auf meine Nachrichten reagiert.«

Sie war durchaus auch neugierig, was ihren Chef zur Halloween-Party seiner früheren Geliebten trieb, doch hätte sie das nie zugegeben.

Am wenigsten ihm gegenüber.

»Ich habe meinen Pager abgestellt«, antwortete Shane. »Falls Sie es nicht bemerkt haben sollten: Die üblichen Arbeitszeiten sind längst vorbei, sogar bei mir. Was gibt's?«

»Ich habe die Herkunft des wunderbaren goldenen Torques geprüft, den Sie kaufen wollten.«

Ungläubig blickte Shane auf seine Uhr. Viertel nach drei in der Nacht von Halloween, und sie trieb Nachforschungen nach der Herkunft von Halsringen!

»Es sind wohl schlechte Nachrichten«, meinte er dann. »Sonst hätten Sie sich nicht so beeilt.«

Ungeduldig fuhr Risa mit der Hand durch ihr kurzes, zerzaustes Haar. Sie sah mit Sicherheit genauso zerknittert und erschöpft aus, wie sie sich fühlte. Im Gegensatz zu dem hinreißenden Mr Tannahill brauchte sie mehr als fünf oder sechs Stunden Schlaf pro Nacht. Sieben war ihr Minimum.

»Aber –«, begann sie mit erhobener Stimme, um das störende Geheul der Menge zu übertönen, »ich habe von Ihnen den Auftrag bekommen, herauszufinden ...«

»Ich weiß, wozu ich Sie beauftragt habe«, unterbrach er sie. »Spucken Sie's aus.«

»Der Torques könnte zu den Museumsstücken gehören,

die die Deutschen während des Zweiten Weltkriegs im besetzten Paris beschlagnahmt hatten.«

»Könnte? Genauer geht es nicht?«

»Dafür brauche ich mehr Zeit«, presste sie zwischen den Zähnen hervor.

»Wenn man nur lange genug recherchiert, wird die Herkunft von jedem verdammten Stück in jeder öffentlichen oder privaten Sammlung auf der Welt zweifelhaft.« Doch noch während er mit ihr debattierte, dachte Shane nach. »Also gut. Sie haben Ihren Job erledigt. Jetzt bringen Sie ihn zum Abschluss und kaufen mir diesen Torques.«

»Aber ...«

Wie Shane erwartet hatte, waren einige Leute näher herangekommen, um zuzuhören, worüber sich der berüchtigte König Midas und seine häufig fotografierte Kuratorin wohl stritten.

»Die Herkunft besagt nur so viel wie das Stück Papier, auf dem sie bescheinigt wird«, sagte er mit Nachdruck. »Zeigen Sie mir das Stück Papier, auf dem steht, dass die Nazis den Halsring aus einem französischen Museum geklaut haben.«

»Ich habe kein Papier in Händen.«

»Dann vergeuden Sie damit nicht meine Zeit. Der Besitz macht schon neunzig Prozent des Rechts aus, das wissen Sie doch.«

»Und was ist, wenn ich den Beweis erst finde, wenn Sie den Ring bereits gekauft haben?«, fragte sie.

»Finden Sie ihn erst mal. Wenn Sie können.«

Aus den Augenwinkeln bemerkte Shane die vielsagenden Blicke, die sich die neugierigen Zuhörer gegenseitig zuwarfen. Shane hatte als männliches Aushängeschild des Las Vegas Boulevard – gemeinhin als der »Strip« bekannt – schon für viele Schlagzeilen gesorgt und bereits einige wohlplatzierte dunkle Flecken auf seiner weißen Weste angesammelt. Dazu gehörte das Gerücht, dass er Goldobjekte aus zweifelhaften Quellen ankaufte. Dem Gerede nach zu urteilen war die Sache heiß genug, um sich daran die Finger zu verbrennen.

Die meisten Leute glaubten den Gerüchten.

Auch seine Kuratorin, argwöhnte Shane.

Der Gedanke amüsierte und ärgerte ihn zugleich. Die Erheiterung verstand er. Den Ärger nicht. Mit Ausnahme von zwei oder drei Menschen war ihm die Meinung des Rests der Welt völlig egal. Shane irritierte der Gedanke, dass Risa irgendwie, gegen seine ganze Absicht und Vernunft, eine dieser Auserwählten geworden war, deren Ansicht ihm etwas bedeutete.

Seine Hand umschloss ihren Ellbogen und es sah aus, als geleitete er eine Freundin durch die wogende Menge. Risa fühlte die stählerne Kraft seiner Finger und wusste, dass es sich ganz anders verhielt.

Er beugte sich zu ihr hinab und sprach ihr direkt ins Ohr: »Lassen Sie uns woanders weiterreden, wo wir ungestört sind. Oder war es Ihre Absicht, mich hier am öffentlichsten Platz von ganz Vegas mit Dreck zu bewerfen?«

Ihre Wangen röteten sich – aus Ärger, nicht aus Verlegenheit. »Hören Sie gut zu, Golden Boy, es geht hier genauso um mein Ansehen, nicht nur um Ihres! Ich stehe immerhin in Ihren Diensten.«

»Dem Umstand kann Abhilfe geschaffen werden.«

Mit einer wütenden Risa im Schlepptau wandte sich Shane der Passage zu, die das *Wildest Dream* mit drei anderen Mega-Casinos verband. Eines davon war das *Golden Fleece*.

6

Las Vegas
In der Nacht von Halloween

Als Gail Silverado die Tür zu ihrem privaten Büro öffnete, wurde sie wieder an die beiden Dinge erinnert, die Las Vegas und Hollywood gemeinsam hatten. Einmal ging es – auf die eine oder andere Weise – um ganz viel Geld. Zweitens gab es ein ungeschriebenes Gesetz: Frauen hatten ihren festen Platz in der Gesellschaft – und zwar hinter und unter den Männern. Eine Handvoll Frauen hatte es geschafft, sich mühsam ihren Weg zu einer Spitzenposition zu bahnen, aber das waren nicht viele.

Daher war Gail die einzige Frau auf dem Treffen der mächtigsten Menschen der Casinoindustrie von Las Vegas – Shane Tannahill war natürlich nicht dabei. Er war der Hauptgrund, warum dieses Meeting anberaumt wurde.

König Midas war einfach kein Teamplayer.

Das machte es den übrigen Großcasinos in der Stadt unnötig schwer. Man hätte die Spielindustrie zum Nutzen eines jeden Casinobesitzers wunderbar unter sich aufteilen können – wenn Shane nicht äußerst kostspielige Elemente eingeführt hätte: die Kategorien der Anständigkeit und des offenen Wettstreits. Davon profitierten seine Kunden und er selbst. Und im Ergebnis war der Newcomer auf dem Strip der bei Weitem größte Gewinner.

Im ersten Jahr war Gail noch nicht gegen diese Konkurrenz. Immerhin hatte sie den zweiten Platz sicher. Aber im Augenblick rutschte sie auf den dritten Platz ab und sie plante zudem eine kostspielige Umgestaltung des *Wildest*

Dream. Ein solcher Kostenaufwand machte Aktionäre nervös. Und da sie selbst nur fünfundvierzig Prozent der Aktien von *Wildest Dream* besaß, musste sie einen höheren Gewinn erzielen – oder sie konnte sich nach einem anderen Job umsehen.

»Guten Abend, meine Herren«, sagte Gail, als sie die Tür hinter sich schloss und die vier Gäste ansah. »Oder sollte ich besser sagen: Guten Morgen?«

Die Männer, die sich in ihrem eleganten Büro versammelt hatten, waren alle so stark kostümiert, dass sie noch nicht einmal von ihren Angestellten erkannt worden wären; und das war Absicht.

French Henkle, der Manager von *Say Paris!*, trug das braune Gewand eines Franziskanermönchs. Er hatte bereits seine Maske aus grobem Sackleinen abgenommen und die Kapuze zurückgeschoben, unter der sein dicker blonder Haarschopf zum Vorschein kam. Mit der Maske tippte er gedankenlos gegen das italienische Sofa aus rotem Leder, auf dem er saß. Mit zweiunddreißig war er der Jüngste im Raum und der Einzige, der Kinder hatte. Shane Tannahill hatte auf seinem Weg zum erfolgreichsten Mann von Vegas Frenchs Vater in den Ruin getrieben. Ob French allerdings das, was Jahre zurücklag, begrüßte oder übel nahm, hatte er niemanden wissen lassen.

Direkt neben French saß John Firenze, der wie ein Magier kostümiert war – vielleicht sollte es aber auch Zorro sein. So genau ließ sich das nicht bestimmen, Hauptsache war, dass das Kostüm seine Identität aufs Gründlichste verbarg. John – der Onkel von Gails Leibwächter Carl, geschieden, keine Kinder – leitete das *Roman Circus*, eines der großen Casinos von Las Vegas, die in der ersten großen Boomzeit errichtet wurden. Sein Casino war in den vergangenen dreißig Jahren zwar schon dreimal umgestaltet und aufpoliert worden, hatte es aber dennoch nie geschafft, wirklich potente Gäste anzulocken. Das *Roman Circus* war keinesweg eine billige Spielhölle, aber für die amerikanischen und ausländischen »Walfische« eben nicht die erste Adresse. Die Kundschaft bestand überwiegend aus Arbeitern und kleinen Angestellten, und so machte das *Roman Circus* sein Hauptgeschäft mit Spielautomaten und mit »Feather Shows«, bei denen die Damen nichts anderes am wohlgeformten Leib trugen als Federn.

Etwas weiter weg saß Mickey Pinsky als Nutte mit hochhackigen Schuhen, einem tief dekolletierten rotseidenen flatternden Kleid, einem gewaltigen Busen und auffallendem Po aus Silikon und einer platinblonden Perücke, die ihn noch ein gutes Stück größer erscheinen ließ. Ohne Kostüm und Makeup sah er allerdings aus wie der alternde Weltklasse-Jockey, der er einmal war, bevor sein Pferd gleich nach dem Verlassen der Startmaschine stürzte, unglücklich auf ihn fiel und über ihn rollte. Er war dreimal geschieden, den Gerüchten zufolge zwischen den Beinen so gut ausgestattet wie ein Maultierhengst und genauso unfruchtbar. Auf diesem Meeting vertrat er die Besitzer einer Handvoll von ehemaligen Familienparks, die viel Geld in den Glauben investiert hatten, dass Unterhaltung à la Disney World die goldene Zukunft von Las Vegas sei.

Pinsky und seine Geldgeber hatten allerdings auf die harte Tour lernen müssen, dass sich Gewinne leichter mit Alkohol, Spielautomaten und raffinierten Großstadtshows erzielen ließen als mit Kaugummis, Skateboard-Wettbewerben und Apfelstrudel. Mit großem Aufwand hatten sich die Unternehmen vor einigen Jahren ein völlig neues Gesicht gegeben und einer neuen Zielgruppe zugewandt: den Singles, die bei ihnen ihr Glück finden sollten. Pinskys Finanzen zeigten zwar nicht völlig ins Bodenlose, doch er musste sich sehr anstrengen, um den Kopf nach den unternehmerischen Fehlentscheidungen der Vergangenheit über Wasser zu halten. Irgendein Mittel, das wenigstens einen Teil der Besucher des *Golden Fleece* in seine Richtung lenken könnte, wäre für ihn bereits Gold wert.

Der mächtigste Mann im Raum war auch der älteste. Mit inzwischen achtundfünfzig Jahren hatte Richard – »nenn mich einfach Rich« – Morrison das Ehekarussell bereits viermal bestiegen. Seine derzeitige Frau war eine reiche texanische Zicke mit politischen Ambitionen, die Rich geschickt zu nutzen wusste. In dieser Nacht hatte er sich ganz gegen seinen sonstigen Stil als Hippie verkleidet. Er war so geschickt zurechtgemacht, dass man ihm die Verkleidung beinahe abnahm. Zwar war die schulterlange Rastalocken-Perücke nicht ganz stilecht, doch sie überdeckte perfekt sein eigenes kurzes graues Haar. Ein dichter falscher Vollbart tat das Übrige, um die markanten Züge Richards verschwinden zu lassen.

Rich war Präsident und Leiter des *Shamrock*, einem Casinounternehmen, das derzeit auf Platz zwei im Gewinnranking von Las Vegas rangierte. Er war vor Jahren mit Shane fachlich und finanziell aneinandergeraten und hatte in beiden Fällen den Kürzeren gezogen. Das hatte ihm damals nicht gefallen und es gefiel ihm auch heute nicht. Doch er war geschäftlich bei diesem Treffen, nicht aus persönlichen Gründen. Wenn es gelänge, den Golden Boy zu fressen und auszuspucken – nun ja, manchmal hatte man ja auch Glück. Die einzige Sorge von Rich war, dass Gail nur sehr zögerlich reagiert hatte, was ihre Rolle im Tannahill-Plan betraf. Jetzt würde er ja sehen, ob Gail immer noch Bedenken hatte und die Übrigen ausbremste.

»Da Sie alle noch hier sind«, wandte sich Gail an ihre Besucher, »sind Sie wohl überzeugt und einverstanden, dass ich unser Treffen nicht aufzeichne.«

Verschiedene Brumm- und Grunzlaute signalisierten Zustimmung. Jeder der Männer war sich sicher, dass er selbst bestimmt nichts aufzeichnen würde. Die Durchsuchung durch Carl hatte keinem von ihnen gepasst, aber sie hatten sie über sich ergehen lassen. Keiner hatte Lust auf eine Schlagzeile wie VEGAS-BOSSE ERTAPPT BEI VERSCHWÖ-

RUNG GEGEN KÖNIG MIDAS – BANDAUFNAHMEN BEWEISEN ES.

Vor allem seit eine Taskforce der Bundespolizei wie ein böser Hautausschlag über die großen Casinos hergefallen war, um nach dem Schwarzgeld der Red-Phoenix-Triade zu suchen. Diese Bande hatte eine Menge Geld zu waschen. Dabei war ihr Rich – und, wie er hoffte, auch Gail – gerne behilflich, aber natürlich wollte keiner von ihnen dabei erwischt werden.

Aus diesem Grund hatte Rich das Treffen organisiert.

»Möchte einer auch mich durchsuchen?«, fragte Gail und hob ihre Arme über den Kopf. Mit der Anmut der ehemaligen Tänzerin drehte sie sich vor den Augen der Männer aufreizend langsam um sich selbst.

Rich blickte auf das eng anliegende Kleid und die opulenten Kurven und kämpfte gegen die verdammte Versuchung an, Gail zu berühren. Den anderen Männern erging es genauso. Doch keiner rührte sich.

»Sie haben dabei mehr zu verlieren als wir«, sagte Rich. »Ihr Laden wirft mehr ab als die meisten der unseren.«

»Aber viel weniger als der von Tannahill«, gab sie zurück. Sie zog ihre Maske herunter und lehnte ihren glitzernden Po gegen den sichelförmigen schwarzen Stahltisch. Dabei warf sie Rich einen vielsagenden Blick zu, der ausdrückte, dass ihr nichts mehr fremd war und sie alles schon ausprobiert hatte. »Dieses Treffen war Ihre Idee. Also raus damit!«

»Ich habe einen Plan, um Shane Tannahill das Genick zu brechen.«

»Hab ich auch«, murmelte Firenze. »Jeden Knochen einzeln.«

Henkle rollte mit den Augen. »Hey, nicht schon wieder die alte Leier von der guten alten Zeit. Die ist vorbei, John. Verdammt, Sie sind viel zu jung, um sich an die Zeiten zu erinnern, als Vegas vom Mob regiert wurde. Nur Rich ist alt genug, und er war noch nicht mal …«

»Halten Sie doch die Klappe, French«, schnitt Mickey Pinsky ihm mit sanfter Stimme das Wort ab. »Lassen Sie uns doch erst mal hören, was Rich uns zu sagen hat.«

Henkle grinste und machte eine Geste, als wollte er sich den Mund mit einem imaginären Klebeband verschließen.

»Jeder hat eine Schwäche«, begann Rich. »Die Schwäche von Tannahill sind seine Goldobjekte. Er ist im Moment völlig mit den Vorbereitungen für seine neue Ausstellung beschäftigt, die an Silvester eröffnet werden soll, um der Fabergé-Show von Gails *Wildest Dream* das Wasser abzugraben.«

»Und?«, warf Firenze herausfordernd ein.

»Es läuft aber nicht gut für den Golden Boy«, fuhr Rich fort. »Er hat immer noch nicht die geeigneten Objekte gefunden. Gail hat ihm bei der Suche danach ziemlich dazwischengefunkt und ihm einige wirklich gute Stücke weggeschnappt, bevor er überhaupt wusste, dass sie auf dem Markt waren.«

Gail verzog keine Miene, doch sie fragte sich, wie Rich so viel darüber in Erfahrung bringen konnte, von dem sie glaubte, dass es ein privater Wettstreit zwischen ihr und Shane sei. »Und was hat das alles mit uns zu tun?«, fragte sie.

»Solange er hinter dem Gold herjagt, beobachtet er das Geschäft nicht so genau wie sonst. Wir brauchen nur ein wenig nachzuhelfen, dann wird er vielleicht leichtsinnig.«

»Wie leichtsinnig?«

»Leichtsinnig genug, um die Bundespolizei auf den Hals zu kriegen. Erst müssen wir dafür sorgen, dass er bei seinen Goldobjekten auf heiße Ware reinfällt.«

»Und wie stellen wir das an?«, fragte Pinsky grinsend und fand sichtlich Gefallen an der Vorstellung.

»Da hat Gail sicher ein paar Ideen«, meinte Rich in verbindlichem Ton. »Einige ihrer Quellen waren nicht gerade das, was man legal nennen würde. Dort weiß man bestimmt, wo noch mehr zu holen ist.«

Gails Augen verengten sich vor Überraschung über das Ausmaß von Richs Kenntnissen, aber sie nickte zustimmend. »Ich habe es schon probiert, Shane mit heißer Ware zu locken, aber seine Kuratorin ist viel strenger, als man bei dem Ruf, den Shane hat, vermutet. Überall heißt es, dass Shane dubiose Objekte erwirbt, aber keiner kann ihm etwas nachweisen, und das wird auch so bleiben, solange seine Kuratorin dabei das Sagen hat.«

Nun war Rich erstaunt. »Wie heißt sie?«

»Risa Sheridan.«

»Ich werde mich um sie kümmern. Wenn wir ihr irgendwie ans Leder können, haben wir das gesuchte Druckmittel gegen ihn an der Hand.«

»Schön«, sagte Gail ungeduldig, »aber auch wenn sie Shane mit heißer Ware erwischen, wird er dafür sicher nicht festgenommen und muss schon gar nicht in den Knast. Er wird einfach das Zeug zurückgeben, den Verlust hinnehmen – und unsere Casinos wie zuvor in Grund und Boden stampfen.«

»Warum sollte er nicht festgenommen werden?«, fragte Henkle.

Sie schenkte ihm einen mitleidigen Blick. »Sie kennen doch Shanes richtigen Nachnamen?«

Henkle zwinkerte heftig. »Oh, nein, keine Ahnung.«

»Mein Gott, French, laufen bei Ihnen zu Hause etwa nur die Pornosender?«

»Was hat das jetzt damit zu tun ...«, begann Henkle.

»Shanes Nachname ist Merit«, unterbrach ihn Gail. »Tannahill ist der Mädchenname seiner Mutter.«

Henkle stierte einen Moment vor sich hin, bevor er das Gesicht verzog. »O ja, jetzt weiß ich's wieder. Er ist verwandt mit *dem* Merit, mit Sebastian Merit.«

»Bingo«, sagte Gail mit dem Anflug eines Lächelns. »Shane ist Merits Sohn. Sein einziger Sohn. Um nichts auf der Welt würde Amerikas reichster Milliardär es zulassen, dass sein einziger Sohn in den Knast wandert, auch wenn sie wohl seit vielen Jahren kein einziges Wort miteinander geredet haben. Von dem einen Mal abgesehen, als der Alte seinen Sohn in aller Öffentlichkeit anbrüllte, dass er noch einmal auf Knien angekrochen kommen und darum betteln würde, in den Schoß der Familie zurückkehren zu dürfen.«

Ein dünnes Lächeln umspielte Richs Lippen. Diese Drohung hatte auf der ganzen Welt für Schlagzeilen in Boulevardblättern und Nachrichtensendungen gesorgt und war bis heute unvergessen.

»Mist«, sagte Henkle stirnrunzelnd. »Wenn Shane so viel Geld hat, warum musste er dann das *Blue Mare* in den Ruin treiben, um ein paar Millionen zu machen? Er hätte Vaters Casino doch aus der Portokasse von Merit kaufen können.«

»Shane hatte sich vom Familienvermögen losgesagt«, erklärte Rich und kratzte sich den Kopf unter der juckenden Perücke. »Er hätte sich sonst mit dem verdammten alten Merit arrangieren müssen, aber offenbar war ihm der Preis dafür zu hoch. Aber die Saat ist trotzdem aufgegangen. Tannahill hat eine Menge vom Geschäftssinn seines Vaters mitbekommen und außerdem jede Menge von dessen Ausgebufftheit.«

»Das ist ein weiterer Grund, warum illegale Goldobjekte nicht genug sind, um Shane Tannahill abzuschießen«, sagte Gail. »Er läuft nicht weg und versteckt sich, wenn die Presse über ihn herfällt. Bei der ganzen Publicity rennen ihm die Kunden im *Golden Fleece* wahrscheinlich erst recht die Bude ein. Touristen sind ganz heiß darauf, echte Gangster aus der Nähe zu sehen. Verdammt noch mal, die meisten der Leute da unten, die sich kostenlos mit Schampus volllaufen lassen, denken, dass wir alle Ganoven sind.«

»Aber wenn er erst mal vor aller Welt als Gauner dasteht, geht sein wunderbares Golden-Boy-Image flöten«, warf Pinsky ein. »Die Presse wird ihn in Stücke reißen, anstatt ihm in den Hintern zu kriechen.«

»Das wird er auch überleben«, meinte Gail rundweg und zog die Augenbrauen hoch.

Rich nickte zustimmend; auch er war der Ansicht, dass sie Tannahill allein durch schlechte Presse nicht loswerden konnten.

»Wie war das mit Ihrem Plan, Tannahill das Genick zu brechen?«, fragte Firenze, an Rich gewandt.

»Nach außen hin ihm die große Goldausstellung zu vermasseln und ihm ein paar heiße Stücke unterzujubeln«, erklärte Rich. »Tannahill wird zu beschäftigt sein, um zu merken, was tatsächlich los ist.«

»So? Und was soll das sein?«

»Was würde er wohl sagen, wenn die Sicherheitsleute eine Razzia machten und ihn bei der Geldwäsche erwischten?«

Gail schüttelte den Kopf. »Das tut er nicht.«

Rich grinste teuflisch. »Für gewöhnlich nicht. Aber ich bin für gewöhnlich auch kein Hippie. Doch wenn etwas aussieht wie eine Ente und watschelt wie eine Ente, dann kann man getrost die Jagdsaison eröffnen.«

Sie blickte Rich mit neuem Interesse an. »Ich höre.«

Auch die Übrigen warteten gespannt auf seine Erklärung.

7

Sedona
In der Nacht von Halloween

Das Scheinwerferlicht zuckte und bewegte sich unregelmäßig auf und ab. Der Ford Bronco, der schon zehn Jahre auf dem Buckel hatte, bahnte sich mühsam einen Weg durchs freie Gelände. Die Fahrspuren zogen sich tief durch einen trockenen Wasserlauf, der zu Regenzeiten Wasser in den Beaver Creek führte. Es hatte schon lange nicht mehr geregnet. Erde und Steine, die die Herbststürme in die Rinne geweht hatten, füllten sie fast aus.

Schatten flossen von jedem Fels und jeder Mulde herab, als würden sie vom Gewicht des Herbstmonds niedergedrückt. Maulbeerbäume ragten aus dem Dunkel hervor wie weißhäutige Gespenster. Ein Stein steckte wie ein riesiger Zahn in dem ausgedörrten Morast des Fahrwegs.

»Pass auf!«, schrie Tim.

Cherelle hatte schon das Lenkrad herumgerissen, um an einem gezackten Felsstück vorbeizukommen. Sie war den »Fahrweg« des alten O'Connor im letzten halben Jahr schon so oft gefahren, dass sie jeden Stein und jede tiefe Rinne kannte.

Trotzdem schlingerte und schwankte der Geländewagen so heftig, dass Tims Zähne aufeinanderschlugen.

»Um Himmels willen«, beschwerte er sich. »Fahr doch langsamer!«

»Er sagte vierhundert, wenn wir vor der Dämmerung bei ihm sind.«

»Bis dahin sind wir schon tot«, murmelte Tim und dachte,

er hätte nicht laut genug gesprochen, dass Cherelle es hören konnte.

Doch das war ein Irrtum. »Jetzt krieg es endlich in deinen hübschen Dickschädel rein, dass wir unbedingt Geld brauchen. Der von der Druckerei bedrängt uns, ihn endlich für die Flyer und die Visitenkarten zu bezahlen, die er für uns gedruckt hat. Unsere Kreditkarten sind abgelaufen und niemand will uns neue geben. Die Bremsen dieser Karre sind hinüber. Die Miete ist überfällig. Und der Tank ist fast leer.«

Tim brummte irgendein *bla bla bla* vor sich hin.

»Virgil hat Geld.« Cherelle war jetzt nicht zu bremsen. »Bar auf die Hand. Wenn er will, dass wir vor der Dämmerung da sind, sind wir vor der Dämmerung da.«

Tim gähnte herzhaft. »Hör mal, in letzter Zeit bist du wirklich unausstehlich, wenn du in deiner Channel-Rolle auftrittst. Jetzt komm mal runter!«

Das wäre sie ja gerne. Aber sie konnte sich nicht entspannen. Immer, wenn sie ihre weiße Channel-Bekleidung anzog mit dem langen dünnen Hemd und Rock, merkte sie, wie ihre Hände kalt wurden und ihr Herz so heftig zu klopfen anfing, wie sie es als Kind gespürt hatte beim Heimschleppen der schweren Einkäufe. Eine Achterbahnfahrt mit hohem Adrenalinspiegel, bei der die Gefühle von Angst und rauschhafter Beglückung nicht voneinander zu trennen waren.

Das war es noch nicht mal, was sie störte. Sie war von den Gruselgeschichten beunruhigt und von den Albträumen, aus denen sie schweißgebadet erwachte. Ihre Arbeit als Channel ging ihr spürbar an die Nieren. Sie sah zu viel, sie hörte zu viel. Und sie fühlte dabei zu viel.

Mit Schwindeleien irgendwelchen Blödmännern das Geld aus der Tasche zu ziehen, war eine Sache. Eine ganz andere war es, wenn man spürte, dass diese Schwindeleien Wirklichkeit waren.

Nicht immer wirklich, nur manchmal.

Bei Virgil fast immer.

Stimmen, die flüsterten. Sangen. Schrien. Brennende Feuer und Messer, von denen Blut tropfte.

O Gott, das war mehr als genug, um sie auf Knien zu den Nonnen zurückzutreiben, die viele Jahre lang versucht hatten, mit Angst und Schrecken ein liebes kleines Mädchen aus ihr zu machen.

Traurig entschied Cherelle, dass sie im Begriff war, so verrückt zu werden wie Virgil. Vielleicht war das ja ansteckend, wie Herpes.

Der Bronco geriet so heftig in ein Schlagloch, dass Tims Kopf gegen die Scheibe schlug. »Was zum Teufel machst du ...«, fing er an, sich zu beschweren.

»Halt's Maul!«, überschrie Cherelle ihn wütend. »Du bist doch fein raus. Stehst immer nur rum, siehst bloß gut aus und machst den Weibern schöne Augen. Ich bin diejenige, die sich mit dem Teufel einlässt und all die Schreie der Verdammten zu hören kriegt.«

Tim schaute sie beunruhigt von der Seite an. »Hey, Cher, bist du in Ordnung?«

»Verdammt supergut, warum?«, presste sie böse zwischen den Zähnen durch.

»Du hast dir gerade 'ne ziemlich wilde Nummer geleistet.«

»Klingeling, richtig geraten, erster Preis! Ich bin ein Channel, vergiss das nicht! Es ist mein Job, wilde Nummern abzuziehen.«

»Darin bist du höllisch gut, Schätzchen.«

Gerade wollte sie ihm wegen seiner gewollt witzigen, saublöden Kommentare die Meinung geigen, als sie vor sich das Licht von Virgils Haus erblickte. Mit festem Griff und finsterem Blick riss sie das Lenkrad herum und jagte die holperige Einfahrt zum Haus entlang.

Am östlichen Himmel war nicht einmal ein leichtes Anzeichen von Dämmerung zu sehen, als sie aus dem Wagen stieg, die Tür zuknallte und tief Luft holte. Ohne auf Tim zu warten, lief sie los über den Schotterweg, der mit bunten Bachkieseln bedeckt war, die in der Dunkelheit schwarz aussahen. In dem alten Haus brannte ein Licht. Sie erkannte an seiner Position, dass es im Wohnzimmer sein musste, das dem Alten meist auch als Schlafzimmer diente. Darin schlief er nicht nur, sondern wanderte genauso viel auf und ab.

Die Eingangstür wurde geöffnet, noch ehe Cherelle die Hälfte des Wegs zum Haus zurückgelegt hatte. Ein goldenes Licht quoll hervor wie eine rechteckige Zunge. Mit der Entschiedenheit einer Schauspielerin, die ins Scheinwerferlicht tritt, schlüpfte sie konzentriert in ihre Rolle als Channel.

Vorhang auf!

Ein hagerer, knochiger Mann, der kaum größer war als Cherelle mit ihren ein Meter fünfundsechzig, kam mit steifen Schritten auf sie zu. Wie üblich hatte Virgil mehrere alte Hemden übereinander an. Darüber trug er seine übliche weite schwarze Jacke, Hosen aus Armeebeständen, die aus einer Zeit stammten, als Uniformen noch aus Wolle gefertigt waren, und Stiefel, so hart und grob wie der Erdboden selbst. Das einzig Ungewöhnliche an seiner Erscheinung war die schlichte Holzkiste, die er unter den Arm geklemmt hatte.

Bevor sie ihren Mund öffnen konnte, um ihn sanft und freundlich zu begrüßen, schob er ihr ein Bündel Geldscheine in die Hand.

»Vierhundert«, sagte er.

Die Scheine jetzt nachzuzählen, hätte die Stimmung kaputt gemacht. Außerdem hatte Virgil noch nie irgendwelches Theater gemacht beim Bezahlen. Also murmelte Cherelle irgendetwas Undefinierbares und reichte die Scheine an Tim weiter, der sie gerade eingeholt hatte.

»Ich spüre, dass Sie heute Nacht dringend Hilfe brauchen«, wandte sie sich an Virgil. Dann biss sie sich von innen auf die Wange, um zu verhindern, dass sie laut auflachte. Im Grunde bestand kein großer Unterschied darin, ob sie als Nutte oder als Channel arbeitete. In beiden Fällen kam es darauf an, die Typen zufriedenzustellen, auch wenn sie sich dabei noch so jämmerlich aufführten. »Würden Sie sich drinnen besser fühlen?«, fragte sie, ohne sich große Hoffnungen zu machen.

»Nicht gut drinnen«, knurrte er ungeduldig. »Laufen wir los. Die Dämmerung ist verdammt bald da.«

Noch bevor er mit dem Satz fertig war, schlug Virgil schon den ansteigenden Weg ein, der hinter seinem Holzhäuschen begann. Der steile, unebene Weg führte zum Fuß eines Steilhangs, der wie eine mächtige schwarze Wand in den Nachthimmel ragte, an dem Mond und Sterne glänzten. Virgils Schritte waren kurz, aber nicht zögerlich. Die kleine Taschenlampe in seiner Jackentasche brauchte er nicht. Er kannte den Weg zu dem Kraftort, den Lady Faulkner auf seinem Gelände entdeckt hatte. Zumindest ließ er sie glauben, sie habe die Stelle entdeckt. Er hatte sie hierhergeführt und gewartet, ob sie den Test bestehen würde. Vorher hatte keines der Channels den Test bestanden.

Nur Lady Faulkner.

Sie hatte sofort gewusst, dass er einen Kraftort besaß. Einen umwerfend guten sogar. Sie hatte ihm gesagt, dass es sie bei der ersten Berührung der drei großen roten Felsen auf dem Höhenkamm durchzuckt hatte wie ein elektrischer Schlag. Wie drei Männer standen sie da, oder besser wie drei Betrunkene, die sich aneinander anlehnten – so schmiegten sich die Steine an den Fuß eines viel größeren, viel höheren Steilhangs aus Sandstein, der sich über mehrere Meilen an einer kleinen Schlucht entlangzog.

Als er hierhergezogen war, hatte er in der Erde um den zerklüfteten Steilhang gegraben. Er fand dabei alte Tonscherben, zerfallene Mauern und Steinhaufen, die einst zu Häusern gehörten. Aber inzwischen trieb er sich hier schon lange nicht mehr herum. Es war mühsam herzukommen, und die Geister an solchen Plätzen hatten ihm schon lange nichts mehr zu sagen, was er nicht schon längst wusste.

Menschen waren sterblich. Das kümmerte niemanden.

8

Sedona
1. November
Sehr früh morgens

Cherelle folgte dem alten Mann auf den Fersen, dankbar über das helle Mondlicht, in dem ihre weißen Kleider schimmerten. Ihr Rock und die leichte Bluse wirbelten und flatterten und blähten sich bei der kleinsten Bewegung auf. Das war hübsch anzusehen und stimmungsvoll für die Blödmänner, aber die Kleider waren viel zu dünn für die frühen Morgenstunden im hohen Zederngebüsch von Sedona.

Cherelle hatte sich damit eigentlich das Aussehen eines Engels geben wollen, doch in letzter Zeit erinnerte sie ihre Kostümierung mehr an Leichentücher oder Gespenster. Tatsächlich war ihr so kalt, dass sie sich wie eine Leiche fühlte. Sie hatte eine Gänsehaut, und die Körperhaare stellten sich auf wie auf dem Rücken eines Wachhundes, wenn er einen Einbrecher stellte. Leise fluchend rieb sie mit den Händen über ihre eiskalten Arme und überlegte, ob Tim wohl daran gedacht hatte, eine Jacke mitzunehmen. Sie bezweifelte es. Er war schlimmer als ein Kind. Was sie ihm nicht sagte, wurde in der Regel nicht erledigt.

Sie hatte es langsam satt, immer die Mama zu spielen für jedes hübsche Bürschlein, das ihr über den Weg lief.

Im Stillen erinnerte sie sich selbst daran, dass sie nicht immer so arm bleiben würde. Irgendwann würde sie das große Los ziehen, das auf sie wartete. Sie wusste nicht, wann und was das sein könnte, sie wusste einfach, dass es irgendwann passieren *musste*. Sie hatte nicht vor, sich ihr ganzes Leben weiter so kümmerlich durchzuschlagen, immer in der Angst, wieder auf den Strich gehen zu müssen. Dafür war sie einfach zu clever.

Sie hatte schließlich auch herausgefunden, dass in dem Channel-Geschäft etwas zu holen war. Tim war eines Tages von einem Sex-Urlaub in Sedona mit einem Bündel Geldscheine zurückgekommen und hatte ein paar dürre Geschichten über Geisterbeschwörungen erzählt. Es hatte zwar über ein Jahr gedauert und für sie auch mehr Arbeit bedeutet als beabsichtigt. Aber schließlich konnte sie sich mit ihrem hübschen Bürschlein im Channel-Bereich etablieren. Kein großes Unternehmen, kein schlechtes Unternehmen – ein Job eben.

Alles war ganz gut gelaufen – bis Tims alter Knastkumpan bei ihnen auftauchte. Socks war ein echter Quälgeist. Er lenkte Tim dauernd von der Arbeit ab.

Tim machte sie keine Vorwürfe. Bei dieser Arbeit mit den Blödmännern sprang wirklich nicht viel raus. Was sie selbst bei der Stange hielt, war die Hoffnung, dass unter all den Deppen, die nach Sedona kamen, um ein aufregendes Kraftorterlebnis zu haben, eines Tages einer wäre, der reich genug war, um für sie sorgen zu können, und jung genug, um noch einen hochzukriegen. An dem Tag würde sie Tim und den ganzen Channel-Schwindel hinter sich lassen. Vielleicht hatte Tim auch vor ihr das Glück und fand eine reizende ältere Dame, die sich gerne mit Feuerbällen beschäftigte oder was auch immer gerade angesagt war. Dann konnte Cherelle von Tim leben und sich um die reichen Freunde der älteren Lady kümmern.

Wenn sie darüber nachdachte, war das beinahe so gut wie Kokain zu schnupfen. Bei beidem fühlte sie sich, als ob sie fliegen könnte. Eines Tages würde sie das auch. Sie würde einen Schritt über die Kante machen und dann einfach fliegen und fliegen und fliegen.

Lächelnd und träumend prallte Cherelle plötzlich auf Virgil. Sie wäre sogar über ihn gefallen, wenn nicht eine seiner dünnen, erstaunlich kräftigen Hände sie am Arm ergriffen hätte, um sie zu halten. Trotzdem musste sie sich noch mit einer Hand an der kalten Oberfläche des mannshohen Felsens abstützen. Doch augenblicklich zog sie ihre Hand wieder zurück, als hätte sie eine Klapperschlange berührt. Sie hasste diese Steine mit einer Leidenschaft, die aus der Angst geboren war.

»Danke«, sagte sie mit gedämpfter Stimme. »Die Energie hier ist so groß, dass ich die reale Welt um mich herum ganz vergesse.« *Mit ein paar Lampen wäre es viel einfacher, den ganzen verdammten Weg hierher zu gehen.* Diese kaum kraftorttaugliche Erkenntnis behielt sie aber lieber für sich.

Tim kam hinter ihr her. »Alles okay mit dir?«

»Alles bestens«, log sie zitternd mit fest aufeinandergepressten Lippen.

Sie fühlte, wie sich ihr Magen zusammenzog und kalter Schweiß den Rücken hinablief, und konnte sich diesen Empfindungen nun nicht länger durch Träumereien entziehen. Als sie von Virgil das erste Mal hierhergeführt worden war, hatte sie wie ein verängstigtes Kindergartenkind schier in die Hose gemacht vor Grauen. Sie hatte keine Ahnung, was in dem schattigen Ort zwischen den drei Steinen lauerte – was immer es war, sie wollte nichts damit zu tun haben.

Sie sah, wie Tim zu den Steinen hinüberging und sich an einen der großen Blöcke lehnte, um zu warten, bis sie endlich mit der Zeremonie begann. Er spürte ganz offensichtlich genauso wenig wie der Stein. Noch weniger, vermutlich.

Tim war zwar ein ziemlich hübscher Bursche, und er befriedigte sie, dass ihr Hören und Sehen verging. Aber er hatte bloß Grütze im Hirn.

Virgil stieß sie an. »Es dämmert gleich, Lady Faulkner.«

»Aber natürlich.« Verspätet registrierte sie, dass Virgil die hölzerne Kiste nicht mehr hielt. Sie sah sich um und zuckte zusammen. Die Kiste stand genau in der Mitte des etwa kreisförmigen Platzes zwischen den drei Steinen. Das Mondlicht ließ die Risse in den Steinen aussehen, als würden sie glühen. »Was …«, begann sie und schloss den Mund wieder. Betrüger durften den Betrogenen natürlich keine Fragen stellen. »Ich nehme an, Sie möchten mit Merlin sprechen.«

»Das ist richtig.«

O bitte, nicht schon wieder. Cherelle schluckte ihren Ärger darüber hinunter, dass sie wieder dieselbe Leier abspulen würde. Sie fragte sich, ob es wohl den großen Schauspielstars ebenso erging, die Abend für Abend – und mittwochs und sonntags zweimal – dasselbe Stück spielen mussten.

»Viele Menschen wollen Kontakt zu Merlin aufnehmen«, sprach sie gezwungen ruhig. »Und wir haben beobachtet, dass Merlin umgekehrt nur selten den Wunsch verspürt, zu ihnen zu sprechen.«

»Verdammt, das weiß ich. Hatte schon mehr als ein sogenanntes Channel, das behauptete, eine Direktleitung zu ihm zu haben. War alles gelogen. Nie hat einer sagen können, was in den Kisten unter meinem Bett ist.«

Als Cherelle kapierte, was Virgil meinte, hätte sie beinahe aufgeschrien. Er war auf der Suche nach jemand, der Gedanken lesen konnte und nicht bloß den Kontakt herstellen zu dem sagenhaften Magier.

Aber sie konnte keine Gedanken lesen.

»An König Arthurs Hof gibt es sicher jemand anderen, den man ebenso leicht …«, begann sie.

»Merlin!«, wurde sie von Virgil unterbrochen. »Er ist der Einzige, der die Macht hat. Lassen Sie uns anfangen. Wir vergeuden nur unsre Zeit. Es muss vor Beginn der Dämmerung geschehen, wenn sie alle in die Hölle zurückgescheucht werden.«

Es dauerte einen Augenblick, bis Cherelle wusste, was er meinte. Dann fiel ihr ein, dass heute ja Halloween war, wo die Geister angeblich mit der Dunkelheit freigelassen und bei Tagesanbruch zurück in ihre feuchten Löcher gehetzt wurden. Und sie fragte sich, ob Virgil auch an fliegende Besen und tanzende Pilze glaubte.

Sie biss sich erneut innen auf die Wangen, um dem alten Mann nicht ins Gesicht zu lachen.

»Mr O'Connor hat recht«, sagte Tim lächelnd.

Die Häme hinter diesen wundervoll geschwungenen Lippen war nur für Cherelle sichtbar.

Das war eines der Probleme, die man als schlauer Mensch in einer Welt voller Blödmänner hatte. Massenhaft Dummheit überall, aber du kannst nichts dagegen tun.

Tim unterdrückte mit Mühe ein Gähnen.

Am liebsten hätte sie ihm einen Tritt in seine empfindliche und immer ach so bereite Körpermitte verpasst. Alles überließ er ihr. Das ganze Channel-Brimborium war allein ihre Sache, und er gähnte ihr dabei auch noch frech ins Gesicht.

»Selbstverständlich.« Cherelles Stimme klang sanft trotz ihres Ärgers und der Kälte, die ihr eine Gänsehaut bereiteten.

Sie hasste diesen Ort zutiefst. Irgendwie musste sie rauskriegen, was sich in den Kisten unter Virgils Bett befand. Das würde sie ihm dann »channeln«, als ob es direkt aus dem Munde Merlins käme – und dann nichts wie weg von hier.

Ein Schauer durchfuhr sie. Sie konnte es kaum erwarten, diesen grusligen Ort für immer zu verlassen. Endlich schüttelte sie entschlossen den Kopf, sodass ihr langes Haar aufflog, und ging um die Kiste herum, bis sie auf dem kleinen Fleck innerhalb der drei Steine stand. Sie verfluchte ihre übergroße Fantasie, die ihr diesen Ort zwischen den Steinen dunkler und kälter erscheinen ließ, leer und bodenlos, als fiele sie einen tiefen Brunnen hinab.

Als Kind war ihr das tatsächlich einmal passiert. Das gehörte nicht gerade zu ihren Lieblingserinnerungen. In letzter Zeit kam ihr beim Channeling die Erinnerung daran immer wieder hoch. Ihr wurde davon richtig übel.

Diese ganze verdammte Vergangenheit kann mich mal, beschied sie sich selbst. *Ich bin aus diesem blöden Wohnwagen in den Slums rausgekommen, und ich werde das ganz große Geld machen. Kein Hotelportier mit stinkendem Atem und dreckigen Fingern wird mich je wieder so anschauen dürfen, von wegen Geld auf die Kralle, sofort auf den Tresen, oder einmal Lutschen dahinter.*

Glück und eine günstige Gelegenheit, das war alles, was sie brauchte, um für den Rest ihres Lebens klarzukommen. Sie würde nicht so dumm sein, all ihr Geld auf einmal auszugeben. Dafür war sie zu clever.

Einen Volltreffer brauchte sie.

Nur einen.

Cherelle konzentrierte sich ganz auf ihren Traum, um die aufsteigende Übelkeit zu ignorieren. Sie zwang sich, die Augen zu schließen und mit ihrer Channel-Show zu beginnen. Nach und nach verlangsamte und vertiefte sie ihre Atemzüge, hielt den Atem an, bis ihr fast schwindlig wurde, und ließ die Luft ganz langsam zwischen ihren Lippen ausströmen. Die meisten ihrer Kollegen setzten sich beim Channeling auf den Boden, aber das mochte sie nicht. Einmal hatte sie es versucht und sich eigens eine Decke dafür mitgebracht. Aber ihr Hintern hatte sofort zu brennen begonnen, als hätte sie sich in ein Ameisennest gesetzt.

Also stand sie während der ganzen Sache einfach da und atmete ein und aus, ein und aus, bis das Geräusch des eigenen Atems zu einem ständigen Rauschen wurde, einem Flüstern von Sätzen, die einen weißen Lichtstrahl beschrieben, der sich über sie ergoss und sie vollkommen umhüllte und ihr Worte eingab …

Nun mach schon, mach schon, dachte Virgil mit ungeduldigem Blick Richtung Osten. *Öffne den verdammten Channel endlich.*

Das war für ihn immer der schwierigste Teil während des ganzen Prozesses. Warten, warten, warten, um herauszufinden, ob es in dieser Nacht endlich passieren würde, ob er sich endlich vom Fluch des Druiden befreien könnte, der sein ganzes Leben ruiniert hatte, von dem Zeitpunkt an, als er den Schatz gefunden hatte. Er hätte seinem Großonkel nicht glauben sollen und nie nach Wales gehen, nie das verdammte Gold ausgraben dürfen. Nur Unglück hatte es ihm eingebracht. Sonst gar nichts.

»... fühle eine Gegenwart«, sagte sie in einer leisen, völlig veränderten Stimme. »Komm näher, Geist. Wir wollen nichts Böses von dir, wir bitten nicht um Verbotenes. Wir wollen einfach ...«

Tim schob die Faust vor seinen Mund, um ein Gähnen zu unterdrücken, und blendete Cherelles Geplapper aus. Ihm war es schleierhaft, wieso sie es so hasste, ihre Show hier auf diesem Felsen abzuziehen. Ob bei Tag oder bei Nacht, ob zwischen Felsbrocken oder in Luxusapartments, es war doch immer dasselbe. Sie zog ihr Geisterkostüm an, murmelte eine Menge vor sich hin, erzählte den Dummköpfen, was sie hören wollten, und kassierte genug Geld dafür, um die Miete zu bezahlen und ein paar Bier für ihn. War doch ein gutes Geschäft. Er würde es ja selbst machen, aber er konnte dabei einfach nicht lange genug ernst bleiben. Mit Merlin reden oder mit dem König Melchisedech oder mit Marilyn Monroe – was für ein hirnrissiger Quatsch.

Er presste die Lippen aufeinander, um ein weiteres Gähnen zu unterdrücken. Herrje, dieses Aufstehen mitten in der Nacht war nichts für ihn. Das war einer der Gründe, warum er es nie zu einem richtigen Einbrecher gebracht hatte. Da konnte er ja gleich arbeiten gehen. Wenigstens war die Channel-Betrügerei einfacher, als in Wohnungen einzubrechen, außerdem brachte sie einem nicht gleich die Polizei auf den Hals.

Es gab schließlich kein Gesetz dagegen, Dummköpfen zu helfen, so dumm zu sein wie nur irgend möglich.

Er steckte seine Hände tief in die Hosentaschen und wünschte, Cherelle hätte ihm gesagt, er solle eine Jacke mitnehmen. Es war zwar nicht sonderlich windig, aber kalt genug, dass ihn immer wieder fröstelte. Mürrisch blickte er auf die Holzkiste, blinzelte und blinzelte nochmals. Wann hat denn bloß der verrückte alte Knacker seine kleine Taschenlampe angemacht und in die verschlossene Kiste gesteckt, wunderte sich Tim. Und warum? Das war ja eine verdammt merkwürdige Art, Batterien zu verschwenden, und Batterien kosteten schließlich fast so viel wie Zigaretten.

»... ich spüre dich, aber ich kann dich nicht hören«, flüsterte Cherelle. »Ich spüre, wie mächtig du bist. Bitte hilf mir.«

Tim schluckte mit Mühe einen Lachanfall hinunter. Sobald sie von diesem beschissenen Felssockel wegkamen, würde er ihr was zu fühlen und zu hören geben. Er hatte ziemlich viel loszuwerden.

»... ich weiß nicht, was Virgil möchte«, sprach sie sehr ernst. »Weißt du es?«

Der alte Mann spannte sich an und lehnte sich nach vorne. *Merlin wusste genau, was er wollte.*

»Ah ja, natürlich«, murmelte sie. »Er hat etwas von dir in Besitz.« Ihre Worte brachen ab, und ihre Zähne schlugen aufeinander. Sie zuckte einmal und noch einmal, und dann durchlief sie ein Zittern vom Kopf bis zu den Füßen.

»Zu dunkel«, sagte sie eindringlich. »Ich kann dich nicht hören. Du nimmst das Licht weg! Bitte, bitte, hilf uns!«

Virgil wartete so angespannt, dass er fürchtete, seine Knochen würden gleich brechen. Sie musste nahe dran sein. Nie zuvor hatte sie so – so verängstigt geklungen.

»Ich – kann – dich – nicht – hören«, sagte sie unter Zucken. »Bitte hilf mir. Bitte. Wir wollen nichts Böses und nichts Verbotenes. Hilf mir, den Channel zu öffnen, Merlin. Hilf – mir.«

Virgil wollte nicht länger zuhören. Diese Sitzung verlief anscheinend genauso wie die anderen – alles umsonst. Mit einigen schnellen Bewegungen holte er ein paar alte Lederhandschuhe aus seiner hinteren Hosentasche und zog sie an. Er hatte gehofft, es würde nicht dazu kommen.

Aber es musste sein. Heute Nacht würde sie eine klare Verbindung zu Merlin bekommen, dafür würde er sorgen.

Mit geschlossenen Augen kämpfte Cherelle gegen den Schrei an, der durch die zusammengepresste Dunkelheit ihrer Kehle hinausdrängte. Jedes Mal, wenn sie hierherkam, war es schlimmer. Im Augenblick hatte sie das Gefühl, als wäre sie zwei Personen: eine schaute sich das Ganze amüsiert an, und die andere war wie ein verängstigtes kleines Kind, das zu seiner Mama rennen wollte. Aber es gab keine Mama. Für sie hatte es nie eine gegeben. Im Augenblick gab es nur Dunkelheit und Angst und die Wut eines Tieres in der zugeschnappten Falle, die sie am liebsten …

Ein Stück Metall, so kalt, dass es brannte, klatschte ihr direkt in die Hand. Licht und Dunkelheit explodierten und wurden zu etwas, das beides und nichts enthielt. Es wurde zu allem.

Und dann wurde es zu nichts.

Sie war nichts.

9

Sedona
Sehr früh morgens

Cherelle schrie immer noch, als Tim ihr einen so kräftigen Schlag versetzte, dass sie aus dem Schatten der drei Steine heraustaumelte. Sie stolperte und fiel zu Boden. Zitternd und vornübergebeugt kämpfte sie gegen die aufsteigende Galle an, die mit all den vielen Schreien hochkommen wollte, die sie ihr Leben lang unterdrückt hatte.

»Wenn du die Kontrolle verlierst, dann offenbar richtig«, sagte Tim und beäugte sie vorsichtig. Er beugte sich vor und ergriff den dicken goldenen Halsring, den Virgil Cherelle gegeben hatte, warf ihn grob in die Holzkiste hinein und knallte den Deckel zu. »Komm schon. Wir müssen hier abhauen, bevor es hell genug ist, dass wir gesehen werden können.«

»Was …?« Sie sah auf, schüttelte heftig den Kopf und blickte um sich. »Wo ist Virgil?«

»Was glaubst du, wo er ist! Du hast ihn schließlich hart genug geschlagen, um ihn den halben Weg hinunterzuhauen.« Tim zog sie in die Höhe. »Warum hast du das gemacht?«

Sie schüttelte wieder ihren Kopf, das alles ergab keinen Sinn für sie. »Was gemacht?«

»Ihn umgebracht.«

»Das hab ich nicht!«

»Was redest du da? Ich hab's doch gesehen! Er hat dir diesen goldenen Brocken in die Hand gelegt, und du hast ihn dafür über den Haufen gehauen.«

»Goldener Brocken? Was zum Teufel redest du da?«

Ungeduldig riss Tim den dicken goldenen Ring aus der

Kiste. Das Licht der Morgendämmerung ließ das goldene metallene Flechtwerk erglühen. »Das hier!«, sagte er und hielt ihr das Gold unter die Nase.

Mühsam konzentrierte sich Cherelle auf den Halsring vor ihr. Ihre Augen weiteten sich. Sie hatte Fotos von Schmuckstücken wie diesem in Virgils alten Büchern gesehen. Es war so ein Zeug, das in Museen aufbewahrt wurde, was bedeutete, dass es wertvoll sein musste.

Vielleicht sogar sehr wertvoll.

Tim ließ den Ring wieder in die Holzkiste fallen, nahm sie auf und gab Cherelle damit einen Schubs.

»Los, wir müssen hier weg.«

Beide eilten sie den steilen engen Pfad hinab. Die ersten Strahlen der Morgensonne schoben die Schatten um sie herum beiseite. Cherelle fühlte sich trotz des Sonnenaufgangs nicht viel wohler. Die tiefen Schattenflächen zwischen den breiten hellen Lichtbündeln wollten nicht weichen. Sie waren schwärzer als der Grund eines Brunnens.

»Bist du sicher, was Virgil betrifft?«, fragte sie.

Tim schob sie statt einer Antwort vom Pfad weg durch einen Busch, setzte die Kiste ab und schaltete die kleine Taschenlampe des Alten ein. »Was glaubst du?«

Sie erblickte Virgil in einem dunklen Schatten, nur von dem schmalen Lichtstrahl erfasst. Er lag mit weit geöffneten Augen auf dem Rücken und starrte in die Morgendämmerung, die er nie sehen würde. Dichtes Gebüsch umgab den Körper.

»Ich glaube, er ist tot«, sagte Cherelle und drängte zurück zu dem kleinen Pfad.

Auf die eine oder andere Weise hatte Tim schon genug plötzliche Todesfälle mitbekommen, dass er genau wusste, wie so etwas aussah. »Oh, ja. Töter geht's nicht.«

Sie stieß heftig die Luft aus und zwang sich nachzudenken. *Sie hatte Virgil tatsächlich umgebracht. Scheiße!*

Aber er war nicht der Erste. Damals war sie davongekommen. Die Polizei hatte geglaubt, der Junkie hätte sich den goldenen Schuss gesetzt. Und bei Virgil würde sie auch davonkommen. Übrigens hatte sie es nicht gewollt, nicht damals und nicht jetzt. Es war einfach passiert.

Bis irgendwer über Virgils Leiche stolperte, würde nicht mehr viel davon übrig sein. In den Bergen hier gab es jede Menge Kojoten, die überall herumstrichen, um Nahrung zu finden.

Oh, ja. Töter geht's nicht.

»Was ist noch in der Holzkiste?«, fragte Cherelle.

»Nichts. Los, wir müssen hier fort.«

»Aber es muss noch etwas anderes geben. Ich weiß es.«

»Polizei gibt's, so viel ist klar. Wenn du mit der Leiche gefunden werden willst, dann bleib nur hier. Ich mach mich jetzt jedenfalls auf die Socken.«

»Warte. Da ist noch irgendwo Gold. Verdammt, noch mehr Gold!«

Tim wollte ihr sagen, dass sie wohl vollkommen den Verstand verloren hatte, als er den seltsamen Ausdruck um ihre Augen und den Mund sah und es bleiben ließ. Sie würde ihm jetzt sowieso nicht zuhören. Auch gut. Sie konnte ihn mal.

Tim eilte den Weg hinab, ohne sich noch einmal nach ihr umzudrehen.

»Kisten«, murmelte sie. »Virgil hat irgendwas über Kisten gesagt. Was war denn das gleich noch mal? Denk, verdammt noch mal, nach!«

Nie hat einer sagen können, was in den Kisten unter meinem Bett ist.

Unter seinem Bett.

Cherelle lief los und eilte den Pfad hinab, überholte Tim und rannte so schnell weiter, dass er nur mühsam hinterherkam. Die Tür von Virgils Hütte war nicht abgeschlossen. Soweit sie wusste, war sie nie verschlossen. Ein Mann, der mit einem alten Fahrrad in die Stadt fuhr und Kleider trug, die ein Lumpensammler verweigert hätte, hatte keinen Grund, seine Tür zu verriegeln.

Cherelle trat ein und wandte sich sofort in Richtung Schlafzimmer, das gleich hinter dem Wohnzimmer lag. Wie das Bett aussah, hatte Virgil letzte Nacht nicht darin geschlafen. Heute Nacht würde er das auch nicht tun, es sei denn, der Tod war nur eine andere Form des Schlafes.

Dieser Gedanke war noch zu sehr mit ihren Albträumen verquickt, als sie sich mitten im schwarzen Nichts befand und doch ganz wach gewesen war, ganz bewusst, laut schreiend. Entschlossen ließ sie sich hastig auf ihre Knie und Hände nieder und spähte unter das Bett. Schuhe, ein Haufen Stoff, der Unterwäsche oder ein Waschlappen sein konnte, jede Menge Staub. Und zwei Holzkisten.

Sie zog die erste heraus, öffnete sie gerade so weit, dass sie den Schein des Goldes darin erblicken konnte, und schlug den Deckel wieder zu.

»Was zum Teufel machst du hier bloß?«, fragte Tim, der jetzt in der Tür stand. Alles, was er sehen konnte, war Cherelle auf Händen und Knien, den Kopf unter irgendetwas gesteckt und den Arsch in die Höhe gereckt.

»Als erfahrener Einbrecher kann ich dir versichern, dass du hier nur deine Zeit vergeudest. Herrje, er hat noch nicht mal eine Uhr getragen!«

»Meine Zeit vergeuden, meinst du?«, fragte Cherelle. Sie hob den Deckel der zweiten Kiste, hielt einen Moment die Luft an und fing dann an zu lächeln. »Okay, du vergeudest deine Zeit auf deine Weise und ich mach's eben auf meine.«

Sie stellte die beiden Kisten aufeinander und wollte sie hochheben. Erst beim dritten Anlauf konnte sie sich aufrichten; die Kisten mit dem Gold waren zwar nicht so groß wie ihre Habgier, aber sie waren sehr schwer. Sie warf den Kopf zurück, lachte laut auf und schwankte mit ihrer Last zur Tür. Endlich, endlich hatte sie es geschafft. *Der Volltreffer.*

Nun musste sie nur noch herausfinden, wie sie die heiße Ware in sauberes Bargeld verwandelte, ohne sich dabei die Finger zu verbrennen.

10

Las Vegas
1. November
Sehr früh morgens

Mit gut verborgener Ungeduld – ihre Füße schmerzten höllisch – verabschiedete sich Gail Silverado von Mickey Pinsky, John Firenze, French Henkle und Rich Morrison. Als Rich hinter den anderen drei zurückblieb, warf sie ihm ein strahlendes Lächeln zu.

»Haben Sie etwas vergessen?«, fragte sie ihn.

»Ich wollte noch schnell meine Frau anrufen und habe mein Handy vergessen.« Er lächelte leicht. »Dürfte ich mir Ihres kurz ausleihen? Ich weiß nicht, auf welcher Party ich sie treffen soll.«

»Aber gerne. Gute Nacht, meine Herren. Ich schlage vor, Sie nehmen verschiedene Aufzüge.«

Sie schloss die Tür hinter den drei Männern und wandte sich Rich zu. Ohne ein Wort zu sagen, ging sie in ihr Privatbüro zurück und schloss die Tür hinter sich.

»Haben Sie wirklich Ihr Handy vergessen?«, fragte sie.

»Was glauben Sie?«

»Ich glaube, ich habe noch eine Flasche eisgekühlten Champagner, falls es irgendetwas zu feiern gibt.«

Er lachte und bedauerte erneut, dass ihm seine derzeitige Frau mit ihren sehr wichtigen politischen Beziehungen klargemacht hatte, dass sie ihm den Schwanz abschneiden und in den Hals stopfen würde, falls er fremdginge. Er wusste zwar, dass sein Schwanz vor ihren Drohungen in Sicherheit war, nicht aber seine Chance, Präsident des Nevada Gaming

Control Board zu werden. Macht war ihm wichtiger als ein Stück Frauenfleisch – sogar ein so begabtes wie Gail.

»Ich habe heute Neuigkeiten«, sagte Rich.

Gail ging weiter zum Bürokühlschrank, um den Champagner zu holen. »Erfreuliche Neuigkeiten?«

»Unser Golden Boy hat eine neue Firewall installiert.«

Sie hielt inne und blickte über ihre Schulter, die Haltung so elegant wie unbewusst. »Das ist nicht gut.«

Rich kratzte sich unter seiner lästigen Perücke. Wie Frauen so ein verdammtes Ding trugen, war ihm schleierhaft. »Aber auch nicht schlecht. Meine Leute hatten den Aufbau fertig und ließen täglich Geld von einem Konto in Shanghai auf seines für die Automaten und die Baccara-Tische fließen.«

»Wie viel konnten sie rüberschieben?«

»Zehn Millionen. Vielleicht fünfzehn.« Rich zuckte mit den Achseln. »Kleingeld, verglichen mit dem, was über unsre Casinos laufen soll. Aber genug, um Tannahill festzunageln. Vielleicht muss er nicht ins Gefängnis, aber das Gaming Control Board wird dafür sorgen, dass er in Nevada keinen Fuß mehr auf den Boden kriegt.«

Gail beugte sich zum Kühlschrank unter der Bar und holte eine Flasche Champagner heraus. »Sind Sie sicher, dass sie genügend Spuren hinterlassen haben, die man zu den Konten der Red-Phoenix-Leute zurückverfolgen kann?«

»Zum Teufel, ja! Diese Burschen haben ihr Handwerk bei den besten Hackern der USA gelernt. Tannahill hat von dem Geld der Triade hiesige und Bundessteuern bezahlt und den Rest für sich behalten als lupenreinen Profit.«

Mit geübtem Griff zog Gail den Korken heraus und atmete den duftenden Nebel ein, der aus der Flasche stieg. »Dann haben wir ihn.« Sie goss den exquisiten Champagner in zwei Gläser. »Bleibt die Frage, wann wir die Bombe platzen lassen.«

»Ich habe zwei anonyme Hinweise über die Red-Phoenix-Triade an die Bundespolizei lanciert. Es dürfte nicht lange dauern, bis sogar die Taskforce kapiert, was Sache ist.«

11

Las Vegas
1. November
Frühmorgens

Die meisten der großen Casino-Hotel-Anlagen hatten ihre Empfangshallen mit einem besonderen Blickfang versehen, um Besucher anzulocken und sie zu unterhalten. Die weniger einfallsreichen boten riesengroße Blumenarrangements. Andere hatten in der Lobby ein Aquarium, das sechs Meter hoch und zwanzig Meter lang war. Wieder andere durchfloss ein nach Chlorwasser riechender Bach, der von vielen Münzen glitzerte, die Gäste hineingeworfen hatten, oder es wuchsen gläserne Blumen von der fußballplatzgroßen Decke herab.

Das *Golden Fleece* hatte – ein Goldenes Vlies. Und zwar ein ziemlich spektakuläres. Ob bei Tag oder bei Nacht, immer war eine Menschenmenge um Shanes Nachbildung des legendären goldenen Widderfells aus der griechischen Mythologie versammelt und betrachtete staunend das Objekt, für das so mancher Schatzsucher der Antike mühselige Reisen bis ans Ende der bekannten Welt unternommen hatte.

Shane war ein Pragmatiker mit einer Dichterseele, und so glaubte er, dass der Mythos vom Goldenen Vlies seinen Ursprung in einer realen Begebenheit haben musste. Antike Goldgräber hatten goldhaltigen Flusskies in hölzernen Rinnen gewaschen. Am Ende der Rinne waren bereits alle schweren Teile zurückgelassen worden – mit Ausnahme des Goldstaubs. Auch der wäre mit dem Abwasser weggeschwommen, hätte sich nicht am Boden der Rinne ein Schaffell befunden. Nach Ablauf eines Tages oder einer Woche hatten die Goldgräber dann die Rinne geschlossen und den Goldstaub, der sich im Fell angesammelt hatte, ausgeschüttelt.

Diese Idee hatte Shane aufgegriffen, um daraus die Hauptattraktion und den Publikumsmagneten für sein neues Mega-Casino-Hotel zu machen. Er hatte das größte Schaffell gekauft, das er finden konnte, und eine Waschrinne entworfen, wie sie vielleicht vor zweitausend Jahren für die Goldgewinnung verwendet wurde. Das Fell hatte er quer zur Fließrichtung des Wassers gespannt, um damit den Eimer Goldstaub, den er ins saubere Wasser gekippt hatte, herauszufiltern. Das alles steckte er in ein riesiges Aquarium, stellte die Wasserpumpen an und wartete.

Im Verlauf der Minuten, Stunden, Tage und Wochen hatte das Schaffell unermüdlich das fast unsichtbare feine Gold aus dem Wasser gefiltert. Als das Vlies so viel von dem Gold aufgenommen hatte, wie es nur irgend konnte, glitzerte es schließlich wie ein märchenhafter Traum, den die Menschheit fast erhaschen konnte.

Und so blieb es, aufgespannt in einem durchsichtigen Käfig von klarem Wasser, eine große zottelige Goldskulptur, die nur darauf wartete, neue Generationen von Schatzsuchern in die Casinos des *Golden Fleece* einzuführen.

»Guten Morgen, Mr Tannahill.«

Shane drehte sich zu Susan Chatsworth um, einer seiner vier Geschäftsführungsassistenten. Sie war früher Polizistin gewesen und nun seine Verbindungsfrau zur Sicherheitsabteilung. Da sie schulpflichtige Kinder hatte, übernahm sie die Tagesschicht in seinem Casino. Ihr Mann war Captain bei der Las Vegas Police und arbeitete in wechselnden Schichten, doch irgendwie schafften sie es dennoch, eine gute Ehe zu führen.

Susan trug keine Uniform, wenn man die übliche Las-Vegas-Alltagskleidung nicht als Uniform bezeichnen wollte.

Mit ihren locker fallenden, schulterlangen braunen Haaren, ihrer seidenen Bluse, Jeans und Riemensandalen sah sie aus wie eine Besucherin, die zu ihrem strahlenden Lächeln wie zufällig eine dicke Handtasche mit sich herumtrug. In dieser Tasche waren ihr Walkie-Talkie, ihr Handy und ihre Pistole verborgen.

»Hallo, Susan«, sagte Shane. »Haben Sie die Eiscreme schon aus dem Teppich gewaschen?«

Sie lachte und schüttelte den Kopf. »Das war wirklich eine ziemlich wilde Party. Ich hatte ganz vergessen, was für einen Lärm eine Gruppe kreischender zwölfjähriger Mädchen veranstalten kann. Und vielen Dank – Amelia hat sich riesig über die CD gefreut, die Sie ihr zum Geburtstag geschenkt haben. Woher wussten Sie, dass heute alle Mädchen in dem Alter den geheimen Wunsch verspüren, mit Swivel Jack und den Sweat Rats mitzukreischen?«

»Ach, nur geraten.«

Susan schüttelte den Kopf. Das konnte er ihr nicht erzählen. Ihr Chef verließ sich nie auf Spekulationen. »Sie hat mir jedenfalls einen Dankeskuss und eine Umarmung für Sie aufgetragen, also fühlen Sie sich hiermit geküsst und umarmt.«

»So fängt der Tag gut an.«

Er wandte sich zum Gehen und sie schloss sich ihm an. Shanes Kontrollgänge durch seinen riesigen Casinokomplex waren bei den Angestellten berüchtigt. Ob in den Toilettenanlagen oder der VIP-Lounge, Shane konnte jederzeit – egal ob bei Tag oder Nacht, am Wochenende oder an Werktagen – überall aufkreuzen. Und seinen dunkelgrünen Augen war noch niemals etwas entgangen.

»Irgendwelche Probleme?« Er blickte sie nicht an, während er diese Frage stellte. Seine ganze Aufmerksamkeit galt den Geschehnissen in der Lobby, den Wartenden beim Check-in und Check-out, den VIP-Begleitern, der Menge, die sich um das goldfunkelnde Vlies drängte, und dem benutzten Pappbecher auf einem der Bistrotische, den das

Personal bis zu seinem Weg zurück tunlichst verschwinden lassen sollte.

»Im Moment gibt es nur ein Problem«, antwortete Susan. »Ich weiß nicht, ob Sie sich schon den Rohertrag von gestern angeschaut haben.«

»Habe ich.«

Den Rohertrag – also die Einsätze abzüglich der Gewinnsummen –, den das Casino innerhalb von vierundzwanzig Stunden erwirtschaftete, sah sich Shane jeden Morgen als Erstes an, auch an Tagen, an denen er fast die ganze Nacht auf gewesen war.

»Dann wissen Sie, dass wir gestern sechs fette Jackpots an der Wand mit den Solid-Gold-Spielautomaten hatten.«

»Weiß ich.« Das war zwar sehr unwahrscheinlich, aber nicht völlig unmöglich. Glücksspiele waren eben nicht vorhersehbar. Die Gewinnquote tat kurzfristig die tollsten Sprünge, nur langfristig war sie gut kalkulierbar.

»Ich habe mir die Bänder angesehen«, sagte sie, wobei sie die digitalen Aufnahmen meinte, die von allem angefertigt wurden, was auf dem Casinogelände passierte. »Ich habe den Verdacht, dass wir von einer Betrügerbande ausgetrickst werden.«

Shane machte sich eine Notiz, dass er die Bänder selbst ansehen wollte. »Elektronisch? Magnetisch? Oder mechanisch?«

»Ich wette, es ist eine magnetische Manipulation des Geldauswurfs.«

Shane ließ ein Grunzen hören. Egal, wie sorgfältig sie das »Gehirn« eines Spielautomaten hüteten, irgendein kluger Tüftler würde es immer knacken – vor allem jemand, der in der Vergangenheit beruflich mit den Spielautomaten des Casinos zu tun gehabt hatte.

Er musste seine Personalunterlagen prüfen.

»War die Bande heute schon da?«, fragte er.

»Ich habe sie noch nicht gesehen.«

»Ziehen Sie Standfotos von ihnen heraus und schicken Sie sie über die Hotline rum.«

Sie nickte. Die Casinos von Las Vegas waren zwar Konkurrenten, doch in der Praxis arbeiteten sie in Sicherheitsfragen zusammen.

»Und im vierten Stockwerk gibt's keine weiteren Diebstähle?«, fragte Shane, aber seine Augen wanderten zu der aufgeregten Menge hinüber, die sich um den Würfeltisch versammelt hatte. Der Pit-Boss, der die Spieltische in diesem Bereich überwachte, stand genau am richtigen Platz – dort, wo er die Würfelspieler und die Menge darum herum am besten im Blick hatte. Der Stickman, in dieser Schicht eine Frau, tat gewissenhaft seine Arbeit und beobachtete alles, was auf dem Spieltisch passierte, stellte sicher, dass die Würfel nicht gezinkt waren, und sammelte die Würfel mit dem hölzernen Stock ein und gab sie dem Shooter zurück. Ihr gegenüber stand der Boxman, der den Croupiers – in diesem Fall waren es zwei, weil es so hoch herging – erklärte, an wen sie wie viel zu zahlen hatten. Ein erregte Frau mit zerlaufenem Make-up in einem weißen Satinabendkleid mit Getränkespuren blies auf die Würfel, flüsterte ihnen zu, sprach ein Gebet über sie und warf sie schließlich über das grüne Spielfeld gegen die Bande.

Les jeux sont faits.

»Erneut Snake-Eyes!«, rief der Stickman. »Die Dame ist heiß!«

Die Frau kreischte, hüpfte auf und ab und beobachtete den Croupier, der nun die Chips austeilte. Der Stapel mit den Chips vor ihr verdoppelte sich. Sie nutzte ihre Glückssträhne und schnappte nach den Würfeln, sobald sie ihr mit dem langen gebogenen Stock zugeschoben wurden.

Die Menge fieberte mit und rückte noch näher heran.

Shane und Susan gingen weiter.

»Nein, Sir«, sagte sie. »Sie hatten recht. Eine von der Tagesschicht hatte die elektronischen Schlüssel kopiert und sie an ihre Leute weitergereicht. Dämlich. Was auch immer sie vom Hehler bekamen, kann nicht annähernd die Zeit aufwiegen, die sie im Gefängnis verbringen werden.«

»So ist das mit Betrügern«, meinte Shane. »Sie denken immer, sie seien zu schlau, um gefasst zu werden.«

»Tja, diese Schlauberger wurden von der Polizei schon auf dem Angestelltenparkplatz empfangen.«

Shane fragte nicht, ob die Sache diskret behandelt worden war. Er bezahlte seine Sicherheitsleute sehr gut, um sicherzustellen, dass die Traumwelt des *Golden Fleece* nicht durch so etwas wie die scheußliche Realität gestört wurde. Nicht zufällig gab es hier keine Uhren, keine Radios oder Fernseher, außer im Sportwettenbereich, auch keine Telefone, die die Gäste daran erinnern konnten, zu Hause anzurufen. Es gab noch nicht einmal die Möglichkeit, auf den Fernsehern der Hotelzimmer die Wettervorhersage-Kanäle zu sehen, um die äußere Welt völlig auszublenden. Die stille Botschaft war durchschlagend: *Alles, was du brauchst, gibt es hier*.

»Noch etwas?«, fragte er, als sie an einer langen Reihe von Blackjack-Tischen vorbeigingen. Abhängig von der Nachfrage an den Tischen variierte der Einsatz zwischen fünf Dollar und fünftausend Dollar pro Spieler. Wenn die Nachfrage hoch war, ging der Spieleinsatz in die Höhe. Auf zwei der Tische standen diskret »Reserviert«-Schilder. Sie waren von zwei argentinischen Brüdern bestellt worden, die gerne Seite an Seite zu einem Einsatz von je dreitausend Dollar spielten und genau diese beiden Tische und zwei hübsche blonde Croupiers bevorzugten. Da sie sehr viel Geld verloren, tat Shane bereitwillig alles, um ihren Launen nachzukommen.

»Sonst nichts – bisher«, sagte sie.

»Das hört sich aber nicht gut an.«

Sie zuckte mit den Schultern. »Diese beiden japanischen Walfische wurden recht laut, als ich heute Morgen hier ankam.«

»Glücklich oder unglücklich laut?«

»Oh, am Ende hat jeder von ihnen mehr als eine Million Dollar verloren, wie sich das für gute Walfische gehört, aber ...«

»Verloren?«, unterbrach sie Shane. »Das Letzte, was ich hörte, war, dass einer der beiden gewann.«

»Ungefähr um vier Uhr morgens hörte die Glückssträhne auf. Wir haben jetzt zwei Millionen mehr als vorher. Aber die beiden waren voll Whiskey und machten noch keine Anstalten aufzuhören.«

»Für solche Fälle haben wir ja unseren speziellen Gastraum.«

Das mit viel Plüsch ausgestattete Zimmer war hervorragend schallgedämpft und lag abseits vom übrigen Spielbetrieb. Schon eine ganze Anzahl von VIP-Gästen hatten hier ihren Spiel- und Alkoholrausch nach einer langen Nacht ausgeschlafen. Wenn sie sich weigerten, die Spieltische zu verlassen, verlegte man das Spiel mit den betrunkenen Spielern kurzerhand hierher.

»Sie wollten den Spieltisch erst verlassen, nachdem ihr Croupier ihnen angeboten hatte, sie zu einem Frühstück mit Salzfisch, gekochtem Reis, Seegras und noch mehr Baccara zu begleiten«, fuhr Susan fort. »Und mit Whiskey, natürlich.«

»Wie ist der Stand der Dinge im Moment?«

»Als ich zuletzt bei ihnen vorbeikam, säbelte der Tischchef, den Sie den beiden bei ihrer Ankunft zugeordnet haben, gerade mit einem Messer an etwas Rohem herum und pflanzte es auf eine Schüssel mit klebrigem Reis. Und der Croupier versuchte, nicht auf den Salzfisch zu kotzen, während er die Karten für eine weitere Baccara-Verlustrunde austeilte.«

»Welcher Croupier ist es denn? Finnigan?«

»Wie haben Sie das erraten?«

»Er ist der einzige Croupier, der letzte Nacht Dienst hatte, der das Geschick hat, mit Walfischen umzugehen, und den Charme, sie freundlich aus dem öffentlichen Spielbereich herauszukomplementieren, wenn sie sich betrinken. Und er verträgt um vier Uhr früh japanischen Salzfisch, wenn er seinen Gästen dadurch Gesellschaft leisten kann. Stecken Sie doch bitte eine meiner persönlichen Tausend-Dollar-Marken in seine Lohntüte, manchmal vergessen Verlierer, dem Croupier Trinkgeld zu geben.«

Susan öffnete den Verschluss ihrer Tasche und sprach schnell ein paar Worte auf das eingebaute Aufnahmegerät. »Noch etwas?«

»Finden Sie heraus, warum wir nicht von anderen Casinos Bescheid bekamen, dass sich hier eine neue Betrügerbande herumtreibt.«

»Vielleicht waren wir ja ihr erstes Opfer.«

»Vielleicht. Das werden wir bald wissen.«

Susan sprach nochmals hastig in ihr Aufnahmegerät.

»Was kam bei dem Feuer im Abfalleimer heraus?«, fragte Shane.

»Einer der Busfahrer hat heimlich geraucht und die Kippe dann in den Eimer geworfen.«

»Ehemaliger Busfahrer.«

»Seit heute Morgen sechs Uhr«, bekräftigte sie.

Shane machte einen zweiten Rundgang durchs Casino und bemerkte dabei, dass die Glückssträhne der Frau beim Würfeln anhielt und sich die Menge der Zuschauer verdreifacht hatte. Nichts war für die Leute interessanter als jemand, der viel Geld gewann. Lächelnd wandte er sich in Richtung Küche – oder besser gesagt: zu den Küchen. Im *Golden Fleece* gab es nicht nur ein All-You-Can-Eat-Buffet, das rund um die Uhr geöffnet war, sondern dazu noch fünf Spitzenrestaurants, jedes mit eigenem Personal und Küchenchef.

Vor den Tagen der Mega-Casinos konnte man in Las Vegas an jeder Ecke billig essen – als Lockvogel der Casinos. Die Zeiten waren jetzt vorbei, jedenfalls auf dem Strip. Hier waren die Restaurants ebenso wie die Hotels ganz auf Profit getrimmt und die Gäste erwartete eine Vier- oder Fünfsterneküche. Dieses Angebot war Teil des Luxusprogramms, das die großen Casinounternehmen für ein finanzstarkes internationales Publikum entwickelten. Da der durchschnittliche Besucher nur drei Tage in Las Vegas verbrachte und täglich nur zwei Stunden spielte, musste sichergestellt sein, dass er in dieser Zeit die Casinos nicht zu verlassen brauchte: Restaurants, Unterhaltungsangebote, luxuriöse Wellnessbäder – alles befand sich unter einem großen Dach.

Und alle Wege führten wieder zurück in die Casinos.

In dieser Hinsicht war das *Golden Fleece* keine Ausnahme. Jedes Casino war so angelegt, dass die Besucher direkt in die Spielbereiche hineingeschleust wurden. Die Gewinne, die Hotel, Unterhaltung, Shopping und Restaurants erwirtschafteten, variierten je nach Jahreszeit oder Wirtschaftslage. Der Spielumsatz war davon unabhängig. Egal zu welcher Jahreszeit – in Vegas wurde, wie in Monte Carlo, immer gespielt.

»Wie ging die Sache mit der Frau aus, die sich beschwerte, sie sei vom Fahrstuhl zu Fall gebracht worden?«, fragte Shane, als sie einen Personalaufzug hinunter in den Küchenbereich nahmen.

»Wie zu erwarten war. Wir haben uns die Bänder angesehen, sie ›fiel‹ zwei- oder dreimal, bevor es ihr endlich gelang, damit Aufmerksamkeit zu erregen, und dann ging der ganze Spaß wieder los.«

»Spaß«, wiederholte Shane, und seine Mundwinkel verzogen sich nach unten.

Er rechnete mit den Falschspielern und Trickbetrügern, den kleinen Gaunern und den großen. Es war schließlich Las Vegas. Aber dieser ganze Zirkus mit den Anwälten und ihren älteren Klienten, die mit geschickt inszenierten Unglücksfällen nicht auf den Jackpot, sondern auf viel Schmerzensgeld aus waren, ärgerte Shane sehr. Egal, wie oft es vorkam, offenbar konnte sich niemand vorstellen, dass im *Golden Fleece* tatsächlich alles außer den Toilettenkabinen und den

Hotelzimmern rund um die Uhr überwacht und aufgenommen wurde.

Shane warf einen Blick auf seine Armbanduhr und wunderte sich, wo die Zeit geblieben war. Rasch überflog er im Kopf seinen Terminplan und konnte, so sehr er die Termine auch hin und her schob, die Kücheninspektion heute Vormittag einfach nicht mehr unterkriegen. In zehn Minuten hatte er bereits einen Termin mit seiner Kuratorin. Das würde weder sehr erbaulich werden, noch in kurzer Zeit beendet sein.

Es war höchste Zeit für Risa, endlich eine Hauptattraktion für seine Druidengold-Ausstellung aufzutreiben. Er brauchte geeignete Goldobjekte, die mit der Fabergé-Ausstellung konkurrieren konnten, die das *Wildest Dream* an Silvester eröffnete. Der Umstand, dass Gail all diesen Aufwand wieder einmal nur betrieb, um ihm eins auszuwischen, änderte nichts an den Tatsachen. Er musste einen Publikumshit haben.

Und Risa würde verdammt noch mal einen für ihn finden.

12

Camp Verde
1. November
Morgens

Funkelndes Gold lag verstreut auf der schäbigen Chenille-Bettdecke, die Cherelle über die zerknitterten Laken geworfen hatte. Es waren siebenundzwanzig außergewöhnliche, geradezu furchteinflößende Stücke Metallkunst.

»Wofür haben die bloß dieses große Teil benutzt?«, murmelte sie vor sich hin und starrte gebannt auf das eindrucksvollste Stück.

Es war eine schwere Goldskulptur, die geformt war wie ein gebogener Totempfahl. Ihr Fuß, der innen einen hölzernen Kern hatte, war ein Menschenkopf, der sich nach oben hin spiralförmig dreimal wiederholte. An der Stelle, wo sich die Gesichter zur Wiederholung des Musters überlappt hätten, gingen sie in eine andere Spirale über, die an drei Vögel mit langen Hälsen oder drei Schlangen erinnerte, die wiederum in drei Wölfe übergingen. Danach folgten drei brünstige Stiere, auch sie spiralförmig nach oben führend wie ein Traum oder Albtraum, bis das Ornament in einem dreifachen Vogelkopf endete, dessen starrende Augen aus menschlichen Totenschädeln bestanden und von dessen kräftigen Schnäbeln leblose menschliche Figuren herabhingen.

»Verdammt, was auch immer die geraucht haben, hat jedenfalls ihr Gehirn ganz schön durcheinandergebracht«, sagte Cherelle stirnrunzelnd und rieb mit den Händen kräftig über die Gänsehaut auf ihren nackten Armen. »Huuu.«

Aber der unheimliche gebogene Totempfahl war aus Gold.

Obwohl er zur Hälfte innen aus Holz war, wog das Gold vielleicht zwei Kilo oder mehr. Das und der goldene Halsring, mit dem sie den alten Mann erschlagen hatte, brachten zusammen vielleicht ein Viertel des ganzen Schatzes auf die Waage. Auch das goldene Messer, das so seltsam gebogen war, und die mit Juwelen besetzte Scheide waren ziemlich schwer.

Die übrigen Goldteile waren vor allem Schmuckstücke: Armbänder oder Armreife, ein Ring für eine Frau, in dessen breite Innenfläche verschiedene Symbole eingraviert waren, Broschen, so groß wie ihre Hand. Nur eines der Schmuckstücke war mit Juwelen besetzt. Bei anderen war eine Art Email verwendet worden, das strahlte wie Edelstein. Die meisten trugen Zeichen und Symbole, die Cherelle Kopfschmerzen bereiteten, wenn sie versuchte, sie zu enträtseln.

Doch das war gar nicht nötig, denn ihr Kopf schmerzte schon seit der Channel-Sitzung mit Virgil höllisch und sie hatte das Gefühl, dass er gleich zerplatzte.

Sie war dankbar, dass das Gold zwar unheimlich sein mochte, aber ihr beim Anfassen wenigstens nicht mehr die Hand verbrannte. Vage erinnerte sie sich, wie es gebrannt hatte, als sie den größten Halsring geschnappt und den alten Mann geschlagen hatte. Doch darüber würde sie jetzt nicht nachdenken. Sie wollte sich nicht gerne erinnern, was ein paar Stunden zuvor passiert war, und konzentrierte sich lieber auf den Goldschatz.

Die sechs Kragen oder Colliers oder was immer mochten vielleicht Halsbänder gewesen sein, doch sie an- und auszuziehen war sicher äußerst unangenehm. Dann gab es noch verschiedene Figürchen in der Form von Tieren oder Dämonen oder Körperteilen oder was auch immer. Jede der Figuren war so groß wie ihre Hand, doch die Details auf ihnen verursachten ihr Augenschmerzen, als sie sich mühte herauszufinden, was sie bedeuten mochten.

Die Stücke, die sie allerdings wirklich erregten, waren die schwere Skulptur, die einem Totempfahl ähnelte; das Teil, das einem kleinen goldenen Krug mit Klappdeckel ähnlich war; dann der merkwürdig gebogene Dolch in goldener Scheide und die Maske, die entweder einen Mann oder einen Gott oder Teufel darstellte und deren unheimliche, leere Augen ihr überallhin zu folgen schienen, egal, wo sie in dem Motelzimmer auch stand.

Unheimlich hin oder her – auf jeden Fall war das eine tolle Beute. Soweit sie das beurteilen konnte, waren diese goldenen Altertümer genauso gut oder noch besser als alles, was sie in Virgils Büchern gesehen hatte.

Und das bedeutete Geld, schlicht und einfach und überaus willkommen.

Während sie an das Geld dachte und das Gold betrachtete, nestelte sie an einer ihrer langen blonden Locken herum, die Teil ihrer kunstvoll auf lässig getrimmten Frisur war – drei Viertel des Haars hatte sie hochgesteckt, und der Rest fiel locker herab und verlockte die Männer, hineinzugreifen und mit den Locken zu spielen und mit der zarten Haut darunter. Die Locke, die sich Cherelle um den Finger drehte, hatte normalerweise ihren Platz in dem leicht schattigen Teil ihres üppigen Dekolletés, das der tiefe V-Ausschnitt ihres roten Pullovers freigab, der sich so eng um ihre Brüste spannte, dass unter dem Strickgewebe ihr hauchzarter schwarzer BH zu erkennen war. Der Pullover steckte in zum Platzen engen Jeans. Die Sohlen ihrer abgetragenen weißen Stöckelschuhe waren hauchdünn. Sie schwor, dass sie das Prägedatum spüren konnte, wenn sie damit auf eine Münze trat.

Abwesend prüfte sie mit den Fingern ihren Bauch und Po. Irgendwann mochte hier die Schwerkraft siegen, aber sie besaß immer noch einen Körper, nach dem sich Männer umdrehten und ihr dann gern einen Drink oder auch etwas Koks spendierten. Im Augenblick wäre sie wirklich froh, wenn sie noch etwas von dem weißen Zeug hätte. Ihr Kopfweh brachte sie noch um. Oder billiges Crack, das würde es jetzt auch tun.

Zu blöd, dass das Kokain bis auf das letzte bisschen verbraucht war. Für zwei hätte es sowieso nicht gereicht. Tim wäre zwar nicht sonderlich erfreut darüber, dass sie alles genommen hatte, aber davon würde er nicht umkommen. Wahrscheinlich merkte er es nicht mal, bis es sowieso zu spät war, um sich darüber aufzuregen.

Sie blickte aus dem Fenster zum Parkplatz hinüber, wo die Risse im Asphalt wie dünne schwarze Schlangen über den sonnengebleichten Platz liefen. Tim musste jeden Augenblick mit dem Frühstück – und mit Socks – zurück sein. Dann würde hier die Hölle los sein, und das hatte mit Kokain nichts zu tun. Socks würde ein Drittel vom Gold abhaben wollen – aber nur über ihre Leiche! Das war ihre Beute, nicht seine. Er war nicht mal dabei gewesen.

Er hatte niemand umgebracht.

Hastig drehte sie sich vom Fenster weg und eilte ins Badezimmer. Sie wollte nicht über diesen nicht enden wollenden Moment nachdenken, als sie mitten im Nirgendwo war und schrie, immer nur schrie, und keinen Laut hörte, nur wusste, dass sie schrie und schrie und schrie. Mit einer Pfeife Crack und einem dreifachen Wodka hatte sie die Erinnerungen erfolgreich bekämpft. Für eine Weile.

Sie hatte Virgil nicht umbringen wollen. Zum Teufel, sie konnte sich nicht mal dran erinnern, dass sie es tat.

Aber er war tot, so viel war sicher.

»Also gut, das kann ich jetzt nicht mehr ändern«, sagte Cherelle zu ihrem Abbild im matten Badezimmerspiegel. »Ich muss jetzt an mich denken, und zur Hölle mit allen anderen. Auch mit Tim.«

Sie ging zum Bett hinüber und fing an, eine sehr gut bemessene Hälfte des Goldes einzusammeln – gut bemessen in Anzahl und Gewicht. Sie war gierig beim Teilen, aber sie war nicht dumm. Zwölf Stücke ließ sie für Tim übrig. Dabei waren ein ins Auge fallender Armreif, ein Halsband, die drei kleinsten Broschen und etwas, das aussah wie ein Pimmel mit zwei Hoden. Zögernd legte sie noch vier der kleinen Figuren dazu, weil Socks mit so etwas mehr anfangen konnte als mit dem Rest: leicht zu transportieren und dabei ganz schön schwer.

Tims Anteil passte gut in eine der kleinen abgenutzten Holzkisten. Sie wickelte den Rest des Goldes in schmutzige Kleider und verpackte sie in einem ihrer zwei ramponierten Rollkoffer. Sie hätte sich auch mit dem ganzen Gold aus dem Staub gemacht, wenn das möglich gewesen wäre, aber sie war schlauer. Vielleicht würde sich Tim ja damit zufriedengeben, dass sie alles in Gewahrsam nahm, bis es in Sicherheit war. Aber Socks nicht. Er war ein richtiger Straßenköter.

Also würde sie ihm einen goldenen Knochen hinwerfen.

Nachdem sie den Koffer mit dem Gold in den Kofferraum ihres Autos eingeschlossen hatte, steckte sie einen Ersatzschlüssel in ihren BH. Sie verlor andauernd Schlüssel und hatte sich daher angewöhnt, überall Reserveschlüssel zu deponieren. Sie in ihrem BH mit sich herumzutragen war auf jeden Fall einfacher, als in die eigene Wohnung einbrechen oder das eigene Auto kurzschließen zu müssen, wenn sie mal wieder vergessen hatte, wo ihre Schlüssel waren.

Sie öffnete den zweiten, etwas kleineren Koffer, legte ihn auf den Boden neben das wackelige Tischchen und blickte sich um, damit sie nichts Wichtiges vergaß. Das Erste, was sie sah, war ein Stapel neu gedruckter Flugblätter, auf denen Tim als spiritueller Führer und sie selbst als »klares, reines Channel« angepriesen wurden. Mit einem verächtlichen Lächeln fegte sie den ganzen Stapel auf den Boden. Die Blätter flogen und schlitterten überallhin, eines landete auch in ihrem Koffer.

Auf das bunte Flugblatt warf sie ihre Schuhe und einige Schokoriegel, außerdem Tampons, Shampoo, Unterwäsche, Make-up, Zahnbürste – alles, was sie besaß. Als sie damit fertig war, setzte sie sich auf den Koffer, bis sie ihn endlich schließen konnte. Nur noch eines der beiden Räder drehte sich, aber das war besser als gar nichts. Quietschend und knarrend humpelte der Koffer hinter ihr zur Tür hinaus und auf den Parkplatz.

Tim und Socks kamen gerade angefahren, als sie dabei war, den Koffer auf den Rücksitz ihres Wagens zu hieven. Socks fuhr den Pontiac Firebird, unter dem er weit mehr Zeit verbrachte als im Inneren. Er war neon-lila, hatte breite Reifen und raste auf der Straße an allem vorbei, außer an Tankstellen. Socks selbst war weniger auffällig: mittelgroß, gedrungen, dunkles Haar und dunkle Augen und fest davon überzeugt, dass es für jede Frau der Welt eine Ehre war, von ihm gevögelt zu werden.

Tim stieg aus, wobei er vorsichtig drei Kaffeebecher und eine Tüte mit Donuts balancierte. »Schon fertig mit Packen?«

»Nur mein Zeug«, antwortete sie knapp. »Wenn du deins gepackt haben willst, musst du es selber machen.«

Er gab ihr einen festen Kuss auf den Mund. »Hab's doch gewusst, dass ich dir's hätte besorgen sollen, als wir heute Morgen hier ankamen. Ohne das bist du immer so zickig.«

Sie schubste ihn übertrieben beiseite, fuhr dabei aber mit einer Hand in seinen Schritt. Sie drückte ihn genau dort, wo er es mochte, und genauso, wie er es mochte.

»Pass auf den Kaffee auf«, sagte Socks und schlug die Tür des Pontiac zu, »hab fünf Dollar dafür bezahlt.«

Wenn er den Mund gehalten hätte, hätte sich Cherelle mit dem erotischen Spielchen zufriedengegeben. Aber Socks versuchte immer, sich zwischen sie und Tim zu drängen, also fing sie erst recht an, Tim zu bearbeiten. Und wie immer reagierte er zuverlässig und mit erstaunlicher Geschwindigkeit. Kein Zweifel, der beste Teil dieses hübschen Knaben befand sich nicht über, sondern unterhalb seiner Gürtellinie.

»Gib schon her.« Socks schnappte sich das in Tims Händen gefährlich wackelnde Papptablett mit den Getränken und ging zur offenen Eingangstür des Motels hinüber. »Wenn du sie auf dem Parkplatz bumsen willst, dann nur zu. Ich geh jetzt erst mal frühstücken.«

Cherelle fuhr mit der Zunge über Tims Lippen, streichelte ihn langsam und flüsterte mit heiserer Stimme: »Und, willst du?«

»Schon mal vorgekommen, dass ich nicht wollte?«

»Nein.« Das entschädigte sie für so einiges, inklusive seiner mangelnden Intelligenz – meistens jedenfalls. Mit einem letzten wohldosierten Drücken trat sie einen Schritt zurück. »Sobald wir Socks abgesetzt haben, sauge ich dich leer.«

»Oh, er kommt aber mit uns nach Las Vegas!«

Das überraschte sie nicht. Und sie war auch nicht erfreut darüber. Sie kniff die Augen zusammen und verschränkte die Arme unter der Brust. »Du hast es ihm erzählt.«

Tim trat von einem Fuß auf den anderen und zuckte mit den Achseln. »Zum Teufel, er ist halt mein Kumpel.«

Manchmal wunderte sich Cherelle, wie sehr Tim an seinem guten alten Kumpel Socks hing, aber sie wollte sich da nicht zu sehr einmischen. So schöne Männer wie Tim waren oft bisexuell. Zum Glück war Tim nie zu erschöpft für sie, vielleicht war es also wirklich nur so eine verschworene Männerfreundschaft mit Socks, wie bei Jungs, die Blutsbrüderschaft schlossen, oder Soldaten, die alle dieselbe Scheiße gefressen hatten, um dahin zu gelangen, wo sie waren.

»Er war letzte Nacht nicht dabei«, sagte sie.

»Wir schulden ihm aber noch was für das Koks.«

Sie atmete mit einem Schnauben aus und dachte nach. Kokain war der Hauptgrund für ihre Bereitschaft, sich mit Socks zu arrangieren. Er konnte jederzeit welches besorgen und verlangte keine Unsummen. »Wir werden ihn schon noch bezahlen. Das haben wir noch jedes Mal getan.«

Socks streckte seinen Kopf aus dem Motelzimmer. »Hey, hast du nicht gesagt, du wolltest mir was Tolles zeigen?«

»Das hast du wohl geträumt!«, murmelte Cherelle, aber sie machte sich auf den Weg zu dem Zimmer. Es würde Socks ähnlich sehen, Fragen über gestohlenes Gold lautstark über den Parkplatz zu brüllen. Tim war schon nicht besonders helle, aber Socks konnte wirklich elend blöd sein. Wenn der nicht seine guten Verbindungen hätte, wäre er schon vor langer Zeit umgelegt worden.

»Kommt ihr endlich?«, fragte Socks ungeduldig.

»Spielst du auf unser Sexualleben an?«, gab Cherelle zurück.

»Was?«

»Nichts«, gab Tim zurück. »Sie ist einfach pfiffig.«

Mit einem unverständlichen Murmeln ließ Cherelle Tim hinter sich und betrat das Zimmer. Von den Kaffeebechern hob sie die Deckel ab, bis sie den einzigen gefunden hatte, der noch voll war. Sie nahm einen Schluck und spuckte ihn beinahe über Socks wieder aus. Kein Zucker und keine Milch, dabei wusste dieser Idiot verdammt gut, wie sie den Kaffee mochte. Nur weil Tim und er den Kaffee schwarz tranken, bedeutete das nicht, dass sie es genauso machen musste.

»Also, wo ist es?«, fragte Socks. »Tim will noch mal Koks haben, und ich rühr keinen Finger, bis ich mein Geld hab für letztes Mal.«

»In der Kiste.« Sie zeigte auf die Holzkiste, die auf dem Boden neben dem wackligen Bett stand.

Socks stieß sie mit dem Fuß an. »Das ist alles? Tim hat was von drei Kisten gesagt.«

»Die waren alle drei nicht voll, also hab ich sie umgepackt. Eine ist leichter zu tragen als drei.«

»Ah.« Socks beäugte die Kiste misstrauisch. »Sieht jedenfalls nicht nach viel aus.«

Tim schlenderte ins Zimmer und stopfte sich einen Donut in den Mund. Er wusste nicht, was hier gleich abgehen würde, aber er hatte das Gefühl, dass es sehr unterhaltsam werden konnte. Es amüsierte ihn immer, wenn Cherelle jemand zum Besten hatte, solange er es nicht selbst war. Und was das Gold betraf – ob es Cherelle oder Socks hatte, Tim würde seinen Anteil daran auf jeden Fall bekommen.

»Wie voll ist nicht voll?«, fragte Socks.

»Wie voll ist nicht voll?«, äffte sie ihn nach. »Wow, wir haben einen verdammten Philosophen hier.«

»Was?« Socks runzelte die Stirn.

Tim ebenso.

Zu solchen Zeiten vermisste sie Risa sehr. Sie beide hatten sich manchmal vor Lachen auf dem Boden gerollt, wenn keiner sonst kapierte, was an dem Gesagten so lustig sein mochte.

»Also«, sagte sie jetzt und zeigte auf die Kiste. »Das da ist Tims Hälfte.«

Socks öffnete die Kiste und machte Anstalten, sie auf den Boden auszuleeren.

»Halt!«, schrie sie. *Was für ein Vollidiot.* »Wenn du das hier rumschmeißt, ist es nachher vielleicht nicht mehr so viel wert; also komm mir dann bloß nicht damit, dass Tims Hälfte weniger Geld bringt als meine.«

Tim wendete einen Streit ab, indem er die Kiste ergriff und ihren Inhalt Stück für Stück aufs Bett legte. Zwölf Teile waren es. Ein paar Armreifen, einige kleine Figuren, ein Halsring, einige Broschen mit roter Verzierung, ein Fingerring für eine Frau.

Es könnte die Hälfte der Beute sein, aber sie hatte ihn nicht in die Kisten sehen lassen, also konnte er sich nicht sicher sein. Aber es war ihm völlig egal. Was immer sie besaß, gehörte über kurz oder lang auch ihm. Auch in ihren zickigsten Momenten konnte sie doch die Finger nicht von seinem Joystick lassen.

»Komisches Zeug«, meinte Socks und beäugte genau die Teile. »Ist das Gold?«

»Ja«, gab Tim zurück.

»Sicher?«

Tim blickte Cherelle an, die kurz nickte, und wandte sich

wieder an Socks. »Wenn sie sich sicher ist, bin ich es auch. Es ist Gold.«

»Woher weißt du das?«, fragte Socks und schaute Cherelle an.

»Ich weiß 'ne ganze Menge.«

Socks wusste darauf keine Antwort, also wandte er sich wieder dem Gold zu. »Ich muss damit zu einem der Hehler, die mein Onkel an der Hand hat. Also in Vegas. Meine Sedona-Connection nimmt nur Sachen mit 'nem Stecker dran.«

»Vegas, hm?«, sagte Tim, als ob Cherelle ihn nicht schon damit genervt hätte, dieses Kaff zugunsten des funkelnden Lebens in Las Vegas hinter sich zu lassen. »Hört sich gut an für mich. Ich habe meine Mutter schon ewig nicht mehr gesehen.«

Tims Mutter war Socks scheißegal. »Dann pack dein Zeug zusammen und lass uns hier verschwinden.«

»Du kriegst mehr dafür, wenn du wartest, bis ich mehr über diese Teile herausgefunden habe«, sagte Cherelle schnell.

»Was soll das heißen?«, fragte Socks.

Tim fing an, das Gold wieder einzupacken.

»Ich habe solches Zeug in Büchern gesehen«, erklärte Cherelle. »Es ist mehr wert als sein reines Goldgewicht.«

Socks schaute sie nur an.

»Und wie lange dauert es, bis du das rausgekriegt hast?«, fragte Tim.

»So lang, wie es dauert«, kam ihre Antwort wie aus der Pistole geschossen.

»Jetzt hör mal zu«, sagte Socks. »Ich warte doch nicht, bis du noch mal in die Schule gehst und irgend so ein schickes Diplom machst, um …«

»Das muss ich auch nicht. Ich kenne jemand, der so ein schickes Diplom hat.«

»Wen?«

Cherelle zögerte mit der Antwort. Über all die Jahre hatte

sie immer wieder einmal Kontakt zu Risa aufgenommen, aber stets alleine. Sie konnte sich nicht vorstellen, dass Risa besonders angetan wäre, wenn so ein Schwachkopf wie Socks plötzlich an ihrer Tür stand. Jetzt schon gar nicht, wo sie sich inzwischen in eine feine, langweilige Wissenschaftlerin verwandelt hatte. »Irgendjemand halt.«

Socks zuckte mit den Achseln. »Mach, was du willst. Ich warte jedenfalls nicht auf meinen Anteil.«

Sie wandte sich an Tim, dem jetzt etwas unbehaglich zumute war. »Das ist unsere große Chance«, sagte sie ohne Umschweife. »Ich hab überhaupt keine Lust, mich mit zwei Cent pro Dollar abspeisen zu lassen, nur weil Socks keinen einzigen Hehler kennt, der ihn nicht übers Ohr haut. Gib mir einfach eine Chance. Du wirst es nicht bereuen. Am Ende wirst du genug Geld haben, um dir eine ganze Badewanne voll Koks zu kaufen.«

Tim legte seine hübsche Stirn in Falten. Er hasste es, wenn er zwischen den beiden stand. Er blickte zu Socks. Sein Freund hatte einen sturen Ausdruck um den Mund.

»Hör mal zu«, sagte Tim jetzt und legte zwei der Figuren auf die Seite. »Das kriegst du für den Koks, den wir dir noch nicht bezahlt haben, und für noch ein paar zusätzliche Gramm guten Stoff dazu, einverstanden?«

Socks blickte auf das Gold. »Gib mir noch eine dazu.«

Cherelle gab einen klagenden Laut von sich.

Tim ergriff einen der Armreifen und legte dafür eine der Figuren zurück. »Hier. Der ist so viel wert wie zwei von den anderen.«

Socks leckte sich die Unterlippe und schaute gierig auf den Rest des Goldes. »Okay, aber du fährst mit mir nach Vegas. Ich hab's satt, hinter ihrem alten Wrack herzufahren.«

»Klar doch«, sagte Tim. »In ihrem Auto geht das Radio eh nicht.«

Cherelle beobachtete Socks unglücklich, als er seine beiden Goldfiguren in fettige Servietten einwickelte und in seinen Rucksack schob. Ihr fiel es wirklich schwer, auch nur eines der Stücke ziehen zu lassen. Trotz ihrer großen Worte hatte sie in Wahrheit keine Ahnung, wie viel irgendwas davon wert war. Vielleicht würde sie alles brauchen, um endlich aus dem Loch herauszukommen, das ihr Leben mit der Zeit geworden war.

Tim summte vor sich hin, während er sein Gold in Shorts oder Socken oder sonst was einwickelte, was er gerade aus dem Müllsack zog, der ihm als Koffer diente. Sobald er damit fertig war, stopfte er seine zehn Beutestücke in den Rucksack, der ihn überallhin begleitete. Acht gingen leicht hinein. Mit dem neunten musste er schon kämpfen.

»Vorsicht!«, warnte Cherelle. »Wenn du den anderen Armreif beschädigst, ist er nicht mehr so viel wert. Genauso ist es mit der Brosche. Und …«

»Hier, nimm«, sagte Tim und schob zwei der in Unterwäsche eingewickelten Päckchen zu ihr herüber. »Und geh mir jetzt nicht mehr auf die Nerven, okay?«

»Hey!«, protestierte Socks unglücklich. Er hatte das Gold bereits als sein Eigentum betrachtet, aber er war schlau genug, diese Überlegung für sich zu behalten.

Tim konnte er nicht mehr so leicht beeinflussen, seit der sich mit Cherelle zusammengetan hatte. Sie war eine knallharte Hexe.

»Entspann dich, Kumpel«, sagte Tim mit einem Grinsen. »Sie fährt auch nach Vegas. Nicht wahr, meine Süße?«

»Aber jetzt hat sie das meiste bei sich«, sagte Socks.

Aber es war zu spät. Cherelle hatte sich die beiden Teile von Tims Anteil längst geschnappt und sie in ihre abgeschabte Reisetasche gesteckt, die sich auch als Rucksack tragen ließ. »Wir sehn uns in Vegas, Jungs. Am selben Ort wie immer? Das Motel um die Ecke bei deiner Mutter?«

»Okay.« Tim zog sie zu sich heran, barg sein Gesicht in ihrem Ausschnitt und machte Geräusche wie ein Baby. »Komm nicht zu spät.«

»Mach bloß keinen Scheiß«, knurrte Socks. »Die Zicke hat das meiste von dem Gold.«

»Ich werde schon nicht zu spät kommen«, sagte Cherelle und ignorierte Socks.

Tim nahm seinen Rucksack in die eine und den seines Kumpels in die andere Hand. »Komm schon. Lass uns zu diesem Hehler in Vegas gehen. Er wird schon besser sein als der in Sedona.«

»Aber die Zicke hat das meiste von dem Gold!«

»Jetzt komm schon, Mann«, sagte Tim. »Wenn wir es auf deine Art machen, gibt's ein ziemliches Gerangel. Wenn wir es auf ihre Art machen, ist das Schlimmste, was passieren kann, dass wir ein bisschen Geld jetzt kriegen und eine ganze Menge Geld später. Was hast du damit für ein Problem?«

Socks versuchte immer noch, Tim sein Problem zu erklären, als die Autotüren bereits zugeschlagen waren und der Motor auf Touren kam.

13

Las Vegas
2. November
Morgens

In dem weiß gestrichenen, mit Perserteppichen ausgelegten Zimmer herrschte vollkommene Stille, von dem gelegentlichen leisen Rascheln abgesehen, wenn Shane eine Seite in einem der Kataloge umblätterte, die Risa ihm zur Durchsicht gegeben hatte. Auf dem Schreibtisch gab es keine gerahmten Fotos aus früheren Zeiten, in der mittleren Schublade steckten keine persönlichen Briefe, es gab auch keine vergessenen Ohrringe zwischen den Stiften – nichts, was über Risas Privatleben hätte Auskunft geben können. In ihrem Apartment auf dem Casinogelände sah es genauso aus. Auch dort gab es nichts aus ihrer Vergangenheit, woran sie erinnert werden wollte.

Mit sechzehn hatte sie gelernt, dass sie nur bekam, was sie wollte, wenn sie alle Ablenkungen ausblendete und all ihre Klugheit einzig auf das Erreichen ihres Ziels verwandte. Sie bedauerte nicht einen Augenblick ihrer harten Arbeit. Sie hatte sich aus dieser spezifischen Form von Südstaatenarmut, die nur für gute Witze, aber nicht zum Leben taugte, aus eigener Kraft befreit. Dann entdeckte sie die Welt des antiken Schmucks für sich, die bald zu ihrem persönlichen Paradies wurde – ein Ort, wo Schönheit regierte und wo sie sich an jedem Fachbuch und jedem neuen Schmuckstück, das sie in die Hände bekam, begeistern konnte.

Und wenn sie gelegentlich, wirklich nur gelegentlich, den kalten, unangenehmen Hauch der Vergangenheit in sich spürte, während sie eines der Goldobjekte prüfte, konnte sie das ebenso gut verkraften, wie sie mit einigen ihrer schlimmeren Erinnerungen aus der Vergangenheit fertig wurde. Nichts davon spielte im Hier und Jetzt für sie irgendeine Rolle. Von Bedeutung war einzig ihre Arbeit, ihr Schlüssel zu einer weit besseren und schöneren Welt als die, in die sie hineingeboren worden war.

Risa liebte ihre Arbeit.

Und sie hatte Angst, sie zu verlieren.

Ohne den Kopf zu bewegen, blickte sie auf die Uhr an der Wand. Im Unterschied zu den meisten Räumen im *Golden Fleece* besaß ihr Büro eine eingebaute Uhr, die sie bereits in- und auswendig kannte: Hinter ihr lagen gerade die längsten neunzig Minuten ihres Lebens, in denen sie nur darauf gewartet hatte, gefeuert zu werden, weil es ihr nicht gelungen war, den speziellen Publikumsmagneten zu finden, den Shane für seine Druidengold-Ausstellung brauchte.

Nicht dass die kunstvoll gemachten und mit einem Alarmsystem versehenen gläsernen Ausstellungsvitrinen leer waren. In ihnen lagen einige sehr schöne – sogar einige außergewöhnliche – Kunstobjekte aus ganz Europa, die alle einen Stil vertraten, den das einundzwanzigste Jahrhundert als keltisch bezeichnete. Bei der Ausstellung, die Shane haben wollte, lag der Schwerpunkt auf Objekten aus Depotfunden in Irland, Schottland, Wales und England aus einem Zeitraum von mehreren Jahrhunderten.

Unseligerweise waren die meisten der Depots, die je gefunden worden waren, vollständig in den Besitz der Königshäuser übergegangen und von dort in die königlichen Schmelztiegel, um mehr Münzen für die Krone herzustellen. Kriege kosteten viel Geld, die Engländer waren ehrgeizig und antike Kunstwerke wurden nicht geschätzt. Und der Inhalt der Depots, die der Krone nicht angezeigt wurden, war über die Jahrhunderte im Geheimen zu anonymen Goldbarren umgeschmolzen worden.

Als Antiquitäten im achtzehnten Jahrhundert in Mode kamen, wandelte sich das Bild. Die meist aristokratischen Landbesitzer verwahrten alle Funde in ihren Familiensammlungen, anstatt sie wegen ihres Goldgehaltes einzuschmelzen. Vielleicht, aber nur vielleicht landeten Goldobjekte aus solchen Sammlungen schließlich in einem Museum, wo sie von Menschen wie Risa untersucht werden konnten. Viel häufiger geschah es, dass sie von Generation zu Generation unbeachtet weitervererbt wurden.

Ihr Magen grummelte unglücklich. Sie versuchte es zu ignorieren. Doch nun knurrte er lauter.

Shane blickte von dem Auktionskatalog auf, den er unter der Neonlampe durchgeblättert hatte. Er würde sowieso lieber auf Risa schauen. Definitiv von museumsreifer Qualität, aber nicht antik. Lebendig, atmend und ...

»Hungrig?«, fragte er.

»Ach, wie kommen Sie bloß darauf? Vielleicht weil ich mich nicht mehr erinnern kann, wann ich die letzte Mahlzeit zu mir genommen habe?«

»Gestern haben sie uns mit Häppchen abgespeist auf dem Flug von L. A. hierher.«

»Ich weiß. Sie haben meine aufgegessen.«

»Sie haben ja geschlafen.«

Dieses Gespräch wollte sie lieber nicht weiter vertiefen, weil sie beim Aufwachen bemerkt hatte, dass ihr Kopf an seiner Schulter lag und er sie mit hungrigen Augen betrachtete. Zumindest dachte sie, es sei Hunger. Aber, was immer es war, es verwandelte sich, bevor sie sich darüber klar werden konnte, sogleich wieder in seine übliche wachsame, aber undurchdringliche Miene.

Sie musste wirklich mit Niall über einen anderen Job sprechen. Vielleicht konnte sie für *Rarities* arbeiten. Dann könnte sie Shane Tannahill endlich vergessen. Eine Affäre mit ihm wäre wohl genau das, was der Doktor verordnen würde. Was Männer anging, herrschte bei ihr schon ziemlich lange Ebbe. Jeden Mann, der sich für sie interessierte, verglich sie unbewusst erst einmal mit Shane – und so fiel er unweigerlich durch. Das war zwar für jeden Beteiligten höchst unfair, aber so war es eben. Sie konnte es nicht ändern.

Wenn sie erst mal von Shanes verbotener Frucht gegessen hätte, würde sie sicher schnell herausfinden, dass sie auch nicht besser schmeckte als die Früchte aus dem Supermarkt. Dann könnte sie sich endlich davon befreien und ihr Leben neu ordnen.

»Bedeutet dieser glasige Blick ein Ja oder ein Nein auf meinen Vorschlag, ein paar Früchte zu essen?«

Für einen kurzen, schockierenden Augenblick dachte sie, er hätte ihre Gedanken gelesen. Dann wurde ihr klar, dass er ihr einfach einen Snack angeboten hatte. »Ja. Unbedingt.«

»Gut. Ein paar Minuten länger, und unsre Mägen hätten so laut geknurrt, dass wir uns nicht mehr verständigen könnten.«

Während Shane beim Küchenchef eine kleine Mahlzeit bestellte, wanderte Risa in dem langen Raum herum, in dem verschiedene funkelnde Goldobjekte in eigens dafür angefertigten Vitrinen lagen. Eigentlich war dieser Ort ja ihre Domäne, aber ihr war aufgefallen, dass Shane in letzter Zeit immer mehr davon für sich beansprucht hatte – nur geschlafen hatte er hier noch nicht. Er brütete über den Ausstellungsvitrinen wie eine Henne über ihrer zu kleinen Schar von Küken. Dann kam er ihr wieder mit dem Vorwurf, warum sie ihm nichts Besseres vorlegen konnte. Gerade während der letzten neunzig Minuten hatte er ihr deutlich gemacht, dass sie ihm den ersehnten Publikumsrenner offenbar nicht herbeizuschaffen vermochte.

Die einzig gute Nachricht aus ihrer Sicht bestand darin, dass seine anderen Kontaktleute, die offiziellen wie die geheimen, dazu auch nicht in der Lage waren.

Nicht dass das, was sie für ihn beibrachte, minderwertig

gewesen wäre. Der goldene Ringkragen, den sie bei einem Privatverkauf erworben hatte, war ein wunderschönes Stück. Diese Auszeichnung, vielleicht für einen hohen Würdenträger, war fünfundvierzig Zentimeter breit und gut sieben Zentimeter tief. Auf der Brust eines Mannes getragen, musste sie prachtvoll aussehen, besonders wenn sie mit einer goldenen Schnalle an jeder Seite befestigt wurde. Zugegebenermaßen hatte sie solche Schnallen nicht gefunden und der Ringkragen war nicht vollständig, aber die vorhandenen Teile davon waren grandios.

Und seine Provenienz war untadelig.

Doch leider gab es in Irland noch bessere Ringkragen ... Ihr fielen spontan sechs oder sieben andere ein, die schöner oder in besserem Zustand waren. Shane gab sich nie mit dem Zweitbesten zufrieden, erst recht nicht mit dem Siebt- oder Achtbesten. Dieses Unbedingte an ihm konnte sie ja meist verstehen, aber manchmal verzweifelte sie schier daran. In den letzten drei Monaten war das Verzweifeltsein eher zum Dauerzustand geworden.

Ihr Magen rumorte schon wieder.

Das war durchaus okay, redete sie sich ein. Ihre Figur war längst so üppig, dass höchstens einschlägige Männermagazine daran Interesse finden würden. Sie hätte lieber die gertenschlanken Maße und Kleidergröße 36 gehabt, an die all die – natürlich männlichen – Modedesigner dachten, wenn sie ihre Skizzen zu Papier brachten oder wenn sie Hosen aus Stoffen und in Farben entwarfen, die förmlich schrien: *Igitt, hast du schon mal so einen dicken Hintern gesehen!*

Unbewusst strich sie mit der Hand über ihre Hüften in der strengen dunklen, bügelfreien Anzughose und wünschte, sie wären weniger rund. Aber sie waren nun mal so rund, da war nichts zu machen. Dafür gab es nur eine passable Lösung: Kleidung im Business-Stil zu wählen, die nirgendwo eng anlag oder durchsichtig war. Lose fallende Blusen verbargen ihre Brüste, um die andere Frauen sie beneideten und die sie mit Freuden weggeben würde, wenn sie dafür nur auch ihre Hüften losbekam.

Cherelle hatte sie immer dafür ausgelacht, dass sie so unzufrieden war mit einer Figur, für die andere Frauen einen hohen Preis bezahlen würden – Cherelle nicht ausgeschlossen. Für eine Karriere als Tänzerin in einem Striplokal, wo sie nackt vor keuchenden Männern hätte herumtanzen müssen, wäre Risas Figur absolut ideal gewesen. Doch sie wollte von Männern und von Frauen ernst genommen werden, und das bedeutete, dass sie das Äußere zurücknehmen und das Intellektuelle betonen musste. Und genau das hatte sie getan, und sie würde diese Linie auch weiterverfolgen.

Das war ihr bislang offensichtlich sehr gut gelungen, denn Shane schien kaum aufgefallen zu sein, dass sie überhaupt ein weibliches Wesen war. Vermutlich mochte er eher den Typ Bohnenstange oder Model.

Ohne dass sie es bemerkte, entfuhr ihr ein Seufzer.

Das leise Geräusch riss Shane aus seiner Konzentration. Das war allerdings auch kein Kunststück. Mit Risa in der Nähe, war seine Aufmerksamkeit nie weit von ihr entfernt. Das brachte alles in ihm in Aufruhr. Vielleicht hätte er einfach Gails Angebot für eine rasche Nummer annehmen sollen.

Er verwarf den Gedanken augenblicklich. Er hatte absolut keine Lust auf einen Schlafzimmermarathon mit Gail. Er wollte das nur mit Risa.

Und es sah nicht so aus, als würde er je bekommen, was er wollte.

»Was ist mit Jenkins?«, fragte Shane kurz.

Risa blinzelte und bemühte sich, ihre Gedanken von dem grollenden Magen wegzulenken. »Mel hat nicht angerufen.«

»Dann rufen Sie ihn an.«

»Hab ich gemacht. Er ist gerade in Irland unterwegs und schaut sich verschiedene Sammlungen an.«

»Gut. Wann kommt er zurück?«

»Das spielt keine Rolle. Er war im Auftrag von Gail Silverado unterwegs. Sie hat den ersten Zugriff auf alles, was er ausfindig macht.«

Shane presste den Mund zusammen. Gails Entscheidung, mit ihm um jedes Objekt von Wert, das nach Keltengold aussah, zu wetteifern, wurde langsam zum echten Ärgernis. Dass sie ihm jetzt seinen besten Einkäufer weggeschnappt hatte, war leider nur der letzte Streich in einer langen Reihe ärgerlicher kleiner Tricks. Es machte es um keinen Deut leichter zu wissen, dass sie den ganzen Aufwand nur betrieb, um ihm eins auszuwischen.

Wenigstens hatte *Rarities* sie abblitzen lassen mit der Begründung, sie kämen in einen Interessenkonflikt mit einem ihrer besten Kunden. Sollte ein Unternehmen wie *Rarities* gegen ihn arbeiten, könnte er seine Pläne zum Ankauf antiker Goldobjekte gleich vergessen. Das war der Grund, warum er ihnen einen jährlichen Vorschuss zahlte. Sobald sie von Objekten erfuhren, die aus Gold und dazu antik und wertvoll waren, ließen sie es ihn gleich wissen. Da sie überall auf der Welt ihre Verbindungen hatten, gelangte er oft als Erster in den Genuss, einen Blick auf Objekte zu werfen, die neu auf den Markt kamen.

Oft, aber nicht immer. Falls es sich um einen Verkäufer handelte, der *Rarities* aus irgendwelchen Gründen umgehen wollte, hatte Shane eine Belohnung von zehntausend Dollar für Informationen ausgesetzt, die zum Erwerb von Goldobjekten in Museumsqualität führten – mit der Garantie, dass keine Fragen gestellt würden.

»Gibt's was Neues von den Auktionshäusern?«, fragte Shane.

»Nein.«

Stille breitete sich aus. Shane angelte sich seinen massiv goldenen Stift aus der Tasche und ließ ihn über den Rücken der rechten Hand und um die Finger wandern, wobei er ihn mehrfach um seine Achse drehte. Das sah ganz einfach aus, aber das war es nicht. Es war eine Lockerungsübung für Falschspieler vorm Austeilen, um die beste Stelle zum Abheben des Stapels zu finden. Als der Stift über Shanes Mittelfinger rollte, gab es ein metallisches Klickgeräusch, denn hier berührte er den goldenen keltischen Ring, der irgendwelchen Vorfahren von Shanes Mutter gehört hatte. Die eingravierten Symbole waren klar und ganz deutlich erkennbar, Shane war also offensichtlich der Erste, der diesen Ring seit vielen Jahrhunderten wirklich am Finger trug.

»Mr Tarlov bekundet weiterhin Interesse daran, seine Sammlung römisch-keltischer Fibeln als Leihgabe zur Verfügung zu stellen«, sprach Risa in die Stille hinein.

Die einzige Antwort darauf war ein erneutes Klicken, als Goldstift und Goldring auf Shanes feingliedriger, beweglicher Hand aufeinandertrafen.

»Erik und Serena North gaben ihre Zustimmung, dass Sie ihr kostbares Blatt aus der Goldhandschrift des Buches der Wissenden ausstellen«, sagte Risa mit Nachdruck. »Das wäre das erste Mal, dass es öffentlich zu sehen sein wird. Bei all den mysteriösen Umständen inklusive Todesfällen, die mit seiner Entdeckung verbunden waren, wird dieses Blatt sicher ein großes Publikum anziehen.«

Klick.

Sie hatte nicht mit einer Antwort von Shane gerechnet. Er wollte, dass alle Objekte der Druidengold-Ausstellung im Eigentum von *Tannahill Inc.* waren. Darauf hatte er sogar bestanden, und diese wunderschöne illuminierte Seite war die einzige Ausnahme. Damit war er nur einverstanden, weil dieses stark vergoldete und mit komplizierten Ornamenten versehene Blatt der Handschrift die letzte Blüte keltischer Kunst bedeutete.

Entscheidend war dabei für ihn, dass es auf der ganzen Welt nichts Vergleichbares gab. Es war völlig einzigartig, nirgendwo war etwas Ähnliches zu finden, und das Ehepaar North war nicht bereit, es zu verkaufen. So blieb nur die

Möglichkeit des Ausleihens. Unbefriedigend, aber besser als nichts.

»Also«, begann Risa und rieb sich die Stirn, um die stärker werdenden Kopfschmerzen zu vertreiben, »in diesem Raum hier befindet sich bereits eine äußerst kostbare Sammlung – viele Museen wären glücklich, sie zeigen zu können.«

Shane reagierte auch darauf nicht, nur der Stift wanderte weiter über seine Hand. Seine Augen waren auf einen Punkt gerichtet, den außer ihm niemand sehen konnte. Risa wusste aus Erfahrung, dass er sie keineswegs übersah, auch wenn es ganz so wirkte. Er war einfach damit beschäftigt, verschiedene Möglichkeiten durchzuspielen – mit hohem Tempo, Intelligenz und Pragmatismus, was Risa noch mehr bewunderte als seinen großen athletischen Körper.

Ring und Stift stießen erneut aneinander. Dann verschwand der Stift wieder so schnell, wie Shane ihn zuvor hervorgeholt hatte.

Shane hatte eine Entscheidung getroffen, das wusste Risa, und sie wappnete sich dagegen, was immer nun kommen mochte.

»Wenn es nicht anders geht«, sagte Shane, »werden wir eben auf Sothebys vergoldeten Helm aus der späten Eisenzeit zurückgreifen. Für meinen Geschmack hat er zwar nicht genug ›Ausstrahlung‹, wie Sie es nennen, um die Ausstellung zu beflügeln, aber wenn wir ihn zusammen mit dem eisernen Schwert mit den Goldeinlagen im Griff präsentieren, das ich im vergangenen Jahr gekauft habe, sollten die beiden Objekte doch geeignet sein, die Leute für ein paar Minuten neugierig zu machen. Nur schade, dass die Klinge an so vielen Stellen weggerostet ist. Wenn nicht ›Schwert‹ auf der Exponatbeschreibung stehen würde, könnte kein Mensch erkennen, was das eigentlich ist.«

»Es ist nicht schlecht.«

»Was – der Helm oder das Schwert.«

»Das Schwert.«

»Für jemand, der sich wissenschaftlich mit der Kultur der Kelten beschäftigt, ist es natürlich ein fantastisches Stück. Der Mann von der Straße kann damit nichts anfangen, für den ist es uninteressant. Jetzt überlegen Sie mal, wie viele Wissenschaftler in Vegas rumlaufen und wie viele ganz normale Typen.«

Risa hatte keine Lust, eine Schätzung abzugeben. Natürlich begriff sie, warum Shane zögerte, den grob gearbeiteten Helm mit der nur in Bruchstücken vorhandenen Blattvergoldung auszustellen. Aber sie wusste auch, dass es sowohl dem Helm als auch dem Schwert aus der Zeit König Arthurs zugute kommen würde, wenn man sie gemeinsam zeigte statt einzeln.

»Geschickt präsentiert«, sagte sie, »wirkt der Helm eher bedrohlich als grob gearbeitet.«

Shanes Mund verzog sich zu einem säuerlichen Lächeln. »›Grob gearbeitet‹ – ausgezeichnet. Vergessen Sie nicht, diese Beschreibung auch im Katalog zu erwähnen. Die Leute werden sich von L. A. bis hierher anstellen, um einen Blick darauf werfen zu dürfen.«

Risa spürte, wie ihre Wangen rot anliefen. »Ich weiß sehr wohl, wie ich den Helm beschreiben muss, das müssen Sie mir nicht erklären, Mr Tannahill.«

»Shane – schon vergessen?«

»Nein; Shane ist Dr. Jekyll, aber ich spreche gerade mit Mr Hyde.«

Er lachte.

Sie gehörte zu den ganz wenigen Angestellten, die ihm Paroli bieten konnten und es auch taten. Und das gefiel ihm, wie so vieles andere, was er an ihr mochte – und ihn verrückt machte.

»Nehmen wir mal an, wir bezahlen mehr für den Helm, als er wert ist …«

»Das ist doch eine Versteigerung, oder?«, warf sie ein.

»… dann werden wir ihn auch kriegen. Wie würden Sie

ihn präsentieren, damit er möglichst viel Aufmerksamkeit auf sich zieht?«

»Auf Ihrem Kopf.«

Seine Augen weiteten sich für einen Moment. »Wie bitte?«

»Zumindest für die Abbildung im Katalog. Ich erwarte nicht von Ihnen, dass Sie halb nackt im Ausstellungsraum herumstehen mit einem goldenen Helm auf dem Kopf, während sich die Frauen scharenweise an Ihrem Anblick weiden.«

»Nur halb nackt? Wie enttäuschend. Ich dachte, keltische Krieger trugen nichts anderes am Leib als ihre blaue Kriegsbemalung, wenn sie in den Kampf zogen.«

»Nur einige Auserwählte waren nackt. Wahrscheinlich die Kriegerelite, so wie heutige Spezialeinheiten beim Militär. Einige Leute behaupten, die blauen Kelten seien die Druiden gewesen, aber in der Forschung herrscht überwiegend die Meinung, dass die Druiden eher eine geistige als eine Kriegerelite waren.«

»Die Samurai waren beides.«

»Gutes Argument. Ich hätte nichts dagegen, wenn Sie sich Lehm ins Haar schmieren würden, sich nackt ausziehen und blau anmalen würden, um ...«

»Nein«, unterbrach er sie. »Nicht mal für den Katalog.«

»Wow, was 'n Wahnsinnsding«, foppte sie ihn in bestem Südstaatendialekt. »Das wär doch 'n echter Showstopper – Sie mit Haaren wie 'n Albinoseeigel, mit eisblauer Gänsehaut überall auf Ihrem Heldenkörper und mit dem Goldhelm – aber nicht auf Ihrem Kopf, sondern vor ihr edelstes Körperteil gehalten.«

Shane schüttelte den Kopf und versuchte, nicht loszuprusten. Aber er konnte sich nicht beherrschen. Die Vorstellung, wie er selbst mit blauer Gänsehaut und goldenem Helm vor seiner nackten Körpermitte auf einem Podest in der Ausstellung stand, war einfach zu lächerlich.

Auch das mochte er an Risa: Sie brachte ihn zum Lachen.

»Jetzt mal im Ernst«, sagte sie und legte ihren Kopf auf die Seite, um ihn aufmerksam zu betrachten. »Haben Sie Haare auf der Brust?«

»Wie bitte?«

»Haben Sie ...«

»Ja«, unterbrach er sie. »Und wie ist das mit Ihnen?«

Diese Frage überging sie dezent. »Ein Foto von hier ab«, sie deutete auf sein Brustbein, »mit dem erlesen verzierten Schwertgriff diagonal vor Ihrer haarigen Brust und dem Goldhelm auf dem Kopf, der Ihre tiefgrünen Augen betont und den Schatten des Dreitagebarts – perfekt! Ich sehe schon die lange Schlange wartender Frauen, die sich dreimal um den Parkplatz windet.«

»So langsam fühle ich mich wie nacktes Fleisch.«

»Dann wissen Sie ja, wie sich ein Showgirl fühlt.«

»Ich habe nie eines von ihnen berührt, also muss ich glauben, was Sie sagen.«

Shane war bekannt dafür, dass er die Finger von seinen Leuten ließ, also grinste Risa nur und fantasierte munter weiter.

»Natürlich hatten die Keltenkrieger üblicherweise einen enormen Schnurrbart, der ihnen über die Mundwinkel fiel und bis zum Kinn herunterhing. Aber«, fügte sie hinzu, »wir können natürlich einfach einen Hund mit Zottelfell nehmen und ...«

Risas Handy klingelte und ersparte Shane weitere Ausführungen zu all dem, was sie sich noch an Unheil für ihn ausgedacht hatte. Er betrachtete sie, wie sie den Hörer ergriff und abnahm; das faszinierte ihn jedes Mal, denn sie tat das blitzschnell, aber es sah dennoch entspannt, beinahe träge aus. Es musste irgendetwas mit ihrer Herkunft aus dem Süden zu tun haben, das auch in ihrer Stimme mitschwang, wenn sie jemanden neckte.

»Risa Sheridan«, sagte sie. »Wer ist da, bitte?«

Er beobachtete die Veränderung ihres Gesichtsausdrucks,

sah ein Spiel von Gefühlen, die rasch wieder verschwunden waren, sodass er sich keinen Reim darauf machen konnte. Sofort war ihr Gesichtsausdruck wieder wie zuvor – als wäre plötzlich ein Licht ausgelöscht worden. Jetzt war da nur noch professionelle Beherrschtheit, nichts sonst.

»Hey, schön, von dir zu hören! Ich würde mich gerne mit dir unterhalten, aber im Moment bin ich gerade bei der Arbeit. Kann ich dich zurückrufen?«

Risa wandte Shane den Rücken zu. »Zum Lunch? Klar.« Sie warf einen Blick auf die Wanduhr. »In einer Stunde, in der Jazzbar hinter der Lobby.«

Risa legte sorgfältig auf. Bevor sie sich wieder zu Shane umdrehte, kontrollierte sie kurz ihren Gesichtsausdruck – ihr Pokerface, wie sie es nannte. Von Cherelle zu hören war für sie immer gleichzeitig schön und erschreckend. Sie teilten so viele gemeinsame Jahre, als sie beide noch Kinder waren – so viele gemeinsame Erinnerungen. Ohne Cherelle hätte Risa diese Zeit vielleicht gar nicht überlebt.

Aber als Erwachsene hatten sie sich so verschieden entwickelt.

Risa empfand Cherelle gegenüber eine Mischung von Liebe und Schuld, und sie hätte viel dafür gegeben, wenn sie mit ihrer Freundin noch einmal so unschuldig hätte lachen können wie damals, als sie noch Kinder waren. Doch das war endgültig vorbei.

»Ein Kunde?«, fragte Shane leichthin, doch in seinen Augen war angespanntes Interesse zu lesen.

Er spürte, dass es kein geschäftliches Treffen war, was sie in einer Stunde haben würde. Der Gedanke, dass sie sich mit jemandem zum Essen traf, sollte ihn eigentlich nicht weiter beunruhigen. Immerhin hatte er sie ermutigt, sich als Gutachterin auch für Privatleute zu betätigen. Auf die Weise bekam er mit, was auf dem Markt für antikes Gold los war.

Doch irgendetwas in ihrer Reaktion auf das Telefonat hatte seinen Instinkt geweckt und ließ ihn Gefahr wittern.

Niall hätte von seinem sechsten Sinn gesprochen. Für Shane war es einfach eine Art von Eingebung.

Risa verheimlichte etwas.

Vor ihm.

»Nein, es war kein Kunde.« Entschlossen öffnete sie einen der sieben Auktionskataloge. »Haben Sie das Figürchen in Los 18B gesehen? Es ist wohl nur vergoldet und nicht massiv, aber es ist besonders schön geformt.«

Pflichtbewusst blickte Shane auf das Figürchen.

Doch in Gedanken beschäftigte er sich nur mit einem – dem Augenblick, in dem er sich die Aufnahmen ansehen würde, die von der Überwachungskamera stammten, die die Jazzbar hinter der Lobby des *Golden Fleece* im Focus hatte.

14

Las Vegas
2. November
Zwölf Uhr Mittag

»Du hast gesagt, du wartest, bis Cherelle ...«

Socks schnitt Tim das Wort ab. »Gar nichts hab ich gesagt. Die ganze Zeit hast nur du geredet.«

Den Fuß auf das Gaspedal gepresst, ließ Socks den Wagen in die Kreuzung schießen, gerade als die Ampel auf Rot schaltete. Autos hupten von allen Seiten. Socks hielt den Arm aus dem Fenster und streckte seinen Mittelfinger in die Höhe.

»Fahr mal lieber nicht so über die rote Ampel, wenn wir Crack im Auto haben«, sagte Tim. »Ich habe keine Lust auf weitere Zeit im Knast.«

»Was denkst du, wer du bist? Meine Alte, oder was? Zicke! Diese verdammte Zicke! Kannst ohne deine Zicke nichts mehr machen! Übrigens, vom Crack ist kaum noch was übrig, den letzten Rest haben wir vor einer Stunde geraucht. Haste wohl schon vergessen?«

Die nächste Ampel zeigte schon Tiefrot, als sie an die Kreuzung heranfuhren. Socks überlegte einen Moment, einfach draufzuhalten und durchzufahren, nur um Tims hohes Gequieke zu hören. Aber da bog gerade ein Lastwagen mit Bier in die Kreuzung. Die Leute hier in der Gegend würden ihn lynchen, wenn es einen Crash gab und sie ihr Gebräu nicht kriegten.

Tim starrte aus dem Fenster und wünschte sich, er hätte noch ein bisschen Koks übrig. Die Gegend hier gehörte zu den übleren in Las Vegas, der Stadtteil zwischen Glitter

Gulch und dem Strip, wo die Rinnsteine voller Dreck und Müll waren und Fenster und Türen mit Gitterstäben aus Eisen gesichert.

»Home, sweet home«, murmelte Tim bitter.

Socks war das egal. Im Gegenteil, er fühlte sich in diesen dreckigen Straßen ziemlich wohl. Hier wusste man genau, worauf es ankam: Füge es den anderen zu, bevor sie daran denken, es dir zuzufügen. Ganz in der Nähe war er aufgewachsen.

Tim ebenfalls, aber ihm gefiel es hier nicht annähernd so gut wie Socks. Die fünf Jahre Altersunterschied hatten eine Begegnung verhindert, bis Tim im Knast zu Socks in die Zelle gesteckt worden war. Bei Tim wegen Falschspielerei, außerdem hatte er eine Fünfzehnjährige gebumst. Socks saß für den Überfall auf einen Lebensmittelladen. Beide beklagten sich über das Pech, für etwas geschnappt worden zu sein, was jeder andere auch tat.

Auf der anderen Seite der Straße wurde eine Nutte auf das grelllila Auto aufmerksam. Sie trug einen knappen Minirock, extrem hohe Plateausandalen und eine Stretchbluse, die ihr bis zum Nabel ging und wohl einmal weiß gewesen war. Als sie die Straße überquerte, vollführte sie seltsam eckige Bewegungen mit ihren Hüften und lehnte sich dann ins Wagenfenster.

Socks warf einen prüfenden Blick auf ihren Busen und den Rest ihrer Figur und schaute wieder weg. Sie sah aus wie fünfzig und war wahrscheinlich fünfundzwanzig. Er konnte die Einstichlöcher an ihren schmutzigen Zehen sehen und den leeren Blick in ihren Augen. Die Leere und der Dreck störten ihn nicht, aber so nötig hatte er es nicht, um ein Mädchen zu bumsen, das so fertig war. Nicht, nachdem er so einer scharfen Nummer wie Cherelle zuschauen konnte, die sich ständig lüstern an Tim rieb. Socks sah vielleicht nicht so gut aus wie Tim, aber er war verdammt überzeugt davon, dass er mindestens so gut ausgestattet war. Das war schließlich eine der Hauptbeschäftigungen im Knast – genau vergleichen, wie man gegenüber den Mithäftlingen abschnitt, egal wobei.

Die Ampel wechselte auf Grün. Socks ignorierte die Frau, gab Gas und bog von der Durchgangsstraße ab. Nach ein paar Blocks riss er das Steuer herum und lenkte das Auto an die Bordsteinkante vor zwei alten, verwitterten Bungalows, deren Vorhänge dicht zugezogen und deren Fenster mit Gittern verrammelt waren. Beide Häuser besaßen einen kleinen Windfang, der von einem Vordach geschützt war. Vor dem einen saß ein alter Mann in einem Rollstuhl, daneben lag ein Hund auf dem Boden ausgestreckt und schlief.

Tim hätte den Alten nur bemerkt, wenn er *nicht* unter dem Vordach gesessen hätte. Solange er denken konnte, befand sich Mr Parsons genau an dieser Stelle, mit dem Hund daneben. Es war wie mit dem Unkraut und dem Staub: einfach da. Immer.

Die beiden Häuschen duckten sich zwischen einem zweistöckigen Apartmenthaus, das schon bessere Zeiten gesehen hatte – was lange zurückliegen musste –, und einem kleinen, einstöckigen Einkaufszentrum, das über all die Jahre wohl nur deshalb nicht bankrott gegangen war, weil es in ihm auch einen Schnapsladen gab.

Zwei Männer mittleren Alters saßen auf dem Parkplatz vor dem Apartmenthaus und tranken aus Flaschen, die in braunes Papier gewickelt waren. Eine dünne, nervöse alte Dame stieg vom zweiten Stock über die Außentreppe hinab und hatte einen Köter an der Leine. Sie machte einen so großen Bogen um die beiden Trinker, als glaubte sie, Alkoholismus sei ansteckend.

Tim schaute zu den unrasierten Männern hinüber und sagte sich, dass wenigstens sein Vater nicht dabei war. Zwar hatte er seinen Vater nie aus der Nähe gesehen, aber er wusste wenigstens, wer es war. Das war mehr, als Socks von seinem Vater behaupten konnte. Die einzige Familie, über die Socks je sprach, waren ein paar Typen, die für die Mafia gearbeitet hatten, als die in Vegas noch den Ton angab.

»Gib mir dein Zeugs«, sagte Socks zu Tim und fischte eine Zigarettenpackung aus seinem T-Shirt-Ärmel. Er zündete sich die letzte krumme Zigarette an, warf die leere Packung aus dem Fenster und blies eine Rauchwolke ins Auto. »Ich treff dich hier wieder, wenn ich von meinem Hehler zurückkomme.«

»Ich behalte meins vorerst, bis ich weiß, was du für deine Sachen kriegst.«

Socks grunzte verächtlich. »Du stehst ganz schön unter dem Pantoffel, du Jammerlappen. So ist das nämlich.«

»Du kannst mich mal.«

»Das kannst du doch viel besser. Du warst im Knast doch die Queen vom ganzen Block.«

Tim griff sich die Zigarette und nahm einen kurzen Zug. Sie schmeckte genauso schlecht, wie sie aussah, aber das Nikotin fuhr ganz schön ins Hirn. Er war davon nicht abhängig wie Socks, aber er genoss es immer wieder mal. Er inhalierte tief, bevor er die Zigarette an Socks zurückgab.

»Cherelle ist schlauer als wir zwei zusammen«, sagte Tim und blies den Rauch in einer langen Wolke aus. »Wenn ich du wäre, würde ich warten und mehr Geld bekommen.«

»Du bist aber nicht ich.«

Tim zuckte mit den Achseln.

»Warum hast du ihr auch noch einen Teil von deinem Zeug gegeben?«, fragte Socks mit einer Stimme, die fast jämmerlich klang. »Da waren drei verdammte Kisten, und alles, was ich habe, sind diese zwei beschissenen kleinen Teile hier.«

»Sie hat eben keine Lust, sich mit ein paar Cents von deinem Hehler zu begnügen, wenn das Zeug, das ich dir gebe, Tausende wert ist.« Das stimmte vielleicht nicht, aber das war auch völlig egal. Wenn Cherelle von all den schicken Elektronikgeräten wüsste, die Socks und er geklaut und verscherbelt hatten, bekäme sie einen Anfall.

»Geschäfte haben eben ihren Preis«, sagte Socks. Das stimmte, und dazu kam noch ein ganz schöner Anteil für ihn. Was Tim nicht wusste, tat ihm nicht weh. Was Socks wusste, ärgerte ihn höllisch. Er war völlig abgebrannt, und was er auch für das Gold bekam, würde wohl kaum genug sein, um daran etwas zu ändern, jedenfalls nicht für längere Zeit. »Gib schon her, was du in deinem Rucksack hast.«

Tim rutschte unruhig auf dem Sitz herum, als sei der Rucksack, den er auf dem Schoß hatte, plötzlich sehr schwer geworden. Er langte nach dem Türgriff.

»Hey, Kumpel«, sagte Socks und packte Tims Arm. »Nur ein Stück oder zwei, okay? Ich bin total abgebrannt, und ein Zimmer, das nicht mal eine Kakerlake haben wollte, kostet hier mindestens fünfzig Dollar die Nacht. Und ich will 'ne flotte Biene und genug Koks und 'ne Flasche Bourbon und ein ordentliches Steak und einen Nachtisch, den so ein Kellner mit viel Tralala anzündet und mir vorsetzt, verstehst du? Wir haben in letzter Zeit gehaust wie die Hamburger-Umwender auf Mindestlohn. Ich will jetzt mal die Sau rauslassen.«

Tim überlegte, was Cherelle sagen würde. Doch das war Zukunft, bis dahin würde ihm vielleicht einfallen, wie er ihr gegenüber die ganze Sache hinbiegen könnte. Socks aber saß hier und jetzt neben ihm, und Tim hasste Auseinandersetzungen.

»Na ja, verdammt«, sagte Tim. Er griff in seinen Rucksack und zog zwei gefüllte Socken heraus. Er hatte keine Ahnung, welche Teile er jetzt gerade loswurde. Das war ihm egal. Wo er es herhatte, gab es noch mehr davon, und im Augenblick würde es Socks zufriedenstellen. »Komm bloß nicht mit weniger als vierhundert Dollar für mich zurück!«

»Vierhundert! Hast du sie noch alle?«

»Vierhundert, hast du mich verstanden?«

»Jajaja.« Socks kannte das schon.

»Ich meine es ernst.« Den Rucksack in der Hand, stieg Tim

aus dem Auto. Er lehnte sich in die offene Tür und angelte seinen Müllsack von der Rückbank. »Cherelle denkt, wir haben einen ziemlich guten Fang gemacht. Ich will's nicht verbocken, Frauen können ziemlich fies werden.«

Socks hielt die Hände hoch in gespielter Kapitulation und grinste freundlich. »Hab's schon kapiert, Kumpel.«

»Und bring mir meine Socken zurück«, fügte Tim hinzu und richtete sich auf. »Die sind noch ganz okay, müssen nur mal in die Waschmaschine bei meiner Mutter.«

»Was zum Teufel soll *ich* mit deinen Socken anfangen?«

Tim lachte. Socks hatte seinen Spitznamen bekommen, weil er nie Socken trug. Seinen richtigen Namen, sofern er einen hatte, kannte Tim nicht. Für Männer wie Socks war der Spitzname der einzige, der zählte.

»Wann hast du das Geld?«, fragte Tim.

»Ich ruf dich bei deiner Mutter an.«

Damit hatte Tim gerechnet. Er winkte kurz und ging auf die Eingangstür des heruntergekommenen Bungalows zu.

Socks sah einen Augenblick zu. Er war vielleicht nicht der Allerhellste, aber er war gewitzt durch das Leben auf der Straße. Tim war locker und leicht zufriedenzustellen, bevor er Cherelle kennengelernt hatte. Am Anfang hatte sich daran noch nichts geändert. Aber jetzt ... jetzt schien Socks das fünfte Rad am Wagen zu sein. Tim machte, was die Zicke befahl, und ignorierte den Kumpel, auf den er früher immer gehört hatte. Die halbe Zeit stritten er und Tim wie ein altes Ehepaar.

Was Socks wirklich störte, war die Tatsache, dass er das Gefühl nicht loswurde, am Ende als Verlierer dazustehen.

15

Las Vegas
2. November
Mittags um halb eins

Einige Minuten starrte Cherelle auf den Namensgeber des *Golden Fleece,* das goldene Schaffell, das in einem mit Wasser gefüllten Behälter aufgespannt war. Um sie herum strömten Massen von Menschen und machten Ooh und Aah und sprachen angeregt über das goldene Fell. Sie selbst hatte nur einen Wunsch: in diesen Behälter hineinsteigen und sich im Goldstaub herumwälzen, bis sie selbst aus massivem Gold war. Auch ihre Augen. Es wäre ziemlich cool, wenn sie golden wären statt des langweiligen blassen Blaus, mit dem sie auf die Welt gekommen war.

»Hey, Max, guck dir das an! Hier gibt's an Silvester eine große Goldausstellung. Da müssen wir unbedingt noch mal herkommen.«

Cherelle blickte das Paar mittleren Alters unfreundlich an, weil es sie aus ihren Träumen gerissen hatte. Dann fiel ihr Blick auf das Flugblatt, das die Frau ihrem Mann wedelnd hinhielt. Gold blitzte geradezu hypnotisch von den Farbfotos.

»Wo haben Sie das her?«, fragte Cherelle.

Die Frau zeigte auf die Ständer, die um den großen quadratischen Sockel herum aufgestellt waren, auf dem sich das Aquarium mit dem Vlies befand.

Cherelle schob sich energisch durch die Menge, griff nach einem der ausliegenden Flugblätter und vertiefte sich sofort darin. Dann betrachtete sie sich noch einmal die Fotos. Die

Stücke sahen nicht genauso aus wie die, die sie hatte, aber sie waren auch nicht völlig verschieden von ihnen.

Ganz unten stand neben einem stilvollen Porträtfoto: *Dr. phil. Risa Sheridan, Kuratorin*

Cherelle schob das Flugblatt in ihre Tasche und kaute nachdenklich auf ihren Lippen. Sie hätte sich umziehen sollen, in irgendetwas Schickeres. Aber sie hatte nichts Sauberes mehr und wollte nicht mit all den heruntergekommenen Leuten von der Straße im Waschsalon in der Nähe ihres Motels rumhängen und ihren Kleidern beim Purzelbaumschlagen im Trockner zuschauen. Das hatte sie jedenfalls nicht nötig.

Ach, vergiss es. Sie war schließlich nicht die einzige Frau im *Golden Fleece,* die Jeans trug und hochhackige Schuhe.

Cherelle warf einen letzten sehnsuchtsvollen Blick auf das Vlies und schlenderte dann zu der Bar, die den Namen *Gabriel's Horn* trug wegen der goldenen Trompete, die über der verspiegelten Rückwand hing.

Die Bar selbst ragte wie ein glitzernder Zeh in das Casino hinein, das um die Lobby herum angelegt war. Sie wusste, dass Risa sich nicht gerne innerhalb des *Golden Fleece* mit ihr traf, aber sie hatte schließlich doch eingewilligt, nachdem Cherelle denselben Trick angewandt hatte wie in ihrer Kindheit – sich einfach über Risas Einwände hinwegzusetzen, als existierten sie gar nicht.

Cherelle bestand deshalb auf dem *Golden Fleece,* weil sie Risa nicht an einem so heruntergekommenen Ort treffen wollte wie dem Motel, in dem sie ihre Kleider gelassen hatte. Sie hatte immer so getan, als ginge es ihr prächtig, noch besser als Risa. Bis vor ein paar Jahren war das auch ziemlich nahe an der Wahrheit gewesen.

Und bald würde es wirklich wahr sein. Zum Teufel, besser als Risa würde es ihr gehen. Sie würde sich elegante Kleider kaufen wie ihre alte Freundin und sexy Unterwäsche und Schuhe, die ihre Füße nicht kaputt machten. Dann könnte sie mit Tim das Crackpfeifchen anzünden und bumsen, bis ihnen Hören und Sehen verging.

Kaum saß Cherelle an der Bar, kam der Barkeeper schon zu ihr herüber. Sie schüttelte den Kopf. Von Virgils vierhundert Dollar waren nicht einmal mehr fünf Dollar übrig, von denen sie sich ein Glas Sodawasser hätte leisten können. Eine gut gekleidete Prostituierte, die sich weiter hinten in der Bar aufhielt, blickte streng zu ihr hinüber. Cherelle schüttelte nur leicht den Kopf, um ihr zu verstehen zu geben, dass sie sich keine Gedanken um sie machen musste: Sie war hier nicht auf Kundenfang aus und also keine Konkurrenz.

»Sind Sie sicher, dass ich Ihnen nichts bringen soll?«, fragte der Barkeeper und warf ihr einen wissenden Blick zu.

»Süßer, ich würde ja gerne was wollen.« Sie lehnte sich nach vorne und gewährte ihm einen tiefen Einblick in das, wovon er nichts bekommen würde. »Aber ich bin nicht bei der Arbeit. Ich warte hier auf eine Freundin.«

»Wenn Sie es sich anders überlegt haben, rufen Sie Slim John.«

Sie schaute sich den Barkeeper genauer an. Er war groß und schlank, wohl in den Vierzigern und sah eher aus wie ein Lehrer, nicht wie ein Barkeeper. »Also gut, ein großes Glas Wasser, das ist dann alles.«

Er nickte und wandte sich einem Gast an der Bar zu, der sich gerade hingesetzt hatte.

Cherelle fragte sich, wie spät es wohl war. Ihre Armbanduhr war kaputt und sie sah nirgendwo eine Uhr hängen. Da erblickte sie Risa, die quer durch die Lobby direkt auf das *Gabriel's Horn* zuging. Ihrer eleganten Kleidung – ein Hosenanzug aus weichem grauem Stoff mit einer tiefblauen Bluse dazu – konnte man ansehen, wie teuer sie war. Um ihren Hals baumelte an einer silbernen Kette irgendeine Art von Ausweis. Sie war bereits am Ausgang der Lobby angelangt, als ein Page hinter ihr herlief. Sie ging mit ihm zur Anmeldung zurück und bekam sofort ein Telefon in die Hand gedrückt.

Als Cherelle beobachtete, wie die Leute für Risa herumhuschten, wurde ganz offensichtlich, dass ihre alte Freundin eine ziemlich bekannte und bedeutende Angestellte dieses eleganten Casinos war. Und sie sah gut genug aus, um bei Cherelle einen bitteren Geschmack im Mund zu hinterlassen.

Das war genau der Grund, warum sie Risa seit ein paar Jahren nicht mehr treffen wollte. Sie hasste es, neidisch darauf zu sein, was das dürre freche Waisenkind mit den großen Augen aus sich gemacht hatte.

Das hätte sie ohne mich nicht geschafft, ging Cherelle durch den Kopf. *Ich habe für sie gekämpft. Jetzt hat sie alles, und ich sitze in der Scheiße.*

Sie schuldet mir noch etwas.

16

Las Vegas
2. November
Mittags um halb eins

Die blauen Augen von Miranda Seton waren so verblasst wie ihre Träume. Vom Alkohol abgesehen, besaß sie nur noch eine Freude in ihrem Leben – und die stand in Gestalt ihres Sohnes bei ihr in der Garage mit leerem Magen und einem Müllsack voll Schmutzwäsche. Sie drückte ihn wieder und wieder an ihr Herz, während sie Wäsche in eine Waschmaschine stopfte, die fast so alt war wie ihr Sohn.

»Ich kann's gar nicht glauben, dass du hier bist, Timmy! Du hättest anrufen sollen. Ich hätte ein paar Schweinekoteletts gekauft und für dich gebraten und deine Lieblingsplätzchen gebacken.«

Tim klopfte seiner Mutter liebevoll auf die schmalen Schultern und gab ihr einen Kuss auf den Kopf. Er vergaß immer wieder, wie klein sie war und wie alt sie aussah. Und wie grau das Haus war, in dem sie lebte. Sogar die siamesische Katze, die auf der Küchenanrichte zusammengerollt dalag, hatte bessere Tage gesehen.

Wut stieg in ihm auf. »Mama, du solltest dafür sorgen, dass dieser geizige Bastard dich besser behandelt.«

Ihr Lächeln wich einem Ausdruck von Qual. Tränen standen in ihren weit auseinander stehenden kindlichen Augen. Sie besaß noch ein Sparbuch mit ziemlich viel Geld, das ihr Tims Vater gegeben hatte. Aber sie wartete lieber, bis ihr Sohn erwachsen sein würde, bevor sie ihm alles übergab, damit er für sie beide sorgen konnte.

Auch in betrunkenem Zustand wusste sie, dass sie darauf wohl noch recht lange warten musste. Aber im Augenblick spielte das keine Rolle. Ihr wundervoller Sohn war wieder hier bei ihr.

»Sprich nicht so über deinen Vater«, sagte sie. »Ich fühle mich hier wohl, und er hat mir das Beste geschenkt, was ich im Leben je haben werde: dich.«

Tims Wut verrauchte. Er konnte nie lange wütend sein. Ein einziges Mal hatte er seiner Mutter so lange zugesetzt, bis sie ihm den Namen seines Vaters verriet. Darauf war sie die nächsten vier Tage ununterbrochen betrunken und hatte geheult und ihn immer wieder schwören lassen, zu seinem Vater keinen Kontakt aufzunehmen, egal aus welchem Grund, *gar nie*.

Vielleicht hatte sie diesen Mann einmal geliebt, aber immer fürchtete sie sich vor ihm.

Nachdem Tim mehr über seinen Vater erfahren hatte, verstand er, warum seine Mutter daran nicht mehr rühren wollte. Hinter der Fassade, die er nach außen trug, war ein eiskalter, gemeiner Kerl, für den seine Mutter einst die Beine breit gemacht hatte.

»Ach, lassen wir das«, sagte Tim und umarmte Miranda. »Sobald ich von Socks habe, was er mir schuldet, lade ich dich zum Essen in das Restaurant ein, in das du so gerne gehst. Na, wie klingt das?«

Miranda beeilte sich zwar mit der Versicherung: »Gib bloß dein Geld nicht für mich aus«, aber sie konnte wieder lächeln.

Als der Sack mit der Schmutzwäsche endlich leer war, öffnete sie seinen Rucksack, da sie wusste, dass er den normalerweise auch mit schmutziger Wäsche vollstopfte. Als sie mit ihren Händen tief in den Rucksack hineinfuhr, fühlte sie etwas Hartes, um das Kleider herumgewickelt waren. Sie griff danach und zog es heraus in das Licht der nackten Glühbirne, die direkt über der Waschmaschine hing.

»Was ist denn das? Sind das Schrotpatronen oder so etwas Schlimmes?« Ihre größte Sorge war, dass Tim wieder im Gefängnis landete. Beim ersten Mal hatte sein Vater ihr die Hölle heißgemacht, wie sie es zulassen konnte, dass sein Sohn auf die schiefe Bahn geriet. Aber er hatte ihr nicht damit gedroht, die Zahlungen einzustellen.

Das Gute an der Verjährungsfrist war, dass sie im Fall von Mord nie endete. Nicht dass dieser Umstand der einzige Grund dafür war, dass Tims Vater regelmäßig zahlte. Er hatte außer Tim keine weiteren Kinder. Und auch wenn er kein Talent für Liebe und all das hatte, so war es ihm immer wichtig, Dinge zu besitzen – sogar einen Sohn, mit dem er nicht angeben konnte.

Tim schnappte sich die Socke, bevor seine Mutter sie umstülpen und das Figürchen in ihre Hand schütteln konnte. »Das ist nur irgendwelches Zeug, das Cherelle von einem Freund bekommen hat. Geh du doch in die Küche und hau mir ein paar Eier oder sonst irgendetwas in die Pfanne, ich stopfe hier die übrigen Sachen in die Waschmaschine.«

Miranda zögerte, strich sich unsicher über das Haar und zog ihren verwaschenen rosa Morgenrock enger um den Leib. Wenn sie gewusst hätte, dass ihr Sohn kommen würde, hätte sie sich ein bisschen hergerichtet. Oder wenigstens etwas anderes als den Schlafanzug angezogen.

»Meinst du wirklich?«, fragte sie. »Weißt du, wie viel Waschmittel du nehmen musst und so?«

»Mama, ich bin schon über dreißig. Ich kann ein paar Klamotten waschen.« Er machte es nur nicht gern. Meistens konnte er Cherelle dazu überreden, so wie den Hausputz und all das.

»Dein faules Mädchen lässt dich also die Wäsche selbst machen, nicht wahr?« In Mirandas Stimme war eine Mischung aus Ärger und Triumph darüber zu vernehmen, dass keine Frau ihren Sohn so gut behandelte, wie es seine Mutter tat. »Du arbeitest den ganzen Tag in zwei Jobs, um das

Essen auf den Tisch zu stellen, und sie liegt nur faul rum, isst Süßigkeiten und guckt den ganzen Tag Soaps.«

Tim antwortete nicht darauf.

»Du solltest sie hochkant rausschmeißen und dir eine Frau suchen, die weiß, wie man einen Mann behandelt«, murmelte sie.

»Das kann sowieso keine so gut wie du, Mama.«

»Na.«

Lächelnd eilte Miranda ins Haus, scheuchte die Katze aus der Küche und fing an, für ihren Sohn zu kochen.

17

Las Vegas
2. November
13:00 Uhr

Risa legte den Hörer des Haustelefons auf, fluchte leise vor sich hin und machte sich auf den Weg zum *Gabriel's Horn,* bevor sie noch einmal von jemandem aufgehalten wurde, der ihr die falsche Art von Goldobjekten anzudrehen versuchte. Sie wollte Cherelle nicht warten lassen. Das wäre nicht nur unhöflich, sondern würde Cherelle auch die Möglichkeit geben, das zu tun, was sie am besten konnte – Aufsehen zu erregen.

Risa hoffte, dass ihre Freundin dieses Mal besser aussah als bei ihrem letzten Treffen. Sie war damals so ärmlich dahergekommen, dass Risa ein Gefühl von Schuld die Kehle zugeschnürt hatte. Sie fragte sich, ob Cherelle jemals die hundert Dollar in Zwanzigern, die in den Aschenbecher ihres Autos gestopft waren, mit ihrer Kindheitsfreundin in Zusammenhang gebracht hatte, die sie an dem Tag zum Essen ausgeführt hatte.

Wenn Cherelle je darauf gekommen war, verlor sie jedenfalls nie ein Wort darüber.

»Hey, Küken«, rief Cherelle und stand breit lächelnd von ihrem Platz auf, als sie Risa erspähte. »Wie zum Teufel geht's dir?«

Risa grinste, umarmte sie und trat einen Schritt zurück. »Mir geht's gut, Kükenmutter. Hey, du siehst …« *– verhärmt, hart, wütend –* »genauso aus wie letztes Mal, und das ist fast vier Jahre her. Was ist dein Geheimnis? Von Frauen in unserem Alter erwartet man, dass sie nie wie *über* dreißig aussehen.«

»Tja«, sagte Cherelle, während sie unsichtbare Falten aus ihren engen Jeans strich und einem Mann zunickte, der ihren Händen mit den Augen gefolgt war, »es ist wohl die Sex-Diät, die mich fit hält.«

Risas Lächeln erstarb einen kurzen Augenblick, bevor sie es wieder aufsetzte. Cherelle hatte aus ihren Männergeschichten nie ein Geheimnis gemacht. Ganz im Gegenteil. Es war, als ob sie glaubte, dass jeder Mann, den sie gehabt hatte, sie um so viel besser machte als andere Frauen. Als sie noch jünger waren, war das nicht weiter schlimm. Aber das lag bereits viele Jahre und Männer zurück.

Risa hoffte, dass wenigstens einer von ihnen Cherelle glücklich gemacht hatte.

»Ich muss die Diät auch mal probieren«, sagte Risa leichthin. Sie hakte sich bei Cherelle ein. »Komm mit in mein Büro. Ich habe uns etwas zum Mittagessen bestellt, warte aber auf einige Anrufe, die ich nicht verpassen darf. Möchtest du noch etwas hier aus der Bar?«

Cherelle zögerte. »Ich lade dich ein«, sagte Risa und winkte dem Barkeeper. Wenn Cherelles Geldbeutel so dünn war wie ihre abgetragenen Kleider, würde sie sich wohl kaum den Luxus erlauben können, in einem Restaurant zu essen oder zu trinken.

»Einen Cosmopolitan. Einen doppelten«, sagte Cherelle zu Slim John. Als sie angefangen hatte, Drinks in Bars zu bestellen, war ein Cosmopolitan der letzte Schrei. Sie wusste, dass unter der Schickeria heute etwas anderes angesagt sein musste, hatte aber keine Ahnung, was.

Der Barkeeper nickte und schaute Risa fragend an. »Und was darf ich Ihnen bringen?«

»Sie sind neu hier, nicht wahr?«

»Seit dieser Woche«, bestätigte er.

Sie lächelte. »Willkommen an Bord. Ich bin Risa Sheridan, Shane Tannahills Kuratorin. Schicken Sie mir die Getränke bitte in mein Büro hoch. Sally« – sie zeigte auf eine Frau, die im Beatnik-Look der 50er-Jahre gekleidet war und mit einem Besucher plauderte – »kennt den Weg.«

»Was trinkst du?«, fragte Cherelle. »Oder hast du irgendwo eine Flasche gebunkert?«

»Ich habe in letzter Zeit sehr wenig geschlafen. Wenn ich jetzt Alkohol trinke, bin ich sofort weg.«

»Oh, mein Küken, was ist nur mit dir geschehen? Es gab Zeiten, da konntest du wunderbar mithalten.«

»Du hast ja so recht. Die Bildung hat mein Hirn zugrunde gerichtet.«

Cherelle kicherte. »Hab's dir ja immer gesagt.«

»Allerdings.« Und zwar häufig. *Vergiss diesen ganzen Quatsch, Küken. Die Kükenmutter bringt dir alles bei, was du wissen musst.*

Das hatte sie auch eine ganze Weile gemacht.

Doch als Cherelle siebzehn geworden war und die Stadt mit irgendeinem Drogendealer verließ, machte Risa die Entdeckung, dass sie Bücher liebte. Und vor allem wollte sie alles über die Welt jenseits von Johnson Creek, Arkansas, wissen.

Mi sechzehn musste Risa dann den ganzen Schulstoff der vergangenen Jahre nachholen. Das gelang ihr innerhalb eines einzigen Jahres, dank der ihr eigenen ungewöhnlichen Intelligenz, einer neu entdeckten Disziplin und dank der Hilfe einer engagierten Lehrerin, die selbst keine Familie hatte. Ms Stintons Nachhilfe, ihr Vertrauen und ihre Unterstützung, dazu vierzehn Stunden tägliches Lernen und gute Ratschläge in Bezug auf Kleidung und Make-up hatten die Verwandlung von der Herumtreiberin ohne Zukunft in eine ganz besondere, sehr begabte Schülerin vollbracht.

Dieser Wandel verursachte eine Kluft zwischen Risa und der einzigen Person, die sich in der Kindheit um sie gekümmert hatte, der Person, die sie beschützt hatte, wenn sonst niemand auf ihre Schreie hörte: Cherelle Faulkner.

Sie besaßen so viele gemeinsame Erinnerungen …

Sie und Cherelle waren Schwestern, nur keine blutsverwandten. Und was besagte schon Blutsverwandtschaft? Ihre wirklichen Angehörigen hatten sie weggegeben, noch bevor sie geboren waren. Cherelle hatte Risa das Radfahren beigebracht. Sie hatte ihr gezeigt, wie man Lippenstift und Lidschatten benutzt. Sie hatte ihr erklärt, woher die Babys kamen und wie man es anstellt, dass man selber keine kriegte. Sie hatte die feinen Leute so perfekt nachgeäfft, dass Risa sich vor Lachen fast in die Hose gemacht hatte – und dadurch die ständige Demütigung vergessen konnte, Lumpenpack genannt zu werden, weil sie Secondhandkleider trug, auf das Essen der Wohlfahrt angewiesen war und Löcher in den Schuhen hatte.

Cherelle hatte ihr auch beigebracht, die Schule zu schwänzen, Unterschriften auf Entschuldigungsschreiben zu fälschen und Sachen aus dem Laden am Highway mitgehen zu lassen.

Und es war Cherelle gewesen, die einen Studenten von der fünfzehnjährigen Risa weggezerrt und ihm mit dem Knie eins dorthin versetzt hatte, wo es meisten wehtat. Dabei hatte sie geschrien, dass sie selbst es für Geld mache, bedeute noch lange nicht, dass ihre Freundin es umsonst tun würde.

Kurz nach dieser grässlichen Nacht hatte Cherelle die Stadt mit einem ihrer »Bekannten« verlassen. Risa hatte geheult, als sei sie von ihrer ganzen Familie verlassen worden.

Weil es genauso war.

Ihre Adoptivmutter starb, bevor Risa sechs Jahre alt war. Der Mann, zu dem sie »Papa« sagte, hatte eigentlich kein Kind haben wollen. So war Risa zur Schwester ihrer verstorbenen Mutter, besser gesagt, ihrer Stiefschwester gekommen, die mit Risas Mutter gemeinsam aufgewachsen war. Sara Lisa brauchte das Geld dringend, das sie für die Pflege von Risa erhielt. Sie war keine schlechte Mutter. Sie schlug Risa nicht und verweigerte ihr keine Nahrung. Nur war Sara Lisa zu sehr mit ihrem Job als Kellnerin beschäftigt und mit Besäufnissen an den Wochenenden, um noch viel Zeit oder Kraft für Risa zu haben.

Dann waren Cherelles Stiefeltern in den Wohnwagen daneben gezogen. Und innerhalb von wenigen Wochen verwandelte sich die einsame neunjährige Risa in Cherelles schlagfertigen Schatten. Gemeinsam eroberten sich die beiden Mädchen die Welt mit viel Gekicher und schnellen Beinen, mit denen sie all dem Ärger davonliefen, in den sie gerieten. Zumindest eine Zeit lang.

Ohne etwas zu sagen, führte Risa Cherelle zu einer unauffälligen Tür mit der Aufschrift *Nur für Mitarbeiter*. Risa gab an der Tastatur neben der Tür eine Codenummer ein. Die Tür öffnete sich.

»Hier lang«, sagte Risa.

Die Tür schloss sich hinter ihnen. Sie befanden sich nun in einem ruhigen, schlichten Flur mit ebenso einfachen Aufzugstüren an beiden Wänden. Nach all dem Luxus und Lärm des Casinos wirkten die beige Farbe und die Stille fast anstößig.

Risa ergriff den Ausweis aus Plastik an seiner langen Kette und schob ihn in einen Schlitz neben den Aufzügen. Nachdem die Tür aufgegangen war und sie den Fahrstuhl betreten hatten, steckte sie den Ausweis in den Schlitz neben der Tastatur und tippte den Code ihres Büros ein. Nur bei einer gültigen Codenummer schlossen sich die Türen und der Aufzug setzte sich in Bewegung. In der Kabine gab es keine Signallampen, keine Zahlen, nichts, was die Stockwerke benannt hätte, die unsichtbar vorbeiflogen.

»Hey, Küken, arbeitest du etwa im Tresorraum oder was?«

»Wieso?«

»Na, wegen diesem ganzen Kram mit Ausweis und Nummern. Nicht mal zu sehen, was für 'ne Etage das hier ist.«

»Oh, das. Die Stücke, mit denen ich zu tun habe, sind ziemlich wertvoll.«

»Echt? Das musst du mir unbedingt zeigen.«

»Kein Problem. Wir essen im selben Raum zu Mittag. Ich arbeite an einer Ausstellung für meinen Chef.«

Cherelle schnurrte beinah vor Zufriedenheit. Sie hatte sich schon überlegt, wie sie wohl auf das Thema der Goldobjekte kommen sollte, ohne sie einfach auf den Tisch zu kippen wie einen toten Barsch. »Sind das die auf dem Flugblatt?«

»Flugblatt?«

»Na, du weißt schon. Die Flugblätter unten um das Schaffell herum.«

»O ja, die habe ich ganz vergessen. Die Wahrheit ist, dass ich sie gerne vergessen möchte. Mein Chef steht mir auf den Füßen, weil ich immer noch nichts gefunden habe, was ungewöhnlich genug ist für seine Goldausstellung, die bald anläuft. Die Fotos auf dem Flugblatt zeigen bloß einen Querschnitt von goldenen Objekten, die wir früher ausgestellt haben, und außerdem noch ein paar Stücke, die auf die sensationelle Druidengold-Ausstellung neugierig machen sollen.«

»Druidengold? Was soll das sein?«

Risa hielt einen Moment inne und überlegte, wie sie es Cherelle erklären konnte, ohne ihr das Gefühl mangelnder Bildung zu geben. »Weißt du noch, als wir in der Schule die Geschichte Englands durchnahmen?«

»Küken, ich hab doch nie was gelernt. Lernen war nur was für die Dummen.«

»Wie ist es mit Stonehenge? Klingelt's da bei dir?«

»Dieser große alte Steinkreis, wo die Leute verkleidet drum herum tanzen und so tun, als seien sie Hexen oder Zauberer?«

Risa lachte. »So ähnlich.« Es war egal, dass Stonehenge schon sehr lange existiert hatte, ehe die Druiden auf den Plan getreten waren. Hauptsache, Cherelle besaß irgendeinen Anhaltspunkt, auch wenn er noch so vage war. »Als die Erbauer von Stonehenge bereits verschwunden waren, tauchte in Europa ein Volk auf, das wir als Kelten kennen. Das war lange vor Christi Geburt. Sie verbreiteten sich in alle Himmelsrichtungen, bis sie schließlich vor ungefähr dreitausend Jahren auch die Britischen Inseln erreichten.«

»Echt?« Cherelle kramte in ihrer alten Rucksacktasche nach Kaugummi. Sie hatte einen Geschmack im Mund, von dem eine Made kotzen müsste. Der bestellte Cosmopolitan würde da schon Abhilfe schaffen, aber der Drink war noch nicht da, nur der abscheuliche Geschmack.

»Ja«, stimmte Risa zu, als der Aufzug langsamer wurde. »Die Kelten waren Meister in der Metallbearbeitung. Es gibt sogar Wissenschaftler, die behaupten, die Kelten hätten den Griechen beigebracht, wie man Gold schmiedet. Andere lehnen den Gedanken natürlich völlig ab, dass irgendjemand den Griechen irgendetwas hätte beibringen können. Wir leben in einer sehr eurozentrischen Gesellschaft.«

Cherelle wickelte ein Kaugummi aus.

»Tut mir leid, Kükenmutter«, sagte Risa. »Ich vergesse immer, dass sich nicht jeder für denselben Kram interessiert wie ich.«

Und darüber zu reden, vergrößerte nur die Kluft zwischen ihr und ihrer Kindheitsfreundin, statt eine Brücke zu bauen.

Der Aufzug hielt an. Die Tür öffnete sich in einen Flur, der genauso still war wie der vorherige, aber nicht so schlicht. Die Wand auf der einen Seite war mit Holz verkleidet, an der anderen hingen gerahmte Bilder unterschiedlicher Art. Den Boden bedeckte ein dichter bunter Teppich.

»Hier entlang.« Risa deutete nach links. »Mein Büro ist direkt neben dem ›Museum‹.«

»›Museum‹.« Cherelles Stimme verriet ungefähr so viel Begeisterung wie nach der Ankündigung einer komplizierten Zahnbehandlung.

»Das ist es nicht wirklich«, versicherte Risa. »Ich nenne es nur so, weil wir da eine Menge von Objekten rumliegen haben, solange wir uns noch nicht darüber im Klaren sind, was für die Ausstellung am besten passen würde.«

»Gold?«, fragte Cherelle mit neu erwachtem Interesse und wandte sich zu Risa um.

»Gold.«

»Das interessiert mich schon eher, Küken.«

Lachend schlang Risa einen Arm um die Freundin. Cherelles geradezu fröhliche Geldgier wirkte erfrischend nach den stundenlangen Telefonaten mit Vertretern von Auktionshäusern, die immer so taten, als müssten sie ersticken, wenn man sie nach dem Wert eines Objektes fragte. Es ging ja um *Kultur*.

Aber es war auch Kommerz, das wusste in dem Geschäft jeder. Je mehr die Auktionsleute die Kultur hochhielten, desto höher stiegen die Preise.

»Zeig mir doch was davon«, sagte Cherelle und blickte sich neugierig um.

»Schmuck?«

»O ja, dicke Brocken Gold.«

»Dann komm hier lang.«

Cherelle folgte Risa zu einem langen Kasten mit Glasdeckel. Risa zeigt auf die Objekte, die darin lagen.

»Das sind einige der Stücke, die Shane für die Druidengold-Ausstellung gesammelt hat, die an Silvester eröffnet wird.«

Beim Gedanken an die Zeit, die unaufhaltsam voranschritt, krampfte sich Risas Magen zusammen. Das einzig Tröstliche war, dass die anderen Späher für Shane bisher genauso erfolglos geblieben waren wie sie. Bis jetzt zumindest.

Cherelle beugte sich so dicht über die Vitrine, dass das Glas durch ihren Atem beschlug. Brummend nahm sie den Kopf wieder etwas höher und starrte gebannt hinein. Diese Sachen hier sahen dem, was sie besaß, schon ähnlicher als die Fotos auf dem Flugblatt. Nur waren diese hier schon ziemlich ramponiert, als hätte man sie lange in Rucksäcken herumgeschleppt und auf harten Betonboden fallen lassen.

Cherelle zählte stumm. Achtzehn Teile. Das war eines

mehr als das, was sie im Kofferraum ihres Wagens eingeschlossen hatte.

»Wie nennt man die da?«, fragte Cherelle.

Risa folgte dem ausgestreckten Finger mit den Blicken. »Das sind Torques. Wie Armspangen für den Hals.«

»Massives Gold?«

»Einige Torques schon. Die hier sind es nicht. Sie sind hohl, aber ihre Geschichte ist sehr …« Risa brach ab, weil Cherelle offensichtlich nicht mehr zuhörte.

»Und die hier?«

»Armreifen.«

»Massiv?«

»Dicke Goldfolie über Eisen. Die Verzierung ist schlicht, aber exzellent ausgeführt.«

Cherelle interessierte sich nicht für irgendwelche Verzierungen. »Und die hier?«, fragte sie und zeigte wieder auf ein Stück.

»Das sind Gewandfibeln. Wie schicke Sicherheitsnadeln, um Kleider zusammenzuhalten«, ergänzte sie hastig. »Zu der Zeit gab's noch keine Reißverschlüsse oder Knöpfe.«

»Diese Broschen sind aus massivem Gold?«

»Die beiden rechts, ja.«

»Sind ziemlich klein, nicht wahr?«

»Sie dienten wahrscheinlich als Votivgabe – eine Art Geschenk für die Götter, damit die Götter den Gebeten zuhörten.«

Cherelle kaute auf ihren Lippen herum und fragte sich, was diese Sachen in der Vitrine wohl wert sein mochten.

Risa beobachte Cherelles Gesichtsausdruck. Die Freundin war in vieler Hinsicht die ideale Testperson. »Worüber denkst du nach?«

Cherelle zuckte mit den Achseln. »Mit dem Zeug hier ist es wie bei einer alten Nutte. Die wesentlichen Teile sind wie bei den jungen, aber schon so abgenutzt, dass das den Preis ziemlich nach unten drückt.«

Risa betrachtete sich den ramponierten Metallbogen, der wahrscheinlich vom Pflug desselben Bauers beschädigt worden war, der den Schatz entdeckt hatte. Die übrigen Gegenstände wiesen Kerben, Beulen, Verbiegungen, Verformungen, Unregelmäßigkeiten und sichtbare Brüche auf, die heutige Augen störten, die an neuen, industriell hergestellten Schmuck gewöhnt waren.

In Risas Augen war allerdings jede Kerbe von unschätzbarem Wert, erzählte sie doch vom Entstehen, Tragen, vom Weiterreichen von einer Generation zur nächsten, vom Vergraben und wieder Ausgraben. Jedes dieser Stücke hatte eine überaus spannende Geschichte. In ihren Tagträumen dachte sie häufig über die Geschichten nach, die diese Schmuckstücke erzählen könnten.

»Wenn man zwischen fünfzehnhundert und dreitausend Jahre alt ist, ist das eben zu sehen«, meinte Risa.

Cherelle drehte ihren Kopf ruckartig zu Risa hinüber. »Was?«

»Fünfzehn bis dreißig Jahrhunderte.«

Cherelle verschluckte vor Überraschung ihr Kaugummi. »Heilige Scheiße.«

Risa lächelte schief. So konnte man es auch ausdrücken. »Tja, eine ziemlich lange Zeit.«

»Ich denke mal, die Sachen sind deshalb mehr wert, oder?«

»Mehr als das Goldgewicht? Das auf jeden Fall.«

»Wie viel mehr?«

»Das hängt von vielen Dingen ab.«

»Zum Beispiel?« Cherelle ließ nicht locker.

»Alter, Seltenheit, künstlerischer Wert und Provenienz – das bedeutet, wo es herstammt und wie gut es dokumentiert ist.«

»Dokumente, was?« Cherelle kaute noch mehr auf den Lippen herum. Das konnte ein verdammt großes Problem werden. »Und für dieses ganze Zeug hier gibt's Papiere?«

»Es ist so: Das meiste wurde irgendwann früher ausgegraben von den Vorfahren der adligen Männer und Frauen, die dann Teile ihres Erbes verkaufen mussten, um den Rest behalten zu können. Andere stammen von Museen, die ihre Bestände bereinigten. Ein paar sind wahrscheinlich von den Findern gestohlen worden, die dem Grundbesitzer nichts davon gesagt haben.« Risa zuckte mit den Achseln. »Aber das ist schon so lange her, dass es heute keine Rolle mehr spielt.«

»Wie lange müsste das sein?«

Risa lächelte. »Mindestens hundert Jahre. Je mehr Jahrhunderte, desto besser die Herkunft und desto höher der Preis.«

Cherelle begann erneut auf den Lippen herumzukauen. Sie konnte nicht hundert Jahre warten. Verdammt, es dauerte vermutlich nicht einmal eine Woche, bis Socks Tim das Gold abgeschwatzt hatte. »Und wer hat dann die Teile gekauft, als sie noch nicht diese ganzen Papiere hatten?«

»Leute, die sie unbedingt haben wollten und gar nicht darauf aus waren, sie in einer Ausstellung zu zeigen. Das heißt, es waren Sammler.«

»Wie dein Chef?«

Risas Mundwinkel verzogen sich nach unten. »Nur über meine Leiche. Alles, was ich ihm zeige, ist legal.«

Ein kleines Lächeln spielte um Cherelles Lippen. »Aber es gibt noch andere Leute, die ihm solche Sachen zeigen, oder?«

Risa zuckte mit den Achseln und sagte nichts.

»Hey, Küken, nun tu mal nicht so. Ich bin deine Kükenmutter, hast du das vergessen? Wir haben in einer Woche mehr Zeugs geklaut, als hier in diese Glaskiste reinpasst.«

»Mm. Und ich hatte die ganze Zeit über solche Angst, dass ich mir fast in die Hose gemacht habe.«

Ein lautes, kräftiges Lachen platzte aus Cherelle heraus und ließ sie fast wieder jung aussehen. »Das war'n noch Zeiten, was? Eine verdammte Hitze, die man fast schneiden konnte, und dann die kalten Getränke aus dem Kühlschrank vom alten Burlington geklaut. Wir sind diese dicke alte Eiche vorm Wagen deiner Tante hochgeklettert und haben uns das Hirn gekühlt mit der eiskalten Cola, und wir sind da oben geblieben, bis es dunkel wurde, und wünschten uns, Jungs zu sein, denn dann hätten wir nicht runterkommen müssen zum Pissen.«

Risa lachte in Erinnerung an diese Erlebnisse. Cherelle hatte recht. Das waren die guten alten Zeiten, als das Leben noch ein langer heißer Sommer war, mit viel Unheil und Gelächter und voller Träume.

»Aber runter mussten wir immer, war es nicht so?«, fragte Cherelle mit einem harten Zug um den Mund. Sie schaute durch die Tapser, die sie auf dem Glas hinterlassen hatte, und seufzte so tief, dass die Oberfläche wieder beschlug. »Also, wie viel ist das alles hier wert? Ein paar Hundert? Tausend?«

»Dollar?«

Cherelle warf ihr einen Blick zu wie früher, wenn sie sagen wollte, *Küken, du bist doch so clever, warum stellst du dich dann so dumm an?*

Risa lächelte. »Viele Tausend.«

Cherelle hielt einen Moment lang den Atem an und ließ dann wieder los. »Vielleicht zwanzig?«

»Eher wie Hunderte.«

Jetzt dauerte es etwas länger, bis Cherelle wieder Luft schöpfen konnte. Doch nach einer Weile gelang es ihr ganz gut. »Ich versteh dich nicht so ganz, Küken.« Sie zeigte auf die Vitrine. »Du meinst, das hier ist hundert*tausende* Dollar wert?«

»So ist es.«

»Wow!«

»Und für ein Stück, das erst in ein paar Tagen bei uns eintrifft, haben wir sogar vierhunderttausend gezahlt.«

»Für ein einziges Stück?«

»Es ist in einem exzellenten Zustand. Äußerst kunstvoll. Sehr alt. Und sehr, wirklich sehr ungewöhnlich. Wir hatten

Glück gehabt, dass wir es vor Gail Silverado gefunden haben.«

»Wer ist das?«

»Sie ist die Besitzerin des *Wildest-Dream*-Casinos. Sie setzt ihren Ehrgeiz hinein, Shane bei allem, was aus Gold und keltisch ist, zu überbieten. Er musste völlig überhöhte Preise zahlen, um zu verhindern, dass sie ihn bei jedem guten Stück überbietet.«

»So was wie vierhunderttausend Dollar?« Cherelle fragte, ohne wirklich auf eine Antwort zu warten. Sie versuchte immer noch zu begreifen, wie viel Geld so ein einziges Stück wert sein konnte.

»Der Preis war allerdings ganz in Ordnung«, sagte Risa. »Vor ein paar Jahren brachte eine einzige keltische Gewandfi…, ich meine Brosche in einer Auktion einen Preis von einer Million Pfund. Das sind in etwa anderthalb Millionen Dollar.«

Cherelle stieß ihren Atem aus. »Herrjemine. Jetzt musst du mich erst mal festhalten.« Sie schloss ihre Augen und kämpfte gegen ein Schwindelgefühl an. »Eine und eine halbe Million Dollar für *eine einzige Brosche*.«

»Das war eine ganz ungewöhnliche Brosche. Die meisten sind noch nicht mal ein Zehntel davon wert. Oder ein Hundertstel.«

»Ein Zehntel.«

»Ja. Etwa hundertfünfzigtausend Dollar. Ein Hundertstel wären fünfzehntausend Dollar.«

Cherelle lehnte sich gegen die Vitrine, weil sie plötzlich das Gefühl hatte, ohne Unterstützung nicht mehr stehen zu können. *Eine zweitklassige oder sogar eine drittklassige Brosche war mehr bares Geld wert, als sie in ihrem ganzen Leben gesehen hatte.*

Und sie hatte den Kofferraum voll mit Zeug, das besser aussah als alles, was sie in Risas eleganten Glaskästen betrachtet hatte.

»Ist alles in Ordnung mit dir?«, fragte Risa, als von der Tür ein Klopfen zu hören war. »Das ist das Mittagessen. Oder es ist dein Drink.«

Cherelle atmete erneut hörbar aus und fing an zu grinsen. »Ich hoffe, das ist der Drink, Küken. Das war ein langes Leben, aber ich sag dir, es war okay, die ganze Scheiße zu fressen, wenn ich nachher den fetten Arsch küssen kann.«

Und Cherelle warf den Kopf zurück und fing an zu lachen. Sie konnte gar nicht mehr damit aufhören. Sie hatte es geschafft. *Sie hatte es endlich geschafft.*

Und sie hatte das große Los gezogen – ein verdammt riesengroßes Los.

18

Las Vegas
2. November
Früher Nachmittag

Shanes Finger flogen über die Tastatur seines Computers, der sich von allen anderen hier unterschied: Niemand im Casino hatte einen so umfassenden Zugriff auf all die verschiedenen Überwachungskameras, die jeden Winkel des Casinos inklusive Lobby, sämtliche öffentlichen Flure und Räume für die Angestellten überwachten.

Normalerweise ließ Shane seine Angestellten das Casino überwachen, aber dieses Mal saß er lieber selbst hier. Er mochte seine Leute nicht bitten, Risa nachzuspionieren. Eigentlich wollte er es selbst nicht.

Während er die Sequenz vom *Gabriel's Horn* aufrief, fiel ihm eine ganze Menge nützlicherer Dinge ein, mit denen er seine Zeit verbringen konnte, statt hier rumzusitzen und zu beobachten, mit wem sich seine Kuratorin zum Mittagessen traf. Wenn sich seine Instinkte nicht so vehement wegen Risas Verhalten während ihres Telefonats gemeldet hätten, würde er sicher etwas viel Produktiveres tun – zum Beispiel eine noch wirkungsvollere Firewall für seinen Computer entwickeln oder die elektronisch geführte Buchhaltung des Casinos überprüfen.

Normalerweise verbrachte er mindestens einen Tag pro Woche damit, den wöchentlichen Ertrag jedes einzelnen Casinobereichs zu überprüfen und mit derselben Woche des Vorjahrs sowie all der Jahre vorher zu vergleichen, bis zum Jahr, in dem das *Golden Fleece* eröffnet wurde. Diese Arbeit war sehr zeitaufwendig und heute auch nicht mehr so interessant für ihn wie in den ersten Jahren. Aber auf diese Weise konnte er Trends für bestimmte Spiele erkennen, ob eher Karten oder Automaten angesagt waren, Sportwetten oder Baccara, ob es neue Betrugsmethoden gab oder neue Spielarten alter Gaunereien und welche Form des Versicherungsbetrugs gerade in Vegas grassierte wie eine Grippewelle. Mit Zahlen zu jonglieren war auch die beste Methode, Betrugsfällen durch Angestellte auf die Spur zu kommen, unehrlichen Croupiers oder dem gelegentlichen dreisten Computer-Hacker.

Der Erfolg des *Golden Fleece* begründete sich wesentlich auf der Fähigkeit von Shane, klare Aussagen und Trends aus den komplexen Zahlen und Daten des Casinos herauszulesen, die bei den meisten Leuten nichts als blankes Unverständnis ausgelöst hätten und Fluchtreaktionen in die nächste Bar. Shane war inzwischen auch fast so weit; aber es nützte nichts, die Arbeit musste getan werden.

Demnächst.

Nein. *Bald.*

Ohne es zu merken, entschlüpfte Shane ein Seufzer bei dem Entschluss, die elektronische Buchhaltung Stück für Stück auseinanderzunehmen und zu prüfen, sobald die Druidengold-Ausstellung endlich eröffnet war. Wenigstens hatte er in der vergangenen Woche eine neue Firewall installiert. Sicher zwei Monate zu spät. Gut war, dass keine Daten darauf hindeuteten, dass vom *Golden Fleece* aufgrund eines Trojaners Geld abfloss. Trotzdem sollte Shane eine neue Firewall entwerfen, und zwar sofort.

Wo zum Teufel war nur die Zeit geblieben?

Da gab es nichts zu überlegen: Seine Arbeitsstunden und all die übrige Zeit, in der er nicht schlief, war zum überwiegenden Teil auf die eine oder andere Weise – ob aktiv oder sich nur darum sorgend – in die bevorstehende Druidengold-Ausstellung geflossen. Und in seine Kuratorin, die ihn gleichermaßen faszinierte wie ärgerte. Das bisschen, was ihm an Zeit und Energie noch blieb, brauchte er für die unzähligen kleinen dringlichen geschäftlichen Entscheidungen, die er treffen musste – alle die, die nicht in den Managementhandbüchern vorkamen. Solche Entscheidungen, die ein Mitarbeiter an den nächsten nach oben weiterreichte, bis sie bei ihm landeten, ständig und Tag für Tag.

Er musste lernen, mehr zu delegieren.

Und das würde er auch tun.

Irgendwann.

Einer der vierzig Flachbildschirme, die wie eine flimmernde Tapete mit Bildern in Echtzeit an der Südseite seines Büros hingen, flackerte und lieferte dann ein ruhiges, gestochen scharfes Bild. Die Zeit- und Datumsangabe am unteren Rand blinkte monoton, ein Zeichen, dass es sich nicht um eine Liveaufnahme handelte. Auch gab es keinen Ton.

Gabriel's Horn sah genauso aus wie immer, ob es nun Tag war oder Nacht, Feiertag oder Werktag. Einige der Barhocker waren besetzt mit Männern und einer Frau in schicker Freizeitkleidung. Die Männer verfolgten die diversen Sportkanäle, die auf den sechs Fernsehschirmen in der Bar liefen. Die gut gekleidete Frau jauchzte und schrie immer dann, wenn es der Mann zwei Stühle weiter auch tat. Bei jeder Bewegung glitzerte seine goldene Halskette mit Anhänger – eine schwere, mit Diamanten umgebene Münze – vor dem glänzenden schwarzen Hemd. Das Ganze hätte noch mehr Eindruck gemacht, wäre da nicht das zu enge Hemd gewesen, das über seinem haarigen Bauch spannte.

An der Bar saßen auch ein paar passionierte Pokerspieler, die sich mit Video-Poker beschäftigten. An den Tischen saßen sechs Paare, die rauchten oder an ihren Getränken nippten, dem Geschehen auf den Bildschirmen folgten oder auf den gratis angebotenen Knabbereien herumkauten. Einige schafften es sogar, alles gleichzeitig zu tun. Eine Keno-Spielerin in langen schwarzen Strüpfen und einem knielangen

Kleid lief durch die Bar, auf der Suche nach herumliegenden Wettkarten, die von Wettern ausgefüllt worden waren, die sich mit ihren Chancen nicht auskannten oder denen das egal war.

Eine Frau in bemalten Jeans und einem engen roten Pullover schlenderte in die Bar und setzte sich. Sie lächelte und warf den Kopf mit den blonden Haaren zurück, um dem Barkeeper zu signalisieren, dass sie nichts bestellen wollte. Ihr Make-up war genauso vulgär wie ihre Kleidung. Die Frau musste keine Hure sein, aber sie sah so aus. Aber es gab eine Menge von Partygirls und anderen Frauen, die sich in so einem Stil kleideten – und sogar einige sonst durchaus kluge Frauen, die dachten, Männer würden samt und sonders mit dem Schwanz denken. Das machte es für die Sicherheitsleute des Casinos so spannend, denn sie wurden auch dafür bezahlt, Prostituierte von den Bars fernzuhalten.

Die Männer an der Bar musterten die Blonde eingehend. Sie ignorierte das und ging zu einem Barhocker, der etwas abseits von den übrigen Gästen stand. Als der Barkeeper zu ihr kam, machte sie eine verneinende Geste.

Shane lehnte sich in seinem Stuhl zurück und wartete auf Risas Auftauchen. Der Barkeeper versuchte erneut, der Blonden einen Drink zu verkaufen. Ein breites Lächeln war alles, was er erntete. Die Frau wandte der Bar den Rücken und beobachtete das Geschehen im Casino und in der Lobby.

Mit ein paar Klicks spulte Shane den Film schnell vorwärts. Auf einmal glitt die Blonde mit einem Lächeln von ihrem Barhocker herunter und breitete ihre Arme aus.

Es war Risa, die sie so freudig begrüßte.

Shanes Finger betätigten schnell die Pausenfunktion. Die beiden Frauen waren nur eine Minute oder zwei auf dem Bildschirm, dann verließen sie untergehakt die Bar und schickten sich an, die Lobby zu durchqueren.

Seine Finger tanzten über die Tastatur und riefen die gespeicherten Daten verschiedener Kameras ab. Er beobachtete, wie Risa und die Blonde durch eine der Personaltüren traten, einen der Sicherheitsaufzüge benutzten und in Risas Büro gingen. Dann rief er die Daten der Kameras ab, die in ihrem Büro über den wertvollen Goldobjekten schwebten.

Diese Aufnahmen waren mit Ton. Das war Teil des Sicherheitssystems, das jeden überwachte, der mit dem Gold zu tun hatte.

Shane lehnte sich wieder zurück und beobachtete genau, was passierte.

Und er hörte genau zu.

Dann schaltete er den Ton wieder ab und ließ die Sequenz noch einmal laufen. Und noch einmal. Und noch ein drittes Mal. Ohne störendes Gespräch konnte er sich ganz auf die Mimik von Risas Gesicht konzentrieren, die ständig wechselte, wie von Blitzschlägen durchzuckt, und die er mit einer kleinen Bewegung seines Fingers einfrieren lassen konnte.

Lange war das einzige Geräusch in Shanes Büro ein gelegentliches Klick, wenn Gold an Gold schlug, während er seinen Stift über seine Hand wandern ließ, vor und zurück und hin und her, und er seine Kuratorin beobachtete und die Frau, die sie Cherelle nannte.

Der Unterschied zwischen den beiden war so offensichtlich, dass all seine Instinkte Alarm schlugen. Cherelle sah aus, als arbeitete sie im horizontalen Gewerbe. Risa dagegen sah aus wie eine Angestellte, die alles tat, um ihre weiblichen Reize zu verbergen.

Und trotzdem …

Wenn die beiden miteinander lachten, konnte er die Kinder erkennen, die sie einmal waren, und das enge Band zwischen ihnen, das all die Jahre überdauert hatte. Jedenfalls, was Risa betraf. In ihren Augen war nichts von der Berechnung und um ihren Mund nichts von der Bitterkeit zu sehen, die an der Frau, die sich Cherelle nannte, hervortraten, sobald Risa woanders hinschaute.

Entschlossen steckte Shane den Stift zurück in seine Tasche

und ging an die Arbeit. Zunächst machte er Kopien von den fünf deutlichsten Aufnahmen von Cherelle und sandte sie, zusammen mit möglichen Schreibweisen ihres Namens, an seine Sicherheitschefin. Cherelle wurde dadurch im Computer des Sicherheitssystems gespeichert und sofort herausgegriffen, sobald sie sich in Reichweite einer der Kameras befand. Das war nur eine der verschiedenen Arten, mit denen sich das Casino gegen Betrüger, Falschspieler und aktenkundige Kriminelle schützte.

Dann rief er *Rarities Unlimited* an, wobei er eine von Nialls Privatnummern nutzte.

»Was haben Sie auf dem Herzen, mein Freund?«, fragte Niall sofort.

»Ich bitte um die vollständige Aufklärung über zwei Personen. Ich habe die entsprechenden digitalen Sequenzen bereits auf Ihrem Sicherheitscomputer abgelegt.«

»Zum Teufel! Sie haben sich schon wieder reingehackt!«

Shane schnaubte ungeduldig. »Wenn ich das gemacht hätte, würde ich Sie wohl kaum fragen, oder? Ich habe mir nur Zutritt zu der Datei verschafft, in der Sie alles über mich gespeichert haben, und die Daten reingepackt.«

»Sie haben Zugriff zu ... verdammt. Sie sind eine echte Landplage. Bloß gut, dass Sie auf der Seite der Guten sind.«

»Stimmt, aber sagen Sie's nicht weiter. Ich kriege viel mehr mit, wenn die Leute denken, ich hätte Dreck am Stecken.«

Niall ließ ein boshaftes Lachen hören und rief Shanes Datei auf. Das Bild einer Frau erschien auf seinem Bildschirm. »Na, das ist ja eine Nummer! Name?«

»Cherelle. Kein Nachname. Schreibweise des Vornamens unklar.«

»Perfekt. Was hat sie – verdammt, da ist ja Risa neben ihr!«

Shane brummte zustimmend.

»Sie bitten mich um eine umfassende Recherche über Risa Sheridan?«, fragte Niall in neutralem Ton.

»Haben Sie was dagegen?«

»Ich – zur Hölle, wir leiden doch beide unter Verfolgungswahn.«

»Mein Vater ist Sebastian Merit, dieses Schwein. Welche Entschuldigung haben Sie?«

»Erfahrung. Sogar ...«

»... Paranoiker haben echte Feinde«, ergänzte Shane in verächtlichem Ton. »Der Witz ist älter als Sie, also älter als das Lebensalter von zwei ...«

Das Geräusch aus der Leitung verriet ihm, dass er mit sich alleine sprach. Er legte auf und kehrte zu der Sequenz in der Bar vor Risas Ankunft zurück. Irgendetwas störte ihn.

Dieses Mal richtete er seine Aufmerksamkeit nicht auf Cherelle. Er beobachtete die andere Frau an der Bar. Jetzt bemerkte er das Signal des Barkeepers. Unmittelbar darauf erhob sich die gut gekleidete Frau und ging zu einem Spielautomaten, der in der Nähe stand. Etwa zehn Sekunden später machte einer der zivil gekleideten Sicherheitsleute des Casinos seinen Kontrollgang durch die Bar. Sobald er verschwunden war, kehrte die Frau an die Theke zurück und setzte sich direkt neben den Mann mit dem dicken Bauch und der Goldkette. Sie bestellte einen Drink und bezahlte mit einem Zwanziger.

Der Barkeeper brachte ihr einen Softdrink, aber kein Wechselgeld.

Sie fragte auch nicht danach.

Shane drückte auf seinem Telefon die Ruftaste für den Leiter des Sicherheitsdienstes dieser Acht-Stunden-Schicht. Der Anruf wurde sofort beantwortet.

»Hier ist Ned, was kann ich für Sie tun, Sir?«

»Überprüfen Sie bitte die Überwachungskameras des *Gabriel's Horn* für die letzte Stunde. Wenn Sie sehen, was Sie meines Erachtens sehen müssten, dann setzen Sie den Barkeeper vor die Tür und die Nutte gleich mit ihm.«

»Ich kümmere mich sofort darum, Sir.«

Als Shane auflegte, klingelte sein zweites Telefon. Die

Nummer zeigte an, dass es sein Casinomanager von der Tagesschicht war.

»Was ist denn nun schon wieder«, knurrte Shane. »Kann hier keiner alleine niesen, ohne mich gleich zu Hilfe zu rufen?« Er schnappte sich den Hörer. »Tannahill?«

»Gut, dass Sie da sind, Sir. Bob Fairweather hat sein Limit erreicht. Sind Sie bereit, seine Kreditlinie zu erhöhen?«

»Nein.« Fairweather war Gail Silverados Geschäftsführer. Im Gegensatz zu den meisten Managern war er ein Spieler. Und wie die meisten Spieler wollte er nicht zugeben, dass er eine Pechsträhne hatte, bevor nicht all sein Geld verloren war. »Setzen Sie ihm zum Ausgleich ein nettes Essen in der VIP-Lounge vor und sehen Sie zu, dass er nüchtern ist, wenn er das *Golden Fleece* verlässt.«

»Er trinkt keinen Alkohol.«

Shane grunzte. Fairweather trank sonst immer. Aber er spielte sonst auch immer nur *nach* seiner Schicht im *Wildest Dream,* nie vorher. Er musste von seinem Glück überzeugt gewesen sein.

Aber er hatte kein Glück.

»Noch etwas?«, fragte Shane.

»Nein, Sir.«

Shane legte auf, lehnte sich in seinen Stuhl zurück und nahm den Stift heraus. Er blickte auf das auf einem der Bildschirme fixierte Bild von Risa und Cherelle, auf dem sich die beiden umarmten. Das einzige Geräusch im Raum war das rhythmische, unablässige Klicken von Gold gegen Gold.

Irgendetwas passte nicht zusammen, was bedeutete, dass etwas faul war. Oberfaul. Es war die Art von Eingebung, die Shane nicht mochte, aber auch nicht ignorieren konnte.

Und wenn hier etwas faul war, steckte Risa mittendrin.

19

Las Vegas
2. November
Früher Nachmittag

Socks ließ sein neonlila »Baby«, wie er sein Auto nannte, auf einem Parkplatz vor einer Hamburgerbude stehen, die zwei Blocks von Joey Clines Pfandhaus entfernt war. Den Rucksack über die Schulter geworfen und in Baggy Pants, die fast bis zu seinen Knöcheln hingen, schlenderte Socks an Läden vorbei, deren Fenster ungefähr genauso sauber waren wie die Rinnsteine vor den Häusern.

Eine zusammengeknüllte Zigarettenpackung wurde vom harten, trockenen Wind den mit Rissen überzogenen Bürgersteig entlanggeweht. Der wolkenlose Himmel nahm einen messingfarbenen Schimmer an, der in Los Angeles ein Zeichen für Smog gewesen wäre, in Las Vegas aber einfach Staub war. Socks nahm von alledem keine Notiz. Er hatte das alles schon zu oft gesehen. Er war vier Blocks von Joeys Pfandhaus entfernt aufgewachsen. Seit jener Zeit hatte sich hier nichts verändert, mit Ausnahme der Anzahl der Risse im Bürgersteig.

In den Auslagen des Pfandhauses hatte sich seit seinem letzten Besuch bei Joey nicht viel getan. Hinter den staubigen Scheiben und eisernen Gittern lagen Gitarren, Verstärker, indianischer Schmuck, Gewehre, Fernsehgeräte, Videorecorder, DVDs, verdreckte Pistolen und eine Geige mit drei Saiten, die darauf wartete, jemand glücklich zu machen. Socks warf einen Blick auf die verpfändeten Pistolen, aber sie waren alle kleinkalibrig. Er wollte keine Weiberpistole haben. Er suchte etwas, das sich ein Mann gerne in seine Hosen steckte.

Eine freundliche kleine Glocke erklang, als er die Ladentür des Pfandhauses öffnete. Aus Erfahrung wusste er, dass im Hinterzimmer eine viel weniger freundliche Glocke losschlug und eine Videokamera im vorderen Teil des Ladens den Betrieb aufnahm, um sicherzustellen, dass sich hier keiner selbst bediente, bevor Joey aus dem Hinterzimmer kommen und den Kunden begrüßen konnte.

Der vordere Teil des Ladens war sauber, aber sonst wie das Schaufenster zum Bürgersteig: eng, schäbig und wenig einladend. Das Licht war schlecht, die Ladentische sahen alt aus, die Glasdeckel waren zum größten Teil angeschlagen oder hatten Sprünge oder beides, und die Sachen in den Vitrinen entsprachen genau solchen Pfandstücken, die ein Polizist von Verlierertypen erwarten würde, deren Glück sich in Verzweiflung verwandelt hatte.

Socks ging zur linken Seite des Ladens, wo ihn die Kamera, wie er wusste, nicht erfasste. Er lehnte sich über einen verschrammten hölzernen Ladentisch und drückte auf einen Knopf, was zweierlei bewirkte: Die Kamera wurde angehalten und ein Paneel, nicht breiter als Socks Hintern, wurde am Ende des Ladentischs geöffnet. Socks schlüpfte durch, noch ehe sich das Paneel wieder schloss.

»Hallo, Joey, ich bin's, Socks!«, rief er.

Von hinten war ein Geräusch zu hören.

Socks betrachtete es als die Einladung, die es wohl auch bedeutete. Er öffnete die Tür eines mannshohen Schrankes, der Pistolen und Gewehre enthielt, die so vergammelt aussahen, dass sie entweder blockiert hätten oder explodiert wären, wenn jemand dumm genug gewesen wäre, sie zu laden und damit zu schießen. Dann griff er zwischen zwei alten Schäften hindurch und drückte mit der Hand nach hinten. Ein verborgener Riegel an der Rückseite des Schranks schnappte auf, die Rückwand schwang auf die Seite und

Socks trat in das eigentliche Geschäftszimmer von Joey Clines Pfandhaus.

Die Waffen hier waren sauber, modern und großkalibrig. Die besten von ihnen waren clean – also von keinem Polizisten zu verfolgen, angefangen von der Stadtpolizei bis hinauf zum FBI. Neben einem Schaukasten voller glänzender Waffen stand ein kugelsicherer Vitrinentisch, dessen kostbarer Inhalt Tiffany's zum Ruhm gereicht hätte. Schon so mancher Mann mit zweifelhafter Vergangenheit hatte entdecken müssen, wie wenig Geld geraubter Schmuck bei Joey Cline einbrachte. Allerdings bezahlte Joey bar auf die Hand und behielt alles, was in diesem Raum vor sich ging, für sich; nicht mal seiner Frau erzählte er irgendetwas.

Angetan mit einem dunklen, ölverschmierten Jeanshemd und ebensolchen Hosen, tauchte Joey hinter einer Werkbank auf, die mit verschiedenen Schmiermitteln, Lappen und mit Werkzeug bedeckt war, das Büchsenmacher verwendeten. Joeys große Liebe galt dem Verbessern von Waffen, bis sie so gut geölt und willig waren wie eine liebestolle Frau.

»Hey, Cesar, hast dich lange nicht mehr blicken lassen«, sagte Joey, schob seine Kopflupe hoch auf die Stirn und grinste so breit, dass sich große Falten auf beiden Seiten seines buschigen Schnurrbarts bildeten. »Hast du was für mich?«

Socks zuckte zusammen. Er hasste seinen Taufnamen. Alle riefen ihn bei seinem Spitznamen, außer denen, die ihn schon seit Urzeiten kannten. Zu denen gehörte auch Joey. Er und sein Vater und sein Großvater hatten über Jahrzehnte für Socks' Familie Hehlerei betrieben. Und sie ebenso lange übers Ohr gehauen, aber so war das eben in diesem Teil der Stadt. Wer keine Gelegenheit hatte, Fremde zu bestehlen, musste eben Freunde bestehlen. Und wenn es hart auf hart kam, bestahl man auch Verwandte.

»Ja, ich hab da was«, sagte Socks. »Wenn du mir ein gutes Angebot machst, trag ich es nicht zu Shapiro rüber.«

Joey zuckte mit den Achseln und wischte seine Hände an einem alten Lappen ab, der so schwarz war wie seine Haare. »Ich geb dir so viel, wie ich irgend kann, um selber noch ein bisschen was dran zu verdienen. Das weißt du.«

»Mm.« Socks wusste jedenfalls, dass Joey ihm so wenig zahlte wie irgend möglich. Das war nicht persönlich zu nehmen. So war das Geschäft eben.

Aber Joey wusste ebenfalls, wie der Hase lief. Dämliche Gauner wie Socks brachten den größten Teil des Gewinns seines Pfandhausgeschäfts. Aber diese Strolche kamen immer wieder, weil sie dann doch schlau genug waren, um nicht im Knast landen zu wollen. Joey hatte noch keinen verpfiffen. Na ja, vielleicht einmal oder zweimal, aber nur, um nicht selbst ins Gefängnis zu müssen. Das war nicht persönlich zu nehmen. So war das Geschäft eben.

Socks warf seinen Rucksack ab und griff hinein. Das Erste, was er herausholte, war eins der Figürchen. Es sah aus wie ein Bock mit einem hübschen Geweih. Die Verzierungen auf dem Körper waren so winzig, dass Socks ganz schwindlig wurde, wenn er versuchte, daraus schlau zu werden. Also schaute er gar nicht mehr so genau hin.

Er hielt das Figürchen etwa dreißig Zentmeter über Joeys ölverschmierter Handfläche und ließ es dann los. »Was hältst du davon?«

Joey grunzte vor Überraschung, als das Figürchen schwer in seine Hand plumpste. Er wusste sofort, dass es sich entweder um Blei oder um Gold handelte. Nichts anderes war bei so geringer Größe so schwer und fühlte sich bei der Berührung so sanft an. Sein Herz schlug schneller. Er zog die Kopflupe vor die Augen und drehte das Figürchen in den Händen, um irgendein Anzeichen dafür zu finden, dass es bloß vergoldet war.

Auch unter der Lupe waren die eingravierten Muster so fein, dass er das Gefühl hatte, als ob seine Augen sich beim Versuch, sie genau zu betrachten, zu schielen anfingen.

Er wiederholte seine genaue Untersuchung. Ganz langsam. Es war, wie wenn er einen dieser fraktalen Bildschirmschoner betrachtete, die sein Neffe so liebte, mit einem Muster, das sich in immer kleinerer und noch kleinerer Form wiederholte, aber nie zu Ende ging und niemals still stand und doch immer dasselbe Muster blieb. Das auch keinen Beginn hatte. Nur …

Joey schluckte und schloss die Augen, damit das Gewimmel im Kopf aufhörte. Dieses Figürchen war schlicht und einfach Hexerei. Aber es gab keine Anzeichen für eine Goldauflage, wo man an abgegriffenen Stellen einen Kern aus unedlem Metall darunter hätte erkennen können. Auch sah er keine Pickel und kleine Vertiefungen, die bei schlecht gemachten Vergoldungen im Verlauf der Zeit oft zum Vorschein traten, wenn sie sich abnützten.

»Da hat also einer eine Bleifigur mit niedrig legiertem Gold überzogen«, sagte Joey schließlich. »Ziemlicher Schwindel, das.«

Aber er wollte Socks das Figürchen nicht zurückgeben.

»Erzähl das doch von mir aus deiner verdammten Großmutter«, sagte Socks. »Das ist massives Gold.«

»Woher willst du das wissen?«

»Ich weiß es eben.«

»Du weißt es eben. Hm. Hm. Kannst du mir mal verraten, seit wann du so ein großer Goldexperte geworden bist?«

Socks hatte auf so etwas gewartet. Das gehörte zum Handel dazu. Und weil er immerhin so schlau war zu wissen, dass Joey viel schlauer war als er, hatte sich Socks seine Argumente bereits im Voraus zurechtgelegt. Er würde sich nicht mit ein paar hundert Dollar für all das Gold und einem freundlichen Klaps auf die Schulter zufriedengeben.

»Wenn du echtes Gold nicht erkennst, ist das dein Problem. Gib's mir wieder zurück. Shapiro kann echtes Gold erkennen, wenn er es sieht.«

Joeys Finger schlossen sich über dem Figürchen. Shapiro

war ein paar kurze Schritte aus der Gosse herausgekommen. Joey verkaufte ihm oft wirklich wertvolles Zeug mit einem kräftigen Aufschlag weiter. Shapiro wiederum verkaufte es an Nance oder Cochran oder sogar an Smith-White, der es nach New York oder Dallas oder L. A. verkaufte, wo es dann in einem der schicken Läden zu einem Zehnfachen oder Hundertfachen dessen im Schaufenster lag, was der Dieb ursprünglich bekommen hatte.

»Jetzt hab dich nicht so«, sagte Joey. »Sag mir lieber, wie viel du meinst, dass Shapiro dir bezahlt, und ich nicht.«

Zufriedenheit breitete sich auf Socks finsterem Gesicht aus und verwandelte es in eine herzlich lächelnde Miene, die seine gelegentlichen Ausbrüche von brutaler Gewalt kaum vorstellbar machte. »Oh, ich glaube, er wird dafür einen Riesen hinlegen.«

»Tausend Dollar für dieses Stück?« Joey hustete. »Mann, du rauchst zu viel Crack.«

»Einen Riesen«, wiederholte Socks.

»›Einen Riesen‹, sagt er«, höhnte Joey. »Du kannst mich mal. Ich geb dir dreihundert, aber nur, weil wir alte Freunde sind.«

Das war dreimal so viel, wie Socks erwartet hatte, aber er hatte bereits nach dem Figürchen gegriffen und konnte die Hand jetzt nicht einfach wieder zurückziehen.

Joey hatte kein solches Problem. Er riss das Figürchen aus der Reichweite seines Gegenübers. »Okay, okay, vierhundert.«

Socks war von dem Betrag so überrascht, dass er kein Wort herausbekam.

»Was sagst du dazu?«, fragte Joey.

Stille breitete sich aus, während der Socks bemüht war, sich an den Gedanken zu gewöhnen, vierhundert Dollar für diesen Mist zu kriegen. Vielleicht hatte Tims Zicke doch mehr Ahnung, als er dachte.

»Mann, du ruinierst mich total«, sagte Joey. »Sechshundert, und keinen einzigen verdammten Cent mehr, und nur, weil wir uns schon so lange kennen, hast du mich verstanden, Cesar?«

Socks nickte.

Das Figürchen verschwand in Joeys Tasche. »Gibt's noch mehr davon, oder war's das?«

Socks wollte gerade erklären, dass er über das ganze Gold gesprochen hatte, nicht nur über das eine Stück. Bevor er so dumm sein konnte, machte er den Mund wieder zu und holte ein zweites Figürchen aus dem Rucksack. Dann eine Brosche. Und danach die Armspange.

»Das da ist doppelt so viel wert wie alle anderen Teile«, sagte Socks, der sich daran erinnerte, was Tim zu ihm gesagt hatte.

Joey wollte widersprechen, aber sein Mund war wie ausgetrocknet. Er kannte sich mit antikem Schmuck gut genug aus, um zu wissen, dass die reich verzierte goldene Armspange ein Vermögen einbringen konnte, wenn man Zugang zum richtigen Markt hatte. Er hatte ihn nicht. Smith-White würde sich gar nicht erst die Mühe machen, seine Anrufe zu beantworten. Auch bei Cochran klopfte er meistens vergebens an.

Aber Shapiro könnte es gelingen, zu Cochran durchzudringen.

Vor Joeys Augen tauchte wie ein Traumgebilde die ersehnte Südseekreuzfahrt auf, mit der seine Frau ihn immer nervte. »Zweieinhalb Riesen für alles zusammen.«

Das war mehr Bargeld, als Socks in seinem ganzen Leben auf einmal in der Hand gehalten hatte. Läden auszurauben war ein Geschäft, bei dem man von der Hand in den Mund lebte. Meistens war er zufrieden, wenn er hundert Dollar bekam plus all die Schnapsflaschen, die er nach dem Einbruch heimschleppen konnte.

Zweitausendfünfhundert Dollar.

Und da, wo das herkam, gab es noch viel mehr Gold.

»Ich brauche eine Knarre, die nicht heiß ist«, sagte Socks. »Eine Fünfundvierziger.«

»Hab im Moment nur eine Neun-Millimeter. Frag mich noch mal in ein paar Wochen.«

»Und die Neuner ist kalt?«

Joey nickte.

»Garantiert?« Socks ließ nicht locker.

»Verdammt noch mal, ja. Denkst du vielleicht, ich bin so blöd, jemand übers Ohr zu hauen, der andere umlegt?«

»Ich bringe keine Leute um. Ich raube sie nur aus.«

»Ich hab nicht über dich gesprochen.«

»Ah. Wie viel also?«

»Tausend.«

»Was? Denkst du vielleicht, die Knarre ist aus Gold?«

»Gold würde schmelzen, wenn du es für einen Pistolenlauf nimmst«, erklärte Joey ungeduldig. »Schau, nur für dich und nur heute, ich lege noch einen Schalldämpfer dazu und gebe dir die Knarre für fünfhundert. Damit hast du am Ende noch zwei Riesen in der Tasche. Abgemacht?«

Rechnen war eines der vielen Fächer, wegen denen Socks von der Schule geflogen war. Aber die Zahl hörte sich ungefähr richtig an. Das Beste war, dass er die Pistole dazubekam. Mit der konnte er noch viel mehr Geld kriegen.

»Abgemacht.«

20

Las Vegas
2. November
Früher Nachmittag

Cherelle leckte genüsslich die Reste des Krabbencocktails von ihrer Gabel, wischte mit dem letzten Bissen ihres dritten Brötchens den Steaksaft vom Teller, leerte das Glas mit dem zweiten doppelten Cosmopolitan und seufzte glücklich. »Das war mal ein leckeres Essen! Und auch noch umsonst! Wie ist es möglich, dass du hier arbeitest und nicht zweihundert Pfund wiegst?«

Risa lächelte. Ihrer Freundin zuzusehen, wie sie sich an ihrem Mittagessen satt aß – und die Hälfte von Risas Essen dazu –, hatte ihr ein gutes Gefühl gegeben; als ob sie Cherelle damit einen Teil der Unterstützung zurückzahlte, die sie Risa hatte angedeihen lassen, als sie beide noch viel jünger waren.

»Meistens habe ich zu viel zu tun, um Zeit für ein Mittagessen zu haben«, sagte Risa. »Sonst wäre mein Hintern auch so fett wie bei einem Schwein.«

»Ha«, Cherelle streckte sich behaglich, die Arme hoch über den Kopf gereckt. »Eher wie bei einer Kuh, denk ich mal.«

Risa lachte, aber das Lachen blieb ihr im Halse stecken, als sie die aufgerissenen Säume unter Cherelles Armen sah. Das rundete das Bild einer Frau am Rande der Armut ab, das ihr Cherelles abgetragene Jeans und Schuhe und ihr offensichtlicher Hunger vermittelt hatten. Motels, sogar die schlechtesten, waren in Las Vegas nicht gerade billig.

Der Gedanke, dass Cherelle in ihrem Auto schlafen oder

sich in einer Bar einen Mann aufgabeln musste, um ein Bett für die Nacht zu haben, machte Risa wütend und weckte Schuldgefühle in ihr. Sicherlich würde es nicht das erste Mal sein, dass Cherelle sich an einen Mann verkaufte für eine Unterkunft.

Aber es war das erste Mal, dass Risa etwas für Cherelle tun konnte.

»Hey, ich habe eine großartige Idee«, sagte sie. »Ich muss jetzt sofort wieder an die Arbeit gehen und habe in der nächsten Zeit auch keinen Urlaub. Aber warum sollten wir uns nicht abends sehen und uns miteinander vergnügen? Einer der Vorteile meines Jobs hier ist ein Apartment im Haus, sogar mit Zimmerservice. Ich kann beim Empfang anrufen und bitten, für dich einen Schlüssel für mein Casinoapartment zu hinterlegen. Du holst deine Sachen, gehst rauf und legst dich in die große Badewanne, bestellst Essen beim Zimmerservice, wenn du Hunger hast, und noch einen Drink von der Bar, was immer du magst. Du kannst das Schlafzimmer auf der linken Seite haben und dich dort wohlfühlen, als wär's dein eigenes Hotelzimmer.«

Cherelle war sich nach den beiden hinuntergeschütteten kräftigen Drinks nicht sicher, ob sie sich vielleicht verhört hatte.

»Meinst du das im Ernst?«

»Aber klar! Ich kann jetzt sofort beim Empfang anrufen. Sie werden für dich einen Codeschlüssel programmieren, den du benutzen kannst.«

»Also gut, mach nur, Mädchen! Ich seh mich schon in der dampfenden Badewanne sitzen. Ach, und hast du was dagegen, wenn ich mir von dir ein paar Sachen zum Anziehen ausleihe?«

»Kein Problem. Es passt dir vielleicht sogar. Hab ein bisschen abgenommen.«

»Das hab ich gleich gemerkt. Warum versuchst du bloß, das loszuwerden ...« Cherelle schüttelte den Kopf. »Küken, weißt du nicht, dass Männer es sehr mögen, wenn Frauen was zu bieten haben, zwei ordentliche Hände voll?«

Risa schüttelte den Kopf und sagte: »Hast du irgendeinen Ausweis dabei, oder soll ich mit runtergehen?«

»Führerschein.«

»Perfekt. Mein Chef ist ein Sicherheitsfanatiker.«

Risa holte das Telefon raus, rief beim Empfang an und gab ihre Anweisungen.

Lächelnd fuhr Cherelle mit einem Finger rund um ihren Steakteller und wartete auf den Schlüssel zum märchenhaften Königreich.

21

Las Vegas
5. November
Morgens

Das Telefon auf Shanes Schreibtisch klingelte. Er ignorierte es und blickte weiter stirnrunzelnd auf den Bildschirm seines Computers. Wenn man die ganzen Auszahlungen der Spielautomaten des *Golden Fleece* berücksichtigte, hatten sie eine überraschend hohe Gewinnspanne erzielt. Die meisten Automaten brachten pro Tag zwischen einhundert und einhundertfünfundzwanzig Dollar. Das war nicht viel, doch wenn man viertausend Spielautomaten besaß, addierte es sich zu einer netten Summe. Doch wenn die Zahlen, die er vor sich hatte, korrekt waren, belief sich der Ertrag aus den Automaten auf achtzehn Dollar mehr pro Tag, und einen Grund konnte er dafür nicht finden.

Abweichungen waren durchaus üblich; dabei handelte es sich aber nur um ein paar Prozentpunkte über oder unter dem Durchschnitt. Meist darunter, denn durch Betrügereien ging eher Geld verloren als dazukam. Aber in diesem Fall gab es einen konstanten Überhang von mehr als zehn Prozent.

»Entschuldigung«, sagte Susan Chatsworth und streckte ihren Kopf durch die Tür. »Mr Smith White besteht darauf, mit Ihnen persönlich und privat zu sprechen.«

Ärger über die Störung rang bei Shane mit Neugier. Die Neugier behielt die Oberhand. Smith-White besaß eine ganze Reihe teurer Geschäfte für Innenausstattung, wo alte Kunstgegenstände und echte Antiquitäten an wohlhabende

Kunden verkauft und mithilfe von Innenarchitekten auch ihre Häuser herausgeputzt wurden. Da Shane im Augenblick kein Umbauprojekt hatte, konnte es nur einen Grund geben, warum Smith-White ihn unbedingt privat sprechen wollte.

Goldobjekte.

Shane griff nach dem Hörer. »Guten Morgen, Jason. Was gibt es Neues?«

»Soviel ich weiß, sind Sie immer noch auf der Suche nach herausragenden keltischen Kunstobjekten. Gold.«

»So ist es. Deshalb rufen Sie mich doch an.«

Smith-White ließ das kurzatmige, raue Gelächter des starken Rauchers hören. »Ich habe hier vier Stücke, die Sie sich ansehen sollten.«

Shane lehnte sich in seinen schwarzen Ledersessel zurück. »Wie alt?«

»Schwer zu sagen. Gold sieht man das Alter nicht an. Aber ich schätze, sie stammen aus einem Hort. Einem Druidenhort.«

Shane spürte, wie Erregung in ihm aufstieg. Antiquitäten bekam man normalerweise mit vollständigen Dokumenten, in denen die Objekte genau beschrieben wurden, vor allem ihre Herkunft. Offensichtlich war das bei den vier Stücken, die Smith-White ihm anbot, nicht so.

»Druiden? Wie kommen Sie darauf?«, fragte Shane.

»Wenn Sie die Stücke sehen, wissen Sie, warum ich das sage. Sie sind sehr ungewöhnlich. Nur hohe Priester oder Könige hätten so etwas besessen.«

»Klingt teuer.«

»Wie alles, was von höchster Qualität ist. Die Stücke sind absolut Museumsqualität, daher habe ich an Sie gedacht.«

Und an seinen Verdienst, dachte Shane trocken, während er einen Blick auf die Uhr warf. Etwas zu früh fürs Mittagessen und zu spät für ein zweites Frühstück. »Wie schnell können Sie die Stücke herbringen?«

»In einer Stunde, vielleicht auch ein bisschen später. Kommt darauf an, wie lange mein Termin um zehn dauert.«

»Sagen Sie dem Empfang Bescheid, wenn Sie da sind. Ein Wächter wird Sie abholen und hochbringen.«

Shane legte auf und drückte die Taste für Susan. »Veranlassen Sie, dass jemand Smith-White irgendwann nach halb elf am Empfang abholt.« Er zögerte und zuckte im Geiste mit den Achseln. Zwar hatte er *Rarities* angerufen und ihnen die Information von Cherelles Führerschein gegeben, aber Niall hatte noch nicht zurückgerufen. »Gibt's was Neues von der Faulkner?«

»Sie hat vor einer Stunde das Haus verlassen. Sie ist noch nicht zurück.«

»Ihre Koffer?«

»Sind noch hier.«

»Wie hoch ist die Rechnung bis jetzt?«

»Siebentausendsiebenhundert und ein bisschen was.«

Shane pfiff überrascht. »Wie kann jemand so viel Hummer und Kaviar essen?«

»Hat sie nicht. Sie entdeckte den Friseursalon und die Boutique.«

»Buchen Sie das auf das Freihaltekonto«, sagte Shane und meinte damit das Konto, auf dem die Kosten für Gratisleistungen aufliefen, die Gäste erhielten, die wenigstens drei Stunden täglich jede Stunde einen bestimmten Geldbetrag setzten. »Aber sagen Sie unten Bescheid, dass bei richtigem Schmuck Schluss ist. Diese Cherelle Faulkner würde sich todsicher für den ausgefallenen gelblichen Diamantsolitär interessieren.«

»Den, der drei Komma vier Millionen wert ist?«

»Ah, haben Sie's bemerkt«, sagte er lachend.

»Machen Sie Scherze? Wir haben schon Schweißausbrüche wegen ihm, ganz zu schweigen von dem passenden Halsband und den Ohrringen.«

»Wenn das *Wildest Dream* eine Fabergé-Ausstellung an

Silvester präsentiert, muss ich wenigstens eine paar bessere Sachen von De Beers zeigen. Das ist immerhin der größte Diamantenproduzent der Welt. Sagen Sie mir Bescheid, wenn dieses Weibsstück zurückkommt. Ich sollte sämtliche Boutiquetüren zunageln.«

»Sie könnten einfach die Kreditlinie für das Apartment schließen.«

»Noch nicht.« Er war einfach neugierig, wie weit Cherelle Faulkner noch gehen würde.

Und er war neugierig auf Risas Reaktion, wenn sie erkannte, dass ihre alte Freundin sie ausnahm.

22

Las Vegas
3. November
Morgens

Soviel Socks mitbekam, duftete Miranda Setons Haus zwar wie eine Bäckerei, aber den Geräuschen nach zu urteilen klang es nach handfesten Streitigkeiten. Cherelle tobte: Sie schrie Tim an und trat gegen jedes Möbelstück, das in ihrer Nähe stand. Die verblassten rosa Sofakissen lagen kreuz und quer herum, und das Rattansofa mit der abgeplatzten weißen Farbe stand längst nicht mehr an seinem Platz. Auch die Tischlampe mit der rosenverzierten Umrandung war umgefallen. Ein gerahmtes Foto von Tims Schulabschluss lag kopfunter in einer Ecke, das Glas war zerbrochen.

Zu dem Zeitpunkt hatte sich Socks in die Küche zurückgezogen. Der Metallrahmen dieses Fotos war ihm beinahe an den Schädel geknallt.

Zuerst hatte Cherelle ihren Zorn an den Möbeln ausgelassen, nachdem sie Tim schließlich die Information entlockte, dass er zwei seiner Goldobjekte für vierhundert Dollar verhökert hatte.

Für beide zusammen.

»Dir haben sie doch ins Gehirn geschissen«, keifte Cherelle und trat noch einmal so heftig gegen das Sofa, dass der leichte Rahmen einen Hüpfer machte. »Wie kannst du nur so saublöd sein! Ich hab dir doch gesagt, dass die richtig viel Geld wert sind!«

Tim hielt die Hände vor sich, mit den Handflächen nach außen, und beäugte Cherelle vorsichtig. Er hatte sie schon ein paarmal wütend erlebt, aber nie so wie jetzt. Sie sah aus, als würde sie gleich Feuer spucken und das Haus damit in Brand setzen.

»Hey, Süße, krieg dich wieder ein. Wir haben noch mehr von dem Gold, oder? Wir können noch einen Haufen Geld dafür kriegen. Und vierhundert ist ja auch nicht gerade Kleingeld.«

Cherelle schrie und tobte immer noch herum – *Beschissener Idiot!* –, als Socks in das Wohnzimmer zurückkehrte, beide Hände voll mit Erdnussbutterkeksen.

»Jetzt halt mal die Luft an«, sagte er heftig kauend zu Cherelle. »Tims Mama ist schon völlig von der Rolle. Versteckt sich in der Küche und hält sich die Ohren zu, und die Kekse verbrennen im Ofen.«

»Du Missgeburt!« Cherelle fuhr herum und stand mit blitzenden Augen vor ihm. »Wie viel hast du für deine beiden Stücke gekriegt?«

»Genauso viel.«

»Du Lügner, du verdammtes Stück Scheiße. Leer deine Taschen aus.«

»Hey«, versuchte Tim sie zu beruhigen. »Brauchst jetzt nicht Socks zu beleidigen.«

»Ich beleidige ihn nicht«, antwortete Cherelle. »Ich sag nur, was er ist. Eine Missgeburt. Ein Lügner, ein verdammtes Stück Scheiße. Ein Ar…«

»Jetzt halt die Klappe, du blöde Zicke«, wurde sie von Socks übertönt. »Halt verdammt noch mal die Klappe. Wir waren pleite, und jetzt sind wir wieder flüssig. Also, Ruhe!«

Cherelle erwog einen Moment lang, ihn in den Schritt zu treten, auf dessen Ausrüstung er so besonders stolz war. Stattdessen holte sie ein paarmal tief Luft und versuchte, ihren Zorn darüber, dass ihr so viel Geld flöten gegangen war, in den Griff zu kriegen. Socks wehzutun wäre zwar eine echte Genugtuung, aber es würde gar nichts ändern. Die Missgeburt würde niemals klüger werden.

Tim war zwar auch nicht der Hellste, aber er war immer noch besser als die Missgeburt. Sie wandte sich wieder an ihren Freund. »Wie viel Geld hast du von den vierhundert noch übrig?«

Er trat unsicher von einem Fuß auf den anderen. »Oh, ich hab ein bisschen Schnee gekauft, ein paar Flaschen Schnaps, das Hemd hier – ist doch gut, oder?«

Sie überging seinen Versuch, das Thema zu wechseln, und übersah auch das schreiend bunte Hawaiihemd, in dem er vor ein paar Minuten aufgetaucht war. »Wie viel?«

»Zweihundertfünfzig. Ist doch ein schönes Hemd. Du hast ja auch neue Klamotten«, fügte er hinzu und deutete auf ihre limonengrünen Seidenhosen und die passende Bluse dazu. »Warum dann ich nicht auch?«

»Ich habe dafür keinen Cent bezahlt!« Sie schloss die Augen und kämpfte gegen ihre Wut an, die sie in letzter Zeit immer häufiger überkam. Sie sollte wirklich weniger Crack rauchen, aber es gab ja nicht so viel in ihrem Leben, was sich gut anfühlte.

Vor allem war sie von Idioten umgeben.

Mit einem kehligen Geräusch schnappte sie nach Luft. »Nimm den Rest von deinem Geld und kauf den Armreif zurück.«

Tim schaute Socks an, der mit den Achseln zuckte und sagte: »Joey hat mir nur einen Gefallen getan. Er ist wahrscheinlich froh, wenn er wieder was von dem Geld zurückkriegt.« Vor allem, wenn Socks ein bisschen Druck machte. Er begann langsam, an dem Deal zu zweifeln. Vielleicht war es doch so, dass ihn Joey übers Ohr gehauen hatte. Nicht nur ein bisschen, wie immer. Sondern verdammt viel. »Ich mach das für dich. Joey mag keine Fremden in seinem Laden.«

Und Socks wollte nicht, dass Tim herausfand, wie viel er wirklich bekommen hatte für die vier Stücke Gold.

»Missgeburt«, flüsterte Cherelle und zischte, als sie die Luft ausatmete. »Die verdammte Missgeburt denkt wirklich, dass ihr ein Pfandleiher einen Gefallen tut. Mein Gott, befrei mich von solchen *Vollidioten*. Ich erzähl dir jetzt mal ein kleines Geheimnis, du Missgeburt. Diese vier goldenen Teile, die du für achthundert Dollar verkauft hast, sind mindestens eine Million wert.«

»O ja, klar, sicher sind sie das.« Socks lachte und erinnerte sich an einen Satz aus einer Talkshow. »Du bist ja 'ne wirklich ulkige Nudel. Hast du schon mal daran gedacht, eine eigene Show im Kabelfernsehen zu bekommen?«

Sie schüttelte nur den Kopf. Verzweiflung überkam sie und ersetzte die Wut. So viel Geld – weg ...

Als die beiden Männer die Tränen sahen, die in ihren Augen schimmerten, erschraken sie. Keiner von beiden hatte Cherelle je weinen sehen. Nicht ein einziges Mal. Nicht mal, als ihr Auto stehen geblieben und sie von einem Typ mitgenommen worden war, der sie geschlagen und vergewaltigt und danach am Straßenrand rausgeworfen hatte.

Socks und Tim wechselten einen beunruhigten Blick.

Was, wenn sie nun recht hatte?

Was, wenn wir uns eine Million Dollar durch die Lappen haben gehen lassen?

Socks zog seine Hosen hoch, die besonders tief saßen wegen der Pistole, die er in den Hosenbund unter seinem nagelneuen Hawaiihemd gestopft hatte. »Ich denke, ich geh dann mal zu Joey.«

»Ich denke, ich geh mit«, sagte Tim.

»Du denkst. Ihr *denkt*.« Cherelle brach in wildes Gelächter aus. Dann liefen ihr wieder die Tränen herunter, ohne dass sie einen Laut von sich gab. »Tim.«

Er drehte sich noch einmal zu ihr um. »Was ist, Süße?«

»Komm nicht ohne den Armreif zurück. Auf keinen Fall!«

Sie sagte das mit einer Stimme, die keiner der Männer je von ihr gehört hatte. Emotionslos. Tödlich emotionslos.

Beide Männer seufzten vor Erleichterung, als sich die Tür des kleinen Hauses hinter ihnen schloss.

23

Las Vegas
3. November
Morgens

Inmitten der trübseligen oder verzweifelten Leute in einem der altmodischen, heruntergekommenen Casinos stand Slim John, starrte auf seinen Gehaltsscheck des *Golden Fleece* und wünschte sich, er könnte ihn dem Sicherheitschef mit der Drahtbürste in den Hintern stopfen.

»Was denken die, wer sie sind, Mutter Teresa vielleicht?«, fragte er Merry Clare, die als Blackjack-Croupier im *Say Paris!* arbeitete. »Feuern mich, nur weil ich einem leichten Mädchen geholfen habe! Und dann kommt doch tatsächlich das neueste Nagelbrett von Gottvater Tannahill reingeschneit und umarmt eine andere Nutte, und dann sind die beiden zusammen den ganzen Weg bis zum Mitarbeiterlift scharwenzelt.«

Merry zuckte gleichgültig die Achseln und rutschte auf ihrem Hocker herum, damit der durchgesessene Sitz nicht immer auf dieselbe Stelle ihres Popos drückte. Das Bier vor ihr sah genauso schal aus, wie sie sich fühlte. Falls irgendjemand dachte, als Croupier könnte man leicht sein Geld verdienen, würde sie gerne mit ihm tauschen. Die anderen Casinos ließen ihre weiblichen Croupiers in Hosen und flachen Schuhen arbeiten. Aber nicht im *Say Paris!* – ihr Boss bestand auf einer Kostümierung in französischer Art komplett mit Netzstrümpfen, die ihr wie Draht in die Fußsohlen schnitten.

»Tja, das Leben ist einfach ungerecht.« Merry lehnte sich

nach vorne und nahm einen schnellen Zug von Slim Johns Zigarette. Ihre stark angemalten Lippen hinterließen einen pinkfarbenen Ring auf dem Filter. »Also, mit wem geht Tannahill zurzeit ins Bett?«

»Mit einer Angestellten.« Slim John schnappte sich die Zigarette wieder. Er konnte den Geschmack von Lippenstift nicht leiden; daher bumste er Merry, küsste sie aber selten.

»Welche?«, fragte Merry.

»Risa Sheridan.«

»Echt? Hab davon noch gar nichts gehört.«

Er schnaubte verächtlich. Lippenstift und Tratsch waren Merrys Leidenschaft. Ohne die beiden konnte sie nicht auskommen. »Du kannst in Vegas nicht alles hören. Das bildest du dir nur ein.«

»Meinst du wirklich? Bezahl mir noch einen Drink, dann erzähl ich dir, wie du mit Shane Tannahill quitt werden kannst.«

»Quitt mit Tannahill? Oh ja, super, und vorher werd ich noch schnell Milliardär.«

»Ich meine es ernst.«

Slim John zögerte noch einen Moment, dann hielt er einen Fünfdollarschein hoch, um die Cocktailkellnerin auf sich aufmerksam zu machen, und sah Merry prüfend an. Das Bier war bemerkenswert schnell da. Merry schenkte sich ein, schlürfte an dem frischen Bier und schluckte es runter.

»Okay«, sagte Slim John. »Dann schieß mal los.«

»Es heißt, eine Menge wichtiger Leute hätten es auf Tannahill abgesehen. Er spielt nicht nach ihren Regeln, und dadurch wird es für einige der ganz großen Casinos eng.«

»Das bricht mir das Herz.«

Merrys pinkfarbener Mund kräuselte sich. »Tatsächlich, ich kann dich bluten sehen. Also, wenn du Firenze einen Tipp geben könntest, wär er überglücklich. Ich wette, er hat dann auch einen Job für dich in seinem Casino.«

»Was zum Teufel soll ich denn Carl ...«

»Nicht dem«, unterbrach ihn Merry. »Dem Onkel. Ist aber auch nicht so wichtig, beide hätten die Sache gerne erledigt.«

»Und was soll ich John Firenze sagen?«

Sie blickte ihn belustigt an. »Slim John, du solltest wirklich zuhören, wenn die Leute von all den Dingen erzählen, die auf dem Strip unter all dem Geglitzer und Gefunkel passieren.«

Er grunzte ungeduldig. »Also was?«

»Einige Leute wollen Risa Sheridan ans Leder.«

»Warum?«

»Ist doch egal, oder? Was auch immer der Grund ist, die Bezahlung ist die Gleiche. Dass Sheridan mit einer Nutte so dicke befreundet ist, könnte doch genau das sein, was die hören wollen. Weißt du, wie die Nutte heißt?«

»Nur den Vornamen.«

Merry kramte ihr Handy aus ihrer Tasche. »Dann ruf an.«

Er schaute auf das Telefon und zuckte dann die Achseln. »Zum Teufel, warum eigentlich nicht? Ich hab ja nichts zu verlieren!«

24

Las Vegas
3. November
Am Vormittag

Auf Shanes Computerbildschirm wurden alle Informationen über die Baccara-Erträge der letzten Woche und der Wochen zuvor angezeigt. Stirnrunzelnd sah sich Shane noch einmal alle Grafiken an. Wie die Automaten hatten auch die Baccara-Tische zuletzt ungewöhnlich viel Geld abgeworfen. Die Steigerungsrate lag zwar unter zehn Prozent, aber sie war eindeutig sichtbar. Und das machte einige Millionen an zusätzlichen Einkünften aus. Ein paar Millionen hätte er noch den japanischen Walfischen zuschreiben können, aber sogar sie konnten unmöglich für ganze sieben Millionen verantwortlich sein.

Seine Finger schwebten schon über der Tastatur, um einen Wahrscheinlichkeitscheck der Baccara-Zahlen durchzuführen, als sein privates Telefon klingelte. Sein ganz privates. Shane versuchte, sich über die Unterbrechung zu ärgern. Doch das klappte nicht. Jedes Mal, wenn er sich mit den Zahlen des *Golden Fleece* beschäftigte, fiel ihm auf, wie wenig Spaß ihm das machte, was früher zu seinen Leib- und Magen-Beschäftigungen gehört hatte.

Er nahm den Hörer ab. »Ja?«

Niall fragte: »Zeichnen Sie das Gespräch auf?«

»Packen Sie doch alles in meine *Rarities*-Datei und sagen mir jetzt bloß das Wichtigste.«

»Ich mag es nicht, wenn Sie sich auf meiner Festplatte rumtreiben, mein Freund.«

»Dann gewöhnen Sie sich dran. So wie ich mich an die Vorstellung gewöhnt habe, dass Factoid jede freie Minute damit verbringt, sich in meinen Computer zu hacken. Nur gut, dass Sie den Jungen immer ordentlich auf Trab halten.«

Am anderen Ende der Leitung lachte Niall. Shanes Computergenie verunsicherte den sicherheitsbewussten Niall mächtig, aber er konnte Shane dennoch gut leiden. Wahrscheinlich, weil er Shane vertraute, dass dieser seine Begabung nicht gegen *Rarities* richten würde.

»Gleiches Recht für alle«, sagte Niall und zwinkerte Dana zu, die gerade durch seine Bürotür trat.

Die beiden waren allein in seinem Büro, abgesehen von der Wand mit den Bildschirmen, die *Rarities Unlimited* überwachten, ähnlich wie Shanes Überwachungskameras das *Golden Fleece* ständig im Blick hatten. Dana schloss die Tür hinter sich ab und kam zu Niall herüber, strich über seine Haare und blies ihm ins Ohr. Dann biss sie zärtlich hinein.

Nialls Konzentration sackte auf der Stelle ab.

»Geben Sie mir doch ein paar Informationen«, sagte Shane. »Aber vergessen Sie all das, was mit Alter, Haarfarbe, Gewicht und so weiter zu tun hat, falls es nicht abweicht von dem, was in Risas Personalakte steht.«

Niall streckte den rechten Arm aus, ergriff Dana und zog sie auf seinen Schoß. Der Bürostuhl rollte ein wenig zur Seite und kam wieder zum Stehen.

»Als Kinder waren Cherelle und Risa Nachbarn auf einer heruntergekommenen Wohnwagenanlage in Johnson Creek, Arkansas«, sagte Niall und strich mit der rechten Hand über Danas festen Schenkel.

Sie schlug ihm auf die Finger.

Er ignorierte es. Sie kannte die Regeln – ein Biss ins Ohr hatte Konsequenzen, wann und wo auch immer.

Zum Beispiel jetzt. Genau hier.

»Der Ort war genauso trostlos, wie er sich anhört«, sagte Niall. »Cherelle ist entweder zwei oder vier Jahre älter als

Risa, das hängt davon ab, welchen Adoptivdokumenten man glauben will.« Seine Hand arbeitete sich sanft massierend über Danas Bauch bis zu ihren Brüsten hoch. »Beide Mädchen haben bei den frühen Intelligenztests sehr gut abgeschnitten, aber nur Risa hat ihre Anlagen auch genutzt. Sie ist wirklich eine sehr intelligente Frau.«

»Erzählen Sie mir lieber etwas, das ich noch nicht weiß.«

»Ich werd's versuchen.« Nialls Daumen und sein kleiner Finger überspannten den Abstand zwischen Danas Brustwarzen. Kreisten. Schnippten. Als Danas Atem stockte, fing Niall an zu grinsen wie ein Seeräuber kurz vorm Entern. »Cherelle nahm Risa unter ihre Fittiche.«

»Wie die Henne und das Küken.«

»Ja.« Niall öffnete die Knöpfe an Danas glatter Bluse und glitt mit seinem Zeigefinger unter den Träger ihres BH. Eine schnelle Bewegung, und eine ihrer Brüste lag frei. Ohne es zu merken, fuhr Niall mit der Zunge über seine Lippen. Die Brustwarze wuchs, als hätte er sie gestreichelt. Er schloss die Augen, ließ aber seine rechte Hand auf Danas Brust und liebkoste sie, dass sie den Rücken durchbog und ihre Hüften langsam auf seinem Schoß bewegte. »Wie auch immer, sie waren eng befreundet und sind gemeinsam durch dick und dünn gegangen. Und auch auf den krummen Wegen, wenn ich das mal so sagen darf. Cherelle ist ein paarmal beim Klauen geschnappt worden, aber immer mit einer Verwarnung davongekommen. Risa wurde einmal erwischt.«

»In welchem Alter?«

»Mit elf.«

»Ich dachte, die Register über Jugendstrafen sind nicht zugänglich.«

»Das ist dasselbe wie mit dem *Rarities*-Computer, mein Freund – der ist auch nicht zugänglich, bis ein kluges Bürschchen sich einfach einhackt.«

Shane schwieg einen Moment.

Niall zog den zweiten BH-Träger herunter.

Dana versuchte, ihren schnellen Atem wieder zu beruhigen. »So lange, bis Cherelle sich endlich mit einem Mann davongemacht hat, haben die beiden die Schule geschwänzt, Schokoriegel geklaut, die Wände mit bestimmten Wörtern beschmiert – das Übliche. Von der Zeit an, als Cherelle fort war – Risa war knapp sechzehn –, gibt es keinerlei Einträge mehr über Risa.« Niall streichelte Danas schwellende Brüste. »Eine unverheiratete Lehrerin hat sich ihrer sehr bald angenommen. Risa zog das ganze Schulprogramm durch, mit allen Abschlüssen. Mit Auszeichnung für das beste Examen. Nicht schlecht für ein Mädchen, dessen Adoptivmutter starb, als sie fünf war. Die Stiefschwester ihrer Mutter hatte sie dann aufgenommen, sich aber nie richtig um das Kind gekümmert.«

Niall schaltete auf Freisprechen um und glitt mit der frei gewordenen Hand unter Danas Rock. Sie warf ihm einen Blick zu, der besagte, dass sie sich revanchieren würde, wenn er es am Wenigsten erwartete.

Er lächelte.

»Risa ging nach L.A. zur University of California«, fuhr Niall fort. »Hat die meisten Erstkurse schon am Ende des ersten Jahres erfolgreich mit einer bestandenen Prüfung abgeschlossen. Für ihren Bachelor of Arts brauchte sie nur zwei Jahre.« Seine Finger zogen träge Kreise über Danas Schenkel nach oben. »Nach ein paar weiteren Jahren hat sie promoviert. Gehörte zu den Allerbesten ihres Jahrgangs. Arbeitete dann am County Museum in Los Angeles als interne …«

»Und das Museum liebte und hütete sie wie einen Goldschatz, überschlug sich fast, damit sie nur ja die Stelle antrat, und weinte ihr dicke Krokodilstränen nach, als ich es gewagt habe, sie ihnen wegzunehmen«, unterbrach ihn Shane. »Erzählen Sie mir lieber mehr von den Dingen, die ich noch nicht weiß.«

Nialls Finger glitten unter zartseidene Unterwäsche und fanden eine sinnliche Hitze, und nur mit Mühe unterdrückte er einen heiseren Laut der Befriedigung. »Das war's, mein Freund. Sobald Cherelle aus der Stadt weg war, gibt's nichts mehr über Risa, was Sie nicht wüssten. Nachdem sie ihr achtzehntes Lebensjahr überschritten hatte, deckt sich alles, was wir gefunden haben, mit dem, was Risa freiwillig für unsere Personalakten angegeben hat. Insgesamt also eine schillernde Kindheit und eine lupenreine Zeit danach. Sie hat sich aus ärmlichsten Verhältnissen mit großer Intelligenz und starkem Willen selbst herausgearbeitet.«

»Okay. Und was ist mit der netten Ms Cherelle?«

»Ah, ja.« Nialls Finger glitt tief unter die Spitzenunterwäsche, spürte Danas hilflosen Versuch der Abwehr, hielt sie enger an sich, hart und tief, zog sich zurück, wieder tief, und lächelte, als sie sich zurückbog, um ihn noch tiefer einzulassen. Wo sein Finger jetzt war, wollte ein anderer Teil von ihm hin, aber er wollte Dana noch ein bisschen zappeln lassen.

»Niall?«, sprach Shane auffordernd.

»Checke gerade was.«

Dana biss sich auf die Lippen, um nicht laut zu werden, und versuchte, sich aus Nialls Schoß zu befreien. Er ließ sie nicht gehen. Er hielt sie fest zwischen seiner Brust und seinen Händen und bereitete ihr weiterhin Lust.

»Nachdem Cherelle Arkansas verlassen hatte«, sagte Niall, »ist sie wegen Landstreicherei, kleineren Ladendiebstählen, Prostitution, Alkoholkonsum als Minderjährige, kleineren Betrügereien und ähnlichen Delikten aufgegriffen geworden.«

»Drogen?«

»Wurde nie aktenkundig. Sie hatte mehrere Männer, einen nach dem anderen, meistens, und ...«

»Zuhälter?«

»Unbekannt.« Geübte Finger suchten, zupften, neckten, bis Dana ihre Absicht, von ihm loszukommen, aufgab und sich darauf einließ, zu Ende zu führen, was sie begonnen hatte. »Ich glaube aber nicht. Cherelle wurde nur einmal wegen Prostitution verhaftet. Wenn sie eine Professionelle wäre, hätte man sie öfter drangekriegt.«

»Was macht sie in Vegas?«

»Fragen Sie Risa.«

»Was denken *Sie,* was sie in Vegas macht?«

Mit einem Arm hob Niall Dana ein Stück nach oben, um an seinen Reißverschluss zu gelangen. »Im besten Fall leiht sie sich Geld von einer alten Freundin.«

»Und im schlimmsten?«

»Sie ist eine Kleinkriminelle, eine Betrügerin und Teilzeitnutte. Sie können sich das selbst ausrechnen.«

»Risa scheint sehr eng vertraut mit ihr zu sein«, sagte Shane emotionslos.

»Die Frage ist, wie eng.« *Wundervoll eng,* dachte Niall, als er Dana spürte.

»Die Art von Freundin, für die man einiges tun würde?«, fragte Shane.

Mit aller Anstrengung hielt Niall still, hielt auch Dana still, fühlte ihrer beider Puls heftig schlagen. »Wollen Sie damit sagen, Sie trauen Risa nicht?«

»Ich sage nur, dass Risa vielleicht im Zwiespalt ist zwischen ihrer Kindheitsfreundin und ihrer Verantwortung als Erwachsene.«

»Ich denke, die Erwachsene wird die Oberhand behalten.«

»Das denke ich auch«, sagte Shane. »Aber das Kind kann ihr jederzeit ein Bein stellen. Packen Sie das Zeug in meine Datei.«

»Schon geschehen.«

Shane legte auf.

Niall machte sich keine Gedanken mehr darum. Er war gerade dabei, die Frau in seinem Schoß so weit zu treiben, bis beide heiß und nass waren und in einer wilden Stille kamen, die erfüllt war vom hämmernden Schlagen ihrer Herzen.

»Zur Hölle«, flüsterte er dicht an ihrem Hals, als er wieder sprechen konnte, »was ist bloß in dich gefahren?«

»Außer dir?« Er fing an zu lachen, grunzte dann, als sie ihn fest umklammerte, wieder losließ und im Nachspiel tief seufzte.

»Die Kamasutra-Figuren aus Elfenbein sind angekommen«, sagte sie, während sie ein Schauer überlief. »Exquisit. Einfach exquisit. Sobald ich sie katalogisiert hatte, musste ich dir ... davon erzählen.«

»Ich bin ganz Ohr.«

»Das stimmt nicht ganz«, sagte sie und umfing ihn erneut mit Armen und Beinen.

Sein Atem geriet ins Stocken. »Hast du etwas Neues gelernt?«

»Habe ich schon erwähnt, dass jede Position nicht durch einzelne Skulpturen von Mann und Frau dargestellt wird, sondern durch einander durchdringende Skulpturen?«

»Einander durchdringende?« Er lächelte leicht. »Und wie?«

»Rate mal.«

Er machte eine Bewegung.

»Gut geraten«, sagte sie. »Jetzt zeig ich dir eine interessante Variante dieses Themas. Zuerst drehe ich mich auf diese Seite.«

»Hier, ich helfe dir.« Er hob sie gerade hoch genug, dass sie sich ein wenig drehen konnte.

»Perfekt«, sagte sie und blickte ihn von der Seite an. »Jetzt kommt das Bein hierhin und das andere da hinauf, und dann zieh ich dein Bein hoch und lehne mich so ...« Ein unglaubliches Gefühl entstand in ihrer Magengrube, machte sich überallhin breit und ließ sie in einem kurzen Moment zum Höhepunkt gelangen.

Er saugte die Luft ein, als die pure Lust in ihm explodierte. »Verdammt, das fühlt sich gut an. Wie viele Figuren gibt es?«

»Genug, um uns gegenseitig in den Wahnsinn zu treiben.«

Seine Augen glänzten. »Worauf warten wir noch?«

25

Las Vegas
3. November
Am späten Vormittag

Shane saß in Risas Büro und blätterte Museumskataloge und Kunstbände durch, die keltische Goldobjekte enthielten. Nur um sie ein wenig zu ärgern, hatte er auch eine Illustrierte mitgebracht, die ein geradezu atemberaubend falsches Bild des legendären Druidenhorts brachte. Den Bericht hatte er ganz unten in den Stapel mit dem zu sichtenden Material gelegt, aber er arbeitete sich schnell hindurch.

Risa zu foppen hielt seine Gedanken von der überdurchschnittlich begabten und gleichermaßen unmoralischen Cherelle Faulkner fern.

»Nun schauen Sie sich diesen Torques an«, sagte Shane und deutete auf einen der Kataloge.

»Den würde ich liebend gerne nehmen«, gab Risa knapp zurück und hatte das Verlangen, sich die Haare zu raufen. Oder seine Haare. »Aber wenn wir den kaufen, macht das British Museum einen riesigen Wirbel und probt den Aufstand gegen die Vereinigten Staaten. Der Snettisham-Torques, den Sie so gerne haben würden, wird als eines der hervorragendsten Beispiele keltischer Goldschmiedekunst in Großbritannien während der Eisenzeit angesehen. Er ist ein nationales Kulturgut.«

Obwohl ihre Stimme sarkastisch klang, wirkte die zarte Berührung ihrer Fingerkuppe, die über die Konturen des Rings auf dem Foto fuhr, beinahe andachtsvoll. Shane beobachtete sie und fragte sich, ob sie einen Mann ebenso berühren würde – mit einer Mischung aus Andacht und Wertschätzung. Der Gedanke wirkte sich unmittelbar auf den Sitz seiner Hosen aus. Das machte ihn noch ungeduldiger, als er sowieso schon war.

»Falls Sie es vergessen haben«, sagte er kühl, »auf der Titelseite des Druidengold-Katalogs möchte ich so etwas Spektakuläres haben.«

Risas dunkelblaue Augen verengten sich. Sie entschied, doch lieber seine Haare als ihre eigenen zu malträtieren. Ganz sicher sogar.

»Dann gehen wir die ganze Sache noch mal durch«, sagte sie. »Schön langsam. Ich werde mich bemühen, mich kurz zu fassen, damit Sie mir folgen können. Bereit?«

Er war mehr als bereit, was ihn sehr verwirrte. Er nickte knapp.

»Schätze wie dieser Halsring sind nationale Kulturgüter wie, sagen wir, die Freiheitsglocke in Philadelphia«, sagte Risa mit kühlem Grimm. »Niemand würde solche nationalen Kulturgüter verkaufen, es sei denn, er hätte sie vorher gestohlen. Wenn Sie ein nationales Kulturgut kaufen, das gestohlen wurde, können Sie es nicht in der Öffentlichkeit zeigen – und *mir* sollten Sie es dann am besten auch nicht zeigen. Sind wir uns bis hierher einig?«

Shane sah ihren Mund an, während sie sprach. Wie immer lohnte sich der Anblick. Üppig. Weiblich. Für sinnliche Freuden gemacht.

Verdammt, er hatte es satt, sie immer nur aus der Ferne zu begehren.

»Schätze wie dieser Halsring werden immer behalten, wo das auch sein mag.« Risa sprach beherrscht, aber in ihr kochte es. »Aus diesem Grund gibt es die großen Ausstellungen in Nationalmuseen wie dem British Museum und der Eremitage und dem Louvre. Und was dort gezeigt wird, ist nicht verkäuflich!«

»Das ist Ihr Problem«, sagte er. »Mein Problem ist es, ein

zentrales Stück für meine Ausstellung zu finden, bevor sie eröffnet wird. Was ich bis jetzt habe, ist ein guter Halsring, der noch auf dem Weg hierher ist, und Objekte für mehr als eine Million Dollar, denen wir eine Menge Informationen beigeben müssen, bevor der durchschnittliche Besucher irgendetwas damit anfangen kann. Gegen die Fabergé-Ausstellung ist meine bisher ein völliger Blindgänger. Ich habe das Titelblatt des Katalogs für Sie reserviert. Enttäuschen Sie mich nicht.«

»Und was ist mit Ihren Haien?«, fragte sie aufgebracht. »Zwiebeln Sie doch die anstatt immer nur mich.«

Shane blickte sie verwundert an. »Haie?«

»Na, die anderen mit weniger Skrupeln, die für Sie herumschnüffeln.«

Er lächelte fast bedächtig. »Das Problem mit Haien ist, dass man ihre haut so schwer zwiebeln kann. Ich vermute, Ihre ist viel zarter.«

Die Art, wie er sie dabei ansah, und die langsame und gedehnte Art und Weise, wie er die Worte aussprach, gaben Risa das Gefühl, als sei sie gestreichelt worden. Ihre Gedanken wirbelten durcheinander. Mit einem Gefühl, das Verzweiflung ähnelte, blätterte sie durch den nächsten Katalog. Es war nichts darin, was sie inspiriert hätte. Nichts darin ließ sie den Blick aus Shanes wunderschönen jadegrünen Augen vergessen.

Als sie aufblickte, ruhten seine Augen immer noch auf ihr, und sein Blick war der eines Kenners von gutem Essen. Nervös benetzte sie ihre Lippen, sah, wie seine Augen schmaler wurden, und wusste, dass sie auf dem besten Wege war, die Kontrolle zu verlieren.

Dabei würde sie die Kontrolle gerne noch viel mehr verlieren.

Sie musste unbedingt Niall fragen, ob er nicht einen anderen Job für sie wusste. Bald. Sehr bald. Sofort, wenn Shane ihr Büro verließ. Sie konnte nur hoffen, dass es dann nicht schon zu spät war. Sie hatte vorher nie diesen feurigen Ausdruck in seinen Augen bemerkt. Sie brannten.

Und sie auch.

»Wie wäre es damit?«, fragte Shane und zog die Illustrierte aus dem Stapel.

Sie starrte ohne ein Wort zu sagen auf das Bild eines Künstlers, wie er sich das Leben unter den Druiden vorstellte. Der Druide auf dem Bild war von imposanter Gestalt, dunkelhaarig, in ein weißes Gewand gekleidet und trug einen goldenen Ringkragen, der fast die ganze Brust bedeckte ... und er hatte Augen von exakt derselben Farbe wie Shane. Und er blickte sie direkt an, in sie hinein.

Und er war Shane Tannahill.

Plötzlich hatte sie das schwindelerregende Gefühl, als finge der Boden unter ihr zu beben an, wie Steine, die ins Rutschen kamen, und als verlöre sie das Gleichgewicht.

»Risa?« Er bewegte die Hand vor ihrem Gesicht hin und her. »Wo sind Sie?«

Sie schüttelte heftig den Kopf. »Ich glaube, ich hätte den zweiten Cosmopolitan gestern Nacht besser nicht trinken sollen. Ich fühle mich nicht ganz wohl. Okay, und was ist mit diesem Druiden?«

»Nicht der Druide, der Druidenhort interessiert mich.«

»Kann es sein, dass Sie angefangen haben, Drogen zu nehmen?«, fragte sie ungeduldig.

»Nein. Nur etwas leichte Lektüre habe ich mir zu Gemüte geführt. Der Druidenhort ...«

»Den gibt es nicht!« Risa ließ ihn nicht ausreden. »Es gibt keinen Goldschatz mit Kultgegenständen, den Merlin in Wales oder Cornwall im sechsten oder siebten Jahrhundert vergraben hat, kurz bevor die Weisheit der Druiden von den Christen endgültig ausgelöscht und in den Schmutz getrampelt wurde. Es gibt andere Horte, die gefunden und eingeschmolzen und verkauft und versteckt und wieder vergraben und wieder entdeckt und die innerhalb weniger Familien von

Generation zu Generation weitergereicht wurden. Aber – bitte hören Sie genau zu, es ist ganz wichtig: *Es gibt keinen Druidenhort.*«

»Das wäre doch eine großartige Attraktion für das Casino«, sagte Shane völlig ungerührt. »Genau das, was ich für die Ausstellung brauche.«

»Gesetzt den Fall, es gäbe ihn, wäre er tatsächlich wunderbar.« Sie holte tief Luft und wählte ihre Worte mit großer Sorgfalt. »Gesetzt – den – Fall. Aber den Fall gibt es nicht.«

»Doch.«

»Shane …«

Er ließ sie nicht ausreden. »Mir ist gerade etwas aus diesem Hort angeboten worden. Zwei Millionen. In bar. Und das ist der Mindestpreis. Dazu kommen die zehntausend Dollar Belohnung. Dafür darf ich als Erster besichtigen und habe das letzte Gebot.«

Sie legte den Kopf schwer in die Hände. »Bitte, mein Gott. Nicht schon wieder. Wie oft wurde Ihnen im vergangenen Jahr Druidengold angeboten? Dreimal? Fünfmal? Achtmal?«

»Neunmal, aber das ist doch egal«, sagte er. »Es ist nun mal so, dass ich reich bin, Goldobjekte sammle, einen keltischen Namen trage und eine Goldausstellung eröffne, die nur aus Keltengold besteht. Da ist es doch klar, dass mir keltische Kunstgegenstände häufiger angeboten werden als Sex.«

»Schwachsinn«, murmelte sie leise in ihre Hände.

Doch es war nicht leise genug.

»Es ist erfolgreicher, mir in die Augen zu sehen, wenn Sie mir sagen wollen, dass ich sexy und unwiderstehlich bin.«

Ihr Kopf fuhr herum. »Das habe ich nicht gesagt!«

»Aber ganz sicher haben Sie das. Denken Sie noch mal drüber nach.«

»Aber …«

Er sprach einfach weiter. »Und während Sie darüber nachdenken, können Sie sich schon mal merken: Bei diesem zehnten Angebot habe ich ein gutes Gefühl. So eine Art Druidenhortgefühl.«

Erst dachte sie, er wollte sie erneut foppen. Dann sah sie ihm noch einmal genau in die Augen.

Er machte keine Scherze.

»Oh, Mist«, sagte sie mit einem tiefen Seufzer.

Er lächelte. »Jetzt fangen Sie an zu begreifen.«

Sie dachte schnell. Das konnte sie gut. Das hatte sie in der Vergangenheit schon oft aus Schwierigkeiten befreit. Vielleicht konnte sie damit auch Shane vor Schwierigkeiten in der Zukunft bewahren.

»Okay. Großartig«, sagte sie schnell. »Ich würde natürlich nie gegen ihren Spielerinstinkt votieren. Wer zum Teufel würde das tun wollen?« Das war die Wahrheit. Dieser Instinkt hatte Shane bereits vor seinem dreißigsten Lebensjahr zum vielfachen Millionär gemacht. »Aber bitte ziehen Sie Folgendes in Betracht. Hören Sie zu? Alles auf Empfang, auch der Spielerinstinkt?«

Sein Lächeln veränderte sich, es bekam einen herzlichen Ausdruck. »Ich mag es, wenn Sie mir mit großen Augen etwas ganz dringlich erklären wollen.«

»Sie hören gar nicht zu.«

»Jetzt sollte ich wohl die Augen schließen, um Ihnen besser zuhören zu können.«

»Stopp«, sagte sie und warf die Hände hoch. »Ich möchte ernsthaft mit Ihnen reden, also hören Sie endlich auf, mich auf den Arm zu nehmen, und hören Sie mir zu!«

Er schloss die Augen.

Ihr entschlüpfte ein tonloser Seufzer der Erleichterung, dann stellte sie ihm eine direkte Frage: »Bedeutet Ihnen das Wort ›Provenienz‹ irgendetwas?«

»Ja.« Er öffnete die Augen. »Es bedeutet, wenig Spielraum zu haben.«

Sie fragte sich, ob Schreien etwas nützen würde. Doch ein kurzer Blick in seine gleichmäßigen, überaus klugen Augen sagte ihr, dass sie ihre Luft für die Diskussion brauchen würde, die nun sicher folgte.

Diskussion. Sie lachte fast laut auf beim Gedanken an dieses Wort. Welch ein neutrales Wort für das wilde Wortgefecht, das sich zwischen ihnen anbahnte. Egal, wie zweifelhaft die Herkunft eines Objektes war und wie häufig Shane am Ende die fälschlich erworbenen Objekte dem Staat oder dem Menschen, der rechtlich mehr Anspruch darauf hatte als er, stillschweigend zurückgegeben hatte – sie hatte ihrem Chef nie etwas ausreden können, was er wirklich wollte.

Aber dieses Mal musste sie einfach gewinnen. Sie konnte nicht zulassen, wie er seine Reputation beschmutzte, indem er etwas kaufte, dessen Besitzrecht gesetzlich nicht eindeutig zu klären war, auch wenn man alle neun Richter des obersten Gerichtshofes auf seiner Seite hatte.

Wie bedauerlich, dass Shane so reich war. Jeder andere hätte sich durch die Rückgabe gestohlener Kunstgegenstände in der Vergangenheit schon so gründlich die Finger verbrannt, dass ihm gar nicht einfallen würde, weiterhin zweifelhafte Objekte anzukaufen.

Der Mann hatte einfach zu viel Geld.

»Lassen Sie uns einmal annehmen, dass der Druidenhort tatsächlich existiert«, sagte sie. »Nur als ... Diskussionsgrundlage.«

»Okay.«

Er sagte das so leichthin, dass sie am liebsten mit den Zähnen geknirscht hätte. Doch, als sie ihm in die Augen blickte, sah sie nichts als Ernsthaftigkeit und Konzentration, die vollständig auf sie gerichtet waren. Den meisten Menschen war es unangenehm, einem so intensiven Blick ausgesetzt zu sein, doch sie war daran gewöhnt. Außerdem hatte sie diesen Blick an sich selbst auch schon beobachtet, wenn ihr Hirn unter Volldampf arbeitete und sie völlig auf ein Projekt konzentriert war.

»Nehmen wir einmal an, dass der Druidenhort im sechsten Jahrhundert vergraben wurde und das Geheimnis dieses Verstecks eintausendfünfhundert Jahre lang bewahrt werden konnte«, sagte sie.

»Das wäre möglich«, sagte er leichthin. »Mündliches Wissen ist schon immer über Familien und Geheimgesellschaften weitergereicht worden.«

»Hm, hm!« *Nicht sehr wahrscheinlich.* »Und nehmen wir mal an, jemand hätte kürzlich …«

»Warum kürzlich?«, unterbrach er sie.

»Wenn es nicht kürzlich war, wäre der Hort längst in irgendeinem Museum.«

»Oder in einer Privatsammlung.«

»Vielleicht«, gab sie zu. »Aber unwahrscheinlich. Ich kann mir nicht vorstellen, dass der Fund über längere Zeit ein Geheimnis hätte bleiben können. Sammler sind ein ziemlich geschwätziges Völkchen.«

»Und deshalb gab's ja auch immer wieder Gerüchte über den Druidenhort.«

Darauf ging sie nicht ein. Es brachte sie auch nicht dorthin, wo sie hinwollte; das hieß, sie hatte vor allem keine Lust zuzusehen, wie ihr Chef gestohlenes nationales Kulturgut kaufte.

»Okay«, sagte sie vorsichtig. »Wir haben also einen Druidenhort, der kürzlich entdeckt wurde …«

»Ich stimme vorläufig zu, was das ›kürzlich‹ anbelangt, aber ich behalte mir das Recht vor, das Thema zu gegebener Zeit noch einmal aufzugreifen.«

Ihre Zähne gaben einen leisen Klick von sich, als sie sie zusammenbiss. Er hätte Jurist werden sollen. »Also gut. Sie haben das Vorrecht auf Wiederaufnahme. Darf ich fortfahren?«

Sein Lächeln verriet, wie sehr ihm die Farbe gefiel, die sich auf ihren Wangen ausbreitete, wenn sie sich ärgerte. Das passierte in letzter Zeit in seinem Beisein praktisch immer. Sie musste sich wirklich nach einem anderen Job umsehen, bevor sie ihn umbrachte. Oder über ihn herfiel.

Im Augenblick war sie nicht sicher, welche Variante sie bevorzugen würde.

»Klar, machen Sie weiter«, sagte er. »Ich sehe Ihnen gern beim Reden zu.«

»Wenn Sie sich jetzt noch über meinen Mund lustig machen, verlasse ich sofort diesen Raum.«

»Ihren Mund?« Shane schaute überrascht und hoffte, dabei überzeugend genug zu sein. Es hatten ihr sicher schon viele Männer gesagt, dass sie die Art von Mund hatte, bei dem jeder an perfekten Sex dachte – wo alles, was damit in Berührung kam, heiß und nass und ganz und gar satt war. »Was ist mit Ihrem Mund?«

Risa entschied, ihn doch lieber umzubringen, als über ihn herzufallen. Ganz sicher sogar.

»Es gibt also einen kürzlich entdeckten Druidenhort«, sagte sie, nach außen völlig ruhig. »Wahrscheinlich stammt der besagte Hort aus Wales, aus Irland oder aus dem Süden von England, vielleicht auch aus dem Nordwesten von Schottland. Einverstanden?«

»Unter dem üblichen Vorbehalt des Rechts auf Wiederaufnahme, ja.«

»Um die Sache zu beschleunigen, gehe ich davon aus, dass Sie, wenn Sie nicht widersprechen, allem, was ich jetzt sage, zustimmen – mit dem Vorrecht auf Wiederaufnahme, natürlich.«

»Gute Idee.«

Sein ruhiger, vernünftiger Ton vertiefte das flammende Rot auf ihren Wangen. Wenn seine Augen nicht gewesen wären, hätte sie längst den Raum verlassen: In ihnen las sie vollkommene Ernsthaftigkeit.

Sie ertappte sich bei der Frage, wie es wohl wäre, der Mittelpunkt dieser intensiven Konzentration zu sein ... und in diesen Augen höchste Leidenschaft zu entfachen.

Eine Welle heißer Erregung durchfuhr sie.

Heute Nacht, schwor sie sich still.

Sie würde Niall anrufen, sobald sie in ihrem Apartment war. Es hatte keinen Sinn, das weiter aufzuschieben.

Die Zeit war reif für die Kündigung.

»Wir haben also einen kürzlich entdeckten Druidenhort«, sagte sie heiser.

»Massives Gold.«

Ihre Augen verengten sich kurz, aber mehr aus Überraschung als aus Ärger. »Noch etwas?«

»Kultgegenstände. Möglicherweise Opfergaben, aber eher Gegenstände, die bei hohen religiösen Ritualen verwendet wurden. Fantastisch gearbeitete Verzierungen. Merlins Privatsammlung.«

Diesmal war es ihr egal, ob er ihre Reaktion hörte. »Schwachsinn.«

»Wieso? Massives Gold, Kultgegenstände, möglicherweise ...«

»Merlins Privatsammlung«, unterbrach sie ihn. »Das kann ich wirklich nicht schlucken. Haben die Teile ein verdammtes Etikett mit der Aufschrift ›Made in Wales for Merlin‹?«

»Davon hat er nichts gesagt.« Shanes Stimme klang sanft.

Risas Stimme war ganz und gar nicht sanft. Sie war so eiskalt, dass man damit Alkohol hätte gefrieren können. »Die Druiden konnten oder wollten nicht schreiben. Auf diese Weise gelang es ihnen, ihre Geheimnisse zu bewahren.«

»Trotzdem hätte ein weit gereister Hofgelehrter, der außerdem der Ratgeber des walisischen Königs im fünften Jahrhundert war, durchaus wissen können, wie Latein oder Griechisch oder sogar eine Variante des lokalen Keltisch in lateinischen oder griechischen Buchstaben oder gar Runenschrift geschrieben wird.«

»Zugegeben. Mit ...«

»... dem Vorrecht auf Wiederaufnahme«, ergänzte er. »Klar doch.«

»Nicht alles.« Sie schoss sofort zurück. »Nehmen wir einmal an, dieser weit gereiste, gelehrte Ratgeber war ein Druide ...«

»Diese Annahme ist gesichert«, unterbrach er erneut. »Die Druiden waren die Ratgeber von Königen und Häuptlingen. Das war ihre Aufgabe. Hier verzichte ich auf das Vorrecht auf Wiederaufnahme. Was die Druiden anbelangt, so ist das fast schon eine gesicherte Tatsache.«

Vielleicht würde sie gar nicht erst bei Niall anrufen. Vielleicht würde sie Shane auf der Stelle umbringen und wäre ihn dann endlich los.

Er hob fragend die Augenbrauen. »Stimmt was nicht?«

»Stimmt denn hier irgendetwas?«, gab sie zurück. »Ach, zum Teufel. Ich stimme allem zu. Das heißt aber trotzdem nicht, dass Sie den Druidenhort auf legale Weise besitzen können, und noch viel weniger, dass sie das verdammte Gold an Silvester in Ihrer Ausstellung zeigen dürfen! Es sei denn, Sie hätten den bislang geheim gehaltenen Wunsch, sich für eine ganze Weile ins Gefängnis zu begeben.«

»Nein. Fertig?«

Sie öffnete ihren Mund, dann schloss sie ihn wieder. Sie fuhr mit der Zunge über ihre trockenen Lippen und wusste, sie würde schnell sprechen müssen. Sehr schnell. »Also, wenn er denn existiert, stellt der Druidenhort das Vermächtnis einer Zeit und eines Raums dar, als Magie noch real war. Vielleicht wurde er zusammengetragen und/oder aufbewahrt vom größten Druiden aller Zeiten – Merlin. Nein!« Sie hob die Hand, um Shane davon abzuhalten, sie jetzt zu unterbrechen. »Vielleicht enthielt der Hort Kultgegenstände aus massivem Gold, die mit magischen Mustern verziert waren. Einige Quellen sprechen davon, dass die Gegenstände mit Merlins Tod auf rätselhafte Weise verschwanden. Andere behaupten, sie wären dem Druidenschatz hinzugefügt worden, der über tausend Jahre oder länger vom obersten Druiden immer an seinen Nachfolger weitergegeben worden sei.«

»Sie haben ja den Artikel gelesen«, sagte Shane und hob die Illustrierte hoch.

»Ich habe all das Quellenmaterial auf Latein gelesen, als ich meinen Doktor machte. Ich habe ungefähr dasselbe gelesen in einer Übersetzung eines walisischen Gedichts aus dem siebzehnten Jahrhundert. Ich habe es auch in einer Vorform des Englischen gelesen, die so alt ist, dass sie sich vom Altfranzösischen oder Althochdeutschen nicht unterscheidet. Ich habe es außerdem in dem Text eines Gelehrten aus der Zeit Chaucers gelesen. Ebenso aus der Zeit Shakespeares. Und ich habe seitenweise Unsinn aus dem ausgehenden neunzehnten und dem zwanzigsten Jahrhundert gelesen. So etwa alle hundert Jahre kann man jedem Schwachsinn wieder begegnen.«

»Ich bin beeindruckt. Den Beleg aus der Zeit Chaucers habe ich nicht gefunden.«

Sie blinzelte, während die Erkenntnis in ihr aufging, dass er sich sehr intensiv mit dem Thema beschäftigt haben musste, trotz seiner lockeren Art, darüber zu reden. »Er ist in einer nicht öffentlich zugänglichen Sammlung der University of California.«

»Ich werde mir eine Kopie besorgen.«

Sie zweifelte nicht daran. »Nicht nötig. Ich besitze Kopien aller Informationen über Merlins Gold und den Druidenhort, auf die ich je gestoßen bin.«

Obwohl ihm Schauer der Erregung den Rücken hinauf- und hinabfuhren, wurde Shane eigentümlich still. »Warum?«

»Ich wollte ihn finden«, sagte sie schlicht. »Ich fuhr nach Wales und in den Süden von England und den Nordwesten von Schottland und verbrachte Monate ...«

Ihre Stimme versagte. Sie wusste nicht, wie sie es ihm beschreiben sollte, diese zeitlose Stille der Menhire, das flüchtige Geflüster der verborgenen Quellen und die fast unerträgliche Schönheit der Mondsichel, wenn sie sich in den Armen einer uralten Eiche wiegte.

»Ich habe Legenden erforscht«, sagte sie. »Das war sehr gut für meine Doktorarbeit, aber alles, was ich fand, waren einige Orte, an denen es mir eiskalt den Rücken hinunterlief.«

»Stonehenge?«, fragte er.

»Nein. Oh, das war auch sehr eindrucksvoll, aber ...« Sie zuckte die Achseln. »Es hat mich intellektuell begeistert, aber nicht hier.« Sie legte ihre Hand auf den Bauch. »Von den Dingen, die ich fand, gab es welche, die mir durch Mark und Bein gingen. Sie waren wirklicher als meine eigenen Erinnerungen.« Ihre Hand öffnete sich, als ob sie etwas hielte oder geben wollte, was sie mit Worten nicht beschreiben konnte. »Da waren Höhenbefestigungen in Wales, Menhire, Grabhügel, Grabmarkierungen. Alle diese Orte waren zu alt, um von den Menschen geschaffen worden zu sein, deren Kunststil wir als keltisch bezeichnen, aber diese Orte waren von den Kelten *benutzt* worden. Von den Druiden. Diese Orte waren sehr ... eigentümlich.«

Shane wartete und fragte sich derweil, was sie wohl sah mit diesen Augen, die jetzt in die Weite blickten und so klar und tiefblau waren wie ein walisischer See. Als sie nicht weitersprach, fragte er sanft: »Was sehen Sie gerade?«

»Mitternächtliche Ernten in Eichenwäldern unserer Zeit, und den Schnitter, in weiße Gewänder gekleidet, der die heilige Mistel mit einem Silbermesser abtrennt. Eine schwarze Quelle, umgeben von einem vorzeitlichen Steinring, und einen Busch, der dieser Quelle Schatten spendet, geschmückt mit Bändern, Münzen, frischen Blumen und Nachbildungen von Händen oder Füßen oder Genitalien – was die heutigen Bittsteller auch immer kuriert haben wollten. Aber am intensivsten erinnere ich mich, dass ich mitten in einem Eichenwald einschlief, umgeben von Menhiren, die gebeugt dastanden wie alte Männer, die zu viele Erinnerungen trugen.«

»Sie haben geträumt.«

Das sagte Shane so sanft, dass sie antwortete, bevor ihr klar wurde, was sie dabei preisgab. »Ja, ich habe geträumt.«

Da vernahm sie ihre eigenen Worte. Sie rieb sich schnell über die Arme, um die Gänsehaut zu vertreiben, die sich auf ihrer Haut gebildet hatte wie das Gekräusel auf der vom Wind bewegten Oberfläche eines Sees.

»Wie großartig«, sagte sie kurz angebunden. »Menschen träumen andauernd.«

Shane wollte darauf nicht antworten. Er war zu sehr damit beschäftigt zu verstehen, warum Risa ihn mehr interessierte als je eine Frau vor ihr.

Sie träumte.

Er tat das manchmal auch.

»Was haben Sie geträumt?«

Zuerst wollte Risa darauf nicht antworten. Dann entschied sie, dass es keine Rolle spielte. Sie würde sich ja sowieso nach einem anderen Job umsehen.

»Der Druidenhort«, sagte sie. »Der Schatz, nach dem ich gesucht habe, war schon verschwunden.«

Seine Augen verengten sich. »Verloren für immer?«

»Nein. Einfach verschwunden. Wie so viele Kelten auch. Einfach an einen anderen Ort gekommen. Darin waren die Kelten Meister. Ständig umzuziehen. Eine Großfamilie auf einmal. Oder auch ein ganzer Clan. Es waren Siedler, keine Soldaten. Kelten hatten keine Nationen oder Staaten oder stehende Heere, und sie wollten das auch nicht. Sie waren weitsichtige, zivilisierte, starrköpfige und mutige Individuen, die Kunst und Wein und wilde Orte liebten.«

Sie warf einen Seitenblick auf Shane, in dem zugleich Vorsicht und Ironie lagen. »So wie jemand, den ich kenne.«

»Sie selbst«, sagte Shane.

Sie blickte überrascht. »Ich dachte eher an Sie.«

Das Lächeln, das er ihr zuwarf, warf sie beinahe um; nie hatte sie etwas Ähnliches an ihm gesehen. Es war wie ein Mondaufgang in einem heiligen Hain. Sie wusste nicht, ob sie sich in seinem überirdischen Glanz aalen sollte … oder lieber weglaufen.

Bevor sie eine Entscheidung treffen konnte, klingelte das Telefon. Sie griff nach dem Hörer wie nach einem Rettungsring.

»Kuratorbüro«, sagte sie.

»Hier ist Milly vom Empfang. Ist Mr Tannahill bei Ihnen?«

Risa übergab den Hörer an Shane. »Milly vom Empfang.«

»Tannahill«, sagte er kurz. »Was gibt es, Milly?«

»Mr Smith-White ist hier mit einer Schachtel, die er vom Sicherheitspersonal nicht öffnen lässt.«

»Schicken Sie ihn rauf.«

»In Ihr Büro oder in das von Ms Sheridan?«

»Risas Büro.«

»In Ordnung, Sir.«

»Noch etwas, Milly.«

»Ja?«

»Geben Sie ihm Sicherheitsleute mit. Bewaffnet.«

26

Las Vegas
3. November
Am späten Vormittag

Skeptisch blickte sich Tim im vorderen Teil von Joey Clines Pfandhaus um. Es lag nur zwei Blocks weiter unten und einen dahinter vom Haus seiner Mutter.

Herrje, sie lebte wirklich in einer Bruchbude. Kein Wunder, dass sie so viel trank. Oder sie lebte hier, weil sie so viel trank.

Wie auch immer. Es war ein übler Ort.

Er bewegte die Schultern und vermisste das Gewicht seines Rucksacks. Socks hatte darauf bestanden, dass er ihn im Kofferraum einschloss, weil Joey sonst, so meinte er, ausrastete, wenn ein Fremder mit Rucksack in seinen privaten Bereich marschierte.

»Mann, so wie das hier aussieht«, sagte Tim, »ist der Typ froh, wenn er mal zwei Dollarscheine nebeneinander sieht. Wo hat er bloß das Bargeld her, um das Gold zu kaufen?«

»Komm mit«, brummte Socks, »und halt deine Klappe. Ich mach das mit Joey.«

Mit einem Schulterzucken folgte Tim seinem Kumpel durch die Öffnung im Ladentisch. Er lachte laut, als er die versteckte Tür in dem Schrank voller kaputter, rostiger Waffen entdeckte und pfiff beeindruckt durch die Zähne, als er den eigentlichen Arbeitsraum betrat.

»Nett hier«, sagte Tim und betrachtete die bunt glitzernden Juwelen und das Gold in der verschlossenen Schmuckvitrine.

»Ja. Ihm geht's ganz gut. Hey, Joey! Wo zum Teufel steckst du?«

»Auf dem Topf. Bin gleich da.«

Socks wanderte unruhig an den Vitrinen entlang und suchte nach Gold. Davon gab es eine ganze Menge, aber nicht das, was er wollte.

»Hast du es schon entdeckt?«, fragte Tim.

Socks gab als Antwort nur ein Grunzen von sich.

Tim fing jetzt auch an, die Vitrinen abzusuchen. »Was für ein Datum steht auf dem Schein drauf?«

»Was für ein Schein?«

»Der Pfandschein, den du gekriegt hast, als du das Gold verpfändet hast.«

»Hab keinen gekriegt.«

»Was? Wie zum Teufel denkst du, dass du das Zeug zurückbekommst ohne ...«

»Hör auf mit dem Scheiß«, unterbrach ihn Socks leise knurrend. Mit der Geschwindigkeit einer erfahrenen Krankenschwester oder eines Einbrechers zog er sich fast durchsichtige Einweghandschuhe über. »Ich hab gesagt, ich kümmere mich drum!«

Joey kam aus der Toilette in sein Büro und zog sich den Reißverschluss hoch. »Hey, Cesar, mein alter Freund. Hast du noch mehr Gold für mich?«

»Cesar?«, murmelte Tim erstaunt und sah Socks an.

»Vielleicht«, meinte Socks, ohne auf Tim einzugehen. »Es kommt drauf an.«

Joey dachte an den schnellen Gewinn von fünfzigtausend, den er bei den vier goldenen Stücken gemacht hatte, und grinste. Man wusste ja nie vorher, dass man den Jackpot zweimal am Tag gewinnen würde. »Kommt drauf an? Auf was?«

»Die Alte von meinem Kumpel hier macht ihn einen Kopf kürzer, wenn wir ohne das Armband oder den Armreif, oder was das war, zurückkommen. Fünfhundert waren es dafür, oder?«

Joey lachte, sah dann, dass Socks nicht mitlachte, und räusperte sich. »Cesar, hey, mein Junge, du hast mir nicht gesagt, dass du irgendwas von den Sachen zurückhaben willst. Ich hab sie gar nicht mehr hier.«

Tim wollte etwas sagen, ließ aber nur einen erstickten Laut von sich hören. Da griff Socks unter sein Hemd, riss die Pistole mit Schalldämpfer heraus und zielte auf Joey.

»Hey, Cesar, was soll'n das, Kumpel«, sagte Joey, wich zurück und hob die Hände, um zu zeigen, dass er nichts in ihnen hielt. Die Kanone war schon schlimm genug. Aber der Anblick der leicht schimmernden Handschuhe, die er gerade erst an Socks' Händen entdeckt hatte, ließ ihn in Schweiß ausbrechen. Wenn ein Mann so einen Schutz trug, meinte er es ernst. »Wir gehören doch fast zur selben Familie. Und in der Familie richtet man nicht die Waffen aufeinander.«

»An wen hast du mein Gold verkauft?«, fragte Socks.

Tim wollte gerade sagen, dass es auch sein Gold war. Doch nach einem Blick in die ausdruckslosen dunklen Augen seines Freundes ließ er es bleiben. Das letzte Mal, als er Socks mit diesem Ausdruck gesehen hatte, waren sie noch im Gefängnis gewesen, und Socks hatte einem alten Mann eins übergezogen, weil er ihm nicht schnell genug Platz gemacht hatte. Socks war nicht gerade der Hellste, wenn es um Schulwissen ging. Aber er kannte die Regeln der Straße. Der Junge war so kalt und schnell wie eine Natter.

»Das ist ein privater Kontakt«, antwortete Joey. »das verstehst du doch, oder?«

»Wie viel?«

»Hey, du weißt, dass ich dir das nicht …«

Socks schoss ihm ins rechte Knie. Der Schuss machte weniger Lärm als ein zu Boden fallendes Glas. Socks schaute zu, wie sich Joey auf dem Zementboden wälzte, schreiend und blutend.

»An wen hast du es verkauft?«, fragte Socks. »Sag's mir, oder ich blas dir die andere Kniescheibe auch noch weg.«

Joey keuchte vor Schmerz und brachte nur mühsam eine Antwort hervor: »Shapiro.«

»Hat er es noch?«

»Weiß ... nicht«, japste Joey.

»Wie viel hast du gekriegt?«

»Fünf ... und ... fünfzig.«

»Tausend?«, fragte Socks. »Fünfundfünfzig Riesen? Du willst mir erzählen, du hast ...«

»Ja!«, unterbrach Joey verzweifelt. »Herrgott, Cesar. Ruf die Ambulanz! Es tut saumäßig weh!«

Socks trat Joey in die Kehle, was die Unterhaltung sofort beendete.

Tim verzog das Gesicht; ihm wurde übel. Diesen Teil seiner Freundschaft mit Socks mochte er wirklich nicht. Tim war der geborene Trickbetrüger, ein Lächler und Beruhiger, nicht einer, der Beine brach oder jemand umbrachte. Socks dagegen war der geborene Vollstrecker. Ihm machte es nichts aus, anderen wehzutun.

»Fünfundfünfzigtausend!« Er trat Joey in die Hoden. »Das ist dafür, dass du mich reingelegt hast, Arschloch.« Er trat noch einmal zu. »Denkst du immer noch, du bist schlauer als ich?«

Joey antwortete nicht. Er konnte nicht. Zu viel Erbrochenes, zu große Schmerzen. Schwärze, Absturz ins Nichts.

Socks wandte sich von dem winselnden und würgenden Pfandleiher ab und fing an, Schubladen und Schränke zu durchwühlen.

»Oh, Socks, vielleicht sollten wir ...«, begann Tim.

»Halt's Maul und brich den Schmuckschrank auf.«

»Was ist mit der Alarmanlage?«

»Hier hinten doch nicht. Das Letzte, was Joey will, sind neugierige Bullen, die ihn wegen seiner Ware in die Mangel nehmen.«

Tim wählte sich einen Waffenputzstock von der Werkbank aus und fing an, damit auf das dicke Vitrinenglas einzuschlagen. Risse zuckten wie Blitze durch die Scheibe, aber das Panzerglas gab nicht nach, egal, wie viel er auch daraufschlug.

Socks warf die letzte Schreibtischschublade mit einem Knall zu. »Verdammt! Wo bewahrt er es auf?«

»Was?«

»Bargeld natürlich, du Idiot, was, meinst du, such ich die ganze Zeit?«

Tim rammte den Putzstock mit dem Ende auf das Glas. Die von Rissen durchzogene Scheibe bog sich, aber sie brach nicht entzwei. »Gibt's einen Safe?«

»Ja. Krieg ich nicht auf. Hab ich vor einem Jahr schon mal versucht.«

Socks ging wieder zu Joey zurück und durchsuchte seine Hosentaschen, dann seine Unterwäsche. Aber sicher, da war ein Geldbündel in einem Sicherheitsbeutel, der vor seinem mickrigen Schwanz hing.

Ungeduldig zerrte Socks an dem Knoten der Kordel, mit der der Beutel um Joeys Hüfte befestigt war. Der Knoten zog sich zu. Ein schneller Schnitt mit dem Taschenmesser löste das Problem. Es hinterließ auch eine dünne rote Spur quer über Joeys Hodensack, aber der beschwerte sich nicht. Er war zu sehr damit beschäftigt, durch all die Schmerzen und das Erbrochene nach Atem zu ringen, um einen kleinen Kratzer überhaupt zu bemerken.

Unentwegt fluchend, zählte Socks das Geld. Ein paar Tausend. Eine Stunde vorher hätte er wegen so eines Betrags noch einen Freudentanz aufgeführt. Jetzt war alles, an das er denken konnte, Cherelles Aufschrei, der ihm nicht mehr aus dem Kopf ging.

Diese vier goldenen Teile, die du für achthundert Dollar verkauft hast, sind mindestens eine Million wert.

Wütend auf alles und jedes, trat er Joey, so fest er nur konnte.

Die Reaktion war nur ein Stöhnen.

Tim schlug aus Leibeskräften auf das Hightech-Glas ein

und versuchte, bloß nicht auf den Boden zu schauen, wo Joey sich wand wie eine gekochte Garnele.

Immer noch fluchend ging Socks zur Werkbank, an der Joey die meiste Zeit verbrachte. Er riss die erste der vielen Schubladen heraus, die unter der Platte des langen zerkratzten Tisches nebeneinander angeordnet waren. Mit einer kurzen Bewegung seines kräftigen Handgelenks schmetterte er die Schublade an ein Bein der Werkbank. Kleinere Werkzeuge flogen überall herum.

Kein Geld.

In der zweiten Schublade befanden sich Schmiermittel und eine Menge alter Lappen. Die Ölkannen machten ein nettes Geräusch, als sie an die Wand schlugen.

Immer noch kein Geld.

Die dritte Schublade enthielt ein Handy, etwas Bargeld und eine Pistole mit Schalldämpfer.

Einen Augenblick lang vergaß Socks das Gold. Er schob sich das Geld in die Tasche und prüfte die Waffe. Sauber, geladen, schussbereit, ganz sicher nicht heiß, vielleicht auf Joey registriert. Wie auch immer, ein wirklich hübsches Teil.

Lautlos pfiff Socks durch seine Zähne, während er aus seiner eigenen Kanone alle Patronen herausnahm, bis auf eine. Deutlich besser gelaunt, ging er zu Tim und drückte ihm die fast entladene Pistole in die Hand.

»Vergiss das Glas«, sagte Socks. »Wir haben, was wir brauchen. Hier, leg den Deppen um und dann nichts wie weg.«

Unglücklich sah Tim auf die Pistole und dann auf Socks' gut geschützte Hände. »Du hast mir nichts von Handschuhen gesagt. Lass uns doch einfach abhauen und …«

»Hey, Kumpel«, unterbrach ihn Socks. »Steck sie in seinen Mund und blas ihm den verdammten Schädel weg.«

Tim wollte etwas entgegnen, sah dann aber den seltsamen Ausdruck in den Augen seines Knastkumpans und begriff, dass er nicht davonkommen würde. So war es schon gewesen, als er Socks zum ersten Mal bei einem bewaffneten

Raubüberfall begleitet hatte, der ihnen eine Kiste Tequila einbrachte; was immer Socks machte, musste Tim auch tun. Das war der beste Weg, um sicherzustellen, dass dein Kumpel dich nicht bei den Bullen verpfiff.

Tim seufzte. »Wenn ich ihm aus dieser Nähe das Gehirn wegpuste, haben wir den ganzen Dreck auf unseren neuen Hemden.«

»Himmel. Keine Ahnung.«

Tim sah ziemlich dämlich drein.

»Leg ihn einfach um, okay?«, sagte Socks. »Mach's einfach.«

Tim peilte über den Lauf. Ein Schuss mitten ins Herz, nicht in den Kopf. Viel sauberer. Er drückte den Abzug.

Joey zuckte einmal, gab einen seltsamen blubbernden Seufzer von sich und war still.

Socks prüfte mit einem ordentlichen Tritt, ob er sich noch rührte. Keine Reaktion. *Bye-bye, Kumpel, das hast du davon, mich die ganzen Jahre übers Ohr zu hauen.*

Immer noch lächelnd, drehte Socks sich zu Tim um und schoss mit Joeys Pistole auf ihn. Trotz des Schalldämpfers war die Wucht des Geschosses so groß, dass Tim weggeschleudert wurde und mit dem Gesicht voraus in einen großen metallenen Aktenschrank krachte. Er rutschte langsam daran hinab, griff nach oben, um sich festzuhalten, und brachte dadurch den ganzen Schrank ins Wanken, sodass er schließlich mit ihm umstürzte und auf ihn fiel. Mann und Schrank landeten hart auf dem Zementboden, was einen solchen Lärm machte, dass alles andere verschluckt wurde.

In der plötzlichen Stille, die darauf folgte, war das Heulen einer Sirene zu laut, zu deutlich. Und es kam näher.

Socks zuckte zusammen und fluchte. Irgendein neugieriger Bastard musste die Bullen gerufen haben. Oder Joey hatte doch eine Alarmanlage, von der er nichts gesagt hatte.

Er beugte sich über den Pfandleiher, ergriff schlaffe Finger und drückte sie um den Kolben der Pistole, mit der er auf

Tim geschossen hatte. Als Socks losließ, fiel die Waffe aus Joeys Hand. Socks versuchte es erneut. Wieder passierte dasselbe.

Die Sirene heulte um die Ecke, so nah, dass er die Reifen des Wagens quietschen hören konnte.

Schwitzend versuchte Socks es ein letztes Mal mit der Inszenierung. Dieses Mal blieb die Pistole, wo sie sollte. Er stieß den Atem aus und blickte sich nach Tim um. Unter dem Schrank bewegte sich nichts, nur eine Blutspur schlängelte sich über den Boden.

Die Sirene brachte Socks fast zum Schreien.

Ohne auf das Blut an seinen Schuhen zu achten, drehte er sich um und rannte aus der Hintertür.

27

Las Vegas
3. November
Am späten Vormittag

Smith-White sah nicht so aus, wie es sein Name hätte erwarten lassen. Er war nicht groß, dünn und seriös, sondern klein, glatzköpfig und rund wie der Weihnachtsmann. In seinen Augen war jedoch nichts speziell Fröhliches zu lesen. Sie waren von einem undurchsichtigen Grau, das an alten Schnee erinnerte.

Risa wartete darauf, dass Smith-White endlich aufs Geschäft zu sprechen kam, und konnte ihre Ungeduld nur mit Mühe verbergen.

Shane, der die Vorlieben seines Gastes kannte, hatte türkischen Kaffee und dazu Kuchen und Konfekt bringen lassen. Aus der Tatsache, dass Smith-White sich immer noch die Lippen leckte und unter den diversen Fruchttörtchen und kandierten Früchten auswählte, schloss Risa, dass sie noch eine Weile würde warten müssen, ehe sie das Gold zu sehen bekam. Sie schloss daraus aber auch, dass Smith-White mit ihnen spielte, da er offenbar etwas wirklich Überragendes anzubieten hatte.

Das machte das Warten um keinen Deut leichter.

Weder Shane noch Risa warfen einen Blick auf den verschlossenen Aluminiumkoffer, den Smith-White auf den niedrigen Tisch neben das Kaffeeservice gestellt hatte.

Der Wächter ließ dagegen kein Auge von dem Koffer. Alles, was ohne vorherige gründliche Durchsuchung in die oberen Etagen des *Golden Fleece* gelassen wurde, machte ihn unruhig. »Köstlich«, brummte Smith-White glücklich und tupfte sich Puderzucker von der Oberlippe. »Ihre Konditoren sind einfach die besten außerhalb von Manhattan. Wahrscheinlich auch innerhalb.«

»Ich werde Ihr Kompliment mit Vergnügen weitergeben«, sagte Shane. »Noch etwas Kaffee?«

Risa hätte ihm für dieses Angebot am liebsten einen Tritt verpasst.

Smith-White zögerte, bemerkte, dass Shane die Verhandlung nicht eröffnen würde, und erteilte dem Besitzer des *Golden Fleece* im Geiste gute Noten für sein Pokerface. Sollte Shane irgendein anderes Interesse haben als eine nette Plauderei mit einem Besucher, war das nicht ersichtlich, nicht mal aus Shanes Körpersprache. Mit leichtem Bedauern akzeptierte Smith-White, dass er wohl mit dem Handel beginnen musste. Shane Tannahill konnte eine Statue Geduld lehren.

»Vielen Dank«, sagte Smith-White. »Ich weiß, dass wir beide zeitlich sehr beansprucht sind. Es war sehr freundlich von Ihnen, mir so kurzfristig einen Termin einzuräumen.«

Shane nickte freundlich, während er noch einmal von dem dunklen, stark gesüßten dickflüssigen Getränk in Smith-Whites winzige Tasse nachschenkte, die man noch nicht einmal als Mokkatasse bezeichnen konnte. Nachdem er damit fertig war, griff Shane nach seiner eigenen Tasse. Statt den Kaffee auf einmal hinunterzuschlürfen wie ein Türke, nahm er bloß ein Schlückchen des dicken, unglaublich süßen Getränks. Die Mixtur aus Koffein und Zucker gab ihm einen Kick wie ein verrücktes Kamel.

Smith-Whites kompakte, schön manikürte Finger strichen zärtlich über den Alukoffer.

Shane nippte wieder an seinem Kaffee.

Risa überlegte sich, dass Mord auch ganz befriedigende Komponenten haben konnte.

Der Wächter zog ein wenig an seiner Uniformjacke und beobachtete genau die Hände des Besuchers. Er hoffte sehr, dass der zickige Besucher tatsächlich nichts anderes in seinem Koffer hatte als Gold. Die Atmosphäre war gespannt wie kurz vor einer Schießerei.

Das Geräusch des vierstelligen Zahlenschlosses, an dem herumgedreht wurde, war in der Stille ziemlich laut. Smith-White machte sich lange an der Kombination zu schaffen, die ihm doch vertraut sein musste.

»Ist der Torques schon angekommen?«, fragte Shane Risa mit träger Stimme.

»Ich werde das überprüfen.«

Sie stand auf und ging zu ihrem Computer hinüber. Sie spürte Shanes Blicke auf sich, die ganz und gar nicht träge waren, und wünschte, sie wäre von Kopf bis Fuß in Sackleinen gehüllt. Hosen und Jacke saßen zwar nicht eng – eher waren sie modisch locker fallend und untailliert –, aber sie ließen sie ihre weiblichen Kurven so stark fühlen, als würde Shane ihnen mit seinen Händen nachfahren. Wie so oft wünschte sie sich, dünn und geschmeidig wie eine Katze zu sein. Aber sie war es nicht und würde es auch nie werden.

Vergiss es, sagte sie streng zu sich selbst.

Sie gab auswendig eine Internetadresse ein und wartete.

»Dem Sendungsverfolgungssystem des Spediteurs zufolge«, sagte sie, »verließ der Torques den Flughafen um zehn Uhr sechsunddreißig und ist im Augenblick auf dem Weg zu uns.«

»Gut. Vielen Dank.«

Irgendetwas in seiner Stimme irritierte sie, und sie sah ihn an. In seinen Augen lag dasselbe. Hitze.

Smith-White erkannte, dass sein Versuch, Spannung zu erzeugen, gescheitert war. Er räusperte sich und öffnete das Schloss mit geschickten Fingern. Nun hob er den Deckel, aber nur so weit, dass er als Einziger einen Blick auf den Inhalt werfen konnte.

Und der Wächter, natürlich. Aber der war kein Käufer, deshalb nahm Smith-White kaum Notiz von ihm.

Während sich Smith-White Einmalhandschuhe überzog, warf der Wächter einen gründlichen Blick auf das Innere des Koffers, dann inspizierte er ihn ein zweites Mal, um sicherzugehen. Schließlich richtete er sich beruhigt auf, lehnte sich an eine der stabilen Vitrinen und entspannte sich. Wenn irgendetwas in dem Alukoffer des Besuchers Kugeln abfeuern konnte, eine scharfe Schneide hatte oder explodieren konnte, würde er ohne mit der Wimper zu zucken tausend Pokerchips auffressen – ohne Salz und ohne Ketchup.

Risa setzte sich wieder in ihren Sessel und betrachtete aufmerksam ihre Fingernägel. Keiner eingerissen, keiner abgebrochen. Wenn dieser gute Mann nicht endlich und ziemlich plötzlich mehr als nur seine Hand aus dem Alukoffer zog, würde sie sich quer über den Kaffeetisch auf ihn stürzen und eine perfekte Maniküre ruinieren, indem sie ihm das selbstgefällige Gesicht zerkratzte.

»Hier sind sie«, sagte Smith-White mit butterweicher Stimme. »Das ist doch ein ganz hübscher Schmuck, meinen Sie nicht auch?«

Erste Eindrücke durchströmten Risa, als sie die runde, handgroße Brosche betrachtete, die in einer flachen, mit schwarzem Samt ausgeschlagenen Schachtel lag. Keltisch, da gab es keinen Zweifel. Wunderschön. Ein Sonnensymbol, in Gold gearbeitet, um das Gewand eines Fürsten oder Druiden zusammenzuhalten. Wahrscheinlich viertes bis siebtes Jahrhundert nach Christus. Vielleicht aus Irland. Vielleicht aus Schottland. Gold mit eingelassenem rotem Champlevé-Email, das die gewundenen Linien, mit denen das Gold verziert war, aufnahm. Offenkundig unbeschädigt.

Sie hatte noch nie eine goldene Brosche wie diese gesehen. Aus Bronze, ja. Aus Silber ebenfalls. Aber nie aus Gold.

Sie blickte auf ihren Chef. Nach Shanes Gesichtsausdruck hätte Smith-White genauso gut ein Thunfischsandwich in der Hand halten können, ohne Mayo.

Risa hoffte, dass ihr Pokerface halb so gut wie Shanes war.

Eisern widerstand sie dem Drang, Smith-White die Brosche aus der Hand zu reißen, um sie aus der Nähe betrachten zu können.

»Darf ich?«, fragte Shane und streckte die Hand aus.

»Natürlich. Möchten Sie Handschuhe anziehen?« Smith-White hielt ihm ein Paar hin. »XXL, wie Ihre Hände.«

»Ich verzichte lieber darauf«, sagte Shane. »Deshalb sammle ich ja Gold. Hochkarätiges Gold läuft nicht an, wenn man es kurz in die Hand nimmt. Aber Sie kennen Ihr Gold besser. Wenn dieses hier den Kontakt mit bloßer Haut nicht verträgt ...«

Smith-White sagte weder, sein Gold sei womöglich von minderwertiger Qualität, noch machte er Anstalten, seine eigenen Handschuhe auszuziehen. Ohne ein Wort ließ er die extra Handschuhe auf den Tisch fallen.

»Möchten Sie, dass ich die Brosche für Sie herausnehme?«, fragte Smith-White gleichmütig.

»Bitte«, gab Shane zur Antwort.

Auch Risa bemühte sich um Gleichmut, als sie ihre eigenen Latexhandschuhe anzog. Je weniger die Oberfläche des Goldes durch das Hantieren verschmutzt wurde, desto leichter würde es sein, im Labor Antworten auf einige Fragen zu finden. Und sie hatte das Gefühl, dass es eine Menge Fragen geben würde.

Sie hoffte bloß, die Antworten darauf würden wunschgemäß ausfallen.

Mit zusammengekniffenen Augen beobachtete sie, wie Smith-White die Brosche ihrem Chef reichte. Sie sah auf Shane, nicht auf die Brosche. Auch wenn sie keinerlei Signal an ihm erkennen konnte, wusste sie doch, dass er das Stück kaufen würde.

Shane blickte sie kurz an und erkannte, dass ihr bereits klar war, was er vorhatte. Er wusste nicht recht, ob er sich darüber ärgern sollte, dass sie ihn wie keiner sonst durchschaute, oder sich freuen, weil es Zeit sparte. Er konzentrierte sich wieder auf die Brosche, drehte sie mit einer geschickten Bewegung um und gab sie dann an Risa weiter.

Als sie das Stück nahm, hatte Risa trotz der Handschuhe das Empfinden, als fühlte sie heißes Metall auf der Haut, nicht kaltes Gold. Ein seltsames Vibrieren zog von der Hand ihren Arm hinauf. Seit Wales hatte sie so etwas nicht mehr empfunden. Sie hatte etwas Derartiges auch nie mehr fühlen wollen.

Sie zog eine Juwelierlupe aus ihrer Tasche und untersuchte die Brosche. Bei zehnfacher Vergrößerung wurde die Unversehrtheit der eingetriebenen Muster überdeutlich. Gekrümmte Formen, die zum Teil ganz abstrakt wirkten und zum Teil überraschend wirklichkeitsgetreu, wenn aus den Linien Köpfe von Vögeln wurden, die sich in einer langen Reihe immer kleiner werdender Vs zum Flug erhoben. Die Flächen, die sich innerhalb des sich wiederholenden zentralen Musters befanden, flammten blutrot auf durch eine Emaillierungstechnik, die im Laufe der Jahrhunderte nichts an Farbkraft oder Frische verloren hatte.

»Ich brauche mehr Licht«, sagte sie nach einer Weile. »Und außerdem wird es meine Arbeit erleichtern, Mr Tannahill, wenn Sie in Zukunft Handschuhe tragen.«

Nur Risa konnte den kurzen Moment des Erstaunens auf seinem Gesicht erkennen. Sie hatte nie zuvor auf etwas bestanden. Ohne ein Wort zu sagen, ergriff er die Handschuhe, die Smith-White ihm wieder hinhielt.

»Darf ich?«, fragte sie Smith-White und zeigte auf ihren Arbeitsplatz.

Mit einer Geste der Hand erteilte er ihr die Erlaubnis, die Brosche unter jedem gewünschten Licht zu untersuchen.

Auf einem ihrer Arbeitstische hatte sie eine helle Vollspektrumlampe mit integrierter übergroßer Zehnfach-Lupe, die an einem schwenkbaren Arm befestigt war. Sie benutzte sie, wenn sie während der Untersuchung die Hände frei haben wollte, um Notizen oder Skizzen zu machen. Im Augenblick wollte sie aber das Binokular-Mikroskop mit zehn- bis dreißigfachem Zoom, das auf dem zweiten Tisch stand. Sie zog sich ihren Arbeitsstuhl auf Rollen heran, legte die Brosche in die richtige Position, stellte den Zoom ein ... und fühlte die Jahrhunderte wie einen stummen Film über sich hinweggleiten. Es raubte ihr beinahe den Atem.

Ein Künstler, der die Brosche in Händen hielt, sich ausmalte, wie er sie gestalten wollte, und die Symbole in das massive Gold schnitt. Jeder Strich ein Gebet zu den Göttern, die den Himmel und Blitz und Donner und die Sonnenglut regierten, das brennende Rad des Lebens, das sich drehte und wieder drehte, und Menschen so klein, so schwach, so müde ...

Risa atmete tief aus, verscheuchte die Bilder ihres Tagtraums und zwang sich, sich auf das Hier und Heute zu besinnen.

Das Stück war handgearbeitet. Darin war sie sich sicher. Die Unregelmäßigkeiten unterstützten diesen Schluss. Sie verliehen der Brosche eine Wärme, wohingegen viele der modernen, industriell gefertigten Schmuckstücke kalt wirkten. Die Verzierungen waren klassisch keltisch und zeigten eine Reihe abstrakter gewundener Linien, die in wiederkehrendem Abstand zu einem dreigliedrigen Muster »erblühten«, das an Vogelköpfe denken ließ. Auf der kreisförmigen Brosche gab es drei solcher Blüten mit jeweils drei »Blättern«, wobei das zweite der drei Blätter kunstvoll aus rotem Email gestaltet war. Eine gezackte goldene Umrandung trennte das emaillierte von dem übrigen Gold, wodurch der Eindruck eines Rades oder eines Auges entstand. Der Vogelkopf auf beiden Seiten des Emailblatts wies in kleinerer Ausführung dasselbe kunstvolle dreigliedrige Muster auf, das direkt in das Gold eingraviert war.

Die lange, spitz zulaufende Nadel der Brosche war auf gleiche Weise verziert. Irgendwie hatte es der Künstler fertiggebracht, das Muster so geschickt zu verändern, dass die Proportionen entlang des sich verjüngenden Endes ausgewogen erschienen bis ganz zur Spitze, die dünn genug war, um Stoff zu durchdringen. Die Komplexität und Kunstfertigkeit waren in höchstem Maße erstaunlich. Der mittelalterliche Künstler hatte dazu nur seine eigenen Augen und seine Gebete, während die Kuratorin der Neuzeit sich mit einem Mikroskop behelfen musste, um seine Arbeit schätzen zu können.

Das Geräusch der zierlichen türkischen Kaffeetasse, die Shane gerade wieder auf ihrer ebenso zierlichen Untertasse absetzte, erinnerte Risa daran, dass ihre Untersuchung lange genug angedauert hatte.

»Ja«, sagte sie in einem unverbindlichen Ton, ohne den Blick von dem Meisterwerk zu wenden, »eine sehr schöne Goldschmiedearbeit. Es ist exzellent erhalten. Beinahe zu gut, nach meinem Geschmack. Die meisten Teile, die wir aus der Zeit um das sechste oder siebte Jahrhundert nach Christus besitzen, zeigen viel mehr Gebrauchsspuren. Viel mehr.«

»Nicht, wenn sie jemandes hoch geschätzter Besitz waren«, meinte Smith-White geschmeidig. »Das ist vergleichbar mit den Kultgegenständen eines Papstes, heilige Symbole aus Gold, die liebevoll gelagert und von Generation zu Generation weitergegeben werden und die man nur zu den höchsten festlichen Anlässen hervorholt und benutzt.«

Und wie sind diese Gegenstände dann in Ihre Hände gelangt? Diese ironische Frage sprach Risa allerdings nicht laut aus. Zweifelsohne dachte Shane genau dasselbe. Das Problem war nur, dass ihn die Herkunft des Schmucks nicht so bekümmerte wie sie.

Ohne auf Smith-White zu reagieren, vertiefte sich Risa erneut in die genaue Inspizierung des Schmuckstücks. Als sie schließlich die Lampe zur Seite schwang, achtete sie darauf, dass die Überwachungskamera die Brosche unbeeinträchtigt aufnehmen konnte. Vor ihr lag ein Berg von Arbeit zur genauen Untersuchung des Stücks – und verdammt wenig Zeit dafür.

Sie hätte viel dafür gegeben, dazu auf die umfassenden Datenbestände von *Rarities Unlimited* zurückgreifen zu können.

Wie zufällig drehte sie die Brosche um, damit die Kamera auch die ebenso meisterhafte Rückseite ins Visier nehmen konnte. Dann gab sie das Stück zurück an Smith-White.

Der legte die Brosche wieder in die mit Samt ausgeschlagene Schachtel zurück, die er auf dem Tisch liegen ließ, damit Shane den Schmuck weiterhin bewundern konnte und – wie Smith-White hoffte – in ihm den Wunsch erweckte, eine halbe Million Dollar dafür zu bezahlen. Mindestens. Er goss noch einmal Kaffee in seine winzige Tasse und schlürfte sie hörbar auf türkische Weise aus, bis nur noch dunkler Satz am Boden sichtbar war.

Der Wächter wechselte das Standbein.

Risa wartete und dachte erneut darüber nach, ihre manikürten Fingernägel an Smith-White zuschanden zu machen. Sie blickte auf ihre Uhr.

Shane tat dasselbe.

Smith-White nahm den Hinweis auf und griff erneut in den Aluminiumkoffer.

»Hier ist noch ein schönes Stück«, sagte er. »Eine Opfergabe für einen sehr, sehr mächtigen Druiden oder auf dessen Geheiß für eine wichtige religiöse Zeremonie angefertigt. Ich tippe mal auf das Fest der Wintersonnenwende, wenn diese armen bibbernden Burschen beteten und opferten, damit die Sonne wieder ihren normalen Gang aufnahm.«

Er wartete nicht, bis Shane ihn um das Stück bat, sondern hielt ihm den Samtbehälter mit dem stilisierten Pferd hin. Shane ergriff das Figürchen und ließ sie gleich darauf fast fallen, als er den Energiestoß spürte, der durch seine Hand zischte.

»Das Gewicht von goldenen Teilen ist immer überraschend, nicht wahr?«, meinte Smith-White mit zufriedenem Lächeln.

Risa wusste, dass Shanes Bewegung nicht allein daher kommen konnte. Shane war den Umgang mit Gold zu sehr gewöhnt, um sich von seinem Gewicht noch überraschen zu lassen.

Aber irgendetwas hatte ihn doch überrascht.

Als Shane von dem Pferd zu ihr blickte, wusste sie, dass er es ebenfalls kaufen würde.

Zum Teufel, wie Niall sagen würde.

Mit sprunghaft wachsender Ungeduld wartete Risa darauf, dass Shane das Objekt an sie weiterreichen würde. Anstatt es ihr einfach hinzuhalten, legte er eine Hand unter die ihre, bevor er ihr das Pferdchen mit der anderen Hand übergab. Sie wusste nicht, was sie mehr schockierte – die Wärme seiner Hand oder das Gefühl brennender Hitze, die sie durchfuhr, als das Pferd ihre Handfläche berührte. Und sie war sicher: Hätte er ihre Hand nicht gestützt, hätte sie das kostbare Figürchen sicher fallen gelassen.

Ein Blick in das unendliche Grün seiner Augen versicherte ihr, dass er sich ebenso sicher war.

»Danke«, sagte sie heiser.

Sein Lächeln verriet, dass es ihm ein Vergnügen gewesen war.

Ohne ein Wort zu sagen, stand sie auf und ging zu ihrem Arbeitstisch hinüber. Sie hielt das Pferdchen dabei die ganze Zeit über mit beiden Händen. Zwar war das erste Gefühl sengender Hitze verschwunden, aber sie spürte das Prickeln auf ihrer Hand bis in den Kopf hinein.

Es war wie damals in Wales.

Benommenheit wie dunkle Blitze, die stummen Schreie längst verstorbener Menschen, die Götter anbeteten, die ebenfalls tot waren …

Gewaltsam schob sie den Gedanken beiseite und auch das Gefühl von Zeit, die um sie her wie ein stiller Sturm wirbelte.

Sie atmete aus und stellte das Mikroskop auf die Pferdefigur scharf ein.

Das Pferd war genauso wie die Brosche von Hand gefertigt, wahrscheinlich im Wachsausschmelzverfahren der verlorenen Form, mit Symbolen geschmückt und zweifellos keltischen Ursprungs. Im Gegensatz zur Brosche war es eher ein sehr frühes keltisches Stück als ein spätes. Die Verzierungen bedeckten die Figur nicht gänzlich, sondern beschränkten sich auf den Rumpf des Pferdchens. Das prominenteste Symbol war das Sonnenrad, das auf beiden Seiten der Figur eingraviert war. Jedes Rad barg wiederum drei gleich große kleinere Räder, die um die Radnabe angeordnet waren. Anstelle von Hufen wuchs auch aus den Füßen eines jeden Beines ein Sonnenrad. Die Wirkung der Figur war zierlich und kraftvoll zugleich. Wer auch immer dieses Figürchen geschaffen hatte, war ein außerordentlicher Künstler und ein geschickter Handwerker gewesen.

Er hatte außerdem mindestens vierhundert Jahre vor Christus gelebt und war von einer Kultur geprägt worden, die die Archäologen Latènezeit nannten nach dem schweizerischen Fundort, wo dieser spezielle Kunststil zuerst entdeckt und erforscht worden war. Die Sonnenrad-Hufe deuteten aber eher auf eine Zeit zweihundert Jahre früher, die Hallstatt-Kultur genannt wurde, nach einer anderen archäologischen Ausgrabungsstätte in Österreich.

Risa achtete wieder darauf, dass die versteckte Kamera das Pferdchen erfassen konnte, bevor sie damit zu den wartenden Männern zurückkehrte.

»Bemerkenswert«, war ihr einziger Kommentar, als sie das Pferd wieder in sein samtenes Bett zurücklegte. »Es gibt auf den eingravierten Mustern fast keine Abnutzungserscheinungen, trotz der zweitausendfünfhundert Jahre. Es hätte erst gestern entstanden sein können.«

Sie wünschte, sie könnte glauben, es wäre tatsächlich so neu. Eine Fälschung hätte man leicht abtun können. Aber sie fürchtete, dass das Figürchen genauso echt war, wie es Macht besaß.

»Das nächste?«, fragte sie ungeduldig.

Smith-White zog die Stirn in Falten. Er hatte bereits gehört, dass Shanes Kuratorin schwierig sein konnte, aber er war ihr früher nie persönlich begegnet. Ohne ein Wort nahm er ein drittes Objekt aus dem Aluminiumkoffer.

»Eine weitere Votivgabe«, sagte er zu Shane. »Ausgezeichnet erhalten!«

»Wie überaus überraschend«, kommentierte Risa, ohne sich an einen der beiden zu wenden.

Shane warf ihr aus den Winkeln seiner tiefgrünen Augen einen Seitenblick zu, bevor er die Figur ergriff. Diesmal war er auf das Gefühl sengenden Wiedererkennens und Macht vorbereitet. Seine Hand zitterte nicht einmal. Er bewunderte die erstaunliche Vielfältigkeit der eingravierten Muster auf dem offensichtlich potenten Hirsch, dann reichte er das Gold an Risa weiter. Aus ihrem herausfordernden Blick schloss er, dass er seine Hand nicht wieder unter ihre legen durfte, sonst würde sie das Objekt in seinen Schoß fallen lassen. Mit kaum merklichem Lächeln setzte er ihr die Figur auf die Handfläche.

Außer einem ganz leichten Zucken, das nur er bemerkte, war ihr keine Reaktion anzumerken. Aber das Aufflackern in ihren Augen verriet ihm, dass sie die Figur, ebenso wie er selbst, auf irgendeinem unbewussten Weg wiedererkannt hatte.

Für Risa war diese Erkenntnis so überwältigend wie die kunstvoll ausgeführten Zeichnungen auf der Figur.

Sie träumte.

Sie erkannte es wieder.

Und sie flüchtete davor, so schnell sie konnte.

Stumm schwor sie sich herauszufinden, warum das so war.

Risa hielt den Hirsch unter das Mikroskop. Als sie das Objekt scharf vor der Linse hatte, wusste sie nicht, ob sie die außerordentliche Schönheit bewundern sollte, die auf ihrer Handfläche lag, oder ob sie ihren Kopf auf den Tisch legen und weinen sollte über all das, was im Laufe der Jahrhunderte verloren gegangen war und niemals wieder bekannt werden konnte.

»Keltisch«, sagte sie heiser. »Mindestens viertes oder fünftes Jahrhundert nach Christus. Das ist der Beginn des goldenen Zeitalters der keltischen Kultur, die in den Illuminationen des *Book of Kells* gipfelt. Der künstlerische Stil auf diesem Hirsch ähnelt eher dem des *Book of Lindisfarne,* das im frühen Mittelalter entstand, also zu Beginn der Blütezeit illuminierter Handschriften. Es wäre Arbeit für ein ganzes Forscherleben, die vielfältigen Muster und Zusammenhänge der Symbolik auf dieser Figur zu enträtseln. Und auch nach lebenslanger Arbeit bliebe immer noch ein Teil unerforscht – die emotionale und intellektuelle Wirkung dieser Figur, die die Menschen zur Zeit ihrer Entstehung empfunden hatten. Der Kontext ist uns verloren gegangen. So viel … verloren.«

Smith-White hörte die Ehrfurcht in Risas Stimme und fragte sich, ob er einen Fehler begangen hatte, als er den Hirsch als drittes Objekt statt als letztes zeigte. Für ihn war der Armring das spektakulärste Stück der Gruppe, deshalb hatte er sich entschlossen, ihn erst am Ende zu präsentieren. Der Hirsch war ein hübsches Stück, wirklich sehr schön, aber die Muster waren so vertrackt, dass sie den modernen Betrachter eher verwirrten. Seiner Meinung nach war der Armring viel eindrucksvoller.

Es blieb abzuwarten, wie Shanes Kuratorin dies sah.

Nachdem sie den Hirsch wieder für die Kamera positioniert hatte, gab Risa ihn zögernd an Smith-White zurück.

»Ich muss noch einmal betonen«, wandte sie sich an Shane, »wie unwahrscheinlich es ist, dass sich ein Objekt aus Gold, das so reich verziert ist, über so viele Jahrhunderte in solch einem fantastischen Zustand erhalten hat.«

»Ist notiert«, meinte Shane kurz.

Um diese Art von Unterhaltung abzubrechen, brachte Smith-White nun das vierte und letzte Objekt hervor. »Dieses hier ist ganz einfach spektakulär.«

Risa wollte einen Einwand bringen, aber es gab keinen.

Das Stück war einfach unglaublich.

Shane bereitete sich im Geiste darauf vor, den Armring in die Hand zu nehmen. Der Schlag traf ihn hart und tief, dann ließ er nach. Er hatte mit anderen Objekten ebenfalls Momente der Wiedererkennung gespürt, aber mit diesem waren sie nicht vergleichbar; es war, als ob man einen Stromschlag von einem blanken Elektrokabel erhielt.

Er stand auf und ging zu Risa hinüber, um sich schließlich zwischen sie und die scharfen Blicke aus Smith-Whites grauen Augen zu stellen.

»Wappnen Sie sich«, sagte er so leise, dass es der andere nicht hören konnte.

Behutsam nahm sie den Armring entgegen. Ein Hitzeschlag, ein Taumel der Zeit, ein Gefühl von Schwindel, bis die Realität langsam wieder ihren gewohnten Platz einnahm.

Allerdings verriet ihr Shanes Gesichtsausdruck, dass es länger gedauert hatte als die wenigen Sekunden der Desorientiertheit, an die sie sich selbst erinnerte.

Sie hatte keine Einwände, als er sie zu ihrem Arbeitstisch begleitete. Sie hielt den Ring unter das Mikroskop und zwang sich, nicht von dem spiralförmigen, machtvollen Muster absorbiert zu werden. Sie redete sich ein, damit Erfolg zu haben.

Die Gänsehaut, die sich auf ihren Armen bildete, verriet das Gegenteil.

Der etwa drei Finger breite Ring war für einen muskulösen Arm oder für einen sehr zarten Hals gemacht und auf eine Weise verziert, dass das Licht über ihn floss und den Anschein erweckte, der Ring sei ständig in Bewegung, atmete, *lebte*. Ohne Vergrößerung glichen die dekorativen Muster im Hintergrund dem symmetrischen Flechtstil des Snettisham-

Funds. Aber was ihr ins Auge stach – und ihr den Atem raubte –, war das Gesicht, das sie durch die Nebel der Zeit hindurch anblickte.

Mandelförmige Augen aus blauem Email mit schwarzen Pupillen – Augen, die ins Leere blickten, aber auf unheimliche Weise allsehend waren. Hohe Stirn, geeignet, eine Krone zu tragen. Eine dünne Linie als Nase, kein Mund. Das Gesicht – vielleicht war es auch ein Totenschädel – beherrschte die dichten Muster, aus denen es entsprang. Die Muster selbst waren höchst abstrakte, sich überkreuzende Linien, die Gänse symbolisierten. Ein Rabe mit dickem Schnabel begrenzte beide Seiten des Kopfes oder Schädels.

Der Rabe des Todes, unsterbliche Gänse, und der Mensch dazwischen gefangen, vom Tod zur Ewigkeit kommend.

Sie hätte geschworen, dass sie das nicht laut ausgesprochen hatte, aber neben ihr sagte Shane: »Ja.«

Risa schüttelte den Zauberbann der Zeit mit grimmiger Entschlossenheit ab. Als sie sprach, klang ihre Stimme völlig neutral. »Der Künstler, der diesen Ring schuf, kannte sich in allen Stilformen aus: in der Hallstatt-Kultur, dann alle Variationen von Latène; und er kündigte bereits den Stil an, für den die Vermeidung freier Flächen charakteristisch ist und der mit dem *Book of Kells* als Höhepunkt des Keltischen bekannt wurde.«

»Wollen Sie damit sagen, dass er im neunten Jahrhundert nach Christus lebte?«, fragte Shane.

»Er oder sie. Ich verwende nur der Bequemlichkeit halber die maskuline Form.« Risa machte eine schnelle Bewegung mit ihrer Hand, bevor er noch etwas dazu sagen konnte. »Um Ihre Frage zu beantworten, müsste ich viele Objekte miteinander vergleichen, vor allem solche, die an derselben Stelle gefunden wurden. Nur aufgrund stilistischer Merkmale ist es sehr schwierig, eine zeitliche Einordnung vorzunehmen. Unglücklicherweise blieben manche Stilarten des Keltischen in einer Region über lange Zeit gleich, während sie sich in einer anderen Gegend stark weiterentwickelten. Dadurch sind Spekulationen über die Entstehungszeit und die genaue Herkunft eines gegebenen Objekts Tür und Tor geöffnet; sie können jedenfalls nicht den Anspruch von Wissenschaftlichkeit erheben.«

»Könnte er auch aus dem sechsten Jahrhundert sein?«

»Möchten Sie den Ring kaufen?«, fragte sie sehr leise.

»Was meinen Sie?«

»Ich denke, wir sollten uns über die Provenienz unterhalten.«

»Dazu kommen wir schon noch.«

»Vor oder nach dem Kauf?«, schoss sie mit einem wütenden Unterton zurück.

Er gab ihr keine Antwort.

Enttäuscht wandte sie sich wieder dem funkelnden Armring zu, der unglaubliche Macht ausstrahlte. Den Blick unverwandt auf dem Ring, fragte sie sich, wofür Shane sie überhaupt bezahlte. Die Hälfte der Zeit ignorierte er, was sie sagte. Und die andere Hälfte kämpften sie miteinander.

Je länger alle Beteiligten das Thema der Provenienz der Kunstwerke vermieden, desto sicherer war sie, dass ihr Chef und sie ihrem letzten Kampf entgegensahen. Es gab keinen Zweifel, aber auch nicht den geringsten, dass diese Objekte Diebesgut waren. Fragte sich nur, wann und wo sie gestohlen wurden.

Und wie viele Menschen dabei umgekommen waren.

28

Las Vegas
3. November
Am frühen Nachmittag

Die Stille in Miranda Setons Haus war bedrückend und die Luft zum Schneiden dick. Cherelle tat nur eins: Sie wanderte auf und ab, auf und ab, vom Wohnzimmer in die Küche, von der Küche ins Wohnzimmer – ein nervöser Geist in limonengrüner Seide.

Tim müsste längst zurück sein. Wenn er je zurückkam.

Komm nicht ohne den Armreif zurück. Niemals.

Sie hatte es ernst gemeint. Und sie meinte es immer noch so. Aber sie wollte diesen Ring wirklich wieder zurückhaben. Je länger sie darüber nachdachte, dass sie Teile des Goldes weggegeben hatte, desto größer wurde ihre Angst, es könnte ihr nicht genug geblieben sein, um dahin zu gelangen, wohin sie im Leben wollte.

Sie wusste zwar nicht genau, wie dieses Ziel aussah, aber dass es nicht *hier* war, das war ihr verdammt klar.

Miranda Seton trug einen zerschlissenen Kittel im Leopardenlook mit Trikothosen darunter und Ballerinaschuhen an den Füßen, mit denen sie sehr geschickt von Zimmer zu Zimmer huschte – immer gerade dorthin, wo Cherelle nicht war. Stück für Stück, jedes Mal ein bisschen, hatte sie zwei Dinge erledigt, seit die Männer das Haus verlassen hatten. Zuerst brachte sie das Wohnzimmer wieder in Ordnung. Außerdem nahm sie so viele Schlückchen aus einer Teekanne voller Wodka, bis ihr die Welt wieder in dem vertrauten Nebeldunst erschien.

Doch unglücklicherweise gab es für Tims Mutter in ganz Las Vegas nicht genügend Wodka, um das Zusammensein mit der grimmigen, hartgesottenen Freundin ihres Sohnes irgendwie erträglich zu machen. Also blieb Miranda nur, sich möglichst unsichtbar zu machen. Lebenslange Übung half ihr dabei.

Aber es machte sie stinkwütend, wenn sie sah, wie Cherelle ihre Sachen um sich herum verstreute wie eine Prinzessin, die es gewohnt war, dass sie bedient wurde. Autoschlüssel, Lippenstift, ein Kamm, ein Schal, Schuhe, Wimperntusche, zerknüllte Papiertaschentücher, die sie als Servietten benutzt hatte, und Gott weiß was sonst noch alles. Es war ein Wunder, das die blöde Hexe jemals etwas wiederfand, ohne dass jemand hinter ihr herlief, der die Sachen für sie aufhob.

Als sie wieder in die Küche auswich, nahm Miranda einen kräftigen Schluck direkt aus der Tülle der Teekanne. Als sie die wie ein Küken geformte Kanne wieder absetzte, entdeckte sie auf dem Küchentisch direkt hinter der Stelle, wo die Teekanne üblicherweise ihr »Nest« hatte, einen weiteren Teil von Cherelles verstreutem Leben. Wieder ein Knäuel Papiertücher, als hätte Cherelle in ihrer großen neuen Rucksacktasche irgendetwas gesucht und beim Durchwühlen das unnütze Zeug einfach nach links und rechts geworfen, um rasch an den Grund der weichen Ledertasche zu gelangen. Dann lag da noch eine Plastikkarte, die aussah, als wäre sie ein elektronischer Schlüssel.

Miranda, ermutigt von dem ihre Blutbahn durchströmenden Wodka, packte die Plastikkarte und dic Tücher und eilte in Richtung Wohnzimmer. Beinahe wäre sie in Cherelle hineingerannt, als sich das Mädchen mit katzengleicher Geschwindigkeit umdrehte. Miranda erschrak, sie war an ein Leben gewöhnt, das gemächlich und verträumt voranschritt.

»Was?« Cherelles bissige Frage klang eher wie ein Befehl.

»Mir reicht's jetzt, dir immer dein Zeug hinterherzutragen!« Miranda streckte ihr die Sachen hin. »Das da hab ich in der Küche gefunden.«

Ein Schlag von Cherelles Hand ließ die zerknüllten Tücher und die elektronisch codierte Plastikkarte über die Sofalehne fliegen. Die Papierknäuel blieben zwischen Wand und Lehne hängen, die Karte fiel durch den Spalt auf den Boden.

»Das war ziemlich blöd von dir«, brummte Miranda. »Wie kommst du jetzt in dein schickes Hotelzimmer? Hier bleibst du verdammt noch mal auf gar keinen Fall über Nacht.«

»Ich komm dahin wie immer: durch den Personaleingang beim Parkplatz Ost, dann nach links, in den Mitarbeiterlift, vierzehnter Stock, dann rechts und dann den Gang runter die sechste Tür rechts.«

Der beißend ironische Ton von Cherelles Stimme schnitt sich tief in Mirandas Hirn ein. Gerade wie die andere Stimme, die vielen Beleidigungen, die nicht einmal der Wodka mildern konnte, die sie von Tims Vater gehört hatte und die immer dasselbe besagten: wie völlig nutzlos sie war. Jetzt war noch etwas dazugekommen, weitere Echos ihrer eigenen Nutzlosigkeit, die in ihrem Hirn steckten.

»Ach, wie schlau wir doch sind«, sagte Miranda mit falscher Bewunderung. »Zu dumm, dass du ohne die Karte da gar nicht reinkommst.«

Bevor Cherelle ihr sagen konnte, wohin sie sich die Karte schieben sollte, die ihr offenbar so am Herzen lag, hörten beide Frauen das blubbernde, furzende Auspuffgeräusch von Socks lila Auto, das vor dem Haus am Rinnstein anhielt. Wie eins rannten beide Frauen zur Eingangstür. Da Cherelle größer und schneller war, erreichte sie die Tür zuerst und riss sie auf.

Socks krabbelte aus seinem tiefergelegten Auto und kam breitbeinig den Weg zu dem Häuschen herauf.

Von Tim keine Spur.

»Das Küken versteckt sich wahrscheinlich hinter dem Vordersitz«, murmelte Cherelle vor sich hin.

»Was?«, fragte Miranda.

Cherelle gab ihr keine Antwort. Sie beobachtete Socks, wie er näher kam, und entdeckte all die kleinen Veränderungen an ihm, die vor einer unheilvollen Mischung von Drogen, Testosteron und Adrenalin warnten. Das Gesicht angespannt und erhitzt, die Augen unstet wie ein Tropfen Wasser in der heißen Pfanne, dunkle Schweißflecken unter den Armen.

Sie hatte zwar nicht lange als Hure ihr Geld verdient, aber es hatte gereicht, um Männer gut einschätzen zu können. Und Socks war gerade in der übelsten Verfassung. Schlimmer ging's nicht.

Ohne ein Wort zu sagen, ging sie ins Haus zurück, schnappte sich ihre überdimensionale Handtasche und wandte sich zur Tür, die von der Küche aus zur Garage führte.

Socks stieß Miranda so heftig aus dem Weg, dass sie gegen das Sofa taumelte und auf die Knie fiel. Er ignorierte sie und stürzte Cherelle hinterher. Seine Finger bekamen einen Gurt von Cherelles Rucksacktasche zu fassen. Sie drehte sich schnell zu ihm um, bevor er ihr die Tasche aus den Händen reißen konnte.

»Hey, wohin gehst du so schnell?«, fragte er.

»Wo ist Tim?«, fragte sie zurück.

Seine dunklen Augen flatterten. Ein widerlicher Geruch von frischem Schweiß über altem mischte sich mit dem eines Raubtiers. Socks verströmte ihn in einer solchen Wolke, dass sich alle Überlebenstriebe in Cherelle aufbäumten in einem einzigen »Nur weg von hier – und zwar sofort!«.

Aber sie konnte nicht weg. Nur, wenn sie ihre Tasche aufgab und damit ein paar weitere kostbare Stücke von dem Gold. Tims Gold, das er ihr gegeben hatte, um sie ruhigzustellen.

»Er wird schon kommen«, sagte Socks mit rauer Stimme. »Musste was erledigen. Männersache.«

Nun erkannte sie den Geruch, der zu dem Schweiß dazukam. Blut. Sie blickte auf die breiten Männerhände, die die Riemen ihrer Rucksacktasche festhielten. Kein Blut unter seinen Fingernägeln oder in den Runzeln seiner Knöchel. Aber er hatte verschmiertes Blut auf dem Arm, als hätte er sich dort mit blutigen Fingern gekratzt; oder mit blutigen Handschuhen.

»Männersache?«, fragte sie und versuchte, sich zu entspannen. Oder zumindest entspannt auszusehen. »Willst du mir damit sagen, er treibt sich bei Frauen herum?«

»Du hast ihm gesagt, er soll nicht mehr herkommen.« Socks grinste. »Das wird er auch nicht.«

Ihr wurde flau. Socks schien sich viel zu sicher zu sein, dass Tim nicht wiederkam. »Also habt ihr den Armring nicht zurückbekommen.«

»Was regst du dich so auf? Du hast doch jede Menge von dem Gold. Und du hast mich. So wie's aussieht, ist heute dein Glückstag. Wo ist es?«

Cherelle wusste, dass er das Gold meinte, so wie sie wusste, dass sie wahrscheinlich mit ihm schlafen musste, um davonzukommen, ohne geschlagen zu werden. Es schien so, als endeten all ihre Anstrengungen immer unter irgendeinem schwitzenden, grunzenden, blöden Idioten, nur um zu überleben. Todsicher würde er ihr auch noch die neuen Kleider ruinieren, bevor er fertig war.

»Es ist an einem sicheren Ort«, sagte sie mit leiser, heiserer Stimme. Dann lächelte sie und lehnte sich enger an den Mann, den sie lieber abgestochen hätte. »Bist du sicher, dass Tim nicht zurückkommt?«

»Ja, und gib mir bloß nicht die Schuld dafür, dass er gegangen ist«, sagte Socks und starrte auf den limonengrünen Knopf zwischen Cherelles Brüsten. »Du hast ihn vergrault, weil du rumgezickt hast.«

Sie zwang sich zu einem Seufzer, der ihren Busen hob und senkte.

Ihm stockte für einen Moment der Atem. Ihr Körper direkt vor seinem ließ ihn beinahe vergessen, was er wirklich wollte: das Gold. Vor allem, wenn sich ihre Brustwarzen unter der Bluse so deutlich wie Leuchttürme abhoben. Wie soll ein Mann noch klar denken können, wenn ihm eine Frau ihre ansehnlichen Titten direkt unter die Nase hielt? Er schluckte mühsam und zwang sich, an etwas anderes zu denken als daran, endlich mal selbst ein bisschen von diesem tollen Arsch zu bekommen, von dem Tim die ganze Zeit geschwärmt hatte.

»Also, wo ist es?«, fragte Socks heiser.

»In meinem Höschen, mein Süßer, so wie immer.«

Er ließ den Blick hinabgleiten zu ihrem Schritt. Er war bedeckt von dünner, blasser Seide, die kaum verbarg, was darunter lag. Er sah auch den dunklen Schimmer, der ihm verriet, dass ihre knappe Unterwäsche ihm kaum im Weg sein würde. Er drückte eine Hand zwischen ihre Schenkel und grub. Hart. »Du hast zwar eine große Muschi, aber sogar du kriegst nicht das ganze Gold da rein.«

Sie warf einen Blick über seine breiten Schultern auf Miranda, die in der Tür stand und sie mit ironischem Lächeln beobachtete. Ihre Augen waren verschleiert von dem vielen Wodka. Als Cherelle den Knopf zwischen ihren Brüsten öffnete, beneidete sie Miranda um deren benebelten Zustand.

Die Realität war nämlich zum Kotzen.

»Oh, hast du das Gold gemeint?«, fragte Cherelle und drückte sich mit dem Becken eng an ihn heran, als würde sie es genießen, betatscht zu werden wie von einem eisernen Gorilla. *Genieß es, Arschloch. Es wird das erste und letzte Mal für dich sein.* »Wie ich gesagt habe, es ist an einem sicheren Ort.«

Socks grunzte. »Wie sicher?«

»So sicher wie alle Schlösser und Alarmanlagen und Wächter des *Golden Fleece*.«

Das erotische Schnurren ihrer Stimme und die weibliche Hitze, die seine Hand umfing, machten es sehr schwer für Socks, sich zu besinnen. Dann hatten ihre geschickten Finger auch noch irgendwie seinen Hosenlatz geöffnet und waren hineingeschlüpft, um ihn zu streicheln. Das Blut sackte von seinem Hirn in die Lenden. Er schüttelte den Kopf wie ein Hund, der gerade aus dem Wasser gekommen ist.

»Wow. Aber wir müssen über das ...« Seine Worte erstickten in einem schnellen Atemzug, als sie ihn mit ihren Fingern fest umschloss und die Nägel leicht in jede Delle und Falte drückte. »... Geschäft reden«, beendete er den Satz mit gepresster Stimme.

»Mein Süßer, das einzige Geschäft, das mir jetzt wirklich wichtig ist, hab ich gerade hier in meiner kleinen Hand.«

Socks gab es auf, denken zu wollen. Die Sache mit der Hand betrachtete er als Vorspiel. Danach, wenn er so weit war, würde er ihr die flotten grünen Hosen runterreißen und sie nageln.

Cherelle erkannte an dem Glanz seiner Augen und dem schnellen Rhythmus seines Atems, dass er aufgegeben hatte. Sie wartete mit all der Sorgfalt und Kühle der Prostituierten, die sie einmal gewesen war, den richtigen Moment ab. Ohne Vorwarnung grub sie ihre Fingernägel tief in seinen Penis, drehte und riss, so kräftig sie nur konnte, und rammte ihm das Knie in den Schritt.

Es gelang ihm, den größten Teil des Kniestoßes abzufangen, aber nicht alles. Er schnappte nach Luft, taumelte, würgte und sank auf die Knie und Hände. Als sie ihm ihre schicke Tasche aus den Händen riss, hatte er keine Kraft, sie festzuhalten. Cherelle rannte schnell aus dem Haus.

Dank der grauen Maus Miranda fand Cherelle ihren Autoschlüssel sofort. Sie klaubte ihn aus der Tasche, schwang sich auf den Vordersitz und steckte ihn ins Zündschloss.

Wenn Socks wieder auf den Füßen war, würde sie längst über alle Berge sein.

Unbeachtet von der fliehenden Cherelle und dem sich miserabel fühlenden Socks, hatte sich Miranda ins Wohnzimmer zurückgezogen und beobachtete vorsichtig und abwartend den fluchenden und würgenden Mann. Als seine

Gesichtshaut wieder mehr weiß als grün aussah und die Schweißperlen von seiner Stirn verschwunden waren, dachte sie sich, dass er sie nicht einfach deshalb verprügeln würde, weil sie hier war und er Schmerzen litt. Sie griff hinter das Sofa und näherte sich ihm, wenigstens so nah wie zur Küchentür. Falls sie sich irrte, würde sie zumindest einen Vorsprung haben.

»Ich bring sie um«, japste Socks und lehnte sich gegen die Küchenzeile.

Das hoffte Miranda sehr. Cherelle war die erste Frau, mit der Tim es länger als ein paar Monate ausgehalten hatte. Aber ihr Junge hatte Besseres verdient als so eine knallharte Hure.

»Dazu musst du sie erst mal kriegen«, fing Miranda an. »Aber ich kann dir dabei helfen.«

Socks richtete sich etwas auf, zuckte vor Schmerz zusammen und richtete sich noch ein Stück auf. Es würde ein paar Tage dauern, bis er ihn wieder hochkriegte, aber er hatte schon Schlimmeres erlebt und trotzdem den Burschen, der ihn getreten hatte, völlig fertiggemacht. »So? Und wie?«

Miranda hielt ihm den Codeschlüssel hin und zitierte die Wegbeschreibung zu Cherelles Zimmer im *Golden Fleece,* die sie ihr so höhnisch gegeben hatte.

Als Socks ging, hatte er sie ebenfalls im Kopf.

29

Las Vegas
3. November
Am frühen Nachmittag

Ein Stöhnen ließ Tim aufwachen. Vage wurde ihm bewusst, dass er selbst es war, der diese leisen, abgerissenen Laute von sich gab. Er öffnete seine Augen und versuchte, etwas zu erkennen. Alles, was er sah, war ein breiter grauer Streifen und auf beiden Seiten ein helles Licht dahinter.

Und er hatte Schmerzen. Himmel, furchtbare Schmerzen.

Die Erinnerung stach auf ihn ein wie scharfe Messer. Ein Glaskasten voller Gold und Juwelen. Ölverschmierte Lappen. Ein würgendes Geräusch und Joey, der sich auf dem Boden wand. Socks, der Joey trat. Und Tim eine Knarre in die Hand drückte.

»Oh, Scheiße«, winselte Tim. »Ich hab ihn umgebracht.«

Dann Socks, der auf Tim schoss.

Sein alter Knastkumpan.

Er hat versucht, mich umzubringen.

Wie ihn die Wucht des Schusses nach hinten schleuderte, wie er fiel und dabei den Aktenschrank mit sich zu Boden riss.

Himmel, das ist es, was auf mir liegt.

Mit einem Stoß und einer Drehung seines schlanken Körpers gelang es Tim, sich unter dem Metallschrank hervorzuwinden. Er hätte sich vielleicht wegen der krachenden und schabenden Geräusche Sorgen gemacht. Aber dazu war er gar nicht in der Lage, denn seine Brust brannte wie ein loderndes Feuer, das Wellen des Schmerzes und der Übelkeit durch ihn sandte. Hätte er nicht schon auf dem Boden gelegen, wäre er dort hingefallen.

Joey lag noch nicht mal zwei Meter von ihm entfernt. Mit schlaffem Mund, blinden, weit aufgerissenen Augen und leichenblasser Haut. Er stank nach Tod.

Und Tim hatte ihn getötet.

Muss hier weg.

Mit großer Mühe gelang es ihm, sich auf seine Knie und Hände aufzurichten und von da auf die Füße. Der Schmerz ließ ihn winseln wie einen geprügelten Hund, aber hier war niemand, der ihn hätte trösten können. Er taumelte zur Hintertür, die auf eine Gasse hinausführte. Von dort waren es nur noch ein paar Gassen weiter und er würde bei seiner Mutter sein.

Es fühlte sich an, als müsste er meilenweit nackt über brennende Kohlen laufen, nur dass das Feuer nicht unter seinen Füßen, sondern in seiner Brust war. Nur der animalische Wille zu überleben trieb ihn weiter, der auch der Grund dafür gewesen war, dass er sich mit Socks zusammengetan hatte. Wenn du im Knast keinen starken Kumpel hast, bist du den anderen ausgeliefert.

Und draußen war es praktisch genauso.

Als er die Hintertür des Häuschens erreichte, in dem seine Mutter lebte, fiel er wieder auf Knie und Hände. Und als es ihm schließlich gelang, die Tür zu öffnen, fiel er der Länge nach auf den Küchenfußboden.

Miranda schrie laut auf, bevor sie erkannte, dass der Eindringling ihr Sohn war. »Timmy! Oh, mein Gott! Was ist mit dir passiert?«

»Angeschossen.«

Tim krümmte sich, drehte sich auf den Rücken und wurde bewusstlos.

Sogar Tims wild gemustertes Hawaiihemd konnte den immer größer werdenden Blutfleck nicht verbergen. Schluchzend und betend fiel Miranda auf die Knie. Der einzige Sonnenschein ihres Lebens lag in seinem Blut auf dem Fußboden in ihrer Küche.

»Timmy?«, schrie sie.

Er antwortete nicht. Sein Atem ging röchelnd.

Die Welt um sie herum wurde kalt und glasklar. Ohne zu zögern, ging sie zum Telefon und wählte die Nummer, an die sie sich niemals erinnern wollte und die sie nicht vergessen konnte. Als jemand abnahm, vergeudete sie kein Wort.

Sehr schnell wurde sie mit dem Mann an der Spitze verbunden. Auch jetzt verlor sie kein unnützes Wort.

»Dein Sohn wurde angeschossen. Schick Hilfe hierher zu mir – *sofort.*«

30

Las Vegas
3. November
Am Nachmittag

Fast widerstrebend beobachtete Risa, wie sich die Bürotür hinter dem zufrieden lächelnden Smith-White schloss. Mit entschlossenen Bewegungen riss sie sich die Handschuhe herunter und warf sie in den nächsten Abfalleimer. Sie war nicht gerade scharf auf das, was jetzt folgte, aber es musste sein.

»Sind Sie sich im Klaren darüber, dass Sie gerade zwei Millionen vierhundertsiebzigtausend Dollar für etwas ausgegeben haben, was Sie niemals in der Ausstellung zeigen können?«

»Kommen noch die zehntausend für die Belohnung dazu, die ich ausgesetzt habe; aber wer sagt, dass ich die Stücke nicht ausstellen kann?«

»Ich.« Sie hielt abwehrend eine Hand vor sich, als ob sie ihn wegstoßen wollte. »Nein. Unterbrechen Sie mich jetzt nicht. Sie haben mich angestellt, um Sie zu beraten, und jetzt hören Sie verdammt noch mal zu, was ich Ihnen zu sagen habe. Was Smith-White als Provenienz der Stücke angeboten hat, ist ein Witz. Und zwar ein ziemlich schlechter.«

Ausdruckslos blickte Shane auf das Stück Papier mit der Herkunftsbescheinigung, die Smith-White den fantastischen goldenen Objekten beigelegt hatte. »Erworben während des Ersten Weltkriegs bei einem nicht namentlich bekannten südafrikanischen Privatsammler durch einen weiteren Privatsammler, James Madison, einem auf Weltreise befindlichen

Amerikaner. Vorgenannter Kauf ist nicht urkundlich belegt, sondern durch die Erinnerung seines Enkels, der die Goldobjekte letzte Woche an J. E. Shapiro verkauft hat, um Wettschulden zu begleichen. Shapiro hat die Objekte an William Covington verkauft, der sie wiederum an Smith-White verkaufte. Alle drei letztgenannten Transaktionen sind ordnungsgemäß belegt.«

»Glauben Sie das etwa?«

»Was meinen Sie dazu?«

»Ich meine, ich möchte eine Antwort auf meine Frage haben!«

Shane lächelte leicht. »Das glaube ich Ihnen gerne. Und ich möchte auch eine Antwort haben. Bevor wir herausfinden, wer von uns zuerst antwortet, suchen Sie so schnell wie möglich *Rarities* auf. Ich will, dass diese Objekte jeder erdenklichen Prüfung unterzogen werden, die *Rarities* in seinen Labors vornehmen kann. Und Ihnen überlasse ich es, alles über den kunsthistorischen Kontext herauszufinden, was möglich ist. Sagen Sie Dana, sie soll sich mit den Fotos besondere Mühe geben. Eins davon wird wohl das Titelbild des Katalogs der Druidengold-Ausstellung zieren.«

»*Sie* rufen Dana an«, fauchte Risa mit zusammengekniffenen Augen. »*Ich* kündige.«

Shanes dunkle Augenbrauen hoben sich. »Aber dann wird jeder denken, Sie hätten mit mir geschlafen.«

»Dann bin ich eben meinen Ruf als unberührbarer Eisklotz los. Na und? Das ist mir immer noch tausendmal lieber, als wenn mein Name in einer Publikation mit Diebesgut erscheint.«

»Beweisen Sie es.«

»Das werde ich auch, sobald ich mir die teuren Untersuchungen von *Rarities* leisten kann.«

»Das werden Sie wohl nur können, wenn Sie für mich arbeiten«, erinnerte sie Shane mit dünnem Lächeln. »*Rarities* wird keinen müden Dreck für Sie untersuchen, es sei denn, dieser Dreck gehört Ihnen und Sie bestellen eine Untersuchung darüber bei ihnen.«

Risa hätte am liebsten laut geschrien. Er hatte ja recht. *Zum Teufel mit ihm.*

»Wie auch immer«, fügte er hinzu und warf Smith-Whites Beleg über die erfolgten Kauftransaktionen auf ihren Schreibtisch. »Wenn Sie weiterhin für mich arbeiten, müssen Sie gar nichts bezahlen. Und Sie können immer noch kündigen, wenn Ihnen der eindeutige Beweis vorliegt, den ich dann selbst mit hohem Kostenaufwand für Sie erbracht habe.«

Risa hatte das unbehagliche Gefühl, dass Shane sich gleichzeitig über sie lustig machte und sich über ihre Absicht freute, wegen der Herkunftsfrage den Job zu kündigen. »Den werde ich nicht kriegen.«

»Doch, das werden Sie. Ich verspreche es.«

»Wenn nicht, gilt meine Kündigung rückwirkend zum jetzigen Augenblick.«

»Einverstanden. Rufen Sie jetzt Dana an.«

Als Risa nach dem Telefon griff, fing es an zu klingeln. Sie nahm ab und sagte kurz: »Sheridan.«

»Hier ist die Sicherheit vom Empfang unten. Ms Cherelle Faulkner möchte gerne einen neuen Codeschlüssel angefertigt haben. Offenbar hat sie ihren verloren.«

»Manches ändert sich nie«, murmelte Risa und dachte an die Nachlässigkeit, mit der Cherelle von klein auf mit Schlüsseln und anderen kleinen Sachen umgegangen war. »Machen Sie ihr einen neuen.«

»Soll ich den elektronischen Code ändern?«

»Zum Teufel«, murmelte Risa durch die Zähne. Das hatte ihr gerade noch gefehlt: jedes Mal, wenn Cherelle ihre Karte verlor, herumzurennen und sich selbst für ihr Apartment eine neue Codekarte machen zu lassen. »Nein. Lassen Sie es beim Alten.«

Als sie auflegte, fing sie Shanes fragenden Blick aus grünen Augen auf. Sie sah, dass er wissen wollte, was los war, aber sie war im Moment mit ihrer Geduld am Ende – für ihn, für sich selbst und für den Rest der Welt. Und was schlimmer war: Es gab keine kurze Erklärung für Cherelle, verlorene Schlüssel und die bittersüße Anwesenheit einer alten Freundin in ihrer Wohnung im *Golden Fleece*.

»Dafür habe ich jetzt keine Zeit«, gab sie kurz von sich und hackte Danas Nummer ins Tastenfeld ihres Telefons.

»Dann später.«

Sie ließ die Schultern kreisen im Versuch, all die Knoten zu lösen, die sich durch Cherelle und ihre Schuldgefühle und ihre Ungeduld und das gestohlene Gold gebildet hatten. Sie wollte jetzt wirklich nicht darüber reden.

Über nichts von alldem.

»Risa?« Shane gab nicht nach.

»Sicher. Später. Was auch immer«, murmelte sie mit dem Hörer am Ohr. »Nein, nicht Sie, Dana. Mein Chef. Tut mir leid.«

Shane hörte zu, während Risa eine sofortige Botenfahrt mit dem Gold zu *Rarities* bestellte und eine eingehende Untersuchung der vier Objekte. Aber es war nicht das Gold, was ihn beschäftigte. Es war Risas mangelnde Bereitschaft, über die Frau zu sprechen, die hier logierte und deren Rechnung auf Risas Spesenkonto inzwischen den stolzen Betrag von 9678,23 Dollar ausmachte.

Es war eine Sache, einer Made wie Cherelle Faulkner ein Bett zum Schlafen zu überlassen und ihr zu erlauben, sich großzügig des Spesenkontos für Angestellte zu bedienen. Etwas ganz anderes war es, ihr den Schlüssel zum Sicherheitstrakt des *Golden Fleece* zu überlassen.

31

Las Vegas
3. November
Am Nachmittag

Cherelle lächelte den ernsten jungen Mann, der ihr am Informationsschalter des Empfangs in der Lobby gegenübersaß, an. Ihr Lächeln war von der Art, die Männern das Blut schneller durch die Adern rinnen und sie auf viele schöne Dinge hoffen ließ. Obwohl Cherelle beide Hände dazu brauchte, die vielen Päckchen zu halten, die sie dabeihatte, schaffte sie es, über die dunkel behaarten Finger zu streichen, die ihr die neue Plastikkarte entgegenhielten.

»Danke, mein Lieber«, flötete sie und griff nach der Karte.

»Darf ich Ihnen bei Ihrem Gepäck helfen?«

»Oh, ich kann Sie doch nicht von Ihrer Arbeit weglocken.« Ein umwerfendes Lächeln, und schon hatte sie sich abgewandt, ehe er sagen konnte, dass seine Arbeit ja genau darin bestand, den Gästen zu helfen. »Aber ich komme ganz bestimmt nächstes Mal auf Ihr Angebot zurück, wenn ich nach dem Shopping hier vorbeigehe.«

»Versprochen?«

»Großes Ehrenwort«, rief sie über ihre Schulter.

Kaum hatte sie dem Mann am Schalter den Rücken gekehrt, da war ihr Lächeln auch schon verschwunden. Sie wusste, dass Socks hinter ihr her sein würde. Es war bloß noch nicht klar, wie lange es dauerte, bis er weit genug wiederhergestellt war, und das *Golden Fleece* ins Visier zu nehmen und hier nach ihr zu suchen.

Bevor ich ihm an die Eier ging, hätte ich ihn fragen sollen, was er mit Tim gemacht hat, dachte sie bitter. *Dann hätte ich die Bullen rufen und sie Socks auf den Hals hetzen können.*

Doch zu spät. Na ja, sie konnte natürlich die Bullen auch jetzt noch rufen, ihnen eine vermisste Person melden und sagen, dass es Socks war, der Tim als Letzter lebend gesehen hat. Aber die Bullen würden mindestens zwei Tage oder zwei Wochen brauchen, ehe sie nur einen Finger rührten. Und das war viel zu spät für sie.

Es sei denn, er tauchte wieder auf.

Cherelles Schritte verzögerten sich kurz, dann nahm sie wieder ihren raschen Gang auf. Sie würde gerne glauben, dass Socks nicht in der Lage wäre, seinen alten Knastkumpel umzubringen, aber sie glaubte schon sehr lange nicht mehr an Wunder …

Nie.

Sie hatte schon eine Menge netter Geschichten gehört, die der reine Betrug waren. *Hier hab ich was Süßes für dich, meine Kleine. Komm in mein Auto, und wir machen eine nette kleine Spazierfahrt. O ja, mein Zuckerpüppchen, ich liebe dich.*

Wenn Tim noch lebte, musste er auf sich selbst aufpassen. Die Süßigkeiten, die er austeilte, waren fantastisch gewesen, und die Spazierfahrten mit ihm die besten, die sie jemals hatte. Aber all dem nachzujammern war reine Zeitverschwendung – und Zeit hatte sie im Moment nicht zu verlieren. Und vielleicht ging es ihm ja auch gut und er versteckte sich bloß irgendwo, bis sie sich wieder beruhigt hatte.

Und vielleicht scheißen Hunde ja Diamanten.

Sie wischte ihre Gedanken an Tim weg und vergrub sie an irgendeinem dunklen Ort ihres Gedächtnisses. Mit Bewegungen, die für sie schnell zur Routine geworden waren, jonglierte sie mit ihren Päckchen, öffnete mit dem Codeschlüssel geschickt die Fahrstuhl- und andere Türen und eilte Flure entlang, bis sie Risas Wohnung erreicht hatte.

So besorgt sie war, überkam sie doch erneut ein Gefühl der

Überraschung und Freude, dass sie eine so elegante und farbenfrohe Wohnung betrat mit Blick über die Stadt, Plüschteppichen und einem Badezimmer, in dem ein ganzes Footballteam Platz hätte – und sie brauchte keinen Finger dafür zu rühren, außer das alles zu genießen. Kein Putzen, kein Kochen, keine Wäsche, kein Aufräumen von Tims Krempel, kein gebrochener Badezimmerfußboden mit schwarzem Schimmelpilz und keine Kakerlaken, die aus rostigen Abflüssen krochen.

Aber auch kein Kokain. Sie hatte keine Zeit gefunden, sich um entsprechende Kontakte zu kümmern. Aber auch ohne Koks hatte sie den Tag hier genossen. Zu schade, dass es damit vorbei war. Aber das war leider so.

Sie warf ihre Einkäufe aufs Bett und fing an, sie zu durchstöbern und rasch auszupacken. Eine kurze braune Perücke. Ein Sport-BH, geeignet, stolze Berge zu kleinen Maulwurfshügelchen schrumpfen zu lassen. Ein *Golden-Fleece*-T-Shirt in XXXL. Extraweite Baggy Pants. Verschiedene Sicherheitsbeutel aus Nylon. Tennisschuhe. Eine schwere Windjacke aus Nylon für Männer in Übergröße. Einen ganzen Packen Sicherheitsnadeln. Eine Baseballkappe mit passender Sonnenbrille. Und ein dickes Schwangerschaftskissen.

Ohne die Uhr aus den Augen zu lassen, leerte Cherelle ihre beiden Koffer und packte alles außer dem Gold in einen von Risas schicken kleinen Rollkoffern. Alles fand darin Platz, mit Ausnahme ihrer großen limonengrünen Tasche. Die konnte sie aber auf keinen Fall offen herumtragen. Sogar ein Idiot wie Socks würde die Tasche wiedererkennen, wenn er sie entdeckte, egal, wie die Frau aussah, die sie dabeihatte.

Vorsichtig wickelte sie jedes einzelne goldene Teil fest in Toilettenpapier ein, damit sie beim Aneinanderschlagen kein Geräusch von sich gaben. Dann packte sie die Teile in die verschieden großen Nylonbeutel, mit denen man Bargeld, Kreditkarten oder Schmuck am Körper tragen konnte, um die Wertsachen vor Taschendieben zu schützen. Eine Sicherheitsnadel nach der anderen musste dazu herhalten, die verschiedenen Bänder und Beutel aneinander zu befestigen.

Als Cherelle endlich mit ihrer Arbeit zufrieden war, hatte sie das Gold um sich herum fünfmal umgepackt und ihr letztes Briefchen Sicherheitsnadeln angebrochen. Das ganze Gold am Körper zu tragen erwies sich als verdammt anstrengender Job. Auch als sie die zwei schwersten Stücke rausgenommen und sich unter die Arme gehängt hatte, konnte sie nicht normal gehen, sondern nur noch wie eine Ente watscheln. Als schließlich alles am richtigen Platz war, fühlte sie sich wie ein beladenes Maultier und sah aus wie ein gefüllter Fladen.

»Wie machen die das bloß«, murmelte sie und balancierte ihr Gewicht vorsichtig so, als ob sich alles vor ihrem Bauch befände. »Schwangere Frauen nehmen vielleicht zwanzig Kilo zu und können trotzdem noch rumlaufen. Verdammt, bei mir ist es lange nicht so viel und ich hab schon Mühe, überhaupt vorwärtszukommen.«

Sie schüttelte sich versuchsweise und bewegte sich hin und her. Kein Klirren war zu hören. Alles blieb mehr oder weniger an seinem Platz. Nach einem letzten Schütteln schnappte sie sich das Schwangerschaftskissen und band es vor die ganzen Beutel mit den Klumpen.

Die Hosen passten nur mit Mühe über die ganze »Schwangerschaft«, aber der feste Stoff erwies sich als äußerst geeignet, alles festzuhalten, vor allem, nachdem sie die letzten ihrer Sicherheitsnadeln verwendet hatte. Sie zog den Sport-BH über, fluchte und bewegte sich vorsichtig, bis der BH sie nicht mehr kniff und das Gold unter ihren Armen nicht mehr die zarte Haut aufrieb. Das grelle schwarz-goldene T-Shirt war groß genug, all die verschiedenen seltsamen Beulen darunter zu verbergen. Dasselbe tat die feste Nylon-Windjacke.

Fünf Minuten im Badezimmer reichten ihr, um sich zu schminken und die Perücke aufzusetzen. Ihre große Ledertasche stülpte sie auf dem Bett aus. Führerschein, Autoschlüssel, Bargeld und Handy wanderten in die Taschen der Windjacke, den Rest stopfte sie noch in den Rollkoffer.

Sie zog die Baseballkappe vorsichtig auf die Perücke und ihr eigenes daruntergestopftes Haar. Die Mütze war zwar fast so auffällig bunt wie das T-Shirt, aber sie wollte ja nicht unsichtbar werden. Sie wollte bloß nicht aussehen wie eine gut gekleidete Blondine mit großem Busen.

Zwei weitere Minuten verbrachte sie vor dem Spiegel, um sicherzugehen, dass nicht irgendwo etwas sichtbar war, was nicht sein durfte. Dann grinste sie ihr Spiegelbild an und lachte laut auf. Es gab nichts, was ihr mehr Spaß machte, als Idioten an der Nase herumzuführen.

Zu schade, dass Risa bei dem Spaß nicht dabei war, aber ihre alte Freundin musste jetzt dasselbe tun wie Cherelle.

Gut auf sich aufpassen.

32

Las Vegas
3. November
Am Nachmittag

Als sie den Flur zu ihrem Apartment entlanglief, versuchte Risa sich einzureden, dass sich ihre Füße nur deshalb so schwer anfühlten, weil sie müde war, nicht weil sie keine Lust auf eine Wiederholung des Spiels »Als Cherelle und ich noch Kinder waren« von letzter Nacht hatte. Die gemeinsamen Erinnerungen hatten die Distanz zwischen ihrer Freundin und ihr nur noch sichtbarer gemacht, auf schmerzliche Weise.

Die diskrete magnetische Karte mit der Aufschrift *Bitte nicht stören!* hing an der Tür zu Risas Apartment direkt über dem Schloss. Risa atmete erleichtert auf. Entweder war Cherelle beim Shopping oder wieder in einem duftenden Schaumbad versunken. Was auch immer, Risa hatte jedenfalls die Chance, einmal tief durchzuatmen, bevor sie gesellig werden musste.

Sie blieb noch ein paar Sekunden stehen und atmete die ruhige Eleganz des Flurs ein mit seinen weichen Teppichen, dem Duft frischer Blumen aus den bronzefarbenen Wandnischen und den botanischen Zeichnungen in vergoldeten, doch schlichten Rahmen, die entlang des langen, friedvollen Flurs aufgehängt waren. Aber sie konnte es jetzt nicht länger hinauszögern, ihre Wohnung endlich zu betreten. Mit einem stummen Seufzer schlüpfte sie aus ihrem empfindlichen Jackett, kickte die Pumps von den Füßen, klemmte sich die Sachen unter einen Arm und steckte die Karte in den Schlitz.

»Cherelle?«, rief sie vom Eingang aus. »Ich bin's. Bitte ...«

Die Worte blieben ihr im Halse stecken. »Mein Gott, was ist denn hier los?«

Die Wohnung war ein riesengroßes Durcheinander. Alles, was sich in Schubladen, Regalen und Schränken befunden hatte und irgendwie beweglich war, lag nun verstreut auf dem Boden. Der Anblick war entsetzlich.

Sie wollte noch einmal nach Cherelle rufen, als sich die alte Angst wieder meldete. Vielleicht hatte ihre Freundin einen Anfall gehabt und das Apartment selbst so zugerichtet; aber wahrscheinlich war das nicht. Also musste es jemand anderes gewesen sein.

Und der war womöglich immer noch hier.

Und wartete auf sie.

Risa wandte sich um und wollte fortlaufen. Aber sie war nicht schnell genug. Eine kräftige Hand packte ihr Handgelenk und zog sie durch den Eingang in das Apartment. Die Tür begann sich automatisch zu schließen, blieb aber an den Schuhen und dem Jackett hängen, die Risa hatte fallen lassen, als er ihren Arm ergriffen hatte.

»Wo ist es?«, fragte der Mann durch die Öffnung seiner schwarzen Skimaske.

»Wo ist was?«

Socks starrte auf die blasse Lady mit den großen blauen Augen und den zitternden Lippen. Dachte die etwa, er sei blöd? »Das Gold«, knurrte er. »Wo ist das verdammte Gold?«

»Ich glaube, Sie haben mich mit jemand verwechselt. Das einzige Gold hier, von dem ich weiß, liegt sicher in den Tresoren des Casinos, zusammen mit …«

Die Finger schlossen sich wie Stahlkabel um ihr Handgelenk. »Das Gold, das sie von dem Typ in Sedona gekriegt hat.«

Risa wollte glauben, dass sie sich in der Gewalt eines Irren befand, der Einmalhandschuhe trug und eine Skimaske. Aber sie hatte das unerträgliche Gefühl, dass er nicht irre war. Das machte ihr Angst, beinahe wurde ihr übel davon.

Er war verrückt, aber vor Wut. »Also, ich würde Ihnen sehr gerne dabei helfen, das wiederzufinden, was Sie verloren ...«

»Die verdammte Zicke hat's gestohlen«, wurde sie unterbrochen. »Ich hab's nicht verloren. Welcher Idiot verliert schon Gold, das Millionen wert ist.«

»Welche Zicke?«, fragte Risa und betete, dass sie sich irrte.

»Cherelle Faulkner, wer sonst? Gibt's hier etwa noch mehr Zicken in dem Apartment?«

Nur mich, dachte Risa bitter.

»Also, wo ist es«, drängte er sie.

»Wenn Sie mir beschreiben könnten, was sie an sich genommen hat«, sagte Risa und hatte größte Mühe, ruhig dabei zu wirken, »könnte ich Ihnen vielleicht behilflich sein.«

Socks dachte einen Moment über die Frage nach, vielleicht enthielt sie ja eine verborgene Falle. Dabei schaute er sich seine Gefangene genau an. Und das lohnte sich durchaus: elegant, aber keine Bohnenstange. Richtig nette Titten unter der weiten Bluse. Den Hintern konnte er unter dem strengen dunklen Rock nicht so gut erkennen, aber das sah auch nicht schlecht aus. Zu blöd, dass er noch keinen hochbekam, die Gelegenheit hätte er sich sonst nicht entgehen lassen.

Risa stieß diese eklige, abschätzende Anerkennung aus den dunklen Augen ab. Sie kannte sie von zu vielen Männern aus der Zeit, als ihr die Brüste gewachsen waren. Aber sie ließ weder Furcht noch Abscheu erkennen. Das war noch etwas, was sie als Kind gelernt hatte: Sobald du Gefühle zeigst, und vor allem Angst, machen sie mit dir, was sie wollen.

»Sind Sie Cherelles Mann?«, fragte Risa und hoffte, seinen Blick dadurch wieder auf Regionen oberhalb ihrer Brust zu lenken.

Wut und noch etwas viel Heftigeres verdunkelten seine Miene. »Hätte ich werden können, aber die Zicke hat mein Gold gestohlen.«

Risa fragte sich, ob er davor oder danach Cherelles Karte für den Sicherheitsbereich im *Golden Fleece* gestohlen hatte, und was wohl mit ihrer Freundin und ihrer neuen Karte in der Zwischenzeit passiert sein mochte. Aber diesen Fragen würde sie jetzt nicht nachgehen.

Die Antworten würden ihr vielleicht auch nicht gefallen.

Aber egal, wo und in welchem Zustand Cherelle im Augenblick war, Risa konnte niemand helfen, ehe sie sich nicht aus der Gewalt dieses Kerls im wilden Hawaiihemd und der furchterregenden Skimaske befreit hatte. Ganz vorsichtig prüfte sie, wie fest er sie an ihrem Handgelenk hielt. Nicht mehr ganz so fest wie zuvor. Dass kalter Schweiß ihre Haut bedeckte, trug dazu bei.

»Welche Art von Gold?«, fragte sie. »Münzen? Schmuck? Uhren?«

»Ich hab ja nicht alles gesehen.«

Risa machte ihn nicht darauf aufmerksam, dass es wohl kaum sein Gold gewesen sein konnte, wenn er es nicht mal gesehen hatte. Der Kerl war zwar nicht besonders helle, aber ziemlich stark.

Wie früher, dachte Risa erbittert. *Mein Kopf gegen ihre Kraft.*

»Können Sie beschreiben, was Sie von dem Gold gesehen haben?«, fragte sie in absichtlich leicht weinerlichem Ton. »Ich will Ihnen ja gerne helfen, Mister, aber das kann ich nicht, wenn Sie mir nicht genau sagen, was Sie suchen.«

Socks legte die Stirn in Falten. »Na ja, da waren zwei kleine Figuren, die aussahen wie ein Hund oder ein Hirsch oder so was. Dann so 'ne komische Art von Anstecker. Und ein Armband, das klasse aussah, so ein bisschen wie ein Totenkopf. Der andere Kram muss so ähnlich gewesen sein.«

Risa wurde übel und sie verkrampfte sich. Das konnte kein Zufall sein. Und es erklärte, wieso Cherelle sich zum allerersten Mal so sehr für Risas Arbeit interessiert hatte.

»Cherelle hat die Sachen von Ihnen gestohlen?«, fragte Risa.

»Ja, und noch ein paar andere.«

»Ein paar«, wiederholte Risa mit möglichst gleichgültiger Stimme, doch in ihrem Kopf drehte sich alles. *Oh mein Gott, es gibt noch mehr von dem Keltengold.*

Der Gedanke machte sie schwindeln, doch sie war bemüht, das nicht zu zeigen. Stattdessen ließ sie ihre Stimme und Sprache in die Zeit zurückgleiten, als Cherelle und sie noch in ihrer ländlichen Umgebung herumgestreunt waren wie junge übermütige Tiere, die Zeit, als Männer wie dieser im Leben der beiden Mädchen nur allzu üblich waren.

»Also … 'n paar«, sagte sie. »Was soll'n das heißen: 'n ganzer großer Haufen oder nur so 'n paar mehr als vier?«

Die sehnigen Finger griffen wieder kräftiger zu. »Was kümmert's dich, wie viele es sind?«

»Hey, ich versuch bloß zu helfen. Wenn's bloß eins oder zwei sind, kann sie's auf dem Klo in meinem Büro versteckt haben. Wenn's viele sind, dann muss das Zeug woanders sein.«

»Tim hat was von mindestens zwanzig gesagt.«

Heilige Maria! »Okay. Also 'n ganzer Haufen. Das Klo in meinem Büro können wir also vergessen.« Sie schaute sich betont auf dem Schlachtfeld um, das ihre Wohnung gewesen war. »Ich denke mal, hier ist es nicht, sonst hätten Sie es wohl gefunden.«

»Vielleicht gibt's hier ja einen Geheimplatz?«

»Hat sie das behauptet?«

»Die Zicke hab ich hier gar nicht gesehen.«

Risa war erleichtert. Zumindest befand sich Cherelle nicht hier irgendwo unter all dem Durcheinander, verletzt, verprügelt oder schlimmer.

»Ich habe hier kein Geheimversteck, außer …« Risa brach ihren Satz absichtlich ab. Es war ein riskantes Spiel, aber manchmal hast du keine andere Chance, als auf die Karten zu wetten, die du in der Hand hast.

Socks riss so hart an ihrem Handgelenk, dass sie ins Straucheln kam. »Wo?«

»Unten in den öffentlichen Toiletten neben den Ausstellungshallen.«

»Was? Wieso suchst du dir so einen beschissenen Platz aus?«

Sie zuckte mit den Achseln. »Funktioniert aber gut.«

Socks knurrte und blickte um sich. Er hatte keine Idee, was er tun sollte. Er hob sein Hemd ein Stück hoch, sodass sie den Kolben seiner Pistole sehen konnte. »Versuch bloß nicht, mich auszutricksen.«

Sie schluckte mühsam. »Hey, ich bin doch auf deiner Seite. Du musst mir nicht damit drohen.«

»Nur damit du weißt, woran du bist.«

Er packte sie an den Schultern und schob sie aus der Wohnungstür. Nebeneinander, ihr Handgelenk in eiserner Umklammerung, gingen sie zum Fahrstuhl. Irgendetwas Merkwürdiges war an seinem Gang. Er hinkte nicht, wankte auch nicht. Ging nicht wie ein junger Mann, eher wie ein alter.

Aber er hatte keinerlei Mühe, ihr Handgelenk festzuhalten.

Sie hoffte inständig, dass derjenige, der die Kameras überwachte, erfahren genug war, um die Situation richtig einzuschätzen. Wenn hier jetzt plötzlich eine Wache mit gezückter Pistole auftauchte, würden eine Menge Leute verletzt werden.

Und Risa wäre die Erste.

Mitten in einem Kreuzfeuer zu stehen wäre der beste Weg, auf die Intensivstation zu kommen. Oder in die Leichenhalle.

Erst beim dritten Anlauf schaffte sie es, die Codekarte in den schmalen Schlitz beim Aufzug zu stecken. Ihre Hand war definitiv nicht mehr so ruhig, wie sie war, bevor dieser Hawaiiclown sie in seine Gewalt gebracht hatte.

Als sich die Tür öffnete, drängte er sie hinein und schaute zu, wie sie die Knöpfe drückte, wobei ihre Finger so zitterten, dass sie ihr kaum noch gehorchten. Was sie noch nervöser machte, war die Angst, er könnte die diskrete Kamera an der Fahrstuhldecke entdecken und Panik bekommen. In einer sich abwärts bewegenden Metallkiste mit einem wütenden Gangster eingeschlossen zu sein, war nicht gerade das, was sie sich gewünscht hätte. Aber es konnte leicht passieren, wenn sie einen der sichtbaren oder versteckten Alarmknöpfe an dem Bedienfeld des Fahrstuhls betätigte.

Als sich der Aufzug verlangsamte, riss sich der Mann die Maske herunter und stopfte sie in seine Gesäßtasche. Sie schaute absichtlich nicht zu ihm hin. Dazu gab es keinen Grund. Die Kameras waren in der Hinsicht genauer und machten ihn nicht nervös.

Als sich die Türen endlich im Bereich der Empfangshalle öffneten und Risa heraustrat, war die Situation für sie nicht viel einfacher als in dem Aufzug. Sie wollte nicht, dass der Mann mitten in der Menschenmenge des gut besuchten Casinos ausrastete. Sie brauchte dringend einen Moment, vielleicht ein oder zwei Sekunden, in dem er abgelenkt wurde, damit sie ihr verschwitztes Handgelenk aus seinem Griff herauswinden und wegrennen konnte, um irgendwo Schutz zu finden.

Am gegenüberliegenden Ende der Halle wartete eine lange Schlange von Touristen auf die Gelegenheit, für fünfzehn Dollar einen Platz an dem All-You-Can-Eat-Buffet zu kriegen, das eine der größten Attraktionen des *Golden Fleece* war. Auf beiden Seiten des Raums standen die glitzernden und funkelnden Spielautomaten, die mit ihren typischen Geräuschen den Sirenengesang plötzlichen Reichtums verbreiteten. Die lautesten und gewinnbringendsten Automaten waren nahe der Eingangstüren des *Golden Fleece* aufgestellt, wo jeder, der hereinkam, sogleich verleitet wurde, ein paar Münzen in diese hübschen Automaten zu werfen, die jeden dritten Dreh zu belohnen schienen. Und dann konnte er noch ein paar Münzen im Casino drinnen einwerfen, dann ein bisschen mehr an den Tischen setzen, und dann ging's weiter …

Das war's!

Risas Ziel waren die Automaten, aber nicht die gut besuchten weiter vorne, sondern die hinten gelegenen, vor denen nur die Übernächtigten und Spielsüchtigen saßen oder standen und schmutzige Münzen in eine Vorrichtung einwarfen, die man als Las-Vegas-Variante der kosmischen schwarzen Löcher bezeichnen konnte. Am Ende der Reihe der wenig besuchten Automaten befanden sich die beiden Ausstellungshallen, beide geschlossen, da es gerade keine Ausstellung gab. Zwischen den beiden Hallen lag eine Toilettenanlage, die von Angestellten das Labyrinth genannt wurde, weil sich die Besucher so oft darin verirrten. Es gab eine Eingangstür von westlicher und eine von östlicher Seite. Aber da beim Eintreten fast niemand auf dic Bezeichnung achtete, stellten sie beim Verlassen der Anlage oft fest, dass sie sich an einem ganz anderen Ort befanden.

Risa zählte darauf, dass der Typ, der sie gefangen hielt, zu denen gehörte, die nicht auf die Beschriftung achteten. Wenn sie sich irrte, hatte sie vielleicht eine Chance, ihn gegen einen der freien Spielautomaten zu stoßen. Dann konnte sie vielleicht entkommen, ohne andere Besucher in Gefahr zu bringen.

Socks' Blick fiel auf das Symbol auf der Tür. Ein Kleid. »Wo zum Teufel willst du reingehn?«

»Ich schaue nach, ob das Gold hier ist.« Risa blickte ihn aus unschuldigen Augen an und hoffte inständig, dass sie das, was Cherelle ihr beigebracht hatte, noch wusste. Dazu gehörte auch, wie man am besten log: immer direkt in die Augen schauen. »Wie ich gesagt habe: Da drin gibt es einen großen Hohlraum mit einer Schublade, da könnte sie ...«

»Aber das ist 'n Frauenklo!«, schnitt Socks ihr das Wort ab.

»Sie würde es doch nicht im Männerklo verstecken, oder?«

Socks dachte darüber nach. »Ich geb dir eine Minute, um mit dem Gold zurückzukommen. Dann komm ich rein und hau die Scheiße aus dir raus. Und in den Kabinen brauchst du dich gar nicht erst zu verstecken. Den Zickentrick kenn ich.«

Der Blick in Socks' dunkle Augen verriet Risa, dass eine Minute genau neunundfünfzig Sekunden mehr waren, als Socks ihr eigentlich geben wollte.

Sechzig Sekunden waren nicht viel, aber mehr, als sie im Moment hatte.

Sobald er den Griff lockerte, war sie schon durch die schmucke vergoldete Tür hindurch. Als sich die Tür hinter ihr schloss, rannte sie zum westlichen Eingang der Toilettenanlage. Sie hatte nur ein Ziel – zum nächsten Personalaufzug zu gelangen, ohne Aufmerksamkeit zu erregen, die Türen hinter sich zu schließen und alle Alarmknöpfe auf einmal zu drücken.

Sie verließ die Toiletten auf der anderen Seite und ging mit langen, schnellen Schritten weiter. Das war fast so schnell wie rennen, aber es erregte viel weniger Aufmerksamkeit.

Sie hätte es vielleicht auch bis zum Aufzug geschafft, wenn einer der Automaten, an denen sie vorbeilief, nicht in dem Moment einen Hauptgewinn ausgespuckt hätte. Wie alle anderen drehte sich auch Socks neugierig nach dem glücklichen Gewinner des Jackpots um. Das Erste, was er sah, war Risa, die ihm davonlief.

»Hey!«, schrie er und riss seine Pistole heraus.

Risa kannte sich genau aus im Casino. Der Kerl im Hawaiihemd stand zwischen ihr und den Türen, die auf die Straße hinausführten. Der nächstgelegene Personalaufzug lag hinter den Baccara- und Würfeltischen, die ihr wie Hürden direkt im Weg standen.

Wenigstens war im Moment sehr wenig Betrieb an den Tischen.

Sie hob ihren Rock bis zu den Hüften hoch und spurtete los. Darum herumlaufen war Unsinn. Sie sprang auf einen Würfeltisch und auf der anderen Seite wieder hinab, eilte zwischen zwei anderen Tischen hindurch, verpatzte ihren nächsten Sprung und landete mitten in einem Baccara-Spiel, wo die Karten sowie die Wettenden und die Croupiers auseinanderspritzten. Die Tatsache, dass sie die ganze Zeit über schrie »Er hat eine Waffe! Runter auf den Boden! Aus dem Weg!«, konnte etwas damit zu tun haben, dass ihr tatsächlich fast niemand im Weg war.

Der erste Schuss zerschmetterte einen Spielautomaten. Der zweite riss ein ordentliches Stück aus einem der Würfeltische. Der dritte ließ ein Trinkglas auf einem Baccara-Tisch, den Risa gerade überquert hatte, in tausend kleine Scherben zerplatzen. Sie schlug zuletzt einen Haken nach rechts und verschwand zwischen der stählernen Reihe der Spielautomaten.

»*Scheiße!*«, schnaubte er.

Er war zwar nicht besonders intelligent, aber er hatte eine Menge Erfahrung von der Straße. Wenn er die nächsten paar Jahre seines Lebens mit Koks und Frauen verbringen wollte, musste er sofort hier raus, das wusste er.

Und zwar schnell.

Mit einer erstaunlichen Geschwindigkeit für einen Mann, der bis eben noch Mühe hatte, aufrecht zu stehen, drehte er sich um und rannte Richtung Ausgang. Die Leute sprangen vor ihm beiseite, um Platz zu machen. Keiner der Casinowächter eröffnete das Feuer, denn die Anweisungen von Shane – und die der Polizei von Las Vegas – in Situationen wie dieser waren klar und unmissverständlich: Keine Gefährdung Unbeteiligter!

Noch bevor sich die ersten heulenden Polizeisirenen dem *Golden Fleece* näherten, saß Socks schwitzend und schwer atmend in seinem lila Baby. Im Schritt hatte er unerträgliche Schmerzen. Genauso in seinem Kopf vom vielen Nachdenken. Aber egal, wie heftig er auch nachdachte, er sah keine Möglichkeit, an das Gold zu kommen. Eine Kanone war einfach nicht genug.

Aber er wollte verdammt sein, wenn so eine Zicke – zwei Zicken – einen Narren aus ihm machen durfte.

Es war an der Zeit, seinen Onkel in das Geschehen einzuschalten.

Er ließ den Motor aufheulen, gleichzeitig ging das Radio an. Eine brandneue Retro-Rap-Gruppe schrie ihren rhythmischen Hass durch den Äther.

Grinsend und im Takt mit dem Fuck-Them-Kill-Them-Eat-Them-Rap knurrend, der aus dem Radio dröhnte, fuhr Socks den Strip runter.

33

Las Vegas
3. November
Am Nachmittag

Risa lehnte an der Wand neben dem Personalaufzug und versuchte keuchend, Sauerstoff in ihre Lungen zu pumpen. Dabei schwor sie sich, wieder öfter die Fitnesseinrichtungen für die Mitarbeiter zu benutzen. Sie sollte in der Lage sein, hundert Meter zu rennen, ohne das Gefühl zu haben, dass ihre Brust zersprang.

Aber die Angst mochte dabei auch eine Rolle spielen.

»Sind Sie wirklich okay?«, fragte einer der uniformierten Wächter.

Sie nickte bloß, um fürs Sprechen keine Luft zu vergeuden.

»Die Polizei ist auf dem Weg hierher«, sagte ein anderer Wächter.

Sie nickte wieder. »Ich gehe hinauf in meine Wohnung. Ich brauche … ein paar Minuten.«

»Klar«, sagte der Wächter. »Soll ich Sie begleiten?«

Sie schüttelte den Kopf.

Shanes Stimme drang durch das Gemurmel im Casino. »Wo ist sie?«

»Da drüben.«

Risa warf dem hilfreichen Wächter einen düsteren Blick zu. Ihr war klar, dass sie mit schweren Vorwürfen Shanes rechnen musste, weil sie alle im Casino in Gefahr gebracht hatte. Zwar hatte sie genau das verhindern wollen, doch zuletzt war es so gekommen.

Verdammter Mist.

Sie richtete sich auf, atmete tief durch und beobachtete Shane, der auf sie zukam wie eine Gewitterwand, die einen Ort suchte, um sich zu entladen. Ohne ein Wort zu sagen, drängte er sie in den Aufzug und drückte die Stopptaste. Die Türen schlossen sich, die Kabine blieb stehen.

»Tut mir leid«, sagte Risa, bevor Shane anfangen konnte, sie in Stücke zu zerreißen. »Ich habe versucht, vom Casino fernzubleiben, aber dann hat irgendjemand an den Automaten den Jackpot geknackt, und er …«

»Sind Sie in Ordnung?«, schnitt ihr Shane das Wort ab.

»Ja.«

»Ich nicht.«

»Was …«, begann sie.

Mit einer Hand bedeckte Shane die Kamera an der Decke. Mit der anderen zog er Risa an sich heran und erstickte ihre Frage in einem Kuss, der sie vergessen ließ, Luft zu holen.

Sie hatte sich schon oft gefragt, wie es sein würde, ihn zu küssen. Nun war sie dabei, es herauszufinden.

Leidenschaftlich.

Drängend.

Süchtig machend.

Mit einem heiseren Laut schlang sie ihre Arme um ihn und gab ihm den Kuss zurück: genauso leidenschaftlich und drängend und voller Verlangen. Er schmeckte besser als Wein, süßer, wilder. Sie wollte in seine Haut hineinkriechen, ihn um sich herum spüren, alles von ihm schmecken, tief in ihn hineinsinken, bis sie vergaß, wer sie war, nur noch ihn fühlen, bis die Sterne verloschen und das Universum in ewiger Nacht versank.

»Risa«, sagte Shane zerzaust. Seine freie Hand strich zärtlich ihren Rücken auf und ab, was sie eher animierte als beruhigte. »Sei still, meine Liebe, du bringst mich noch um. *Ich will dich genauso.*«

Benommen realisierte sie, dass sie ihre Wünsche hörbar geflüstert hatte, während sie ihn an jeder erreichbaren Stelle mit heißen Küssen bedeckte. Sie lehnte sich mit der Stirn gegen sein Kinn und kämpfte darum, wieder ruhig zu atmen. Der Ausbruch von Leidenschaft unmittelbar nach den ausgestandenen Ängsten hatte all ihre Kontrollmechanismen ausgelöscht, nur das Animalische war geblieben.

»Tut mir leid«, sagte sie.

»Wenn du dich jetzt schon wieder dafür entschuldigen willst, dass du durch das Casino gerannt bist, dann verschwinde ich auf der Stelle.«

Sie schüttelte den Kopf. »Dass ich dich hier so – überfallen habe.«

Sein Lachen ließ sie bis in die Zehenspitzen erglühen. »Ich habe dich zuerst überfallen.«

Keuchend rang sie nach Luft. »Oh, ja. Stimmt. Ich dachte, ich hätte diesen Teil vielleicht geträumt.«

»Ich würde deine Erinnerung gerne auffrischen, aber die Polizei wird jeden Moment hier eintreffen.«

»Ach ja?«

»Beim nächsten Mal, wenn ich dich küsse, höre ich nicht auf, bis wir beide nackt sind und ich so tief in dir bin, dass wir beide nicht mehr wissen, wer wer ist, bis die Sterne verloschen sind und das Universum in ewiger Nacht versinkt.«

Sie wusste, dass sie rot wurde. »Das hätte ich nicht sagen sollen. Ich wollte nicht ...« Sie brach den Satz ab, bevor sie konkreter werden musste.

»Du hast das nicht gewollt?«

Statt einer Antwort lief ein Zittern durch ihren ganzen Körper.

Er schob seine Hand unter ihr eigensinniges Kinn und hob ihr Gesicht, damit sie ihm in die Augen blickte. Ihre Lippen waren pure Lust, dunkelrot, feucht, hungrig. Der Anblick ließ ihn alles vergessen. »Hast du es gewollt?«

Seine Stimme klang rau, wie die raue Zunge einer Katze, die Risa leckte. So wollte sie gerne überall geleckt werden. »Ja. Und du?«

Er drängte sie gegen die Wand, bis sie jeden Zentimeter von ihm spürte. »Was meinst du?«

Verlangen und Leidenschaft überkamen ihn. Er drückte sich hart an sie und spürte dabei, wie sehr er sie begehrte. Der schnurrende, zustimmende Laut, der tief aus ihrer Kehle kam, ließ ihn an seinen Reißverschluss fassen.

Dann fiel es ihm ein.

Mist.

»Wenn ich dich hochschiebe, kannst du dann vielleicht die Kameralinse zerschlagen?«, fragte er.

Sie blinzelte, schaute auf seine Hand, die gegen die Decke gestützt war, dann schüttelte sie ihren Kopf, wie wenn man sie mit einem Eimer Wasser übergossen hätte. »Die Kamera. Mist.«

»Dasselbe habe ich auch gedacht.«

Er nahm seine Hand vom Gitter, drückte den Knopf für eine Etage und schaute Risa mit verhangenen Augen an. Als sich die Türen wieder öffneten, schob er sie fast behutsam in den Flur.

»Das ist nicht meine Etage«, sagte sie.

»Ich weiß.«

Bevor sie ihm eine weitere Frage stellen konnte, befand sie sich in einem der Casinoapartments, mit verschlossener Tür hinter sich und Shane in ganzer Länge direkt vor sich.

»Wo waren wir stehen geblieben?«, fragte er.

»Wir haben uns gegenseitig überfallen.«

»Wie war das, zeig's mir noch mal.«

Er blickte ihr in die Augen, während ihre Hände langsam über seine Brust zu seinen Schenkeln glitten. Als sie die schweren, angespannten Muskeln massierte, stockte ihm der Atem. Sie war so nah … und längst nicht nah genug.

»Ich wollte es mit dir eigentlich ganz langsam angehen«, sagte er mit rauer Stimme. »Aber jetzt denke ich anders darüber.«

»Du denkst, aha.« Sie zog den Reißverschluss seiner Hose

auf und fand Shane heiß und bereit. Sie streichelte sein erigiertes Glied in seiner ganzen Länge. »Ich habe früher immer gehört, dass Männer nicht mit dem Kopf, sondern mit einem ganz anderen Körperteil denken, aber das habe ich nie glauben können.«

»Das kannst du aber.« Seine geschickten, beweglichen Finger wanderten von ihrem Hals zu ihren Brüsten und öffneten Knöpfe, zogen ihren Rock nach oben, entzündeten tausend Feuer. »Und womit denken Frauen?«

»Du bist schon ganz nah dran.«

Seine Hände bewegten sich weiter.

»Jetzt bist du da.« Ihr Atem setzte einen Moment aus, und sie schmolz in einem Zittern dahin. Ihre Hüften drängten sich hilflos gegen seine lustbringende Hand. Ihre Augen schlossen sich, als sie ein kleiner Höhepunkt durchlief.

Bevor die Hitze ihr bis zu den Zehen und in die Fingerspitzen gedrungen war, lag sie auch schon auf dem Teppich und er glitt geschmeidig in sie, bis er sie ganz ausfüllte. Ihn ganz in sich und sich um ihn herum zu fühlen, war die lustvollste Empfindung, die sie je hatte. Dann fing er an, sich zu bewegen. Und wie eine elastische Feder, die sich enger und enger wand, kamen die Wellen der Lust immer dichter, bis sie zuletzt explodierte und flog, zitterte, schrie und immer wieder seinen Namen rief mit jedem kurzen Atemholen.

Das Zucken ihrer ersten Erregung brachte Shane schier um den Verstand. Er bewegte sich in ihr – es fühlte sich viel zu gut an, um damit aufzuhören. Immer größer wurde seine Leidenschaft, bis sein ganzer Körper sich anspannte und schließlich in heftigen Erschütterungen befreite. Dann spürte er, wie sie erneut von Wellen der Erregung durchjagt wurde, und übernahm ihren Rhythmus, trieb sie beide zu immer stärkerer Lust, bis die Welt um sie zu einem schwarzen Pulsieren wurde.

Schließlich war er wieder genug zu Atem gekommen, dass er ihren Namen aussprechen und sich auf den Rücken rollen konnte, wobei er sie mit sich nahm. Sie umarmte ihn fest und gab ihm ohne Worte zu verstehen, wie sehr sie es mochte, ihn in sich zu spüren, auch wenn sie jetzt weich und erschöpft auf ihm lag. Er bewegte seine Hüften und spürte erneut das Zittern, das ihren Körper durchlief. Und sofort fühlte er die Erregung wieder in sich wachsen.

»Mein Gott, wir werden uns noch umbringen«, sagte er heiser.

»Ist das pure Angeberei oder eine Beschwerde?«, hauchte sie in seinen Nacken.

»Ich gebe Gutscheine für eine Wiederholung aus, eine ganze Handvoll.«

»Okay – unter der Bedingung, dass ich mich so schnell nicht hier fortbewegen muss.«

»Was ist mit ›so schnell nicht‹ gemeint?«

»In diesem Jahrhundert.« Sie seufzte. »Was um Himmels willen klopft da an meinen Oberschenkel?«

»Mein Pager vibriert.«

»Oh, das beruhigt mich aber. Ich dachte schon, du hättest vielleicht noch einen Reservepimmel oder so was.«

Lachend griff er in die Tasche seiner Hosen, die er – zum Großteil – immer noch anhatte, und zog das Gerät fürs Casino heraus. Die Nummer von Susan Chatsworth wurde angezeigt. Ohne seine Position zu verändern, klaubte er auch noch das Sprechgerät aus der Tasche und wählte Susans Nummer. »Tannahill.«

»Die Polizei ist da. Möchten Sie das Gespräch in Ihrem Büro führen?«

Der vorsichtig sanfte Ton in der Stimme seiner Sicherheitschefin verriet Shane, dass es sich – dank der für die Aufzugkameraüberwachung zuständigen Person – bereits herumgesprochen haben musste, dass es im Fahrstuhl zwischen Shane und seiner Kuratorin ein Techtelmechtel gegeben hatte.

»Ja, im Büro.«

»Okay, Sir. Jetzt gleich?«

Er unterdrückte einen Fluch bei dem grinsenden Unterton, den er aus Susans Frage heraushörte – *Wollen Sie nicht lieber noch ein bisschen Zeit für einen Quickie haben?* Aber ihm ging es im Moment viel zu gut, um sich darüber zu ärgern.

»Schicken Sie sie hoch«, sagte er kurz. »Ist irgendjemand dem Kerl gefolgt, der Risa in seiner Gewalt hatte?«

»Tut mir leid, Sir. Er hatte eine Pistole, und Ihren Anweisungen zufolge …«

»Ist in Ordnung«, verkürzte Shane ihren Satz. »Wurde im Casino irgendjemand verletzt?«

»Nein. Die meisten Leute stehen jetzt um den Spielautomaten herum, in den er ein Loch geschossen hat. Ein paar andere bewundern das Loch im Würfeltisch. Und einige haben sich gleich an die Bar begeben. Und da kommt jetzt die Polizei und möchte mit uns reden.«

»Während wir uns mit der Polizei unterhalten, einigen Sie sich bitte mit den Spielern, deren Spiele unterbrochen wurden. Wenn sie nicht akzeptieren wollen, wem was gehört, lassen Sie die Bänder abspielen.«

»Wird gemacht, Sir. Wie geht es Ms Sheridan? Der Notarztwagen ist auch auf dem Weg hierher.«

»Ich werde sie fragen.« Shane fuhr zärtlich mit der Hand über ihren Rücken bis zu ihren erotischen Hüften. »Geht es dir gut, Risa?«

»Wie dem Mops im Haferstroh«, sagte sie und blies gegen sein Kinn.

Shane ließ lachend die Pausentaste los und sagte: »Ihr geht's gut.«

Sehr gut.

Und jemand hatte gerade erst versucht, sie umzubringen.

34

Las Vegas
3. November
Am Nachmittag

John Firenze starrte auf seinen Neffen und wünschte sich, seine Schwester hätte einen besseren Geschmack bei Männern bewiesen. Der Bursche, der Cesar gezeugt hatte, war ein bloßes Muskelpaket gewesen, schlicht und einfach. Cesar war in jeder Beziehung der Sohn seines Vaters, abgesehen von einer: Es floss das Blut der Firenze in seinen Adern. Die eigene Familie musste man vor Dummheiten schützen, so lange es ging. Wenn es nicht länger möglich war … nun gut, seine Schwester war tot, und seine hochverehrte Mutter musste nie erfahren, was ihrem einzigen Enkel zugestoßen war.

Socks trat unruhig von einem Fuß auf den anderen und schob den schweren Rucksack von Tim, den er auf den muskulösen Schultern trug, an eine andere Stelle. Er fühlte sich wie ein dummer Junge, der ins Büro des Chefs bestellt worden war, weil er einem Mädchen an den Busen gefasst hatte. Firenze sah auch genauso aus wie ein Chef. Dunkler Anzug und weißes Hemd, dunkel gestreifte Krawatte, das dünne Haar streng nach hinten gekämmt. Die Hände trugen immer noch die Narben aus seiner Jugendzeit, die er als Schläger während der letzten Tage der alten Las-Vegas-Mafia verbracht hatte. Wenn er darüber nachdachte, konnte Socks kaum glauben, dass aus dem kleinen Firenze ein Anzug mit dünnem Lächeln geworden war.

Aber es war so.

Firenze lehnte sich in seinem großen ledernen Chefsessel zurück und betrachtete seinen Neffen unverwandt aus seinen schwarzen Augen. »Gehen wir das Ganze noch mal durch und sehen, ob ich alles richtig verstanden habe. Du hast gerade zwei Leute umgelegt ...«

»Das mit Joey hab ich nicht gemacht«, unterbrach ihn Socks eilig. »Das war Tim. Den hab ich danach umgelegt.«

»Wie auch immer. Zwei Tote.«

Socks zuckte mit den Achseln. »Ja.«

»Wo ist die Knarre, die du dafür benutzt hast?«

»Hab sie in einen Abwasserkanal geschmissen. War echt schade drum. Hat 'ne Menge gekostet.«

Firenze knurrte. »Hattest du Handschuhe an?«

»Hey, klar. Bin doch nicht blöd.«

»Wo sind sie?«

»Im Klo runtergespült.«

»Hier?«, fragte Firenze scharf.

»Nee. In 'nem Klo an 'ner Tankstelle der Fernstraße. Hab doch gesagt, dass ich nicht blöd bin.«

Das war Ansichtssache, aber immerhin war der Junge lernfähig. Er hatte offenbar nicht vergessen, wie man einen schmutzigen Job sauber beendet.

»Sind die Bullen hinter dir her?«, fragte Firenze.

»Soviel ich weiß, haben sie die Leichen noch nicht mal gefunden. Hab meinen Polizeifunkempfänger verpfändet, deshalb bin ich nicht sicher.«

Eins der fünf Telefone auf Firenzes Schreibtisch klingelte. Er ignorierte es, ebenso wie er die leisen Töne ignorierte, die ihm neu eintreffende Mails signalisierten.

»Hat dich irgendjemand gesehen?«, fragte Firenze drängend weiter.

»Ich bin über die Gasse raus und dann rüber zur Burger-Bude, wo ich geparkt habe. Ich hab nicht vergessen, dass du mir erklärt hast, nie in der Nähe zu parken, wo das Ding gedreht wird.«

Beim Gedanken an Socks' grelllila Wagen zuckte Firenze zusammen. Den könnte er hinterm Mond parken und es gäbe immer jemand, der ihn entdecken würde. Über kurz oder lang würde Delias dummer kleiner Junge die Sorte Ärger kriegen, aus der ihn auch sein Onkel mit all seinen guten Verbindungen nicht heraushauen konnte.

Und was er da erzählte, hörte sich so an, als würde er den Ärger schon ziemlich bald kriegen.

»Hast *du* jemand gesehen?«, fragte Firenze.

Socks runzelte die Stirn. »Einen besoffenen Penner in der Gasse gegenüber von Joey, der gerade gepisst hat. Spielt das 'ne Rolle?«

Firenze konnte nur hoffen, dass das nicht der Fall war. »Okay. Du bist sauber weggekommen.«

Eifrig nickte Socks.

»Also, warum bist du dann hier?«

»Na ja, hat mit Joey zu tun. Der hat mich dieses Mal voll reingelegt.«

Firenze wartete. Von einem Typ aus dem Pfandhaus reingelegt zu werden, war nicht die Art von Neuigkeit, die seinen Blutdruck nach oben trieb.

»Ich meine, *voll*«, beharrte Socks. »Das Zeug, das ich hatte, war 'ne Million wert, mindestens, und er hat mir nur ...«

»Eine Million?« Firenze ließ Socks nicht ausreden und setzte sich ruckartig auf. »Wie zum Teufel kommst du auf die beschissene Idee, Juwelierläden auszurauben? Wie oft muss ich dir noch sagen, dass solche teuren Läden nichts ...«

»Kein Juwelier«, warf Socks schnell ein. »Ich weiß sehr gut, was du mir gesagt hast, Onkel John. Aber das Zeug kam nicht aus einem teuren Laden.«

Firenze lehnte sich wieder zurück. »Was für ein Zeug ist es dann?«

»Gold.«

»Du bist stark wie ein Stier, das geb ich zu, aber sogar du

könntest niemals so viel Gold tragen, das eine Million wert ist.«

Socks verstand nicht ganz, was sein Onkel meinte, also blieb er bei dem, was ihm klar war. »Tim's Zicke hat gesagt, das Zeug wär 'ne Million wert, und es war Gold – kleine Figuren wie Spielzeug und so was – und sie ist verdammt clever und muss es wissen.«

Firenze spürte Kopfschmerzen herannahen. Ziemlich heftige. Und sie hießen Cesar. »Tim ist der Junge, den du abgeknallt hast, ja?«

Socks nickte.

»Und wo ist seine Zicke jetzt?«, fragte Firenze.

»Das wollte ich gerade sagen«, meinte Socks, und seine Stimme klang weinerlich.

»Sag's ein bisschen schneller.«

»Okay. Also gut. Sie hat den alten Mann umgebracht, hat das goldene Spielzeug mitgenommen, hat Tim zehn davon gegeben und für sich selbst noch mehr behalten. Wir haben vier an Joey verkauft und er hat uns voll reingelegt. Dann sind wir wieder hin und wollten das Zeug zurückhaben, aber er hatte es schon an Shapiro weiterverkauft, und dann hat Tim ihn umgelegt und ich Tim. Und dann bin ich der Zicke hinterher, um den Rest von dem Gold zu kriegen, und sie hat mir verdammt noch mal fast den Schwanz abgerissen und ist weggerannt und ich bin dann in ihr Zimmer und da war sie nicht mehr, aber 'ne andre Zicke ist reingekommen und hat gesagt, sie weiß, wo das Gold ist, und dann sind wir runter ins Casino …«

»*Casino!*«

Socks sprach einfach weiter. »… und sie ist aufs Frauenklo, um das Gold rauszuholen, aber die verdammte Zicke hat mich gelinkt und sich davongemacht, und dann hab ich ihr hinterhergeschossen, aber sie ist gerannt wie ein verdammtes Rennpferd, und ich hab sie nicht getroffen und dann bin ich hergekommen.«

Firenze machte sich nicht die Mühe zu fragen, wie viele Leute Socks dabei gesehen hatten. Es spielte keine Rolle. Das Ganze war digital aufgezeichnet worden und befand sich nun im Speicher eines Casinocomputers. »Wo?«

»Na, hier, wie ich gesagt habe.«

»Du warst im *Roman Circus?*«, fragte Firenze schnaubend und sprang auf, wie von der Tarantel gestochen.

»Nein. *Ich* bin hier. Die Zicke war im *Golden Fleece.*«

Der Druck in Firenzes Kopf ging in ein ständiges stechendes Klopfen über.

»Weißt du noch, was ich dir über Überwachungskameras erzählt habe?«, fragte Firenze mit sanfter Stimme.

»Oh ... ja. Ich hab eine Skimaske getragen.« *Meistens.* Aber darüber wollte er jetzt nicht reden. Sogar sein abgebrühter Onkel würde von ihm nicht erwarten, in der Lobby des *Golden Fleece* eine Skimütze zu tragen, nicht wahr? Socks zerrte die Mütze aus seiner Hosentasche. »Schau!«

Firenze warf einen kurzen Blick auf die schmutzige Maske. »Gibt's noch etwas, was du mir sagen willst?«

»Wie meinst du das?«

»Zum Beispiel, was ich jetzt deiner Meinung nach tun soll.«

Socks fing an zu grinsen. »Ich dachte, du könntest mit dem Rest von dem Gold dealen und dabei mehr rausholen. Dann ...«

»Moment.« Firenze hob die Hand. »Du hast gesagt, die Zicke hat das Gold und ist damit abgehauen.«

»Mit dem meisten davon, ja.« Socks senkte eine Schulter und ließ den Rucksack hinabgleiten. »Aber Tim hatte noch was davon in seinem Rucksack.«

Zum ersten Mal, seit Socks bei ihm war, schaute Firenze ihn mit Interesse an. »Dann bring's mal her.«

Socks eilte zu dem großen, seidig glänzenden schwarzen Schreibtisch, der aussah wie aus einem *Star-Trek*-Film. Keine Papierberge verunstalteten die makellos schimmernde Oberfläche. Nur ein dicker Stift aus Elfenbein lag auf einem Block mit dickem cremefarbenem Papier, das mit dem Emblem des *Roman Circus* verziert war: einem barbusigen Revuegirl zwischen zwei brüllenden Löwen.

»Hab noch keine Zeit gehabt, mir das Zeug so richtig anzusehn«, brummte Socks und zerrte ungeduldig am Reißverschluss und den Schnallen des Rucksacks.

»Wo hast du deine Handschuhe?«, fauchte Firenze.

»Was?«

»Jetzt hör mal gut zu. Du willst doch nicht deine Fingerabdrücke auf dem Zeug hinterlassen, das direkt zu dem Kerl führt, den du umgelegt hast?«

»Ich hab's so gedreht, als ob Joey ihn umgelegt hat.«

Firenzes Kopfschmerzen wurden noch heftiger bei der Vorstellung, wie sein blöder Neffen versuchte, sich ein eigenes Alibi zurechtzubasteln. »Zieh jetzt Handschuhe an.«

»Hab meine letzten weggeschmissen.«

»Dann kauf mehr davon. Und rühr vorher das Zeug nicht an, hörst du?«

»Ja.«

Mürrisch stocherte Socks mit einer Hand im Rucksack herum. Eins nach dem anderen fischte er sechs Bündel raus, die in Unterhosen oder Socken gewickelt waren, und legte sie auf die polierte Schreibtischplatte. Firenze beobachtete das Ganze mit der Miene eines Geiers, der sich überlegte, ob seine Beute aufgegeben hatte und endlich verendet war. Als Socks anfing, eines der Stücke aus seiner Verpackung zu schütteln, hielt sein Onkel ihn mit einer entschiedenen Geste davon ab.

»Das mache ich. Ich will nicht, dass du mir den Tisch verkratzt.«

Mit einer Geschicklichkeit, die bei einem so bulligen Mann wie Firenze erstaunte, schüttelte er eines der Stücke auf ein Blatt des cremefarbenen Papiers. Trotz seiner Sorgfalt gab es einen hörbaren Plumps, als die Figur auftraf. Firenzes Augen weiteten sich, dann verengten sie sich wieder. Eins nach dem andren wickelte er die weiteren fünf Teile aus.

Und dann starrte er sie lange an. Zwei Figuren, ein Ring, irgendein seltsamer Anstecker, ein kragenähnliches Halsband aus geflochtenen Ketten und schließlich so etwas wie ein zehn Zentimeter breiter Armring, der ihn beim Betrachten erschauern ließ. »Was zum Teufel ist das?«

»Hab ich dir doch gesagt. Gold.«

»Das seh ich auch. Was für eine Art von Gold.«

»Keine Ahnung. Joey hat gesagt, dass Shapiro ihm für vier solche Teile fünfzigtausend bezahlt hat. Und wir haben – wie viele – sechs. Das sollte also was wert sein? Oh, jedenfalls viel mehr.«

Mein Gott, der Junge kann noch nicht mal rechnen. Firenze schüttelte den Gedanken an die Defizite seines Neffen ab und konzentrierte sich wieder auf das Nächstliegende. Shapiro war ein Gauner, der jedem Cent nachweinte, den er in seinem Pfandhaus auszahlte.

»Wenn Shapiro fünfzig gezahlt hat«, meinte Firenze, »war das Ganze mindestens fünfmal so viel wert. Zum Teufel, vielleicht zehnmal so viel.«

»Hab ich mir auch gedacht. Aber Joey ist jetzt hinüber und kann nichts mehr machen und dem Shapiro trau ich nicht über den Weg und die Zicke hat wahrscheinlich noch einen Arschvoll mehr Gold und ich komm da nicht dran ohne Hilfe. Also bin ich zu meinem Lieblingsonkel gekommen. Auf die Familie kann man sich doch verlassen, oder?«

»Klar«, sagte Firenze abwesend. »Hat die Zicke einen Namen?«

»Cherelle Faulkner.«

Der Name beschleunigte Firenzes Puls um einiges. Er öffnete das zusammengefaltete Stück Papier auf seinem Schreibtisch und schaute sich noch einmal die Information an, die ihm zugespielt worden war nach einem anonymen Anruf von jemandem, der Tannahill keinen Gefallen tun wollte.

Risa Sheridan und Cherelle Faulkner kennen einander sehr gut. Gehen Sie der Sache nach, und dann haben Sie Tannahill am Wickel.

»Erzähl mir was über sie.«

»Große Titten, toller Arsch, mit dem sie dauernd rumwackelt, und …«

»Mir ist scheißegal, wie sie aussieht«, erklärte Firenze seinem Neffen. »Ist sie eine Nutte, eine Diebin, eine Drogensüchtige – oder was?«

»Sie geht nicht mehr anschaffen. Sie und Tim betreiben so einen Channel-Schwindel in Sedona. So kommen sie in richtig reiche Häuser rein. Ich und Tim gehen sie dann ausrauben, wenn niemand zu Hause ist. Sie kokst gerne, aber sie raucht nur und schnupft, nicht das mit der Spritze.«

»Hat sie schon mal gesessen?«

»Keine Ahnung. In den letzten Jahren nicht, so viel ist sicher.«

»Wie hat sie Risa Sheridan kennengelernt?«

»Wen?«

»Die Zicke, die du im Casino erschießen wolltest«, gab Firenze zurück. Herrgott, er wusste allein von einem anonymen Anruf mehr über Risa als Socks, der sie gekidnappt hatte. »Hast du ihren Namen vorher noch nie gehört?«

Socks zuckte mit den Schultern. »Nach dem, was Tim erzählt hat, sind die beiden Zicken miteinander aufgewachsen. Wie Schwestern oder so was.«

Für einen Augenblick war es still, während Firenze versuchte, sich darüber klar zu werden, was er wusste und was nicht.

»Wie auch immer, Tim's Zicke hat den Alten umgebracht, dem das Gold gehörte.«

Was seinem Neffen zuletzt noch eingefallen war, brachte Firenzes Puls zum Tanzen. Cherelle war eine Mörderin, und sie und Risa waren wie Schwestern – Risa, die alles über alten Goldschmuck wusste.

Firenze fing leise an, vor sich hin zu glucksen. Er hielt im Moment ein wunderbares Druckmittel gegen Shane Tannahills Goldexpertin in Händen. Risa konnte Firenze sagen, was das Gold seines Neffen wirklich wert war. Dann konnte sie es an ihren Chef Shane Tannahill verkaufen, der sich dadurch unverhofft als Mitschuldiger von Raub und Mord wiederfinden würde.

Socks blickte unbehaglich auf seinen Onkel. Er hasste es, wenn Firenze auf diese Art lachte. Normalerweise bedeutete es, dass es irgendjemand bald sehr schlecht gehen würde. Socks, zum Beispiel.

Ein paar köstliche Augenblicke sonnte sich Firenze in der Vorstellung, Tannahill alleine zur Strecke zu bringen, ohne die Hilfe der anderen Casinobosse. Das würde ihn in der Stadt zu einer richtig wichtigen Person machen – wie es sein Vater und Großvater gewesen waren. Männer, vor denen man nicht nur in Las Vegas, sondern in ganz Nevada und darüber hinaus Respekt hatte. Aber Firenze hatte keine Lust, auch so zu enden wie sie – der eine ermordet, der andere wegen Mordes lebenslänglich im Knast. Nein, wirklich clever wäre es jetzt, diese Informationen zu benutzen, um sich noch mehr Macht zu verschaffen. Das machte zwar nicht ganz so viel Spaß, war aber erheblich sicherer.

Im Gegensatz zu seinem Neffen war John Firenze intelligent genug, um zu erkennen, wenn ein Ding eine Nummer zu groß für ihn war.

Trotzdem zögerte Firenze, als er nach dem Telefon griff. Je mehr Informationen er hatte, desto größer würde sein Anteil am Kuchen sein. Nicht den ganzen Kuchen. Aber ein dickes fettes saftiges Stück davon würde er kriegen. Zunächst brauchte er mehr Informationen über den Wert des Goldes, als ihm sein blöder Neffe liefern konnte.

Er lehnte sich wieder zurück in seinen breiten Sessel und überlegte sich, auf welche Weise er von Risa Sheridan eine rasche, sehr vertrauliche Schätzung des Goldes bekommen konnte. Er könnte direkt zu ihr gehen, aber das würde Tannahill mitkriegen.

Firenze schüttelte den Kopf. Das war keine gute Idee.

»Hey – Onkel John?«

»Halt die Klappe.«

Es vergingen noch einige Minuten, bis Firenze den Entschluss fasste, dass der schnellste und sauberste Weg zu Risa der war, sie einfach zu kidnappen. Wenn sie nicht mit ihm zusammenarbeiten wollte ... tja, dann gab es immer noch die Wüste. Sie wäre nicht die erste Person, die in die Wüste hinausginge und nie wiederkehrte.

35

Las Vegas
3. November
Am späten Nachmittag

Shane schloss seine Bürotür hinter dem Polizisten vom Las Vegas Police Department, der mehr Fragen gestellt hatte, als Risa beantworten konnte. Als er sich zu ihr umdrehte, saß Risa immer noch in der Sitzecke, die sich an sein Büro anschloss. Sie war in den graugrünen Polstern zusammengesunken und sah erschöpft aus. Blasse Haut, Ringe unter ihren wunderschönen Augen, die Hände kraftlos und sogar ihre flotte Frisur mit den schwarzen Haaren wirkte stumpf. Er konnte sich denken, warum.

Und das ärgerte ihn maßlos.

»Du hast alles getan, um Cherelles Arsch zu retten«, sagte er grob. »Das ist um ein Vielfaches mehr als das, was sie für dich getan hat.«

Müde hob Risa ihr Kinn und blickte Shane an. »Was meinst du damit?«

»Deine Freundin hat ihren Schlüssel an einen …«

»Nein«, unterbrach ihn Risa. »Cherelle verliert immer solche Sachen wie Schlüssel. Das hat sie früher schon getan. So ist sie eben.«

»Du willst also behaupten, dass irgendein Gauner irgendwo in Las Vegas einen Codeschlüssel findet und irgendwie weiß, dass er zu deinem Apartment gehört und wie er in dieses Apartment kommt, ohne nach dem Weg zu fragen?«

Ihr Mund öffnete sich und schloss sich wieder. »Das kann ich nicht erklären.«

»Vielleicht kannst du mir dann erklären, wieso du aus so einem Früchtchen wie Cherelle Faulkner ein unschuldiges Lämmchen machen willst?«

»Dieses ›Früchtchen‹ ist alles, was ich an Familie besitze«, gab Risa aufgebracht zurück. »Wir sind wie Schwestern, nur nicht miteinander verwandt. Sie würde mir so was nie antun.«

»Du sagst das so oft, dass du es am Ende selbst noch glaubst.«

Risa sprang wütend auf, das Blut schoss ihr in den Kopf. »Was weißt du schon über Freundschaft? Du hast keinen einzigen Freund! Du bist viel zu kalt und berechnend, um zu wissen, wie es sich anfühlt ...« Abrupt hörte sie auf zu sprechen und wandte sich von ihm ab. Sie wollte nicht, dass er die Tränen sah, die ihr trotz ihrer Wut in den Augen brannten. »Entschuldigung, das tut nichts zur Sache. Du kannst ruhig das Schlechteste von Cherelle glauben, nur weil sie sexy gekleidet rumläuft und nicht als Krankenschwester arbeitet oder so was. Aber verlange nicht von mir, dass ich dasselbe sage.«

»Im Fahrstuhl hattest du nicht den Eindruck, dass ich kalt bin«, warf Shane mit tödlicher Ruhe ein. »Das Berechnende gebe ich zu, ich habe an die Kamera gedacht und dich nicht hirnlos gefickt zum Vergnügen des Wachpersonals an den Monitoren.«

Risa stöhnte bei der Schärfe seiner Stimme auf. Er war verärgert, ungeduldig, völlig verunsichert, was sie betraf. Zum Teil stimmte sie ihm zu, dass er das Recht dazu hatte. Aber der andere Teil wollte am liebsten laut aufschreien, dass Cherelle ihre Freundin war. Ihre einzige Freundin. Sie hatten zu viel miteinander durchgemacht, um einander zu betrügen.

»Ich kann es einfach nicht glauben, dass sie mir diesen Gangster auf den Hals gehetzt hat«, sagte Risa.

Als Shane sah, wie sie steif dastand, und er die Anspannung in ihrer Stimme hörte, fühlte er sich wie ein Idiot, weil er sie so bedrängte. Sie hatte in den letzten Stunden genug mitgemacht, es war nicht notwendig, dass er ihr wegen ihrer dreimal verfluchten Busenfreundin noch zusätzlich zusetzte.

Still ging er auf sie zu und legte seine Hände auf Risas angespannte Schultern. Sie zuckte überrascht zusammen, hielt aber still.

»Kannst du dir vorstellen, was ich durchgemacht habe, als ich sah, wie dieser fiese Typ auf deinen Rücken zielte?«

Sie schüttelte den Kopf.

Er beugte sich hinab, bis seine Lippen nur einen Hauch von ihrem Hals entfernt waren. »Wenn ich ihn hätte töten können, wäre er dort an dieser Stelle gestorben.«

Die Wärme seines Atems und die Sicherheit, die in seinen Worten lag, ließen sie erschauern.

»Und das war, bevor wir uns geliebt haben«, sagte Shane. »Ich weiß nicht, warum du einen solchen Einfluss auf mich hast. Aber es ist so.«

Sie atmete zitternd ein. »Begierde. Das ist alles. Nur ...« Ihre Stimme brach ab, als sie spürte, wie seine warme Zungenspitze ihren Hals berührte. Ganz sacht. »... Begierde.«

»Wenn es das wäre, hätte ich mit dir geschlafen, bevor ich dich eingestellt habe«, murmelte er sanft. »Du wolltest mich schon, als wir uns das erste Mal bei *Rarities* begegnet sind. Und ich wollte dich. Ein einfaches Spiel, oder? Eine Woche voller Leidenschaft, dann ein nettes Auf Wiedersehen, und schon hätten wir wieder getrennte Wege gehen können.«

»St-stimmt.«

»Falsch.« Er ließ noch einmal seine Zunge zärtlich ihren Hals berühren. Sie zu küssen war ihm zu gefährlich. Er begehrte sie jetzt mehr als je. Viel mehr. Jetzt wusste er, wie wunderschön es sein konnte. »Es ist mehr als Begierde. Du hast es gewusst. Und ich wusste es auch. Und wir beide sind voreinander geflüchtet wie der Teufel vor dem Weihwasser. Kannst du zumindest das zugeben?«

Sie wollte widersprechen. Aber sie konnte nicht. »Es macht mir Angst.«

»Mir auch. Dann hab ich auf einen Monitor gesehen und erblickte diesen verdammten Kerl, wie er versucht, dich zu erschießen. Ich war wie wahnsinnig. Ich habe keine Ahnung, wie ich zu dir gekommen bin. Alles, was ich weiß, ist, dass ich nicht mehr vor allem davonlaufen werde, was uns zueinander zieht. Ich möchte dir gerne … helfen.«

Der Gedanke daran, wie Cherelle ihre alte Freundin betrogen hatte, ließ in Shane den Wunsch aufkommen, ihr jeden einzelnen Knochen in ihrem viel benutzten Körper zu brechen. Aber er wusste, dass Risa dies nicht hören wollte. Das wollte sie vielleicht nie.

Es war so schade, dass Risa nicht dieselbe tiefe Zuneigung für ihn empfand.

Nicht dass Shane sich über die mangelnden Gefühle von ihrer Seite wunderte. Wenn es nach seinem Vater und seiner Mutter ging, gehörte er einfach nicht zu den besonders liebenswerten Menschen. Also hatte er sich wie sein Vater entschlossen, reich zu werden. Doch anders als für seinen Vater war Reichtum für Shane nicht alles.

Doch das hatte er erst in den Minuten gelernt, als er dem Verbrecher im Hawaiihemd zusah, wie er Risa verfolgt und sie zu töten versucht hatte.

»Wie geht es dir jetzt damit?«, fragte er. »Möchtest du immer noch davonlaufen?«

»Nein. Ja.« Sie lachte kurz auf und war dann wieder still. »Ich weiß es nicht.«

Er hätte sie berühren, sie küssen und streicheln können, bis sie so bereit war wie im Aufzug – erregt, leidenschaftlich, hungrig nach ihm. Er wusste, sie würde für ihn brennen wie nie eine Frau zuvor. Er fragte sich, ob sie das wusste und ob es das war, wovor sie sich genauso fürchtete, wie sie es herbeisehnte. Was er von ihrer Kindheit kannte, ließ den Schluss zu, dass sie wohl ebenso viel Zeit damit verbracht hatte, aus Selbstschutz ihre Gefühle zu verleugnen, wie er selbst.

»Also gut.« Shane hob seine Hände von ihren Schultern und wandte sich ab. »Es ist beinahe Zeit fürs Abendessen. Möchtest du gerne etwas essen, bevor wir uns dein Apartment ansehen?«

»Nein.« Das Wort hörte sich an wie ein Krächzen, deshalb räusperte sie sich. »Nein, vielen Dank. Du musst auch nicht mitkommen. Diesmal wird sich niemand im Schrank verstecken.«

»Zu schade.«

Sie wandte sich zu ihm um und sah gerade noch den Anflug des Lächelns eines Jägers vor seiner Beute. Es war kein angenehmes Lächeln. Es war so kalt wie der Mondaufgang im Winter. Zum ersten Mal verstand sie – verstand sie richtig –, dass er für sie ohne zu zögern getötet hätte. Diese Vorstellung berührte sie merkwürdig.

Niemand, nicht einmal Cherelle, hatte ihr jemals solch einen Schutz geboten. Nie.

»Wie auch immer«, fuhr Shane fort. »Bevor die Polizei nicht den Mann gefasst hat, der versuchte, dich umzubringen, gehst du nirgendwohin alleine. Und schon gar nicht in dein Apartment.«

»Er wird nicht zurückkommen.«

»Er hätte gar nicht erst herkommen dürfen.«

»Er muss Cherelle gefolgt sein.«

»Wenn er das getan hat, war er unsichtbar. Die Sicherheitsleute haben die Daten der Kamera im Flur genau ausgewertet, und zwar die ganze Zeit, zwei Tage bevor Cherelle die Karte für dein Apartment bekommen hat bis jetzt. Er ist nur zweimal auf den Aufnahmen zu sehen. Einmal, als er heute reinkam, und das zweite Mal, als er mit dir wieder rauskam.«

Risa machte den Mund auf, um Cherelle erneut zu verteidigen. Aber dann merkte sie, dass das nicht notwendig war. Shane hatte ihre Freundin nicht angegriffen. Er hatte nur auf eine unangenehme Wahrheit hingewiesen: dass der Mann nicht Cherelle gefolgt war, um in Risas Wohnung zu gelangen.

Mein Gott, Cherelle. Was ist aus den Kindern geworden, die wir waren?

»Okay.« Risa atmete seufzend aus. »Also gut. Ich versuche, es nicht an dir auszulassen, nur weil ich Angst habe und wütend und durchgedreht bin. Aber …« Ihre Stimme brach und sie fuhr in einem Flüsterton fort. »Mein Gott, es tut so weh. Ich habe nur versucht, ihr etwas von dem zurückzugeben, was sie mir gegeben hat, als wir beide noch Kinder waren. Einen Ort, wo sie sicher war. Und ich glaube immer noch – glaube ganz fest –, dass sie mich nicht betrügen wollte. Ich glaube, sie ist jetzt irgendwo da draußen, flüchtet voller Angst, wie wir es früher oft getan haben. Nur ist sie jetzt alleine.«

Es gab nichts, was Shane ihr zum Trost hätte sagen können. Also legte er ihr einfach die Hände auf die Schultern. »Bist du bereit, eine Inventur deiner Sachen für Detective Wilson zu machen?«

Unwillkürlich drehte Risa den Kopf und strich mit ihrem Mund über eine von Shanes Händen. »Okay. Vielleicht hat mir Cherelle irgendetwas hinterlassen – eine Nachricht oder so etwas.«

Shane folgte mit seiner Fingerspitze Risas Wange und erinnerte sich selbst an all die Gründe, weshalb er sie nicht verführen durfte, gerade hier, gerade jetzt, gerade dort, wo sie jetzt standen. Der Grund, der am meisten zählte, waren die müden Ringe unter ihren schönen Augen.

»Ich begehre dich wieder«, sagte er. »Ich werde nie aufhören, dich zu begehren, auch wenn ich nicht weiter in dich hineingelangen kann.«

Sie lehnte ihren Kopf gegen seine Brust. »Mir geht es genauso. Ich weiß nicht, was ich dagegen machen kann.« Sie hatte das Gefühl, als hörte sie sein Lachen. »Okay, darüber weiß ich also jetzt Bescheid. Was all das andere betrifft ... du weißt schon.«

»Ja, ich weiß. Bist du jetzt bereit für die Inventur in deinem Apartment?«

Sie atmete stoßweise aus. »Klar. Zumindest ist das etwas, worin ich mich auskenne.«

Shane ergriff ihre Hand, geleitete sie zu seinem Privataufzug und gab den Code ein. Die Türen öffneten sich und schlossen sich rasch wieder hinter ihnen. Der dicke, speziell angefertigte Teppich war eine Mischung aus gedeckten Farbtönen und verschluckte jedes Geräusch. Die Wände waren mit Tropenholz verkleidet, dessen Fasern einen feinen Goldglanz zeigten. Die Luft roch frisch nach Hochgebirge und wilden Gewässern.

Risa seufzte und spürte, wie ein Teil ihrer Traurigkeit von ihr abglitt. Der Fahrstuhl war eine beruhigende Oase inmitten eines Meers von Arbeit, Angst und Unsicherheit. Zu schnell öffneten sich die Türen wieder, und sie stand stumm vor ihrem eigenen Flur.

»Dieser Aufzug ist doch als Servicelift gekennzeichnet, oder?«, fragte Risa.

Shane grinste. »Ja.«

»Raffiniert.«

Er lachte und ließ ihre Hand los, um sie leicht Richtung Flur zu schieben.

Er spürte, wie sich ihr Rücken erneut anspannte, als ihnen ein Mann in Freizeitkleidung entgegenkam.

»Mach dir keine Sorgen«, flüsterte Shane. »Ich habe extra Sicherheitspersonal für diesen Flur bestellt. Er ist einer von uns.«

»Guten Abend, Sir, Madam.«

Shane nickte dem Wächter zu. »Wie läuft's?«

»Ruhig.«

»Gut.«

Der Wächter in Zivil schlenderte den Flur hinunter und

sah genauso aus wie jemand, der nichts weiter im Sinn hatte, als eine nette Nacht im Casino zu verbringen.

»Ist es denn schon Abend?«, fragte Risa und warf einen Blick auf ihre Uhr. »Ja, sieht ganz danach aus.« Sie verzog das Gesicht, als sie an die Polizisten dachte, die sie wieder und wieder befragt hatten. »Mein Gott, wie schnell doch die Zeit vergeht, wenn man Spaß hat.«

»Ja. Ich kann mir gar nicht vorstellen, wie viel davon mein Herz aushält.«

Vor ihrer Wohnungstür hielt sie an, griff in die enge Tasche ihres Rocks – nichts. »Ich habe meine Karte nicht bei mir. Ich muss sie verloren haben, als ich vor dem Kerl davongerannt bin. Oder in der anderen Wohnung, als wir ... hm ...«

Er warf ihr einen verhangenen, gedankenvollen Blick zu.

Ihr wurde heiß.

Wortlos zog er eine schmale Plastikkarte aus seiner Brieftasche. Die Codekarte passte in den Schlitz und die Tür öffnete sich. Er reichte ihr die Karte.

»Ein neuer Code. Wenn du die Karte verlierst oder verleihst, lass es die Sicherheit wissen«, sagte Shane. »Sollte irgendjemand diese Karte benutzen, der nicht von dir begleitet wird, bekommt er umgehend eine Menge bewaffnete Aufmerksamkeit.«

Risa wollte ihm eine Antwort geben, als ihr Blick auf das Durcheinander hinter ihm fiel. Sie betrat das Apartment und stand eine Weile da, die Fäuste in die Hüften gestemmt. »Oje! Zum Teufel, ich hatte gehofft, ich hätte mich geirrt.«

»Was meinst du damit?«

»Ich dachte, ich hätte mich getäuscht und es sähe hier nicht ganz so schlimm aus. Falsch gedacht. Wie soll ich herausfinden, ob etwas fehlt, wenn sich nichts mehr an seinem Platz befindet?«

Sie machte sich sofort auf den Weg in ihr Schlafzimmer, also erwartete sie wohl keine Antwort auf ihre Frage. Zuerst sah sie nach ihren elektronischen Geräten und war erleichtert zu sehen, dass Fernseher, DVD-Recorder, CD-Player mit Radio und Wecker und ihr Computer allesamt da waren. Der Computer war offenbar quer durchs Zimmer geworfen worden. Verschiedene Kleidungsstücke – zerrissen und unordentlich – bedeckten den Fernseher und bildeten einen großen Haufen auf dem Fußboden mitten im Schlafzimmer. Schuhe fanden sich wie Konfetti verstreut überall in der Wohnung.

Risa ging rasch ins Badezimmer und in die Küche, um dort nach dem Rechten zu sehen. Auch dort herrschte Chaos. Doch auf den ersten Blick fehlte nichts. Ihre Einkaufsliste hing noch am Kühlschrank unter einem grinsenden, hellgrünen Froschmagneten.

Shane sah sich das Durcheinander im Schlafzimmer an.

»Die Elektronik ist noch da«, rief sie.

Er pflückte einen BH aus mitternachtsblauer Seide von einem Lampenschirm. In der Badewanne hatte er das passende Höschen dazu entdeckt. *Beim nächsten Mal werde ich es viel langsamer angehen. Ihre Haut von seidener Unterwäsche zu befreien ist es wert, das ganz langsam zu machen.* Er faltete die seidene Wäsche sorgfältig zusammen und legte sie auf eine Kommode, aus der alle Schubladen herausgerissen waren. Kopfüber lagen sie noch dort, wo sie hingeworfen worden waren.

»Wie ist es mit dem Schmuck?«, fragte er.

Sie schüttelte den Kopf. »Das, was ich gerne hätte, ist viel zu teuer.«

»Du trägst also keinen Schmuck?«

»Ich habe meine Kindheit über immer nur zweit- und drittklassiges Zeug und abgelegte Kleider von Wohltätigkeitseinrichtungen besessen. Wenn ich mir heute nicht leisten kann, was ich gerne hätte, warte ich so lange, bis ich es mir leisten kann.«

»Und was hättest du gerne?«, fragte er schnell. Er würde es ihr schenken.

»Das liegt alles in Museen.« Ihr Blick fiel auf die hochkant gestellte Matratze und ihr fielen erst jetzt die Schnitte auf, wo der Mann mit dem Messer in das Gewebe hineingeschnitten hatte. »Ich glaube, er hat sich ganz schön geärgert.«

Shane folgte ihrem Blick – sofort schoss eiskalte Wut durch seine Adern. »Ich denke, du hast recht.«

»Er hat nach etwas gesucht, was ich gar nicht hatte.«

»Keltengold.«

Sie starrte auf das Chaos. »Auch wenn ich den Gedanken kaum ertrage, muss ich dir zustimmen.«

»Solange du in der Stimmung bist, mir zuzustimmen, könntest du mir vielleicht auch einfach etwas mehr vertrauen.«

Sie drehte sich zu ihm um und warf ihm einen überraschten Blick zu. »Ich vertraue dir doch.«

»Tatsächlich? Und warum hast du mir dann nicht gesagt, dass Cherelle ein paar sensationelle keltische Goldobjekte zum Verkauf hat?«

»Weil sie mir davon nichts gesagt hat.«

»Das ist ja interessant.« Geistesabwesend holte Shane den goldenen Stift aus der Tasche seines sportlichen Jacketts und ließ ihn über seine Finger wandern, während er mit einer Geschwindigkeit, bei der schon so manchem unbehaglich geworden war, Möglichkeiten und Wahrscheinlichkeiten ausrechnete.

Risa nahm es ganz gelassen. Im Gegenteil: Ihr gefiel die Vorstellung, dass er außer einem hübschen Gesicht und einem gut gewachsenen Körper noch mehr zu bieten hatte. Beim nächsten Mal wollte sie mehr von ihm nackt sehen als nur ganz spezifische Körperteile. Sie biss sich auf die Lippen, um das Lächeln zu unterdrücken, das sich auf ihrem Gesicht ausbreiten wollte. Ein paar Minuten mit Shane waren besser als viele Stunden mit irgendeinem der anderen Männer, die sie gekannt hatte. Das hätte sie ziemlich nervös gemacht, wenn es sich nicht so angefühlt hätte, als sei es verdammt okay.

»Wusste sie, was du beruflich machst?«, fragte Shane schließlich.

»Ja. Aber abgesehen von ihrem letzten Besuch hat sie mir nie irgendwelche Fragen dazu gestellt.«

»Also können wir davon ausgehen, dass sie dich besucht hat, weil du dich bei antikem Gold so gut auskennst, und nicht, weil sie Sehnsucht danach hatte, eure gemeinsame Kindheit wieder aufleben zu lassen.«

Risa fiel es zwar schwer, das zuzugeben, aber es war zu offensichtlich, als dass sie es hätte in Abrede stellen können. »Scheint so zu sein. Ich habe sie zuvor ein paar Jahre gar nicht gesehen. Wir waren nur telefonisch in Kontakt.«

Der goldene Stift rollte langsamer. »Hast du ihre Telefonnummer?«

»Sie ist zu oft umgezogen. Sie hat mich über R-Gespräche angerufen.«

»Zweifellos von einer Telefonzelle aus.«

Risa zuckte mit den Achseln. »Danach habe ich nicht gefragt. Als wir beim letzten Mal miteinander sprachen, klang es wie ein Handy.«

»So was nennt man gesellschaftlichen Aufstieg.«

Sie dachte an Cherelles Kleider, als sie sich getroffen hatten, und sagte nichts. Wenn das ein gesellschaftlicher Aufstieg war, dann musste ihre Freundin vorher ganz unten gewesen sein.

»Die ganze Zeit, die sie in deinem Apartment verbracht hat, hat sie mit niemandem telefoniert«, fügte Shane hinzu. »Jedenfalls nicht von deinem Telefon aus.«

»Ist das Telefon etwa abgehört worden?«, fragte Risa stirnrunzelnd.

»Alles, was dieses Apartment betrifft, wird auf dem Spesenkonto verbucht.«

»Seit wann?«

Der goldene Stift verschwand mit erstaunlicher Geschwindigkeit in Shanes Jackett. »Seit deine Freundin Spesen in Höhe von etwa zehn Riesen gemacht hat.«

Risa fiel die Kinnlade herunter.

Er holte sein Computertelefon heraus und gab eine Kontonummer ein. Wortlos reichte er ihr das Gerät. Die Ausgaben, die Cherelle auf das Apartment buchen ließ, waren beachtlich.

Und die Liste war lang.

»Ich zahl dir das alles zurück«, sagte Risa grimmig.

»Nein.«

»Doch! Das ist ...«

»Darüber sollten wir uns nicht streiten«, unterbrach er sie. »Ich habe eine Belohnung über zehntausend Dollar für Informationen ausgesetzt, die zum Ankauf von museumsreifen Goldobjekten führen. Soviel ich weiß, hat Cherelle sich das verdient. Oder möchtest du etwa behaupten, sie hätte nichts mit dem Keltengold zu tun, das wir gekauft haben, und das alles sei bloßer Zufall?«

Risa wollte ihm gewohnheitsmäßig widersprechen, ließ es dann aber bleiben. »Würde ich ja gerne, aber sogar die Kindheitserinnerungen und Gefühle halten offensichtlichen Tatsachen nicht stand.« Sie ging schnell die Liste von Cherelles Einkäufen durch und gab ihm das Gerät zurück. »Na ja, jetzt wissen wir zumindest, warum die Kamera sie nicht aus dem Apartment hat kommen sehen, bevor der Kerl hineinging.«

Shane hatte Cherelles Liste für heute noch nicht im Einzelnen überprüft. Er überflog sie jetzt noch einmal und ließ sogleich eine Anweisung herausgehen. Noch bevor er sie beendet hatte, waren bereits fünfzehn Leute damit beschäftigt, die Aufzeichnungen der Kameras durchzugehen auf der Suche nach einer kräftigen Frau mit kurzem braunem Haar, Baggy Pants und einer blauen Nylon-Windjacke.

»Sag ihnen, dass sie wahrscheinlich einen blauen Rollkoffer dabeihat«, ergänzte Risa. »Das ist meiner. Er ist nicht mehr im Schrank.«

Shane fügte diese Information hinzu und unterbrach die Verbindung. Als er sich umdrehte, wühlte sich Risa gerade durch den großen Haufen mit Kleidern in der Mitte des Zimmers. Ganz unten fand sie zwei abgenutzte Koffer.

»Gehören die Cherelle?«, fragte er.

»Ja.«

Er ging zu ihr hinüber, ergriff einen der Koffer und befühlte die Nähte mit den sensiblen Fingern eines Spielers. Aber er fand nur alten Schmutz und einen neuen Riss. Dasselbe beim zweiten Koffer. Er blickte zu Risa hinüber. Sie durchsuchte den Kleiderhügel auf dem Boden mit den schnellen und sicheren Bewegungen, die ihn immer schon an ihr fasziniert hatten. Diese Art von kühler Präzision war nicht zu erwarten bei einer Frau, die so sinnlich aussah – und es auch war – wie Risa Sheridan.

»Sind alle Kleider auf dem Boden von dir?«, fragte er.

»Bis jetzt, ja«, gab sie zur Antwort.

»Keine Nachricht, die sie dir mit dem Lippenstift an den Spiegel geschrieben hätte?«

Sie gab ein kurzes Schnauben von sich. »Cherelle würde kein teures Make-up vergeuden.«

»Auch keine Notiz auf der Einkaufsliste in der Küche?«

Sie schaute ihn überrascht an.

Er lächelte. »Nein, ich habe nicht rumgeschnüffelt. Aber die meisten Leute haben eine Liste irgendwo. Meistens in der Küche.«

»Keine Nachricht.«

»Und die Liste?«

Ein Lächeln erhellte ihr Gesicht. »Die Liste ist noch da. Und jedes Wort darauf ist in meiner Handschrift.«

Sie hob ein Kleid auf und schlug es kräftig aus, wobei sie ein zerknülltes Stück Papier mit ausschüttelte, das in Shanes Richtung flog. Er fing das Papierknäuel mit einer blitzschnellen Bewegung aus der Luft auf, glättete es und las es leise durch.

»Ich habe nicht gewusst, dass du dich mit so etwas wie Kraftwirbeln beschäftigst«, sagte er und sah sie an.

»Was für Wirbeln?«

»Du weißt schon, das Red Rock Country in Arizona, mit Sonnwendfeiern und all dem, was dazugehört. Zu den Toten sprechen mithilfe sogenannter Channels oder die Toten bitten, dass sie mit dir sprechen. Zur Erweiterung deiner spirituellen ...«

»So ein Quatsch«, murmelte sie und hielt dann den Atem an, denn ihr fiel etwas ein, was der Kerl gesagt hatte. Es war nicht Red Rock Country, sondern irgendetwas anderes in der Art.

»... Kräfte«, brachte Shane zu Ende. Er drehte das bunte Blatt Papier um, das offensichtlich aus einer Broschüre herausgerissen worden war. »So, so. Sie war also in Sedona als professionelles Channel unterwegs.«

Risa sah auf. »Wie bitte?«

»Cherelle. Oder sollte ich besser sagen: Lady Faulkner?«

»In Sedona?« Risa sprang auf.

»Sieht ganz danach aus. ›Lady Faulkner ist Ihr Guide zu den Druiden. Sprechen Sie mit König Arthur, Königin Guinevere und dem Meister aller Druiden, mit Merlin selbst. Durch Lady Faulkner lernen Sie die geheimsten Praktiken der alten und mächtigen ...‹«

Risa schnappte Shane das Blatt aus der Hand, überflog es und verzog das Gesicht. »Das ist es also, was der Kerl meinte.«

»Was?«

»Er sagte etwas von dem Gold, das sie in Sedona von einem alten Knacker bekommen habe.« Risa blickte auf und sah, wie er sie intensiv betrachtete. »Es gibt dort irgendwo noch mehr Keltengold.«

»Das hast du Detective Wilson gegenüber aber nicht erwähnt.«

»Ich hatte seine Fragerei satt.« Und sie wollte Shane nicht mit gestohlenen Goldobjekten in Verbindung bringen. »Du weißt, dass sie gestohlen sind, nicht wahr?«

Shane lächelte. »Das habe ich nie bezweifelt. Die Frage ist nur, wie lange das her ist.«

»Nicht lange genug«, sagte sie trocken.

»Nein. Nicht lange genug.«

»Du klingst ziemlich sicher.«

»Factoid hat auf keiner der bekannten Listen mit heißer Ware etwas gefunden, was mit dem Gold zu tun hat. Weder bei Interpol noch bei Scotland Yard, auch nicht in der Datenbank der gestohlenen archäologischen Kulturgüter. Es sind keine entsprechenden Diebstähle von Museen gemeldet und auch keine von Privatsammlungen – kein einziger verdammter Hinweis darauf. Wenn diese Goldobjekte jemals in irgendeiner bekannten Quelle verzeichnet waren, haben wir jedenfalls keinen Nachweis davon.«

»Oh. Zum Teufel«, sagte sie. »Wenn der beste Spürhund von *Rarities* nichts gefunden hat, dann gibt es auch nichts zu finden. Dann haben wir ein Problem.«

»Nein, *ich* habe ein Problem.«

»Was meinst du?«

»Du bist gekündigt.«

36

Los Angeles
3. November
Früh am Abend

S. K. Niall saß in seinem Büro bei *Rarities* and überprüfte die Monitore an der gegenüberliegenden Wand mit einem raschen, aber genauen Blick. Dana stand neben ihm und massierte mit ihrer Hand seinen Nacken mit der abwesenden Sinnlichkeit einer Katze. Er nahm es nicht persönlich. Noch nicht. Das hatte Zeit bis später, wenn sie in seinem Häuschen auf dem parkähnlichen Gelände von *Rarities Unlimited* zu Abend aßen. Die überströmende Farbenpracht, die seine Gärten auch im November zierte, war im Mondlicht nicht minder schön. Schön war auch der Blick auf die nächtlichen Lichter von L. A., den man von dort aus hatte. Von seinem Bett aus war die Aussicht geradezu atemberaubend.

Wie Dana.

»Ich dachte, das verdammte Meeting ginge nie zu Ende«, sagte Dana. »Manche Leute kapieren einfach nicht, dass sie nur für ein Gutachten bezahlen, nicht für eine Verkaufsanzeige ihres Schmucks oder ihrer Kunstgegenstände. Hat Risa noch einmal angerufen?«

»Nein. Möchtest du, dass ich sie anrufe, bevor wir gehen?«

Dana seufzte, streckte sich und fing an, die Konturen von Nialls kräftigem Nacken mit ihren zarten Fingerspitzen nachzufahren. »Wenn es auch bis morgen Zeit hat ...«

»Das habe ich auch gedacht.«

»So eine Überraschung. Du denkst doch immer an Sex.«

Sein Lächeln war breit und unverstellt lüstern. »Das magst du ja gerade so an mir.«

Sie lachte, als er sie über die Armlehne seines Sessels auf seinen Schoß hob. »Nicht schon wieder! Irgendwann werden wir noch dabei erwischt.«

»Alles leere Versprechungen.« Aber er ließ seine Finger von ihren gefährlichen Zonen, während er einen letzten prüfenden Blick auf die Monitore warf. »Sieht ruhig aus. Alles fertig für die Nacht, außer Reinluftraum 2.«

Dana nahm den Monitor für den Reinluftraum, der noch benutzt wurde, genauer in den Blick. Lawe Donovan, der für *Rarities* als Teilzeitgutachter arbeitete, überprüfte die Juwelen einer Reliquie aus der Frührenaissance, die ein Händler gerne verkaufen würde.

Mit im Raum war Ian Lapstrake. Die beiden hatten eine Art von Freundschaft aufgebaut, wahrscheinlich, weil Lawe seinen Zwillingsbruder Justin vermisste, der sich nach letzten Informationen irgendwo auf Madagaskar herumtrieb. Die grelle Beleuchtung des Raums verwandelte Lawes kastanienbraunes Haar in pures Gold und Ians schwarzes Haar in ein helles Mitternachtsblau.

»Wie eine Studie von Licht und Schatten«, murmelte Dana. »Wunderschön und sehr männlich.«

»Hör auf mit dem Gesülze. Du verletzt meine männlichen Gefühle.«

»Um deine männlichen Gefühle zu verletzen, bräuchte man mindestens ein Geschoss mit Kaliber fünfzig.«

»Das ist das Zweite, was du an mir magst«, gab er zurück. »Ich nehme nicht gleich beim ersten Anzeichen deines königlichen Missfallens Reißaus.«

»Okay, ich werde mich also in Bezug auf Lawe zusammenreißen. Ich bin bereit, hier alles abzuschließen und heimzugehen.«

»Einverstanden. Ich werde …«

»Mit dir«, unterbrach sie ihn.

Er sah in ihre dunklen Augen, die jetzt einen sinnlichen Schimmer hatten. Er wusste Bescheid. Wie sie hatte er ihre Begegnung von vorhin nur als Vorspeise betrachtet – und wartete jetzt auf die Hauptmahlzeit. Er hob sie von seinem Schoß herunter und stellte den Lautsprecher von Reinraum 2 an.

»Wie sieht's aus, mein Freund?«, fragte er.

Lawe sah nicht auf, als er die Stimme hörte. Er war schon daran gewöhnt, dass bei *Rarities* von der Decke herab ohne Vorwarnung plötzlich jemand mit ihm sprach. »Das hängt davon ab, welches Ergebnis Sie gerne hätten.«

»Glückliche Klienten sind immer ein gutes Ergebnis«, sagte Dana.

»Dann sieht es schlecht aus.«

Dana neigte den Kopf und blickte aufmerksam auf den Monitor. »Warum?«

»Ich bin zu neunundneunzig Prozent sicher, dass zwei der Edelsteine industriell gefertigt wurden; ihre Bruchstellen sind denen natürlicher Edelsteine nachgebildet. Um hundertprozentig sicherzugehen, müsste ich einen der Steine entfernen und ein winziges Stückchen davon für eine Probe opfern.«

»Die Edelsteine sind also Fälschungen?«

»Ihre Zusammensetzung ist eigentlich ganz echt. Sie sind nur von Menschenhand gemacht. Ihre Farbe ist sehr schön. Geradezu perfekt für diese Art von einfachem Cabochon-Schliff, und sie passen zu der früheren Gewohnheit, Juwelen nach der Tiefe ihrer Färbung auszusuchen und nicht nach ihrer Brillanz.«

»Könnten sie an die Stelle alter Edelsteine gesetzt worden sein, die verloren gingen?«, fragte Dana.

»Möglich. Aber auch bei dem Gold vermute ich, dass es zumindest teilweise eine moderne achtzehnkarätige Legierung ist«, fuhr Lawe fort und trat vom Tisch zurück. »Es ist einfach nicht dasselbe Gefühl wie sonst bei dem alten Gold, mit dem ich schon zu tun hatte. Wenn ich recht habe, ist es im besten Fall ein erheblich repariertes Stück. Im schlechtesten ist es eine Fälschung. Ich bin kein Goldexperte und kann daher nur vorschlagen, dass Sie dazu noch mehr Tests veranlassen.«

Dana warf einen Blick auf ihre schmale Platinuhr. »Morgen.«

»Lawes Flugzeug nach Seattle geht aber morgen um zehn«, sagte Ian.

»Für die Labortests brauchen wir Lawe nicht«, meinte Dana. »Bitte verfassen Sie ein vorläufiges Gutachten. Wenn der Kunde die Edelsteine noch genauer untersucht haben will, kümmern wir uns darum.«

»Es ist ein hübsches Stück«, gab Lawe zu bedenken.

»Aber eine Fälschung«, warf Ian ein.

»Dann ist es eben eine hübsche Fälschung.«

»Wieso sollte sich jemand so viel Mühe damit machen und all das teure Material investieren, um eine Fälschung herzustellen?«, fragte Ian und schüttelte zweifelnd den Kopf.

»Weil es heute keine Kirchen oder Könige oder Zaren oder Eroberer mehr gibt, die Künstler bezahlen, um solche fantastischen Staubfänger zu entwerfen«, erklärte Lawe. »Aber Museen und Sammler bezahlen eine Menge Geld, um historische Sachen anzukaufen, die viele Besucher anlocken könnten. Also erfindet man ein Stück Geschichte und kriegt dafür sehr viel Geld.« Lawe fuhr mit empfindsamen Fingern über das Stück. »Meine Schwestern würden das hier sehr mögen.«

»Das werden wir dem Kunden als Trostpflaster anbieten«, meinte Dana trocken. »Gute Nacht, meine Herren.«

»Das ist wohl ein dezenter Hinweis, dass wir jetzt gehen sollen.« Ian stand auf und streckte sich.

»Meinst du wirklich«, fragte Lawe und schob den anderen Mann gleichzeitig zur Tür. »Auf geht's. Du schuldest mir noch ein Bier.«

»Was? Wie kommst du denn auf die Idee?«

»Du hast um ein Bier gewettet, dass Factoid das mit dem

Schokoladesirup nicht noch einmal bei Gretchen versuchen wird.«

»Und?«

»Als sie vom Mittagessen zurückkam, hatte sie einen Schokoladenschmierer auf ihrem stattlichen Dekolleté.«

»Das beweist noch lange nicht ...«

Niall schlug mit der Hand auf die Lautsprechertaste. »Lass uns gehen, bevor noch irgendetwas ...«

Sein Telefon klingelte. Auf einer seiner ganz privaten Nummern. Eine der Nummern, die er nur ganz wenigen Menschen gegeben hatte. »Verdammter Mist.«

»Amen«, murmelte Dana.

Niall warf einen Blick auf die Nummer, sagte »Tannahill« zu Dana und legte den Anruf auf den Lautsprecher. »Hier Niall. Was gibt es?«

»Risa ist von einem Gangster angegriffen worden, der denkt, sie besäße noch mehr von diesen keltischen Goldobjekten, die ich zu *Rarities* geschickt hatte.«

»Wie geht es Risa?«, fragten Dana und Niall gleichzeitig.

»Hallo, Dana«, sagte Shane. »Risa hat den Kerl ausgetrickst und blieb deshalb unverletzt. Ihr Apartment im *Golden Fleece* ist allerdings ziemlich verwüstet worden.«

»Wer war das?«, fragte Niall.

»Ist noch nicht bekannt. Die Polizei hat von den Kameras ein sehr gutes Foto gewonnen und seine Fingerabdrücke sind überall im Apartment verteilt, wir werden es also bald wissen. Ich brauche Lapstrake morgen früh hier im *Golden Fleece*. Er muss mir dabei helfen, den Verkäufer zu überzeugen, uns die Wahrheit über die Herkunft des Goldes zu sagen.«

»Er wird da sein«, sagte Dana. »Er kann auch Risa beschützen.«

»Das wird dann für ihn allerdings ziemlich langweilig werden.«

»Warum?«

»Ich habe ihr gekündigt, weil der Verbrecher entkommen ist.«

»Sie ...«, begann Niall.

»Ich will sie aus dem Spiel haben«, erklärte Shane, ohne Nialls Frage abzuwarten. »Eine ihrer Kindheitsfreundinnen steckt bis zum Hals in der Sache drin, und es scheint noch mehr Goldobjekte zu geben, die hier in Umlauf sind. Bis das Ganze nicht geklärt ist, besteht Gefahr – tödliche Gefahr.«

Dana und Niall wechselten Blicke. Nun wussten sie, warum Risa versucht hatte, sie zu erreichen.

»Ich werde morgen früh um sechs bei *Rarities* sein«, fuhr Shane fort. »Ich wäre Ihnen dankbar für ein vorläufiges Gutachten über die vier Teile. Das Gold nehme ich dann mit nach Las Vegas.«

»Das ist nicht notwendig. Lapstrake wird die Objekte und das vorläufige Gutachten morgen früh mitnehmen, wenn er nach Vegas fliegt.« Dana schwieg einen Moment, während ihre Finger auf die glatte Schreibtischoberfläche trommelten, als spiele sie auf einer imaginären Flöte. »Glauben Sie, dass Risas Angreifer noch einmal zurückkommt?«

»Das bezweifele ich.«

»Warum haben Sie ihr dann gekündigt?«, fragte Dana ruhig.

»Wie ich schon sagte: Ich will sie keiner Gefahr aussetzen, und dafür muss sie hier von der Bildfläche verschwinden, das ist die einzige Lösung.«

»Was ist mit Ihrer großen Silvesterausstellung?«, fragte Niall.

»Was soll damit sein?«

»Wer ist dann Ihr Kurator?«

»Darüber mache ich mir später Gedanken. Alles, was ich im Moment will, ist zu verhindern, dass Risa erschossen wird.«

»Ian kann sie sehr gut schützen, und wir könnten dann immer noch auf ihre Sachkunde zurückgreifen, wenn die übrigen Goldartefakte auftauchen«, meinte Dana. »Und wenn Risas Kindheitsfreundin tatsächlich bei der ganzen Sache eine Rolle spielt ...«

»Nein.« Shane ließ Dana nicht ausreden. »Ich will Risa da raushalten. Ich erwarte Lapstrake am Casino morgen früh um sieben.«

Es klickte, Shane hatte aufgelegt.

Niall brummte. »Na ja, jetzt sollten wir uns wohl um einen neuen Job für Risa kümmern. Ich bin sicher, er hat ihr eine nette Abfindung angeboten. Und ich bin genauso sicher, dass sie ihm sagte, dass er sich die in den Arsch schieben kann.«

»Männer«, murmelte Dana. »Wie zum Teufel kommen sie dazu, Entscheidungen für Frauen zu treffen, die das sehr gut selbst können.«

Niall ignorierte diese Bemerkung. Er kannte ihre Ansichten über die männlichen Unzulänglichkeiten. Meistens war er davon ausgenommen. Aber nicht immer.

Immerhin belebte das den Alltag.

»Tja«, meinte Dana. »Sieht wohl so aus, als hätte *Rarities* bald eine Vollzeit-Fachgutachterin für antiken Schmuck und Goldobjekte.«

Niall warf ihr einen amüsierten Blick aus seinen blaugrauen Augen zu. »Du willst sie wieder auf das Keltengold ansetzen?«

»Natürlich. Unser Motto lautet ›Kauf, Verkauf, Schätzen und Schützen‹. Wir dienen den Kunstwerken, nicht den Kunden. Irgendjemand hält irgendwo außergewöhnliche Kunstobjekte der Menschheitsgeschichte verborgen. Wir werden sie finden und sie ihrem rechtmäßigen Besitzer überantworten. Risa ist dabei unsere größte Hoffnung, bevor irgendeine hirnlose Ratte das Gold einschmilzt und in die Kanalisation zurückkriecht, um sich dort zu verstecken.«

»Shane wird ganz schön sauer sein, wenn er merkt, dass Risa wieder im Spiel ist.«

Dana lächelte katzengleich. »Da stimme ich dir zu. Es wird ihm ganz gut tun zu merken, was man mit Geld kaufen kann und was nicht.«

»Und wie ist es mit der Gefahr für Risa?«

Dana warf Niall einen Blick zu, der ihm verriet, dass er in Bezug auf ihre voreingenommene Sicht auf Männer im Augenblick keine Ausnahme darstellte. »Hat sie vielleicht darum gebeten, in Watte gepackt und in der Schublade versenkt zu werden?«

Er konnte bei dieser Diskussion nur verlieren, und das wusste er. »Lass uns endlich gehen, bevor das Telefon ...«

Aber da klingelte es schon. Fluchend schlug er auf die Anrufkennung. »Es ist Risa.«

»Gib sie mir«, meinte Dana und schob ihn mit ihrer wohlgeformten Hüfte beiseite, um an die Sprechtaste zu kommen. »Hallo, Risa. Hier ist Dana. Was meinst du: Würdest du gerne Vollzeit für *Rarities* arbeiten?«

»Du hast mir die Worte aus dem Mund genommen. Ich packe noch heute Nacht und bin morgen früh da.«

»Es besteht noch keine Veranlassung für einen Umzug.«

»Aber das würde ich gerne, wenn es euch recht ist.«

»Ist es aber nicht.«

Niall verdrehte die Augen. Dana konnte durchaus taktvoll sein, wenn sie wollte. Dieses Mal wollte sie es offensichtlich nicht.

»Also gut«, sagte Risa. »Wohin soll ich gehen?«

»Bleib, wo du bist, bis Ian Lapstrake bei dir ankommt. Du erinnerst dich an ihn?«

»Groß, dunkelhaarig, athletisch und viel cleverer, als er aussieht.«

»Du kennst ihn also.« Dana lächelte leicht bei dem Gedanken, dass es Shane Tannahill gar nicht passen würde, Ian dauernd um Risa herum zu wissen. »Er wird dich beschützen, bis ...«

»Ich brauche keinen Leibwächter«, warf Risa ein.

»Wenn du für *Rarities* arbeitest, musst du die Anweisungen von Dana und mir befolgen«, betonte Niall. »Wir sind der Meinung, dass du einen Bodyguard brauchst. Und damit ist die Diskussion beendet.«

Kurze Stille. »Also gut, dann brauche ich eben einen Bodyguard. Grauenhaft, aber ich verspreche immerhin, dass ich ihn am Leben lasse. Und was soll ich dann tun?«

Danas Lächeln war wie ein Stilett, das aus der Scheide glitt – dünn und tödlich. »Dann such deine Kindheitsfreundin und finde den Rest des Druidengolds.«

35

Las Vegas
3. November
Abends

Rich Morrisons Büro erstreckte sich über die halbe Fläche des obersten Stockwerks im nadelgleichen hohen Shamrock-Gebäude. Zwei Etagen weiter unten lockte ein überdachter Swimmingpool mit Garten die besonders betuchte Spielerelite, die Zugang zum exklusiven VIP-Wellnessbereich hatte. Männer verschiedener Nationalität lagerten wie gestrandete Albino-Seelöwen um das glitzernde türkisfarbene Wasser herum. Sie wurden von Revuegirls – ohne Federn – bedient, die Getränke, Häppchen und sich selbst jedem anboten, der interessiert war.

Rich gehörte nicht dazu, nicht einmal als Voyeur. Ihn beschäftigte immer noch das Gespräch, das er mit John Firenze ein paar Stunden zuvor geführt hatte. Gestohlenes Gold und Mord. Dank eines anonymen Hinweises hatte die Polizei einen Pfandhausbesitzer namens Joey Cline gefunden, der tot auf dem Boden seines Werkraums ausgestreckt lag, zwischen einer Menge Handelsware, bei deren Anblick den Polizisten die Augen übergegangen waren.

Dann war da noch die Sache mit dem Blut eines zweiten Mannes auf dem Boden.

Rich fragte sich, wann die Polizei wohl darauf aufmerksam werden würde. Wenn das schon der Fall war, kam davon jedoch nichts in den Nachrichten.

Richs Sprechanlage summte und riss ihn aus seinen Gedanken. Er drückte auf die Taste: »Ja?«

»Mrs Silverado ist eingetroffen zu Ihrer Verabredung zum Abendessen.«

»Schicken Sie sie herein.«

Er stand in dem Moment auf, als sich die äußere Tür öffnete und Gail in sein großzügiges Büro eilte. In ihrem Hosenanzug, der die Farbe und Luftigkeit von Baiser-Häubchen besaß, sah sie geradezu appetitanregend aus. Ein Assistent schloss die Tür hinter Gail und verschwand wieder so diskret, wie er gekommen war. Die Diskretion bekam er gut bezahlt. Rich war klug genug, nicht knauserig bei Leuten zu sein, die ihm Probleme machen konnten. Er wollte nicht, dass sie sich für ein paar hundert Dollar, die ihnen jemand unter die Nase hielt, kaufen ließen.

»Umwerfend«, sagte Rich und streckte Gail beide Hände entgegen. »Wie immer.«

Lächelnd reichte sie ihm die manikürten Finger und hauchte ihm einen kühlen Kuss auf die Wange.

»Ich würde Ihnen ja auch gerne sagen, wie gut Sie aussehen«, entgegnete sie mit wirkungsvollem Augenaufschlag und trat einen Schritt zurück. »Aber Sie sagten etwas von einer dringenden Angelegenheit in Bezug auf Spielautomatenbetrüger.«

»Offenbar hat jemand vergessen, das *Golden Fleece* zu warnen. Sie haben Tannahill mit sieben großen Jackpots gestern ausgenommen.«

»O weh, wie konnte das nur passieren?«, sagte Gail, blieb dabei aber völlig ungerührt. »Wir müssen das Zustellungsprotokoll prüfen. Da wird doch nicht irgendetwas verloren gegangen sein, oder?«

Richs Grinsen reichte bis an seine Ohren. »Dass wir uns aber auch so ähnlich sind, Silver«, sagte er, wobei er ihren alten Spitznamen benutzte. »Wir beide wären ein großartiges Gespann. Aber wir würden …«

»… uns das Leben zur Hölle machen«, beendete sie den Satz. »Und am Ende läge einer von uns beiden unter der

Erde. Wir sind einfach zu clever, um Partner zu sein. So wie ich zu clever bin, um zu glauben, dass Sie mich wegen ein paar Automatenbetrügern im *Golden Fleece* so eilig hierhergebeten haben.«

»Möchten Sie das Büro filzen, bevor wir reden?«

Sie schüttelte den Kopf. »Sie gehören nicht zu der Sorte Idioten oder Egomanen, die jedes Wort aufnehmen, damit sich in Zukunft jemand damit vergnügt. Sie wissen genau, dass solche Aufnahmen in Ihren Unterlagen genauso gefährlich sind wie eine geladene Waffe im Nachttisch – da ist die Chance, dass man mit der eigenen Waffe erschossen wird, wesentlich größer als die, einen Dieb damit zur Strecke zu bringen.«

»Oder wie meine Mutter es ausgedrückt hat: Wenn die Scheiße in den Ventilator gerät, werden alle dreckig.«

Gail nickte. »So eine Mutter hätte ich auch brauchen können.« Sie schlenderte zur voll verglasten Wand und blickte hinunter auf den Pool. »Arme Würstchen.«

»Die Walfische?«

»Die Mädchen. Sie meinen, sie könnten sich hier einen reichen Mann angeln.«

»Bei Ihnen war das so.«

»Nicht nur einmal«, stimmte Gail ihm zu. »Aber nicht, indem ich mit Getränken herumlief und dabei meine Titten raushängen ließ. Ich habe immer mehr mein Köpfchen benutzt als meinen Körper.« Sie kehrte zu Rich zurück. »Also schießen Sie los: Was gibt's?«

»Hat sich irgendjemand an Sie gewandt und wollte Ihnen eine Reihe von goldenen keltischen Kunstobjekten verkaufen?«

»Nein.«

Rich sah sie aufmerksam an, konnte aber kein Anzeichen dafür entdecken, dass Gail ihn anlog. »Dann wird Tannahill sie haben.«

»Heiße Ware?«

Rick wandte den Blick nicht von Gail. »Und wie.« – »Wie ist er da drangekommen?«, fragte Gail.

»Das ist es eben. Ich weiß es nicht.«

»Dann wird es schwierig, ihn dafür dranzukriegen.« Sie kniff ihre kalten braunen Augen zusammen. »Woher wissen Sie, dass er das Gold hat? Sie brauchen mir nichts vorzumachen, ich bin schließlich nicht wegen einer Bettgeschichte hier.«

»Einer der Diebe hat es Firenze geflüstert.«

»Carl? Und warum ist er nicht ...«

»John, nicht Carl. Sonst hätten Sie *mich* kommen lassen und wir würden diese Unterhaltung jetzt in Ihrem Büro führen. Schließlich traut keiner von uns beiden dem Telefon.«

Ihre wohlgeformten Augenbrauen hoben sich. »Nur ein Idiot denkt, Telefongespräche seien etwas Privates.«

Er lächelte.

Sie nahm an, dass er gleich weitersprechen würde, und wartete. Bei jedem Atemzug hob und senkte sich ihre Brust unter dem eng geschnittenen weißen Seidenanzug und wurde durch das schimmernde Spiel des Lichtes wirkungsvoll betont. Sie wusste, dass er sie genau betrachtete und den Anblick genoss. Aber sie wusste auch, dass er daraus keine Konsequenzen ziehen würde.

Zu dumm. Männer waren viel leichter zu beherrschen, wenn ihr einfältigstes Körperteil erst einmal am Haken zappelte.

»Alles, was ich weiß, ist, dass irgend so ein kleiner Dieb Glück gehabt hat«, erklärte Rich. »Er hat mindestens zwanzig, vielleicht auch mehr von den keltischen Goldartefakten ergattert.«

Gails rosarote Lippen kräuselten sich zu einem lautlosen Pfiff.

»Er und ein Komplize haben vier der Stücke an Joey Cline verpfändet.«

»Den Namen hab ich nie gehört.«

»Klar. Er steht ganz unten in der Nahrungskette. Sie dagegen ernähren sich ganz oben.«

»Das gilt ja wohl auch für Sie.«

»Aber ich habe nie vergessen, wie es da unten zugeht.« Rich wartete auf die Wirkung seiner Worte, sah, wie sich ihre Stirn zwischen den braunen Augen leicht zusammenzog, und gratulierte sich zu dem Erfolg – das hatte gesessen. »Cline hat das Ganze an J. E. Shapiro weiterverkauft.«

»Shapiro, Shapiro ...« Sie neigte den Kopf zur Seite. »Bei dem Namen klingelt's bei mir auch nicht.«

»Noch so ein Hehler, der ziemlich weit unten in der Kette steht.«

»Dann hätte er aber auch keinen Zugang zu Shane, wenn er so weit unten steht.«

»Das nehme ich auch an. Deshalb habe ich Sie angerufen.«

»Tut mir leid, dass ich Ihnen da nicht weiterhelfen kann. Als ich aus den Slums rauskam, war ich noch ein halbes Kind.«

Rich ging darauf nicht ein. »J.E. Shapiro geht nicht ans Telefon, also kommen wir da nicht weiter. Er hat wahrscheinlich von dem Mord an Cline gehört und ...«

»Mord! Davon haben Sie bisher nichts gesagt!«

Rich machte eine wegwerfende Geste. »Auf einen Pfandverleiher mehr oder weniger kommt's doch nicht an. Vegas wimmelt nur so von diesen Schmeißfliegen.«

»Mist. Ein Mord macht zu viele Wellen.«

»Kein Problem, wenn wir Tannahill damit in Verbindung bringen. Dann kann es gerne ein Tsunami sein.«

Gail verzog das Gesicht. »Ich bin nicht scharf darauf, Shane einen Mord anzuhängen, den er nicht begangen hat.«

»Woher sind Sie sich so sicher, dass er ihn nicht begangen hat?«

»Wenn er einen umgelegt hätte, würde man die Leiche nie finden. Der Mann ist einfach zu klug dafür.« Sie trat näher an die Glaswand heran und blickte über die ausufernde, laute, zupackende Wüstenstadt, der sie ihr Vermögen verdankte. Aber seither hatte sich die Welt geändert. Und Las Vegas ebenso.

Sie selbst hatte sich verändert.

Sie war älter geworden, wie die Stadt und wie die ganze Welt. Viel älter. Sie würde es nicht noch einmal schaffen, von ganz unten anzufangen, wenn das *Wildest Dream* keine Gewinne mehr abwarf. Und irgendwann war es so weit. Ihre Gewinne schrumpften. Nicht dramatisch, aber langsam und beständig, wie eine blutende Wunde. Das Fiasko war schon abzusehen, wenn ein Überleben ihres Hotel-Casinos nur noch durch gewaltige Veränderungen und Modernisierungen gesichert werden konnte. Es gab zu viele neue Casinos. Zu viele große Vergnügungsparks. Und nicht genügend Touristen, um jeden satt zu machen.

Verdammt, Shane. Wieso hast du nicht begriffen, wie perfekt wir uns ergänzt hätten? Zusammen hätte uns die ganze Stadt gehört.

Aber Shane hatte es nicht begriffen.

Rich Morrison würde es viel eher begreifen.

Das Leben ist eine Hure, und dann stirbst du.

Sie drehte sich wieder zu Rich um, lächelte und fragte sich, wer von ihnen beiden wohl die Partnerschaft überleben würde.

38

Las Vegas
4. November
Morgens

Shane stand in Risas Büro, zunehmend frustriert und ungeduldig. »Das Apartment und das Büro stehen dir weiterhin zur Verfügung, du kannst sie benutzen, so lange du willst. Das steht alles in deinem Abfindungsvertrag.« Er wiederholte sich.

»Hab noch nicht reingeschaut.« Risa blickte nicht auf, während sie ihren Schreibtisch so schnell sie konnte abräumte und die Sachen in einen von Cherelles ramponierte Koffer warf.

»Dann weißt du wohl auch nicht, dass du ein ganzes Jahr bei vollen Bezügen plus Gratifikationen Zeit hast, dir einen neuen Job zu suchen.«

»Brauch ich nicht.«

»Mach es nicht schwerer, als es ohnehin schon ist.«

Es war ein warnender Unterton in seiner Stimme und Risa war froh, beschäftigt zu sein. Shane geriet nicht oft außer Fassung, aber im Augenblick war er nahe daran. Mit grimmiger Befriedigung nahm sie wahr, wie sehr sich Shane über sie aufregen konnte. Aber ihr kamen auch Fluchtgedanken und sie wünschte, sie hätte zwischen vier und acht Uhr morgens nicht geschlafen, sondern ihr Büro geräumt. Dann wäre sie bereits damit fertig gewesen, bevor ihr Ex-Chef entdecken konnte, dass sie außer ihrem Büro auch – so bald wie möglich – das Casino, die Stadt und vor allem Shane Tannahill verließ.

»Risa.«

Das Flehen in seiner Stimme ließ sie aufblicken, ohne dass sie vorher überlegte, was sie tat. Dann war es zu spät. Die Glut und die Schatten in seinen grünen Augen zogen ihr für einen Moment den Boden unter den Füßen weg.

»Das ist die einzige Möglichkeit, dich zu beschützen«, sagte er schlicht.

»Habe ich um Schutz gebeten?«

Er zögerte. »Nein.«

»Wenn du in meiner Lage wärst, wie würdest du dich fühlen?«

Er öffnete den Mund, schloss ihn wieder, runzelte die Stirn. »Ich bin ein Mann.«

»Und ich bin eine Frau. Ja und? Verteidigst du dich mit deinem Schwanz? Duell mit Reißverschlüssen?« Immer noch auf ihrem Bürostuhl sitzend, beugte sie sich vornüber und räumte weiter ihre Vorgangsmappen aus. »Ich habe auf mich selbst aufgepasst, seit ich in der Schule war.«

»Gegen einen Mörder?«

»Der Kidnapper gestern? Ich habe nicht die kleinste Verletzung davongetragen.«

»Ein Gauner namens Joey Cline wurde gestern ermordet in seinem Pfandhaus gefunden.«

Risa unterbrach das Einpacken von Zeitschriften in den Koffer. Sie hob ruckartig ihren Kopf. »Hat er mit gestohlenen Antiquitäten gehandelt?«

»Wahrscheinlich.«

»Hatte er noch mehr Keltengold?«

»Nein.«

»Wie willst du dann wissen, dass er mit dem Druidengold irgendetwas zu tun hatte?«

»Ist so eine Eingebung.«

»Verschon mich mit deinen Eingebungen.« Zeitschriften klatschten aufeinander, als Risa sie in den Koffer warf. »Entschuldige mich jetzt bitte, ich muss mich beeilen. Ich bin am Flughafen mit jemandem verabredet.«

Sie stand auf. Zu spät bemerkte sie, dass Shane hinter sie getreten war und so nahe vor ihr stand, dass sie die grüne Regenjacke riechen konnte, die er trug.

»Du verlässt das Casino nicht ohne bewaffneten Schutz«, sagte er.

»Keine Sorge«, tönte es vom Flur. Ian Lapstrake war angekommen. »Ich habe einen früheren Flug genommen.«

Shane wandte sich mit einer Geschwindigkeit um, die Risa erschreckte. Was sie aber noch mehr schockierte, war die Pistole, die er plötzlich in der Faust hielt.

Ian lächelte und hielt die Hände hoch. »Hallo, Shane. Lange nicht gesehen.«

»Wenn Sie sich noch einmal so an mich heranschleichen, werden Sie lange Zeit überhaupt nichts mehr sehen. Ewig lange.« Die Pistole verschwand wieder unter Shanes Jacke. »Was treiben Sie hier?«

»Ich beschütze die neue Angestellte von *Rarities Unlimited*«, gab Ian zurück.

»Wen?«, fragte Shane.

Ian blickte zu Risa. »Sie haben es ihm nicht gesagt?«

»Wer nicht fragt, kriegt auch keine Antwort«, entgegnete Risa. »Er hat nicht gefragt, also habe ich auch nicht geantwortet.«

»Bestens«, meinte Ian und betrachtete den anderen Mann vorsichtig. Kein Wunder, dass Dana so boshaft gelächelt hatte, als sie ihm diesen Auftrag erteilte. Shane sah wütend und besitzergreifend aus, und Risa war dreist genug, ihm das Messer genau dorthin zu treiben, wo es am meisten wehtat. »Sie werden beide vielleicht beruhigt sein zu wissen, dass ich nicht mit Kolleginnen rumflirte, egal wie betörend Risas Mund und wie umwerfend ihr Körper ist.«

»Ich bin zutiefst enttäuscht«, gab Risa unbewegt zurück. »Vor allem angesichts Ihrer breiten Schultern und Ihres vertrauensvollen Lächelns.«

Ian kicherte.

Sie ging wieder an ihre Arbeit, griff nach einem Stapel Zeitschriften und ließ ihn im Koffer verschwinden.

»Erklären Sie mir mal, wieso ich Ihre breiten Schultern mitsamt vertrauensvollem Lächeln nicht aus meinem Casino rauswerfen sollte«, knurrte Shane in Richtung Ian.

»Die Antwort ist einfach. Bevor ich nicht herausgefunden habe, was hier los ist, ist Risa hier sicherer als irgendwo sonst, vom *Rarities*-Sitz in L. A. abgesehen.«

»Dann nehmen Sie sie mit nach L. A.«

»Falls es jemandem entgangen sein sollte«, warf Risa ein, ohne den Blick von ihrer Arbeit zu wenden. »Ich bin kein Päckchen, das man nach Belieben einpacken und abliefern kann. Ich bin eine erwachsene Frau, die sehr wohl auf sich selbst aufpassen kann.«

»Das kommt mir entgegen«, sagte Ian ruhig. »Ich werde vollauf damit beschäftigt sein, das Druidengold für Dana zu finden.«

»Ich werde es für Sie suchen«, sagte Shane.

»Aber nicht allein«, entgegnete Ian. »Oder bilden Sie sich ein, Risas Kindheitsfreundin wird nach dem ersten Blick auf Ihre männliche Brust dahinschmelzen und Ihnen all die goldenen Geheimnisse verraten?«

»Geld bringt viele Leute zum Reden. Und ich habe viel Geld.«

»Werd ich mir merken.« Ian wandte sich an Risa. »Haben Sie die Adresse Ihrer Freundin in Sedona?«

»Nein.«

»Ihre Telefonnummer?«

»Nein.«

»Autokennzeichen?«

»Nein.«

»Wagentyp und Hersteller?«

»Nein.«

»Super. Ich liebe die Herausforderung.« Ian holte das Computertelefon aus der Gürteltasche unter seiner Jeansjacke heraus, das *Rarities* allen wichtigen Mitarbeitern zur Verfügung stellte, und gab eine Nummer ein. »Rechercheabteilung? Lapstrake. Gibt's schon irgendwas über Cherelle Faulkner zu berichten?«

»Wir haben daran nur etwas mehr als einen Tag gearbeitet und ...«

»Ihr seid schon seit gestern dran?« Ian warf Shane einen Blick zu.

»... die Zusammenfassung über Faulkner und Sheridan ging bereits an Tannahill, wie du längst wüsstest, wenn du mal in deine E-Mails reinschauen würdest!«

Bei den letzten Worten stieg der Tonfall etwas an. Ians Weigerung, Zeit mit solch unsinnigem bürokratischem Kram wie E-Mails zu verschwenden, war bei *Rarities* berühmt-berüchtigt. Dana und Niall ließen ihn gewähren und alles Notwendige auf seine Weise in Erfahrung bringen.

Viel interessanter war für Ian die Nachricht, dass Shane nicht nur für Cherelle Faulkner, sondern auch für Risa Sheridan eine Untersuchung angefordert hatte.

Er fragte sich, ob Risa davon wusste. Vielleicht war das der Grund, warum sie so wütend auf ihren Chef war. Ihren Ex-Chef.

Aber rausgeworfen zu werden wäre für Risa eigentlich schon Grund genug, sauer zu sein.

»Dann sagt mir bitte, was ihr rausgefunden habt«, sprach Ian in sein Handy.

»Mit Sheridan war es einfach«, war die Antwort. »Sie hat sich überall korrekt an- und abgemeldet. Die Faulkner lebt eher in einer Grauzone, wo Bürokratie keine Chance hat. Der letzte Eintrag bezüglich Führerschein, Wohnadresse und Anmeldung eines Wagens stammt aus der Zeit von Johnson Creek in Arkansas.«

»Und der letzte Stand?«

»Tannahill hat alle Unterlagen. Und dort bist du doch jetzt, nicht wahr? In Las Vegas?«

»Ja, da bin ich. Ich weiß nicht, ob er mir mitteilt, was er weiß.«

»Hey! Warum nicht?«, sagte Shane, der die Hälfte der Unterhaltung mitbekommen hatte. »Sie können beide Profile haben, das von Risa und das von Cherelle.«

Shane war auf den Knall gefasst, wenn Risa zwei und zwei zusammenzählte und begriff, dass er bei *Rarities* kürzlich eine Nachforschung über Cherelle Faulkner in Auftrag gegeben hatte.

Und über Risa.

Ihre Augen verengten sich und sie kniff die Lippen zusammen. Sie hatte den Zusammenhang also sehr schnell verstanden. Wenn sie nur wütend gewesen wäre, hätte er es akzeptieren können.

Aber was ihm wehtat, war der kurze Moment, als er den tiefen Schmerz in ihren klaren blauen Augen erkennen konnte, bevor sie den Kopf neigte und die Schublade ihres Schreibtisches leerte.

Er lief rasch zu ihr und ging unmittelbar vor ihr in die Hocke, um ihr ins Gesicht blicken zu können. »Was hättest du an meiner Stelle getan?«, fragte er ruhig. »Irgendeine Frau aus deiner Kindheit taucht hier auf, die so ganz anders ist als du, und du sagst mir nichts darüber. Du hast sie sogar vor mir versteckt.«

Risa warf den Kopf in den Nacken, wütend auf ihn, aber vor allem wütend auf sich selbst, weil ihr die Tränen in den Augen und in der Kehle brannten. »Du hast ihr also *Rarities* auf den Hals gejagt. Und mir.«

»Ja.«

»Du traust mir nicht.«

»Risa …«

Sie unterbrach ihn mit einer entschiedenen Handbewegung. »Schon gut. Warum solltest du mir auch trauen? Ich habe dir auch nicht genug vertraut, um dir von Cherelle zu erzählen, weil sie daher stammt, woher ich auch herstamme und vielleicht auch geblieben wäre, wo sie ...« Risa schluckte und kämpfte gegen die Tränen an, die fließen wollten.

Shanes Handrücken strich ihr kurz und sachte über die Wange. »Ich habe einen Fehler gemacht. Deine Vergangenheit geht mich nichts an. Alles, was mir wichtig ist, ist deine Gegenwart. Cherelle ist nicht Teil deiner Gegenwart, das hoffte ich, weil ich dich so sehr wollte. Aber vielleicht täuschte ich mich ja, und deshalb habe ich *Rarities* eingeschaltet. Ich traute mir selbst nicht. Und das ist das erste Mal.«

Er hielt inne und begegnete Ians dunklem, verständnisvoll-ironischem Blick.

»Wenn sich inzwischen nichts Neues ergeben hat, habe ich die Angaben alle in meinem Büro.«

»Gibt's irgendetwas Neues, seit ihr die Daten an Tannahill geschickt habt?«, fragte Ian ins Telefon. »Okay. Wenn es doch etwas Neues gibt, wollen wir es sofort haben – am besten vorgestern. – Ja, dir auch, Schätzchen.«

Er unterbrach die Verbindung und steckte das Gerät wieder in seine Gürteltasche. Die geschmeidigen Lederriemen eines Pistolenhalfters lugten kurz hervor und verschwanden wieder unter seiner Jeansjacke.

»Also hat *Rarities* Sie eingeflogen«, meinte Shane, der das Halfter erblickte hatte.

»Je länger sich Dana Ihr Druidengold ansah, desto größer wurde ihr Wunsch, auch die übrigen Teile zu finden. Sie sagte, die Kunstwerke hätten gleichzeitig etwas Unirdisches und ganz und gar Reales an sich.«

»Haben Sie mir die vier Teile mitgebracht?«, fragte Shane.

»Sie haben sie schließlich angefordert. Im Labor gab's ein großes Wehklagen, aber ich habe sie mitgebracht. Es wäre einfacher gewesen, wenn Sie sich für die Fragen an andere mit Fotos begnügen würden.«

Shane ging auf die versteckte Auforderung zu erklären, warum er das Gold zurückhaben wollte, nicht ein.

Aber Risa tat es. »Fotos zu haben ist nicht das gleiche ... Gefühl.«

Falls Ian die ungewöhnliche Heiserkeit ihrer Stimme bemerkte, wollte er sie nicht kommentieren. »Dasselbe hat Shane auch zu Dana gesagt.«

Sie blickte schnell zu Shane hinüber und sah gleich darauf wieder weg. Daran erinnert zu werden, wie ähnlich sie dachten, war nicht das, was sie jetzt brauchte. »Wo ist es jetzt?«, fragte sie Ian.

»Unten bei den Wächtern. Ich habe mich geweigert, die Schlösser der Kiste zu öffnen, deshalb haben sie mir nicht erlaubt, sie mit nach oben zu nehmen.«

»Wie weit ist das Labor von *Rarities* mit den Untersuchungen gekommen?«, fragte Shane.

»Dana hat bereits alles auf den *Rarities*-Computer in Ihren Dateiordner gestellt. Sie meinte, Sie würden sich sowieso dort einhacken.«

»Wird mir ein Vergnügen sein.«

Ian schüttelte den Kopf. »Irgendwann wird sich Niall das nicht mehr bieten lassen.«

»So weit wird es nicht kommen«, meinte Shane. »Er kennt mich schon über zehn Jahre und ist nicht einmal in die Bremsen getreten.«

»Und die Geschäfte laufen immer noch gut mit ihm?«

Shane lächelte schuldbewusst. »Er kommt jedenfalls bei jeder Gelegenheit auf mich zu. Ihm macht es wohl einfach Spaß, mir eine reinzuhauen.«

»Und ich dachte immer, er käme so gerne nach Vegas, weil er im Casino spielen will«, lachte Ian. »Eine ordentliche Abreibung wird Ihnen ganz guttun.«

»Das kriege ich von Niall auch immer zu hören.«

Unter seinen schwarzen, gesenkten Wimpern warf Ian einen Seitenblick auf Risa. In ihren Augen blinkten jetzt keine Tränen mehr. Und ihre Hände zitterten nicht, während sie weiter Zeitschriften in den Koffer legte. Aber ihre Hände waren auch ruhig gewesen, als sie gegen die Tränen angekämpft hatte.

»Dana meint«, sagte Ian zu Risa, »unsere oberste Priorität sei, Cherelle Faulkner zu finden, weil wir davon ausgehen, dass sie den Rest des Goldes bei sich hat.«

Risa nickte.

Shane nicht. »Unsere oberste Priorität ist Risas Sicherheit.«

Ian grinste von einem Ohr zum anderen. »Hören Sie zu. Wenn Sie nichts von meinen Anordnungen halten, beschweren Sie sich bei Dana. Und in der Zwischenzeit lassen Sie mich gefälligst meine Arbeit machen.«

»Nein.«

Ian seufzte. Es war den Versuch wert gewesen. »Niall hat mir schon gesagt, dass Sie aus dem Häuschen sein werden. Also biete ich Ihnen Folgendes an: Sie arbeiten mit mir zusammen. Auf diese Weise ist für Risa doppelte Sicherheit gewährleistet.«

Shane nickte. »Wir müssen zuallererst und unbedingt bei William Covington auf den Busch klopfen. Nach der schriftlichen Herkunftsbescheinigung des Druidengolds ist er derjenige, der das Gold einem Nachfahren des ursprünglichen Besitzers abgekauft hat.«

»Und was ist mit mir?«, fragte Risa mit gespielter Ruhe.

»Du bleibst hier«, sagte Shane.

»Weil es hier sicher ist?«

»Ja.«

»So ein Blödsinn. Ich wurde hier im Casino angegriffen, hast du das schon vergessen? Ich sollte mich lieber anderswo aufhalten. Zum Beispiel mit zwei charmanten und sehr starken Bodyguards an meiner Seite. Wenn es die nicht gibt, gebe ich mich auch mit dir und Ian Lapstrake zufrieden.«

Ian kicherte.

Shane setzte an, ihr zu widersprechen.

»Finden Sie sich damit ab«, meinte Ian und wies zur Tür.

»Das hört sich ganz nach Dana an«, gab Shane zurück.

»Direkt von Dana mit speziellem Gruß an Sie«, grinste Ian und zwinkerte Risa zu. »Zum Teufel, wie gut tut es doch meiner zarten Seele, Shane wie einen ganz normalen Sterblichen zappeln zu sehen.«

»Ich möchte nicht, dass du mitgehst«, wandte sich Shane an Risa.

»Finde dich damit ab«, lächelte sie. »Außerdem bin ich diejenige, der gerade der Name des Motels einfiel, in dem Cherelle abgestiegen ist.«

»Wie heißt es?«, fragten Shane und Ian gleichzeitig.

»Ich werde euch hinbringen«, war alles, was Risa darauf antwortete.

Shane wollte ihr widersprechen, sah dann aber ihre Entschlossenheit und auch die Ringe unter ihren wunderschönen Augen und ließ es bleiben.

»Mit der Zeit gewöhnt man sich dran«, meinte Ian schnell, als sie Risa folgten, die das Büro verließ.

»Wer behauptet das?«, murmelte Shane.

»Niall. Und wenn sogar er lernfähig ist, dann müssten es alle anderen auch sein.«

39

Las Vegas
4. November
Morgens

Der Pfleger streckte den Kopf durch eine der breiten Krankenhaustüren, die der einzige Hinweis darauf waren, dass Timothy Seton sich nicht in einem kleinen, teuren Hotel aufhielt. Die Bateman-Molonari-Klinik für Schönheitschirurgie war ein ganz exklusiver Ort. Und sehr diskret. Besonders, wenn ihr normaler Tarif verdreifacht wurde.

Miranda Seton wäre ein richtiges Krankenhaus lieber gewesen, aber Tims Vater hatte ihr kurz angebunden erklärt, dass richtige Krankenhäuser verpflichtet seien, richtige Schusswunden der richtigen Polizei zu melden.

»Ihr Sohn ist gerade aufgewacht«, sagte der Pfleger in beruhigendem Ton zu Miranda. »Sie können mit ihm sprechen, sobald der Arzt gegangen ist, aber nur für ein paar Minuten.«

Miranda flüsterte ein Dankgebet an einen Gott, an den sie aufgehört hatte zu glauben, als sie merkte, dass ein Mann sie geschwängert hatte, von dem sie nicht wusste, dass er verheiratet war. Ein Mann, der nicht nur töten konnte, sondern es auch tat. Ihre dünnen, zerbrechlich wirkenden Hände falteten sich zum Gebet. Sie waren bleich, von der blutenden Nagelhaut abgesehen, an der sie unaufhörlich und ohne es zu merken herumpickte.

Sobald der Pfleger die Tür hinter sich geschlossen hatte, öffnete Miranda ihre Handtasche, nahm einen ordentlichen Schluck aus der Wodkaflasche, die bereits zur Neige ging, und steckte sich ein extrascharfes Pfefferminzbonbon in den Mund. So gestärkt, rappelte sie sich auf und eilte durch den grün ausgelegten Flur zu Tims Zimmer. Perfekt gerahmte Fotos von perfekt modellierten Gesichtern lächelten von den cremefarbenen Wänden auf perfekte Weise auf sie herab.

Die Tür hatte eine Nummer aus Messing wie ein Hotelzimmer. Und das Zimmer war wie in einem Hotel einladend und unaufdringlich, mit gerahmten Drucken von Impressionisten in sanften Farben und mit vielen Kissen auf den Möbeln. Das einzig Irritierende war der Patient, der auf blassrosa Laken lag und an dem Monitore, diverse Apparaturen und Schläuche angeschlossen waren, über die Miranda lieber nicht nachdachte.

Er sah noch schlechter aus in dem Moment, als er blutüberströmt in ihrer Küche gelegen hatte.

Am liebsten wäre sie sofort zu ihm geeilt und hätte ihn umarmt, aber das tat sie nicht. Ihre Anweisungen waren ganz klar: Sie musste herausfinden, wer auf Tim geschossen hatte. Sobald sie das wusste, würde es Rache geben.

»Oh, Timmy«, sagte sie mit gepresster Stimme.

Er grunzte und hielt die Augen geschlossen. Das Letzte, was er jetzt gebrauchen konnte, war seine Mutter, die wie ein aufgescheuchtes Huhn um ihn herumflatterte.

»Wer hat dir das angetan? Cherelle?«

Seine Lider öffneten sich und blieben dann halb geschlossen stehen. Sogar das gedämpfte, beruhigende Licht konnte er kaum ertragen. Sprechen konnte er nur mit großer Anstrengung, aber er probierte es. Wenn er seinem alten Kumpel irgendwie die Pest an den Hals jagen konnte, würde er es mit Freuden tun.

»Sock…«, brachte Tim mühsam und unter Schmerzen hervor.

»Es tut mir so leid, dass ich dir keine mitgebracht habe. Hast du kalte Füße? Vielleicht hat eine der Schwestern irgendeine Wärmflasche oder so etwas.«

Langsam und mit großer Anstrengung bewegte Tim seinen Kopf von einer Seite auf die andere. »Socks. Auf mich geschossen.«

Sie zögerte. »Socks? Dein Freund hat auf dich geschossen?«

»... ja.«

»Warum?«

Tim atmete mehrmals mühsam ein und aus. Er war nicht sicher, was die richtige Antwort war. »Weiß nicht.« Er schwieg, schluckte. »Gold, glaub ich.«

»Was für ein Gold?«

Er gab ihr keine Antwort. Es war zu anstrengend, es zu erklären. Es gab nur einen einzigen Grund, weshalb er die Mühen und Schmerzen zu sprechen auf sich nahm: Socks sollte nicht ungeschoren davonkommen. »Er heißt – Cesar.«

»Ein anderer Mann?«

»*Socks.*« Das Wort war ein verzweifeltes Aushauchen.

»Du meinst, Socks' richtiger Name ist Cesar?«

Ein Stöhnen, das Zustimmung bedeuten könnte, war Tims einzige Antwort. Dann stöhnte er noch einmal. »Hab ihn umgelegt.«

»Socks?«

»Cline. Will nicht ins Gefängnis. Nie mehr.«

»Beruhige dich, Timmy. Dein Vater kümmert sich um dich. Er liebt dich.«

Tim hätte gerne gelacht, aber er versuchte vergebens, irgendeine Stelle an seinem Körper zu finden, die ihm nicht fürchterlich wehtat. Er versuchte es immer noch, als ihn die Schwärze wieder überfiel. Er begrüßte sie glücklich wie eine Geliebte.

Miranda zupfte an ihrer Nagelhaut herum und blickte auf ihren erschreckend bleichen Sohn.

Gleich darauf hörte sie ein leises Klopfen an der Tür, die anschließend sofort geöffnet wurde. Der Pfleger schaute herein. »Es tut mir leid, Mrs Seton, aber der Arzt möchte, dass

Ihr Sohn sich möglichst viel ausruht. Bitte kommen Sie mit mir mit. Dr. Wells wird Ihre Fragen gerne beantworten.«

Sie wollte widersprechen, sah dann aber, dass Tim wieder bewusstlos geworden war, und seufzte. »Wann kann ich ihn wieder besuchen?«

»Es wird ein paar Stunden dauern.« Die breite, behaarte Hand des Pflegers hatte Mirandas Ellbogen umschlossen, während er sie hinausbugsierte. »Dr. Wells erwartet Sie. Es ist viel Zeit für alle Ihre Fragen, bevor Ihr Sohn wieder aufwacht.«

Und, wie der Pfleger mit leichtem Sarkasmus dachte, viel Zeit für die besorgte Mutter, um die Klinik kurz zu verlassen und sich mit mehr Alkohol und Minzbonbons einzudecken. Soviel er über die Überwachungskameras der Klinik hatte erkennen können, waren ihre Alkoholvorräte weitgehend erschöpft.

Nicht dass es ihm irgendetwas ausmachte. An Alkoholiker und ihre Spielchen war er gewöhnt. Wenn die Bateman-Molonari-Klinik nicht gerade schlaff gewordene Haut straffte, bot sie Entziehungskuren für reiche Klienten an, die danach wieder weitermachen und sich erneut ins Koma saufen konnten. Sowohl für Eitelkeit als auch für Trunksucht hatte die Klinik immer eine Warteliste. Doch dieses Mal empfand der Pfleger echtes Bedauern für die alte Frau. Der Patient würde vielleicht noch ein paarmal aufwachen, vielleicht würde er sogar noch einmal einen lichten Moment haben ... aber mehr nicht.

Der Sohn der Alten lag im Sterben.

40

Las Vegas
4. November
Morgens

Ian stellte seinen Wagen neben Shane auf den löchrigen Parkplatz des *Jackpot Motel.* Er bemerkte, dass Shane dasselbe tat wie er, seit sie das Casino verlassen hatten – er blickte hinter sich.

»Wo ist er?«, fragte Shane, als Ian herankam.

»Wer«, fragte Risa.

»Der Bursche, der uns gefolgt ist.«

»Der Blonde in dem roten Wagen?«, fragte Risa.

Shane blickte sie rasch von der Seite an. Er hätte nicht gedacht, dass sie den Verfolger bemerkte.

Der Blick, den sie ihm zurückgab, verriet, dass es eine Menge an ihr gab, wovon *er* nichts bemerkte, und das war an erster Stelle die Tatsache, dass sie auf sich selbst aufpassen konnte.

»Ja, der«, stimmte Ian zu und lenkte die Aufmerksamkeit von Shane und Risa auf sich. »Er steht einen halben Block weiter hinten.«

»Haben Sie sein Kennzeichen?«, fragte Shane.

»Hab's schon an *Rarities* weitergegeben.«

»Wenn sie nicht so schnell Zugang zur Zulassungsstelle von Nevada kriegen, kann ich das machen.«

»Das glaube ich gern. Niall hat mal erzählt, Sie hätten schon als Kind auf Daddys Knien das Hacken gelernt.«

Risa unterbrach die beiden: »Ich höre dem nicht zu. Ich habe nicht gehört, wie mein Chef – mein Ex-Chef – sagte, er könne sich in Computer staatlicher Behörden einhacken. Vergessen Sie nicht die Möglichkeiten von Erpressung. Aber ich höre nicht zu.«

»Danke für die Erinnerung«, meinte Shane. »Auf geht's.«

Mit dem Foto von Cherelle und demjenigen von Risas zeitweiligem Kidnapper, die beide von der Überwachungskamera stammten, betraten die drei das *Jackpot Motel* und gingen ins Büro. Es stank nach Rauch und den Überresten eines überquellenden Aschenbechers von der Größe eines Suppentellers. Die Frau hinter dem Empfangstisch aus Holzimitat sah so alt und verwittert aus, als könnten ihre Kinder schon Rente beziehen. Sie trug einen bedruckten orangefarbenen Pullover, der ihr bis an die Knie reichte, und darunter schwarze Trikothosen. Ihre Haare waren unnatürlich schwarz. Ihr Gesicht wirkte maskenhaft.

»Entschuldigen Sie bitte die Störung, Madam«, wandte Risa sich an sie. »Aber ich suche meine Freundin, Cherelle Faulkner.« Während sie sprach, legte Ian ein Foto von Cherelle auf die Theke. »Sie hat hier vor ein paar Tagen übernachtet und vielleicht noch nicht ausgecheckt.«

»Verlieren Sie Ihre Freunde häufig?«, fragte die Frau mit kratzender Stimme.

Risa lächelte breit. »Nein. Aber Cherelle ist ein bisschen nachlässig, wenn es ums Auschecken und Bezahlen von Rechnungen geht. Deshalb folge ich ihr einfach und sehe zu, dass niemand zu kurz kommt. Wie viel schuldet sie Ihnen?«

Die Frau warf einen kurzen Blick auf das Foto. Dann zündete sie ein Zigarillo an und sog langsam den Rauch ein, während sie die drei Menschen vor sich nachdenklich betrachtete. Sie sahen alle nicht so aus, als wären sie knapp bei Kasse, einer von ihnen kam ihr sogar bekannt vor, als hätte sie ihn schon einmal im Fernsehen gesehen. Sie inhalierte noch einmal tief, während sie überlegte, wie viel sie für Informationen über die Schlampe im roten Pullover verlangen konnte. Als sie den Rauch langsam ausstieß, dachte sie an hundert Dollar. Oder zweihundert, wenn sie es richtig anstellte. Das konnte sie dann wieder zu den billigen Spielautomaten im Zentrum tragen und spielen, bis sie ihren Hintern nicht mehr spürte und ihr die Hand wehtat, mit der sie ständig auf den Knopf drückte.

Der Rauch umströmte Risa, und sie fragte sich, ob es wohl sinnvoll sei, so lange den Atem anzuhalten. Schließlich entschied sie sich dafür, durch den Mund zu atmen. Dadurch wurde die Luft zwar nicht besser, aber es beleidigte ihre empfindliche Nase nicht so sehr.

»Hundert«, sagte die Alte endlich.

Ian gab einen angewiderten Laut von sich.

Shane griff nach seiner Brieftasche. Zwei Fünfziger tauchten in seiner Hand auf. Einen legte er auf den Tresen.

Mit erstaunlicher Geschwindigkeit war der Schein im runzeligen Dekolleté der Frau verschwunden. Sie betrachtete Shane mit wässrigen, fordernden Augen.

Er hielt den zweiten Schein außer Reichweite.

»Sie hat vor ein paar Tagen ausgecheckt«, brummte die Frau.

»Hat sie gesagt, wohin sie geht?«, fragte Risa.

Die Frau sah Risa an und verzog leicht den Mund. »*Wir* waren keine Freundinnen, Schätzchen.«

»Hat sie irgendetwas hiergelassen von ihren Sachen?«

»Schmutzige Bettwäsche und Abfall vom Schnellimbiss.«

»Welche Zimmernummer?«, fragte Shane.

»Fünf. Sehen Sie ruhig nach, wenn Sie wollen.«

Die Tatsache, dass sie ihre Besucher so bereitwillig in das Zimmer lassen wollte, sagte ihnen, dass es dort wohl kaum etwas Interessantes zu sehen gab.

»Vielleicht später«, meinte Ian. »Fuhr sie einen ungefähr zehn Jahre alten Ford Bronco mit Arkansas-Nummernschildern?«

Die Frau zuckte mit den Achseln und fixierte den Fünfziger, den Shane immer noch außerhalb ihrer Reichweite hielt.

»Sie müssten eigentlich Wagen- und Führerscheindaten Ihrer Gäste festhalten, wenn sie sich anmelden«, erinnerte Shane sie an ihre Pflichten.

»Ja, es war ein Bronco. Hab nicht auf die Schilder geachtet.«

»Wie ist es mit dem da?«, fragte Risa und legte das Foto ihres Kidnappers auf die Theke.

»Unser Geschäft betrifft nur die Frau«, war die einsilbige Antwort.

Shane zog einen dritten Fünfziger heraus, behielt ihn aber wie den zweiten in der Hand. »Da ist alles mit drin.«

Sie inhalierte den Rauch ihres Zigarillos und verteilte ihn dann hustend über ihre Besucher. »Seid ihr Bullen?«

»Nein.«

»Mafia?«

»Auch nicht.« Shane schüttelte den Kopf.

Sie blies erneut eine Rauchwolke in den Raum, wie ein wütender Drache, und zuckte wieder mit den Achseln. »Für 'ne Frau keine schlechte Sache. Ich mochte die Mafia. Das waren noch echte Männer, wenn Sie wissen, was ich meine.«

»Wie ist es mit dem da?«, fragte Risa und zeigte mit dem Finger auf das Foto. »Hat er hier mit Cherelle gewohnt?«

»Nein, der nicht, es war der andere. Dieser hier ist nur als Anhängsel mitgetrottet, ein geiler Bock war das.«

»Haben die beiden auch Namen?«, fragte Risa.

»Den anderen hat sie Tim genannt. Er nannte den da ...« – sie tippte auf das Foto – »Socks.«

»Nachnamen?«

»Sie ist die Einzige von denen, die sich je angemeldet hat.«

Je. Das bedeutet also mehr als einmal. »Wie oft ist Cherelle hergekommen?«, fragte Risa schnell.

»Ein paarmal im Jahr vielleicht. Hatte Freunde oder Verwandte in der Nähe.«

»Wie nah?«, fragte Ian.

Die Alte blickte auf die beiden Fünfziger in Shanes Hand. Er legte einen davon auf den Tresen. Sie stopfte den Schein in ihren BH, diesmal auf die andere Seite. Für jede schlaffe Titte ein knisterndes Scheinchen. Die geraden Kanten waren durch den Pullover sichtbar.

»Kann man zu Fuß hingehen«, meinte sie. »Er ist jedenfalls ein paarmal gelaufen. Hat sich darüber beschwert. Das Auto hat wohl nicht ihm gehört, nehm ich an.«

»Er?«

»Der Große, Gutaussehende. Tim. Da gibt es ein paar Blocks weiter nördlich Apartmenthäuser und gleich dahinter ein paar alte Häuser. In die Richtung ist er jedenfalls gelaufen, wenn er nicht mit dem Auto fahren konnte. Würde da nicht bei Nacht hingehn, wenn ich Sie wär.«

»Haben sie von hier aus irgendwelche Telefonanrufe getätigt?«, fragte Risa weiter.

»Gibt keine Telefone in den Zimmern.«

»Irgendwelche Besucher?«

Sie zuckte mit den Schultern. »Hab nie welche gesehen.«

Risa blickte erst auf Shane, dann auf Ian.

»Ist Socks mit einem Auto gekommen?«, fragte Shane.

»Haben Sie noch einen Fünfziger?«

»Nur wenn Sie mir den Wagen beschreiben können und das Kennzeichen wissen.«

»Hab das Schild nicht gesehen. Kann nicht so gut sehen auf die Entfernung.«

»Haben Sie am Nummernschild erkannt, aus welchem Bundesstaat das Auto war?«

Sie nickte.

Shane griff nach seiner Brieftasche. »Reden Sie mit mir. Wenn Sie Ihre Sache gut machen, haben Sie auch was davon.«

»Ein lila Coupé, so 'ne Art Lila, das in der Nacht leuchtet, wissen Sie? Nummernschild war von Nevada.«

»Ausländisches oder amerikanisches Auto?«

»Amerikanisch. Großer Motor. Hat sich angehört wie ein Rennwagen und war aufgemotzt wie'n Christbaum. Lassen Sie mich mal 'ne Minute nachdenken.« Sie inhalierte tief und ging noch einmal ihre Erinnerungen durch. »Ist ein Fire-irgendwas. Alte amerikanische Autofirma, so was wie Ford oder Chevy, die sind's aber nicht.«

»Pontiac?«, fragte Ian.

»Firebird?«, fragte Shane im selben Moment.

»Genau, das ist es. Gut, dass ihr zwei Jungs den kennt. Lieg oft nachts wach und versuch mich an solche Sachen zu erinnern.« Sie schielte auf Shane. »Hey, sind Sie nicht dieser reiche Casinofritze? König Midas? Hab Sie neulich in den Nachrichten gesehen nach der Schießerei.«

»Viele Leute denken, dass ich ihm ähnlich sehe«, sagte Shane. Drei Fünfziger fächerten sich in seiner Hand auf.

Die gelben Zähne der Alten wurden sichtbar bei dem breiten Lächeln, das sie Shane schenkte. Sie schnappte sich die Scheine und stopfte sie in ihren Pullover.

Als sich die Tür hinter ihnen schloss, meinte Risa: »Du hättest ihr noch einen Fünfziger geben sollen.«

»Warum?«, fragte Shane.

»Fünf lassen sich nicht durch zwei teilen, was zu der Frage führt, wohin sie sich den letzten Fünfziger gesteckt hat.«

Ian ließ ein Kichern hören.

Shane sagte: »Willst du sie fragen?«

»Nein, vielen Dank. Ich denke, da möchte ich jetzt nicht noch mal reingehen.«

»Kann ich verstehen«, stimmte Ian zu.

Shane schaute sich prüfend auf dem Parkplatz des Motels und der Straße dahinter um. Ian tat dasselbe. Das Dach eines roten Autos war ein Stück weiter unten gerade noch erkennbar. Es parkte zwischen zwei anderen, die aussahen, als wären sie seit dem letzten Regen nicht bewegt worden.

Shane hob fragend seine Augenbrauen.

»Noch nicht«, meinte Ian. »Erst versuchen wir herauszufinden, wer unser Verfolger sein könnte, ohne uns die Finger schmutzig zu machen.«

Risa sagte: »Er ist uns gefolgt, seit wir vom Mitarbeiterparkplatz des Casinos losfuhren.«

»Ist das der, der dich gejagt hat?«, fragte Shane.

»Nein, falsche Haarfarbe. Der war dunkel.«

»Schade. Ich kann es kaum erwarten, ihm zu begegnen.«

Bei Shanes Lächeln wurde Risa unbehaglich zumute. »Suchen wir nach der Verwandtschaft von Tim oder gehen wir der Covington-Spur nach?«

»Wir könnten uns aufteilen«, schlug Shane vor. »Ian nimmt die Fotos und geht von Tür zu Tür, und wir nehmen uns Covington vor.«

»Warum übernehmen Sie nicht die Sucherei hier in der Gegend«, fragte Ian ohne große Hoffnung.

»Aus zwei Gründen«, gab Shane ihm zur Antwort. »Erstens erkennt mich dank unserer wunderbaren Medien schon eine alte halb blinde Frau. Der zweite Grund ist einfach: Covington würde Ihnen nicht mal die Uhrzeit sagen, aber für mich rollt er gleich den roten Teppich aus. Nehmen Sie's nicht persönlich. Hat einfach mit Geld zu tun.«

»Verstehe«, murmelte Ian. »Wenn Niall das schluckt, bin ich Ihnen aus dem Weg. Wenn nicht, gewöhnen Sie sich besser dran, wie ein Kinder-Buggy unterwegs zu sein.«

»Wie was?« Dann lachte Shane. »Hab's begriffen. Drei Räder – und Sie sind das dritte.«

Risa stemmte die Hände in die Hüften und drehte sich mit dem Rücken zu den beiden, bevor sie wütend – *wieso brauch ich einen Bodyguard, geschweige denn zwei!* – vor sich hin murmelte. Aber sie hatten wohl recht. Ihr klang immer noch die grobe Frage ihres Kidnappers im Ohr.

Wo ist das Gold? Sie wusste es nicht. Aber eines wusste sie. Wenn so viel Geld im Spiel war, zog das die menschlichen Raubtiere an. Cherelle wusste das auch.

Das war der Grund, warum sie davonlief – voller Angst.

41

Las Vegas
4. November
Am späten Vormittag

John Firenze schnappte nach seinem Privattelefon, als wäre es ein Lotterieschein mit Gewinnnummer. »Ja?«

»Sheridan hat mit Tannahill und einem anderen Mann das Casino verlassen. Sie sind noch nicht zurückgekehrt.«

»Wo sind sie hingefahren?«

»Weg.«

»Herrgott noch mal, so schlau bin ich auch!« Er spähte durchs Fenster an der gegenüberliegenden Seite seines Büros, das auf die Baustelle eines anderes großes Casinos blickte. Das Problem mit Verwandten war, dass nicht alle von ihnen wirklich clever waren. Aber wenigstens hatte sein Cousin Frankie mehr Grips als der einfältige Cesar. »Wohin?«

»Zum *Jackpot Motel*. Die alte Schrulle dort hat erzählt, sie hätten ihr Fragen über Cherelle, Tim und einen Kerl namens Socks gestellt. Hat mich fünfzig Dollar gekostet, um rauszufinden, dass sie gar nichts weiß. Also haben die auch nichts Nützliches aus ihr rausgekriegt.«

Socks. Scheiße. Sie waren seinem dreimal verfluchten idiotischen Neffen auf die Spur gekommen. »Was machen sie jetzt gerade?«

»Sie haben sich aufgeteilt. Der zweite Bursche geht mit zwei Fotos von Tür zu Tür.«

»Wer ist da drauf?«

»Bin nicht nah genug rangekommen, um es herauszufinden. Soll ich?«

»Nein. Erwisch Sheridan alleine und gib ihr die Nachricht von mir. Verstanden?«

»Ja, aber das wird schwierig. Tannahill ist dauernd bei ihr, wie eine Klette.«

»Erzähl mir nichts über deine Probleme. Ich hab selbst genug.«

Firenze legte auf und wählte die Nummer, die er schon auswendig konnte, so oft hatte er sie in der letzten Stunde gewählt. Schon wieder der Anrufbeantworter. Er wartete nicht ab, bis er die Ansage ganz gehört hatte. Wie die Nummer kannte er sie auswendig: *Mr Shapiro vom Pfandhaus Second Chance bedient gerade einen Kunden. Bitte hinterlassen Sie eine Nachricht, wir werden Sie sobald wie möglich zurückrufen.*

Firenze blickte auf die Uhr. Er konnte nicht länger warten. Noch eine Stunde länger, und er würde sich mit einem kleineren Stück des Kuchens begnügen müssen.

Oder er würde ganz leer ausgehen.

42

Las Vegas
4. November
Am frühen Nachmittag

William Covingtons Geschäft sah man bereits an, was es für ein Laden war: ein besseres Kommissionsgeschäft, von dem es hieß, dass hier vor allem Geldverleih stattfände, kurzfristig und zu Wucherzinsen. Die Antiquitäten waren nur das Beigeschäft. Schwere Möbel aus dunklem Holz standen überall herum, erleuchtet von Kristallleuchtern und Tiffanylampen. Die einzigen Waffen, die es hier gab, waren mehr als hundert Jahre alt und hingen wie Trophäen an den Wänden. In Glasvitrinen lagen kleinere Stücke, deren Wert und Handlichkeit einen Besucher leicht zu einem Diebstahl verleiten könnten.

»Vielen Dank, dass Sie mir so kurzfristig einen Termin gegeben haben«, sagte Shane, als Covington ihnen aus seinem Büro entgegeneilte.

»Aber es ist mir ein Vergnügen, Mr Tannahill, Ms Sheridan.« Covington lächelte beide nacheinander mit blitzenden Zähnen an. »Bitte bemühen Sie sich doch in mein Büro, der Kaffee ist schon fertig.«

Weder Shane noch Risa wollten Kaffee trinken, aber sie folgten Covington sofort. Das Büro bot mehr Diskretion als der vordere Verkaufsraum, wo besser gestellte Schnäppchenjäger und gierige Innenarchitekten zwischen den dunklen Möbeln herumstrichen.

Nachdem jeder Kaffee getrunken und passende belanglose Bemerkungen über das unveränderliche Wetter in Las Vegas gemacht hatte, blickte Covington Shane schließlich erwartungsvoll an.

»Soviel ich weiß, sind Sie gelegentlich mit Mr Smith-White in Geschäftskontakt«, sagte Shane.

»Wir haben immer wieder miteinander zu tun«, gab Covington lächelnd zur Antwort. »Wir sind so etwas wie einander wohlgesonnene Konkurrenten.«

Shane nickte Risa zu. Sie nahm einen Umschlag aus ihrer Tasche, zog glänzende Fotos heraus und fing an, sie auf Covingtons Mahagonitisch aus dem neunzehnten Jahrhundert auszubreiten. Shane beobachtete den Ladenbesitzer, nicht die Fotos. Es gab nicht ein einziges Zwinkern der Augenlider, keine Bewegung des Mundes, auch kein Ansteigen des Pulses, der oberhalb des weißen Hemdkragens von Covington sichtbar schlug.

Kein einziges Anzeichen, dass er die Fotos wiedererkannte.

»Sehr ungewöhnlich«, äußerte Covington. »Sind sie verkäuflich?«

»Wie viel, meinen Sie, sind diese Stücke wert?«, fragte Risa schnell.

»Du liebe Güte.« Er legte die Stirn in Falten. »Darüber muss ich erst nachdenken. Ich habe mehr mit Möbeln zu tun als mit Kunstobjekten und Antiquitäten dieser Art. Ich habe keine Ahnung, was diese Stücke wert sein könnten.«

»Tatsächlich?« Risa hob die Brauen. »Wie konnten Sie sich dann entscheiden, wie viel Sie von Smith-White dafür verlangen würden?«

Covington dachte über die Tatsache nach, dass er das Gold offensichtlich selbst verkauft hatte. »Smith-White. Tatsächlich. Hat der Verkauf erst vor Kurzem stattgefunden?«

»Anfang Juli, den Belegen zufolge.«

Mit einem Wink seiner blassen Hand schob Covington die Angelegenheit beiseite. »Na, da haben wir's. Mein Geschäft verkauft eine Menge von Artikeln, mit denen ich nicht persönlich zu tun habe. Das war wahrscheinlich ein Teil eines

Kommissionsgeschäfts aus einem Nachlass oder von einem anderen Händler, den ich an Smith-White weiterverkauft habe, weil die Sachen mehr zu seiner Kundschaft passen als zu meiner.«

»Nach den Unterlagen von Smith-White haben Sie diese Goldobjekte von einem Mr Shapiro erworben«, meinte Risa.

»Dann wird einer meiner Mitarbeiter oder ich selbst das zweifellos auch so getan haben.«

»Die Herkunftsbescheinigung ist ein wenig vage«, sagte Risa und beobachtete ihn genau. »Nachfahre eines inzwischen verstorbenen Käufers.«

»Ist es nicht ärgerlich, wie wenig sich die Leute heute um die Vergangenheit kümmern?«

»Sie haben diese Stücke also noch nie zu Gesicht bekommen?«, fragte Risa erneut.

»Nein, nie. Tut mir leid.« Covington lächelte und erhob sich. »Nun, wenn ich nichts mehr für Sie tun kann, bitte ich Sie, mich zu entschuldigen. Ich muss wirklich gehen. Es ist so viel zu erledigen.« Er wandte sich an Shane. »Ich habe eine schöne neue Lieferung aus Italien anzubieten. Sollten Sie je ein Spielermuseum eröffnen wollen, gibt es da ein besonders bemerkenswertes Rouletterad für Sie, das ich Ihnen gerne zeigen würde. Goldene Umrandung, Einlegearbeiten aus Ebenholz und Elfenbein, die Kugel aus massivem Gold. Es wurde von italienischen Aristokraten zu ihrem privaten Vergnügen benutzt.«

»Schicken Sie doch Fotos und Details davon an mein Büro«, sagte Shane, erhob sich und half Risa auf die Beine, wobei er ihre Hand drückte als warnende Bitte, jetzt nichts mehr zu sagen. Er sammelte die Fotos der Goldartefakte ein und steckte sie in seine Brusttasche. »Sollte Ihnen noch etwas zur Herkunft dieses Goldes einfallen oder wenn Sie Antiquitäten aus Gold in einer vergleichbaren Qualität haben – meine Belohnung von zehntausend Dollar steht immer noch.«

Dünne graue Brauen zogen sich zusammen. »Sicher. Ich werde meine Bestände sehr sorgfältig durchsehen.«

Shane lächelte wie ein Wolf. »Tun Sie das.«

Sobald sie draußen waren, sagte Risa zu ihm: »Dieser verdammte Lügner.«

»Wir können es nicht beweisen.«

Sie schnaubte ungeduldig durch die Nase. Er hatte recht, und das wusste sie. Aber der Gedanke behagte ihr ganz und gar nicht. »Und jetzt?«

»Shapiro.«

»Noch so ein verdammter Lügner?«

Shane gab ihr keine Antwort. Das musste er auch nicht. Sein dünnes Lächeln verriet ihr, was er dachte.

43

Las Vegas
4. November
Am frühen Nachmittag

Ian hatte in seinem Leben schon genug getrocknetes Blut gesehen, um zu wissen, wie es aussah. Man musste kein Sherlock Holmes des einundzwanzigsten Jahrhunderts sein, um zu erkennen, dass der unvollständige Handabdruck auf der Seitenwand des Schusterladens echt und relativ frisch war. Das Blut war zwar dunkelrot verkrustet und durch die Sonne verändert, aber von Fliegen übersät. Daher war klar, dass es sich nicht um die Graffitikunst irgendeines Sprayers handelte, der den Zusammenbruch der sozialen und kulturellen Ordnung in der modernen Großstadt anklagte. Auf der rissigen Oberfläche der Gasse war auch eine handtellergroße Pfütze getrockneten Blutes zu sehen, als ob sich hier jemand angelehnt hätte, um Kräfte zu sammeln, bevor er die Straße überquerte.

Sechs Häuser weiter unten war ein Polizist in Uniform gerade dabei, ein gelbes Absperrband großräumig um den Tatort eines Verbrechens zu ziehen. Das Dumme daran war, dass die Gasse gleich gesperrt sein würde und Ian die Blutspur nicht bis zu ihrem Ursprung weiterverfolgen konnte, ohne sich zu verraten. Das Gute allerdings war, dass das gelbe Band kaum einen Zweifel über diesen Ursprung zuließ.

Da der Polizist keine Notiz von Ian nahm, der sich auf der Gasse umschaute, lief Ian einfach weiter bis zum Ende des Straßenblocks, wo die Gasse auf die Hauptstraße stieß. Hier war das gelbe Band vor das Schaufenster eines Ladens gespannt. Mehrere Streifenwagen parkten davor in doppelter

Reihe, ebenso ein Krankenwagen. Ein weißer Übertragungswagen mit einer großen Satellitenschüssel auf dem Dach hielt am Randstein vor dem Krankenwagen. Zwei Polizisten in Zivil unterhielten sich mit einem Kameramann und einem Reporter, die sich an den Übertragungswagen lehnten und auf die Gelegenheit warteten, Aufnahmen machen zu können.

Ian ging zu dem Polizisten in Uniform, der den Vordereingang bewachte. »Herzinfarkt?«, fragte er.

Der Polizist schaute ihn abschätzend an. »Wieso interessiert Sie das?«

»Eigentlich gar nicht, wenn es nicht eine dieser beiden Personen betrifft.« Ian holte die beiden Fotos heraus. »Und, was sagen Sie?«

Der Polizist warf einen Blick auf die Fotos. »Warum suchen Sie sie?«

»Es geht um eine Vermisste, unverdächtiges Verschwinden. Hat Mann und Kinder auf der Farm zurückgelassen, um hier in den Casinos ihr Glück zu machen. Ihre Großmutter hat die Hoffnung noch nicht aufgegeben, sie wiederzufinden, was gut für mich ist.« Ian zeigte sein Vertrau-mir-Lächeln. »Das deckt schon mal meine Miete ab. Und dieser Bursche könnte vielleicht ihr letzter Lebenspartner sein.«

Der Polizist schaute sich die Fotos noch einmal genauer an. »Dieses Viertel hier ist mein Revier. Ich kenne alle Gauner und Trinker und auch den Rest der Leute. Aber die beiden auf dem Foto kenne ich nicht.«

»Jedenfalls vielen Dank. Ich probier's dann mal die Straße rauf und runter, vielleicht hab ich ja Glück.«

Das Rattern einer fahrbaren Bahre kündigte das Ambulanzteam schon ein paar Sekunden vor seinem Erscheinen an. Als sie ins grelle Sonnenlicht gerollt wurde, sah man einen dunklen Leichensack, der auf die dünne Matratze mit dem weißen Leintuch geschnallt war. Aus den Bewegungen des Leichensacks war zu schließen, dass das Problem der Leichenstarre nicht mehr bestand.

»Hey, warten Sie!«, rief der Kameramann und eilte zu dem Team. »Geht wieder zurück und kommt noch mal aus dem Haus raus, okay?«

Einer der Detectives rief dem Kameramann hinterher: »Denkt ihr vielleicht, in Vegas interessiert sich irgendein Schwein für so einen Dreck wie Joey Cline?«

»Ist doch 'ne Leiche, oder?«, sagte der Kameramann. »Geben Sie uns eine Minute Zeit und machen Sie das Ganze noch mal.«

Das Ambulanzteam zuckte gleichmütig die Achseln. Ihrem Patienten konnte es schließlich egal sein. »Okay, machen wir. Der Kerl ist schon einen ganzen Tag tot, da spielen ein paar Minuten keine Rolle.«

Ian wartete nahe beim Übertragungswagen und hoffte, etwas Brauchbares mitzubekommen. Aber damit hatte er Pech.

Es hatte sich eine ganze Menge von Menschen versammelt, als das Ambulanzteam mit der Bahre zum dritten Mal für den »Livefilm um sechs Uhr« aus dem Haus kam. Der Live-Reporter überprüfte noch einmal seinen blonden Haarschopf, zog Jackett und Krawatte zurecht, stellte sich vor die Tür des Pfandhauses und begann ebenfalls zum dritten Mal, seinen Bericht ins Mikrofon zu sprechen. Einer der Kriminalbeamten stand rechts neben ihm, sodass er der Kamera nicht die Sicht auf die Szene und den Reporter nahm.

»Livefilm um sechs Uhr, ich bin Ralph Metcalfe. Wir stehen hier am Schauplatz eines brutalen Mordes, nur ein paar Ecken vom *Glitter-Gulch*-Nachtclub entfernt. Der Polizei zufolge wurde Joseph Cline im hinteren Teil seines Ladens in einer Lache seines eigenen Blutes liegend aufgefunden. Weitere Blutspuren deuten darauf hin, dass noch ein zweiter Mann, möglicherweise handelt es sich um den Angreifer, auf dem Boden lag. Der Aufenthaltsort dieses zweiten Mannes ist unbekannt.« Der Reporter wandte sein Gesicht dem Kriminalbeamten zu. »Detective Yarrow, hat das Las Vegas Police Department bereits irgendwelche Hinweise auf die Hintergründe dieses blutigen und brutalen Mordes?«

Ian war bereits um die Ecke gebogen und außer Hörweite, als der Detective seine Chance auf fünfzehn Sekunden Berühmtheit erhielt. Sobald Ian sicher war, dass er sich, ohne offizielle Aufmerksamkeit zu erregen, entfernt hatte, übermittelte er das Ergebnis seiner Ermittlungen sowohl an *Rarities* als auch an Shane. Dann lief er, für den Fall, dass der Polizist seine Angaben nachprüfte, die ganze Straße ab und zeigte in jedem Laden seine beiden Fotos vor und stellte ernsthafte Fragen. Niemand erkannte Cherelle oder Socks.

Ian schlenderte die Seitenstraße hinunter und wechselte zu der Forstsetzung der Gasse, die vom Pfandhaus wegführte. Wenn die Polizei die blutige Spur in der anderen Gasse bisher noch nicht entdeckt hatte, würde das sicher nicht lange so bleiben.

Es dauerte nur wenige Minuten, bis Ian die Spur aus braunen Tropfen wiedergefunden hatte. Sie führte ihn die Gasse entlang über eine andere Straße hinweg, dann noch zwei Straßenblocks weiter ... und verschwand plötzlich.

Ian dachte an die alte Frau im Motel und den Hinweis, den sie ihnen gegeben hatte. *Da gibt es ein paar Blocks weiter nördlich Apartmenthäuser und gleich dahinter ein paar alte Häuser. In die Richtung ist er jedenfalls gelaufen, wenn er nicht mit dem Auto fahren konnte.*

Er wandte sich nach Norden, ging durch die Gassen und suchte nach weiteren Blutspuren. Er fand keine, bis er an der Rückseite zweier alter Häuser ankam, die sich eng aneinanderdrückten gegen die Übermacht großer Apartmenthäuser und Einkaufspassagen. An der Hintertür des Hauses Oasis Lane 113 befanden sich blutige Handabdrücke.

Ian klopfte an die Tür, aber niemand antwortete. Andere Zutrittsmöglichkeiten waren verrammelt. Ian hätte sich durch die Metallgitter Zugang verschaffen können, aber so etwas machte er lieber im Dunkeln.

Er ging zum Vordereingang. Auf der einen Seite ragte eine hohe Häuserwand mit heruntergekommenen Wohnungen empor. Auf der anderen Seite stand ein weiterer kleiner Bungalow. Ein uralter Mann, der Methusalem alle Ehre gemacht hätte, saß auf der vorderen Veranda. Er bewegte sich nicht, sodass Ian sich fragte, ob er noch lebte.

»Suchen Sie was?«, fragte der Alte mit brüchiger Stimme.

Ian hielt die Hand vor die Augen, um sie vor der gleißenden Sonne zu schützen, und ging zu der Eingangsveranda. Zu Füßen des Mannes lag ein Hund ausgestreckt, der ebenfalls uralt sein musste, den von der Nasenspitze bis hinter die Ohren völlig ergrauten Haaren nach zu urteilen.

»Guten Tag, Sir«, sagte Ian lächelnd und stieg die beiden flachen Stufen zur Veranda hinauf. »Vielleicht können Sie mir helfen. Ich suche eine junge Frau, die Cherelle Faulkner heißt. Die Frau in dem Apartment auf der anderen Straßenseite etwas weiter unten meinte, dass mir da in der Oasis Lane 113 jemand behilflich sein könnte.«

Während er sprach, holte Ian die beiden Fotos heraus und zeigte sie dem Alten, der zunächst umständlich eine Halbbrille aus seiner Hemdtasche zog und sie auf die Nase setzte.

Der Hund lag trotz der Störung weiter ruhig da. Nicht mal ein leichtes Zucken war zu sehen.

Ian fragte sich, ob er wohl ausgestopft war.

»Hm, ja. Sie kommt ein paarmal im Jahr hierher«, sagte der Mann im kratzigen Dialekt des Nordostens. »Lebt mit dem Nichtsnutz von Sohn der reizenden Lady zusammen.«

»Sie meinen, die reizende Lady nebenan?«, fragte Ian und deutete auf das Haus Nummer 113.

»Hm, ja. Mrs Seton.«

»Ist das ihr Sohn?«, fragte Ian und zeigte auf das Foto von Socks.

Der Alte schüttelte den Kopf. »Das ist der Kerl, der das laute lila Auto fährt.«

Ian verbiss sich ein Lachen. »Wissen Sie, wann Mrs Seton

wieder zurückkommt? Cherelles Großmutter möchte ihre Enkelin gerne noch einmal sehen, bevor sie stirbt.«

»Mrs Seton hat nichts gesagt. Hat bloß Pitty Pat hier gelassen und ist gestern Nachmittag in dieser schwarzen Limousine weggefahren.«

Ian traute sich kaum zu fragen. »Pitty Pat?«

»Meine Katze. Ist lieber bei der alten Witwe Seton, weil Barks A Lot hinter ihr herjagt, deshalb verschwindet sie lieber und versteckt sich nebenan.«

»Barks A Lot?«

»Mein Hund.« Er gab dem großen Tier, das zu seinen Füßen ausgestreckt lag, einen Schubs.

Der Hund rührte sich nicht.

»Jagt Pitty Pat?«, fragte Ian ungläubig.

»Hm, ja.«

»Die Katze muss ein höllisch gutes Gedächtnis haben.«

»Hm, ja.«

»War bei Mrs Seton noch jemand dabei?«

»Weiß nicht. Der Wagen ist hinten bei ihr vorgefahren und hat sie mitgenommen. Aber sie ist ganz sicher nicht da, das weiß ich.«

»Woher?«

»Pitty Pat ist bei mir geblieben. Wenn Mrs Seton zurück ist, ist Pitty Pat gleich wieder bei ihr.«

Ian faltete einen Zwanzigdollarschein und steckte ihn dem Alten mit einer Karte, auf der seine Handynummer stand, in die Hemdtasche. »Wenn jemand zurückkommt, wäre ich Ihnen sehr dankbar für einen Anruf.«

»Will der Witwe keinen Ärger machen. Sie mag diese Cherelle nicht besonders. Hab sie schon öfter streiten hören.« Er schüttelte den Kopf. »Arme Mrs Seton. Cherelle ist ziemlich grob – so hätten wir das früher jedenfalls genannt.«

Ian war sicher, dass die Leute das heute auch noch sagten.

44

Las Vegas
4. November
Am Nachmittag

Risa und Shane steuerten den Laden von Shapiro an, der in der Nähe der heruntergekommenen Innenstadt und ihrer schäbigen Casinos lag. Die Gegend war voll von kleinen Läden, die sich den Anstrich bürgerlicher Solidität gaben, ihn aber nicht halten konnten. Shapiros Schaufenster waren vergittert, die blaue Neonreklame offerierte Barkredite. Auf der einen Seite grenzte eine Reiseagentur an, auf der anderen ein Laden mit dem unklaren Namen *Women's Need,* der vom Sexshop bis zum Kurpfuscher alles Mögliche beherbergen konnte.

Shane fuhr an Shapiros Laden vorbei und parkte in einer Straße einen Block weiter. Der rote Lexus, der ihnen gefolgt war, konnte nicht rechtzeitig in Deckung gehen und fuhr langsam weiter, während sich Shane das Kennzeichen einprägte. Ohne das Auto aus den Augen zu lassen, wählte Shane eine Nummer auf seinem Handy, wartete, bis abgehoben wurde, und nannte die Nummer des Wagens.

Ein Seitenblick war zunächst Risas einziger Kommentar. Ihre Neugier gewann dann doch die Oberhand. »War das Factoid oder einer deiner eigenen Computermaulwürfe?«

»Factoid. Er ist nicht zu übertreffen. Hat sich schon in jede Fahrzeugzulassungsstelle in jedem Bundesstaat eingehackt. Auch in Kanada. Gerade versucht er es mit Mexiko, sagt aber, das System sei dort so korrupt, dass keiner mit dem Fahrzeug rumfährt, zu dem das Kennzeichen gehört. Ich hab ihm gesagt, dass er wohl einfach das System noch nicht verstanden hat.«

Shane warf einen Blick zurück auf Shapiros Laden. Falls die Lichter innen an waren, konnte man das im hellen Tageslicht nicht sehen.

»Sieht aus, als sei geschlossen«, meinte Risa.

»Ja.«

Er gab einen Befehl in sein Handy ein, sah sich die Nachrichten in seiner Mailbox an und rief Ians Botschaft ab. Ian war nicht geschwätzig, aber er hatte viel mitzuteilen. Das Telefon am Ohr, hörte Shane mit wachsender Anspannung zu.

Risa beobachtete Shanes Gesicht und fragte sich, was wohl passiert war. Es musste etwas Wichtiges sein. Andere konnten Shanes unbewegte Miene vielleicht nicht durchschauen, aber sie konnte es. Mit wachsender Ungeduld wartete sie, bis er das Handy endlich vom Ohr nahm und es abschaltete.

»Was ist los?«, fragte sie.

»Joey Cline wurde ermordet.«

»Wissen wir, von wem?«

»Nicht direkt, aber sein Mörder hat eine blutige Spur hinterlassen vom Tatort, dem Pfandhaus Clines, bis zur Oasis Lane 113. Wer auch immer dort lebt, kennt Cherelle. Ich tippe darauf, dass Cline das Gold gekauft hat, es an Shapiro weitergab, der wiederum hat es Covington verkauft und der schließlich an Smith-White.«

Risa zwang sich, Atem zu holen. »Du bist dir sicher mit Cherelle. Sie hat mit einem Mörder zu tun.«

Das klang nicht nach einer Frage. Shane antwortete ihr trotzdem. »Ein Nachbar in der Oasis Lane erkannte Cherelle von dem Foto. Er erkannte auch den Mann namens Socks, deinen Kidnapper. Mrs Seton, die womöglich mit dem Mann verwandt ist, der Cline ermordete und die Blutspur auf der Gasse hinterließ, wohnt in der Oasis Lane 113. Ihr Sohn, ein Tunichtgut, kommt sie öfter besuchen, wie der Nachbar Ian erzählt hat. Cherelle gehört zu diesem Tunichtgut.«

»Seton«, murmelte Risa und erinnerte sich an das Flugblatt, das Cherelle in ihrem Apartment vergessen hatte. »Tim Seton. Er ist Cherelles Partner im Channel-Geschäft.«

»Und was ist mit Socks?«

»Der?« Risa lachte kurz auf. »Von dem ist in dem Flugblatt nicht die Rede.«

»Er fährt ein lila Auto mit lautem Auspuff.«

Risa trommelte mit ihren Fingern auf ihre Schenkel. Was sie da gehört hatte, gefiel ihr gar nicht. Und was sie selbst dachte, gefiel ihr noch weniger. »Also gut. Socks fährt ein lila Auto, Cherelle wahrscheinlich einen alten Bronco, und Tim war in dem Motel und dann in dem Haus in der Oasis Lane. Was sagt Mrs Seton selbst?«

»Sie ist nicht zu Hause. Sie wurde gestern Nachmittag von einer schwarzen Limousine abgeholt. Soviel Ian herausgefunden hat, ist Cline wohl gestern ermordet worden. Die Leichenstarre war schon vorüber.«

Risa verzog das Gesicht. »Was ist mit dem Burschen, der die Blutspur hinterließ. Wo ist er?«

»Ian wird sich das Haus heute Nacht anschauen, aber ich habe so eine Eingebung, dass Tim es war, der verwundet wurde, und dass seine Mutter ihn in das schwarze Auto verfrachtet und ihn irgendwo hingebracht hat, wo er stillschweigend ärztlich versorgt werden konnte.«

»Eine Eingebung, aha.«

»Ja.«

»So eine Art von Eingebung wie die, die dich zum Multimillionär gemacht haben?«

»Ja.«

Sie stieß so kräftig den Atem aus, dass ihr Haar auf der Stirn aufflog. Ihr fiel nicht ein einziger beruhigender Grund ein, warum Tim schwer verwundet aus dem Haus davongelaufen sein könnte, in dem ein blutiger Mord stattgefunden hatte.

Die Erinnerung an Cherelles volles, wildes Lachen, als sie

ihr gesagt hatte, was Shanes Keltengold-Sammlung wert war, war genauso beunruhigend.

Verdammt, Cherelle. Warum bist du damit nicht zu mir gekommen? Ich hätte dir helfen können. Du hättest dich nicht einlassen müssen auf … auf was immer du dich eingelassen hast.

Dann fiel Risa wieder ein, dass Cherelle ja zu ihr gekommen war. Und ihr dadurch diesen Gangster auf den Hals gehetzt hatte.

Vielleicht hatte sie keine andere Wahl gehabt.

Risas Mundwinkel verzogen sich nach unten. Es gibt immer eine Wahl.

Und bisweilen ist die getroffene Wahl falsch.

»Warum sollen wir auf die Nacht warten, um uns das Haus genauer anzusehen?«, fragte sie.

Shane blickte sie aus seinen dunkelgrünen Augen an, in denen Trost und Sorge zugleich zu sehen waren. »Weil Ian keinen Schlüssel dafür hat.«

»Und wenn wir einen anonymen Anruf bei der Polizei machen und unter dieser Adresse um Hilfe rufen? Oder der Polizei gleich erzählen, dass Clines Mörder dort hingelaufen ist?«

»Ian wird genau das tun, sobald er sich davon überzeugt hat, dass sich in dem Haus keine Goldartefakte befinden.«

»Aber …«

»Anweisung von Dana«, sagte Shane und überging Risas Einwurf. »Sie möchte verhindern, dass ihr jemand bei dem Gold zuvorkommt oder dass es in den bürokratischen Mühlen von Leuten landet, die nicht die leiseste Idee haben, welch einen kulturellen Wert das Gold besitzt.«

»›Kauf, Verkauf, Schätzen und Schützen‹«, sagte Risa, sich an das Motto von *Rarities Unlimited* erinnernd. »An erster Stelle steht die Kunst, danach erst der Kunde.«

»Das wusste ich, als ich dort unterschrieb. Und das ist genau der Grund, warum ich unterschrieben habe.«

Sie lächelte schwach und lehnte sich zurück an die lederne Sitzlehne. »Aber du tust alles, um als Sammler zu gelten, der es nicht so genau nimmt.«

»Meinst du, dass sich Gauner oder Hehler mit gestohlenen Kulturgütern an einen Pfadfinder wenden würden?«

»Nein. Aber den meisten Leuten ist ihr guter Ruf zu viel wert, um ihn in den Dreck ziehen zu lassen.«

Ein Schulterzucken verriet ihr, wie wenig Shane um seinen guten Ruf bekümmert war.

Risa trommelte weiter mit den Fingern auf ihre Beine. »Und was ist, wenn jemand vor Anbruch der Dunkelheit ins Haus zurückkehrt?«

»Ian beobachtet das Haus.«

»Meinst du, Cherelle ist dort?«, fragte Risa schnell und ohne nachzudenken. »Meinst du, sie ist verletzt? Wenn es so ist, sollten wir nicht ...?« Risa schloss die Augen und atmete tief ein. Was auch immer Cherelle gemacht hatte, es war verdammt schwer, einfach hier zu sitzen und nichts zu tun, während ihre Freundin vielleicht in größter Not war und Schmerzen litt. Oder Schlimmeres. »Sollten wir nicht einfach in das Haus einbrechen?«

Shane ergriff Risas Hand, um ihre rastlosen Bewegungen zu unterbrechen. Ihre Finger fühlten sich kalt an. Er wärmte sie zwischen seinen Händen und wartete darauf, dass sie sich wieder beruhigte. Er wusste, was sie ängstigte. Sie sah ihre Freundin im Geiste auf der Flucht, verletzt, sich versteckend, Hilfe suchend. Viele unklare Gefühle aus der Kindheit wirbelten durcheinander und rieben sich an dem kalten Verstandesgebäude erwachsener Vernunft, und daran konnte man gar nichts ändern.

»Es geht mir gut«, sagte sie schließlich mit einem Seufzen. »Wirklich.« Ihr Versuch zu lächeln ging daneben. »Aber wie auch immer – heute ist ein völlig beschissener Tag für mich. Und das Schlimmste daran ist, dass er noch nicht vorbei ist.«

Langsam strich er mit ihren Händen über seine Wange.

»Der Nachbar hat außer Mrs Seton niemand kommen oder gehen sehen. Wenn Cherelle und Mrs Seton nicht gut miteinander klarkamen – das hat der Nachbar wenigstens gesagt –, dann ist es wenig wahrscheinlich, dass Cherelle dort hingehen würde, wenn sie verletzt wäre.« Er küsste Risas Finger und ließ sie wieder los. »Vor allem, wenn sie eine Freundin wie dich hat, zu der sie gehen könnte.«

»Du meinst, so eine dumme Freundin?«

»Nein. Eine so großzügige.« So viel Großzügigkeit hatte Cherelle gar nicht verdient. Aber das behielt er für sich, denn er wollte Risas Unglück nicht noch vermehren.

Sie bewegte sich in ihrem Sitz und fuhr sich mit den Fingern durch das kurze schwarze Haar. »Verdammt, ich hasse es, nicht Bescheid zu wissen. Immer nur überlegen. Warten. Sie könnte verletzt sein.«

»Es ist viel wahrscheinlicher, dass das Blut auf dem Boden des Pfandhauses von dem Nichtsnutz Tim stammt.«

Risa wusste, dass Shane recht hatte. Nur fühlte sie sich dadurch um keinen Deut besser.

»Also los«, sagte Shane. »Schauen wir nach, ob Shapiro zu Hause ist.«

»Auf dem Schild steht ›Geschlossen‹.«

»Shapiro hat seine Wohnung direkt über dem Laden.«

»Woher weißt du das?«

»Das möchtest du lieber nicht wissen«, gab er zurück und erinnerte sich des wundervollen Maya-Kunstwerks aus Gold, das er Shapiro in dessen Wohnung abgekauft hatte. Nach Stunden, natürlich. Shapiro hatte damals das Geschäft seines Lebens gemacht.

»Bist du sicher, dass ich es nicht wissen will?«

»Ja.«

Risa fragte nicht weiter und folgte ihm zu dem Laden, der mitten in der Hauptgeschäftszeit geschlossen war.

Immer wieder prüfend, ob sie jemand beobachtete, schlenderte Shane an dem Laden vorbei und um die Ecke. Dann bog er in die Gasse, in der volle Mülltonnen standen, die auf die Leerung warteten. In der Gasse gab es einen Laden mit Secondhandkleidung, einen mit gebrauchten Möbeln, einen Flickschuster und außerdem zwei Cafés und einen Schnellimbiss. Der Gestank der Mülltonnen zog Wolken von Fliegen an.

Shane steckte seine rechte Hand in die Jacketttasche, um keine Spuren zu hinterlassen, als er so an der Hintertür von Shapiros Leih- und Pfandhaus probierte. Sie war nicht abgeschlossen. Er stieß sie auf, schob Risa hinein und schloss die Tür wieder. Stimmen waren von irgendwo über ihnen zu hören.

Der Gestank war hier drinnen nicht besser. Eher das Gegenteil.

»Scheiße«, sagte Shane sehr leise. »Bleib hier.«

»Aber …« Ihre Einwände blieben ihr im Hals stecken, als sie die Pistole in seiner Hand sah.

Die Treppenstufen waren mit Linoleum bedeckt, das bis auf die schwarze Unterlage und weiter bis zu den Holzbrettern darunter durchgelaufen war. Er ging vorsichtig die Treppe hinauf, wobei er seine Schritte dorthin lenkte, wo die Stufen am wenigsten zu knarren versprachen.

Shapiro war vor dem Fernseher, eine leere Flasche teurer Bourbon lag neben ihm auf der Couch. Die Schauspieler der nachmittäglichen Soapopera tummelten sich taktvoll unter den Laken. Als ihre choreografierten Lustschreie verklangen, wurde Werbung für Zahnpasta eingeblendet. Shapiro gab keine Regung von sich.

Shane dachte, der Mann sei tot. Das würde jedenfalls den Gestank erklären. Dann hörte er leise Schnarchlaute und merkte, dass Shapiro nicht leblos war. Aber fast.

Er war vollkommen besoffen, so sehr, dass er in die Hosen gemacht hatte wie ein Baby.

45

Las Vegas
4. November
Am späten Nachmittag

Shanes Büro war angenehm temperiert, edel möbliert und die Luft war frisch und rein – eine Offenbarung nach all den Stunden, die sie in den staubigen Straßen und öden Gassen von Las Vegas verbracht hatten.

Risa hatte ihren Kopf an die meergrüne Ledercouch gelehnt und versuchte krampfhaft, sich keine Sorgen um Cherelle zu machen.

»Bis jetzt«, sagte Shane zu Ian und Niall, »haben wir einen toten Hehler, und er ist für uns der Einzige, auf den es ankommt. Von ihm aus ist das Gold ins System gekommen. Wir gehen davon aus, dass es von Cline zu Shapiro ging, können es aber nicht beweisen, weil Shapiro behauptet, sein Computer sei abgestürzt und habe dabei alle Daten gelöscht – und deshalb habe er sich betrunken.«

»Glauben Sie ihm das?«, fragte Niall.

Shane lachte nur.

»Soll ich ihm ein bisschen auf die Sprünge helfen?«, fragte Ian.

»Wenn wir es aus Shapiro nicht herausprügeln …«

»Dana ist gegen solche Methoden«, wurde Shane von Niall unterbrochen.

»… kommen wir nicht weiter. Wie Covington ist er unangreifbar, er hat Anwälte und kennt die Tricks«, setzte Shane seinen Satz fort.

»Vergessen Sie nicht Frank Firenze«, warf Ian ein.

»War er es, der uns in dem roten Wagen gefolgt ist?«, fragte Risa.

»Ja. Als ich seinen Namen herausgefunden hatte, folgte er Ihnen nicht mehr. Ich rief ihn an und fragte ihn, warum er Ihnen gefolgt sei. Er wusste angeblich nicht, wovon ich sprach, sein Auto sei in der Werkstatt gewesen und auch in Zukunft würde er Ihnen nicht folgen, guten Tag.«

»Wenn er Sie noch mal beschattet«, sagte Niall zu Ian, »dann sagen Sie mir Bescheid. Sonst ...« Er streckte sich und fuhr sich mit der Hand über das kurze dunkle Haar. Auch der komfortable Firmenjet bot dem großen Mann nicht genug Platz, aber Dana wollte das Gold finden, und damit basta. »Wir konzentrieren uns auf die anderen drei Hehler, die mit Schätzen herumgelaufen sind, die das British Museum als sein rechtmäßiges Eigentum betrachtet.«

Risa war bei der Beschreibung von Cherelle als einer Hehlerin zusammengezuckt, als sie den Rest von Nialls Satz begriff. Ruckartig setzte sie sich auf. »Was? Ich habe den Schluss nicht ganz verstanden. Wie ist das British Museum jetzt plötzlich dazugekommen?«

»Sobald wir Fotos der Stücke ins Netz gestellt hatten«, erklärte Niall, »veranstalteten die Briten einen riesigen Zirkus und schrien ›Alles mein, mein, mein!‹. Dieselbe Reaktion folgte etwas später von den Iren, dann kamen die Österreicher ...«

»Die Österreicher!« Shane war überrascht.

»Hallstatt«, sagte Risa. »Nicht wahr?«

»Stimmt«, bestätigte Niall.

Shane schnaubte. »Netter Versuch. Wird aber nicht klappen.«

»Hey«, sagte Ian, »bei einem internationalen Pisswettbewerb geht's nur um die Menge, nicht um die Qualität.«

»Du bist gescheiter, als du aussiehst, mein Freund«, meinte Niall.

»Ist ja auch kein Kunststück«, brummte Shane.

Ian winkte gelassen ab. »Dana würde jetzt sagen: ›Haltet den Mund, Kinder.‹« Niall beugte sich über eine abgenutzte Segeltuchmappe, die älter war als er selbst, und zog einen Schnellhefer mit Ausdrucken heraus. »Strafregister von Timothy Edgar Seton, Cherelle Leticia Faulkner und Cesar Firenze Marquez, Spitzname Socks.«

»Firenze?« Shane blickte überrascht. »Das ist ja interessant.«

»Verwandt mit Frank Firenze?«, fragte Ian.

»Wahrscheinlich. Die Familie Firenze war angeblich eine der Mafiafamilien in Vegas in den schlechten alten Zeiten«, erklärte Shane.

»Aber heute sind sie sehr korrekt. Das Gaming Control Board würde sie sonst nicht dulden. John Firenze, der Kopf der Familie, hat ein Diplom in Wirtschaftswissenschaften und außerdem die richtigen politischen Verbindungen.«

»Vielleicht ist es das, was Frank wollte: Socks und das Gold«, sagte Ian zu Risa. »Als er Sie immer nur an den falschen Orten suchen sah, gab er die Verfolgung auf.«

Sie hörte kaum zu. Sie war immer noch zu überrascht von der Tatsache, dass Cherelle tatsächlich einen zweiten Vornamen besaß. »Ich wusste gar nicht, dass sie einen hatte.«

»Einen was?«, fragte Niall verständnislos.

»Einen zweiten Vornamen«, sagte Shane, bevor Risa antworten konnte. »Von Cherelle. Leticia.«

Ian sah von Shane zu Risa und schüttelte traurig den Kopf. »Es hat schon angefangen.«

»Was?«, fragte Niall.

»Die Sätze des anderen vervollständigen. Die Gedanken des anderen lesen.« Er sah Niall an. »Wie bei dir und Dana. Jedenfalls genug, dass ein Mann den Frauen abschwört.«

»Deine Sätze könnten durchaus etwas vollständiger sein«, gab Niall zurück und überflog den ersten Ausdruck, um das Wesentliche herauszulesen. »Dieser Socks gehört zu der Sorte von Leuten, die unsere Vollzugsbehörden beschäftigt halten. Immer wieder im Gefängnis, rein und raus, seit er zehn war. Er ist jetzt gerade mal achtzehn Monate draußen.«

Risa rieb sich die Schläfen. »Das überrascht mich nicht sonderlich.«

»Hey, das ist ein Rekord!«, sagte Niall. »So lange war er nicht mehr draußen, seitdem er mit sechzehn unter das Erwachsenenstrafrecht fiel.«

Shane stand auf und ging zur Bar, holte eine Flasche Mineralwasser aus dem Kühlschrank und brachte sie Risa. Ihren überraschten Blicken konnte er entnehmen, dass sie ihren Durst gerade erst bemerkt hatte und sich nun fragte, wie er das wissen konnte.

Ian schenkte ihr ein Hab-ich's-nicht-gesagt-Lächeln.

»Hat Socks dort Tim kennengelernt?«, fragte Shane. »Im Gefängnis?«

Niall nickte und überflog rasch die Seite.

»Zellenkameraden. Socks wurde verdächtigt, im Gefängnis einen alten Mann geschlitzt zu haben. Kein Beweis. Keine Bestrafung.«

»Geschlitzt?«, fragte Risa.

»Ja, mit einem selbst gemachten Messer umgebracht«, erklärte Shane.

Sie verzog das Gesicht, während sie die Flasche aufdrehte. »Reizender Bursche.«

»Oh, er ist allerliebst«, stimmte Niall zu. »Bewaffneter Raubüberfall nach der letzten Entlassung. Davor tätlicher Angriff und Körperverletzung. Einbruch. Versuchte Vergewaltigung. Und nach seiner Vorstellung im *Golden Fleece* kann man Kidnapping und noch mal Einbruch, tätlichen Angriff und versuchten Mord hinzufügen. Sein Wagen ist in Nevada registriert. Sein Führerschein aus Nevada ist eingezogen wegen Fahrens unter Drogen. Nicht verheiratet. Keine Kinder. Keine Heimatadresse. Mutter tot. Vater ein Trinker und Kleinkrimineller, der Zigaretten aus den Indianerreservaten aus dem Kofferraum seines Wagens heraus auf Flohmärkten verhökerte, wenn er nicht gerade in einem örtlichen Gefängnis auf Entzug war. Aber nur in den Zeiten, wo er nicht gerade im Auftrag von Kredithaien deren säumigen Schuldnern die Beine brach.«

»Es ist schwer vorstellbar, dass jemand wie Socks die richtigen Kontakte haben sollte, um die Art von Edelantiquitäten zu stehlen, die Smith-White uns verkauft hat«, meinte Risa. Das Wasser sprudelte leicht, als sie die Flasche hob, um einen Schluck daraus zu nehmen. Ein leichter Zitronengeschmack machte sich auf ihrer Zunge breit. Dankbar blickte sie zu Shane hinüber und beschloss, ihm seine Überfürsorge vielleicht doch zu verzeihen. »Wie sollte also Socks an solche wertvollen antiken Stücke rankommen? Dasselbe gilt für Cherelle. Und wie ist es mit Tim?«

Niall grunzte. »Ich bezweifle, dass so etwas bei Timothy Edgar Seton zu Hause herumlag. Ein wirklich hübsches Gesicht, aber viele dunkle Flecken auf der Seele. Trinken und Spielen als Minderjähriger. Unzucht mit Minderjährigen, Beihilfe zu bewaffnetem Raubüberfall. Kein Highschoolabschluss, ging aber zum Gentleman's Deal, einem teuren Ausbildungszentrum für Croupiers und ›Begleiter‹. Arbeitete eine Weile als Croupier beim Blackjack, schlief mit Frauen, die seine Rechnungen bezahlten, war immer mit ziemlich harten Typen befreundet. Seine Mutter ist Miranda Caroline Seton, nie verheiratet, wohnhaft in Oasis Lane 113 in einem Haus, das einer Vermietungsgesellschaft gehört. Vater ist auf der Geburtsurkunde nicht angegeben. Keine anderen Verwandten. Seton gibt das Haus seiner Mutter als Heimatadresse an. Führerschein. Kein Auto.«

Ian gab einen angewiderten Laut von sich.

»Bei Tim sehe ich aber auch keinerlei Verbindung zu dem Gold.«

»Interesse an den Kreditkarten?«, fragte Niall. »Seton besitzt vier aktive Kreditkarten. Alle überzogen und im Mahnverfahren.«

»Ich bin schockiert«, meinte Shane und öffnete mit einer raschen Bewegung eine weitere Wasserflasche. »Wohin werden die Rechnungen geschickt?«

»An die Adresse seiner Mutter.«

Shane nahm einen tiefen Schluck. Er versuchte immer noch, den Geruch von Shapiros Haus und Clines Tod aus dem Mund zu spülen. Morgen würden die Berichte der Polizei im Zentralcomputer sein. Und was immer die Polizei wusste, würde Shane auch wissen, dank einer Kindheit, die er damit verbracht hatte, dem verdammten Merit, König der Computerhacker, zu gefallen – und ihn zu übertrumpfen.

»Cherelle Leticia Faulkner«, sagte Niall jetzt und nahm ein weiteres Blatt Papier in die Hand. »Sie hat ein paar Nächte bei der Kreispolizei verbracht wegen Landstreicherei, Prostitution, Ladendiebstahl, kleineren Betrugsdelikten. Die Art von Kindheit, über die ein Skandalblatt mit Freuden ein paar Krokodilstränen vergießen würde. Waisenhäuser, Missbrauch, mehr Waisenhäuser, Missbrauchsverdacht, schließlich in einer Wohnwagensiedlung in Arkansas gelandet und dort fast acht Jahre geblieben. Mit siebzehn ist sie mit einem Arzneimittelvertreter fortgelaufen, der neben legalem Zeug auch illegales verkaufte. Danach ist sie immer weiter abgerutscht. Keine Heiratsurkunde. Keine Kinder, soweit bekannt.«

Risa hatte nicht bemerkt, dass sie die ganze Zeit ihre Schläfen massiert hatte, bis Shane ihr mit der Hand über die Haare strich. Nialls tiefer, leicht rauer Stimme zuzuhören, die die nackte Statistik von Cherelles Leben wiedergab, schnürte Risa die Kehle zu. Nirgendwo hörte sie das Lachen oder sah die schelmische Freude und die blitzschnelle Auffassungsgabe einer viel jüngeren Cherelle.

»Ich werde bei Dunkelheit noch einmal zu dem Seton-Haus zurückgehen«, meinte Ian. »Ich glaube zwar nicht, dass ich dort fündig werde, aber wir müssen diesen Ort abhaken.«

Niall blickte Shane an. »Sind Sie sicher, dass diese drei Vögel die Quelle ihres Druidengoldes waren?«

»Ja.«

»Würde das auch vor Gericht standhalten?«

»Nicht nach Clines Tod. Aber ich bin mir sicher.«

Nialls Mundwinkel verzogen sich nach unten. *Shanes sechster Sinn.* Er hatte gelernt, damit zu leben. »Also gut. Wir sitzen hier mit vier Goldartefakten, von denen die Briten verlangen, dass Uncle Sam sie ihnen aushändigt.«

»Wie wollen sie beweisen, dass sie die rechtmäßigen Eigentümer sind?«, fragte Risa.

»Den Beweis werden sie so schnell wie möglich zusammenschustern.«

»Dann müssen sie sich aber anstrengen«, meinte Shane. »Bei Abwesenheit eines eindeutigen Beweises hat der tatsächliche Besitz sehr viel Gewicht.«

»Das kannst du dann gerne April Joy erzählen.«

Shanes dunkle Augenbrauen zogen sich nach oben. April Joy war eine der Senkrechtstarterinnen der USA in der Grauzone der Geopolitik. Sie war intelligent, pragmatisch, schön und äußerst skrupellos, wenn ihr Job es verlangte – wegen der Leute, mit denen sie umging, also fast immer. Vor ein paar Monaten hatte sie versucht, ihn für einen Schlag gegen die Red-Phoenix-Triade anzuwerben, bei dem auch *Tannahill Inc.* zur Geldwäsche benutzt werden sollte. Er hatte abgelehnt. Das hatte ihr nicht gepasst, aber sie besaß kein Druckmittel gegen ihn, sodass sie die Ablehnung wohl oder übel akzeptierte.

»Ich dachte, sie ist gerade mit asiatischen Banden beschäftigt, die in die USA eindringen«, meinte Shane.

»Stimmt.«

»Was hat das dann mit Keltengold zu tun?«

»Gute Frage«, gab Niall zurück. »Vergessen Sie nicht, sie zu fragen, wenn Sie sie das nächste Mal sehen.«

»Danke, aber da muss ich passen«, erwiderte Shane. »Ich

begebe mich nicht in den Rachen der Löwin, wenn sie sich nicht zuerst in meinen begibt.«

»Ihre Mutter hat wohl keine Dummköpfe großgezogen«, sagte Niall grinsend.

»Es war eher mein Vater, der mir beibrachte, wie es in der Welt wirklich zugeht.«

Die sorgfältige Neutralität in Shanes Stimme ließ Risa zusammenzucken. Sie hatte es immer als Verlust empfunden, dass sie ihre Eltern nicht kannte. Doch wenn sie von Shanes Eltern hörte, dachte sie manchmal, dass sie doch besser dran war.

»Auf welcher Grundlage beanspruchen die Briten die Goldartefakte, die wir gekauft haben?«, fragte Risa.

»Wahrscheinlichkeit«, gab Niall zur Antwort. »Es ist verdammt sicher, dass sie ihren Ursprung nicht in, sagen wir, Afrika haben.«

»Wenn die Herkunft das einzige Argument für Eigentum wäre, würden die Museen der Welt eine gewaltige Umverteilung erleben«, meinte Risa.

»Darum haben wir ja die Politiker und Bürokraten – sie tauschen Gefälligkeiten aus und sagen uns Laufburschen dann, wohin wir die Sachen schicken sollen.«

»Das ist deine Ansicht«, sagte Shane. »Ich jedenfalls werde das Gold bestimmt nicht auf die Anweisung irgendeines politischen Drahtziehers irgendwohin schicken, der nur einen freien Aufenthalt in London will als Belohnung dafür, dass er mir die Sache mit dem Gold anhängt.«

»Deshalb haben Sie ja auch *mich* gebeten, die Stücke zurückzugeben, nicht wahr?«, fragte Niall grinsend an Shanes Adresse.

Shanes Antwortlächeln hätte einem satten Krokodil alle Ehre gemacht. »*Rarities Unlimited* muss eben hin und wieder staatlichen Stellen entgegenkommen, um zu überleben. Ich muss das nicht.«

»Aber sicher müssen Sie, mein Freund. Sie waren bisher

nur noch nie dazu gezwungen. Zum Teufel, sogar Ihr Vater lernte schließlich, vor Uncle Sam das Knie zu beugen.«

»Ich werde mich an der Vorstellung die ganze Fahrt nach Sedona über laben.«

Risa saß plötzlich aufrecht da. »Sedona? Ich komme mit!«

»Daran habe ich nie gezweifelt.« Shanes Mundwinkel senkten sich. Er wollte nicht, dass sie mitging, aber sein Instinkt sagte ihm, dass sie nicht nur mitkommen würde, sondern dass sie es *sollte*.

»Was ist in Sedona?«, fragte Ian.

»Die letzte bekannte Wohnadresse von Cherelle Leticia Faulkner.«

46

Sedona
4. November
Abends

Aus der Luft sah Sedona wie ein edelsteinfunkelndes Spinnennetz aus, das sich über das schwarzsamtene Land spannte. Der kleine Flughafen lag oben auf einem Tafelberg und war über eine steile Serpentinenstraße mit der Stadt verbunden. Während Shane mit der unzuverlässigen örtlichen Mobilnetzverbindung kämpfte, steuerte Risa den Leihwagen – einen Pick-up – die schmale Straße hinunter auf die Hauptstraße.

»Alles klar«, sprach Shane schließlich in sein Computerhandy. »Wir sind auf dem Weg nach Camp Verde. Kein Auto hat uns vom Flughafen aus verfolgt.«

»Passen Sie auf sich auf, mein Freund«, sagte Niall. »Eine zweite Leiche, und dann mit Ihrem Namen drauf, will ich wirklich nicht.«

»Ich bin gerührt. Schaut sich Ian in dem Haus in der Oasis Lane um?«

»War schon dort, alles erledigt. Keiner zu Hause. Er hat alles gründlich durchsucht. Nichts, nur Anzeichen dafür, dass sie in großer Eile verschwand.«

»Sonst irgendwas?«

»Cesar Firenze Marquez alias Socks ist der Aufmacher aller Nachrichtensendungen im Land. Die Fernsehleute sind besonders stolz auf ihr Bildmaterial.«

»Was meinen Sie, warum ich wohl die Kopien habe machen lassen?«, fragte Shane. »Die Fernsehleute würden auch aus einer toten Kuh einen Aufhänger machen, wenn sie gutes Bildmaterial davon hätten.«

Niall lachte. »Die Polizei bekommt eine Menge Hinweise von Leuten, die behaupten, Socks gesehen zu haben. Sollte der Bursche noch in der Stadt sein, muss er sich ganz klein machen, um keine Aufmerksamkeit zu erregen.«

»Was lässt die Polizei offiziell zu Clines Tod verlauten?«

»Offiziell verfolgen sie alle Spuren mit großer Aufmerksamkeit.«

»Und inoffiziell?«

»Sie würden einen Dreck tun, wenn nicht ein Fernsehteam da gewesen wäre, das die Leiche gefilmt hat«, gab Niall zurück. »Cline war bei der Polizei nicht gerade auf der Top-Ten-Liste der meistgeliebten Personen.«

»Soll ich Ihnen das Flugzeug nach Vegas zurückschicken?«

»Nein. Dana will in diesem Fall für einen möglichst schnellen und ungehinderten Ablauf sorgen. Einen Piloten und ein Flugzeug auf Abruf zu haben ist schon mal eine gute Voraussetzung.«

Shane brummte. »Nur gut, dass ich mir das leisten kann.«

In Nialls Antwort schwang ein Lachen mit. »Wir werden das im Gedächtnis behalten.«

Mit einem Schnipsen seines Daumens legte Shane auf. Ein weiterer Tastendruck aktivierte die Computerfunktion. Er zog einen dünnen Stift aus der Halterung seitlich am Gerät und ging daran, die neuesten Informationen durchzusehen, die *Rarities* durch Factoid an ihn weiterleitete.

»Ich wusste nicht, dass du eine Allergie gegen Goldrute hast«, meinte er nach einem Moment der Stille.

Risa warf ihm einen wütenden Seitenblick zu.

Er grinste. »Und gegen Muscheln.«

Sie trat das Gaspedal durch, um einen nagelneuen Geländewagen zu überholen, dessen Lenker sich über die Ausmaße des metallenen Monsters nicht ganz im Klaren schien.

»Du musst dringend deine Tetanusimpfung auffrischen lassen«, setzte Shane fort, als er all die vertraulichen Unterlagen durchblätterte, an die Factoid irgendwie gelangt war.

»Wenn du jetzt auch noch meine jährlichen Kontrolluntersuchungen beim Frauenarzt durchliest, darfst du alleine zum Flugzeug zurückhumpeln.«

Lachend strich Shane mit seinen Fingerspitzen über Risas Wange und fuhr über ihre Mundwinkel. »Deine Zähne sind ebenfalls in gutem Zustand.«

Sie zeigte ihm ihr perfektes Gebiss und nagte an einer Fingerspitze, die versuchte, sich in ihren lächelnden Mund zu bohren. Shane kämmte mit seinen Fingern durch ihr kurzes Haar, in sicherer Entfernung von ihren Zähnen.

»Du lenkst die Fahrerin ab«, bemerkte sie.

Er streichelte sanft ihr Ohr und spürte ihr leichtes Zittern.

»Lenkst sie *sehr* ab«, fügte sie hinzu.

Zögernd wandte er seine Aufmerksamkeit wieder dem Computer zu. Still sah er die Dateien durch, während die bunten Lichter der Stadt an der Windschutzscheibe vorüberglitten und helle Reflexe auf dem kleinen Monitor hinterließen. Er spürte die gespannten Blicke, die Risa ihm zuwarf, aber sie unterbrach ihn nicht mit Fragen, ehe er nicht die Möglichkeit hatte, die Antworten herauszufinden.

Die bunten Lichter endeten, als sich der Highway durch ein Waldgebiet wand. Ein bleicher roter Streifen hing genau über dem westlichen Horizont, ein stilles Testament der nachlassenden Kraft der Sonne. Der abnehmende Mond stand weiß leuchtend am schwarzblauen Himmel. Sterne glimmten, aber nur dort, wo sich die Nacht außerhalb der Reichweite von Sonne oder Mond befand.

Auf beiden Seiten des Wagens glitt das Dorf Oak Creek vorüber in einer Kette von Lichtern entlang des Highways. Jenseits der Lichter lag die Nacht schwarz und geduldig, so geduldig, wie die Nacht immer ist. Bald herrschte vollkommene Dunkelheit, von den Scheinwerferstrahlen der Autos abgesehen, die über den schwarzen Asphalt wischten.

Risa folgte dem Schild zur Fernstraße und spielte mit dem Gaspedal, um sich der erlaubten Geschwindigkeit der Arizona-Schnellstraßen anzupassen – achtzig Meilen pro Stunde auf der rechten, langsamen Fahrspur. Als sie das Fenster ein wenig öffnete, umströmte sie die Luft kalt und rein wie ein Hochgebirgsfluss. Sie sog sie ein, besser als Wasser, lebendiger.

»Möchtest du, dass ich fahre?«, fragte Shane, ohne den Blick vom Monitor zu wenden.

»Es geht noch gut. Ich wollte nur wissen, ob die Luft hier so sauber ist, wie sie aussieht. Sie ist es.«

»O ja. Ich habe ganz vergessen, wie wunderbar die Wüstenlandschaft mit ihren roten Felsen sein kann.«

»Ich bin heute das erste Mal hier, also gibt es nichts, was ich vergessen oder erinnern kann.«

Er blickte vom Computer auf. In dem vom Armaturenbrett reflektierten Licht waren ihre Augen so leuchtend, geheimnisvoll und wunderschön, dass sich sein Herz zusammenzog. »Du kommst nicht oft genug nach draußen.«

»Ich arbeite für einen Sklaventreiber.«

»Erinnere mich dran, ihm eins überzuziehen.«

»Wie wär's, wenn ich das selbst übernehme?«

Shane grinste. »Du verwechselst mich sicher mit meinem dämlichen Zwillingsbruder.«

»Ich würde dich nie für dämlich halten, abgesehen davon, dass man dir die Million schon von ferne ansieht.«

»Liebling, ich bin mehr wert als eine Million.«

Er machte ein Gesicht, als erwarte er von Risa eine entsprechend vernichtende Antwort. Risa öffnete auch gerade den Mund, um seiner Erwartung zu entsprechen, als ihre Aufmerksamkeit von einem überholenden Wagen abgelenkt wurde, der so schnell fuhr, dass es schien, als stünde sie mit dem Fuß auf der Bremse.

»Idiot«, murmelte sie. »Denkt wohl, seine Karre sei ein Düsenjäger?«

Das massige Wohnmobil schwankte, als sein Fahrer es wieder auf die rechte Spur lenkte.

»Kann nur hoffen, die Reifen entsprechen den Ambitionen dieses Rennfahrers«, meinte Shane.

»Ist mir egal, solange er seinen Wagen weit genug weg von mir in die Landschaft setzt.«

Shane bemerkte ihre ständigen Blicke in den Rückspiegel und die Seitenspiegel. »Folgt uns jemand?«

»Wenn, dann sind sie so weit hinten, dass ich ihre Lichter nicht von denen anderer Autos unterscheiden kann.«

Das Schild mit der Aufschrift Camp Verde tauchte aus der Nacht auf. Risa hielt sich nicht mit dem Blinker auf. Sie zog einfach rasch in die Ausfahrt in der Hoffnung, irgendwelche Verfolger damit auszutricksen. Direkt nach dem Stoppschild am Ende der Ausfahrt lenkte sie den Wagen an den Rand, schaltete die Lichter aus und beobachtete die Rückspiegel.

Keiner fuhr nach Camp Verde ab. Keiner fuhr an ihnen vorbei.

Keiner interessierte sich für sie.

»Willst du ein bisschen rumknutschen?«, fragte Shane.

»Klar. Du ziehst dich zuerst aus.«

Er lachte laut auf und dachte, wie gut er sich doch mit ihr verstand und wie richtig es sich anfühlte, sie an seiner Seite zu haben. »Wegen dir würde ich mir wünschen, ich wäre gut in solchen Zweiergeschichten.«

»Soll ich dir jetzt sagen, dass du mehr als gut bist bei der Zweiergeschichte?«

»Ich meine nicht Sex. Beziehungen.«

»Oh. Das. In der Angelegenheit hab ich bisher auch keine großen Erfolge aufzuweisen. Männer scheinen mich immer nur einzuschränken, statt meine Möglichkeiten zu erweitern.« Sie warf einen Blick in den Rückspiegel. »Schätze, ich mache dasselbe mit ihnen.«

»Bis jetzt bist du immer zu schnell davongelaufen, um irgendetwas einzuschränken.«

Sie schaute ihn ungläubig an. »Was sagst du da? Ich hab auf dir rumgetrampelt und dich vor den Kopf gestoßen.«

»Bist du sicher? Ich dachte immer, ich hätte dich in die Ecke getrieben und dich bedrängt.«

Sie versuchte, nicht zu grinsen, gab dann auf und lachte laut auf. »Da war jedenfalls ... etwas. Jedes Mal. Immer.«

Shanes Lider schlossen sich halb, seine Augen leuchteten.

Erinnerungsfunken zuckten heiß durch Risas Körpermitte. Sie wäre am liebsten auf Shanes Schoß gekrochen und hätte angefangen, ihn abzulecken, um festzustellen, ob er so gut schmeckte, wie sie es in Erinnerung hatte. Heftig stieß sie die Luft aus und startete den Pick-up, bevor ihr Verlangen übermächtig wurde.

»Bist du sicher?«, fragte er heiser und sah auf ihren sinnlichen Mund.

Sie stöhnte auf. »Hegst du den geheimen Wunsch, wegen anstößigen und zügellosen Benehmens in der Öffentlichkeit festgenommen zu werden?«

»Bisher nicht. Erst, als ich dich kennenlernte.«

»Shane.«

»Was?«

»Hör auf!«

Er lachte immer noch, als sie abbog.

Das *Cedars Motel* lag abseits der Hauptstraße und sah älter aus als die Felsen, die gegen den Sternenhimmel ragten. Ein müdes Neonlicht blinkte vor sich hin und bot Zimmer für die Nacht, die Woche oder den Monat an. Obwohl darunter »Zimmer frei« stand, war das Büro nicht besetzt. Es sah so aus, als wäre es schon lange nicht mehr besetzt gewesen. Ein handgeschriebener Zettel innen im Fenster teilte jedem, der wirklich ein Zimmer haben wollte, mit, dass er eine hiesige Nummer anrufen und nachfragen sollte.

Es gab zwölf Einheiten und zwei Autos. Beide Wagen standen exakt auf ihrer Hälfte der mit Schotter bedeckten Doppelparkplätze, als fürchteten sie, der andere könnte ansteckend sein. In zwei Einheiten war dünner Lichtschein hinter den sorgfältig zugezogenen Vorhängen zu sehen.

»Einladender Ort«, meinte Shane.

»Bist du sicher, dass wir hier richtig sind?«

»Die Rufnummernsuche hat zu Cherelles Telefonnummer diese Adresse genannt. Und der Routenplaner aus dem Netz hat uns direkt hierher geführt.«

»Ich dachte immer, nur die Polizei und Notfalldienste hätten Zugang zur Rufnummernsuche.«

»Da hast du falsch gedacht.«

Risa trommelte mit ihren Fingern leicht auf das Steuerrad. »Welche Einheit?«

»Die Glückszahl sieben.«

Sie verzog das Gesicht. Wenn die Einheit Nummer sieben Glück repräsentierte, würde sie doch lieber bei harter Arbeit bleiben. »Kein Auto. Kein Licht.«

»Kein Schlüssel.«

»Kein Problem.«

Shanes Augenbrauen hoben sich. »Schlägt meine korrekte, stockkonservative Kuratorin gerade einen netten kleinen Einbruch vor?«

»Nicht nötig. Cherelle versteckte immer irgendwo Schlüssel. Wenn sie dann mal einen verschlampte – und das kam ständig vor –, konnte sie immer noch reinkommen, ohne ein Fenster einschlagen zu müssen.«

»Verdammt. Ich wollte dich so gerne mit meiner Einbruchstechnik schockieren. Es macht mich ganz scharf, wenn du so förmlich wirst.«

Sie wollte erst fragen, ob er sich wirklich auf diese Weise Eintritt hatte verschaffen wollen. Dann entschloss sie sich, es lieber nicht wissen zu wollen. »Das Förmliche macht dich also an, eh?«, fragte sie stattdessen.

»Aber immer.«

Sie rollte mit den Augen und stieg aus, um nach möglichen Verstecken für einen Schlüssel zu suchen. Sie brauchte ungefähr zwanzig Sekunden, bis sie den Schlüssel unter einer zerbrochenen Betonplatte fand, die zu dem dürftigen Weg vom Parkplatz zum Eingang der Einheit Nummer sieben gehörte.

Shane nahm ihr den Schlüssel ab. »Ich gehe zuerst rein.«

»Warum? Denkst du, sie ist ...«

Er beugte sich zu ihr herab und verschloss ihr den Mund mit einem schnellen, festen Kuss. »Ich denke, ich bin einfach größer als du, das ist alles. Warte bitte hier, bis ich dir ein Zeichen gebe, okay?«

»Nein.« Sie rieb sich die Arme wegen der beißenden nächtlichen Kälte. »Aber ich mache es trotzdem. Diesmal.«

Der Schlüssel war dreckverkrustet, schloss aber einwandfrei.

Shane trat in den dunklen Raum und atmete vorsichtig die Luft ein. Schaler Rauch. Irgendetwas Bitteres. Staub. Ungewaschene Kleidung.

Alte Gerüche, keine neuen. Kein Gestank.

Kein Tod.

»Shane?«, fragte Risa leise.

»So weit, so gut. Schließ die Tür hinter dir.«

Das Erste, was sie sahen, war eine alte Holzkiste. Shane ging daneben in die Hocke und fing an, sich die Adressen einzuprägen.

47

Las Vegas
4. November
Abends

Cherelle steckte noch einen Vierteldollar in den Spielautomaten und drückte auf den Knopf. Räder drehten sich, Farben leuchteten auf, und ihr Vierteldollar verschwand auf Nimmerwiedersehen.

»Scheiße.«

»Heute nicht Ihr Glückstag?«

Der Mann, der sie angesprochen hatte, saß zwei Automaten weiter und hatte dem Aussehen nach die sechzig längst hinter sich gelassen. Rauch quoll aus der Zigarette, die ihm im grinsenden Mundwinkel hing, während er sie von oben bis unten musterte, als wüsste er ihren Preis bereits bis auf den Dollar genau. Seine Whiskeystimme kratzte wie Sandpapier auf Zement.

Wenn du Arsch bloß wüsstest, wie viel das Zeug wert ist, das ich bei mir habe, dachte sie wütend.

Aber all das viele Gold würde ihr kein Zimmer für die Nacht verschaffen, es sei denn, es war eine Gefängniszelle. Sie konnte also entweder im Auto schlafen oder mit dem Alten in die Geschäftsbeziehung eintreten, die er ihr wahrscheinlich gleich vorschlagen würde.

Noch nicht, verdammt noch mal. Nicht, bevor ich nicht total abgebrannt bin.

Sie steckte noch einen Vierteldollar in den Automaten, dann noch einen. Die Maschine ratterte verheißungsvoll und spuckte einen netten Haufen Münzen aus. Es war nicht der klingelnde große Hauptgewinn, aber genug für einen sicheren Platz zum Übernachten und vielleicht noch ein paar Bier. Sie stopfte die Münzen in die Plastikröhre und eilte zur Kasse, ohne einen Blick zurück auf den Sandpapiermann zu werfen, um festzustellen, ob er enttäuscht oder erleichtert war.

Zehn Minuten später hatte sie sich in einem der billigen Motels entlang des Highways eingemietet, der von der Fernstraße in das Gewühl der Innenstadt von Vegas führte. Sie zog Risas Rollkoffer in das Zimmer, verschloss die Tür und stellte den Fernseher an. Der einzige Kanal, der sich empfangen ließ, war der Nachrichtensender. Mit einem Laut der Empörung warf sie die Fernbedienung aufs Bett und machte sich am Reißverschluss des Koffers zu schaffen. Sie ließ den Ton an, weil sie vom Alleinsein genug hatte. Die Unterhaltung mit dem Apparat war zwar etwas einseitig, dafür war er intelligenter als die meisten Leute, die Cherelle traf.

»*Es ist bereits der zweite Mord an einem Besitzer eines kleinen Ladens innerhalb der letzten beiden Tage*«, sagte eine ernste weibliche Nachrichtensprecherin. »*Die Polizei bittet alle Personen, die in der fraglichen Zeit in der Gegend waren und etwas Verdächtiges beobachtet haben, um Auskunft unter der Nummer, die unten am Bildschirm eingeblendet ist.*«

»O ja, das ist wahnsinnig hilfreich«, sagte Cherelle. »Jede alte Schachtel, die ohne Lupe nicht mal ihren eigenen dünnen Arsch findet, guckt jetzt angestrengt aus dem Fenster und sieht einen Mörder. Himmel – jede Minute wird einer geboren.«

Aus den Augenwinkeln verfolgte sie das Geschehen auf dem Bildschirm. Eine Gegend von Vegas wurde jetzt gezeigt, die ihr bekannt vorkam. Stirnrunzelnd drehte sie sich um und blickte auf den Fernseher.

»Hey, das ist ja ganz nah bei Tims Haus.«

Der Nachrichtensender zeigte die Einspielung mit dem Reporter, der einen Detective interviewte, während eine Bahre im Hintergrund durchs Bild ratterte, auf der ein Leichensack festgezurrt war. Derselbe Clip lief seit gestern jede halbe Stunde.

Cherelle biss sich auf die Lippen. Sie hatte das unangenehme Gefühl, gerade die Überreste von Socks' Hehler gesehen zu haben. Sie drehte den Ton lauter. Socks wurde nicht erwähnt, aber es war von einer zweiten Blutlache auf dem Boden die Rede.

»O nein! Oh, Mist! Ist das Tim passiert?«

Sie hörte weiter zu. Aber dem Detective zufolge wusste die Polizei nichts.

Die feierliche Stimme der Nachrichtensprecherin ging weiter, sobald die Einspielung vorüber war. »*Inzwischen hat die Polizei eine Blutspur gefunden, die die Gasse entlang und über die Straße führt. Danach verschwindet die Spur. Von den örtlichen Krankenhäusern sind keine Verletzungen durch Messerstiche oder Schüsse gemeldet worden. Keiner der Anwohner war in der Lage, der Polizei zu helfen.*«

»Tja, ist es nicht ein Jammer, dass niemand den Bullen helfen will, ihren Job zu machen?«, grinste Cherelle.

Sie klappte den Kofferdeckel auf und zögerte. Eigentlich würde sie das Gold gerne auspacken und anfassen, um sicher zu sein, dass auch alles noch da war, und zu wissen, dass ihre Träume bald alle in Erfüllung gehen würden.

Aber gleichzeitig empfand sie beklemmende Angst, wenn sie daran dachte, auch nur eines der Stücke zu berühren.

»Das Gold macht mir Angst«, sagte sie ernst, an den Fernseher gewandt.

Der Fernseher versuchte, ihr Anteile an einer Ferienwohnung auf Hawaii zu verkaufen.

Cherelle sprach weiter. »Ich bin froh, wenn ich das erst mal alles los bin. Tatsache. Ich muss jetzt nur rauskriegen, wie ich das Zeug verkaufen kann, ohne dass es die Bullen merken. Oder Socks. Der Kerl hat so etwas Übles an sich, dagegen ist eine Giftschlange geradezu kuschelig.«

»Die Kriminalität in Las Vegas steigt sprunghaft an. Ein bewaffneter Gangster nahm heute Morgen im Golden Fleece *eine Geisel.«*

Als das bekannte Casino erwähnt wurde, fuhr Cherelle herum und starrte auf den Bildschirm. Ihre Kinnlade fiel herab, als sie Risa sah, die durch Reihen von Spielautomaten rannte, den Rock bis zum Po hochgeschoben; ihre langen Beine blitzten, als sie sich duckte, schnell drehte, über Tische sprang und rollte, wobei die Chips und die Gäste in alle Richtungen wegspritzten.

»O Gott«, stammelte Cherelle. »Was …«

Nun kam Socks ins Bild, mit regungslosen Augen, seine Hand ruhig, als er versuchte, Risa zu treffen. Der Gegensatz zwischen seiner tödlichen Absicht und dem fröhlichen Hawaiihemd, das er am Leib hatte, war geradezu schockierend.

»Den Vorschriften des Managements entsprechend, eröffneten die Casinowächter nicht das Feuer auf den Mann, um Unbeteiligte nicht in Gefahr zu bringen. Der Bewaffnete floh durch die Eingangstür und verschwand in der Menge.«

Ein Standbild von Socks in Großaufnahme erschien auf dem Schirm. Seine Augen waren zusammengekniffen, seine Lippen dünn vor Anspannung, seine Zähne gefletscht.

»Ja, genau, das ist Socks. Huuuuui! Er dreht hier 'ne ziemlich üble Nummer.« Cherelle grinste und bewegte ihre rechte Hand katzengleich. »Aber sein Schwanz tut ihm noch weh.«

»Für jeden, der Informationen liefern kann, die zur Verhaftung und Verurteilung dieses Mannes führen, hat das Golden Fleece *eine Belohung von fünfzehntausend Dollar ausgesetzt. Rufen Sie unter der Telefonnummer an, die unten eingeblendet wird, wenn Sie Informationen geben können.«*

»Demnächst werden sich im Blue Mare *viele Menschen zum Nikolaus-Bikini-Wettbewerb versammeln. Sollten Sie einen korpulenten«* – Kicherlaute vom Off – *»netten alten Gentleman kennen, der sich hier bewerben möchte, so ist noch Zeit dafür.«*

Cherelle hörte kaum mehr zu. Sie starrte immer noch auf die Nummer, die am unteren Bildschirmrand angezeigt wurde. Sie konnte die Belohnung nicht kassieren, aber sie wollte die Gelegenheit nicht versäumen, Socks die Bullen auf den Hals zu hetzen. Solange er noch draußen herumlief, musste sie sich gut verstecken. Aber sie wollte sich nicht verstecken. Sie wollte das Gold verkaufen und mit dem Erlös für den Rest ihres Lebens wie der Hollywoodstar leben, der sie eigentlich sein sollte.

Dafür konnte sie noch ein bisschen warten, bis sie Socks geschnappt hatten.

Lächelnd und mit einer Handvoll Münzen klimpernd ging sie hinunter zu dem Münztelefon neben dem Cola-Automaten. Kurz darauf erzählte sie einem Anrufbeantworter alles über Fabrikat, Modell und Nummernschild von Socks' schreiend lia Baby.

Eine Telefonnummer hinterließ sie nicht.

48

Las Vegas
4. November
Abends

Miranda sah aus rot geränderten Augen dem Pfleger zu, der das Notfallgerät aus Tims Zimmer rollte. Es hatte nicht geholfen. Nichts hatte geholfen.

Tim, Licht und Freude ihres Lebens, war tot.

Sie fühlte sich sehr alt und zerbrechlich, als sie zum Telefonhörer griff, eine Nummer eintippte und wartete. Sehr schnell hörte sie die vertraute Stimme.

»Er ist tot«, sagte sie. »Es gibt nur noch eins, worum ich dich bitte. Du machst mit Socks dasselbe, was Socks mit ihm gemacht hat. Ich meine es ernst. Hast du verstanden?«

Es gefiel ihm nicht, aber er verstand. Er hatte sowieso vor, das zu tun. Er wollte nur nicht gedrängt werden. Da passierten nur zu viele Fehler.

»Ich verstehe«, sagte er. »Gehst du nach Hause?«

»Ich habe kein Zuhause mehr. Timmy ist tot. Verstehst du das nicht? *Er ist tot.*«

»Ein Wagen kommt, um dich abzuholen. Er bringt dich woanders hin. Bleib dort.«

Bevor Miranda zustimmen oder ablehnen konnte, hatte er aufgelegt.

49

Sedona
4. November
Nachts

Shane übersah den Briefkasten beim ersten Mal. Es war allerdings leicht, ihn zu verfehlen, denn die »Straße«, die in Richtung der Berge und Felsen führte, bestand nur aus Dreck, Steinen und Unkraut.

»Vielleicht war ja die letzte Adresse auf der Kistc falsch«, sagte Risa, als sie vom Weg in die »Auffahrt« zum Haus von Virgil O'Connor abbogen.

»Hast du eine bessere Idee, wo wir suchen könnten?«

»Nein.« Sie hatten in der Bruchbude, die Cherelles letzte Adresse war, nichts Brauchbares gefunden.

Maulbeerbäume mit blasser Rinde wiegten ihre Zweige und schimmerten wie Gespenster im Mondlicht. Risa hatte mehr Zeit, die schaurige Schönheit der Bäume zu bewundern, als ihr lieb war, denn Shane manövrierte den geliehenen Pick-up über den aus Schlaglöchern bestehenden Weg. Sie zuckte zusammen, als ein großer Stein auftauchte und den rechten vorderen Reifen attackierte.

»Bist du sicher, dass du mich nicht fahren lassen willst?«, fragte sie.

»Meinst du, du könntest es besser?«

Sie wollte die Frage gerade bejahen, verschluckte es aber, als sie den Felsvorsprung sah, den er durch das Ausweichmanöver nach rechts vermieden hatte. »Nein, aber dann könnte ich mich am Steuerrad festhalten.«

Shane grinste wie ein Gangster.

Sie warf einen prüfenden Blick über die Schulter – Sterne, Mond, keine Scheinwerfer – und sagte: »Du genießt das hier, gib's zu.«

Es klang eher anklagend als fragend, aber er antwortete trotzdem. »Und wie. Ich habe ganz vergessen, wie sehr ich das Hinterland liebe.«

»Hört sich an wie jemand, der noch nie in Hintertupfingen gelebt hat.«

»Ich dachte, du kommst aus Arkansas.«

»Ist dasselbe.«

»Hey, ich weiß zufällig ein paar schöne Gegenden in …«

»Hab ich nie gesehen«, unterbrach sie ihn. Dann stieß sie heftig den Atem aus. »Oh, zum Teufel. Du hast ja recht. Auf dem Land ist es wunderschön, alles flimmert von der Hitze und ist voller Geheimnisse. Es war mein Leben, das so öde war.«

»Ja. Ist doch seltsam, wie einem das die schönsten Orte verleiden kann.« Er warf einen prüfenden Blick in den Rückspiegel und die Seitenspiegel. Nichts als schwarze Nacht. »Mich müsste man fesseln, knebeln und betäuben, um mich zurück nach Renton zu bringen.«

»Wo ist das?«

»Washington – Staat, nicht D.C. Liegt zwischen dem Großraum Seattle und den weglosen Cascades. Viel Grün dort, weil es viel regnet.«

»Da bist du wirklich gründlich weggekommen.«

»Was meinst du damit?«

»Grün und Regen sind die letzten Wörter, an die ich denken würde, wenn ich an Las Vegas in Nevada denke.«

»Liebe auf den ersten Blick«, stimmte er zu. »Und wie bist du dorthin gekommen?«

»Dasselbe. Die große Entfernung. Die Weite. Die Leere. War mir völlig fremd, und ich hab es sofort ins Herz geschlossen. Pass auf!«

Shane riss das Steuer herum, um das Stinktier nicht zu

überfahren, das über den Weg lief, und fluchte, als etwas am Fahrgestell über einen Felsen schrammte.

»Wow«, sagte Risa und fächerte sich mit der Hand Luft zu. »Ich habe ganz vergessen, wie diese Viecher stinken. Hast du das auch vermisst?«

Er blickte in den Rückspiegel und sah den schwarz-silbernen Schatten zum Bach huschen.

»Ja.« Wieder hatte der Fahrzeugboden Kontakt zum Untergrund, als sie durch eine Kombination von Schlagloch und tiefer Wagenspur fuhren. Er fluchte erneut. »Kannst du mir verraten, was das für einen Sinn haben soll, einen Vierradantrieb in einen kleinen Pick-up einzubauen, der dieselbe Bodenfreiheit hat wie ein durchschnittlicher Minivan?«

»Oh, lass mich nachdenken«, meinte sie. »Ich vermute, Minivans haben einen niedrigen Schwanz-Quotienten.«

»Hab das noch nie so betrachtet.«

»Du bist ja auch ein Mann«, sagte sie und drehte sich um für einen weiteren Check.

»Das hast du also gemerkt.«

»O ja. Ja, das hab ich.«

Ihr Lächeln ließ Shane wünschen, sie befänden sich auf diesem Holperpfad einzig aus dem Grund, um ein stilles Plätzchen zu finden, auf dem sie zur Sache kommen und die Fenster zum Beschlagen bringen konnten. Aber es war nicht so.

»Siehst du etwas?«, fragte er.

»Sterne, Mond, schwarze Felsen, Maulbeerbäume wie Gespenster ...«

»Und dich kribbelt es im Nacken«, ergänzte er.

»Und mich kribbelt es im Nacken«, stimmte sie zu. »Und wie ist es mit dir?«

»Brennt höllisch.«

»Zum Teufel. Dann nimm mal deinen ganzen Schwanzquotienten zusammen und erzähl mir, wie es mit meinen Hormonen oder so aussieht.«

»Ich entscheide mich für ›oder so‹.«

»Ich sehe dahinten wirklich nichts außer ganz viel nichts.« Sie gab es auf und setzte sich schräg auf ihren Platz, um die Ausschau nach hinten leichter zu machen. »Aber der Mond ist hell genug, dass man auch ohne Scheinwerfer fahren kann.«

»Soll das ein Vorschlag sein?«

»Nein. Ich habe mit dieser Sorte nächtlichem Fangenspiel aufgehört, als ich fünfzehn war.«

»Was war das für ein Spiel?«

»Ein Spiel, bei dem die Lichter am Wagen aus sind und du mit den anderen auf den Landstraßen Boxauto spielst, bis du der letzte Idiot auf der Straße bist.«

Shane ließ einen kurzen Pfiff hören. »Klingt lustig. Warum hast du damit aufgehört?«

Risa wollte der Frage erst ausweichen, ging dann aber doch darauf ein. »Weil der Kerl am Steuer an den Straßenrand gefahren ist und versucht hat, mich zu vergewaltigen. Das hätte er wahrscheinlich auch geschafft, wenn nicht Cherelle vom Rücksitz über ihn gekommen wäre und ihm die Knie in die Eier gerammt hätte. Dabei hat sie geschrien, dass er nicht meinen solle, weil sie selbst es für Geld mache, würde ihre Freundin es umsonst tun.«

Shanes Hände umklammerten das Lenkrad, bis seine Knöchel ganz weiß wurden. »Dafür bin ich ihr was schuldig.«

»Ich denke, zehntausend Dollar sind eine adäquate Vergütung«, meinte Risa trocken. »Kurz darauf verließ Cherelle die Stadt mit einem Arzneimittelvertreter. Er verkaufte offensichtlich alle Arten von Drogen, aber sie ist nicht deswegen mit ihm fort. Der Junge, dem sie eins verpasst hatte, war der Sohn des Bezirkssheriffs. Wenn das nicht passiert wäre, wäre sie vielleicht vernünftig geworden, und …« Risas Stimme erstarb.

Eine Weile hörte man nur das Poltern und Knirschen der Reifen auf der unbefestigten, holperigen Straße.

»Machst du dich wirklich für die Entscheidungen verantwortlich, die Cherelle heute für sich trifft?«, fragte Shane schließlich.

»Mein Verstand nicht. Meine Gefühle ...« Risa zuckte ratlos mit den Schultern und versuchte zu erklären, worüber sie selten nachdachte. »Sie war für mich Mutter, Schwester und Freundin in einem.«

»Ist sie immer noch das gleiche Mädchen, das du vor fünfzehn Jahren gekannt hast?«, fragte er.

Risa wollte Ja sagen. Aber sie konnte es nicht. »Manchmal. Nur manchmal.«

»Das sind die Zeiten, die wirklich wehtun.«

Sie schloss ihre Augen für einen Augenblick. »Woher weißt du das?«

»Ich habe meinen Teil an fünfzehn Jahre altem Bedauern. Aber es ändert kein verdammtes bisschen was an der Welt von heute.«

»Dein Vater?«

»Und meine Mutter. Ich wollte, dass sie mich lieben, so wie ich sie liebte. Aber bei meinem Vater habe ich aufgegeben, als ich noch keine zehn war. Es hat viel länger gedauert, bis ich erkannte, was meine Mutter für mich war und was nicht.«

Sogar jetzt noch hatte Shane Mühe, darüber zu sprechen und darüber nachzudenken. Bis vor wenigen Jahren hatte er seinen Vater für alles verantwortlich gemacht, mit der pauschalen Verachtung, die der Hilflosigkeit und Wut des kleinen Jungen entsprungen war. »Sie hat mich nie vor ihm in Schutz genommen, selbst dann nicht, als ich noch zu klein war, um es selbst zu tun. Gerade dann. Sie hat immer nur die Hände gerungen und Napfkuchen gebacken. Herrje. Bis heute kann ich Napfkuchen nicht ausstehen.«

Risa bedauerte den Jungen, der er gewesen war. »Hat dein Vater dich geschlagen?«

»So primitiv war er nicht. Der verdammte Merit ist kein primitiver Mann. Er hat mir systematisch alles Selbstbewusstsein genommen, Stück für Stück. War nicht gegen mich gerichtet. Das macht er mit jedem Menschen, der lange genug um ihn herum ist.«

Risa stieß einen langen Atemzug aus. »Und ich dachte, er hätte bloß eine schlechte Presse.«

Shane lächelte. »Der Mann gibt jedes Jahr mehr als zwei Milliarden Dollar für verschiedene zu Tränen rührende Zwecke aus. Das hat seine Presse erheblich verbessert. Es war die Idee meiner Mutter, nebenbei gesagt. Es hat ihr nicht gefallen, dass ihr Mann den Ruf des größten Scheißkerls seit Nero hatte.«

»Was sind wir doch für ein Paar«, meinte Risa. »Ich habe mir immer eine Familie gewünscht, und du wolltest deine so schnell wie möglich loswerden.«

»Ich habe dir gesagt, ich bin in Beziehungen nicht gut.«

»Woher willst du das wissen?«

»Das erzählt mir meine Mutter jedes Mal, wenn wir uns sehen und ich es wieder abgelehnt habe, mich mit meinem netten Alten zu versöhnen.«

»Ja, dann ist es natürlich klar. Es besteht keine Hoffnung mehr für dich. Deine Mutter muss es schließlich wissen, sie ist schließlich so eine fantastische Expertin, was gesunde Beziehungen anbelangt.«

Stille. Dann ein Laut, der nicht nach einem Lachen klang. »So hab ich das noch nie betrachtet«, musste Shane zugeben.

»Auch nicht als Erwachsener?«

»Nein.«

»Wenn ich kann, vermeide ich es, Cherelle aus der erwachsenen Perspektive zu betrachten, wann immer möglich.«

Er zögerte. »Das könnte aber gefährlich sein.«

»Das habe ich gemerkt, als ich im Casino Hindernislauf geübt habe. Aber ...«

»Aber Cherelle hat trotzdem deinen Arsch gerettet, als du fünfzehn warst.«

»Ja.«

Shane konnte sich das alles nur zu gut vorstellen, inklusive des Teils, über den Risa nicht so gerne sprach. »Hast du dir jemals überlegt, dass es vielleicht nie nötig geworden wäre, deinen Arsch zu retten, wenn Cherelle nicht auf dem Hintersitz mit einem Jungen rumgevögelt hätte, während der Sohn des Sheriffs mit dem Auto durch die Nacht gebrettert ist, Bier getrunken hat und all dem Gestöhne von hinten zuhören musste?«

Risa antwortete nicht, was Shane so auffasste, dass sie seiner Annahme zustimmte.

»Eines Tages«, sagte er, »kannst du es vielleicht so sehen, dass Cherelle und du einen ganz unterschiedlichen Lebenslauf genommen habt, weil ihr vom gleichen Ort mit ganz unterschiedlichen Voraussetzungen gestartet seid.«

»Dann bleibt mir von meiner Kindheit nichts als nur Lügen.«

»Nein, du kannst als Erwachsene die Erinnerungen eines Kindes mit dir tragen. Das ist nicht das Gleiche. Die Liebe zu deiner Freundin war echt.«

»Und deine Liebe zu deiner Mutter und deinem Vater?«, fragte Risa herausfordernd.

»Genauso. Verdammt, irgendwie liebe ich sie immer noch. Ich kann es nur nicht akzeptieren, dass sie es nicht wert sind.«

Risa dachte immer noch darüber nach, als der Weg eine Linkskurve machte und in dem staubigen Hof vor einem mit Schindeln bedeckten Häuschen endete.

50

Las Vegas
4. November
Nachts

John Firenze saß in seinem funkelnden Privatbüro und hatte Mordgelüste. Nicht im Allgemeinen, nein, sie galten einer ganz bestimmten Person. Seinem dreimal verfluchten Neffen Cesar, dessen dreimal verfluchte Fratze auf jedem Fernseher von Las Vegas zu sehen war.

Es war nur eine Frage der Zeit, bis irgendjemand Cesar erkennen und ihn an die Polizei verraten würde. Dann würde Firenze vor dem Nevada Gaming Control Board erscheinen und Fragen beantworten müssen.

Er würde wohl seine Zuwendungen an sämtliche beteiligten Politiker erhöhen müssen, bevor sich diese blöde Angelegenheit beruhigte.

Die Sprechanlage summte, seine Chefsekretärin war also noch im Dienst. Er näherte sich mit der Hand dem Hörer, wie er sich einer aufgerollten Klapperschlange nähern würde. »Ja?«

»Ihr Neffe rief von einem Münztelefon aus an.« Ihre Stimme klang ruhig, kultiviert und feminin.

»Haben Sie ihm gesagt, er soll sich der Polizei stellen?«, fragte Firenze.

»Wie Sie gewünscht hatten, ja, das habe ich.«

»Und?«

»Er hat das abgelehnt. Sehr energisch.«

Firenze konnte sich das gut vorstellen. Selbst wenn es ihm gut ging, hatte Socks ein grobes, bösartiges Naturell. Und im

Moment ging es ihm nicht gut. Firenze schloss die Augen und versuchte, einen Ausweg zu finden. Aber es gab keinen.

»Verbinden Sie mich mit der Polizei«, sagte er.

»Ja, Sir. Es tut mir leid, Sir.«

»Mir auch. Gut, dass seine Mutter nicht mehr am Leben ist.«

»Ja, Sir.«

Ungeduldig wartete Firenze, bis er zu dem Verantwortlichen durchgestellt wurde, der die Hinweise auf den »Hawaii-Schützen«, wie der örtliche Sender von Vegas ihn genannt hatte, sammelte. Es war außerordentlich wichtig, dass Firenze als Casinobesitzer nach außen mit der Polizei zusammenarbeitete.

Nicht dass er dachte, die Polizei hätte große Chancen, Socks schon sehr bald aufzuspüren. Sogar sein dreimal verfluchter Neffe besaß genug Verstand, sich mit dem Geld, das sein Onkel ihm geschickt hatte, für eine Weile auf dem Hausboot auf dem Lake Mead einzurichten, bis sie ihm einen neuen Pass besorgt hatten und ihn zu irgendwelchen entfernten Cousins nach Italien verfrachten konnten. Dort konnte er dann bleiben, bis sein Name hier wieder vergessen war.

Auch wenn Firenze diesen erbärmlichen Dreckskerl am liebsten persönlich erwürgen würde, so floss doch dasselbe Blut in ihren Adern.

51

Sedona
4. November
Nachts

Risa klopfte wieder an die Tür von Virgil O'Connors Haus, wartete wieder, klopfte wieder. Kein Licht ging an, weder innen noch außen. Kein Laut war aus dem kleinen Haus zu hören.

»Rührt sich immer noch nichts?«, fragte Shane, der hinter dem Häuschen hervorkam.

»Nein. Steht hinten ein Auto?«

»Nein, nur ein Bike.«

»Motorrad?«

»Nein, so eins zum Selbst-in-die-Pedale-Treten.« Shane rieb sich beim Sprechen unwillkürlich den Nacken.

»Kribbelt's noch?«

»Ja. Und bei dir?«

Sie zögerte. »Es erinnert mich an ...«

»Was?«

Sie schwieg, dann seufzte sie. Ihre Hände leuchteten im Mondlicht hell auf, als sie eine fahrige Geste machte, die sowohl Einwilligung als auch Ablehnung bedeuten konnte. »Wales.«

»Dein Traum?«

Sie blickte überrascht, dass er sich daran erinnerte. »Ja.«

Er wandte sich den leeren Fensterscheiben und der verschlossenen Tür von Virgils Haus zu. Das Holz hatte die Farbe der Maulbeerbaumrinde, gespenstisch. »Ist es das Haus, das dir das komische Gefühl einflößt?«

»Nein, nicht ganz. Oder besser gesagt: Nicht nur.« Risa gab einen resignierten Laut von sich. »Verdammt, ich will das alles nicht! Ich wollte es in Wales nicht, und hier will ich es auch nicht.« Sie gab einen Zischlaut von sich. »Aber es ist doch wirklich da, oder?«

»Für bestimmte Menschen.«

»Für die merkwürdigen, meinst du.« Ihre Mundwinkel zeigten unglücklich nach unten.

»Jemand, der musikalisch ist, ist für stocktaube Leute auch merkwürdig.«

»Wie ist es bei dir?«

»Ob ich stocktaub bin?«, fragte er, sie absichtlich missverstehend.

Sie wartete einfach.

»Ja«, gab er nach einer Minute des Schweigens zu. »Ich bin auch einer dieser Merkwürdigen. Nehme ich mal an.« Er zuckte mit den Schultern. »Schwer zu sagen. Alles, was ich weiß, ist, dass ich in einer Zeit und an einem Ort lebe, in der man ein Verständnis für Zahlen und die Denkmuster braucht, nach denen die Menschen leben. Die Tatsache, dass viele meiner beruflichen Entscheidungen – auch unter dem Wort Eingebung bekannt – nicht auf der Logik und Vernunft der westlichen Welt basieren, wird höflich ignoriert. Wenn man mich fragt, singe ich dasselbe Lied wie alle und rede über langfristige Trends und kurzfristige Gewinne und Marktanalysen nach der Fuzzy-Logik und all den beruhigenden Quatsch, der plausibel machen soll, warum ich reich bin und die anderen nicht.«

»Du arbeitest viel.«

»Das machen andere Leute auch.«

»Du bist intelligent.«

»Wie andere ...«

»... Leute auch«, ergänzte sie seine Antwort. »Aber du siehst Dinge, die andere hart arbeitende und intelligente Leute nicht sehen, ist es das?«

»Wenn Sehen ein anderes Wort für Träumen ist und Träumen so viel wie instinktives Wissen – ja, dann sehe ich Dinge.«

»Den Teil deiner Biografie kannte ich bisher nicht«, murmelte sie.

»Ich habe auch noch niemandem davon erzählt, nur dir. Wie vielen Leuten hast du erzählt, dass du von Vorgängen träumst, die du dem Verstand nach unmöglich wissen kannst?«

Eine Weile war es so still, dass er hören konnte, wie der nächtliche Wind von den steilen Felsen herabpfiff und über das Land wehte wie ein Atemzug der Zeit.

»Dir«, flüsterte sie. »Sonst niemand. Mir fällt es sogar schwer, es mir selbst gegenüber einzugestehen.«

»Warum?«

Sie gab einen Laut von sich, der ein Lachen oder Aufschluchzen sein konnte. »Als ich ein Kind war, dachte ich, das sei der wahre Grund dafür, warum mich meine erste Mutter im Stich gelassen hat – weil ich anders war. Und dass meine Adoptivmutter gestorben ist, als sie es herausgefunden hat.«

»Hast du das geträumt? Hast du es dadurch erfahren?«

Sie schwieg einen Moment. »Nein. Ich träume nie von mir selbst. Nur von … Dingen. Altertümern. Und nicht von allen alten Zeiten oder Altertümern. Nur von ganz speziellen. Sehr speziellen.«

»Wie in Wales.«

»Ja«, sagte sie mit einer Stimme, die so leise war wie der Wind. »Wie in Wales.«

»Ist es der Ort oder der rituelle Gebrauch der Kultgegenstände, die mit ihm verbunden sind, der dich ruft?«

»Ich weiß es nicht. Ich weiß nicht, ob man das trennen kann.« Sie rieb sich mit den Händen über die Arme und wandte sich von ihm ab. »Ich will darüber wirklich nicht länger reden. Sobald ich herausgefunden hatte, dass die meisten Menschen nicht so empfinden wie ich, habe ich alles getan, um meine Empfindungen zu ignorieren.«

»Aber sie sind dadurch nicht verschwunden, nicht wahr?«, fragte Shane.

Ärgerlich wandte sie sich ihm zu. »Was willst du von mir?«

»Das Gefühl, dass ich mit meinen Empfindungen nicht allein bin. Mein ganzes Leben lang hatte ich das Gefühl, der einzige Merkwürdige unter der ganzen großen Menschheit zu sein.«

»Okay. Also gut. Ich bin eine merkwürdige Frau. Fühlst du dich jetzt besser?«

»Klar«, grinste er. »Statistisch betrachtet sind wir jetzt bereits eine Menge, keine Singularitäten mehr, für die man keine Gesetze definieren kann.«

Sie starrte ihn verblüfft an, dann lachte sie. »Das ist wohl deine Fuzzy-Logik, nicht wahr?«

»Es hilft mir.« Er zog sie dicht an sich heran, küsste sie mit Leidenschaft und sah hinab in ihr vom Mond erleuchtetes Gesicht. »Wie du auch. Warte hier.«

Risa war immer noch damit beschäftigt, seinem Kuss nachzuspüren und seinen verwirrenden Gedankengängen zu folgen, als sie bemerkte, dass er bereits dabei war, Virgil O'Connors Eingangstür zu öffnen.

»Du kannst doch nicht einfach …«, fing sie an.

Aber er hatte es bereits getan.

»… reingehen«, vollendete sie ihren Satz.

Die Hände immer noch in der Windjacke eingewickelt, tastete Shane an der Wand entlang, bis er einen Lichtschalter fand. Gegen die weiße Kraft des Mondlichts wirkte die Sechzig-Watt Lampe in der Fassung, die an der Decke hing, wie ein runde gelbe Kerzenflamme. Es war genug, um ein Sofa mit einem Kissen und einer schäbigen Decke erkennen zu lassen sowie einen Stapel dicker Bücher, die aufgeschlagen auf einem alten Esstisch lagen. Dahinter befand sich ein dunkler Raum.

Der einzige Laut kam von kleinen nächtlichen Wesen, die durch das helle Licht gestört worden waren und jetzt auf kleinen, krallenbewehrten Füßen zurück in die Dunkelheit rannten. Die Luft roch entfernt und nur andeutungsweise nach Speisen. Das Haus hatte etwas undefinierbar Verlassenes, Leeres. Nicht die plötzliche Leere eines kürzlich erfolgten Todes, sondern ein vages Gefühl von Verlassenheit, das sich einstellt, wenn es kein menschliches Leben mehr gibt.

»Niemand zu Hause außer den Mäusen«, sagte Shane und trat ins Licht.

Risa hielt den Atem an, als sie den Widerschein von etwas Metallenem in seiner Hand sah. Eine Pistole.

Trotz seiner beruhigenden Worte überprüfte Shane das dunkle Zimmer hinter dem Wohnraum, bevor er seine Waffe wieder zurück in das Holster am Rücken steckte.

In dem kleinen Zimmer sah es genauso aus wie in dem übrigen Haus. Keine Menschenseele zu sehen.

Seine Hand mit der Jacke bedeckend, knipste er darin das Licht an. Das Schlafzimmer war nur sechs Quadratmeter groß, gerade genug Platz für ein schmales Bett, eine Kommode und eine Reihe von Haken an den Wänden als Ersatz für einen Kleiderschrank. Es herrschte ein Durcheinander, aber nicht die Art von Chaos, als wäre der Raum durchwühlt worden. Es wirkte eher wie die normale Nachlässigkeit eines Mannes, der allein lebte und dem es egal war, ob sich bei der Schmutzwäsche in den Ecken der Staub sammelte, bis die Wäsche gewaschen wurde – wann immer das sein würde.

Sich den Nacken reibend, blickte Shane sich um. Er wusste nicht, was ihn nervös machte; er wusste nur, dass es irgendetwas war. Auch wenn er sich dabei wie ein Idiot fühlte, holte er eine Taschenlampe hervor, kniete sich hin und leuchtete damit unters Bett. Alles, was er sah, waren Spuren in dem dicken Staub, als wäre etwas herausgezogen worden. Vielleicht ein Koffer. Das würde erklären, dass keiner zu Hause war und die einzigen Räder weit und breit zu einem alten Fahrrad gehörten.

Er wünschte sich, er könnte der einfachen, ganz und gar

logischen Erklärung Glauben schenken. Aber er konnte es nicht. Er ließ den Strahl der Taschenlampe wieder und wieder unter dem Bett hin und her schwenken. Er *wusste* einfach, dass hier etwas war.

Er konnte es bloß nicht sehen.

»Shane?«

Etwas in Risas Stimme ließ ihn sofort aufspringen und in den Wohnraum hinübereilen. »Was ist los?«

»Die Bücher.«

»Hast du sie angefasst?«, fragte er strenger, als er beabsichtigte.

»Das war nicht nötig. Schau selbst.«

Er blickte über ihren Kopf hinweg zu einem Buch, das auf dem etwas weiter hinten stehenden Tisch lag. Seine Augen verengten sich und er trat näher. Ein wunderschönes Foto eines Torques von Snettisham bedeckte eine ganze Seite. Auf der gegenüberliegenden Seite waren verschiedene Broschen abgebildet.

»Ich versuche zu glauben, dass das ein Zufall ist«, sagte Risa.

»Klappt es?«

»Nein.«

»Bei mir auch nicht.«

»Das Gold wurde in den Kisten aufbewahrt, die wir in Cherelles Motelzimmer gefunden haben«, sagte Risa in düsterem Ton. »Das habe ich gefühlt.«

Shane wies sie nicht darauf hin, dass sie davon gar nichts gesagt hatte. Das musste er auch nicht, denn er hatte dieselbe Empfindung gehabt.

Alles, was sie fanden, verband Risas alte Freundin noch enger mit einem Diebstahl, der zu einem Mord geführt hatte.

»Cherelle muss das Gold von Virgil O'Connor bekommen haben«, sagte Risa unglücklich. »Das hat Socks wohl gemeint, als er etwas darüber sagte, dass sie es in Sedona bekommen habe. Aber wo hatte Virgil es her? Und wie? Das ist nicht das Haus eines Mannes, der Millionen für Antiquitäten aus massivem Gold übrig hat.«

Shane zog sein Computerhandy aus der Tasche. »Kein Netz«, sagte er. »Dachte ich mir.« Er nahm eine Nachricht auf, die an *Rarities* weitergeleitet würde, sobald das Gerät wieder in Reichweite eines Funknetzes war. »Lass uns auf die Suche nach Dokumenten in Virgils Sachen gehen, die die Suche von *Rarities* nach seiner Identität beschleunigen könnten. Wenn wir nichts finden, müssen sie sich mit den Adressen auf den Kisten begnügen. Hast du Handschuhe dabei?«

»Ich habe für die Untersuchung von Objekten immer Handschuhe bei mir, aber sie werden dir nicht passen.«

»Dann muss ich dir eben über die Schulter schauen.«

»Und mir sagen, was ich tun soll«, murmelte sie, als sie ihre Handtasche öffnete, um die Handschuhe herauszunehmen.

»Darauf freue ich mich ganz besonders.«

»Ha, ha.« Sie zog sich die Handschuhe über. »Ich nehme nicht an, dass es von allgemeinem Interesse ist, wenn ich sage, dass ich mich wie der letzte Schnüffler fühle, der auf diese Art das Haus eines fremden Mannes durchwühlt.«

»Ich bin auch nicht besonders scharf darauf.«

»Aber du bist schon dabei, es zu tun.«

»Wenn es das Jucken in meinem Nacken beendet, würde ich hier das Oberste zuunterst kehren.«

»Dann würde ich helfen«, gab sie zu.

Risa startete mit ihrer Suche an dem Platz, an dem sie stand. Sie blätterte durch die Bücher mit der Geschwindigkeit und Sorgfalt von jemand, der gewohnt ist, viele eng bedruckte Seiten von Texten und Fotos durchzusehen.

Wie angekündigt, blickte Shane ihr dabei über die Schulter. Die Bücher deckten den ganzen Bereich von Kunstwerken und Schmuck ab, die aus Gold gefertigt waren und wahrscheinlich auf die Keltenkunst zwischen dem Jahr tausend vor bis zum Jahr tausend nach Christus zurückgingen. Viele der Seiten mit Figürchen, Broschen, Torques, Armringen, Messern und Masken hatten Eselsohren. Davon und von den Notizen am Rand, die von großer Verzweiflung zeugten, enthielten die Bücher nichts, was auf Virgil O'Connors Leben schließen ließ.

Im Wohnraum gab es keine Schubladen, Papierkörbe, Kästen oder sonstige Orte, wo Unterlagen aufbewahrt worden sein könnten. Oder verstecktes Gold.

»Gibt es in dem Nebenzimmer einen Schreibtisch?«, fragte sie.

»Nein.«

»Telefon?«

»Nein.«

»Dann geh ich jetzt mal in die Küche.«

Das dauerte nicht lang. Die Küche war noch kleiner als das Schlafzimmer. Das Telefon war ein simples Modell, das an der Wand hing und noch nicht mal eine Kurzwahlfunktion besaß. Auf dem Küchentisch darunter lag eine Menge Rechnungen und Papiere mit der Aufschrift »Wohnungsinhaber« herum. O'Connor führte offenbar kein privates Adressbuch.

»Strom«, sagte Risa und blätterte durch ein wildes Durcheinander von Papieren, die immer weiter in die Vergangenheit zurückreichten. »Telefon. Keine Wasserrechnung, also muss es hier einen Brunnen geben. Keine persönlichen Briefe. Eine Rechnung über die Grundsteuer, bald überfällig. Ein Bankauszug, auf dem dreihundert Dollar und einunddreißig Cent vermerkt sind. Rechnung über einen neuen Fahrradschlauch. Verschiedene Kochrezepte zwischendrin. Das war's.«

»Keine Kreditkartenrechnung«, ergänzte Shane. »Keine Rechnungen, die mit einem Auto zusammenhängen. Ich frage mich, ob er überhaupt einen Führerschein hatte.«

»Vielleicht hatte er Geschäftliches irgendwo sonst aufbewahrt.«

»Vielleicht«, meinte Shane. »Aber ich habe das Gefühl, dass er alles Wichtige hier aufbewahrte.«

»Ein Gefühl.«

»Ja.«

Sie seufzte und begann, die Küchenschubladen und Regale zu durchsuchen. Damit war sie schnell fertig, weil es nicht viel zu entdecken gab. Nichts davon war brauchbar, wenn man sich nicht dafür interessierte, dass Virgil O'Connor Bohnen und Reis mochte und wohl gelegentlich eine Dose Grapefruitsaft, um etwas Würze in die Ernährung zu bringen. Im Backofen gab es Töpfe und Pfannen und festgebrannte Essensreste. Der Kühlschrank war klein und leer, mit Ausnahme einiger Essiggurken, die in einer trüben Flüssigkeit herumschwammen. Ein mit Gel gefüllter Knieverband und ein Behälter mit Eiswürfeln waren der ganze Inhalt des Eisfachs.

»Ich habe wirklich keine Lust, mich durch seinen Kleiderschrank zu wühlen«, sagte Risa stirnrunzelnd.

»Er besitzt gar keinen. Nur eine Kommode.«

»Oh, gut. Ich bin erleichtert.«

Shane beobachtete sie, als sie das Schlafzimmer betrat, spürte mehr das Zittern, das sie durchfuhr, als dass er es sah, und wartete. Er fragte sich, ob sie ihm inzwischen genug vertraute, um mit ihm zu teilen, was sie ihr Leben lang verstecken wollte.

»O'Connor bewahrte das Gold hier auf«, sagte sie leise.

»Danke.«

Das Lächeln, das sie Shane zuwarf, war beinah traurig. »Zwei Merkwürdige, die zusammen eine Menge ergeben. Oder wie war das?«

52

Sedona
4. November
Nachts

Shane wartete, ob Risa noch etwas sagen würde. Er konnte ihr Gesicht nicht sehen, aber ihr angespannter Körper verriet ihm, in welcher Verfassung sie war. Sein Flüstern drang durch die Dunkelheit wie ein Nachtschatten. »Ist das Gold noch hier?«

»Nein. Aber ...« Risa rieb sich über die Gänsehaut auf ihren Armen. »Kannst du es nicht fühlen? Es war hier. Und irgendetwas ist immer noch hier.«

»Ja, ich fühle es auch. Ich habe es nur nicht so schnell bemerkt wie du.«

»Übung«, sagte sie mit düsterem Gesichtsausdruck und blickte sich in Virgil O'Connors leerem Zimmer um. »Herrgott, ich hasse Empfindungen wie diese, dieses Gefühl, anders zu sein. Vielleicht hätte ich lieber Krankenschwester werden sollen als Kuratorin.«

»Und ich hätte vielleicht Proktologe oder Endokrinologe werden sollen.«

Ungläubig starrte sie ihn an, bevor sie laut auflachte. »Entschuldigung. Habe ich gejammert?«

Er berührte zärtlich ihre Wange. »Das darfst du auch. Wenn es eine Möglichkeit gäbe, dich hier herauszuhalten, dann würde ich es gerne tun.«

»Wenn du das versuchst, werde ich mich mit Händen und Füßen dagegen wehren.«

Seine Mundwinkel hoben sich. »Könnte lustig werden.«

Kopfschüttelnd begann sie, die Schubladen der Kommode herauszuziehen. Es waren nicht viele Kleider darin, die sie durchsuchen musste. Alle waren von der Art, die Secondhandläden den Ruf des unmodischen Angebots einbrachten.

Keine Papiere, ganz sicher kein Gold.

Sie blickte auf das ungemachte Bett.

»Nicht notwendig«, sagte Shane schnell. »Nichts oben auf dem Bett oder untendrunter außer Spuren im Staub von Koffern oder Munitionskisten.«

»Wenn wir nicht noch den Boden aufgraben und Löcher in die Wand klopfen, haben wir jedenfalls kein Glück.«

»Sackgasse«, stimmte er ihr zu. »Aber ich weiß, dass es noch etwas gibt.«

»Hier?«

»Oder in der Nähe.«

»Es wäre mir lieber, ich müsste dir nicht zustimmen.« Sie stemmte die Hände in die Hüften, drehte sich langsam um sich selbst und schüttelte den Kopf. »Nicht in diesem Zimmer. Das einzige Ding hier ... ist hier nicht mehr drin.«

»Das Gold?«

Sie nickte.

»Wie in Wales?«, fragte er.

»Genau so. Verdammt.« Sie rieb sich schnell und heftig über die Arme. »Ich hatte schon früher Gänsehaut bei bestimmten Artefakten, aber nicht so wie in Wales, von den Stücken von Smith-White abgesehen. Und jetzt hier.«

Und genau so, dachte sie mit einem Seitenblick auf Shane, wie sie Gänsehaut bei Männern gehabt hatte, aber nie annähernd so wie bei Shane. Was sie bei ihm empfand, war so verschieden davon, dass es ihr Angst einjagen müsste.

Manchmal tat es das auch.

»Dasselbe«, sagte er.

Zuerst dachte sie, sie hätte wieder laut gedacht, was er für Gefühle in ihr auslöste. Doch dann merkte sie, dass er ihr einfach zustimmte, was das Gold betraf.

»Und genauso ist es mit dem Gold«, sagte er jetzt mit einem schelmischen Seitenblick.

»Hör auf damit!«

Er lachte und streichelte ihr Handgelenk oberhalb der Latexhandschuhe. »Deine Augen sind sehr verräterisch, mein Schatz.«

»Ich werde mir verspiegelte Kontaktlinsen besorgen.«

»Hilft es dir, wenn ich dir sage, dass ich genauso empfinde?«

»Über verspiegelte Kontaktlinsen? Das hilft mir nicht besonders viel.«

Er hob ihre Hand an seine Lippen und biss sie leicht dorthin, wo er sie eben gestreichelt hatte. »Du weißt genau, was ich meine.«

Die Gänsehaut, die sich jetzt rapide auf ihrem Arm ausbreitete, hatte nichts mit antikem Druidengold zu tun. »Was ist, wenn es sich nach ein paar Wochen oder Monaten wieder abkühlt?«

»Und was ist, wenn es nicht so ist?«

Sie stieß die Luft aus, was sich beinahe wie ein Lachen anhörte. »Immer nur einen Tag vorausplanen, okay?«

»So ist das Leben. Es folgt immer ein Tag dem anderen.«

Sie lächelte zittrig, aber echt. »Okay. Mit einem Tag kann ich leben. Aber ich will auf der Stelle dieses Haus verlassen.«

Stumm ergriff Shane ihre Hand und ging mit ihr in die Nacht hinaus. »Besser?«

»Ja.« Sie zog die Handschuhe herunter und steckte sie in ihre Handtasche. »Viel besser.«

»Möchtest du ein Stück laufen?«

Sie schaute auf ihre Schuhe hinunter. Seit ihrem Sprint durch das Casino, den sie barfuß bestritten hatte, achtete sie darauf, Schuhe zu tragen, in denen sie auch rennen konnte. Das bedeutete aber nicht, dass sie scharf darauf war, mit Tennisschuhen durch unwegsames Gelände zu laufen.

»Wie weit?«, fragte sie.

Er blickte zu dem lang gestreckten Tafelberg, der sich hinter dem Haus erhob. »Vielleicht eine halbe Meile.«

Sie folgte seinem Blick, warf die Handtasche in den Pick-up und sagte: »Weißt du, wohin wir gehen?«

»Nein.«

»Oh, gut. Das macht es viel einfacher.« Sie winkte mit einer Hand Richtung Felsabhang, der aus der Dunkelheit hervorragte. »Nach dir, Boss.«

Das Mondlicht war hell genug, dass Shane seine Taschenlampe nicht benutzen musste. Der schmale Pfad war von früheren Wanderern gut ausgetreten und sichtbar. Auch wenn es nicht so gewesen wäre, hätte Shane nicht gezögert. Jeder weitere Schritt hinauf zum kahlen Sockel des Felsvorsprungs ließ ihn sicherer werden, dass sie auf dem richtigen Weg waren.

»Spürst du es?«, fragte er ruhig.

»Ja.« Risas Stimme klang gepresst, was Shane verriet, wie sehr sie es hasste, etwas zu spüren, was sie nicht anfassen konnte.

Shane hielt an und schaute zu ihr zurück. »Stört es dich, dass ich es auch spüren kann?«

»Nein. Sollte es?«

»Ich habe mir gerade überlegt, ob es vielleicht das war, was dich so lange von mir weggetrieben hat.«

»Das war einfach gesunder Menschenverstand. Ich wollte nicht den Job wechseln.«

»Danach hatte es aber nicht geklungen, als du mit den Stellenangeboten zu mir gekommen bist und ich deren Honorare überbieten musste.«

»Ich habe nicht gesagt, dass ich blöd war. Ich habe nur gesagt, dass ich nicht den Job wechseln wollte.«

Er lächelte, obwohl sich seine Haut bei jedem Schritt den Pfad hinauf spürbar anspannte. Es war nicht so, dass es ganz und gar unangenehm für ihn gewesen wäre. Es war eher das Empfinden eines Andersseins, ein Hauch, der durch alle Nerven lief, urwüchsig, ein schwacher Brandgeruch in der Luft, wie nach einem nahen Blitzeinschlag.

Er genoss es eher.

»Wie geht's deiner Gänsehaut?«, fragte er nach einer Weile.

»Viel besser als mir. Warum?«

Etwas raschelte im Gebüsch, ein paar Meter vom Pfad entfernt. Er spähte dorthin, lauschte, sah aber nur einige vierbeinige Schatten, die in tiefere Schatten davonrannten.

»Es kann nicht mehr weit sein«, sagte er und wandte sich wieder dem Pfad zu.

»Woher weißt du das?«

»Weil O'Connor ein alter Mann war, und alte Männer klettern nicht die Felsen hinauf.« Shane hielt an. »Jedenfalls nicht diesen hier.«

Der dünne Strahl der Taschenlampe konnte die Dunkelheit, in der die Felsspitze verborgen lag, bei Weitem nicht durchdringen.

»Es ist rechts«, meinte Risa.

»Was?«

»Was auch immer einem Teil von mir zuflüstert, den ich nicht mal kennen will.«

Trotz ihrer Worte ging sie um ihn herum und lief in Richtung des nicht ganz so dunklen Pfads, der am Sockel des Felsens verlief. Shane hatte recht. Das zu ignorieren, was sie in sich barg, hatte es nicht zum Verstummen gebracht. Außerdem war es auch für sie eine Erleichterung zu wissen, dass sie nicht die Einzige mit merkwürdigen Empfindungen war.

Wir sind bereits eine Menge, keine Singularitäten mehr.

Sie lächelte in Erinnerung an Shanes Worte, als sie in der Dunkelheit über einen Stein stolperte, beide Hände vor sich ausstreckte, um sich abzufangen, und gegen einen von drei Menhiren prallte.

Heftige Gefühle durchfluteten sie, ein Ansturm von Gesichtern unter goldenen Masken, rituellen Dolchklingen von

Tod und Erneuerung, Stimmen, die heilige Sprüche aufsagten, und all das wirbelte durch Zeit und Mondlicht, durch sie hindurch, bis es in ihrem Kopf herumwirbelte und sie schreien wollte, wenn sie Luft bekommen hätte.

Dann wurde es wieder Nacht, sie spürte sich selbst und Shanes Wärme an ihrem Rücken, seine Hände über ihren gegen den kalten Felsen gepresst, sein Atem leise und schnell in ihrem Haar, Echos des zurückweichenden Zaubers, bis sie wieder im Hier und Heute angelangt war.

»Bist du okay?«, fragte Shane leise mit rauer Stimme.

»Ich glaube, ja.« Sie atmete mit einem zittrigen Seufzer aus. »Und du?«

»Ich habe noch damit zu tun.«

»Hast du begriffen, was da gerade mit uns passiert ist?«

Der Laut, den er von sich gab, klang nicht nach einem Lachen. »Nein. Und ich will es auch nicht wissen.«

Er zog ihre Hände von dem Felsen weg. Dann legte er seine eigenen Hände absichtlich wieder dorthin zurück.

Sie schaute zu und wartete. »Spürst du etwas?«

»Kalten Felsen. Und …«

Sie wollte nicht nachfragen. Aber sie konnte nicht anders. »Was?«

»Zeit. Große Entfernung. Nacht. Die Art von Nacht, die keine Dämmerung kennt.«

»Darum haben sie die Sommer- und Wintersonnenwende besonders gefeiert«, sagte Risa leise, und sie wusste jetzt, was sie nicht berühren konnte. »Darum haben sie ihre Träume und Gebete in Gold gegossen, Gold, das nie zerfiel, nie verdarb, sich nie veränderte. Das Gold und die Zeremonien und die blutigen Opfer waren all den namenlosen und benamten Göttern gewidmet, die das Leben in der Hand hatten. Die Dunkelheit, auf die keine Dämmerung folgte, die Kälte, die keine Wärme nach sich zog, der Tod, auf den nichts folgte, das Ende des Lebens, auch des Lebens der Götter – das war es, was die Druiden fürchteten.«

»Das tut jeder, der intelligent genug ist, sich das vorzustellen. Entropie bedeutet mit anderem Namen ultimative Auslöschung.«

Risa zögerte, dann legte sie ihre Hand zurück auf den Felsen. Alles, was sie spürte, war eine Regung der Luft, ein verschwindendes Murmeln, zitternde Ruhe. Stirnrunzelnd hob sie ihre Hand und trat durch die Öffnung in die Mitte zwischen die drei Steine.

»Spürst du etwas?«, fragte Shane.

»Nicht mehr. Es war aber hier. Das Gold.«

»Und jetzt ist es weg.«

Sie nickte, während sie nacheinander die kalte raue Oberfläche jedes der drei Sandsteinblöcke anfasste und ihren stillen Schwingungen nachspürte. »Ich kann zwar nicht sagen, dass es mir gefällt, was ich spüre, aber ich habe jetzt keine Angst mehr davor.« Sie blickte Shane an und fügte hinzu: »Aber ich will hier auch nicht freiwillig einschlafen.«

»Ja. Lass uns gehen.« Er ergriff ihre Hand und zog sie aus den Schatten der drei Felsen heraus. »Lass uns jetzt einen Ort suchen, wo es ein Funknetz gibt. Ich möchte wissen, was *Rarities* inzwischen Neues herausgefunden hat.«

Risa lief hinter Shane den Pfad zu dem leer stehenden Häuschen hinunter. Es war unheimlich einsam hier. »Können wir der Polizei nicht vielleicht einen anonymen Tipp geben, damit sie sich auf die Suche nach Virgil O'Connor macht?«

»Gleich nachdem ich bei den örtlichen Krankenhäusern angerufen habe. Wenn es möglich ist, würde ich gerne mit ihm reden, bevor die Polizei es tut.«

Nicht weit vom Felsvorsprung hörte Shane wieder Geräusche aus dem Gebüsch, am selben Platz wie beim Aufstieg. Diesmal hatte er kein unangenehmes Gefühl im Nacken, das ihn ablenkte. Er knipste seine Taschenlampe an und leuchtete ins Gebüsch hinein.

Drei Paar glühender Augen blitzten auf und verschwanden

schnell, wobei Krallen über Felsen und von der Sonne ausgedörrte Erde scharrten.

»Warte hier«, sagte er zu Risa.

»Mit solchen Augen, die mich beobachten? Nein, danke.«

»Dann bleib so nahe bei mir, dass du im Licht bleibst.« Er griff hinter sich und zog die Pistole aus dem Halfter. »Ich brauche es, um durch das Gebüsch zu finden.«

Taschenlampe und Pistole parallel vor sich haltend, sodass beide gleichzeitig das Gebüsch bestrichen, begann Shane, sich vom Pfad wegzubewegen. Risa folgte ihm so dichtauf, dass sie seinen Rücken berühren konnte.

Der Wind drehte sich.

Der Geruch von Tod war in der Luft und sagte Shane, dass sich die wilden Tiere an einem Aas labten, das nicht mehr ganz frisch war. Finster entschlossen schwenkte er die Taschenlampe in immer größer werdenden Kreisen. Am Rand des Lichtscheins tauchte jetzt ein alter Stiefel auf, zerfledderte Kleider und die Reste eines Körpers, die nur ein Gerichtsmediziner ansehen konnte, ohne sich zu übergeben.

Schnell drehte sich Shane um und nahm Risa die Sicht auf die Arbeit von Mutter Natur.

»Es ist Zeit, zurückzugehen.«

Sie schluckte mühsam. »O'Connor?«

»Sagen wir, ich werde keine Krankenhäuser anrufen. Wenn wir ein Stück von hier weggefahren sind, rufe ich die Polizei an, wie ein guter anonymer Bürger.«

»Ich bin glücklich, dass du nicht so hinter dem Gold her bist, um jemanden dafür umzubringen.«

»Warum?«, fragte Shane.

»Mit jeder Person, die in letzter Zeit gestorben ist, verschwand ein weiteres Glied der Kette, die zurückführt zu dem echten Besitzer des Druidengoldes.«

»Überlass es den Kuratoren, sich über die Herkunft Gedanken zu machen.«

»Irgendjemand muss sich doch Gedanken machen.«

»Oh, ich zum Beispiel. Ich mache mir Gedanken wegen der Tatsache, dass zu viele Menschen, die dieses Gold berührten, zu Tode kamen.«

»Cherelle nicht.« *Hoffentlich.*

»Das würde ich nicht der Polizei erzählen«, meinte Shane.

»Warum?«

»Das könnte sie als Mörderin kennzeichnen.«

»Ich glaube, es war Socks«, sagte Risa sofort. »Oder Tim.«

»Du meinst, Cherelle ist nicht zu einem Mord fähig?«

Risa antwortete nicht.

Shane fragte nicht weiter. Er folgte ihr den Hang hinunter, weg vom Geruch des Todes.

53

Las Vegas
4. November
Nachts

Rich Morrison und Gail Silverado sahen sich die sechs Goldobjekte aus jedem Blickwinkel an. Beide trugen Latexhandschuhe. Ebenso John Firenze, auch wenn er nichts anderes getan hatte, als die Stücke auf Blättern seines Casinobriefpapiers auf seinem Schreibtisch auszubreiten.

»Was meinen Sie?«, fragte Firenze, als er es leid war, weiter der Stille zu lauschen, die nur durch das leise Klingeln seines Computers unterbrochen wurde, wenn neue E-Mails eintrafen. »Ist es echt?«

Rich blickte auf Gail.

Sie merkte davon nichts. Sie hielt einen schweren goldenen Ring in der Hand, in den außen und innen Buchstaben oder Symbole einer Sprache eingraviert waren, die sie nicht entziffern konnte.

Aber sie kannte jemanden, der es konnte.

»Shane hat selbst so einen Ring«, sagte sie und wog das Gewicht des Goldes in ihrer Handfläche. »Zumindest sieht er außen so aus wie der hier. Er nimmt ihn nie ab, deshalb weiß ich nichts über die Innenseite.«

»Woher haben Sie das Zeug?«, fragte Rich.

Firenze bewegte sich unbehaglich auf seinem Sessel. »Es ist einfach zu mir gekommen.«

»Versuchen Sie's noch mal«, schlug Rich vor.

»Ein Bursche …«

»Noch ein bisschen mehr Anstrengung.«

Firenze blickte Rich in die Augen. Sie waren so eiskalt wie seine Stimme. Er wollte Antworten haben, und er würde so lange weiterfragen, bis er sie bekommen hatte. Firenzes Zorn auf die Welt im Allgemeinen und auf seinen idiotischen Neffen im Besonderen war aber so groß, dass er dem widerstehen konnte. Außerdem, egal wie nichtsnutzig Cesar auch war, so gehörte er doch zur Verwandtschaft. Firenzes Mutter würde ihm das Leben zur Hölle machen, wenn er andeutete, dass sein Neffe in einen Mord an einem lausigen Hehler verwickelt war.

»Warum wollen Sie das so genau wissen?«, fragte Firenze. »Ich bitte Sie ja nicht, das verdammte Zeug zu kaufen. Ich gebe Ihnen nur die Chance, Tannahill reinzulegen. Das wollten Sie doch, oder?«

Es folgte angespannte Stille und ein gemurmelter Fluch. Rich blickte wieder auf das Gold. Er wollte Tannahill, das war klar.

Aber das war nicht alles, was er wollte.

»Ich will sicher sein, dass das Zeug heiße Ware ist«, sagte Rich.

»Seien Sie sicher.«

Gails Lippen zuckten bei Firenzes Antwort, aber sie ließ es Rich nicht sehen. Er war allerübelster Laune. Nicht mal der Gedanke daran, den Arsch des Golden Boy an die Wand des Gerichts zu nageln, hatte ein Lächeln auf Richs grimmiges Gesicht gezaubert.

»Und ich will nicht mit hineingezogen werden, wenn die Polizei anfängt, mir Fragen zu stellen«, knurrte Rich.

Firenze zuckte mit den Schultern. »Was gibt's da zu fragen? Ich werde Ihren Namen nicht erwähnen. Ich lasse Sie nur das Gold vorher anschauen, damit ich sicher bin, dass es das richtige Zeug ist, um Tannahill hochgehen zu lassen.«

»Es gefällt mir nicht.« Das kam wie ein Fauchen. »Sagen Sie mir, wie Sie an das Gold gekommen sind, sonst mache ich nicht mit. Ich kaufe nicht die Katze im Sack.«

Der plötzliche Anstieg von Firenzes Blutdruck äußerte sich in der dunkleren Gesichtsfärbung. Er hasste es, daran erinnert zu werden, dass es jemand gab, der noch mehr zu sagen hatte als er. »Mein Neffe hat's vom Freund eines Freundes.«

»Welcher Neffe?«

»Cesar.«

»Der, der im *Golden Fleece* rumgeballert hat?«, fragte Gail und lenkte Firenzes wütende Aufmerksamkeit von Rich ab.

Firenze schnitt eine Grimasse. »Ja.«

»Wo ist er jetzt?«, fragte sie.

»Kühlt sich am See ab, bis wir ihn außer Landes bringen können. Er hasst das Familienhausboot, aber das geschieht ihm bloß recht.«

Gail verbarg ein Lächeln. So sehr die Frauen der Familie Firenze das große Hausboot auf dem Mead-See liebten, so groß war die Abneigung ihrer Männer, die lieber nackt auf einen Ameisenhügel gebunden würden, als ein Wochenende auf dem See zu verbringen. Doch sie taten es trotzdem, mindestens einmal im Jahr, zusammen mit der Hautevolee von Las Vegas. Firenzes großes Fest zum Nationalfeiertag am vierten Juli war so berühmt wie Gails Halloweenparty.

Firenze starrte auf Rich. »Sind Sie dabei oder nicht?«

»Ich denke darüber nach.«

»Sie haben Zeit bis morgen. Danach können Sie mich nach dem Gold fragen und ich weiß von nichts irgendwas.« Firenze warf Rich einen Seitenblick zu. »Sie enttäuschen mich. Sie wollten Tannahill auf einem Silbertablett serviert haben, und ich bringe ihn – und jetzt halten Sie sich zurück.«

»Was wollen Sie dafür?«, fragte Rich.

»Ein größeres Stück vom Geldwäschekuchen.«

»Wie viel?«

»Doppelt so viel.«

Rich blickte wieder auf das Gold. »Und wer kriegt dafür weniger?«

»Wer immer nicht hier ist.«

Nach einem kurzen Augenblick wandte sich Rich wieder Firenze zu. »Gute Arbeit, John. Wenn ich alles arrangiert habe, rufe ich an und jemand wird das Gold abholen. In ein paar Stunden, wird nicht länger dauern.«

»Sie sind also dabei?«, fragte Gail, an Rich gewandt.

»Ich wäre dumm, wenn ich's nicht machen würde. Dafür kriege ich sogar vom FBI ein goldenes Sternchen in meine Akte. So sicher wie die Hölle werden sie ihre Schnüffelnasen jetzt erst mal aus meinem Laden raushalten. Sie werden zu sehr damit beschäftigt sein, ihre Nasen in Tannahills Laden zu stecken.«

Gail blickte unentschieden.

»Was?«, fragte Firenze.

»Ich glaube, er ist zu gerissen, um sich durch einen anonymen Anruf ködern zu lassen.«

»Es wird kein anonymer Anruf sein«, gab Rich zurück. Er warf Firenze einen Blick zu, der dem anderen bedeutete, er hätte sich dazu mehr einfallen lassen sollen als der *Freund eines Freundes.* »Von wem hatte Cesar das Gold?«

Firenze war nicht dämlich. »Von einem Mädchen namens Cherelle Faulkner.«

»Dieselbe, die mit Tannahills Kuratorin befreundet ist?«, fragte Rich, als ob er nicht längst alle Mitspieler kennen würde.

»Das ist's, was mein Informant sagte.«

»Dann kommt der Hinweis von Cherelle.« Rich blickte zu Gail hinüber. »Sind Sie dabei?«

Sie zuckte mit den Achseln. »Ja, das ist eine gute Idee. Aber Vegas wird ohne ihn nicht mehr dasselbe sein.«

»Ohne wen?«, fragte Firenze.

»Shane Tannahill.«

54

Las Vegas
5. November
Früh am Morgen

Langsam erwachte Risa aus einem Traum, in dem sie nackt auf dem Bauch an einem tropischen Strand lag, den Salzgeschmack des Meeres auf den Lippen und die Brandung ganz nahe. Lächelnd grub sie sich tiefer in den Traum ... und ertastete Shane.

Sie riss die Augen auf.

»Wachst du immer so schnell auf?«, fragte er.

Seine Stimme klang tief und amüsiert, und er war nackt, wie sie auch. Der Sand in ihrem Traum war in Wirklichkeit sein dunkles Haar auf der warmen Brust. Wovon sie glaubte, dass es Brandung wäre, waren die langsamen, kräftigen Schläge seines Herzens unter ihrer Wange.

Der Teil mit dem Salzgeschmack stimmte. Während sie sich mit der Zunge über die Lippen fuhr, entschied sie, dass sie seinen Geschmack am Morgen mochte. Überraschung und Hitze durchfluteten sie; sie begehrte Shane jetzt noch mehr als in der Nacht zuvor, als sie vollkommen ineinander verknäuelt wie ein Puzzle aus Fleisch und Blut in den Schlaf gefallen waren.

»Ich hatte noch nie einen Wecker wie dich«, sagte sie, genießend, schmeckend, leckend. Sie genoss das Gefühl seiner Erektion, die sich zwischen ihre Schenkel schob. »Sonst würde ich viel länger brauchen, um wach zu werden.«

Seine Hände glitten hinab zu ihren Hüften, suchten, fanden flüssige Seide und Frau. Mit einem Laut, der Erwartung und Genuss zugleich war, hob er sie auf sich und füllte sie langsam, kräftig, bis sie stöhnte. Er bewegte sich weiter, langsam, tief, und sie antwortete mit einem leichten wiederholten Rollen ihrer Hüften, die ihren Genuss vervielfachten. Obwohl beide von zurückgehaltener Erregung zitterten, hielten sie den Rhythmus leicht, wie im Traum.

Dann konnte sie es nicht länger ertragen, beugte sich zurück, streckte sich und zitterte in höchster Lust. Sein Lächeln war so elementar wie die Befreiung, mit der er sie durchschwemmte. Als sie erschöpft und schlaff auf ihm lag, rollte er auf sie und begann erneut, sich zu bewegen. Langsam. Kräftig. Sie öffnete die Augen, ganz benommen von der Lust, die alt und brennend neu zugleich war. Sie bewegte sich, höher, nahm mehr, gab mehr.

Dieses Mal trieben sie gemeinsam durch eine heiße Dunkelheit, die nach Intimität roch und schmeckte.

Als sie so weit war, wieder Atem schöpfen zu können, ohne dass Wellen der Lust sie durchbrandeten, hob sie den Kopf und strich über sein Kinn. Zarte Berührungen mit der Zunge stillten ihr Verlangen, ihn zu schmecken, so wie das langsame Streicheln seiner Hände über ihren Rücken seinem Bedürfnis nach ihrer Nähe und Wärme nachkam. Sie glitt langsam in den Schlaf zurück, als das Telefon neben seinem Bett klingelte.

»Liebster?«, fragte sie verschlafen.

»Hmmmm?«

»Kill das Telefon einfach.«

»Ich bring lieber den Burschen um, der entgegen meiner Anweisungen den Notfallcode eingetippt hat.«

Als sie langsam von ihm heruntergIitt, hielt er sie fester. Sie mit sich nehmend, rollte er näher an das Telefon heran und drückte auf die Sprechtaste. »Was?«, fragte er.

Der Mann am Schalter sprach schnell und nannte einen der drei magischen Namen, die ihn seine Stelle behalten lassen würden. »Ms Cherelle Faulkner hinterließ eine dringende Nachricht für Ms Sheridan. Da Sie der Einzige sind, der weiß, wo sich Ms Sheridan befindet, hielt ich es für richtig, Sie sofort zu informieren.«

Risa spannte sich an und griff nach dem Telefon. Mit lässiger Kraft fasste Shane nach ihrer Hand und hielt sie fest.

»Noch nicht«, sagte er sehr leise. Dann, laut genug, um von dem Angestellten am Telefon gehört zu werden, fragte er: »Von welcher Nummer hat sie angerufen?«

»Lässt sich nicht zurückverfolgen.«

»Nicht gerade eine Überraschung. Einen Moment bitte.« Er ließ Risas Hand los, drückte auf die Pausetaste an der Basisstation des Telefons und fragte: »Möchtest du die Nachricht lieber alleine entgegennehmen?«

Sie schloss die Augen und schüttelte den Kopf.

Er hauchte ihr einen Kuss zwischen die Augen und flüsterte: »Danke.«

»Wofür?«, fragte sie unglücklich.

»Dass du mir vertraust.«

Mit leicht ironischem Lächeln sah sie auf ihre beiden Körper, die ineinander verflochten waren. »In Anbetracht dessen halte ich es nicht für sehr klug, dir nicht zu vertrauen.«

»Es gibt viele Arten von Intimität. Und von Vertrauen.«

Sie blickte ihm in die grünen Augen. »Ich vertraue dir, dass du Cherelle nicht wehtust.«

»Wenn ich es vermeiden kann, werde ich es nicht tun, weil es dich verletzen würde. Aber wenn sie dich noch einmal einer solchen Gefahr aussetzt wie im *Golden Fleece* …« Shane vollendete seinen Satz nicht. Das war nicht notwendig. Das leichte Verhärten seiner Züge sagte alles. »Ich kämpfe für das, was mir wichtig ist. Du bist mir wichtig, Risa.«

»Und du mir. Himmel, es ängstigt mich fürchterlich.« Sie atmete zitternd aus. »Wie ist das nur passiert?«

Er lächelte schief. »Ich schätze, wir beide haben zur gleichen Zeit aufgehört, voreinander davonzurennen.«

»Ja.«

Sie küsste seine männlich-raue Wange und drückte die Pausentaste aus. »Hier Sheridan«, sagte sie. Falls ihre Stimme eher heiser als forsch klang, konnte sie das nicht ändern, ebenso wenig, wie sie den Eindruck der leichten Kraft und lebendigen Wärme des Mannes unter ihr wegschieben konnte. »Wie lautet die Nachricht?«

»Guten Morgen, Ms Sheridan. Die Nachricht wurde von unserer Serviceabteilung entgegengenommen, und auf dem Umschlag befindet sich der Stempel ›Sehr dringend!‹. Möchten Sie, dass ich ihn öffne?«

»Nein.«

Sie zögerte kurz, dann sagte sie dem Mann am Empfang, was sich im *Golden Fleece* inzwischen jeder dachte – Shane und seine Kuratorin waren eine Einheit. »Schicken Sie sie zu Mr Tannahills Privaträumen hinauf.«

»Sofort, Ms Sheridan.«

Risa unterbrach den Anruf und löste sich zögernd von Shane. Sie fing an, sich Kleidung anzuziehen, die genauso aussah, als wäre sie bereits gestern getragen worden und sei nachts in großer Eile ausgezogen und neben dem Bett auf den Boden geworfen worden.

»Im Bad hängt ein Morgenmantel«, sagte er und betrachtete sie mit träger männlicher Lust.

»Hör auf zu grinsen«, murmelte sie. Sie fühlte sich, als ob jedes Gramm ihrer fülligen Brüste und Hüften ausufernde Lüste und Genüsse widerspiegele.

»Warum, Schatz? Dich zu betrachten ist für einen Mann Freude und Lust. So viel Frau, welch ein Genuss.«

Sie blickte auf, sah die konzentrierte Ruhe in seinen Augen und wusste, dass er es genauso meinte, wie er es sagte. »Und ich habe immer gedacht, du magst superschlanke Frauen.«

Sie zog ihren BH an und schüttelte ihn mit einem leichten Schwung zurecht, der ihm den Atem raubte. »Wie zum Teufel kommst du darauf?«

Das raue Kratzen seiner Stimme ließ sie beim Anziehen ihrer Unterwäsche innehalten. Er sah zu, wie dunkle Seide über ihre Haut strich. Und die Nacktheit seines Körpers konnte seine Erregung nicht verbergen.

Sie blickte ihn intensiv an. Es lohnte sich, ihn intensiv anzuschauen.

»Schließ die Augen«, sagte sie schließlich.

»Warum?«

»Ich geniere mich.«

Seine Mundwinkel zuckten. Er umfasste sie mit einem Arm, zog sie zum Bett zurück und vergrub sich in den heißen Locken zwischen ihren Beinen. »Okay, jetzt kann ich dich nicht mehr sehen.«

Die Berührungen seiner Zunge lösten die Spannung ihrer Beine. Sie vergaß ihre Unterwäsche und wühlte ihre Finger in sein kurzes, mitternachtsfarbenes dichtes Haar. Und sie ermahnte sich, ihn wegzuschieben.

Sie zog ihn näher zu sich heran.

Ein melodisches Klingeln ertönte von der Eingangstür seiner Wohnung.

»Was hat er gemacht – sich hergebeamt?«, murmelte Shane.

»Ich denke, er hat deinen Privatlift genommen.« Ihre Stimme war heiser, so rau wie die Bartstoppeln, die ihre Schenkel liebkosten, so lustvoll wie seine Zunge.

»Manchmal können einem tüchtige Angestellte wirklich auf die Nerven gehen«, flüsterte er zärtlich und grub sich tiefer ein.

Ihre Knie öffneten sich.

Es klingelte wieder an der Tür.

»*Verdammt.*« Mit einem Liebesbiss zog er ihr schnell das Höschen hoch, bis sein Mund Seide statt Haut berührte. Dann rollte er beiseite, drückte die Taste der Sprechanlage und sagte: »Danke fürs schnelle Überbringen. Bitte schieben Sie die Nachricht unter der Tür durch.«

Risa holte zitternd Luft und rannte zum Badezimmer, bevor sie ihre Meinung ändern würde und über ihn herfiele wie ein heißer Regen. Sie schnappte sich einen Morgenmantel aus Rohseide, schwarz und viel zu groß für sie.

So schnell sie zur Tür lief, der Bote war schneller. Als sie bei der Eingangstür ankam, war der samtige cremefarbene Umschlag mit dem goldenen *Golden-Fleece*-Logo bereits durchgeschoben worden. *Sehr dringend,* war in Rot auf den Umschlag gestempelt.

Sie riss den Umschlag auf und las schnell: *Wenn Shane Tannahill sechs Stücke keltisches Gold für seine Ausstellung haben will, sag ihm, er soll heute Morgen um sieben Uhr zweihunderttausend Dollar in Hundertdollarscheinen zum Parkplatz des* Water Stop *bringen. Wenn außer dir sonst noch jemand mitkommt, sieht er die sechs Stücke nie wieder. Es gibt in Vegas noch andere Käufer.*

»Verdammt«, sagte Risa. »Ich war mir sicher, dass es mehr als sechs Teile sind.«

»Sprichst du mit mir?«, fragte Shane aus dem Badezimmer.

»Nur wenn du angezogen bist.«

»Zeitverschwendung. Du ziehst mir die Kleider doch sofort wieder vom Leib.«

»Würde ich auch gerne.« Sie warf einen Blick auf die Uhr: sechs Uhr siebenunddreißig. »Nächstes Mal, versprochen. Was ist das *Water Stop?*«

Barfuß lief Shane ins Wohnzimmer und knöpfte seine Jeans zu. »Ein billiger Sexclub mit Spielautomaten in der Stadt.«

Sie blickte ihn kurz an und sah gleich wieder weg. Der Mann war eine wandelnde Einladung zu Lust und Liebe, und sie hatte leider nicht mal Zeit, sich Appetit zu verschaffen. Sie drückte ihm die Nachricht in die Hand und lief schnell an ihm vorbei, um ihre Kleider zusammenzusuchen. »Okay. Der Parkplatz müsste um die Zeit ziemlich leer sein, also werden wir keine Schwierigkeiten haben, sie gleich zu entdecken.«

Er überflog die Nachricht mit einem Blick und spürte, wie sich sein Magen unangenehm verkrampfte. »Ich werde dir Bescheid sagen, wie es läuft.«

Sie erschien im Flur, die Hände in die Hüften gestemmt. »Was meinst du damit, du wirst mir Bescheid sagen?«

»Rate mal.« Er lief an ihr vorbei und holte sich ein frisches Hemd aus dem Schrank.

Risa zog sich schnell lange Hosen an und schüttelte ihre zerknitterte Bluse aus. »Warte! Wie willst du wissen, dass es keine Falle ist?«

»Ich weiß es nicht.« Er schnappte sich ein Paar Schuhe und schlüpfte hinein. »Deshalb bleibst du ja auch hier.«

»Aber ...«

»Manchmal ist es besser allein.« Er band seine Turnschuhe mit raschen, präzisen Bewegungen zu. »Das ist so ein Moment. Du bleibst hier.«

»Hör auf mit dem Rumkommandieren! Ich bin nicht mehr deine Angestellte!«

»Dann ruf Niall an. Er wird dir dasselbe sagen.«

Ohne ein weiteres Wort gab sie Nialls ganz private Nummer ein. Sie war schon mit ihm verbunden, bevor Shane an seinem Wandsafe angelangt war und seine Hand auf den Scanner gelegt hatte.

»Was gibt's, Shane?«

»Ich bin's, Risa.«

In einem anderen Zimmer weiter den Flur hinunter lächelte Niall, weil Risa von einer von Shanes privaten Nummern aus anrief. Vielleicht waren die Zeiten knisternder Gereiztheit zwischen den beiden endlich vorbei, wo sie nun offenbar die Nacht miteinander verbracht hatten.

»Guten Morgen, meine Liebe. Was ist los?«

»Cherelle möchte Shane sechs Stücke von dem Keltengold für zweihunderttausend Dollar verkaufen. Treffpunkt ist der Parkplatz eines Bumslokals in der Stadt namens *Water Stop*. In einundzwanzig Minuten, die Uhr läuft.«

»Bin schon unterwegs.« Noch bevor Niall zu Ende gesprochen hatte, gab es einen Wechsel in der Leitung.

»Nicht nötig«, sagte Shane. »Nur für geladene Gäste. Sie sind zu der Party nicht eingeladen.«

»Keine Sorge. Ich habe in meinem Leben schon 'ne Menge Partys gestört.«

»Wenn Sie das bei dieser machen, verschwinden sechs Stücke schönstes Keltengold auf Nimmerwiedersehen. Dana wäre nicht glücklich darüber. ›Kauf, Verkauf, Schätzen und Schützen‹«, sagte Shane und zitierte das Motto von *Rarities*. »Sie erinnern sich?«

»Also gut. Ich halte mich im Hintergrund, damit niemand nervös wird. Risa, bist du noch da?«

»Ja.«

»Gut. Bleib hier.«

»Aber ...«

»Das ist eine Anweisung«, sprach Niall weiter, ohne ihre Einwände anzuhören. »Du hast kein Selbstverteidigungstraining, also bist du ein Risikofaktor, wenn es brenzlig wird. Lapstrake wird dein Bodyguard sein.«

»Das ist Unsinn! Ich kenne Cherelle. Ihr nicht. Ich kann ...«

»Du bleibst da, oder du kannst dir einen neuen Job suchen«, wurde sie von Niall unterbrochen. »Shane, ich schicke Ian rüber in Ihr Apartment und treffe Sie unten in zwei Minuten. Haben Sie genug Bargeld zur Hand?«

»Was meinen Sie? Ich bin schließlich Casinobesitzer.«

»Ich meine, ich habe den falschen Beruf.«

55

Las Vegas
5. November
Früh am Morgen

Shane hatte auf der Fahrt zum *Water Stop* immer ein Auge auf der Straße, das andere in den Rückspiegeln, und Risas Zorn dröhnte ihm noch in den Ohren. Die nächste Stunde oder zwei war Ian nicht zu beneiden. Die Lady war äußerst temperamentvoll, nicht nur im Bett.

Als Shane nur noch zwei Blocks vom *Water Stop* entfernt war, hatte er immer noch keine Verfolger beobachtet. Niemand schien sich auch nur im Geringsten für ihn zu interessieren. Niall war eine andere Strecke gefahren und schon in Position. Nach einem letzten Blick in den Rückspiegel griff Shane nach dem Handy und drückte die Wahlwiederholtaste, während er an einer roten Ampel stand.

Niall war sofort dran. »Auf dem Parkplatz stehen vielleicht dreißig Autos. In einigen sitzen Leute, aber es gibt nur eins, in dem eine einzelne Frau sitzt. Sie hat schon drei verschiedene Männer weggeschickt, die zu ihr hingingen.«

»Was für ein Wagen?«

»Ein alter Bronco. Kann die Nummer nicht erkennen.«

»Hört sich gut an.« Noch während er das sagte, wünschte sich Shane, sein Instinkt würde sich auch gut anfühlen. Aber das war nicht so, im Gegenteil: Er schlug Alarm. »Cherelle fährt einen Bronco.«

»Von hier aus sieht die Frau nicht so aus wie eine Blondine mit guten Titten.«

»Cherelle verkleidet sich gerne.«

Niall grunzte. »Mir gefällt das hier nicht, mein Freund. Ich bin mit dem Wagen auf der anderen Seite der Straße. Sie sind hier alleine mit zweihundert Riesen in bar. Auf dem Parkplatz verstreut stehen Lieferwagen und Wohnmobile. Da könnte jederzeit einer aussteigen und Sie abservieren, bevor ich noch zwei Schritte machen kann.«

Shane gefiel das Ganze auch nicht, aber er sah keine andere Möglichkeit, wenn er sich nicht das Gold durch die Lappen gehen lassen wollte. Und dazu war er nicht bereit. Wenn die Stücke von der Art waren wie die, die er Smith-White abgekauft hatte, war ihr Wert unschätzbar. Es waren goldene Zeichen aus einer Zeit, die lange vergangen war, und einer Kultur, die nie wieder erstehen würde. Es war durchaus das Risiko wert, wenn man sie dadurch retten konnte.

»Ich bin schon größere Risiken eingegangen«, meinte Shane. »Und ich trage die Schutzweste, die Sie mir gegeben haben.«

»Die Schutzweste nützt Ihnen nichts, wenn Sie eine Kugel in den Kopf kriegen.«

»Sie sind mir ein großer Trost.«

»Das erzählt mir Dana auch jeden Tag.«

»Ich bin jetzt nur noch einen Block entfernt«, meinte Shane. »Sagen Sie Bescheid, wenn Sie mich sehen.«

Für die nächsten zehn Sekunden herrschte Stille.

»Jetzt«, sagte Niall. »Sehen Sie den Bronco?«

»Ja. Aber Sie sehe ich nicht.«

»Das ist der Sinn der Sache. Vergessen Sie nicht, wenn irgendwas passiert, kümmern Sie sich nur um sich selbst. Ich kümmere mich um alles andere.«

»Ich glaube nicht, dass es eine Falle ist.«

»Hoffentlich. Was sagt das Haar in Ihrem Nacken?«

»Es stellt sich auf«, gab Shane zu. »Aber nicht wegen Raub.«

»Warum dann?«

»Ich hab keine Ahnung.«

»Verdammt«, sagte Niall entrüstet. »Sie sind ja wie die Quasselstrippen im Frühstücksfernsehen. Auch nicht das Schwarze unterm Fingernagel an nützlicher Vorhersage.«

Shane grinste immer noch, als er auf den Parkplatz des *Water Stop* fuhr. Den Bronco hatte er schnell ausgemacht, aber er fuhr zunächst an ihm vorbei und machte eine langsame Runde über den Platz. Außer dass ihm der Nacken kribbelte, passierte nichts. Er entspannte sich ein wenig. Bei all den Professionellen und den Teilzeitnutten, die in den Wohnmobilen ihre Geschäfte abwickelten, und dem unablässigen Getröpfel der Freier, die aus dem Club kamen und sich für einschlägige Parkplatzaktivitäten interessierten, waren es einfach zu viele Zeugen für einen bewaffneten Raub.

Außer der Gangster war so dämlich wie Socks. Aber der Anruf war nicht von Socks gekommen. Er kam von Cherelle Faulkner.

Als Shane schließlich neben dem Bronco parkte, fragte er sich dennoch, ob Socks wohl mit Cherelle mitgekommen war. Doch er verwarf den Gedanken gleich wieder. Soviel Risa von Socks über Cherelle gehört hatte, hatten sie nicht gerade das, was man eine enge Beziehung nennen würde.

Als Shane mit einem kleinen Koffer aus dem Wagen stieg, öffnete sich gleichzeitig die Wagentür des Bronco und eine Frau stieg aus.

Es war nicht Cherelle Faulkner.

56

Las Vegas
5. November
Sieben Uhr morgens

Cherelle saß mitten auf dem ungemachten Bett, kaute auf der Innenseite ihrer Wangen herum und starrte auf den Fernseher. Sie hatte bereits mehrere Male die Nachrichten und Werbeblocks für Pfefferminzpastillen, Potenzmittel und Glücksspiele gesehen. In den Nachrichten kam immer nur derselbe Film von Socks, der durchs *Golden Fleece* jagte, mit der Bemerkung, dass die Polizei ihn als Cesar Firenze Marquez identifiziert hatte, den Neffen von John Firenze, Geschäftsführer und Teilhaber des *Roman Circus,* der bei der Suche nach seinem Neffen mit der Polizei zusammenarbeitete. In den Nachrichten kam nichts über die Festnahme von Socks.

»Hm, Scheiße«, murrte Cherelle.

Sie strich sich mit den Fingern durchs Haar und achtete nicht auf das leichte Zittern ihrer Hände. Sie wollte jetzt gerne etwas Koks.

Unbedingt.

Das Problem war, dass sie kein Geld für Koks hatte, wenn sie nicht noch mal an den Automaten den Jackpot gewann oder einen Mann aufriss, an den sie ihren Arsch verkaufen konnte – oder wenn Socks endlich gefasst würde, sodass sie das Gold verkaufen konnte, ohne ständig über die Schulter sehen zu müssen und irgendwann auf die Schnauze zu fallen.

»Wie viele Bullen die wohl brauchen, um ein blödes Arschloch zu finden?«, murmelte sie vor sich hin.

Im Fernsehen wurden jetzt die Juroren des Nikolaus-Bikini-Wettbewerbs gezeigt. Alle hatten sie wallendes Haar und Titten wie Raketen, wahrscheinlich, um herauszufinden, ob ein Mann unter seinem dicken Bauch irgendein brauchbares Arbeitsgerät hatte.

»Ihr blöden Zicken! Ich will die Nachrichten sehen!«

Irgendjemand im Nebenzimmer schlug laut gegen die Wand und schrie, sie solle verdammt noch mal still sein.

Cherelle sprang wie eine Tigerin aus dem Bett und wollte die Lampe an die Wand werfen. Was sie daran hinderte, war nur die Tatsache, dass die Lampe am Nachttisch festgeschraubt war. Fluchend riss sie daran, bis ihre Fingernägel bluteten. Dann sah sie plötzlich ihr Bild im Spiegel des Schminktischs. Zuerst erkannte sie die Frau mit dem blassen, schweißüberströmten Gesicht und den zerzausten Haaren, die in alle Himmelsrichtungen von ihrem Kopf wegstanden, gar nicht. Dann erkannte sie sich doch.

Mein Gott, ich sehe aus wie eine total fertige Cracksüchtige. Das bin ich nicht! Sie hörte auf, an der Lampe zu reißen. Sorgfältig bürstete sie ihre Haare glatt und bemühte sich, ihren Atem zu beruhigen.

»Es ist alles in Ordnung, Kükenmutter. Du machst das schon. Du hast es bisher immer hingekriegt. Geh unter die Dusche. Hol dir Kaffee und was zu essen. Vielleicht ein Bier oder zwei. Wenn sie den Idioten bis jetzt nicht gekriegt haben, ist er nicht mehr in der Stadt, und dann brauchst du auch keine Angst vor ihm zu haben.«

Niemand reagierte auf ihre Worte außer einem ernsten Mann mittleren Alters auf dem Bildschirm, der ihr erklärte, dass ihre sexuellen Probleme jetzt ein Ende haben würden. Keine rezeptpflichtigen Medikamente. Keine Chemiebomben, nur Mutter Naturs eigene …

Die Dusche spülte alle Wünsche von Cherelle weg, außer dem einen nagenden Wunsch, das Gold endlich zu verkaufen und an ein bisschen Crack zu kommen.

Nicht viel. Nur ein bisschen. Für die Nerven.

57

Las Vegas
5. November
Sieben Uhr morgens

Mit leeren Händen lehnte sich Shane gegen sein Auto. Sobald er gesehen hatte, dass die Frau nicht Cherelle war, hatte er den Koffer voll Geld in den Kofferraum gestellt und abgeschlossen. Er hätte sich umgedreht und wäre weggefahren, aber je näher er zu dem Bronco kam, desto mehr wurden seine Instinkte an das erinnert, was er in Virgils Haus empfunden hatte.

Nur stärker.

Fast so stark wie beim ersten Berühren der Artefakte von Smith-White, als er die Zeit wie Rauch in starkem Wind davonfließen gefühlt und er in einem Eichenwald gestanden hatte, mit dem Mond im Gesicht und einem Messer aus massivem Gold in den Händen.

»Kein Gold, bevor ich nicht das Geld gesehen habe«, sagte die Frau vielleicht zum sechsten Mal.

Sie war zwar wie eine Nutte gekleidet mit einem schwarzen Minirock und einer halb aufgeknöpften durchsichtigen Bluse, aber Shane wusste, dass sie keine richtige Prostituierte war. Er hätte nicht sagen können, was ihn so sicher machte, aber er war es. Die Klamotten passten, aber der ganze Rest nicht.

»Sie können mir erzählen, was Sie wollen«, sagte Shane. »Sie sind nicht Cherelle. Ihr Bronco hat ein Kennzeichen aus Nevada. Das sind schon zwei Argumente gegen Sie. Bevor ich das Gold nicht gesehen habe, kriegen Sie das Geld nicht zu Gesicht.« Er blickte auf die Uhr. »In fünfzig Sekunden bin ich weg.«

»Es gibt noch andere Interessenten …«

»Fünfundvierzig«, unterbrach er sie ruhig. Er hatte das von ihr alles schon einmal gehört. Es hatte ihn schon beim ersten Mal nicht beeindruckt. Beim fünften Mal war es erst recht langweilig.

Die Schutzweste zwickte an unangenehmen Stellen.

Die Frau sah ihm in seine dunkelgrünen Augen und entdeckte, was viele andere dort schon entdeckt hatten – Shane Tannahill willigte nicht in etwas ein, was er nicht wollte. Sie konnte die Karten aufnehmen, die er ausgeteilt hatte, oder war aus dem Spiel.

Mit einem gezischten Fluch drehte sie sich auf ihren zehn Zentimeter hohen Plateausohlen um und wackelte auf ihrem Weg zum Heck des Bronco heftig mit den Hüften. Sie riss die Hecktür auf, griff hinein und zog den Reißverschluss eines kleinen Koffers auf.

»Okay, du großer Held«, sagte sie. »Schaff deinen Arsch her und guck's dir an.«

Shane ließ sich seine Erleichterung nicht anmerken, als er sich langsam aufrichtete und in seine Tasche griff, um die Latexhandschuhe überzuziehen.

Es hatte ihn überrascht, dass die Frau ihm so hartnäckig den Blick auf das Gold verweigerte; er hatte sich schon gefragt, ob das Ganze vielleicht nur eine Art Betrug sein sollte. Wenn nicht das Prickeln seiner Nerven ihn an das Gold des toten Alten erinnert hätte, wäre er schon lange von diesem Parkplatz verschwunden.

Er fragte sich, ob die Polizei die Leiche Virgils bereits gefunden hatte. Falls ja, war jedenfalls nichts davon in den Nachrichten von Las Vegas aufgetaucht. Allerdings gab es auch keinen Grund dafür. Jeden Tag starben alte Leute. Einige von ihnen wurden ermordet. Wahrscheinlich war nicht genug von dem Leichnam übrig geblieben, um festzustellen, ob Virgil eines natürlichen Todes gestorben war oder ob dabei jemand nachgeholfen hatte.

»Kommst du jetzt?«, fragte sie.

Lässig zog Shane an den Handschuhen, bis sie richtig saßen, ging die paar Schritte zum Heck des Bronco und warf einen Blick in den offenen Gepäckraum.

Gold glänzte auf rotem Samt, als wäre es von innen erleuchtet.

Die Frau kam näher heran.

Shane trat einen Schritt zurück. »Lassen Sie mir etwas Platz. Oder denken Sie, ich würde mir das Ganze schnappen und damit losrennen?«

Die Frau zögerte, bevor sie ein paar Schritte zurücktrat. Sie ließ ihren Blick unruhig über den Parkplatz schweifen, bevor sie wieder zu ihm hinschaute.

Er veränderte ein wenig seine Position, sodass er sowohl sie als auch das Gold im Blick hatte. Er war leicht anzugreifen, solange er das Gold betrachtete, aber die größte Gefahr bestand in dem Augenblick, wenn sie das Geld sah. Wenn irgendwelche Komplizen auf dem Parkplatz standen, dann war das der richtige Moment, in dem sie zuschlagen würden.

Obwohl alles in Shane danach verlangte, die goldenen Artefakte wie einen seltenen exquisiten Wein zu genießen, nahm er jedes der Stücke nur kurz in die Hand. Der Torques war großartig, schwer, schimmernd vor Energie. Dann zwei Broschen, genauso außergewöhnlich wie die, die er von Smith-White gekauft hatte. Jede von großer Kraft und Ausstrahlung. Die Figuren waren offensichtlich Teil eines Fruchtbarkeitsrituals. Ein goldener Phallus und ein beeindruckend potenter Stier.

Und ein Ring, der dem glich, den er selbst trug.

Er wusste, dass er an Risas Hand passen würde. Perfekt. Es fiel ihm schwer, den Ring wieder niederzulegen.

Mit kribbligen Fingern zog Shane den Reißverschluss des Koffers zu und trat zurück. »Wo haben Sie die Sachen her?«

Sie warf den Kopf zurück und lachte spöttisch. »Was meinst du denn?«

»Ich weiß es nicht. Deshalb frage ich.«

»Cherelle hatte sie. Sie hat sie mir verkauft. Und ich verkaufe sie an dich. Wenn du Papiere willst, kauf nicht so ein Zeug auf Parkplätzen.«

Ohne ein Wort zu sagen, ging Shane zu seinem Wagen, schloss den Kofferraum auf und öffnete seinen Geldkoffer. Darin waren Bündel mit gebrauchten Hundertdollarscheinen zu sehen. Er winkte die Frau herbei und trat ein Stück zurück, damit sie sich das Geld in Ruhe ansehen konnte.

Sie beugte sich vor und blätterte durch fünf der Bündel wie jemand, der es gewohnt war, Stapel von Geld zu prüfen. Dann schloss sie den Koffer, ergriff ihn und wandte sich zu ihm.

»Sieht so weit gut aus«, sagte sie und wandte sich zu ihrem Wagen.

Shane nahm ihren Koffer aus dem Heck des Bronco und legte ihn in seinen offenen Kofferraum.

Als er den Deckel schloss, zog die Frau eine Pistole aus der Tasche an der Seitentür des Bronco. Als sie sich zu ihm umdrehte, blitzten Sonnenstrahlen auf einer sehr modernen Art von Gold.

»FBI, Tannahill«, sagte sie und zeigte ihm ihre Dienstmarke. »Sie sind verhaftet wegen der Entgegennahme von Diebesgut.«

58

Las Vegas
5. November
Am Nachmittag

Cherelle hatte so viel auf den Innenseiten ihrer Wangen herumgekaut, dass jeder Schluck Bier wie Feuer brannte. Zerdrückte Bierdosen lagen vor dem Fernseher, traurige Verlierer des Vernichtungsfeldzugs einer Trinkerin. Egal, wie viele leere Dosen sie gegen den Bildschirm warf, die Nachrichtensprecher ließen kein Wort zum Thema Festnahme von Cesar »Socks« Firenze Marquez verlauten.

Sie zögerte, blickte finster auf Gail Silverados Telefonnummer und beschloss, dass Socks die Stadt verlassen haben musste. Auch wenn er das noch nicht getan haben sollte, war er zu blöd, eine so clevere Frau wie sie zu finden. Sie brauchte nur das Gold gegen Geld einzutauschen, sich den Staub dieser lausigen Verliererstadt von den Kleidern zu schütteln und einen neuen Ort zu finden, wo ein Spiegel ihr nicht jemand aus einer Kuriositätenschau zeigen würde.

Es dauerte zehn Minuten und fünf verschiedene Hierarchieebenen, bis sie endlich zu der großen Lady persönlich durchgestellt wurde.

»Ms Silverado, ich habe gehört, Sie kaufen gerne Goldsachen, bevor Shane Tannahill die Gelegenheit dazu hat.«

»Hängt davon ab, was es für ein Gold ist.«

»Sie können es sich heute Abend selbst anschauen. Es sind siebzehn Stücke.«

»Wird Tannahill auch da sein?«

»Seine Kuratorin.« Cherelle lächelte und bewegte das

Wort noch einmal in ihrem Mund. »Dieses Treffen ist nur für Frauen.«

»Wer sonst?«

»Nur Sie beide. Und ich.«

»Wer sind Sie?«, fragte Gail, ungehalten und interessiert zugleich.

»Jemand, der den Koffer voll mit den tollsten keltischen Goldsachen hat. Mindestgebot ist eine Million in bar, gebrauchte Scheine.«

Gail lachte. »Immerhin haben Sie ganz schön Mut. Geben Sie mir eine Telefonnummer. Ich rufe zurück, wenn ich mit meiner Bank gesprochen habe.«

»Ich rufe Sie in einer Stunde noch mal an. Seien Sie da, sonst kriegt Tannahill alles.«

59

Las Vegas
5. November
Am Nachmittag

Rich Morrison öffnete selbst die Bürotür und hauchte einen Kuss auf Gails zart gepuderte Wange.

»Wie reizend von Ihnen, eine Überraschung für meine Frau mitzubringen«, sagte er wegen seiner Chefsekretärin, die sogleich diskret ins angrenzende Büro verschwand.

»Eine derartige Gelegenheit gibt es nur einmal zu feiern«, gab Gail leichthin zurück und küsste ihn ebenfalls auf die Wange.

Die Tür schloss sich hinter ihr mit einem teuer klingenden Klicken.

»Wetten, dass halb Vegas denkt, wir hätten eine Affäre?«, lächelte sie und warf die in Goldfolie verpackten Süßigkeiten auf den nächsten Sessel.

»Halb Vegas hätte recht. Die andere Hälfte.«

Lachend trat sie einen Schritt zurück. »Vor etwa zwanzig Minuten erhielt ich einen Anruf von einer Frau. Sie will siebzehn Stück keltischer Artefakte an mich oder Shane Tannahill verkaufen. Sie will eine Million. Bar. In gebrauchten Scheinen.«

Richs Augenbraue hob sich. »Interessant. Hat sie ihren Namen genannt?«

»Was meinen Sie?«

»Nein.«

»Ich kann fünfhunderttausend aufbringen, ohne meine Investoren in Aufregung zu versetzen«, sagte Gail. »Aber mehr nicht. Shane kann doppelt so viel zahlen und hat noch jede Menge übrig. Wollen Sie ihn so sehr drankriegen, dass Ihnen das eine halbe Million von Ihrem eigenen Geld wert ist?«

»Ja.«

»So schnell, eh? Sie müssen nicht mal Ihre Geldgeber anrufen?«

»Aber die warten doch bloß drauf, hier jedes Jahr achthundert Millionen pro Jahr zu waschen. Dafür behalten wir zehn Prozent davon ein. Sie sind gut mit Zahlen. Rechnen Sie es aus.«

»Okay, eine halbe Million sind für die also Peanuts. Aber für mich nicht. Ich brauche das Geld noch heute Abend.«

»Früh oder spät?«

»Das hat sie nicht gesagt. Sie ruft nachher zurück, dann machen wir die Details aus.«

»Ich schicke jemand zu Ihnen, sobald das Geld da ist. Nur gebrauchte Banknoten, nehme ich an?«

»Das ist Voraussetzung.«

Er lächelte. »Sie haben das Geld in zwei Stunden. Höchstens. Noch etwas?«

Sie warf ihm einen Seitenblick durch schwere Wimpern zu. »Was hätten Sie denn zu bieten?«

»Mehr, als Sie Zeit haben, um es zu genießen.« Dann lächelte er gequält. »Zum Teufel, Silver. Es ist zu spät für uns beide.«

»Noch nichts davon gehört? Nimm einfach eine Tablette und verwandle dich in einen Teenager.«

»Neue Ehefrauen sind nicht so leicht zu finden.«

»Vor allem solche mit den richtigen politischen Beziehungen, die Sie unbedingt brauchen.«

»Vor allem solche«, stimmte er zu.

»Werden Sie unser nächster Gouverneur sein?«

»Ich bevorzuge eine Position mit mehr Macht.«

»Senator?«

Er schüttelte den Kopf.

»Kommen Sie schon, Rich. Sie werden doch nicht etwa für die Präsidentschaft kandidieren?«

»Dafür gefällt es mir in Nevada zu gut. Ich denke, ich wäre ein ganz guter Präsident des Gaming Control Board, oder?«

Sie stieß einen Pfiff aus. »Bestehen Sie die Überprüfungen?«

»Selbstverständlich.«

»So wird der Bock zum Gärtner gemacht ...« Gail kicherte, dann lachte sie laut auf.

Sie gluckste immer noch, als sie die Tür des Büros längst hinter sich geschlossen hatte.

60

Las Vegas
5. November
Am Nachmittag

Mitten auf dem Tisch, auf unbenutzten Halloween-Servietten ausgebreitet, lagen sechs goldene Artefakte als funkelnder Niederschlag vergangener Zeiten und menschlicher Träume. Shane spürte ihre Anwesenheit wie einen leisen Seufzer, gerade außerhalb der Wahrnehmung, ein Atem, der zart über seine Haut strich.

Ohne Handschellen saß er wartend in einem anonymen Zimmer eines anonymen Regierungsgebäudes bloß zwei Meilen und doch Welten vom *Golden Fleece* entfernt. Die Möblierung entsprach einem Wartezimmer um die Jahrhundertwende: Stahlrahmen, abgenutzte dunkelgraue Sitzkissen, metallener Besprechungstisch, ein Wasserspender in der Ecke, ein Plastikpapierkorb, halb voll mit benutzten Pappbechern. Kein Teppich, kein Telefon, kein Computer und keine Fenster.

Zwei Männer, die es ablehnten, ihm ihre Namen oder Dienstnummern zu sagen, hatten abwechselnd versucht, ihn dazu zu bewegen, ihnen die vier Goldartefakte auszuhändigen, die er bereits in seinem Besitz hatte. Die Begründung lautete, dass diese ebenfalls eindeutig gestohlen waren wie die sechs Teile, bei deren Kauf er am Morgen verhaftet worden war.

Shane wurde klar, dass die Suche von *Rarities* nach der Quelle der Artefakte alle möglichen Haifische auf den Plan rief. Die Fragen – und die Fragesteller – ignorierte er jedoch gänzlich, bis sie endlich aufgaben und das Zimmer verließen. Sie waren unwichtig – bloße Platzhalter, bis die wirklich Wichtigen eintrafen.

Shane wusste das, auch wenn die beiden es nicht wissen mochten.

Endlich, zu spät, hatte Shane das Muster erkannt. Nun ging es nur noch darum, zu berechnen, wie hoch seine Verluste waren, und sie abzuschreiben – aber unter keinen Umständen auf das Gold zu verzichten.

Seine Anwälte waren irgendwo im Gebäude und machten jedem die Hölle heiß, der die Befugnis haben könnte, Shane freizulassen. Andere Anwälte wiederum machten Anwälten in Washington D.C. die Hölle heiß, und diese wiederum jedweden Regierungsvertretern, die das bewirken könnten.

Weil keine Anklage erhoben worden war, war es für Shanes Anwälte schwierig, etwas in Gang zu setzen. Die einzige greifbare Aktennotiz besagte, dass Shane »freiwillig« in das Gebäude gekommen war. Wenn das bedeutete, dass er eingewilligt hatte, das Gebäude zu betreten und mit den Beamten dort zu reden, statt sich offiziell arretieren und in eine Zelle stecken zu lassen, um dort durch eine Glasscheibe mit seinen Anwälten zu reden, dann war Shane tatsächlich freiwillig ein zeitweiliger Gast von Uncle Sam.

Die Tür öffnete sich. Eine zierliche Frau mit schwarzem Haar, prüfenden schwarzen Augen und dem unbedingten Selbstvertrauen einer Tigerin kam ins Zimmer herein. Und wie eine Tigerin war sie gleichzeitig gefährlich und wunderschön. Sie schloss die Tür hinter sich. Obwohl sie kein Namensschild trug, wusste er, wer sie war.

»Hallo, April Joy«, sprach er sie an. »Ich habe mich schon gefragt, ob Sie wohl persönlich kommen würden.«

April warf ihm einen Blick zu wie eine Tigerin ihrem erwählten Beutestück, der ausdrückte, dass er sich noch wünschen würde, sie wäre an der Westküste geblieben. Sie verschränkte die Arme vor der Brust, lehnte sich gegen die Tür und starrte ihn einfach an – mindestens zehn lange Sekunden lang.

»Es wäre für uns alle wesentlich einfacher gewesen, wenn Sie einer Zusammenarbeit mit mir gleich zugestimmt hätten, als man zum ersten Mal mit Ihnen Kontakt aufgenommen hat«, sagte sie schließlich.

»Bezüglich des Goldes?« Er kannte ihre Antwort, aber er wollte es aus ihrem Munde hören. Er hatte letzthin zu viel aus dem Blick verloren aufgrund seiner obsessiven Beschäftigung mit der bevorstehenden Druidengold-Ausstellung.

Und mit Risa.

April schob das Thema Gold mit einer Bewegung ihrer eleganten Hand beiseite. »Mich interessiert nur die Geldwäsche der Red-Phoenix-Leute.«

Bingo.

Shane berührte den Goldring in der Mitte des Tisches mit der Fingerspitze. Die Runen auf der Außenseite wandten sich eher an nordische als an walisische Götter und baten um Schutz für die Träger des Rings. Die Symbole auf der Innenseite waren rein keltischen Ursprungs und sprachen stumm von Göttern, die sich vor dem Druidenkönig verneigten und ihm zuhörten. Sein eigener Ring trug außen Symbole in der altirischen Oghamschrift, innen waren es ebenfalls keltische Symbole. Er hätte sein Leben verwettet, dass beide Ringe einst Personen gehört hatten, die die Macht irdischer Götter besaßen.

»Die beiden Beamten, die mich befragten, haben sich für das Gold interessiert«, bemerkte Shane.

»Das ist deren Problem. Es interessiert mich nur insoweit, als die Briten in Washington Druck machen, weil sie es zurückhaben wollen. Sollte unsere Regierung die unerfreuliche Angelegenheit in meine Zuständigkeit verlegen, dann werden Sie von mir hören, so sicher wie das Amen in der Kirche.«

»Das bezweifele ich nicht«, erwiderte Shane mit dem Anflug eines Lächelns.

»Warum sind Sie dann so ein sturer Mistkerl?« April verzog keine Miene.

Shanes Lächeln wurde breiter, doch seine dunkelgrünen Augen blieben kalt. »Das hab ich auf den Knien meines Vaters gelernt.«

»Wenn Sie meinen, als Sohn des alten Merit könnten Sie aus dieser Sache herauskommen, haben Sie falsch gedacht. In der Scheiße schwimmen Sie ganz allein. Als wir aus Höflichkeit bei ihm anriefen, sagte er, Sie seien Freiwild, und wollte nicht einmal etwas von der Sache hören.«

»So ist er, mein Daddy.«

April legte den Kopf auf die Seite. In all den Jahren, die sie im Karussell der verschiedenen Regierungsabteilungen – das dazu diente, der Kontrolle durch den Kongress zu entgehen – verbrachte, hatte sie schon einige Kerle auseinandergenommen, die dachten, sie seien die härtesten Burschen. Bevor sie mit ihnen fertig war, handelte es sich nur noch um kleine Jungs, die nach ihrer Mama suchten. Ihr gefiel der Gedanke, dass es mit Shane Tannahill genauso einfach wäre.

Doch die Erfahrung sagte ihr, dass es nicht so sein würde.

Sie blickte auf die Uhr, murmelte einige ausgewählte Sätze auf Chinesisch und entschied sich dann, allen Beteiligten etwas Zeit zu sparen. Sie sah auf das Gold, dann auf Shane. »Sind Sie in dieser Angelegenheit für *Rarities* tätig?«

»Ich bin selbstständig.«

Ihre schwarzen Augen verengten sich. »Okay, großer Held. Arbeitet *Rarities* für *Sie* in dieser Angelegenheit?«

»Warum interessiert Sie das?«

»Wären Sie nur annähernd so übel wie Ihr Ruf, würde Dana Gaynor Sie nicht mal mit der Feuerzange anfassen. In Bezug auf ihre Stammkunden ist sie nämlich äußerst wählerisch.«

Diesmal erreichte Shanes Lächeln auch seine Augen. »So ist sie. Ihr wird sogar nachgesagt, sie würde gelegentlich sogar der Regierung ausweichen.«

April wartete.

Er holte seinen Stift aus der Tasche der grünen Windjacke und begann, den schlanken Goldstift über seine Hand wandern zu lassen.

Sie lehnte sich fester an die Wand und wartete weiter.

Ein *Klick,* wenn sich Gold und Gold trafen. Stille. *Klick.* Stille.

»Im Grunde«, sagte er nach einer Weile, »haben Sie gegen mich nicht das Geringste in der Hand.« *Klick.* »Um zu beweisen, dass ich Diebesgut angenommen habe, müssen Sie erst mal beweisen, dass die Artefakte aus einem Raub stammen. Das können Sie nicht.«

»Sie scheinen sich da sehr sicher zu sein.«

Klick. »Das bin ich.«

»Sie glauben also nicht, dass die Artefakte gestohlen wurden?«

»Wann? Letztes Jahr? Vor hundert Jahren? Tausend Jahren? Zweitausend Jahren?«

»Ich lasse die Anwälte über solchen Spitzfindigkeiten brüten. Unterdessen können Sie mit mir kooperieren – oder Sie verbringen eine Weile im Gefängnis, während alle anderen brüten.«

»Ich bin aus dem Gefängnis draußen, noch bevor Sie zurück an der Westküste sind.«

»Was das Gold anbelangt – ja. Aber Geldwäsche? Oh, oh, da wird schon was zusammenkommen. Ich stehe der abteilungsübergreifenden Spezialeinheit vor, die gegen die Triade kämpft.«

»Also deshalb ist das FBI mit drin.«

Sie zeigte ihm eine Reihe weißer Zähne.

»Ich wasche kein Geld, und Sie wissen das«, sagte Shane.

»Das dachte ich auch. Dann hat mir ein Vögelchen etwas ins Ohr gezwitschert, und ich bekam ein Stück Papier von einem Richter, das mir erlaubt, Ihre Computer im Casino bis zum letzten Byte zu überprüfen.«

»Herzlich willkommen.«

April lächelte. Das machte ihren Anblick noch umwerfender, noch intensiver. »Dana hat vorhergesehen, dass Sie das sagen würden. Lassen Sie uns mal annehmen, Sie und ich würden einen Deal miteinander machen. Sie zeigen mir Ihre Computer ohne Einsatz des Durchsuchungsbefehls. Wenn Sie sauber sind, verabschiede ich mich und lasse die Anwälte grübeln, und Sie sind in einer Stunde zu Hause. Wenn Sie nicht sauber sind, vernichte ich den Beweis – falls Sie mir dabei helfen, eine Falle zu stellen, mit der die Geldwäsche der Red-Phoenix-Triade beendet wird, bevor sie sich in Vegas richtig etablieren.«

Shane brauchte nicht mal zwei Sekunden, um zum Punkt zu kommen. »Ich bin jetzt gleich draußen. Das Gold nehme ich mit. Das ist nicht verhandelbar.«

April mochte die Antwort zwar nicht, aber sie hatte damit gerechnet. Sie richtete sich auf und griff nach der Türklinke. »Einverstanden. Also los.«

»Noch nicht.«

Sie drehte sich so schnell herum, dass ihr brombeerfarbenes Jackett aufflog. »Was!«

Eine Frage war das nicht.

»Da ich so ein großzügiger und hilfreicher Bürger bin«, meinte Shane, »und zwar einer, der sich nicht über eine unzulässige Festnahme aufgrund von vorsätzlicher Täuschung beschwert, bin ich der Ansicht, die Regierung könnte mir eine Form von Wiedergutmachung anbieten.«

»Einen Orden? Mittagessen im Weißen Haus, bei dem der Secret Service das Salz reicht?«

»Nichts so Besonderes. Ich möchte nur gerne die Regierung auf meiner Seite haben, wenn man zu gegebener Zeit den Briten Folgendes erklären muss: Wenn sie nicht nachweisen können, dass ihnen das Gold gestohlen wurde *zu einer Zeit, als das Eigentum an den Altertümern bereits durch internationales Recht gedeckt war,* dann dürfen sie von mir nicht erwarten, dass ich ihnen keltische Artefakte im Wert von vielen Millionen Dollar zurückgebe, nur weil ich so ein netter Junge bin.«

»Und wenn die Briten das Eigentum nachweisen können?«

»Dann gehört das Gold ihnen.«

»Ich werde tun, was ich kann. Das ist keine Garantie, Tannahill. Altertümer sind ein heikles Thema in der internationalen Diplomatie.«

Shane lächelte amüsiert. »Meinen Sie?«

»Ja, das meine ich.« Über sich selbst lächelnd, schüttelte sie den Kopf. »Wenn ich es nicht besser wüsste, müsste ich glauben, Dana wählt ihre männlichen Stammkunden nach der Breite der Schultern und dem Lächeln aus.«

Shane lachte. »Sie würden mich wahrscheinlich sofort verhaften, wenn ich Ihnen erzählte, warum die Regierung Sie auf Männer ansetzt.«

Sie senkte die dichten schwarzen Wimpern und lächelte ihn auf sehr weibliche Weise an. »Wenn ich gedacht hätte, dass diese Art bei Ihnen wirkt ...«

»Absolut nicht. Ich kann platonisch genießen.«

»Ja. Das haben die drei Frauen, die wir auf Sie angesetzt hatten, auch gesagt.«

Seine Augenbrauen hoben sich. »Drei? Wann?«

»Himmel, Sie haben das nicht mal bemerkt. Die drei werden untröstlich sein.« April schüttelte den Kopf und öffnete die Tür. »Nach Ihnen, mein Herr.«

61

Las Vegas
5. November
Am Nachmittag

»Bist du sicher, dass du von dem Gold nichts gesehen hast?«, fragte Dana Gaynor und starrte von Risa zu Niall. »Nicht mal einen kurzen Blick erhascht?«

Niall betrachtete das dunkelhaarige Energiebündel, das ohne Vorwarnung am Empfang des *Golden Fleece* aufgetaucht war und nach S. K. Niall gefragt hatte, mit großer Vorsicht. Dana verlor fast nie die Fassung, aber im Augenblick sah sie aus, als wäre sie bald so weit. Ihr kleiner und sehr weiblicher Körper vibrierte fast vor aufgestauter Energie. Er hatte ihr die Geschichte von Shane, dem Gold und dem FBI bereits mehrfach erzählt, aber er kannte sie zu gut, um jetzt darauf hinzuweisen.

Sie hasste es, Kunstwerke von unschätzbarem Wert zu verlieren. Wenn ihr jetzt jemand ein Ziel böte, würde sie schießen und sich hinterher entschuldigen.

»Nein«, sagte Niall. »Der Blickwinkel war dafür nicht geeignet. Ich konnte nur sehen, wie Shane seinen Kopf in den Bronco steckte.«

»Oh, verdammt, verdammt«, knurrte Dana. »Wie können wir dann wissen, ob sie gut sind? Es war vielleicht von Anfang an eine Falle, komplett mit nachgemachtem Gold, und wir rennen alle ganz umsonst herum wie Ameisen in kochendem Wasser.«

Risa blieb stumm. Sie tigerte nur weiter von ihrem Wohnzimmer ins Schlafzimmer und wieder zurück. Mit jedem

Schritt erinnerte sie sich all der wütenden Worte, die sie Shane entgegengeschleudert hatte, bevor er gegangen war. Für die Chance, ihn in ihren Armen zu halten, hätte sie jedes einzelne davon mit Freuden zurückgenommen.

Vorausgesetzt, er ließe es zu, nachdem sie ihn so angegangen war.

Große Annahme.

»Wenn er das Gold gekauft hat«, sagte Risa, »dann ist es auch gut.«

Dana reckte den Hals. »Du klingst, als wärst du ganz sicher.«

»Das bin ich.«

»Wenn er so gut ist, wozu braucht er dich dann?«

»Er braucht mich nicht. Ihr braucht mich«, gab Risa blitzschnell zurück. »Deshalb bin ich hier und Shane sitzt in irgendeiner Zelle rum.« Unvermittelt hielt sie ihre Hand in die Luft. »Tut mir leid. Das ist nicht eure Schuld.« Sie zuckte mit den Schultern. »Shane spürt etwas bei bestimmten Arten von Artefakten. Ich kann ihm nur vorwerfen, dass er die Provenienz nicht genügend beachtet; seine Kaufentscheidungen sind immer richtig.«

»Irgendein sechster Sinn?«, fragte Dana und warf Niall einen schrägen Blick zu.

Risa rieb sich die Arme. »So kann man das vielleicht nennen.« Sie drehte sich um und ging wieder auf und ab. »Verdammt! Was machen bloß all die teuren Anwälte, laden sie das FBI zu einem Zehn-Gänge-Menü ein, während sie diskutieren, wie sich vorsätzliche Täuschung und Fallenstellen definiert?«

Niall trat zu ihr hin und legte ihr den Arm um die Schultern. Der Mund, der sonst so verführerisch und sinnlich weich war, wirkte jetzt gepresst, bleich, dünn und angespannt.

»Beruhige dich, Liebe«, sagte er. »Shane geht's gut. Beim einzigen Sohn des alten Merit werden sie nicht die Gummiknüppel zücken. Das FBI macht einen riesigen Wirbel, was bedeutet, dass sie irgendetwas von Shane wollen. Die Anwälte tun alles, um ihn freizukriegen.«

»Das ist nicht genug!« Risa versuchte die aufsteigenden Tränen zurückzudrängen – Tränen der Wut. Sie hasste es, sich so hilflos zu fühlen. »O mein Gott, verstehst du das nicht? Ich bin diejenige, die Cherelle ins *Golden Fleece* mitgenommen hat. Es ist mein ...«

»Shane ist schon ein großer Junge«, unterbrach sie Ian. Er lehnte am Türrahmen zur Küche und trank Kaffee. »Er kannte die Spielregeln, bevor er die Karten aufgenommen hat.«

Risa drehte sich zu Ian um. Er hatte zwar recht, das hinderte sie jedoch nicht daran, ihm zu sagen, was sie von einem nutzlosen Bodyguard hielt, der denjenigen, der seinen Schutz tatsächlich benötigt hätte, ins Gefängnis wandern ließ.

Doch noch bevor sie das erste Wort ihrer Schimpftirade loslassen konnte, klingelte das Telefon. Sie hechtete förmlich zum Apparat.

»Wow!«, grinste Ian und nippte am Kaffee. »Das Klingeln hat mich gerade noch mal gerettet.«

Risa warf ihm einen schneidenden Blick zu, während sie den Hörer abnahm. »Sheridan.«

»Hallo, Küken. Ich hab ein paar Sachen aus Gold für dich, die dich umhauen werden.«

»Cherelle! Wo bist du?«

Ian durchquerte rasch das Zimmer und schaltete mit geübtem Griff das Aufnahmegerät an, das er an ihrem Telefon installiert hatte.

»Ja, ich bin's, die Kükenmutter«, sagte Cherelle. »Bin bloß froh, dass Socks dich nicht verletzt hat. Der Junge ist ein ziemlich fieses Schwein.«

»Du hättest mir sagen sollen, dass du die Codekarte zu meinem Apartment weitergibst.«

»Ich hab sie ihm nicht gegeben. Ich muss sie irgendwo verloren haben. Haben ihn die Bullen inzwischen geschnappt?«

»Nicht dass ich wüsste.«

»Scheiße.«

Am anderen Ende der Leitung biss sich Cherelle wieder auf die Innenseite ihrer Wangen und zuckte zusammen. Sie war schon ganz blutig im Mund. Die Biere, die sie getrunken hatte, betäubten ihren Hunger nach Kokain ein bisschen, aber nicht genug. Sie hoffte immer noch, Socks bald in Handschellen in den Nachrichten zu sehen, damit sie das Gold endlich verkaufen und aus dem verdammten Vegas fortkonnte.

Kein Glück bisher.

Sie musste ihrem Glück selbst ein wenig weiterhelfen. »Also, das ist mein Angebot: Ich hab siebzehn Stücke aus Gold.«

Risa stockte der Atem. »Immer noch, auch nachdem du heute sechs verkauft hast?«

»Ich hab gar nichts verkauft. Socks hat wohl Tims Gold verkauft. So ein Arschloch. Hat aber nicht viel dafür gekriegt. Für die ersten vier erst recht nicht.«

Risa zwang sich, ihre zur Faust verkrampfte Hand zu lösen. »Du hast heute nicht sechs Stücke von dem Gold verkauft?«

»Hab ich dir doch gesagt. Das war Socks. Oder vielleicht Tim. Ich weiß es nicht. Seine Mutter geht nicht ans Telefon, deshalb weiß ich nicht, was mit ihm los ist. Aber mach dir keine Sorgen. Das Beste von dem Gold hab ich für mein Küken aufgehoben.«

»Wenn ich mir überlege, was mit all den Leuten passiert ist, die mit dem Gold in Berührung kamen, weiß ich nicht, ob du mir damit einen Gefallen tust.«

»Willst du's nicht haben?«, fragte Cherelle.

Der Ton ihrer Stimme verriet mehr über ihren Zustand als ihre schnelle Nachfrage. Risa konnte daraus Sorge hören und noch etwas Tieferes, eine Art Verzweiflung, die dabei war umzuschlagen. Ein Teil von Risa wollte ihr helfen. Doch der andere Teil wollte die Kindheitsfreundin dafür anschreien, einfach in ihrem Leben aufzutauchen und es leichtfertig zu zerstören.

»Ich habe das Gold nicht gesehen«, sagte Risa. »Wie kann ich jetzt sagen, ob ich es haben will?«

»Es ist besser als alles, was du bisher hast. Darauf geb ich dir mein verdammtes Wort. Deine Kükenmutter würde dir doch nichts Falsches sagen, nicht wahr?«

Der bettelnde Ton in ihrer Stimme erinnerte Risa an die Zeiten, als Cherelle sie gedrängt und geschubst und gezogen hatte, Süßigkeiten aus dem kleinen Laden zu stehlen. Als Kind hatte sie geglaubt, gute Freunde müssten einander immer helfen, egal, wobei.

Erst als Erwachsene hatte sie begonnen, das »egal« anders zu betrachten.

Sie wollte auf keinen Fall an Cherelles Untergang teilhaben.

»Wie viel willst du für das Gold?«, fragte Risa.

Cherelle hatte darüber lange nachgedacht. Davon geträumt. Silverado an die Angel zu kriegen, hatte ihr schon einen ordentlichen Kick verschafft, fast so gut wie beim Koksen. Nur sie selbst wusste, dass gerade eine nette kleine Versteigerung lief. Am Ende würde Cherelle um drei Millionen Dollar reicher sein.

»Zwei Millionen«, sagte Cherelle. »Bar. Gebrauchte Scheine, nicht markiert. Nicht zu kleine Scheine, aber auch nicht zu große. Fünfziger und Hunderter sind gut. Ein paar Zwanziger sind okay. Kleiner nicht.«

Risa blickte auf Dana. »Zwei Millionen nicht markierter Zwanziger, Fünfziger und Hunderter. Das ist eine Menge Bargeld.«

Dana nickte.

»Du kriegst es billig, Küken. Nach dem, was du mir selbst gesagt hast, ist es locker zweimal so viel wert. Hab dir doch gesagt, Küken, du sprichst mit mir. Deine Kükenmutter würde dich doch nicht bescheißen.«

Wenn das Gold besser war als das, was Shane von Smith-White gekauft hatte, dann waren zwei Millionen Dollar wirklich ein guter Preis.

Wenn.

»Eine Million«, sagte Risa kühl.

»Eine!« Cherelles Stimme klang schrill und grob. »Was zum Teufel sagst du da? Wert ist es mindestens …«

»Es ist so viel wert, wie jemand dafür bezahlen will«, fiel ihr Risa ins Wort. »Ich bezahle eine Million in bar, in unmarkierten Scheinen.«

»Gail Silverado wird mir zwei dafür geben«, sagte Cherelle rasch. »Ich nehme an, wir müssen sehen, wer das meiste Geld mitbringt, und …«

»Gail Silverado?«, unterbrach sie Risa. »Was hat sie damit zu tun?«

Dana blickte grimmig.

Niall ebenfalls.

»Sie hat dasselbe damit zu tun wie dein Boss«, gab Cherelle zurück. »Sie hat Geld und sie will das Gold haben.«

Insgeheim fragte sich Risa bitter, ob Cherelle zu Silverado auch Küken sagte. »Wer noch?«

»Nur ihr beide.«

»So, nur wir beide.« Risa wiederholte die Aussage für die anderen, die Cherelle nicht hören konnten.

Dana nickte wieder und gab zu verstehen, dass sie die Wettbewerbssituation akzeptierte. Aber das war kein Blankoscheck. Noch nicht. Das wollte sie vermeiden, beinahe so dringend wie eine weitere Falle.

»Okay«, sagte Risa. »Aber ich muss das Gold sehen, bevor ich dir das Geld gebe.«

Niall grinste und warf ihr eine Kusshand hin.

»Silverado hat mir aber keine Bedingungen gestellt«, sagte Cherelle.

»Sie will dich wahrscheinlich übers Ohr hauen, egal, wie das Gold ist. Das mach ich nicht.«

Cherelle lehnte in ihrem Zimmer an der Wand und lachte, musste aufstoßen, lachte weiter. Risa war so naiv, es machte fast keinen Spaß, sie zu betrügen. Silverado hätte ihr wahrscheinlich gesagt, sie solle sich mitsamt ihrer Zwei-Millionen-Dollar-Idee verpissen. Aber Risa nicht. Sie würde ihr einfach glauben, was immer sie ihr auch erzählte, und mit Eimern voll Geld auftauchen.

Das Gelächter quoll aus Cherelles Kehle, bis sie nur noch glucksen konnte und ihr die Tränen die Wangen hinabliefen.

»Du bist doch wirklich mein Küken«, sagte Cherelle, als sie wieder sprechen konnte. »So ehrlich. Du hättest eine verdammte Nonne werden sollen, aber ich schätze mal, sogar der liebe Gott wäre noch zu viel Mann für dich.«

Risas Gesicht spannte sich an. Cherelle klang betrunken oder high oder beides. Sie hatte offensichtlich ihre Emotionen nicht mehr im Griff. Kein Wunder, da ging viel durcheinander: Verzweiflung, Wut, Überreden, und jetzt auch noch Verachtung für das, was ihre Freundin war – heute und früher. Risa hätte Cherelle gerne darauf hingewiesen, dass die naive Ehrliche viel besser lebte als die miese Betrügerin, aber sie ließ es bleiben. Die Cherelle, mit der sie sprach, hatte mit ihrer Kindheitsfreundin nur noch wenig gemein.

Und die Erwachsene wollte Risa lieber nicht kennenlernen.

»Wo und wann?«, fragte Risa.

»Heute Abend. Du guckst dir das Gold an und gibst mir dann das Geld. So ist der Deal. Ich hab keine Lust mehr, hereingelegt zu werden.«

»Heute Abend?« Risa blickte Dana an. »Ich weiß nicht, ob ich das Geld so schnell auftreiben kann.«

Dana blickte auf Niall.

Der nickte. Zu seinem Job gehörte auch das Bereithalten eines Pools von mehreren Millionen Dollar in bar, für den

Fall, dass *Rarities* solch ungewöhnliche Angebote bekam wie das derzeitige. Wie Shane in seinem Casino, so hatte *Rarities* mehr Bargeld parat als neunundneunzig von hundert Banken.

»Heute Abend ist okay«, sagte Risa.

»Ich ruf dich in ein paar Stunden an und sag dir wo. Bring nur genug Geld mit. Wir werden eine nette Versteigerung machen, Stück für Stück.« Sie lachte schrill. »Wer das meiste Geld hat, kriegt die meisten Preise.«

»Cherelle …«, begann Risa und fragte sich, was wohl los sei.

Cherelle sprach weiter, ihre Stimme klang heiser und doch hart wie Stein. »Komm bloß allein, mein Küken. Wenn du irgendjemand mitbringst, bin ich sofort durch die Hintertür weg und du siehst das Gold nie wieder. Dein Boss fände das sicher gar nicht gut.«

»Ich kann doch nicht mitten in der Nacht alleine losfahren mit dem Kofferraum voll Geld …«

Risa sprach ins Leere. Mit einem Laut der Empörung knallte sie den Hörer auf.

»Nicht alleine«, sagten Niall und Ian gleichzeitig.

Risa warf ihnen einen Blick zu, der ihnen mitteilte, dass sie tun würde, was sie wollte und wann sie wollte, und wenn sie sich auf den Kopf stellten.

»*Rarities* legt das Geld dafür vor«, sagte Niall. »Und ich sage dir, dass du das nicht alleine machen wirst.«

»Das *Golden Fleece* wird das Geld dafür vorlegen«, sagte Shane vom Eingang. »Und Risa wird das nicht alleine machen.«

Risa flog herum und blickte zur Tür, als Shane gerade einen Schritt beiseitetrat, um einer atemberaubend schönen Frau mit leicht asiatischen Gesichtszügen den Vortritt zu lassen.

»Ich glaube, Sie kennen hier jeden außer Risa«, sagte Shane. »Risa Sheridan, April Joy.«

Risa wusste nach dem ersten Blick auf April, dass es Ärger geben würde. Auch wenn sie das selbst nicht gespürt hätte, konnte man es an den angespannten Gesichtszügen von Ian ablesen.

Shane blickte noch grimmiger als Ian.

»Hallo, April Joy«, sagte Risa. »Ist das ein gutes Zeichen, dass Sie hier sind?«

Die Lippen der Agentin kräuselten sich zu einem seltenen aufrichtigen Lächeln. »Eher nicht, aber vielleicht haben Sie ja Glück.«

Ians raues Lachen verriet Risa, dass daraus wohl eher nichts werden würde.

62

Las Vegas
5. November
Am späten Nachmittag

Risa machte ein paar Schritte auf Shane zu, dann hielt sie an. Seinem Gesichtsausdruck nach hätte sie eine Fremde sein können. Oder unsichtbar. Sie wusste nicht, ob er auf sie wütend war oder auf die ganze Welt. In Anbetracht von April Joys Anwesenheit wahrscheinlich beides.

Trotzdem sehnte sich Risa danach, ihren Geliebten in die Arme zu nehmen, ihn zu spüren und sich zu vergewissern, dass es ihm gut ging.

»Es tut mir leid, dass ich dich angeschrien habe«, sagte sie. »Geht es dir gut?«

Er sah sie mit verschleiertem Blick an, dann streckte er seine Hand aus. Als sie danach griff, zog er sie an sich und vergrub sein Gesicht in ihrem Haar. Sie schlang die Arme um ihn und hielt fest, hielt einfach fest.

»Ich habe mir um dich solche Sorgen gemacht«, sagte sie leise an seinem Hals. »Warum hast du mich nicht mit dir kommen lassen?«

Er schob sie ein Stück von sich fort und schaute in ihre leuchtenden, ernsten Augen. »Du bringst mich noch um den Verstand.«

Sie blinzelte fragend. »Weil ich so schnell die Beherrschung verliere?«

»Weil du offenbar nicht begreifst, dass dir jemand eine Kugel verpassen könnte und ich mir dann den Rest meines Lebens wünsche, es hätte mich selbst erwischt.«

»Ich möchte auch nicht, dass du verwundet wirst«, protestierte Risa.

»Ich rede nicht von Verwundungen. Ich rede vom Tod.« Shane blickte zu Dana hinüber. »Die Goldartefakte, die ich losgekauft habe, liegen im Casinotresor.«

»Halleluja«, lächelte Dana begeistert. »Zehn da, fehlen noch siebzehn.«

»Siebzehn?«, fragte Shane schnell und überlegte sich, was ihm wohl von der Unterhaltung entgangen sein mochte, die er nur vom Flur aus mitbekommen hatte. »Wer? Wann? Wo?«

»Cherelle«, sagte Risa. »Was das wann und wo anbelangt, warten wir auf Nachricht.«

»In der Zwischenzeit«, sagte Niall zu Ian, »geh bitte rüber zum *Wildest Dream*.«

»Es gibt von der Privatgarage nur eine Ausfahrt«, erklärte Shane. »Gail Silverado fährt entweder einen weißen Mercedes oder sie wird in einer weißen Limousine chauffiert. Die beiden Kennzeichen haben meine Sicherheitsleute gespeichert.«

Niall grinste grimmig und bat Ian: »Wenn Silverado den Anruf vor uns erhält, dann folge ihr und sag uns Bescheid.«

Ian nickte, schnappte sich ein dunkles Jackett von einem der Stühle und ging an April vorbei, ohne sie eines Blickes zu würdigen.

Aus Aprils abschätzigem Blick auf Ian wiederum war Verachtung abzulesen.

»Wie hoch ist der Einsatz bei diesem Spiel?«, wandte sich Shane an Niall.

»Zwei Millionen in bar. Nicht größer oder kleiner als Hunderter, was mich betrifft. Sonst dauert es viel zu lange, es so zu verpacken, dass eine Frau damit klarkommt.«

»Kein Problem«, meinte Shane. »Ich kümmere mich drum.«

Aprils seidige Augenbrauen gingen in die Höhe. »Kein

Wunder, dass die Red-Phoenix-Triade unbedingt in Vegas Fuß fassen will. Hier läuft an einem Tag in einem Casino mehr Bargeld durch als in einer Zentralbank innerhalb einer Woche.«

Niall warf April einen kurzen Blick zu, gab aber keinen Kommentar ab. Er respektierte ihre Fähigkeiten voll und ganz, was besagte, dass er beruflich mit ihr so wenig wie möglich zu tun haben wollte. Den Tiger zu reiten war der beste Weg, von ihm gefressen zu werden.

»Ich habe immer ein Minimum von fünf Millionen in bar zur Hand«, sagte Shane. »Einige meiner Kunden – die Walfische – mögen keine Überweisungen, und keiner mag Schecks. Die Walfische, die bares Geld einzahlen, bekommen auch wieder bares Geld ausbezahlt. Wie sie das Geld in die verschiedenen Länder hinein- und aus ihnen herausbekommen, ist ihr Problem. Ich muss nur sicherstellen, dass ich genug Bargeld im Haus habe für alles, was den Walfischen einfällt.«

»Das wird ja immer besser.« Das Lächeln von April gehörte nicht zu der Sorte, mit der man kleine Kinder beruhigt. »Ich bin neugierig, wie Red Phoenix gebraten und gesotten schmecken wird.«

»Zuerst müssen Sie Ihr Dinner einfangen«, meinte Dana.

»Das wird Tannahill für mich tun.«

Dana schaute Shane fragend an. »Wie kommt es, dass Sie Ihre Meinung geändert haben?«

»Aber das habe ich gar nicht. Ms Joy möchte ihr Geflügel gerne servieren, bevor es geschlüpft ist, geschweige denn gefangen, getötet, ausgenommen, gerupft und gebraten.«

»Igitt«, sagte Risa. »Da halte ich mich lieber an den Zimmerservice.«

April kicherte.

»Wie haben Sie das bloß geschafft?«, fragte Dana April.

»Oh, Mr Tannahill ist so klug wie ansehnlich«, sagte April. »Aber zuerst muss man ihn mit der Nase auf das wahre

Leben stoßen, um seine Aufmerksamkeit zu erhalten. Na ja, er ist eben ein Mann.«

Risa warf Shane einen besorgten Blick zu.

Er gab ihr einen flüchtigen Kuss. »Sie hat einen Durchsuchungsbefehl, der sie womöglich ...«

»Womöglich – von wegen«, warf April ein. »Ich bluffe doch keinen professionellen Spieler. Der Durchsuchungsbefehl hält stand.«

Shane sprach seinen Satz zu Ende: »... zur Kontrolle der Computer von *Tannahill Inc.* berechtigt. Da ich großzügig und patriotisch bin, habe ich einem Deal mit der Regierung zugestimmt.«

»Oh, oh«, brummte Niall. »Das hört sich nicht gut an.«

Auch auf Danas Gesicht war kein Lächeln zu sehen. »Was heißt das?«, fragte sie Tannahill.

»Falls Ms Joy Beweise dafür findet, dass ich an Geldwäsche beteiligt bin, werde ich beim Schlag gegen die Red-Phoenix-Triade helfen.«

Dana schaute April an. »Sie sind also sicher, dass Sie etwas finden werden.«

April lächelte bloß.

»Warum?«, fragte Dana.

»Sie glauben nicht, dass er an der Geldwäsche von Red Phoenix mitmacht?«, fragte April direkt.

»Nein.«

»Ich auch nicht. Aber ich glaube, jemand ist dabei, ihn tief und hart stürzen zu lassen.« Sie lächelte und zeigte dabei ihre weißen Zähne. »Wenn ich es so betrachte, tue ich Tannahill tatsächlich einen Gefallen.«

»Und wer betreibt das Ganze?«, fragte Niall.

Risa sah ihren Freund an und spürte, wie sich ihr Magen verkrampfte. Sie hatte bereits von anderen gehört, dass Niall auch rücksichtslos vorgehen konnte, hatte das aber nie geglaubt.

Jetzt glaubte sie es.

»Möchten Sie wirklich eine Liste der Leute haben, die nichts lieber täten, als den Golden Boy wie eine Pekingente in die Röhre zu schieben?«, fragte April.

»Nein. Ich hätte gerne Ihre Einschätzung, wer es sein könnte«, gab Niall zurück.

»Ein guter Tipp ist Red Phoenix.« Sie schaute Shane aus unergründlichen schwarzen Augen an. »Die haben ein paar richtig gute Hacker, die ihr Handwerk bei niemand anderem als Sebastian Merit gelernt haben, der sich gerne an solchen internationalen Hilfsaktionen beteiligt. Wie sind Ihre Firewalls, Golden Boy? Besser als alles, was der Alte zu bieten hat?«

63

Las Vegas
5. November
Am späten Nachmittag

April Joy sah Shane dabei zu, wie er in seinem Computer grub. Sieben verschiedene Monitore zeigten unterschiedliche Teile der Vergleiche, die sie anstellten. Ein achter Bildschirm wertete alles in einer komplizierten Tabellenkalkulation aus. Sie wurde als dreidimensionale Grafik angezeigt, die sich auf geradezu hypnotisierende Weise ständig drehte und veränderte.

»Was ist das für ein Programm?« April deutete auf die farbige Grafik.

Shane sah nicht von seiner Arbeit an den Tasten auf. »Meins.«

»Das haben Sie entwickelt?«

»Ja.«

»Nur gut, dass ich Ihnen vertraue.« Sie streckte sich mit der Eleganz und Balance eines Menschen, der mindestens eine Stunde pro Tag mit verschiedenen asiatischen Kampfsporttechniken verbrachte. »Sie könnten Beweise löschen und ich würde davon nie erfahren.«

»Das könnte ich, ja. Aber das würde ich nicht tun.«

»Warum? Alles aus Patriotismus?«

Sein Lachen war so hart wie seine Augen, die die komplizierte Grafik analysierten. Was er da sah, gefiel ihm nicht. Er hätte in letzter Zeit wirklich mehr Zeit mit seinen Casinodaten verbringen sollen.

»Wenn sich jemand Zugang zu den Casinokonten verschafft hat, will ich das wissen«, sagte er. »Dann werde ich rauskriegen, wie das gelungen ist. Und dann …«

»Treten Sie jemand in den Hintern?«

»Das überlasse ich lieber Ihrer tödlichen Fußtechnik.«

Sie lächelte. Sie war noch nicht vielen Männern begegnet, die sich mit ihrer Intelligenz und ihren Fähigkeiten zu töten wohlfühlten. »Sie sind sicher, dass Sie mit Ihrer sexy Kuratorin glücklich sind?«

»Ich arbeite noch dran.«

»Wenn es scheitert, sagen Sie Bescheid.«

»Wenn es nach mir geht, wird es nicht scheitern.«

»Ja, das habe ich mir schon gedacht. So ist das immer bei mir«, sagte sie gähnend. »Die Guten sind vergeben, und die Schlechten sind nicht gut. Haben Sie hier irgendwo eine Kaffeekanne rumstehen?«

»Die heißt hier Telefon. Der Zimmerservice hat die 01. Lassen Sie genug Kaffee für zwei hochschicken und etwas zu essen.«

»Und zwar was?«

Shanes Finger eilten über die Tastatur, während er neue Abfragen eingab. Er rollte seinen Stuhl zurück und wandte sich einem anderen Computer zu. »Die wissen, was ich esse. Bestellen Sie für sich, was Sie wollen.«

»Sushi«, sage sie.

»Fragen Sie nach Norataki. Das ist unser bester Sushi-Koch.«

April wollte antworten, sah aber, dass er ihr nicht mehr zuhörte. Er war bereits in ein weiteres Programm vertieft. Der Bildschirm mit der Grafik veränderte sich unablässig und zeigte fantastische Formen, die ihr als eine Kunstform gefielen, die aber keinen Sinn für sie ergaben. Es hätte dem Aussehen nach auch eine Art Malen nach Zahlen sein können.

Stirnrunzelnd tippte sie die Nummer 01 und verlangte Kaffee, Essen für Shane und eine Auswahl vom Sushi-Küchenchef persönlich für sich.

Nachdem sie den Hörer wieder aufgelegt hatte, stand sie einfach hinter Shane und beobachtete, was er tat. Die Computerspezialisten der Regierung hatten ihr gesagt, dass Tannahill zu den besten Programmierern und Hackern seiner Generation gehört hatte, dass er dem aber nicht seine ganze Zeit widmen wollte und dadurch wahrscheinlich etwas den Anschluss verloren hätte. April fragte sich, ob das wohl stimmte oder ob Shane einfach nicht das Bedürfnis hatte, seine Fähigkeiten einem bewundernden Publikum zu präsentieren.

»*Scheiße.*«

Das leise gezischte Wort war alles, was Shane sagte. Dann beugte er sich nach vorne und tippte die Befehle für ein spezielles Programm ein, das er entwickelt hatte, falls er Spuren von Hackern auf seiner Festplatte fand. Das bekam ihnen dann schlecht.

April hätte gerne gefragt, was passiert war. Nach einem Blick in sein Gesicht war ihr klar, dass sie damit besser wartete. Der Mann war wütend. Die Art von Wut, die rauchte wie Trockeneis.

Eine Minute darauf hieb Shane auf die Entertaste und lehnte sich zurück. Der farbige Bildschirm mit der Grafik veränderte sich weiterhin. Er warf ihm noch einen empörten Blick zu und wandte sich dann ab. Er hatte genug gesehen.

»Was ist los?«, fragte April.

Shane schaute auf den Monitor, auf dem sein neuestes Programm lief, und entschied sich, ihr die gute Neuigkeit mitzuteilen. Jedenfalls gut für sie. Für ihn waren die Neuigkeiten sicher nicht gut.

»Ich bin Besitzer eines ungewöhnlich profitablen Casinos«, sagte er unbewegt.

»Und das bedeutet?«

»Meine Automaten haben zuletzt ständig mehr eingebracht als üblich, trotz der Verluste durch ein Betrügerteam letzte Woche. Statt des üblichen Herbsteinbruchs hat das Geschäft an den Tischen weiter gebrummt. Nicht auffällig genug, um Alarm auszulösen. Ein paar Prozente hier und noch ein paar mehr dort. Das addiert sich schnell zusammen. Meine Kontrollprogramme sind so angelegt, dass sie andauernde plötzliche Verluste anzeigen, nicht aber Gewinne. Daher haben sie keinen Alarm geschlagen.«

April beobachtete Shane mit dunklen Augen und völlig konzentriert. Sie sagte nichts.

»Das Ganze wurde erleichtert für die – wer immer es auch war –, dass ich meine Firewall nicht alle paar Wochen erneuert habe«, fügte Shane hinzu. »Ich war zu intensiv mit meiner Keltengold-Ausstellung beschäftigt.« Und mit Risa, aber das musste April nicht wissen.

»Und weiter?«, fragte April.

»Jemand hat sich in meinen Computer eingehackt. Statt mich auf die übliche Art um Geld zu erleichtern, haben sie meinen Konten Geld *hinzugefügt* – Millionen von Dollar, deren Herkunft ich nicht erklären kann, die ich aber bereits beim Gaming Control Board angezeigt und für die ich alle notwendigen Steuern entrichtet habe.«

»Ergo?«

»Sieht so aus, als hätten Sie Ihren Geldwäscher.«

April spürte Shanes gezügelte Emotionen und sagte nichts. Er war zwar bereit, ihr zu helfen, aber er war noch lange nicht geschlagen. Wütend, ja. Er kochte. Doch es war auch eine Art wilder Triumph in seinen Augen, den sie nicht verstand.

Und was sie nicht verstand, machte sie nervös.

»Und jetzt den Rest«, sagte sie.

»Hat sich einer der Computerexperten der Regierung bei mir eingehackt?«, fragte er.

»Nicht dass ich wüsste.«

»Wünschen Sie sich lieber, dass es die Bösen waren.« Shane sah dem Programm zu, das weiterlief, und lächelte, als die Nachricht »Programm beendet« aufleuchtete. »Weil ich gerade jemandes sehr teures Spielzeug zerstört habe.«

64

Las Vegas
5. November
Abends

Gail Silverado, Rich Morrison und Carl Firenze hatten bereits den Tisch verlassen, der zum Dinner in Gails Büro gerollt worden war. Die kalten Reste von Ente, Steak und Garnelen waren auf den verlassenen Platten zu sehen. Nur Carls Hunger war groß genug gewesen, um alles aufzuessen. Gail aß nie viel, und Rich hatte die Hälfte seines Entenbratens aufgegessen, seinen Wein geleert und dabei das Telefon nicht aus dem Blick gelassen.

Die drei tranken ihren Kaffee an der Sitzgruppe in Gails Büro. Rich hatte seinen Kaffee etwas aufpeppen lassen. Gail und Carl nahmen ihren Kaffee pur ein, ohne alkoholischen Zusatz. Beide wollten einen klaren Kopf haben, wenn sie eine Million Dollar in bar mit sich herumtrugen.

Es wurde nicht viel gesprochen. Das Geld war abgezählt und in zwei Koffer gepackt worden, die in der Gepäckablage über den Sitzen eines Flugzeugs Platz gehabt hätten.

Alle warteten auf den Anruf, der über die Zentrale ankommen und gleich zu Gail weitergeleitet werden sollte.

»Ms Silverado«, sagte Carl und stellte seine Tasse ab. »Kann ich Sie wirklich nicht davon abbringen?«

Sie schrak aus ihren Gedanken auf. Dann seufzte sie und gab zu: »Ich denke noch mal drüber nach.«

»Strengen Sie sich an beim Denken«, sagte Rich. »Ich für meinen Teil habe das bereits getan. Und mir gefällt nicht, was dabei herauskam.«

»Was reden Sie da?«, fragte Gail. »Sie waren doch derjenige, der unbedingt ...«

»Ich habe meine Meinung geändert. Ja, es wäre nett, wenn Sie als Augenzeugin gegen Tannahill aussagen könnten. Die Schlagsahne zum Kuchen sozusagen.« Rich zuckte mit den Schultern. »Aber wer braucht schon Schlagsahne? Wir haben ihn sowieso schon in der Mangel, es hat wenig Sinn, unser Glück zusätzlich herauszufordern.«

Bevor Gail ihm antworten konnte, klingelte das Telefon. Sie griff danach, wobei ihre Hand zitterte.

»Ja«, sagte sie.

»Na, das Wort hör ich aber gerne«, war Cherelle zu vernehmen. »Sind Sie bereit, ein paar goldene Spielsachen zu kaufen?«

Gail blickte auf die beiden Männer. Carl stand bereits und rückte sein Schulterhalfter mit einer routinierten Bewegung zurecht.

»Ja«, antwortete Gail.

»Das *Midas Motel.* Wissen Sie, wo es ist?«

Gail zögerte, schluckte. »Ja.«

»Zimmer 121. In zwanzig Minuten.«

Die Leitung war bereits unterbrochen.

Gail legte den Hörer auf und dachte über die Aussicht nach, mit einer Million in unmarkierten Scheinen in die Nacht hinauszugehen.

»Und?«, fragte Rich.

»*Midas Motel,* Zimmer 121.« Gail blickte auf ihre Hände. »Ich denke, ich werde mir doch einen Drink genehmigen.«

65

Las Vegas
5. November
Abends

Keiner schaute in Richtung Telefon.

Alle warteten darauf, dass es endlich klingelte.

Niemand erwähnte die Tatsache, dass es spät war, immer später wurde und Cherelle immer noch nicht angerufen und Anweisungen gegeben hatte.

Die einzig gute Nachricht war, dass auch Ian, der Gail Silverado mithilfe einiger Sicherheitsleute des *Golden Fleece* überwachte, noch nicht angerufen hatte. Gail befand sich also immer noch in ihrem Casino und wartete, ebenso wie sie.

Niall setzte Risa eine Halbbrille auf, rückte sie zurecht und begutachtete sein Werk. »Aus dir wird sicher mal eine reizende alte Dame.«

Dana kicherte.

Risa reagierte nicht darauf. Sie war in Gedanken mit Shane beschäftigt und versuchte, nicht zu ihm hinüberzusehen. Er hatte kein einziges privates Wort mehr mit ihr gewechselt, seit er in ihr Apartment zurückgekommen war, an ihr die verschiedenen elektronischen Geräte entdeckt und von Dana erfahren hatte, dass Risa das Gold holen sollte.

Allein.

Das ist die einzige Möglichkeit, um sicherzugehen, dass ein außergewöhnliches – und überaus bedeutungsvolles – Kulturgut der Menschheitsgeschichte nicht auf den schwarzen Markt gelangt und für immer verloren ist.

Niall, normalerweise auf Shanes Seite, hatte sich Danas

Ansicht angeschlossen. *Hören Sie zu, mein Freund. Sie haben Risa gekündigt.* Rarities *kann das Geld vorlegen, wenn Sie Ihres zurückziehen, und Sie können verdammt noch mal nichts dran ändern. Sie geht allein. Gewöhnen Sie sich an den Gedanken.*

Damit war die Diskussion beendet.

Und das Gespräch auch.

Risa blickte unruhig in Shanes Richtung und fragte sich, wie viel Ärger wohl hinter der Stille steckte. Viel, nach der sichtbaren Anspannung um seine Augen herum zu urteilen. Und er ließ wieder seinen goldenen Stift wandern, die Augen in die Ferne gerichtet, und dachte unablässig nach.

Dieser Anblick machte Risa nervöser als das Warten darauf, dass das Telefon auf dem Tisch neben Shane endlich klingelte.

Dana saß am Küchentisch und vertilgte die letzten Reste ihres Mahls mit Hummer, einem Filet mignon, mit Butter verfeinertem Kartoffelpüree und ebensolchem Gemüse, Salat mit Sahnesauce und einem Dessert. Hätte Risa die zierliche Dana nicht so gemocht, würde sie sie für ihren Turbo-Stoffwechsel hassen, der ihr erlaubte zu essen, so viel sie wollte und so oft sie wollte, ohne auch nur ein Gramm zuzunehmen. Der Gedanke, wie sich so viel Essen auf ihre eigenen Hüften auswirken würde, ließ Risa erschauern.

»Okay«, sagte Niall und trat ein Stück zurück. »Sie ist fertig. Denk dran, um die Stereokamera auszulösen, beißt du auf die Goldkrone, die wir auf deinem linken Backenzahn befestigt haben. Wenn du kurz zubeißt, wird ein Bild in niedriger Auflösung geschossen, bei dauerndem Druck ein Bild in höherer Auflösung. Bei niedriger Auflösung kannst du zweihundert Fotos speichern. Zwanzig bei Hochauflösung. Wie fühlt es sich an?«

Risa zupfte an der weiten dunklen Bluse und den schwarzen Jeans. Ihre schwarze »Unterwäsche« kratzte und zwickte. »Passt besser als die Schutzweste, die du für mich aufgetrieben hast. Besonders am Po scheint mein Vorgänger mindestens zwei Kleidergrößen schmaler gewesen zu sein.«

»In der Not frisst der Teufel Fliegen. Sitzt die Krone in deinem Mund gut?«

Risa berührte die Krone vorsichtig mit der Zunge. Sie konnte nicht aufhören, daran herumzuspielen, seit Niall sie ein paar Minuten zuvor eingesetzt hatte. Es war wie bei einem schmerzenden Zahn, einfach unwiderstehlich. »Ja. Aber es fühlt sich fremd an.«

»Und wie ist es mit den Bügeln der Brille: Kneifen oder drücken sie, kriegst du davon Kopfschmerzen?«

»Bis jetzt kneifen sie nicht. Kopfweh habe ich jedes Mal, wenn ich nach unten schaue.«

»Dann schau nicht nach unten«, sagten Dana und Niall gleichzeitig. Dann fuhr Niall alleine fort: »Stell dir einfach vor, es sei eine Lesebrille. Die Brennweite entspricht in etwa deiner Lesedistanz. Wenn du einen Gegenstand durch die Brille gut siehst, dann sieht ihn auch die Kamera gut.«

»Das musst du dir gut merken«, sagte Dana und leckte ihre Dessertgabel ab. »Wenn die ganze Sache heute Abend schiefläuft, sind die Daten, die in den Bügeln gespeichert sind, der einzige Nachweis über sehr bedeutende Weltkulturgüter.«

Bevor Risa darauf antworten konnte, klingelte das Telefon. Sie griff danach.

Shane war schneller. Er nahm den Hörer nicht ab, ließ aber auch sie nicht abnehmen.

»Wenn ich derjenige wäre, der alleine mit zwei Millionen in bar losginge, wie würdest du dich dann fühlen?«

Klingeling.

Sie zwinkerte nervös. »Mindestens so schlecht, wie du dich gerade fühlst.«

Klingeling.

»Obwohl du weißt, dass ich gut auf mich selbst aufpassen kann, ob mit oder ohne Waffe?«

Klingeling.

»Das ist ein Vernunftargument«, sagte sie mit leiser Stimme. »Angst ist nicht vernünftig.«

Er hob den Hörer ab und hielt ihn Risa hin.

»Hallo?«, sagte Risa, als sie den Hörer schnappte.

»Warum zum Teufel hat das jetzt so lange gedauert, mein Küken?«

»Ich habe Geld gezählt.«

Cherelle lachte. »Zwei Millionen?«

»Ja. Wo und wann?«

»In einer Viertelstunde. Im *Midas Motel.*«

Shane lief zur Tür.

»*Midas Motel?*« Risa blickte auf Dana und folgte ihren Anweisungen: Cherelle hinhalten. »Nie davon gehört. Wo ist das?«

Niall schaffte es gerade noch durch die Tür, bevor sie zufiel.

Dana vergeudete keine Zeit damit, sich über etwas aufzuregen, was sie nicht ändern konnte. Sie drehte nur schnell ihre Einkaufsliste um und fing an, die Anweisungen Cherelles aufzuschreiben, die Risa laut wiederholte.

»Okay«, sagte Risa. »Ich les dir die Wegbeschreibung noch mal vor, um sicherzugehen.« Langsam las sie das, was Dana mitgeschrieben hatte, von dem Blatt ab. »Ich bin so schnell wie möglich da.«

»Aber allein«, sagte Cherelle.

Risa dachte an Shane und fragte sich, ob Niall ihn wohl davon abhalten konnte, Cherelles Tür einzutreten. »Das gefällt mir nicht an der Sache.«

»Dein Pech. Verarsch mich bloß nicht bei diesem Deal. Ich hab mein ganzes Leben auf so was gewartet. Ich lass mich durch nichts davon abbringen, das durchzuziehen. Hast du mich verstanden, mein Küken?«

»Ja.«

Risa hätte sich die Antwort sparen können. Cherelle hatte schon aufgelegt.

66

Las Vegas
5. November
Abends

Socks zappte sich im Motel zweimal durch die fest eingestellten Sender, bevor er am Ende wieder auf den Werbekanal zurückging.

Er runzelte ungeduldig die Stirn.

Er hatte es satt, stundenlang auf den Anruf zu warten, aber er fühlte sich hier nicht annähernd so grauenhaft wie zuvor auf dem langweiligen Hausboot seines Onkels an dem langweiligen Anlegeplatz am Lake Mead unter der langweiligen Wintersonne.

Nach ein paar Stunden hatten ihn auch die Pornofilme, die er auf dem Schiff entdeckt hatte, zum Gähnen gebracht. Aber einschlafen konnte er nicht.

Als der Anruf gekommen war, in dem Socks aufgefordert wurde, nach Vegas zurückzugehen und sich im *Lucky Sun Motel* unter dem Namen Ed Hutch einzuquartieren, hatte er keine Fragen gestellt. Er war in den Leihwagen gestiegen, hatte sich gewünscht, dass es sein lila Baby wäre, und war nach Vegas gefahren. Hier wartete er schon wieder, höchst gelangweilt.

Wenn ihm nicht am Ende eine Menge Geld winken würde – und der Tod einer gewissen Zicke –, hätte er seinen Arsch aus dem Motel bewegt und sich auf den längst überfälligen Streifzug durch die Stadt gemacht.

Aber die Chance auf ein dickes Bündel Scheine und die Aussicht, sich an Cherelle zu rächen, waren zu verlockend, um sie sich entgehen zu lassen. Das Kokain konnte warten. Eine Möse konnte warten. Er hatte eine Verabredung mit einer Million Dollar. Die Pistole, die im Motelzimmer deponiert wurde, bevor er hergekommen war, drückte angenehm und hart gegen seinen Bauch.

Voll geladen, Halbautomatik, bereit zum Schützenfest.

Er brauchte nur noch die Adresse.

Das Telefon klingelte.

Er nahm den Hörer ab, hörte zu und grinste.

Das Schützenfest konnte beginnen.

67

Las Vegas
5. November
Nachts

Als Shane rasch den Strip hinunterfuhr, flossen bunte Lichtstreifen in stummer Pracht an der Windschutzscheibe vorbei. Er achtete nicht darauf. Er musste einfach durch – durch die Lichter wie durch diese Nacht, bis Risa endlich in Sicherheit war.

Niall sah ihn von der Seite an mit Augen, die so schwarz waren wie ein Brunnenloch. »Was ist, wenn wir das Gold verlieren?«

»Solange wir Risa nicht verlieren, kann ich mit allem leben, was kommt.«

»Oh, den Eindruck hatte ich auch. Dana ebenso.«

Niall lächelte.

»Sie hat gesagt, Sie würden hier nicht einfach zuschauen. Dann bat sie mich, an Ihnen dranzubleiben wie die Schmeißfliege auf dem Hundehaufen.«

Shane reagierte nicht.

»Ich werde Ihnen nicht im Weg sein, mein Freund.«

»Machen Sie, was Sie nicht lassen können.«

Niall verzog das Gesicht. Er war schon mit verschiedenen Einsatzkommandos unterwegs gewesen und konnte Shanes Gemütszustand gut einschätzen. Er war jenseits von Wut und Zorn. *Macht keine Gefangenen!* – das beschrieb es nicht einmal ansatzweise.

Männer waren am gefährlichsten, wenn sie eiskalt und ruhig waren.

»Wenn Sie sagen, was Sie vorhaben, kann ich Ihnen dabei helfen«, sagte Niall.

Stille.

Immer noch flossen Lichter, Gebäude und Autos in einem bunten Regenbogen an ihnen vorüber. Shane überfuhr zwei gelbe Ampeln und die dritte bei Rot. Er war nicht unvorsichtig, nur sehr schnell.

Gerade als Niall dachte, er hätte alles Vertrauen, das der andere Mann zu ihm entwickelt hatte, verspielt, lockerte Shane seinen Griff um das Lenkrad und bremste an einer Kreuzung, die zu gefährlich war, um die Ampel zu ignorieren.

»Ich möchte Cherelle außer Gefecht setzen, ehe Risa hinkommt«, sagte Shane. »Wenn Sie mir dabei helfen wollen, gut. Wenn Sie mich daran hindern wollen, auch gut. Auf jeden Fall wird Cherelle dran sein.«

»Was wollen Sie machen – die Tür eintreten?«

»Wenn es sein muss.«

»Und wenn sie bewaffnet ist?«

»Das bin ich auch.«

»Meinen Sie, sie hat den Hehler umgebracht?«

»Möglich, aber nicht wahrscheinlich.«

»Socks?«

»Anzunehmen. Den polizeilichen Unterlagen nach hat er einen IQ von einundneunzig und ist jähzornig.«

Shane schaltete die Scheinwerfer aus, bevor er zum *Midas Motel* einbog. Ein Blick auf die Uhr sagte ihm, dass er etwa sechs Minuten Vorsprung hatte. Er griff in seine Brieftasche, holte ein paar Zwanziger heraus und gab sie Niall.

»Der Nachtportier könnte mich erkennen«, sagte er. »Verdammt seien alle Pressefotografen.«

»Geschieht Ihnen recht, bei dem hübschen Gesicht, das Sie haben.«

Shane ignorierte Nialls Bemerkung. »Können Sie bitte herausfinden, ob eins der Zimmer neben Nummer 121 frei ist?«

»Sind Sie noch hier, wenn ich zurückkomme?«

Shanes Miene blieb unbewegt. »Wenn nicht, wissen Sie, wo Sie mich finden.«

Niall eilte in Richtung Büro. Shane wartete nicht auf die Nachricht, ob eins der Zimmer frei war. Er stieg aus dem Auto und lief am Flügel des Motels entlang. Dem Parkplatz und der Anzahl der erleuchteten Zimmerfenster nach zu urteilen, befand sich das *Midas Motel* in einer Abwärtsspirale in Richtung Bankrott oder Bordell.

Aus dem Zimmer rechts von 121 drang Licht. Das Zimmer auf der anderen Seite war dunkel. Das Schloss an dem Zimmer linker Hand war noch eins von der altmodischen Sorte, nicht elektronisch. Also simpel. Shane zog eine Kreditkarte aus seiner Brieftasche, schob sie in den Spalt zwischen Tür und Rahmen und hatte die Tür offen, noch bevor Niall es reserviert hatte.

Als Niall zu dem Zimmer kam, waren die Vorhänge zugezogen, die Lichter brannten und der Fernseher plapperte laut über die neuesten Modetrends – neonfarbene Netzunterwäsche über einem schwarzen Bodysuit. Die Tür, die zum Parkplatz führte, war leicht angelehnt. Niall klopfte nicht an und schloss die Tür hinter sich auch nicht ab. Vielleicht wollten sie schnell von hier verschwinden.

Shane arbeitete an der Verbindungstür, die zu Zimmer 121 führte. Das Schloss erwies sich als viel schwieriger zu öffnen als die Eingangstür.

»Gehen Sie mal zur Seite, mein Freund.«

Shane schaute über die Schulter. Niall stand da mit einem Reifenmontiereisen in der einen und einer Anzahl von Dietrichen in der anderen Hand. Shane trat beiseite.

»Ich habe draußen kein geeignetes Versteck gesehen«, meinte Shane. »Und Sie?«

»Deshalb bin ich ja hier drin. Wir haben nicht viel Zeit. Dana und Risa sind noch ungefähr zwei Minuten entfernt.«

»Woher wissen Sie das?«

»Handy.«

Jetzt erst entdeckte Shane den beinahe durchsichtigen Ohrhörer und das Kabel, das zu Nialls Handy in seiner hinteren Hosentasche führte. »Erstattet Dana Ihnen laufend Bericht?«

»Nicht so offensichtlich. Sie hat ihr Handy auf maximale Empfindlichkeit gestellt und es in ihre Jackentasche gesteckt.« *Zusammen mit einer Waffe hoffentlich,* fügte Niall in Gedanken hinzu. Dana hasste Waffen, aber er hatte sichergestellt, dass sie wusste, wie man damit umging. »Scheißding!«

Niall wählte einen anderen Dietrich und arbeitete weiter.

Shane stellte sich auf eine Seite des vorderen Fensters und hielt nach dem Blitzen von Scheinwerfern Ausschau, die zum Parkplatz einbogen.

68

Las Vegas
5. November
Nachts

»Bei der Kreuzung nach der nächsten Ampel rechts«, sagte Dana.

Risa blickte in Rück- und Seitenspiegel, als sie an der gelben Ampel bremste.

»Siehst du jemand?«, fragte Dana.

»Nein.«

Dana hätte ihr sagen können, dass sie auch keinen sehen konnte – jedenfalls nicht, was Niall als Verfolger betraf.

Ihr Handy summte leise und zeigte an, dass ein Anruf auf der offenen Verbindung durchzukommen versuchte. Rasch beendete Dana die Verbindung zu Niall und nahm den Anruf an.

»Dana hier. Bitte schnell.«

»Hier Ian. Silverado hat sich noch nicht von der Stelle gerührt.«

»Gut. Scheint so, dass wir die Ersten sind. Risa kriegt mein Handy, also ruf nicht noch mal hier an.«

»Verstanden. Soll ich kommen?«

»Bleib bei Silverado.«

Dana unterbrach die Verbindung.

Risa sah sie von der Seite an. »Was hast du geplant mit deinem Handy?«

»Du bekommst es angeschaltet in die Tasche gesteckt, mit Verbindung zu Niall«, erklärte Dana und betätigte währenddessen einige Tasten. »So weiß er wenigstens, was bei dir los ist. Hast du mal irgendeine Form von Schießtraining absolviert?«

»Nein.«

»Kampfsport?«

»Nein.«

»Wenn wir diese Sache hinter uns haben, sag das bitte Niall. Ich möchte nicht, dass meine Angestellten ohne Ausbildung in Selbstverteidigung dastehen, wenn sie aus beruflichen Gründen in so gefährliche Situationen kommen wie du heute Nacht.«

Risa atmete tief durch und widersprach nicht. Im Augenblick schienen ihr auch selbst die paar kleinen gemeinen Tricks, die sie noch aus ihrer rauen Kindheit kannte, kein hinreichender Schutz zu sein gegen Socks oder wer auch immer Virgil O'Connor und Joey Cline getötet haben mochte.

Risa blickte auf die Uhr und hoffte, dass die Ampel bald auf Grün wechselte. Endlich tat sie es.

»Wie sind wir in der Zeit?«, fragte Dana.

»Noch fünf Minuten.«

Dana schaute auf die Karte mit dem Straßennetz, die sie sich ausgedruckt hatte.

»Wir werden rechtzeitig da sein, auch wenn noch ein paar rote Ampeln folgen. Bieg an der nächsten Ecke links ab. Eine Meile weiter sollte das Motel rechter Hand liegen, nach etwa zwei Drittel des Blocks.«

Risa bog links ab.

Keiner tat das außer ihr.

Je näher Risa und Dana dem Motel kamen, desto ruhiger wurde es auf der Straße. Der entfernt glitzernde Strip zog wie ein Magnet alles Geld von diesem Teil von Vegas ab. Die Geschäfte, die es irgendwie schafften, Richtung Strip umzuziehen, taten es. Der Rest war langsam aber sicher zum Niedergang verurteilt.

»Wenn du am Motel bist, schau nach der Zimmernummer und stell dann in der Nähe den Wagen ab«, sagte Dana.

»Lösch die Lichter, aber lass den Motor an. Wenn du rauskommst, um das Geld zu holen, wirst du mich nicht sehen, aber ich werde am Steuerrad sein. Wenn dir nicht gefällt, was du in dem Zimmer siehst, dreh dich auf der Stelle um und komm *sofort* wieder raus. Verstanden?«

»Und das Gold?«

Dana verließ sich darauf, dass sich Niall um alle goldenen Artefakte kümmerte, die in dem Zimmer herumlagen, aber sie glaubte nicht, dass sie das Risa jetzt mitteilen sollte. Auch hatte sie ihr nicht gesagt, dass es einen kürzeren Weg zum Motel gab.

Sie hatten fünfzehn Minuten Zeit gehabt; Niall würde jede Sekunde davon brauchen für alles, was sein findiger und zugleich außerordentlich pragmatischer Verstand ersonnen hatte.

»Wir wissen, wer Cherelle ist«, sagte Dana. »Wir werden sie wiederfinden.«

Risas Finger öffneten und schlossen sich um das Steuerrad. Der Ton von Danas Stimme verriet mehr als ihre Worte über Cherelle Faulkners Chancen, der Macht von *Rarities'* Spürdiensten zu entkommen.

»Okay«, sagte Risa schließlich. »Du kümmerst dich um das Gold, und ich mache auf dem Absatz kehrt und renne los, wenn mir die Szene missfällt.« *Und wenn es mir möglich ist.* »Ich muss zugeben, dass ich langsam anfange, die Vorteile eines Selbstverteidigungstrainings zu erkennen.«

»Nach dem, was ich auf den Bändern gesehen habe, hast du gute Voraussetzungen, es darin ganz weit zu bringen.«

»Schnelligkeit?«, fragte Risa trocken.

»Köpfchen. Du hast die ganze Zeit deinen Verstand benutzt.«

»War wohl der kalte Schweiß, der den Verstand geölt hat«, gab Risa zurück.

Dana lachte. »Das wird Niall gefallen.«

»Wie schön für ihn. Mir hat's weniger gefallen.«

Die goldene Neonkrone über dem *Midas Motel* auf der rechten Seite der Straße, die wie ein verstaubter lachender Mund mit Zahnlücken aussah, wurde immer größer. Als Risa das Motel sah, schien ihr Herz stehen zu bleiben und ging dann zu einem anderen, schnelleren Rhythmus über. Sie spürte, wie Adrenalin ihr Blut beschleunigte, wie es Farben deutlicher und lebendiger erscheinen ließ und jeden Laut so scharf wie zerbrechendes Glas.

»Denk dran«, sagte Dana, während sie unter das Armaturenbrett rutschte: »Wenn es eine Falle ist, vergiss das Gold und hau ab.«

69

Las Vegas
5. November
Nachts

Shane machte sich nicht die Mühe zu fragen, wie weit Niall war. Das anhaltende Fluchen im Flüsterton verriet ihm, dass Niall zwar Fortschritte machte, aber längst nicht so weit war, wie er gerne wäre. Eine der Verbindungstüren war bereits offen, die andere noch nicht.

Dunkelgrüne Augen wanderten von der Angel der widerspenstigen Tür zum Montiereisen zu Nialls Füßen und wieder zurück zum Schlitz in den Vorhängen mit Sicht auf den Parkplatz. Wenn es sein musste, konnten sie jederzeit innerhalb weniger Sekunden die Tür aus den Angeln hebeln. Doch das war mit sehr viel Lärm verbunden. Es war besser, das verdammte Ding aufzuschließen und Cherelle zu überrumpeln.

Der Wagen, der eingefahren war, rollte rückwärts auf einen nahen Stellplatz, die Scheinwerfer gingen aus.

»Sie sind da«, sagte Shane.

Niall grunzte nur.

»Wie ist es geplant?«, fragte Shane.

»Risa geht rein, und wenn ihr die Sache nicht gefällt – *Scheiß auf die faulen Hausmeister, das verdammte Schloss ist völlig verrostet!* –, geht sie raus, um das Geld zu holen, und kehrt verdammt nicht mehr zurück.«

Shanes einzige Antwort war die brünierte Pistole, die in seiner Hand erschien. Er legte die andere Hand auf die Eingangstür, bereit, sie aufzustoßen.

»Geben Sie mir Zeichen.«

70

Las Vegas
5. November
Nachts

Cherelle sprang bei jedem Lichtschein auf dem Parkplatz auf. Da das Motel offensichtlich auch halbstundenweise Zimmer vermietete, gab es mehr Autos, die kamen und gingen, als Wagen, die die ganze Nacht über auf dem Parkplatz standen.

»Nun mach schon! Es sind jetzt schon zwanzig Minuten, Herrje! Wo bist du, Silverado? Wo sind die vielen netten Scheinchen?«

Cherelle sehnte das Geld so sehr herbei, dass sie es fast schmecken konnte. Als sie an der Kommode vorbeitigerte, griff sie nach einem weiteren warmen Bier – warm, weil es in dem Zimmer nicht einmal etwas so Luxuriöses wie einen kleinen Kühlschrank gab. Unter ihren klammen Fingern fühlte sich die Dose fast heiß an, zerbrechlich, wie das Leben.

Der Gedanke ließ sie innehalten. Sie entschied, mit diesem Bier noch etwas zu warten. Sie trank zu viel und zu schnell, obwohl sie von der Wirkung des Alkohols nicht das kleinste bisschen spürte.

Sie kaute noch einen Moment an ihrer deutlich geschwollenen offenen Wange herum und stellte die Dose wieder hin, ohne sie zu öffnen.

Bei ihrem nächsten Rundgang durchs Zimmer schnappte sie die Dose hastig und riss so schnell die Lasche ab, dass ihr der Schaum über die Knöchel spritzte. Als sie ihn von der Hand ableckte, schmeckte das Bier wie Schweiß und Pisse, aber der Alkohol würde ihre zum Zerreißen gespannten Nerven beruhigen.

Lichter strichen über die geschlossenen Vorhänge. Mit angehaltenem Atem wartete sie. Aus dem Zimmer daneben erklangen die Geräusche irgendeiner Sportveranstaltung mit Begeisterungsschreien und Buhrufen, die in Wellen aufbrachen und wieder abebbten. Der Nachbar auf der anderen Seite ihres Zimmers versuchte offenbar, die Nutte unter ihm durch das hölzerne Kopfende des Betts zu stoßen, angefeuert durch heiseres Stöhnen, das die Hoffnung auf ein fettes extra Trinkgeld verriet.

Das Auto fuhr zur gegenüberliegenden Seite des Parkplatzes. Das dröhnende *wumpa-wumpa-wumpa* des Bettgestells, das an die Wand knallte, ließ nicht nach. Einen Moment lang bedauerte Cherelle die arme Nutte, die so einen Pressluft-hammer zum Freier hatte. Von allen Freiern waren das die schlimmsten. Ein Sechzig-Sekunden-Mann, das wäre ihr eher zu wünschen.

Erst dachte Cherelle, das Klopfen, das sie vernahm, gehörte zu dem Sexgeschäft nebenan. Doch dann merkte sie, dass es von ihrer eigenen Eingangstür kam.

»Wer ist da?«

»Risa.«

»Warte.«

Cherelle ging zur Tür, spähte durch den schlierigen Türspion und konnte nichts Deutliches erkennen. Sie ließ die Kette eingehängt und öffnete die Tür nur so weit, um zu erkennen, das Risa dort alleine stand. Schnell schloss Cherelle die Tür, löste die Kette und öffnete die Tür wieder. Sobald Risa eingetreten war, hängte sie die Kette wieder ein.

Risa überzeugte sich mit einem schnellen Blick durch das Zimmer, dass außer Cherelle und den goldenen Artefakten, die lieblos auf dem Bett ausgebreitet waren, niemand hier war. Sie ging nahe genug heran, um erst auf eines, dann auf das nächste Stück zu fokussieren, und schoss Fotos, so schnell sie konnte. Die Beleuchtung war furchtbar. Auch wenn es nicht so gewesen wäre, hätte sie nach Danas Anweisungen irgendeine Ausrede finden müssen, um auch das Badezimmer zu überprüfen.

»Ich brauche besseres Licht«, sagte Risa.

»Scheiße. Versuch's im Klo. Die Lampe über der Schüssel ist ziemlich gut.«

Risa ergriff wahllos ein paar Goldartefakte und lief damit am Bett vorbei zu dem kurzen Durchgang, in dem einige Haken auf der einen Seite hingen und ein Waschbecken auf der anderen. Das Badezimmer befand sich direkt dahinter. Ein kurzer Blick offenbarte nichts Unerwartetes: Toilette, Duschwanne.

Sie klappte den Toilettendeckel mit dem Ellbogen herunter und legte die goldenen Artefakte darauf …

Ihr stockte der Atem. Dolch und Scheide mit dem Schimmer eines uralten Rituals. Ein Torques aus geflochtenen Goldketten, der Kraft ausstrahlte wie die Hitze eines Feuers. Eine goldene Göttermaske, die aus der Tiefe der Zeit in die Schatten der menschlichen Seele blickte. Der Anblick des Goldes war so betäubend, dass Risa große Kraft aufbringen musste, nicht in die Tiefe der Vergangenheit hineinzufallen, wo das Druidengold den glühenden Mittelpunkt von Tod und Erneuerung bildete.

Risa zwang sich zu einer Bewegung und drehte sich zu Cherelle um, die ihr einen Teil des Wegs aus dem großen Zimmer gefolgt war. Aus ihrer Position am Beginn des Durchgangs hatte sie sowohl die Eingangstür als auch Risa im Blick.

Risa konnte nur Cherelle sehen, die sie mit den Augen einer Fremden betrachtete, unstet und berechnend. Weit weg. Es hatte keinen Zweck zu versuchen, an das anzuknüpfen, was von ihrer Freundin noch übrig war hinter der harten Oberfläche. Die Cherelle, an die Risa sich erinnerte, war nicht da.

Alles, was von der Freundschaft übrig war, waren das Geld und das Gold.

»Ich bin überrascht«, sagte Risa. »So viel Geld, und du hast nicht mal eine Waffe.«

»Wenn du clever bist, brauchst du keine Waffe.«

»Und wo ist Gail? Du bist ganz alleine hier.«

»Wer seine Chance nicht nutzt, hat Pech gehabt. Sie hat verloren. Wo ist das Geld?«

Die Eingangstür flog nach innen, Schüsse krachten, Glas zerbrach.

Cherelle torkelte auf Risa zu und fiel auf die Knie, helles Blut spritzte auf. »Küken? Was ist los?« Sie schüttelte den Kopf und versuchte, sich auf ihre Hände aufzustützen. »*Nein. So nicht. Ich bin zu clever.*«

71

Las Vegas
5. November
Nachts

Shane war schon auf dem Parkplatz, bevor der zweite und dritte Schuss aus der Halbautomatik des Eindringlings fiel. Als er die kräftige Gestalt im Eingang zu Cherelles Zimmer sah, brachte Shane seine Pistole in Anschlag und drückte auf den Abzug.

In dem Bruchteil einer Sekunde, bevor er abfeuerte, dröhnte ein Schrotgewehr von der anderen Seite des Parkplatzes. Die Arme des Angreifers flogen in die Höhe und er taumelte in Cherelles Zimmer. Der nächste Treffer wirbelte ihn herum. Der dritte warf ihn auf den Boden. Dort blieb er liegen.

Niall und Shane hatten beide die letzten beiden Mündungsfeuer entdeckt. Jeder feuerte zwei Schüsse hintereinander. Ein heiserer Laut war zu hören, gefolgt von einem dumpfen Fall. Die Pistole im Anschlag, lief Niall im Zickzack quer über den Parkplatz darauf zu.

Shane machte eine lange Hechtrolle in Cherelles Zimmer. »*Risa.*«

»Hier hinten. Schnell!«

Er kickte die Waffe aus den schlaffen Fingern des Eindringlings und rannte in Richtung von Risas Stimme. Als er den kleinen Durchgang, der zum Bad führte, erreicht hatte, blieb ihm der Atem weg, und das Blut in seinen Adern erstarrte zu Eis.

Überall Blut.

Und Risa und Cherelle waren mittendrin. Er ging neben Risa auf die Knie.

»Wo bist du getroffen?«

»Hilf Cherelle!«

»*Wo bist du getroffen?*«

»Ich nicht, Cherelle! O Gott, es ist Cherelle!«

Wenn Shane nicht bereits auf seinen Knien gewesen wäre, hätte ihn die Erleichterung niedergezwungen. »Lass mich sehen.«

»Ich kann sie nicht loslassen. Sie blutet zu stark.« Tränen liefen über Risas Wangen und hinterließen Spuren in ihrem blutbespritzten Gesicht. »Cherelle! Cherelle, kannst du mich hören?«

Shane erkannte, was Risa nicht akzeptieren konnte: Cherelles Blut strömte nicht länger zwischen Risas Fingern hervor. Er sah Cherelles vollkommen schlaffen Körper. Sanft schloss er die bleichen, aufgerissenen Augen mit den Fingerspitzen.

Risa gab ein raues Stöhnen von sich.

Im vorderen Zimmer zog Niall dem Mann auf dem Boden die Skimaske herunter. »Es ist unser alter Freund Socks. Mausetot. Risa?«

»Sie ist in Ordnung«, sagte Shane.

»Cherelle?«

»Tot.«

Shane zog Risa behutsam von Cherelles totem Körper weg. »Was ist mit dem auf dem Parkplatz?«

»Weiß und männlich, zwischen fünfzig und sechzig. Sieht mehr nach einem Manager aus als nach einem Killer.«

»Tot?«

»Wird wohl durchkommen.«

»Ich bin gleich wieder da«, sagte Shane zu Risa.

Sie nickte erschöpft.

Beide Männer eilten aus dem Zimmer. Es würde nicht mehr lange dauern, bis die Polizei da war.

Dana stand schon bei dem zweiten Mann. Eine Pistole glänzte in ihrer Hand. Sie richtete eine Taschenlampe auf sein Gesicht und ließ sie aufleuchten.

»Erkennst du ihn?«, fragte sie Shane.

»Rich Morrison.«

Aus allen Himmelsrichtungen waren Sirenen zu hören, noch weit entfernt. Aber sie würden schnell hier sein.

»Hol das Geld«, sagte Shane zu Dana. »Wir werden sagen, wir hätten das Gold von Cherelle schon bekommen, bevor sie getötet wurde.«

»Schnell ins Zimmer«, sagte Dana gepresst. »Wir müssen uns über den Rest der Geschichte abstimmen. Das wird eine verdammt lange Nacht.«

72

Las Vegas
7. November
Am Nachmittag

April Joy trat ein und blickte auf die fünf Menschen, die in Shanes Büro in verschiedenen Stadien der Erschöpfung herumsaßen. Sie wusste, wie sie sich fühlten. Auch für sie war es eine lange Nacht und ein noch längerer Morgen gewesen.

Koffein war kein Ersatz für Schlaf.

»Ich denke, das Ganze ist ein perfektes Beispiel für potenzierte Scheiße.«

Niall und Dana beobachteten April und fragten sich, wann sie ihren letzten Joker ziehen würde. Sie hatten keine Ahnung, was es sein könnte. Sie wussten nur, dass die brillante und gnadenlose Ms Joy immer noch mindestens eine Waffe mehr in ihrem Arsenal hatte als erwartet.

»Was hat Gail gesagt?«, fragte Shane.

Er nahm zwar nicht an, dass Gail sich eine neue offizielle Version ihrer Geschichte ausgedacht hatte, aber er wollte sichergehen, bevor er versuchte, mit der hellen April Joy einen Deal auszuhandeln. Das Gespräch mit Gail, das er zuvor geführt hatte, war kurz und präzise gewesen: Entweder sie half ihm, oder er würde sie vernichten. Sie wusste, dass er dazu in der Lage war.

Noch wichtiger war: Sie wusste, dass er es tun würde.

»Dieselbe Geschichte wie beim ersten Mal«, gab April zurück. »Sie erhielt den Anruf. Und dann hat sie gekniffen.«

»Das kann ich bezeugen. Sie hat das Gebäude nicht verlassen«, sagte Ian. »Sie verbrachte den Abend in der Casinoetage und unterhielt sich mit den Gästen. Das ist alles auf den Bändern.«

Shanes goldener Stift nahm wieder seine Wanderungen über und durch seine Finger auf, Gold traf auf Gold mit einem *Klick,* Stille, Stille, *Klick.* »Mit wem hat Gail gesprochen, nachdem sie sich entschloss auszusteigen?«, fragte er April.

»Mit Morrison und Firenze.«

»Carl oder John?«

»Carl. Er hat das Geld wieder in den Tresor zurückgebracht. Morrison ging auch, offenbar, um sein Geld zurück in seinen eigenen Tresor zu bringen.«

Klick. »Mit wem hat Carl über das Treffen gesprochen?«, fragte Shane weiter.

»Mit Gail«, gab April zurück.

»Sonst mit niemand?«

»Nur die zwei«, sagte April.

Klick.

April blickte auf Risa. »Sind Sie sicher, dass Cherelle nicht bei Socks angerufen und um Hilfe gebeten hätte?«

»Ja. Sie traute ihm nicht über den Weg. Aus gutem Grund. Er ließ ihr keine Chance. Kam rein und hat sofort auf sie geschossen.«

Klick.

Shanes freie Hand strich beruhigend über Risas dunkles Haar. Sie atmete hörbar aus und schaute auf ihre Hände, als ob sie erwartete, sie mit hellem Blut bedeckt zu sehen.

»Was ist mit Tim Seton«, fragte Risa mit leiser Stimme. »Ist er inzwischen aufgetaucht?«

»Nein«, antwortete April.

»Wenn die Menge von Blut auf der Türschwelle des Hauses seiner Mutter ein Hinweis ist«, sagte Ian, »war er sicher nicht in der Verfassung, eine Schrotflinte lange genug zu halten, um mehrere Schüsse auf seinen Kumpel Socks abzugeben. Morrisons Anwälte können behaupten, was sie wollen, er ist für den Mord verantwortlich. Wenn Morrison das klar wird, wird er schon reden.«

Klick.

»Das kann dauern«, sagte April zu Ian. »Morrisons Anwälte machen ihren Klienten zum tapferen Helden, der einen Schwerverbrecher tötete, der gerade eine unbewaffnete Frau erschossen hat und drauf und dran war, noch eine zweite zu töten.«

»Auch wenn ich das schlucken würde, ohne mich dabei totzulachen«, meinte Dana. »Die Frage ist doch: Was hatte Morrison dort überhaupt verloren?«

Klick.

April lächelte kalt. »Er sagte, dass er besorgt war, dass Gail es sich mit dem Kauf der Goldartefake anders überlegen könnte. Er war dort, um sie zu beschützen, falls sie auftauchte. Dann erschien Socks auf dem Schauplatz und begann zu schießen. Morrison erwischte ihn dreimal, bevor er selbst von zwei schießwütigen Spinnern getroffen wurde.«

Der Stift blitzte auf und verschwand in Shanes Tasche. »Wir haben zwei verschiedene Probleme«, sagte er. »Das Druidengold und Geldwäsche. Beide überschneiden sich in meiner Person. Und in Gail. Und in Morrison. Das ist ein Muster.«

»Was für ein Muster?«, fragte April mit beißender Stimme. Der Ton ihrer Stimme sagte *potenzierte Scheiße*.

»Nichts von dem, was ich sage, kann vor Gericht verwendet werden, weil die fraglichen Parteien entweder tot sind oder vermisst werden«, sagte Shane.

April wartete, ohne sich zu rühren.

»Irgendwann letzte Woche wurde Virgil O'Connor in Sedona ermordet«, fuhr Shane fort. »Entweder vorher, währenddessen oder danach wurde ihm das Druidengold gestohlen – von Cherelle, Socks und/oder Tim Seton.«

»Und der Zusammenhang?«, fragte April scharf.

»O'Connor glaubte an Channels«, ergänzte Risa. »Cherelle und Tim boten sich als Channels an. Außerdem haben wir drei hölzerne Kisten mit O'Connors Namen und Adresse in dem Motelzimmer gefunden, das Cherelle in der Nähe von Sedona gemietet hatte. Wir glauben, ohne es beweisen zu können, dass sie aus O'Connors Haus stammen.«

April speicherte den Namen Virgil O'Connor ab.

Risa verschränkte ihre Finger noch mehr mit Shanes. Jedes Mal, wenn sie die Augen schloss, sah sie Cherelle und zu viel Blut.

»Die DNA, die man von Tim hat, ist identisch mit der DNA des Blutes, das auf Joey Clines Fußboden gefunden wurde«, ergriff Shane wieder das Wort.

»Woher wissen Sie das?«, fragte April.

Die Frage ignorierte er.

Seine Fähigkeit, diverse staatliche Firewalls zu überlisten und Dateien zu durchsuchen, würde nicht Teil der Diskussion werden. Außerdem war es Factoid, der Computerguru von *Rarities Unlimited,* der sich hier als Hacker betätigt hatte. Das war aber etwas, was April auch nicht wissen musste.

»Betrachten Sie es als Tatsache«, schlug Niall vor.

April wandte ihren tigergleichen Blick nicht von Shane. »Ich höre.«

»Durch dieses Blut gingen zwei verschiedene Fußspuren«, fuhr Shane fort. »Die eine stammt von Tim Seton. Wenn die Polizei so weit ist, wette ich, dass sie feststellt, dass die zweite von Socks ist.«

»Und das bedeutet?«

»Das bedeutet, dass beide mit dem Hehlen der gestohlenen goldenen Artefakte zu tun hatten«, erklärte Risa. »Und dann haben sie den Hehler umgebracht.«

»Cline hat die Artefakte vor seinem Tod an Shapiro verhökert«, erklärte Shane weiter.

»Können Sie das beweisen?«, fragte April.

»Cline hat keine Unterlagen dazu hinterlassen, und Shapiro behauptet, sein Computer habe alle relevanten Daten verloren.«

Ihre schwarzen Augen verengten sich. »Weiter.«

»Die einzig wirklich offene Frage ist, warum Morrison auf dem Parkplatz wartete, um Socks wegzupusten.«

»Sie glauben die Geschichte vom edlen Ritter nicht?«, fragte April.

»Sie etwa?«, fragte Shane zurück.

»Nur wenn es unbedingt sein muss.«

»Die zweite Frage ist, warum eine Limousine Miranda und ihren angeschossenen Sohn mitten in der Nacht an einen Ort gebracht hat, an dem er versorgt werden konnte, ohne dass eine Meldung an die Polizei erfolgte.« Shane sah Ian an. »Waren Sie in Ihrem Haus?«

Ian nickte. »Hut ab, Tannahill. Sie hatten gleich die richtige Vermutung.«

»Was?«, fauchte April und drehte sich tigergleich zu Ian um. »Spucken Sie's aus!«

Ian lächelte breit, aber er schwieg.

»Ich habe etwas, was Sie haben wollen«, sagte Shane zu April. »Und Sie haben etwas, was ich will. Das ist die beste Voraussetzung für einen Deal.«

Augenblicklich schaltete sie um, kehrte Ian den Rücken und fragte Shane: »Was habe ich, was Sie wollen?«

»Das Druidengold.«

»Und Sie haben für mich ...?«

»Eine Pipeline zur Red-Phoenix-Triade, die besser ist, als ich es je sein könnte. Interessiert?«

»Reden Sie weiter. Langsam kommen Sie zum Punkt.«

Shane blickte Dana an.

»Ms Joy hat schon mit vielen Leuten Abmachungen getroffen«, sagte Dana. »Sie hält immer, was sie verspricht.«

»Treffen wir eine Vereinbarung?«, fragte er April.

»Woher wissen Sie, dass die Regierung den Goldfund aus Faulkners Motelzimmer bereits für sich beansprucht hat?«, fragte April träge, aber ihre Gedanken bewegten sich dabei in Lichtgeschwindigkeit.

Shane gab ihr darauf keine Antwort.

Das hatte sie auch nicht erwartet. »Ich kümmere mich darum, dass Sie das Gold in Verwahrung nehmen können. Und was ist das für eine Pipeline?«

»Gail Silverado wird das zwar bis zu ihrem letzten Atemzug bestreiten, aber sie hat mir zuletzt verraten, dass Rich Morrison versucht, mich als Geldwäscher hinzustellen. Morrison ist mit der Red Phoenix im Bund. Wenn Sie seine Computer auseinandernehmen, wette ich, dass Sie die Spuren der Triade in den ganzen Geldwäscheaktivitäten finden werden. Ich *weiß*, dass Red Phoenix diejenigen waren, die sich in meinen Computer einhackten und Spuren zu Geld hinterließen, das ich nie von ausländischen Konten abzog, die ich nie angelegt hatte.«

Für den Augenblick von ein, zwei, drei Atemzügen herrschte Stille.

»Interessant«, murmelte April. »Wenn es stimmt.«

»Reden Sie mit Miranda Seton. Sie rief das *Shamrock* an, als ihr Sohn blutend bei ihr in der Tür stand.«

»Seit wann wissen Sie das?«, wollte April wissen.

»Seit ich Ian gebeten hatte, zum Haus der Seton zurückzugehen und auf die Wahlwiederholtaste zu drücken«, gab Shane zurück. »Der letzte Anruf von Miranda Seton war der ans *Shamrock*. Sehr schnell ist dann eine schwarze Limousine aufgetaucht und hat sie und ihren Sohn weggebracht.«

»Weiter.«

»Schon eine oberflächliche Überprüfung hat ergeben, dass Miranda ebenso wenig eine Witwe ist wie ich«, fuhr Shane fort. »Sie hat nicht gearbeitet, seit ihr Sohn auf der Welt ist, und erhält regelmäßig sehr ordentliche Beträge auf ihr Konto, denen ich noch nachgehe. Ich würde darauf wetten, dass Morrison der Vater von Tim Seton ist und die Quelle für Mirandas Geld. Sie können jetzt diese nützliche Pipeline, die ich Ihnen aufgezeigt habe, zerstören, wenn Sie alle Hinweise hieb- und stichfest beweisen wollen. Sie können aber auch das, was Sie nicht unbedingt beweisen müssen, als Druckmittel verwenden, um den ach so heroischen Mr Morrison in einen patriotischen Maulwurf zu verwandeln, der die Red-Phoenix-Leute an die Regierung verrät. Und wenn Sie in Sachen Druck Unterstützung brauchen, könnten Sie sich an Miranda Seton wenden. Ich hab so eine untrügliche Ahnung, dass sie etwas gegen ihren früheren Liebhaber in der Hand hat.«

Für einen Augenblick herrschte nur Stille und Abwarten.

Dann wandte sich April mit strahlendem Lächeln an Shane: »Es gefällt mir, wie Sie denken.«

»Sie machen mir Angst.«

»Davon träume ich«, gab sie zurück. »Der Deal ist perfekt, Tannahill.«

73

Las Vegas
19. November
Abends

Die Klinge des goldenen Dolches war so lang wie Shanes Hand. Verschiedene uralte Symbole, die mit dem Sonnenrad begannen und mit dem christlichen Kreuz endeten, zogen sich über die ganze Klinge. Die goldene Scheide mit seinen faszinierenden dreigeteilten Einlagen aus rotem Email hielt Risa vorsichtig auf ihren Handflächen. Ursprünglich war das Muster durch Perlen betont worden, doch die sanften goldenen Vertiefungen, in denen die Perlen einst gesessen hatten, waren nun alles, was davon übrig geblieben war. Der Dolch war von allen Artefakten das jüngste, denn Schmucksteine und Perlen waren erst in Mode gekommen, nachdem die Römer Britannien besetzt hatten.

»Wie schade, dass Perlen zu empfindlich sind, um das jahrhundertelange Liegen in der Erde zu überdauern«, meinte Risa.

»Tränen des Mondes«, sagte Shane leise. »Ob der Boden nass ist oder trocken, von ihnen bleibt nach so vielen Jahrhunderten nichts übrig.«

»Gut ist, dass die Reste von Erde, die wir bei allen Artefakten in den tieferen Ritzen gefunden haben, identisch sind. Alle siebenundzwanzig Stücke waren also Teil ein und desselben Hortes.«

»Das Beste ist aber, dass nirgendwo genug Erdreich war, um die Artefakte für immer zu vergraben, auch nicht in der Erde rund um O'Connors Haus.«

Die schmerzliche Erinnerung daran ließ Risas Lippen schmaler werden. Wenn sie an O'Connor dachte, musste sie auch an seine Mörderin denken – Cherelle Faulkner. Risa wollte es immer noch nicht akzeptieren, aber es blieb ihr nichts anderes übrig. Miranda Seton hatte keinen Grund, das FBI anzulügen, um ihren Sohn zu schützen. Tim war tot – genauso wie Cherelle und Socks.

Falls Miranda sich irgendwie schuldig fühlte, weil sie ihren früheren Liebhaber durch Erpressung gezwungen hatte, Socks zu töten, so ließ sie es sich nicht anmerken.

»Es gab einige Ähnlichkeiten mit dem Querprofil britischer Böden«, fuhr Shane fort, »aber beim besten Willen keine Übereinstimmung.«

»Und die Briten«, ergänzte Risa trocken, »wollten einfach auf alles, was sie in die Finger kriegen konnten, ihren Anspruch erheben. Zu blöd, dass Kieselerde so ein häufiger Bodenbestandteil ist. Etwas Besonderes wäre es nur, wenn an den Artefakten davon nichts gewesen wäre.«

»Wirfst du ihnen vor, dass sie das versucht haben?«, fragte Shane herausfordernd grinsend. »Ich ganz sicher nicht.«

»Ich auch nicht. Und ich bin froh, dass du zugestimmt hast, die Artefakte dem British Museum für eine Untersuchung zu überlassen.«

»*Nach* Silvester.«

Der Dolch glitt beinahe lautlos in die Scheide.

Als Shane ihr die Scheide aus der Hand nahm und Haut über Haut strich, stockte Risa für einen Moment der Atem. Sie fragte sich, ob sie sich wohl jemals daran gewöhnen würde, Shanes Geliebte zu sein. Das war für sie genauso erstaunlich wie die Tatsache, dass sie an Silvester heiraten würde, mit dem keltischen Ring am Finger, der genauso alt war wie Shanes.

»Glaubst du, Niall findet irgendwelche nahen Angehörigen von Virgil O'Connor?«, fragte Risa mit rauer Stimme.

»Ich glaube kaum. Er war nie verheiratet. Hatte keine Geschwister, nicht mal Halbgeschwister.« Shane legte den Dolch und die Scheide in eine Vitrine, die mit mehr Schlössern und Alarmanlagen ausgestattet war, als man sehen konnte. »Außerdem gibt es nur Indizien, aber keinen Beweis dafür, dass das Gold überhaupt in seinem Besitz war.«

»Aber wir *wissen*, dass das Gold bei ihm war, in seinem Haus.«

»Das sagt allein unser Bauchgefühl. Und das zählt nicht vor Gericht.«

»Wir wissen, dass Virgil während des Zweiten Weltkriegs zu einem Militärflughafen in Großbritannien abkommandiert worden war«, sagte sie. »Niall hat seine Militärakte.«

Shane nickte und ergriff das gebogene, wie ein Totem aussehende Stück, von dem Risa sagte, es sei so etwas wie der Stab eines Bischofs – der massive goldene Kopf eines Ritualstabs. Der hölzerne Kern des Goldes war aus Eiche. Der Kohlenstoffdatierung zufolge stammte er aus dem vierten Jahrhundert nach Christus, plus oder minus ein paar Jahre.

»Und wir nehmen an«, sagte Shane, »dass O'Connor den Hort in dem ganzen Chaos nach dem Sieg der Alliierten in Europa ausgegraben hat.«

»Er hat ihn in Wales ausgegraben – Bauchgefühl«, ergänzte sie schnell, »vor Gericht nicht verwendbar.«

Lächelnd streifte Shane mit den Lippen über die ihren. »Dann hat er es mit dem Schiff nach Hause gebracht, in leeren Munitionskisten, zusammen mit seinem anderen Zeug. Keiner hat die heimkehrenden Soldaten ernsthaft überprüft. Alle waren nur verdammt froh, sie wiederzuhaben.«

Sie dachte an Cherelle, die niemals wiederkehren würde.

»Hör damit auf, mein Schatz«, sagte er und küsste sie noch einmal. »Du hast alles für sie getan, was du konntest. Man kann die Menschen nicht vor ihren eigenen Fehlern schützen.«

Risa atmete seine Wärme ein. »Kannst du wirklich Gedanken lesen?«

»Nur deine. Es sind deine Augen, die so verräterisch sind. Und dein Mund. Müsste eigentlich verboten werden.«

Ihr Lächeln schwand. »Apropos verboten – es sollte verboten sein, mit einem Mord davonzukommen, ohne bestraft zu werden.«

Seine Lippen waren ihren ganz nah. »Morrison?«

»Ja.«

»Er ist nicht damit davongekommen.«

»Und wie er davongekommen ist!«, gab sie empört zurück. »Erst hetzt er Socks auf Cherelle, dann bringt er Socks um. Und jetzt ist er ein verdammter Held. Lies bloß mal die Zeitungen von Vegas!«

»Morrisons Anwälte hätten ihn auf Bewährung und mit der Auflage von Sozialleistungen rausgekriegt. Aber so ist er ein Zuträger des FBI und geht jede Nacht schweißgebadet ins Bett bei dem Gedanken, dass er am nächsten Tag aufwacht und sich mit April Joy treffen muss. Und eines nicht allzu fernen Tages wird er persönlich der Red-Phoenix-Triade gegenüberstehen, die er verrät, so schnell er nur sprechen kann. Dann wird er tot sein, wenn er aufwacht.«

Shanes Lächeln ließ Risa froh sein, dass sie seine Geliebte war und nicht seine Feindin. »Und in der Zwischenzeit …«

»In der Zwischenzeit?«, fragte sie.

»Müssen wir eine Hochzeit planen.«

Sie versuchte, nicht zu lächeln. Ohne Erfolg. »Ich kann mich nicht erinnern, jemals offiziell Ja gesagt zu haben.«

»Ich kann Gedanken lesen, hast du das vergessen?«

Sie dachte an ihren früheren Traum mit Shane als keltischem Krieger, gekleidet in blaue Farbe und sonst fast nichts. »Ich werde jetzt sofort offiziell Ja sagen – aber nur, wenn du Druidengold trägst beim Gang durchs Kirchenschiff.«

Er blickte sie amüsiert und zugleich vorsichtig an. »Ist hier etwa von blauer Kriegsbemalung die Rede?«

»Die blaue Bemalung ist optional. Die Bekleidung nicht.«

»Dann können wir Trauzeugen dazu einladen.«

Weltbild Buchverlag
–Originalausgaben–
Deutsche Erstausgabe 2008

Projektleitung: Gerald Fiebig
Übersetzung: Gisela Hack-Molitor
Redaktion: Claus Keller
Umschlag: Zeichenpool, München
Umschlagabbildung: Werner Forman/Corbis
Satz: avak Publikationsdesign, München
Gesetzt aus der Sabon 10,5/12,5 pt
Druck und Bindung: CPI Moravia Books s.r.o., Pohorelice

Gedruckt auf chlorfrei gebleichtem Papier

Printed in the EU

ISBN 978-3-89897-891-0